光文社古典新訳文庫

ハワーズ・エンド

フォースター

浦野 郁訳

kobunsha classics

光文社

Title : HOWARDS END
1910
Author : E. M. Forster

目次

ハワーズ・エンド

結び合わせることさえできれば……

第1章

まず、ヘレンが姉に宛てた手紙から始めるのはどうだろうか。

ハワーズ・エンドにて、火曜日

親愛なるメッグ

ここはわたしたちが考えていたのとはだいぶ違うの。古くて小さな、赤レンガ造りのとても感じの良い家よ。今でもかなり手狭なのに、明日ポール（ここの息子たちの、弟の方）が帰ってきたらどうなるでしょう。玄関ホールを入って右手に食堂、左手に客間があります。この玄関ホール自体が一つの部屋のようで、三つ目のドアはトンネルみたいな狭い階段に続いているの。二階に行くと寝室が三つ並び、その上に屋根裏部屋も三つあるわ。これで全部ではないけれど、まず目に入るのはこれだけ。前庭から見ると窓が九つ並んでいます。

家の左手に、とても大きな楡《にれ》の木があって、家の方に少し傾《かし》いで、庭と牧場の境目に立っています。わたしはこの木がとても好きになったの。もっと普通の楡とか、オークとか（ここのオークもあまり好きではないけれど）、梨やリンゴの木もあって、ブドウの木も一本。でも白樺の類なんかはありません。そろそろ、ここのご主人のウィルコックスさんと奥様の話もしないといけないわね。思っていたのとは全然違う場所だということを、まずは伝えたかったの。どうして破風[1]だらけのゴテゴテした家で、庭にはやたらと小道をつけてあるなんて決めつけていたのかしら。きっとあの人たちが泊まっていた高級ホテルのせいね。きれいなドレスの裾を引きずって長い廊下を歩くウィルコックスの奥様とか、ポーターをどやしつけているウィルコックスさんだとかのイメージがあったから。女ってついそんなおかしな想像をしてしまうのね。

土曜日には帰るつもりなので、汽車の時間が決まったら知らせます。お姉さんが一緒に来られなくて、ウィルコックスさんと奥様もわたしと同じくらいご立腹よ。ティビーは本当に面倒な子ね、毎月何かの病気で死にそうになっているじゃない。ロンドンで干し草アレルギーになるなんてあり得る？　もし本当だとしても、はなたれ小僧のくしゃみのせいでお姉さんがここに来られないなんてひどいわ。チャールズ・ウィルコックス（今ここにいる方の息子）も干し草アレルギーだけど立派に耐えていて、具合を聞かれると不機嫌になるってティビーに伝えてちょうだい。ウィルコックスさんたちみたいな男性ならティビーに良い影響を与えると思うわ。でもお姉さんは同意しないでしょうから、話題を変えます。

朝食前に手紙を書くと長くなるわね。ブドウの葉がとてもきれい！　この家全体がブドウの蔓《つる》で覆われているの。さっき外を見たら、奥様がもう庭に出ていたわ。庭が大好きみたい。こんなに朝早くから外にいて、時々お疲れのご様子なのも無理ないわ。大きな赤いケシが開くところを見ていたようよ。それから芝生の上を歩いて牧場の方に行った。牧場の右端がここから少しだけ見えるの。長い裾を引き引き濡れた草の上を進んでいって、昨日刈ったばかりの草を手に戻ってくる。ウサギか何かにあげるようで、夫人もくんくん鼻を動かしているわ。ここの空気はとても新鮮なの。しばらくしたらクロッケー[2]のボールの音が聞こえてきて、また外を見るとチャールズ・ウィルコックスが練習している。ここの人たちはス

1　窓や戸口の上にある、山形の装飾部分のこと。
2　芝生の上で行うゲーム。木の球を木槌《きづち》で打ち、門をくぐらせて進める。

ポーツ全般が好きなの。でも少し経ったらくしゃみの連発で練習は中断。そのうちまたカタカタとボールの音がして、今度はウィルコックスさんだけど、「ハクション、ハックション」でやっぱり中断です。次に一人娘のイーヴィーが出てきて、セイヨウスモモの木に取り付けた器具を使って美容体操とかいうのを始めました。ここの人は庭の木だって何かの役に立てようとするのね。だけどまた「ハクション」が出て、家に入ったわ。最後にウィルコックスの奥様が再登場、服の裾を引きずりながら、相変わらず草の匂いをかいで花を見ている。わざわざこんなことを書いているのはなぜかっていうと、前にお姉さんが言っていたでしょう。人生には自分が参加している時と、劇を見ているみたいな時があって、この二つを区別しないといけないって。今までずっと、そんなの「メッグのお利口ぶったヘリクツ」だと思っていたの。でも今朝は、目の前の光景が本当に劇のように思えてきて、ウィルコックス家の人たちを見ているのが面白くてたまらなかったわ。いま奥様も家に戻って来た。

今朝は〔…〕を着るつもり。昨日の晩、ウィルコックス夫人は〔…〕、イーヴィーは〔…〕を着ていました。[3] だからここでは全く気楽に過ごせるというわけではないし、目を閉じるとやっぱり思っていたような、ゴテゴテしたホテルみたいな所にいる気がしてくる。でも目を開けると違うの。ここの野バラは本当に素敵よ。庭の芝生の向こうに大きな生垣があって、すごく高いところから枝垂《しだ》れてリースみたいになっているの。下の方にちょうどいい具合に隙間があるから、向こうにアヒルや牛が見える。これは近くの農園の動物たちで、この辺りに他に家はありません。ああ、朝食の合図が聞こえてきたわ。たくさんの愛をこめてこの手紙を終えます。ティビーにも少しだけ。ジュリー叔母様にもよろしく。お姉さんの話し相手をしに来て下さるなんてとてもご親切だけど、どうにも退屈な方よね。この手紙は燃やして。木曜日にまた書きます。

ヘレン

ハワーズ・エンドにて、金曜日

親愛なるメッグ

とても楽しい毎日です。ここの人たちは皆好き。ウィルコックスの奥様はドイ

3　当時イギリスにおいて、ある程度以上の格式のある家ではTPOに合わせ一日のうちに何度か着替えをするのが慣習であった。ここでヘレンは自分やウィルコックス家の女性たちの服装を描写しているが、話の本筋とは関係がないため、語り手によって省略されていると考えられる。

ツで会った時より物静かな感じだけど、本当に優しくて、あんなにいつも自分より周りの人のことを考えている方はいないし、家族もそれに付け込むようなところがないのが素晴らしいわ。とても幸せで明るい一家。本当に親しくなれそうな気がしてきたわ。面白いのは、皆わたしのことをお馬鹿さんだと思っていて、それをはっきり言うことなの（少なくともウィルコックスさんは言うわ）。それでも気にならないってことは、本物の友情が芽生えてきたってことじゃないかしら？　ウィルコックスさんったら、女性参政権[4]についてとってもひどいことを、すごく感じ良く言うのよ。わたしは平等を信じています、と言ったら彼は腕組みをして、これまでにないほどやり込められちゃった。メッグ、わたしたちもうちょっと口を慎んだ方がいいかもしれない。あんなに恥ずかしかったことはないわ。わたし、かつて人間が平等だった時代も、平等への願いが人間をいくらかでも幸福にした時代でさえ、挙げられなかったの。ぐうの音も出なかった。何かの本で読んで、平等なのはいいことだと思い込んでしまったのね。たぶん詩だったか、お姉さんから聞いたのかもしれないわ。とにかくそんな考えはすっかり打ち砕かれて、本当に強い人って皆そうだけど、ウィルコックスさんはこちらを傷つけないでそれをやってのけたの。わたしの方では皆の干し草アレルギーをからかっているわ。まるで鶏のケンカみたいに大騒ぎの日々。チャールズが毎日のように自動車でどこかに連れて行ってくれるの。木が生えているお墓とか、世捨て人が住んでいた家とか、マーシア[5]の王たちが作った素晴らしい道とか、テニス、クリケットの試合、ブリッジ[6]もするわ。そして夜は皆、この素敵な家で一緒に過ごすの。今は一族全員が家にいて、まるでウサギ穴みたいな状態です。イーヴィーはとてもいい子。日曜日もここで過ごしたらって言われているけど、別に構わないでしょう。素晴らしいお天気で、空気も澄み切っているわ。西の方の高地までよく見渡せます。お手紙ありがとう。これは焼いて下さい。

あなたのヘレンより

---

4 二十世紀初頭のイギリスでは、女性に参政権を付与すべきか否かが論争を呼んでおり、参政権獲得を求めた女性たちによる闘争的な活動が見られた。この気運は一九一四年の第一次世界大戦勃発によりいったんは収まるが、終戦後の一九一八年に条件付きで女性に参政権が付与されることになる。この作品では以下、男女の社会的な立場の違いや平等な関係を培う可能性についての考察が多く見られるが、その背景にはこのような社会の動きがあった。

5 イングランド中部にあった、アングル族の古い王国の一つ。

6 トランプゲームの一種。四人が二人一組のペアになり得点を競う。

ハワーズ・エンドにて、日曜日

親愛なる、親愛なるメッグ

お姉さんは何て言うかしら――ポールとわたしは愛し合うようになりました。

水曜日にここに着いたばかりの弟の方よ。

第2章

マーガレット[1]は妹からの走り書きを見るなり、朝食のテーブル越しに叔母の方へ押しやった。一瞬の沈黙のあと、堰《せき》を切ったように話し出す。

「わたしからお伝えできることは何もないんです、ジュリー叔母様。何も知らないのですから。お会いしたことがあるのはご両親の方だけで、昨年春に海外で知り合いました。よく存じ上げなくて、息子さんの名前もいま初めて聞いたくらいです。だからどうにも——」マーガレットはそう言って顔の前で手をひらひらさせ、少し笑った。

「まあ、それじゃあまりに突然の話ね」

「叔母様、それはどうかしら」

1　第1章でヘレンからの手紙の宛名になっている「メッグ」はマーガレットの愛称である。家族や親しい友人同士が名前の短縮形で呼び合うことは英語圏でもよく見られる。

「でもねマーガレット、こうなったからには何もしないわけにはいかないわ。よく知りもしない相手ということになりますからね」

「どうかしら」

「でもマーガレット……」

「ヘレンからの他の手紙も見てみます」マーガレットは言った。「やっぱりやめておくわ。それより朝食を済ませましょう。他の手紙は処分したんでした。ウィルコックスさんたちにお会いしたのは、ハイデルベルクからシュパイアーへの最悪の旅の時です。わたしたち、シュパイアーに由緒ある素晴らしい大聖堂があると思っていたんです。シュパイアー大司教は七選帝侯の一人でしょう。〝シュパイアー、マインツ、ケルン〟って言いますよね。この三つの場所がライン渓谷沿いに並んでいたから、ライン川が〝司祭通り〟と呼ばれるようになったんです[2]」

「わたしはヘレンの心配をしているのよ、マーガレット」

「舟橋《しゅうきょう》を汽車で渡って[3]、最初に目にした時は立派に見えたんですよ。でも、ものの五分ですっかり見終わってしまって。大聖堂は修復工事のせいで台無しになっていて、元々の構造なんてまったく残っていないの。一日を無駄にしたってことになって、公園でサンドイッチを食べていた時にウィルコックスさんたちに出会ったんです。気の毒に、やっぱり騙《だま》されちゃったのね。シュパイアーに宿まで取っていらして。ヘレンが一緒にハイデルベルクに避難しませんか、って言ったのがお気に召したみたいで、次の日に本当にいらしたの。何度かドライブをご一緒したわ。そういうわけだから、お宅に招いて下さる程度にはヘレンのことをご存じだし、わたしもお招きいただいていたんです。でもティビーの具合が悪いから行けなくて、先週の月曜からヘレンだけがお邪魔しています。さあこれで全てお話ししたわ。だから、このポールっていう青年のことは本当に分からないんです。ヘレンは土曜日に帰るはずだったのを月曜まで延ばしたんですが、それはきっと……まあ分かりませんけれど」

マーガレットはここで言葉を切ると、ロンドンの朝の喧騒に耳を傾けた。この家はウィカム・プレイスという所にあり、高い建物によって大通りから隔てられているため、割と静かだった。この場所には、どこか河口のところで流れが淀んでいるような印象がある。目に見えない海の潮が満ちてきて、外は波立っているのに、ここでは深

2　七選帝侯とは、神聖ローマ帝国の皇帝選挙権を持つ七人の諸侯のこと。マインツ大司教、ケルン大司教、トーリア大司教の三人が選ばれていたため、この記述は史実とは異なる。

3　多くの舟を並べて繋《つな》ぎ、上に板を渡した「浮き橋」の一種。当時はこの上を汽車が走ってシュパイアーへの観光客を運んでいた。

い静寂へと吸い込まれていくようなのだ。高い建物というのは高級マンションで（広いエントランスがあって、守衛や観葉植物がやたらに多い）、それがあるお陰で向かいの古い家々にはそこそこの平穏がもたらされている。こうした家々もやがて一掃され、そこに別のマンションが建ち、人類はロンドンの貴重な土地の上に、ますます積み重なるようにして暮らしていくのだろう。

「ジュリー叔母様」と呼ばれているマント夫人は、彼女なりの方法で姪たちを理解していた。夫人はマーガレットがヒステリー気味になっていて、一気にまくし立てることで時間稼ぎをしていると考えた。そこでいっぱしの策略家になった気分で、シュパイアー大聖堂の運命を嘆き、自分は絶対に行かないわと言い、さらに修復とはどうあるべきかがドイツでは誤解されている、と自分の見解も付け加えた。「ドイツ人は徹底的にやりすぎるのよ。時にはそれがうまくいくこともあるけれど、そうならない場合もあるのよね」

「その通り、ドイツ人はやりすぎます」そう言ったマーガレットの目がきらりと光った。

「もちろんわたしは、あなたたちシュレーゲル家の皆のことはイギリス人だと思っていますよ」マント夫人は慌てて言葉を継いだ。「骨の髄までイギリス人だってね」マーガレットは身を乗り出して叔母の手にそっと触れた。

「それで、ヘレンからの手紙のことだけど……」

「ええ叔母様、それはちゃんと考えています。とにかくヘレンに会ってきます。きっと大丈夫よ、わたしが行ってみますから」

「でも、どうするかちゃんと計画を立ててから行かなければ」マント夫人の親切そうな口調にいら立ちが混じり始めた。「マーガレット、ちょっと口出しさせてもらうけれどね、落ち着いて考えてちょうだい。ウィルコックスさんたちのこと、あなたはどう思っているの？　わたしたちと同類かしら？　仲良くできそうな相手？　わたしはヘレンが特別な子だと思いますけど、ヘレンの良さが分かる人たちかしら？　文学とか芸術を愛する人たち？　そうよ、それが何より大切な点よ。文学と芸術。これが一番大事なんだから。その息子さんっていうのは何歳なのかしら。ヘレンは〝弟の方〟って書いているけれど、結婚できる状況にあるのかしら。ヘレンを幸せにできそうな青年なの？　あなたの推測では……」

「わたしは何も推測なんてしていないんです」

ここで二人は同時に話し始めた。

「それなら……」

「それだから計画を立てようもないんですよ」

「でもだからこそ……」

「計画を立てるのは嫌い。まずこうして、次にああして、と考えるのは好きじゃありません。ヘレンは赤ちゃんじゃないんですから」

「じゃあどうして会いに行くの」

マーガレットは黙っていた。察することができないなら、叔母にわざわざ説明する気はなかった。声に出して、「妹が大切だからよ。こういう人生の危機にはそばにいてあげないといけないの」と言うつもりはなかった。穏やかな愛情は激しい情熱よりも無口で、その表現もより繊細になるのだ。マーガレットだって自分が恋に落ちたら、ヘレンのように高らかに宣言するかもしれない。だがこの場合は妹への愛情なので、静かに心を寄せるだけなのだった。

マント夫人はさらに続けた。「あなたたち二人は、変わったところもあるけれど素晴らしい姉妹だと思うわ。いろいろな点で年齢よりずっと大人びているしね。でも、気を悪くしないでほしいのだけど、正直なところこの問題はあなたたちの手に余ると思うの。年長者が対処した方がいいわ。わたしはすぐにスワネージに戻らなければいけない用事もないし」そう言ってマント夫人はぽっちゃりした両腕を広げた。「あなた方のお役に立てると思うのよ。その何とかっていうお屋敷には、わたしが行ってくるわ」

「ジュリー叔母様」マーガレットはイスから飛び上がって叔母にキスした。「ハワーズ・エンドにはわたしが行きます。とてもご親切なお申し出ですけれど、叔母様には分からないこともあると思うんです」

「いいえ分かりますとも」とマント夫人は自信たっぷりに言い返した。「変に干渉しようっていうんじゃなくて、色々聞いてみないといけないと思うのよ。今はそれが必要なんです。こんなことを言いたくはないけれど、あなただと何か変なことを口走ってしまう気がするの。ええ、きっとそうよ。ヘレンの幸せを気にかけるあまり、いつもの調子でうっかりとんでもない質問をしてウィルコックスさんたち全員の機嫌を損ねてしまうと思うの……まあ損ねちゃいけないわけでもないけれど」

「わたしなら何も聞きません。ヘレン自身が手紙で、ある男性と恋に落ちたと言ってきている。本人がそう言っているのだから何も聞くことはないわ。他のことはこれっぽっちも大事じゃないんです。長い婚約期間になるかもしれませんけれどね。調べる、質問する、計画する、行動する……叔母様、そういうことは必要ないんです」

マーガレットは畳みかけた。彼女は特に美しいわけでもなく、並外れて頭が良いわけでもないが、そうしたものに代わるような何かに満ちていた――それは、人生の道程の途中で出会った全てのものに対して常に誠実な反応を示そうとする、素晴らしく快活な精神、と言うべきものだった。

「もしヘレンの相手がどこかの店番とか、貧しい事務員だとしても……」

「マーガレットったら。書斎に入って扉を閉めましょう。メイドたちが階段の手すりにはたきをかけているから聞こえるわよ」

「相手がカーター・パターソン[4]で働いていたとしても同じことを言いますよ」しかしすぐ次のように付け加えたので、マント夫人には姪の頭が本当におかしくなったわけではないと分かった。そして別のタイプの観察者であれば、マーガレットが単に理屈をこねるだけの人間ではないと見て取るだろう。「まあパターソンの人だった場合には、婚約期間がすごく長くなればいいと思いますけれどね」

「それはそうでしょう」マント夫人は言った。「あなたの話にはほとんどついていけませんよ。そんなことをウィルコックスさんたちに言ってごらんなさいな。わたしはあなたのことが分かっているからいいけれど、あちらには頭が変だと思われてしまうわよ。ヘレンのためにも良くないわ。この件にはゆっくりじっくり当たって、どんな感じになっているか、どうなりそうかを見極められる人間が必要なのよ」

マーガレットはこれに反発した。

「でも叔母様はさっき、婚約は破棄すべきだっていうようなことをおっしゃったじゃないですか」

「おそらくそうしなければいけないでしょうね。でもゆっくりとよ」

「婚約って、ゆっくり破棄できるものなんですか」マーガレットの瞳がギラギラしてきた。「婚約は何でできているとお考えですか。きっと何か硬いものでできていて、ポキッと折ることはできても、少しずつ壊すことなんてできないと思うんです。人生における他の絆とは違う。他の絆であれば伸びたり、曲がったり、深さもまちまちでしょうけれど、それとは違うんです」

「その通りよ。でもそのハワーズ・ハウスだったかしら、そこにはわたしに行かせてちょうだいな。そうすればあなたたちが嫌な思いをしなくて済むから。口出しするつもりはないけれど、あなたたちシュレーゲル家の人たちが何を求めているかはよーく分かっているんですから、そこに行ってちょっと辺りを見渡してみたらもう十分なのよ」

マーガレットはもう一度叔母に礼を言ってキスをしてから、急いで二階の弟のとこ

4　十九世紀後半に設立された運送会社。鉄道業界と密接な関係があった。

ろへ行ってみた。

ティビーの具合は良くなかった。干し草アレルギーのせいで一晩中よく眠れなかったのだ。頭が痛いし目はしょぼしょぼするし、粘膜がひどい状態なんだ、とティビーは言った。生きる望みといったらマーガレットができるだけ読み聞かせてくれると約束した、ウォルター・サヴェジ・ランドーの『空想談話』だけだ。

これは困ったことになった。ヘレンには何かしてあげないといけない。誰かに一目惚れをするのは罪ではない、と言ってあげなければ。電報を打つだけでは冷たい感じがするし、真意が伝わりにくいだろう。しかし自分が出かけていくのは刻々と難しくなっていく。ちょうどそこに医者が往診に来て、ティビーの状態はかなり悪いと言った。ジュリー叔母様の親切な申し出を受け、自分が書いた一筆を持ってハワーズ・エンドに行ってもらうのが一番いいのかもしれない。

実際マーガレットには衝動的な面があったので、いま決めたばかりのことをすぐに覆してしまった。階段を駆け下りて書斎へ行くと、「考えが変わりました。叔母様に行っていただきたいわ」と言った。

キングス・クロス駅を十一時に出る汽車があった。十時半になるとティビーは珍しく良い子になって眠りに落ちたので、マーガレットは叔母を駅まで送って行くことができた。

「いいですか、叔母様。この婚約についての議論に巻き込まれないで下さいね。わたしが書いた手紙をヘレンに渡して、ご自身の意見もおっしゃって結構ですけれど、ウィルコックスさんたちと話し合ったりはしないで下さい。全員のお名前もまだはっきり分からないくらいの間柄ですからね。それに、そんなことをしたら洗練されていないし間違っています」

「洗練されていない？」マント夫人は、何か気の利いた発言の要点をつかみ損ねたかと思い、聞き返した。

「あら、気取った言葉遣いをしてしまいました。ヘレンとよく話し合って下さいと言いたかったんです」

「ヘレンとだけね」

「なぜかというと……」でも今は、愛とはいかに個人的なものであるかを説明してい

5　ランドー（一七七五―一八六四）はイギリスの詩人。『空想談話』は散文作品で、様々な時代の実在の人物が登場し、政治、社会、文学上の問題について語り合う。

る場合ではなかった。さすがのマーガレットもそれはやめ、人のよい叔母の手をそっと撫で、キングス・クロス駅から始まる旅路について、なかば実際的、なかばロマンティックな思いを馳せるにとどめておいた。

大都市に長く住む人間の多くがそうであるように、マーガレットもあちこちのターミナル駅には強い思い入れを持っていた。そうした駅は輝かしいもの、未知のものへと続く門なのだ。人はそこから冒険や陽光のある場所へと旅立ち、悲しいかな、また戻ってくる。パディントン駅はコーンウォール地方と、もっと西の土地を思わせる。リバプール・ストリート駅の勾配を下って行った先には、果てしなく広がる東部の湖沼地方がある。ユーストン駅の塔門[6]を抜けていくと、やがてはスコットランドに通じる。ウォータールー駅の落ち着いた雑踏の向こうには、ウェセックス地方が感じられる。イタリア人にはこうしたことが当然分かっている。ベルリンでウエイターとして働かなければならない人々は、ベルリン中央駅を「イタリア駅」と呼ぶ。祖国に帰るにはこの駅を使うからだ。それぞれの駅に人格のようなものを与え、控えめながらも恐れや愛情を抱《いだ》かないロンドンっ子は、冷たい人間だと言わねばならないだろう。マーガレットにとっては、キングス・クロス駅はいつも「無限」を表していた（こう書いても、読者が彼女に反感を抱かないことを願う）。華やかで人目を惹くセント・パンクラス駅から少し奥まったところに位置し、まるで物質主義に物申しているように感じられるのだ。キングス・クロス駅の特色のない二つの大きなアーチはこちらには無関心な感じで、真ん中の時計も特にどうということはない。こうした外観は永遠の冒険へ通じる入口にふさわしい感じがするが、その冒険が豊かな実りをもたらすとしても、それは通常の豊かさを測る言葉では言い表せない。もしこれを聞いて馬鹿げていると思うなら、これを書いているのがマーガレット本人ではないことを思い出していただきたい。急いで付け加えると、マント夫人が乗る汽車の発車までには十分な時間があり、夫人は進行方向を向いた、機関車に近すぎない快適な座席を確保した。一方のマーガレットは、ウィカム・プレイスの自宅に戻って次のような電報が届いているのを目にした。

全て終わった。手紙書かなければよかった。誰にも言わないで。ヘレン

しかしジュリー叔母様は出発してしまった――。もはや取り返しはつかない。地上

6 当時のユーストン駅にあった、神殿風の巨大な建築。一九六二年に取り壊されている。

のどんな力をもってしても、彼女を止めることはできないのだ。

第3章

マント夫人は汽車の中で、これから自分のなすべきことを落ち着いて頭の中で予行演習してみた。姪たちは若いが独立心が旺盛で、二人の力になれる機会はさほど多くはない。姉エミリーの娘たちはいつだって他の女の子たちとは違っていた。エミリーはティビーを産んで亡くなったが、その時ヘレンは五歳、マーガレットもまだ十三歳だった。亡くなった妻の姉妹に関する法案が議会を通過する前だったから、エミリーの妹であるマント夫人がウィカム・プレイスに行き、家事全般を取り仕切るのは何も不適切なことではなかった[1]。しかしドイツ人の義兄シュレーゲル氏には変わったところがあり、マーガレットに叔母が手伝いに来ることについてどう思うか尋ねた。するとマーガレットは子どもにありがちな無遠慮さを発揮し、叔母様がいらっしゃらない方がずっとうまくやっていけるわ、と言ったのだった。五年後にシュレーゲル氏も他界した時、マント夫人はまた同じことを提案した。いまや成長したマーガレットは叔母の申し出に感謝して丁重に振舞ったが、手助けはいらないという返事自体は変わらなかった。マント夫人はその時に「もう口出しはしないわ」と自分に誓ったものの、もちろんその後も口出しをした。恐ろしいことに、成人したマーガレットが自分の財産を昔ながらの安全な投資先から引き出し、暴落するに違いない外国株につぎ込んでいることが分かったのだ。見て見ぬふりをするのはそれこそ犯罪だわ、とマント夫人は考えた。自分の分はイギリスの鉄道株に投資していたので、夫人はマーガレットにも同じようにするよう、熱心に頼み込んだ。「そうしたらわたしたち一緒よ」マーガレットは失礼のないよう、ノッティンガム・ダービー鉄道に数百ポンド投資した。そして外国株がうまいこと値上がりしている間に、ノッティンガム・ダービー株はイギリスの鉄道株にしかあり得ない尊厳を保ちつつ、じりじりと下がっていった。しかしマント夫人はこの点で姪に助言したことをいつも喜ばしく思っていた。「とにかくあの件では姪の役に立つことができた。外国株が暴落しても、かわいそうなマーガレットにはまだ鉄道株という安全弁があるんだから」。そして今年ヘレンが成人に達し[2]、まったく同じことが起こった。ヘレンも財産を安定した公債から引き出し、ほとんど何も言われないうちから一部をノッティンガム・ダービー鉄道に投資した。よしよし、とマント夫人はこの点には満足していたが、人間関係の面で姪に何かしてあげられたと言えることはまだなかった。いずれ姪たちのどちらにもいわゆる「片付く」時期が来るだろうし、今のところまだ片付いていないのだから、これからはもっと必死に相手を探すかもしれない。ウィカム・プレイスにはあまりにも多くの人が出入りしている。ヒゲを生やした音楽家や女優、ドイツから来たいとこたち（まったくもう、外国人ときたら）、姪たちが大陸を旅行中に知り合った人たち（これまたどんな人たちか分かろうというもの）もいる。面白い環境には違いないし、マント夫人だって自宅のあるスワネージの街では誰よりも文化を理解していると言われている。でも姪たちの暮らしぶりにはやはりリスクがあるし、きっと今に良からぬことが起こるに違いない。

1 イギリスでは一八三五年に成立した婚姻法により亡妻の姉妹と再婚することが禁じられていたが、一九〇七年の改正によってこれが可能になった。マーガレットたちの母が死去したのはこの改正前だったので、マント夫人は後妻に納まろうとしていると疑われる心配もなく義兄の家庭を手伝うことができた。「マント夫人」であるからには彼女も既婚であるはずだが、この作品を通してマント夫人の夫は登場しないため、姉が死んだ際にはすでに寡婦になっていたと考えられる。

2 当時のイギリスの成人年齢は二十一歳。マーガレットはヘレンの八歳上なので、物語が始まった時点では二十九歳ということになる。

その予感が当たって、実際に良からぬことが起こった時にその場に居合わせていたのはラッキーだったわ！

　汽車は北へと疾走し、いくつものトンネルを通過した。たった一時間の旅の間に、マント夫人は何度も立ち上がって窓を上げ下げしなければならなかった。[3]南ウェルイン・トンネルを抜けて明るくなったと思ったら、すぐに悲劇的な事故で知られる北ウェルイン・トンネルに入っていく。[4]そしてテウィン川の穏やかな流れと、辺りに広がる静かな牧草地帯の上に架かる巨大な陸橋を渡った。そして政治家たちの私有地の脇を抜けていく。所々で北街道に沿って走るが、この街道はどんな鉄道よりも無限を思わせる。この道はいまや百年の眠りから覚め、自動車の臭気に満ちた生活と、胆汁症予防薬の広告が暗示するストレスの多い文明を発見したのだった。しかしマント夫人は歴史にも悲劇にも、過去にも未来にも、等しく無関心だった。夫人はもっぱらこの旅の目的と、かわいそうなヘレンを不祥事から救い出すことだけを考えていた。ハワーズ・エンドに行くにはヒルトンの駅で降りる。ヒルトンは北街道沿いの大きな村の一つで、そうした村は乗合馬車やそれ以前の時代の交通量に比例して発展してきた。ロンドンからそう遠くないため地方にありがちな衰退を免れ、長い目抜き通りは左右に分かれて住宅地へと通じていた。駅の手前では一キロ半あまりにわたってタイルやスレート葺《ぶ》きの屋根を持つ家が並ぶ。ある所では家並みが途切れデーン人の六つの塚が隣り合って並んでいて、これは兵士たちの墓なのだが、考え事にふけっているマント夫人の目には留まらなかった。六つの塚を過ぎると住宅が多くなり、汽車はほとんど町と言ってよい場所で止まった。

駅は周りの風景やヘレンからの手紙と同じように、どうもはっきりしない印象だった。ここはイギリスの田園に通じているのか、それともロンドン郊外に過ぎないのだろうか? ヒルトンは新しい駅で、いくつかのホームと地下道、そして実業家たちが好みそうな快適な設備もある。しかしその一方で、土地に根差した生活や個人的な人間関係を感じさせるところもあった。そうした一面はこれからマント夫人も知ることになるのだった。

「あるお宅に行きたいのですが」マント夫人は改札係の若者に言った。「ハワーズ・ロッジというんですけど、どこにあるか分かるかしら」

すると若者は声を上げた。「ウィルコックスさん!」

3　当時は石炭で動く蒸気機関車のため、汽車がトンネルに入った際に煙が充満し、窓から煤《すす》が入り込んでこないように窓を閉める必要があった。

4　一八六六年にこのトンネル内で貨物列車の大規模な衝突事故があり、火災が発生した。

目の前にいた若い男が振り返る。

「このご婦人がハワーズ・エンドにいらっしゃりたいそうです」

こうなったらもう後には引けないが、マント夫人は興奮のあまり相手の顔をまともに見ることもできなかった。しかし息子が二人いることを思い出し、なんとか尋ねてみた。「失礼ですが、お若い方のウィルコックスさんでしょうか、それとも年長の？」

「若い方ですが、何か御用でしょうか」

「ああ、ええと……」夫人は何とか落ち着こうとした。「そうですか、あなたが。わたしは……」

夫人は改札係の若者から離れると小声で言った。「ミス・シュレーゲルの叔母です。自己紹介させていただかなければね。マントと申します」

すると青年は帽子を取って極めて冷静に言うのだった。「ああ、そうですか。ミス・シュレーゲルはうちに滞在されています。会いにいらしたのですか？」

「もしよろしければ……」

「タクシーを呼びましょう。いや、ちょっと待って下さいよ」ここで彼は言葉を切った。「うちの車があります。そちらにお乗せしましょう」

「それはご親切に……」

「いえいえ。ただ駅員室で小包を受け取らなければならないので、少々お待ち下さい。こちらです」

「姪はご一緒していないんでしょうね？」

「ええ、父と来ましたから。今乗っていらした汽車で北へ行きました。昼食の時にミス・シュレーゲルにお会いになれますよ。昼食にいらしたのですよね」

「とにかくお宅までは伺いますわ」ヘレンの恋人をもう少し観察するまでは気を許さないでおこう、と思いながらマント夫人は答えた。青年は紳士的に思えたが、こんな形で本人に遭遇することになるとは夢にも思わなかったので、観察眼がすっかり鈍ってしまった。夫人は相手をこっそりと盗み見た。引き締まった口の端や角ばった額などに、女の目から見て特に気になるところはなかった。色は浅黒い方で、ヒゲはきちんと剃られ、周囲に指図することに慣れている様子だった。

「前と後ろ、どちらに座られますか？　前は風が吹きつけるかもしれません」

「もしよかったら前の席に。そうしたらお話しできますから」

「ちょっとすみません、小包は一体どうなっているんだ」青年は駅員室に向かうと、口調を変えて言った。「おい、お前！　一日中待たせるつもりなのか。ハワーズ・エンドのウィルコックス宛ての小包だよ。しっかりしろ！」戻ってくると彼は口調を和らげて言った。「この駅はまったくひどい。わたしなら皆クビにしてやるんですがね。さあ手を貸しましょう」

「ご親切にどうも」と言ってマント夫人は車に乗り込み、赤い革張りの贅沢《ぜいたく》なシートに身を預け、毛布とショールでくるんでもらった。ヘレンの相手に対して思いがけず礼儀正しく振舞うことになったが、この若者は本当に親切なのだ。それに彼が少し恐ろしくもあった。恋人の叔母に初めて会っても全く落ち着き払っているのだから。

「本当にご親切ね」夫人は繰り返した。「こうなればいいと思っていましたよ」

「それはどうも」と青年は少し驚いた顔で言ったが、マント夫人はこの微妙な変化には気づかなかった。「下り列車に乗る父を送ってきただけですから」

「今朝ヘレンからの手紙を受け取りました」

若い方のウィルコックス氏はガソリンを入れ、エンジンをかけ、この物語には関係のないその他諸々の動作をした。立派な車が振動し始め、赤いシートに埋もれて事情を説明しようとするマント夫人の姿も、それに合わせて小気味よく上下した。「母が喜びます」青年は小さな声で言い、次に声を張り上げた。「おい、さっきから言っているだろう。小包だよ。ハワーズ・エンド宛ての小包。持ってこい。分かったか！」

ヒゲを生やしたポーターが片手に小包、片手に帳簿を持って現れた。車のエンジン音がうなりを上げる中で以下の会話が交わされた。「サインしろだと？　これだけ待たされた挙句に！　それに鉛筆も持ってないのか。次にやったら駅長に言いつけるぞ。お前はのらくらしていてもいいかもしれないが、こっちの時間は貴重なんだ。ほら」……この「ほら」というのはポーターにチップを渡したのである。そしてマント夫人の方を向いて言った。

「本当にすみません、マントさん」

「いいえ、ウィルコックスさん」

「村の方を通って行っても構いませんか。少し遠回りになるんですが、いくつか用事があるものですから」

「もちろん構いませんとも。あなたとじっくりお話ししたいこともありますしね」

こう言ってしまってからマント夫人は自分を恥じる気持ちになった。マーガレットの言いつけに背いているのだから。しかし表面的に背いているに過ぎない。マーガレットは、例の件を他の人たちと話し合うなとは言っていたけれど、当人と直接話すのは「洗練されていないし間違っている」とは言えないはずだ。偶然にもこうして一緒になったのだから。

寡黙なのか、青年は返事をしなかった。夫人の隣に乗り込むと手袋とゴーグルをして、自動車は発進した。ヒゲを生やしたポーターが、先ほど叱りつけられたばかりなのに羨望のまなざしで彼らを見送る。人生にはこういった妙なことがよくあるものだ。駅からの道では向かい風に吹かれ、マント夫人の目には埃《ほこり》が入ってしまった。だが北街道に入るや否や、夫人は口火を切った。「分かっていただけると思いますけれど、あの知らせはわたしたちにとって大変な衝撃でした」

「知らせとおっしゃると？」

マント夫人は単刀直入に言った。「ウィルコックスさん、マーガレットから全て聞きましたよ。全部です。ヘレンの手紙も見ました」

青年は運転中だったので夫人の顔を見ることはできなかった。目抜き通りを走ってきた速度のまま飛ばしていたのである。そこで夫人の方へ少し首を傾げて言った。

「え、何のことでしょう」

「ヘレンのことですよ、もちろん。あの子は特別です。あなただってあの子を想っているのだから、言わせてもらいますけれどね。シュレーゲル家の人たちは皆、特別なんです。わたしは口出しするつもりはないんですけれどね、本当にショックなんです」

車は布地屋の前で停まった。青年は返事をせずに、振り返って自分たちが村の道に巻き上げた砂埃を見た。それは収まっていったが、全てが元の場所に戻るわけではなく、一部は開いた窓から室内に入りこみ、一部は道の脇に並ぶ庭のバラやセイヨウスグリに白っぽく積もり、そして少なからぬ量が村人たちの肺に吸い込まれていった。

「いつになったら道を舗装しようって気になるんだか」と彼はコメントした。ここで布地屋からオイルクロス[6]を持った店員が走り出てきて、それを積み込むと車はまた走り出した。

「マーガレットは自分で来られなかったんです、ティビーの具合が悪いものですから。だからわたしが代わりに来てお話ししようと」

「飲み込みが悪くて申し訳ないんですが」青年はまた別の店の前に車を寄せながら言った。「おっしゃることがどうもよく分からないのです」

「ヘレンですよ、ウィルコックスさん。姪とあなたとのことです」

5　当時の自動車には屋根がなく、道も舗装されていなかったために砂埃が舞いあがるので、このような格好で運転した。

6　綿やネルなど厚手の布地の表面に、エナメルや桐油《とうゆ》を塗布して防水性を持たせた布。テーブル掛けなどによく用いられる。

青年はゴーグルを額に押し上げると、全くわけが分からないという風に夫人をじっと見た。夫人の心に恐怖がわき上がった。さすがにこれは何か行き違いがあり、最初からとんでもないヘマをしてしまったのではないかと思ったのである。

「ミス・シュレーゲルとわたし？」青年はそう言って口元をゆがめた。

「誤解ではないはずです」夫人の声は震えた。「ヘレンの手紙はそう読めましたから」

「どう読めたと？」

「あなたとヘレンが……」マント夫人は言葉を切ると目を伏せた。

「おっしゃる意味は分かりました」相手は嫌そうに言った。「まったくひどい間違いだ！」

「じゃあヘレンのことは少しも……？」夫人はしどろもどろになり、顔が真っ赤になって穴があったら入りたい気持ちだった。

「そうですね、別の女性と婚約していますから」一瞬押し黙ってから、青年はハッと息を呑《の》んで言った。「なんてことだ！　ポールの奴がやってくれたな！」

「でもあなたがポールでしょう」

「違いますよ」

「ではなぜ駅でそうおっしゃったんです」

「そんなことは言っていません」

「失礼ですが、言っていました」

〝若い方の〟というのは父親に対する息子に使うこともあれば、兄に対する弟に使うこともある。後になってどちらも一理あると皆で言い合うことになるのだが、この時はそんなことを話している場合ではなかった。

チャールズは言った。「それじゃあ、ポールが……」

しかし夫人にはチャールズの声が耳障りだった。ポーターと話すような調子だし、相手が駅で口にしたことが誤解の元になったので腹が立ってきた。

「ポールとお宅の姪御さんが、とおっしゃるんですね……」

人間の情として、ここでマント夫人は恋人たちの肩を持つことに決めた。このひどい若者に負けてなるものか。「ええ、二人は深く想い合っているんです。あなたにも今に話がありますよ。わたしたちは今朝聞いたばかりです」

チャールズは拳を握って言った。「あいつめ、なんて馬鹿なことをしてくれたんだ！」

これを聞いた夫人は自分をくるんでいる毛布を押しのけようとした。「そういう態度を取られるなら、降りて歩かせていただきます」

「そんなことはやめて下さい。すぐに家までお連れしますよ。あり得ない話だ、やめさせなければ」

マント夫人がカッとなることは滅多になく、なるとしたらそれは愛する者を守ろうとしてのことだった。夫人は憤然と言った。「その通りですよ、あり得ない。わたしが行ってやめさせます。姪は特別な子なんですから。あの子の価値が分からない人たちの犠牲になるのを黙って見過ごせるものですか」

チャールズはギリギリと歯ぎしりした。

「弟さんに初めて会ったのは水曜日ということですし、ご両親と知り合ったのはどこぞのホテルだっていうじゃないですか」

「もっと小さい声で。店員に聞こえるかもしれませんよ」

ここで造語を許してもらえるなら、「階級精神《エスプリ・ド・クラス》」は夫人も強く持っていた。そこで夫人は、低い階級の人間たちが、先ほどのオイルクロスのそばに金属製の漏斗《ろうと》や深鍋、庭用の噴霧器を積み込んでいる間、怒りに震えて押し黙っていた。

「これで全部だな」

「はい、さようで」と言って、低い階級の者たちは砂埃の中に消えた。

「言っておきますけれど、ポールは一文無しなんです。婚約なんてあり得ない」

「そんなことわざわざおっしゃる必要はありませんよ、ウィルコックスさん。こちらこそお断りです。姪が愚かだったんですから、お説教をしてロンドンに連れて帰ります」

「あいつは生計を立てるためにこれからナイジェリアに行くことになってます。結婚なんてまだ何年も考えられないはずだし、もしするなら現地の気候に耐えられる相手で、他の点でも……。なぜ僕らに何も言わなかったのか……恥ずかしくなったんですよ。馬鹿なことをしたと思っているんです。その通りですよ、大馬鹿者です」

　これを聞いてマント夫人のはらわたは煮えくり返った。

「それなのにミス・シュレーゲルは早速吹聴しているってわけか」

「もしわたしが男でしたらね、ウィルコックスさん。いまの一言であなたの横っ面を張り飛ばすところですよ。あなたは姪のブーツを磨くどころか、同じ部屋にいることにすら値しない人です。それをよくもまあ……あなたのような人とは口も利きたくありません」

「とにかく、弟は誰にも言っていないのにミス・シュレーゲルは周りに漏らした、ということです。父は留守だし、わたしは……」

「じゃあこちらも言わせてもらいますよ」

「わたしが話しているんです」

「聞きたくもありません」

チャールズは歯ぎしりし、自動車は道を外れそうになった。

マント夫人が悲鳴を上げる。

そして彼らは、二人の人間が愛によって結ばれようとする時にお馴染《なじ》みの、「どちらの家が優れているかゲーム」を始めた。それも稀《まれ》に見る激しさで。シュレーゲル家がウィルコックス家よりいかに素晴らしいか、ウィルコックス家はシュレーゲル家をいかに凌《しの》いでいるか、互いにまくし立てた。二人とも礼儀なんてものはかなぐり捨ててしまった。男の方は若く、女の方はひどく興奮していて、しかも両者共に怒りっぽくなってしまう素地があったのだ。二人の口論はたいていの場合と同じだった。つまりその時は避け難いが、後から考えると一体なぜそうなったのか、と思うのだ。だがこの二人の場合は、とりわけ不毛な争いということになってしまった。というのも、この数分後には事の次第が分かったからである。車がハワーズ・エンドに到着すると、ヘレンが真っ青になって飛び出してきた。

「ジュリー叔母様、たった今マーガレットから電報が来たの。わたし……叔母様が来るのを止めようとしたの。違うんです……もう終わったことなの」

この結末はマント夫人にはあんまりだった。夫人はわっと泣き出した。

「叔母様、お願いだから泣かないで。わたしが馬鹿だったと分かってしまうわ。何でもなかったのよ。わたしのためを思ってどうか我慢して」

「ポール」と手袋を脱ぎながらチャールズが声を張り上げる。

「他の人たちに言わないで。知られちゃいけないんです」

「ああ、ヘレン――」

「ポール！　ポール！」

かなり若い男が家の外に出てきた。

「おいポール、本当なのか？」

「いや僕は……僕は何も……」

「おい、イエスかノーだ。簡単な質問なんだから簡潔に答えろ。ミス・シュレーゲルは……」

「チャールズ」その時庭の方から声がした。「チャールズ、ねえチャールズ。そんなことを聞いてはいけません。簡単に答えられる質問なんてないんです」

誰もがふと押し黙った。それはウィルコックス夫人だった。

夫人はヘレンの手紙にあった通り、服の長い裾を引いて芝生の上を音もなく近づいてきた。本当に手には牧草を一束持っている。夫人はここにいる二人の青年や自動車よりも、家やその上に影を投げかける楡の木の仲間という印象を与えた。過去を大切にしていて、過去だけが授けることのできる直観的な知恵を持っているようだ。そのような知恵は「貴族的なもの」とでも呼ぶしかないだろう。夫人は高貴な生まれではないかもしれないが、自分の祖先をしっかりと心にかけ、彼らに助けられていた。チャールズが怒り、ポールは怯《おび》え、マント夫人が涙しているのを見たとき、夫人には祖先の声がこう言うのが聞こえた。「お互いをひどく傷つけ合おうとしているこの人間たちを引き離しなさい。他のことは後回しで良いのです」そこでウィルコックス夫人は何も問いただしたりせず、社交に長けた女主人《ホステス》のごとく何事もなかったかのように振舞うこともしなかった。「ミス・シュレーゲル、叔母様をあなたかわたしの部屋、どちらでも良いと思う方へ案内して差し上げて。ポール、イーヴィーに昼食は六人分をお願い、と伝えてきて。皆さん二階で召し上がるかどうかは分かりませんけれど」皆が夫人の指図に従っていなくなると、まだエンジンが掛かったまま、油っぽい臭《にお》いをまき散らす車の脇に突っ立っているチャールズに向き直った。そして優しく微笑むと、何も言わずまた庭の花を見やった。

「母さん」チャールズが言った。「ポールの奴がまた馬鹿をやったんですよ」

「それはもういいの。婚約は破棄になったのよ」

「婚約……!」

「二人はもう愛し合っていないの、そう言った方が良ければ」ウィルコックス夫人はそう言うと、かがみこんでバラの匂いをかいだ。

第4章

ウィカム・プレイスに戻って来たヘレンとマント夫人は悲惨な状態で、マーガレットはしばらく三人の病人の世話をしなければならなかった。マント夫人はすぐに回復した。というのも、過去をねじ曲げる力を実にふんだんに持っていたからである。夫人は自分の誤解からとんだ惨事になったということを、幾日もしないうちに忘れてしまった。危機の真っ只中にあってさえ「ああ良かった、マーガレットがこんな目に遭わずに済んで！」と言っていたのが、ロンドンへの帰路ではもう「誰かがやらなければならなかったのよ」に変わり、やがて「わたしがエミリーの娘たちを本当に助けてやれたのは、あのウィルコックス事件の時だったわ」という形に落ち着くことになった。だがヘレンの場合はもっと深刻だった。新しい考え方がまるで雷鳴のように頭上に轟《とどろ》き、その音とこだまで茫然自失の状態になってしまった。

実際何が起こったかというと、ヘレンは一個人としてのポールではなく、ウィルコックス家全体と恋に落ちたのだ。

ポールが帰ってくる前に、ヘレンは言うなれば彼を受け入れる準備ができていた。ウィルコックス家の人々のエネルギッシュさは魅力的だったし、ヘレンの感応しやすい精神にこれまでにはなかった美しいイメージを描き出した。日中ずっと彼らと一緒に屋外で過ごし、夜は同じ屋根の下で眠ることが人生の至福のように感じられ、自分の個性を忘れることに繋がったのだ。これは恋に落ちる前にはよくあることである。ウィルコックスさんやイーヴィーやチャールズに降参してしまうのが楽しかった。人生についての自分の考え方が浮世離れした非現実的なものだと言われ、平等思想、女性参政権、社会主義はどれも馬鹿げているし、文学や芸術も人間の性格を鍛えるものでない限り無意味だ、と言われて喜んでいた。シュレーゲル家が大切にしてきたものが一つ、また一つと打ち捨てられていき、それらを擁護するふりをしつつも良い気分でいたのである。ウィルコックス氏が、一人のしっかりとした実業家の方が一ダースの社会改革家より世間の役に立ちますよ、と言った時、ヘレンはこの興味深い発言をすんなり受け入れて、ウィルコックス氏の自動車のふかふかしたシートに身を委ねた。チャールズが「なぜ使用人にそんなに丁寧にするんですか。彼らには分かりませんよ」と言った時も、「彼らには分からなくても、わたしには分かります」とシュレーゲル風に言い返すことはせず、これからは使用人にあまり親切にするのはよそうと思った。「わたしは空疎な言葉に取り囲まれてきたんだわ」ヘレンは思った。「それを剝ぎ取られていくのは良いことなのよ」ヘレンが考えたこと、したこと、吸収したことは全て、ポールとの出会いに向けた密《ひそ》やかな準備だったのだ。だから、ポールとの一件は避けようがなかった。チャールズはもう婚約していたし、ウィルコックス氏は年配だし、イーヴィーは若すぎ、ウィルコックス夫人は他の人たちとはあまりに違っていた。そこで不在の弟はヘレンの中でロマンスの光をまといはじめ、ハワーズ・エンドでの幸せな時間の輝きを象徴し、確かな理想に近づくためには最善の相手だと思うようになったのだ。イーヴィーによれば、ポールとヘレンはほぼ同い年だった。それに大抵の人はポールの方が兄よりもハンサムだと言う。ゴルフの腕はいまいちだが射撃は兄よりもうまい、等々。そして現れたポールの方はと言えば、とある試験に通ったばかりで勝利に酔いしれ、可愛い女の子なら誰とでもいちゃつきたい気分だった。そこにちょうどヘレンがいた、いや、単にいたどころか積極的にこちらに関心を示してきて、あの日曜の晩、彼に接近してきたのだ。

もうじきナイジェリアに行く話はしていたし、その時もその話をして相手の目を覚ましてやるべきだった。しかしヘレンの胸の膨らみに気を取られてしまった。情熱的な振舞いが許される状況で、ポールは情熱的になった。心の奥底でこんな声がした。「この子はキスさせてくれるぞ。こんなチャンスは二度とないかもしれない」

以上が「ことの顚末《てんまつ》」だった。というよりヘレンが後に姉に語った経緯で、その時にはもっと辛辣《しんらつ》な表現が使われていた。しかしポールのキスが運んできた詩情、胸を打つ驚き、その後何時間も人生に魔法がかかったように感じたこと――こうしたものをどうやったら説明できるだろう？　イギリス人は、人間同士のこうした偶然の出会いを鼻で笑いがちだ。この種の話は心の狭い皮肉屋や偏狭な道徳家にとって、格好の材料になる。「一時の感情」だと言って、その感情がまだ残っているのに鮮やかさを容易《たやす》く忘れてしまう。鼻で笑ったり忘れようとしたりする衝動は、根本的には悪いものではない。男女の関係においては感情の高まりだけで十分ではないし、男と女は別個の人格を備えており、電流が走るような瞬間があるだけではなく、持続的な関係を結べることを我々は知っている。とはいえ、我々は笑って済ませたり、忘れようとしたりする心の動きに重きを置きすぎていないだろうか。こんなささやかな出会いによって、天国の扉が開くこともあるのだから。ともかくヘレンの人生には、その中で何の役目を果たすこともなかったポールという青年の抱擁ほど深く心に刻まれることは、その後何も起こらなかった。彼は彼女を、人目につく明るい家の中から連れ出し、馴染みの小道を通って大きな楡の木の下に連れて行った。彼女が愛を望んでいた時、男は暗がりで「愛しています」と囁《ささや》いた。やがてその面影は薄らいでいったが、男が作り出した情景はいつまでも残った。歳月が流れ様々なことが起こっても、ヘレンが似たものに巡り合うことは二度となかった。

「分かったわ」と話を聞いたマーガレットは言った。「少なくとも、そういうことに関して分かる限りのことは分かったと思う。じゃあ、月曜の朝に何があったか話してちょうだい」

「あっという間に終わったの」

「ヘレン、どうやって?」

「着替えている間はまだ幸せな気分だったけれど、一階に降りて行く時に心配になってきたの。そして食堂に入って行った時、これはダメかもしれないって思ったの。イーヴィーがティーポットの支度をしていて、ウィルコックスさんは『タイムズ』紙を読んでいたわ。うまく言えないんだけど……」

「ポールもそこにいた?」

「いたわ。チャールズが彼に株の配当の話をしていて、ポールは怖気《おじけ》づいているように見えたの」

姉妹はちょっとした言葉の綾《あや》で多くを伝え合うことができたので、マーガレットはその光景に隠された恐ろしさが分かったし、ヘレンが次のように言っても驚かなかった。

「ああいうタイプの男の人が怯えた様子でいるのって、ひどいものよね。わたしたちや、男性でも別なタイプの人なら……例えばお父様が……怯えた風でも構わないんだけど、あのタイプだと目も当てられない！　他の皆が落ち着いていて、ポールだけがわたしが何かまずいことを言うかもしれないって恐れおののいているのを見た途端、ウィルコックス家全体がニセモノで、新聞や自動車や、ゴルフクラブを寄せ集めてできた壁にすぎない気がしてきたの。もし崩れ落ちたら、向こう側にあるのはパニックと空虚だけだって」

「わたしはそうは思わない。ウィルコックスさんたちはしっかりとした実《じつ》のある人たちだと思うわ、特にあの奥さんは」

「わたしだって本気で思っているわけではないのよ。だけどポールは普段すごく男らしい感じだし、他にもあれこれあって……絶対にうまくいくわけがないと分かったの。絶対に。だから朝食が終わって、他の皆がクリケットの練習をしている時、彼に言ったの。『わたしたち、昨日の夜はちょっとのぼせ上がっていたみたいですね』すると、ポールはいっぺんに元気を取り戻した風だった。ひどく恥じ入った様子ではあったけれど。結婚するお金がないという話を始めて、痛々しい感じがしたから止めたわ。するとポールは言った。『本当にすみませんでした、ミス・シュレーゲル。昨日はどうかしていました』だからわたしも言ったわ、『それはわたしもですよ。もう気にしないようにしましょう』そしてその場は収まったの。少なくとも、前の晩お姉さんに手紙を書いたことを思い出すまではね。それを聞いてポールはまた怯えてしまったの。お姉さんはこちらに来るか何かするだろうから、彼に頼んで電報を打ってもらおうとした。自動車を使おうとしたけれど、チャールズとウィルコックスさんが駅へ行くのに必要で、チャールズが代わりに電報を打つと申し出てくれたの。でも、それには及びません、と断らなければならなかった。チャールズが内容を目にするだろうってポールが言うから、何度か書き直してみたけれど、どれも怪しまれるだろうって。終《しま》いにはポールがインクのカートリッジを買いに行くふりをして徒歩で電報を打ちに行ったけれど、こんなことをしていたから郵便局に出すのが遅すぎたの。本当に最悪な朝だった。ポールはわたしのことがどんどん嫌いになるし、イーヴィーがクリケットの平均スコアのことをあんまりしつこく話し続けるから大声で叫びたくなった。あの子のこと、よくそれまで我慢できていたと思うわ。チャールズとウィルコックスさんがようやく駅に向かって出発したと思ったら、同じ電車でジュリー叔母様が到着するっていうお姉さんからの電報が届いて、ポールはわたしのせいで大事《おおごと》になったって言うし、ひどいでしょ。でもね、ウィルコックスの奥様は知っていたのよ」

「何を？」

「全部よ、ポールもわたしも一言も言っていないのに、全て分かっていたと思うの」

「あなたたちの話が聞こえていたんじゃないの」

「そうかもしれない。でもとにかくすごかったわ。チャールズとジュリー叔母様が車で到着して、お互いを罵り合っていた時、奥様が庭の方から現れてその場を収めてくれたの。ああ、それにしてもひどい話！　考えてみたら――」

「考えてみたら、この電報のやり取りも怒りも全部、あなたが若い男性とほんの束《つか》の間出会ったせいで生まれたのよね」と、マーガレットが言葉を継いだ。

ヘレンはうなずいた。

「ヘレン、わたしはよく思うんだけど。これはこの世で一番興味深いことの一つかもしれない。わたしやあなたがまだ経験したことがない、大いなる外の世界というものがあって、そこでは電報や怒りの感情が重要なの。わたしたちが一番大事に思っている個人的な人間関係は、そこではあまり大切ではないの。外の世界では愛が意味するのは結婚式の段取りだし、人の死は相続税を意味するの。そこまでは分かったけれど、まだよく分からないこともある。この外の世界って、いかにも恐ろしいものに思えるけれど、そちらが本物かもしれないとよく思うの。そこには何か、気骨が感じられるのよ。人間の性格を強くしてくれるものがある。個人的な人間関係は、結局は無力なものなのかしら？」

「メッグ、わたしも同じように感じたわ。そんなにはっきりとではないけれど。ウィルコックスさんたちはすごく有能で、何にでも対処できる感じなの」

「今もそう思う？」

「朝食の時のポールの様子」ヘレンは静かに言った。「あれは忘れられないわ。いざとなると、彼には支えとなるものが何もないの。わたしはやっぱり、個人的な人間関係こそが本物だと思うわ、これからもずっと」

「アーメン！」

こうしてウィルコックス家を巡るエピソードは、甘美さと恐れが混じりあった思い出を残して後景へ退き、姉妹はヘレンが提唱する個人的関係に重きを置く暮らしを続けていった。互いに、そして他の人々とも語り合い、上にひょろ長く延びたウィカム・プレイスの家に自分たちの好きな人や友人になれそうな相手をどんどん招いた。

集会に出かけていくこともあった。政治家が考えるような具合にではないが、姉妹は自分たちなりに政治には非常な関心を持っていた。二人とも公の生活というものは、私生活に見られる善きものを反映すべきだと考えていた。自制心、寛容、男女平等といった話題にはとりわけ親しみを感じた。その一方でチベットにおける積極政策やその利点[1]にはあまり関心がなく、さらに大英帝国の問題になると、恭《うやうや》しくも困惑したため息をついて終わりにしてしまった。このような人間からは歴史上のスペクタクルは生まれない。もしこの姉妹のような人たちばかりだったなら、世界は灰色で青ざめたものになってしまうだろう。だが実際には他にも色々な人間がいるので、その中にあって彼女たちの存在は星のように煌《きら》めくかもしれない。

ここで姉妹の出自について一言述べておく必要がある。叔母のマント夫人はわざわざ二人のことを「骨の髄までイギリス人」と言っていたが、実はそうではないのだ。とはいえ、二人は「嫌なドイツ人」でもなかった。姉妹の父親は、半世紀前まではドイツで今より多く見られた種類の人間だった。つまりイギリスのジャーナリストたち

1 イギリスは十九世紀後半からチベットにおける通商拡大を進めていた。これは中央アジアにおけるロシアとの覇権争いに関係している。

が好んで報じるような「好戦的なドイツ人」ではなく、ジョークでお馴染みの「家庭的なドイツ人」でもなかった。あえて類別するなら、彼はヘーゲルやカントの同国人で、観念論者で夢見がちであり、帝国主義的な考え方をしてもそれは理念上のものだった。しかし無為に人生を送ったわけではない。デンマーク、オーストリア、フランスを敵に回した時は鬼気迫る様子で戦った。だが、勝利がもたらすものについて具体的に考えていたわけではなかった。それが分かってきたのは、セダン[2]の地でナポレオン三世の染めたヒゲが白くなっているのを目にした時だった。パリに入城し、テュイルリー宮殿の窓ガラスが粉々に割れているのを見た時にも同じように感じた。そして平和がやって来た……それはとても大きなことだった。ドイツは帝国になったのだ。だがシュレーゲル氏は何かが失われたように感じ、アルザス＝ロレーヌ地方を獲得したことも埋め合わせにはならなかった。商業国ドイツ、海軍国ドイツ、こちらには植民地を持ち、あちらでは前進政策を推し進め、他の場所でもしかるべき野心を持ったドイツ。そういったものに魅せられる者もあるだろうし、国に奉仕するのはそういう人たちなのだろう。しかしシュレーゲル氏は勝利の恩恵に浴することなく、さっさとイギリスに帰化してしまった。一族の中でも愛国心の強い者たちはこれを決して許さず、彼の子どもたちは「嫌なイギリス人」にはならないまでも、「骨の髄までドイツ人」にはなれないだろうと思った。シュレーゲル氏は地方の大学に職を得て、「かわいそうなエミリー」（シュレーゲル氏の親族から見れば「あのイギリス女」）と結婚し、妻が裕福だったのでロンドンに出ることもあり、多くの人と知り合った。しかしシュレーゲル氏のまなざしはいつも海の向こうに向けられていた。祖国を覆う物質主義の霧がやがて晴れ、また柔らかい知性の光が差してくることを望んでいた。「では我々ドイツ人は馬鹿だとおっしゃるんですか、エルンスト伯父様？」イギリスに訪ねてきた大柄で偉そうな態度の甥っ子が尋ねた。エルンスト伯父様は答えた。「わたしにはそう思えるね。君たちは知力を使ってはいるが、もはや知力に関心を持っていない。それを馬鹿だと言っているんだよ」偉そうな甥っ子には理解できないようだったので、さらに言葉を継いだ。「今の君たちは実用的なものばかり大事にして、こんな序列をつけているだろう。金は一番役に立つ、知性はまあまあ役に立つ、想像力は全く役に立たない、という具合だ。いやそれは違う」……ここで甥っ子が反論してきたのだ。「君たちの言う汎《はん》ゲルマン主義というのは、イギリスの帝国主義と同じくらい想像力

2　一八七〇年、普仏戦争でプロイセン王国がナポレオン三世率いるフランス軍を破った地。プロイセンはアルザス＝ロレーヌ地方を獲得し、ドイツ帝国の成立につながる。

を欠いたものなんだ。規模の大きさに興奮するというのは低俗な精神の悪しき面だ。千平方マイルは一平方マイル[3]の千倍素晴らしくて、百万平方マイルあればそれはもう天国だ、という考え方には想像力の欠片《かけら》も感じられない。いや、むしろそんな考え方は想像力を殺すと言っていいだろう。イギリスの詩人たちは大きさを賛美しようとしたらすぐに息絶えてしまった。当たり前のことだがね。ヨーロッパ全体がこの二百年の間耳を傾けてきたドイツの詩人、哲学者、音楽家たちも今や瀕死の状態にある。まともなのはいなくなってしまった。彼らを育んできたエステルハージやヴァイマル[4]と共に失せたんだ。え、何だって？　大学がある？　たしかにドイツには、イギリスの学者よりももっと事実をかき集めている学者がいるね。どんどん事実を集めて事実の帝国を築く。だがその中に、内なる光をもう一度甦《よみがえ》らせようとしている者がどれだけいるかね？」

　マーガレットはこの偉そうな甥の膝に座って、これら全てを聞いていた。

　小さな女の子にとっては類を見ない教育だった。そしてある時、その甥っ子が、彼よりもっと尊大な感じのする妻を伴ってウィカム・プレイスに訪ねてきた。二人ともドイツは神命により世界を統治するのだと信じていた。その翌日にはマント夫人がやって来ることになっていて、こちらはイギリスこそが神命により同じ責務を負っていると信じていた。声高に主張を繰り広げるこの両陣営は、どちらも正しいのだろうか？　ある時彼らの滞在が重なったので、マーガレットは手を握りしめ、自分の目の前でこの話題について議論してもらえないかと頼んでみた。すると彼らは途端に赤面して天気について話し始めたのだ。「パパ」とマーガレットは叫んだ（実にいまいましい子だった）。「どうしてお二人は、この単純明快な問題に関してお話をなさらないのかしら？」父親は苦虫を噛み潰したような顔でそこにいる面々を見て、僕には分からないと答えた。するとマーガレットは首を傾げてこう言った。「神様はイギリスとドイツについてのご自分のお考えが分からないか、わたしたちが神様のお考えを理解していないか、そのどちらかに思えるわ」何とも小憎らしい子どもだが、マーガレットは十三歳にしてほとんどの人が気づかず見すごしてしまう矛盾に気がついたのである。彼女の頭脳はあれこれ思いを巡らすことで、柔軟で強くなっていった。そして組

3　一平方マイルは、約二・六平方キロメートル。
4　エステルハージ家はハンガリーの大貴族。広大な所領を持ち、芸術家のパトロンを多く輩出した。ヴァイマルはドイツ中部の都市で、特に十八世紀末から十九世紀初頭にかけて文人や音楽家を厚遇した。

織ではなく一人一人の人間こそが目に見えない真実に一番近いところにいる、という結論に達し、この信念は決して揺らぐことがなかった。

ヘレンも姉とほぼ同じ路線を辿《たど》って成長したが、もう少し気まぐれなところがあった。元々の性格はマーガレットに似ているが、容姿が優れていたので姉よりも良い思いをすることが多かったのだ。知り合って間もない友人たちは、ヘレンの周りに群がる方が多かったし、ヘレンもそれを喜んでいた。父親が亡くなって姉妹がウィカム・プレイスを切り盛りするようになると、ヘレンは集まった一座をしばしば魅了し、マーガレットにはそれができなかった（姉妹揃ってものすごいおしゃべりなのだが）。しかし二人は気にも留めなかった。後からヘレンが謝るようなことはなく、マーガレットが少しでも恨みがましく思うこともなかった。だが容姿の違いはそれぞれの性格に影響を及ぼした。小さな頃は似ていた二人だが、ウィルコックス家との関わりがあった頃にはそれぞれのやり方が異なってきていた。ヘレンは周囲の人々を魅了し、そうすることで自分自身もうっとりしてしまうようなところがあった。マーガレットの方は何事にも真っ直ぐに立ち向かい、時々生じる失敗も人生というゲームの一部として受け止めていた。

弟のティビーに関してはあまり説明はいらないだろう。十六歳の知的な若者だが、胃が弱く気難しい性質《たち》だった。

第5章

ベートーベンの交響曲第五番が、これまで人類の耳を貫いた最も崇高な音であることは世間一般に広く認められるだろう。[1]どんな人間でも、どのような条件下にあっても、この曲には満足を覚えるのだ。マント夫人のような人は、特定の旋律が聞こえてくると指をトントンして拍子を取る。もちろん周りの迷惑にならないようにこっそりとだが。ヘレンのように、音の洪水の中に英雄や難破船を思い浮かべる人もいる。マーガレットは何も思い浮かべず、音楽を音楽として聴く。ティビーは対位法《たいいほう》[2]に精通していて、膝の上に総譜を広げて聴く。この三人のいとこでドイツ人のモーゼバッハ嬢の場合は、聴いている間もずっとベートーベンは「本物のドイツ人」だということが頭から離れない。モーゼバッハ嬢の恋人の青年は、モーゼバッハ嬢のことが頭から離れない。いずれにしても、この曲を聴くと自分の情熱の対象がより明確になり、これが二シリング[3]で聴けるなんて安いものだと思うのだ。たとえロンドンでは最悪のホールであるクィーンズ・ホールで聴いたとしても、やはり安いと言える（マンチェスターのフリー・トレード・ホールはここよりさらにひどいが）。もしホールの左端に座っていて、最初に到着した金管楽器が運び込まれる際にちょっとあなたにぶつかるようなことがあっても、やはり二シリングは安いのである。

「マーガレットが話しているのは誰かしら？」第一楽章が終わるとマント夫人が聞いた。またロンドンに来てウィカム・プレイスを訪ねているのだ。

ヘレンは横一列に並んで座る自分たちの一行を見やると、知らないと言った。

---

1 ジェイン・オースティン（一七七五—一八一七）の代表作『高慢と偏見』（一八一三）冒頭の有名な一文、「財産があって独身の男性がいたら、奥さんを欲しがっているに違いないというのが世間一般に認められた真理である」をもじったものと思われる。オースティンはフォースターが愛読した作家であり、上流中産階級の人々を主人公とした社会喜劇《ソーシャルコメディ》風の展開は両者の作品に共通する。

2 それぞれが独立して進行する二つ以上の旋律を同時に組み合わせて楽曲を構成する作曲技法。

3 シリングは一九七一年に十進法の通貨制度が導入されるまで使用されていたイギリスの通貨単位。当時は一ポンド＝二十シリングになっていた。二シリングは大まかに言って現在の日本円で二千円程度と考えられる。

「マーガレットがお熱を上げている誰かさん?」

「そうだと思うわ」とヘレンは答えた。すっかり音楽に酔いしれていて、単なる知人と姉の意中の人を見分けることもできない状態だった。

「あなたたちはすごいわね、いつも……あら、静かにしなきゃ!」

アンダンテの第二楽章が始まったからだ。大変美しいがベートーベンが書いた他の全てのアンダンテとどこか似ていて、ヘレンには第一楽章で出てきた英雄と難破船と、第三楽章に登場する英雄と悪鬼《ゴブリン》の間を邪魔するものに思えた。そこでいったん主旋律を聴き終わると気が散ってきて聴衆を観察し、次にオルガンや建物に視線をさまよわせた。ホールの天井近くにぐるりと並べられた貧相なキューピッドたちのことは、まるで気に入らなかった。気の抜けた様子で互いの方に身を乗り出し、黄ばんだズボンをはいて、十月の日差しを浴びている。「あんなキューピッドみたいな男と結婚するなんて真っ平だわ!」とヘレンは思った。ここでベートーベンが旋律に彩りを与え始めたのでもう一度そちらに関心を向け、いとこのフリーダに微笑みかけた。でもフリーダは真面目にクラシックを聴いている最中なのでそれには応じられなかった。恋人のリーゼッケ氏も、まるで荒馬さえも彼の気を逸《そ》らすことはできない、といった様子だった。額にしわが寄り唇はちょっと開いて、鼻眼鏡は鼻の上にきちんとのり、大きな白い手は膝の上に置かれている。そして自分の隣にはイギリス人の見本のようなジュリー叔母様がいて、指でトントンしたがっている。ここに並んでいる人たちは何て面白いんだろう！　一人一人の人間が作り上げられるのに、どれだけ違ったものが作用してきたことか！　ここでベートーベンが大変甘やかに言葉を濁し、「やれやれ」と言ったのでアンダンテは終わった。拍手が起こり、ドイツ人の二人は母国語で「素晴らしい《ヴンダーシェーン》」「見事だ《ブラハトフォル》」と口にした。マーガレットはまた例の若い男と話し始め、ヘレンは叔母に言った。「さあ次はすごい楽章よ。まず悪鬼《ゴブリン》たちが出てきて、それから三頭の象が踊るの」ティビーの方は連れの皆に対して、ドラムによる移行楽節を聴かなければ、と言った。

「何によるですって？」

「ドラムです、ジュリー叔母様」

「いえ、悪鬼たちがいなくなったと思ったらまた戻ってくる箇所を聴かなければ」とヘレンが隣で囁いた。すでに演奏が再開し、一匹の悪鬼が宇宙の端から端まで、音もなく歩いていった。他の悪鬼たちもそれに続いた。彼らが別に攻撃的ではないのが、ヘレンにはとりわけ恐ろしく感じた。悪鬼たちはただ、この世には栄光や英雄的行為なんてものはない、と言いながら通り過ぎていくのだ。続いて象の踊りがあった後、悪鬼たちは戻ってきて同じことをもう一度告げた。ヘレンは彼らに反論することができなかった。信じていた青春の壁が崩壊するのを目《ま》の当たりにし、同じように感じたことがあるのだから。この世にあるのはパニックと空虚だけ！　パニックと空虚だ！　悪鬼たちは正しい。

　ここでティビーが指を立てて合図した。ドラムによる移行旋律が始まったのだ。すると、お前たちはやりすぎだと言わんばかりに、ベートーベンが悪鬼たちを捕まえ自分の思い通りにし始めた。作曲家その人が現れて悪鬼たちをチョイと押しやると、彼らは短調から長調に合わせて歩き出し、フーッと息を吹きかけられて散り散りになる！　壮麗な嵐が巻き起こり、神々や半神たちは巨大な剣を手に取って闘い、戦場は光彩と香気に溢《あふ》れ、崇高な勝利と崇高な死がもたらされた！　これら全てが目の前で起こり、手を伸ばせば触れられるかのように、ヘレンは手袋をはめた手を差し伸べることさえした。運命とは途方もないもので、闘いは起こるべくして起こったのであり、征服する者も征服される者も、共に至高の星々を司る天使たちから喝采されるだろう。

　では悪鬼たちは……本当はいなかったのか？　臆病者や不信心者が見る幻だったと？　健全な人間がひと吹きで追い払えるものなのだろうか？　ウィルコックス家の人々や、ローズベルト大統領[4]ならば「そうだ」と言うだろう。しかしベートーベンの方がよく分かっていた。悪鬼たちは本当にいたし、戻ってくるかもしれない。そしてほら、実際に戻ってきた。それはまるで、この世の壮麗なるものが吹きこぼれ、蒸気と泡になってしまったようだった。素晴らしきものは雲散霧消し、恐るべき不吉な音が聞こえてきて、一匹の悪鬼がさっきよりも悪意に満ちて宇宙の端から端まで音もなく渡っていく。パニックと空虚！　パニックと空虚！　この世の輝く城壁さえも崩れ落ちることがあるのだ。

最後にはベートーベンは全てをきちんと立て直すことにした。城壁は築き直され、彼がもう一度息を吹きかけると悪鬼たちは退散した。再び壮麗な嵐が吹きわたり、英雄的行為や若さ、生と死の崇高さは呼び戻され、超人的な歓喜が朗々と鳴り響く中でベートーベンは交響曲第五番を終わらせた。しかし悪鬼たちは存在するし、また戻って来るかもしれない。ベートーベンが勇気を持ってそう言っているからこそ、彼の音楽はいつでも信じるに値するのだ。

拍手が湧き起こる中、ヘレンは周りの人々を押しのけて出口へ向かった。一人にな

4　セオドア・ローズベルト（一八五八―一九一九）。一九〇一―一九〇九年にアメリカ合衆国大統領を務めた。

りたかった。今聴いた音楽がこれまで自分の人生に起こったこと、これから起こるかもしれないことをまとめて見せてくれた。それははっきり書かれた決定的なものとして目に映った。ヘレンは一つ一つの音にあれやこれやの意味を見出《みいだ》し、彼女にとって他の意味はあり得ないし、人生が他の意味を持つこともあり得ないのだ。そのまま真っ直ぐホールの出口へ向かい、外の階段をゆっくり降りて、秋の空気を吸いこみ家路についた。

「マーガレット」マント夫人が聞いた。「ヘレンは大丈夫かしら？」

「大丈夫ですとも」

「いつもプログラムの途中で帰ってしまうんです」とティビーが言った。

「音楽に深く感動したんでしょう」とモーゼバッハ嬢。

「すみませんが」ここでマーガレットと話していた青年が、しばらく前から言おうとしていたことを口にした。「あの方、きっとうっかりされていたのだと思いますが、わたしの傘を持って行かれました」

「まあ、なんてこと！　本当に申し訳ありません。ティビー、ヘレンを追いかけて」

「そうしたら『四つの厳粛な歌』[5]が聴けなくなる」

「ティビー、お願いだから追いかけて」

「それには及びません」と青年は言ったが、実際は傘のことが少し気にかかっていた。

「いえ、いけませんよ。ティビー、ティビーったら！」

ティビーは立ち上がると、わざとイスの背にぶつかった。倒れたイスを起こして帽子を見つけ、総譜を無事に拾い上げた時には、ヘレンを追いかけるのにはもう「手遅れ」ということになった。『四つの厳粛な歌』が始まり、演奏中は出入りできないからだ。

「妹は本当にそそっかしいものですから」マーガレットは小声で言った。

「いえいえ」青年は言ったものの、その声はひどくよそよそしかった。

「もしご住所を教えていただけたら……」

「いえもういいんです、本当に」そう言って青年は自分の外套を膝にしっかりと巻きつけた。

こんなわけだから、マーガレットの耳には『四つの厳粛な歌』は空疎に聞こえた。曲の中でブラームスはあれこれ不平をこぼしていたが、傘泥棒の疑いをかけられたら

5 ヨハネス・ブラームス（一八三三―一八九七）が一八九六年に作曲したバスとピアノのための歌曲。自らの死の前年に作曲され、死に関する聖書の文言が歌詞に用いられている。

どんな気持ちがするかは考えたこともないのだ。この愚かな青年ときたら、マーガレットがヘレンとティビーと共謀していて、もし住所を知らせたらいつか真夜中に彼の部屋に押し入り、散歩用のステッキまで盗もうとするだろう、と思っているのだ。ほとんどのご婦人なら笑って済ませるような話だが、マーガレットは本当に気にしていた。というのは、この一件から貧困がもたらすものが分かったからだ。人を信じるのは豊かな人だけに許された贅沢で、貧しい人にはそんな余裕はない。ブラームスがぶつくさ言うのが終わると、マーガレットは青年に名刺を手渡して言った。「わたしたちはここに住んでいます。もしよろしければ、コンサートの後で傘を取りにいらっしゃいませんか。こちらの落ち度でご足労をおかけするのは申し訳ないのですが」

名刺に書かれた住所がウエスト・エンド[6]なのを見ると青年の表情は少し明るくなった。彼が疑いにさいなまれつつも、この身なりのいい人たちは本当に善人かもしれないと思い、失礼のないよう振舞おうとするのを見てマーガレットは物悲しくなった。しかし相手が「今日のプログラムは素晴らしいですね」と口にしたのを、マーガレットは良い兆候と受け止めた。傘の一件が起こる前に青年が最初に口にしたのと同じ言葉だったからだ。

「ベートーベンは良かったですね」マーガレットはうまく相手に合わせるタイプの女

性ではないのでこう言った。「でもブラームスは好きになれませんし、最初のメンデルスゾーンもです。それに、ああいやだ！　次のエルガーも嫌いです」

「なんですって」これを聞いたリーゼッケ氏が口を挟んできた。「『威風堂々』[7]は素晴らしくないんですか」

「マーガレットったら！」マント夫人が声を上げた。「わたしはリーゼッケさんに『威風堂々』を聴くまで帰らないで下さいとお願いしているのよ。それをあなた、台無しにして。リーゼッケさんには是非イギリスの曲も聴いていただきたいのよ。それなのに、自分の国の作曲家をけなすなんて」

「わたしはその曲をシュテティーン[8]で聴きましたよ」とモーゼバッハ嬢。「二度も。ドラマティックでしたよ、少しは」

「フリーダ、あなたはイギリスの音楽を見下しているでしょう。分かっているわよ。

6　劇場などの文化的施設が多く、ステイタスのある地区。貧困層や移民が多く住むイースト・エンドと対比される。
7　イギリスの作曲家エドワード・エルガー（一八五七―一九三四）の代表作。
8　当時はドイツ東部の港湾都市。現在はドイツ国境に近いポーランド領で、シュチェチンと呼ばれる。

イギリスの絵画もね。あとシェイクスピア以外のイギリス文学も。それでシェイクスピアはドイツ人だって言うんでしょう。もういいわ、行きなさいよフリーダ」

恋人たちは笑って顔を見合わせた。そして同じ気持ちになったらしく、立ち上がると『威風堂々』から逃げ出した。

「フィンズベリー・サーカスに住む知人を訪ねないといけないのですよ、本当に」リーゼッケ氏がマーガレットの前をすり抜けて通路に出ながら弁明している間に、音楽が始まった。

「マーガレット」マント夫人が囁きにしてはだいぶ大きな声で言った。「マーガレット、マーガレット！　モーゼバッハさんがイスの上にきれいなバッグを忘れているわ」

たしかにその通り、フリーダはバッグを忘れていった。住所録、小型辞書、ロンドンの地図、お金が全部そこに入っているのだ。

「まあなんてこと。わたしたちってひどい一族！　ねえフリーダ！」

『威風堂々』が素晴らしいと思っている人たちが声を揃えて「しーっ！」と言った。

「フィンズベリー・サーカスの番地が分からないと、どうしようもないわよね」

「あの、もしよろしければ……良かったら僕が行きましょうか」マーガレットの隣に座っている例の疑い深い青年が言って、顔を真っ赤にした。

「あらすみません、助かります」

青年はバッグを受け取ると、通路をそっと歩いて行った。バッグの中で硬貨がチャラチャラと鳴る。回転ドアのところで何とか持ち主に追いつくと、若いドイツ人女性はにっこりし、恋人の方は丁寧なお辞儀をした。青年はこれで自分の身に起こったことが帳消しになった気分で席に戻った。ささやかなことではあるが、この人たちがこちらを信頼してくれたことがさっきの疑念も晴らしてくれた。おそらく傘の件では「してやられた」わけではないのだろう。この青年は、過去にひどく押しつぶされそうなくらい「してやられて」いた。だから今や、見知らぬものから自分自身を守ることにエネルギーの大半を費やしているのだ。でも今日の午後は、おそらく音楽のお陰で、時には肩の力を抜いたっていい、でなければ生きることの何が楽しいっていうんだ、という気分になった。ウエスト・エンドのウィカム・プレイスという場所に行くことにはリスクがあるが、大抵の物事と同じく安全なのではないか。それなら行ってみるとするか。

そのためコンサートが終わって、マーガレットが「家はここからすぐなんです。今から帰宅しますので、もしご一緒に来ていただけたら傘をお返しできるのですが」と言った時、青年は「ありがとうございます」と素直に言い、マーガレットに付いてクィーンズ・ホールの外に出た。マーガレットは階段を下りる時に青年が熱心にこちらに手を貸そうとしたり、プログラムを持ちましょうかなどと言ったりしなければいいのにと思った。自分より少しだけ下の階層の相手からこうした振舞いをされるとどうにも落ち着かない。とはいえ、青年のことをおおむね興味深い人だと思った。この頃のシュレーゲル姉妹にとっては誰も彼もがおおむね興味深い相手だったのだ。だから文化についての話をしながら、青年をお茶に誘ってみようと心の中で考えていた。

「音楽を聴いた後は疲れますね」とマーガレットは始めた。

「クィーンズ・ホールは雰囲気が良くないとお考えですか？」

「ええ、まったくひどいものです」

「でも、コヴェント・ガーデンの方がもっとひどいですよ」

「よくいらっしゃるんですか？」

「仕事の都合が許せば、ロイヤル・オペラの三階席に通っています」

ヘレンであればここで「わたしもよ。三階席って大好き」と言って青年に親しみを感じさせるところで、それができるタイプだった。しかしマーガレットは相手に調子を合わせて会話を盛り上げることに我慢がならなかった。コヴェント・ガーデンの三階席に行ったことはあるが、もっと値の張る席の方が好きだったので、そこに「通った」とは言えない。それに三階席が良いとは思えなかったので、返事をせずにいた。「今年になって三回行きました。『ファウスト』と、『トスカ』、それから……」ここで青年は考え込んでしまった。あれは『タンハウザー』だったか、それとも『タンホイザー』だろうか？　口にするのはやめておこう。

マーガレットは『トスカ』も『ファウスト』も嫌いだった。そこで各々の理由から二人が黙って歩を進めていると、ティビーと言い合っているマント夫人の声が聞こえてきた。

「ティビー、もちろんその旋律は覚えていますよ。でもどの楽器の響きも素晴らしかったから、その中の一つを取り出して覚えているかって言われてもねえ。あなたとヘレンが連れて行ってくれるのはどれも最高のコンサートですもの。初めから終わりまで退屈な音なんて一つも聞こえないのよ。モーゼバッハさんたちには最後まで聴いてほしかったと思うけれど」

「でもジュリー叔母様、ドラムが低いドの音を打ち続けていたのは覚えているでしょう？」ティビーの声が聞こえてきた。「忘れられっこないですよ、それはもうはっきりと響いていましたから」

「あの特に音が大きくなった箇所かしら？」マント夫人はいちかばちかで言ってみた。それが間違っていると分かると、「もちろんわたしは音楽に詳しくないのよ」と言い添えた。「音楽が好きなだけで、詳しいわけではないの。でも言わせてもらうならね、自分の聴いた音楽が好きか嫌いかははっきり分かるわ。絵についてもそういう人たちがいるわね。例えばわたしの知っているミス・コンダーなんて、美術館に行って作品を見ながら感じたことをぽんぽん口にできるの。わたしにはそういうことはできないですけどね、だって音楽と絵は全く別物ですから。でも音楽に関しては信じてちょうだいね、ティビー。わたしは何でも気に入るわけじゃないですから。ヘレンが夢中になっていた、フランス語で牧神とか何とかっていう曲[9]、あれなんかチャラチャラして薄っぺらい音楽だと思ったからはっきりそう言ったし、今でもその考えは変わらないわ」

「あなたもそう思います？」ここでマーガレットが尋ねた。「音楽と絵は全く別物なのかしら」

「そ、そうですね、まあそう思いますけれど」青年が言った。

「わたしもそう思いますが、妹は同じだって言うんですよ。そのことでいつも大変な議論になるんです。妹はわたしの理解不足と言うんですが、わたしは妹の方が考えが足りないと思うんです」だんだんと調子が出てきたマーガレットは続けた。「ばかばかしいとお思いになりません？　もしも他のものに置き換えても構わないなら、色々な種類の芸術があることに何の意味があるんでしょう？　目で見るのと同じなら、一体なぜ耳があるんでしょう？　ヘレンは色々な音楽を絵を語るように説明しようとして、絵の方は音楽の言葉で語ろうとするんです。それを結構うまくやってのけて、途中で気の利いたこともいくらか口にするんですけれど、それで何が得られるんでしょうか？　全くのたわごと、偽りのものだと思いますわ。もしモネをドビュッシーに、ドビュッシーをモネに喩《たと》えることができるなら、この二人に価値なんてないと思いますよ」

これを聞いた青年は、明らかに姉妹の仲はうまくいっていないのだ、と思った。

「いましがた聴いたベートーベンの交響曲だって、ヘレンはそのままにしておけないんです。最初から最後まで意味を与えて、文学作品にしてしまうの。音楽が純粋に音楽として受け止められる日がいつかまた来るんでしょうかね。分かりませんね。弟は……わたしたちの後ろを歩いていますが、彼は音楽を音楽として受けとるけれども、

9　クロード・ドビュッシー（一八六二―一九一八）作曲「牧神の午後への前奏曲」を指すと思われる。

ああいやだ！　弟の話にはものすごくイライラさせられて、はらわたが煮えくり返りそう。弟と音楽の話をしたいとは思いません」

青年は、才気はあるかもしれないけれど不幸な一家だ、とまた思った。

「もちろん本当に悪いのはワーグナーですよ。十九世紀に芸術をゴタ混ぜにしてしまった張本人ですから。音楽は今ゆゆしき事態に陥っていると思うんです。とても興味深い状態ではありますけれどね。歴史には時々ワーグナーみたいなすごい天才が現れて、あちこちの思索の井戸をいっぺんにかき混ぜてしまうの。その瞬間は壮観なんです、かつてなかったほどの飛沫《しぶき》が上がって。でもその後は……泥だらけで、井戸と井戸が簡単に通じ合ってしまって、澄んだ流れを持つものはなくなってしまう。それがワーグナーのしたことです」

青年にとって、マーガレットのおしゃべりは鳥がパタパタと飛び去っていくかのようだった。こんな風に話すことができれば、世界は彼のものなのに。ああ、教養があれば！　外国人の名前を正確に発音できたら！　物知りで、ご婦人のどんな話題にも余裕でついていくことができたなら！　でもそうなるためには何年もかかる。昼食時の一時間と、晩に途切れ途切れに確保できる数時間で読書をするくらいでは、小さな頃からずっと色々なものを読んできている、お金持ちで余暇のたっぷりあるご婦人方に太刀打ちできるわけがない。知っている名前はたくさんあるし、モネやドビュッシーの名前も聞いたことがあるかもしれない。問題はそれを文章にして、口に出すことができないということだ。だって傘のことが気になるのだから。そうだ、本当の問題は傘なんだ。モネとドビュッシーの背後に傘が見え隠れし、ドラムの響きがずっと聞こえている。「傘のことなら大丈夫だろう」と青年は考える。「気にしないようにして、代わりに音楽のことを考えよう。傘は大丈夫だ」さっきまではコンサートの席のことを気に病んでいた。二シリングも払う価値があっただろうか。もっと前にはこう考えていた。「プログラムを買うのはよそうか？」思い出せる限りいつだって何か心配事があって、美の追求から彼の気持ちを逸らしてしまう。そして躍起になって美を追求しているからこそ、マーガレットのおしゃべりが鳥のように羽ばたいて行ってしまうのだ。

　マーガレットは時々「そうですよね？　そうお思いになりません？」と言いながらもどんどん話し続けた。相手が一度言葉を切って「何かおっしゃって！」と言った時には、青年は恐怖に駆られた。青年はマーガレットに怖れこそ感じたが魅力的だとは思わなかった。痩せて歯と目ばかりが目立つ顔立ち、妹や弟に対する容赦ない物言い。頭が良く教養もある様子だが、コレリの作品に出てくる無味乾燥な無神論者の女たちというのはこういう感じなのかもしれない。だからマーガレットが突然次のように言った時、青年は驚くと共に警戒してしまった。「上がってお茶でもいかがですか」「上がってお茶を飲んでいって下さればとてもうれしいのですが。こんなところまでお連れしてしまったんですから」

ウィカム・プレイスに到着したのだ。日はすでに落ち、通りは暗くなってうっすら霧が立ち込めていた。右手には夕闇の空を背に新しいマンションの堂々たる輪郭が浮かび上がり、左手には薄靄《うすもや》の中、古い家々が角張った不揃いな姿で並んでいた。マーガレットは玄関の鍵を探したが、また家に忘れてきたことに気がついた。そこで傘の石突きをつかんで身を乗り出し、食堂の窓をコツコツたたいた。

「ヘレン！　開けてちょうだい！」

「はいはい」と声が聞こえた。

「あなた、この方の傘を持って行ってしまったのよ」

「何をですって？」ドアを開けながらヘレンが言った。「まあ何かしら、お入り下さい。どうもはじめまして」

「ヘレン、ほらちゃんとなさいよ。あなたがこの方の傘をクィーンズ・ホールから持って帰ってしまって、わざわざ取りにいらしたんだから」

「まあ、どうもすみません！」とヘレンは乱れた髪のまま言った。帰宅してすぐに帽子を脱いで、食堂の大きなイスに転がりこんだのだ。「わたしって人の傘を盗んでばかりね。本当に申し訳ありません。入って探して下さいね。あなたのは持ち手がフック型ですか、それともコブ付きのタイプ？　わたしのはコブ付きだったと思いますが……」

ここで明かりがつき、一同は玄関ホールを探し始めた。ベートーベンの後でそのまま帰宅して来たヘレンは興奮した調子でまくし立てた。

「メッグだって年配の紳士のシルクハットを盗んだことがあるじゃないの。本当ですよ、ジュリー叔母様。全くの事実です。自分の襟巻きだと思ったんですって。あらやだ、在宅／不在カードを倒しちゃったわ。フリーダはどこに行ったの？　ティビー、あなたって人はどうして……何を言おうとしたんだったかしら、とにかく早くメイドにお茶を持ってこさせてね。この傘かしら？」ヘレンは傘を開いてみた。「違うわね、縫い目のところがボロボロのひどい傘。きっとわたしのね」

10　マリー・コレリ（一八五五―一九二四）はイギリスの作家。センセーショナルな大衆小説で知られた。

ところがそうではなかった。

青年はヘレンから傘を受け取り、もごもごとお礼を言うと、事務員らしいヒョロヒョロした足取りで逃げて行った。

「あの、もし良かったら……」マーガレットが声を上げた。「ヘレン、あなたなんて馬鹿なの」

「どういうこと？」

「あなたが怖がらせたから逃げてしまったのよ。お茶に寄っていただこうと思っていたのに。盗みとか、傘に穴が開いているなんて言っちゃダメよ。あの人の素敵な目がどんどん不安そうに曇っていったわ。やめて、もう遅いわよ」というのはヘレンが通りの方まで走って行って「待って下さい、お願い」と声を張り上げたからだ。

「やれやれ、これで良かったのよ」とマント夫人が意見を述べた。「あの青年のこと、わたしたち何も知らないんですから。客間には高価なものがいっぱいあるし」

しかしヘレンは言い募った。「叔母様、よくもまあそんなことを！　自分がますます恥ずかしくなってきたわ。むしろあの人が泥棒で十二使徒の絵付きスプーンを全部持って行ってくれた方が……玄関のドアを閉めた方がいいわね。何にせよ、ヘレンまたもしくじる、ってわけね」

「そうね、使徒のスプーンは〝貸し〟にしてもいいわね」とマーガレットは言い、マント夫人がうまく飲み込めない様子なのを見て付け加えた。「〝貸し〟って覚えていますか。お父様が言っていたんですけれど、自分が理想とするもの、人間性への信頼を示すための〝貸し〟なんです。お父様は知らない人のことも信頼していましたし、もし騙されたなんてことになっても、〝相手を初めから疑ってかかるよりも騙される方がましだ〟と言っていたわ。相手の信頼を利用した信用詐欺は人間がやることだけれど、端《はな》から相手を信用しないのは悪魔の仕業《しわざ》だって」

「そういえばそんなことを言っていましたね」マント夫人はやや辛辣な調子で答えた。内心では「お父様は裕福な女性と結婚できてラッキーでしたね」と付け加えたかったのだ。しかし口にするのは憚《はばか》られたので、次のように言って済ませた。「まあ、でもあの青年はリケッツ[11]の小さな絵も持って行ったかもしれないわよ」

「それでも構わないわ」ヘレンは言い張った。

「いいえ、わたしは叔母様に味方するわ」マーガレットが言った。「リケッツの小品がなくなるくらいなら初めから人を疑う方がいい。物事には限度があるわ」

11　チャールズ・リケッツ（一八六六―一九三一）はイギリスの画家、挿絵画家。

弟のティビーはこんな事件には慣れっこなので、こっそり二階に上がり、お茶のためのスコーンが用意されているか確認した。それから器用すぎるくらいの手つきでティーポットを温め、メイドが持ってきたオレンジペコーを断りもっと上等な茶葉をスプーン五杯分入れると、ぐらぐら煮え立つお湯を注ぎ入れて、香りが逃げてしまうから早く来るようにとご婦人方を急《せ》かした。

「分かりましたわ、ティビー叔母様」とヘレンが返事をし、マーガレットは考え深げにこう言った。「ある意味ね、うちに本物の男の子がいればいいって思うの。大人の男性に関心を示すような男の子がね。そうすればお客さまがいらした時にもっとやりやすいんじゃないかしら」

「わたしもそう思うわ」とヘレンが言った。「ティビーはブラームスを口ずさむような教養ある女性にしか興味がないものね」そこでティビーのところに行き、ややきつい調子で言った。「ティビー、どうしてあの若い人を歓迎してあげなかったの？　少しはもてなし役をしたっていいじゃない。あの人が女のおしゃべりに圧倒されてしまうのを黙って見ていないで、帽子を預かって、どうぞお入り下さいって言ってくれたら良かったのよ」

ティビーはため息をつき、長い髪の束を額にはらりと落とした。

「あらもったいつけたってダメよ。本当にそう思うわ」

「ティビーに構わないで！」弟が叱られるのが嫌なマーガレットは言った。

「この家はいつも雌鶏の入ったケージみたい！」とヘレンがこぼす。

「やめてちょうだいよ」マント夫人が口を挟んだ。「ひどいことを言うわね。ここにやってくる男性の数にはいつも驚いていますよ。男の人が多すぎてむしろ心配なくらい」

「ええ、でもうちに来る男性たちは間違った種類だとヘレンは言いたいんです」

「そうじゃないのよ」ヘレンが姉の発言を訂正する。「正しい種類の男の人たちだとしても、間違った面を引き出してしまうのは、ティビーのせいじゃないかと思うの。この家には何かが欠けているの……うまく言えないけれど」

「Wさんたちのような雰囲気かしらね？」

　ヘレンが舌を出した。

「Wさんたちって誰？」ティビーが聞いた。

「わたしとメッグとジュリー叔母様は知っているけれど、あなたは知らないでしょ。残念でした！」

「うちは女性的な家族よね」とマーガレットが言った。「それは認めなければ。いいえジュリー叔母様、単に女性の数が多いって意味じゃありません。もっと気の利いたことを言おうとしているんです。うちはお父様がいらした時分だって既にどうしようもなく女っぽい感じだったんです。お分かりになりますよね！　ええと、もう一つ例を挙げますね。びっくりなさるかもしれないけれど構わないわ。ヴィクトリア女王が晩餐会をなさって、そこに招かれたのがレイトン、ミレー、スウィンバーン、ロセッティ、メレディス、フィッツジェラルド[12]なんかだったとします。その晩餐会の雰囲気は芸術的なものになると思います？　ならないでしょう！　この人たちが座るイスにだってそれが分かるでしょうよ。だからうちの家が女性的なのはどうしようもなくて、せめて女々しくならないように気をつけるしかないんです。他のある一家は、ええと名前は言わないでおきますが、逆にどうしようもなく男性的で、その人たちは家の雰囲気が野蛮にならないようにするしかないの」

「それがＷさんの家ってわけだな」とティビー。

「おチビさんにはＷさんたちのことは話せないの」ヘレンが言った。「だから考えたってムダよ。それに分かってしまっても全然気にしないから、いずれにしてもうまくいったぞ、なんて思わないでちょうだいね。タバコをもらえるかしら」

「いま自分にできることをしようっていうのね」とマーガレット。「客間がタバコくさくなるわね」

「二人で吸ったら我が家も急に男っぽくなってくるかもしれない。雰囲気なんて多分ちょっとしたことで変わるのよ。そのヴィクトリア女王の晩餐会だって、何かが少し違っていたら……もし女王さまが深紅のサテンじゃなくて花柄のぴったりした茶会服を着ていらしたら……」

「そこにインド製のショールを羽織って……」

「煙水晶のピンで胸のところを留めていたら……」

　こうした思いつきに対して不敬な笑いが巻き起こったが、彼らが半分ドイツ人であることを忘れてはいけない。マーガレットは考え深げに言った。「王室の人たちが芸術を本当に気にかけるなんてこと、あり得ないわよね」そして話題はどんどん他へ移っていき、ヘレンのタバコは暗闇に光る点になっていった。向かいの立派なマンションの窓にも明かりが灯《とも》り、あちこちの部屋でついたり消えたりするのが見える。さらに先の大通りからは、ずっと潮の流れのような音がかすかに聞こえ、ワッピング[13]

12　いずれも十九世紀後半を代表するイギリスの文人や画家。
13　ロンドン東部の工場が多いエリア。

の煙で見えないが東の方では月が昇っていた。

「……ところで思い出したんだけど、マーガレット。やっぱりあの男の人を食堂に通してあげれば良かったわ。マヨルカ焼きのお皿くらいしかないし、それだって壁に据え付けてあるわ。お茶をしていってもらえなくて本当に残念ね」

この小さな出来事は三人の女性たちに思いのほか強い印象を与えたのだ。それはまるでベートーベンの悪鬼たちの足音のように、「この最善なる可能世界においてあらゆる物事は最善だ[14]」とは言えないことを示していた。富や芸術が築いた上部構造の陰には栄養失調の青年がさまよっていて、傘は取り戻したものの、住所や名前すら残さず消えてしまったのである。

14 十八世紀の啓蒙思想家ヴォルテール（一六九四—一七七八）の代表作『カンディード』に登場する楽観的な格言。主人公の経験を経て最終的に否定されることになる。

第6章

この物語では、とても貧しい人たちのことは取り上げない。そうした人たちについて考えるのは簡単ではないので、統計学者か詩人に任せておくのが良いだろう。ここでは身分ある人たち、あるいは身分あるふりをしなければならない人たちのことを取り上げる。

例の青年は名をレナード・バストというのだが、紳士の端くれと言えるかどうか、という微妙なところにいた。奈落の底にいるわけではないが底が見えるところにいて、時々知人がそこへ転がり落ちて行き、そうなったが最後、もはやものの数にも入らなくなるのだ。そして自分が貧しいことは分かるし事実として認めるが、だからといって裕福な人と比較して劣っている、と認めるくらいなら死んだ方がましだと思っていた。このことはレナードの美点かもしれないが、実のところ彼は間違いなく大抵の裕福な人たちより劣っていた。平均的な金持ちに比べて礼儀を欠くし、知的でも健康でもなく、愛すべき人間でもなかった。貧しいために精神の糧も肉体の糧も足りず、しかし近代人であるから精神も肉体も常により良いものを欲している。もし数世紀前に生きていたら、過去の色鮮やかな文明の中で彼の社会的地位に曖昧さはなく、身分と収入の釣り合いも今より取れていただろう。しかし彼の時代には民主主義の天使が現れ、階級制度を革の翼で覆い隠し、「全ての人間は――すなわち、傘を持っている全ての人間は――平等である」と宣言したので、レナードも紳士であることを主張し、奈落の底に転げ落ちないよう努めねばならなくなった。そこでは全てが無意味となり、民主主義の声も聞こえないのだから。

　ウィカム・プレイスから歩いて戻る道すがら、レナードはまず自分とシュレーゲル姉妹はそう違わないと思おうとした。どことなく自尊心が傷ついたので、意趣返しに姉妹を見下してやろうとしたのだ。あの二人は多分淑女《レディ》ではないのだろう。本物のレディが自分をお茶に招いたりするだろうか？　間違いなく意地が悪く、冷たい感じの人たちだった。こう考えながら歩いていると、一歩ごとに優越感が募ってきた。本物のレディが傘を盗む話なんかするだろうか？　結局あの人たちの正体は泥棒で、家に入ったらクロロホルムに浸したハンカチを嗅がされ、失神させられたんじゃないだろうか。国会議事堂の辺りに来るまではこうして自己満足に浸っていたが、やがて空腹を覚え、自分が馬鹿だったと気づいた。

「こんばんは、バストさん」

「こんばんは、ディールトリーさん」

「失礼しますよ」

「失礼します」

同僚のディールトリー氏が通り過ぎ、レナードは一ペニー[1]で行けるところまで市電に乗るか、それとも歩き続けるか考えた。そして歩くことに決めた。自分を甘やかしてはいけない、クィーンズ・ホールでのコンサートにお金を使ってしまったのだから。そこでウエストミンスター橋を渡り、聖トマス病院の前を通って、サウス・ウエスタン鉄道のヴォクソール駅の下を通る大きなトンネルを歩いて行った。トンネル内で立ち止まると列車の轟音が響いて頭に鋭い痛みが走り、自分の目の窪《くぼ》みの形がはっきり分かるほどだった。その後さらに一キロ半ほど歩き続け、カメリア・ロードという通りの入口まで来るとようやく歩調を緩めた。ここが今、彼が住んでいる場所なのだ。

レナードはまた立ち止まり、警戒するように左右を見たが、その様子はまるで穴に飛び込む直前のウサギだった。通りの両側には安普請のアパートが並んでいる。通りの先では同じような区画をあと二つ建設中で、さらに先へ行くと古い家を取り壊してもう二つ作ろうとしている。これはロンドン中のどのエリアに行っても見られる光景で、レンガとそれを固める漆喰《しっくい》が噴水のように絶え間なく湧き上がっては崩れ落ち、ロンドンの人口はどんどん増えていくのだ。カメリア・ロードはいまに要塞のようにそそり立ち、しばらくの間は眺めも良いだろう。でもそれもほんの一時のことだ。近くのマグノリア・ロードにもアパートを作る計画があるのだから。そして数年もしたら、いずれの通りのアパートも取り壊され、その跡地に今はまだ想像もできないような、大型の新しい建物ができるかもしれないのだ。

「こんばんは、バストさん」

「こんばんは、カニンガムさん」

「マンチェスターでの出生率の低下はゆゆしきことですね」

「はい？」

「マンチェスターでの出生率の低下ですよ」カニンガム氏は、この悲劇を告げる日曜版を指でトントンと叩いて繰り返した。

1　ペニーもシリング同様、一九七一年まで使用されていた通貨。ペニーの複数形がペンス。当時は一ポンド＝二百四十ペンス、十二ペンス＝一シリングだった。一ペニーは現在の日本円で約八十～九十円。

「ああ、そうですね」レナードは日曜版を買っていないとは言えなくて、適当な相槌《あいづち》を打った。

「これが続くと一九六〇年にはイギリスの人口は増加を止めるそうですよ」

「まさか」

「実に深刻じゃありませんか」

「失礼しますよ、カニンガムさん」

「失礼します、バストさん」

そしてレナードはアパートのB棟に入り、階段を上がるのではなく下り、部屋を斡旋した業者は「半地階」と言っていたが、普通なら「地下室」と呼ばれる部屋へ向かった。ドアを開け、ロンドンっ子らしい陽気さを装って「おーい！」と声を掛けた。返事がないので、もう一度「おーい！」と言ってみた。居間には誰もいないのに電気はつけっ放しだった。レナードはホッとした表情でひじ掛けイスに身を沈めた。

居間にはこのひじ掛けイスの他に普通のイスが二脚、ピアノと三本脚のテーブル、そして隅の方に二人掛けのイスがあった。一方の壁には窓があって、もう一つの壁面には壁掛け式の棚があり、キューピッド像がずらりと並んでいる。窓の向かいにはドアがあり、ドアの脇には本棚がある。ピアノの上の壁には、モード・グッドマン[2]の有名な絵を拡大して印刷したものが飾ってあった。カーテンを引いて電気をつけ、ガス・ストーブが消えていれば、この部屋はそれなりに快適な小さな愛の巣だった。しかし近頃の住居にありがちな、その場しのぎの観があった。手に入れるのも簡単なら手放すのも簡単、という類の住居なのだ。

ブーツを脱ごうと足を蹴り出したレナードはテーブルにぶつかり、そこに恭しく載っていた写真立てを暖炉に落として割ってしまった。彼は弱々しく悪態をつくと写真を拾い上げた。写っているのはジャッキーという若いご婦人で、ジャッキーと呼ばれる種類の若い女たちが口を開けて笑う写真がたくさん撮られた時分に撮影されたものだった。[3] ジャッキーの上下の顎《あご》には白く輝く歯がずらりと並び、歯が大きく数も多いために頭が少し傾ぐほどだった。間違いなく素晴らしい笑顔だった。人間の本当の

---

2 モード・グッドマン(一八五三—一九三八)はイギリスの画家。感傷的な作風で知られ、母と子や家庭の情景を描いた作品が多い。

3 写真の誕生は一八三〇年代まで遡るが、大衆化が進むのは一八八〇年代にコダックなどの小型カメラが登場し、撮影や現像が容易になってからである。この作品が書かれた二十世紀初頭には、レナードよりも社会階層が下に位置するジャッキーのような女性も、若き日の自分の姿をカメラに収めていたと考えられる。

喜びは目に宿るもので、ジャッキーの目はその笑顔には不釣り合いな不安で飢えた様子をしている、などと気難しいことを言い出すのは作者のわたしや、読者の皆さんくらいのものだろう。

レナードはガラスの破片を集めようとして指を切り、また悪態をついた。血が一滴フレームに落ち、もう一滴がむき出しになった写真の上に落ちた。さらに激しく悪態をつき、台所に飛んでいくと手を洗う。台所は居間と同じサイズで、寝室に通じていた。これがレナードの住まいの全容だった。家具付きの家を借りており、ここにあるもののうち、割れてしまった写真立てとキューピッド像、そして本以外に彼自身の持ち物は一切ないのだった。

「クソッ、クソッ、クソくらえ！」レナードはもごもごと言い、年上の男たちから学んだ他の似たような言葉も口にした。それから手を額に当て、「ああ、何もかもクソくらえだ――」と言ったが、これは何か別のことを指しているらしかった。気を取り直して戸棚の上の方に残っていた茶葉でお茶を淹《い》れ、むっつり押し黙ったまま飲むと、埃っぽいパサパサのケーキを飲み込んだ。そして居間へ戻ると気持ちも新たにラスキンの本を読み始めた。

「ヴェニスの北方に十キロあまり進んでいくと……」

この有名な章は何て完璧に始まるのだろう![4] 何と自由自在に読者を諭し、詩的な文章を生み出すことか! この本を書いた裕福な男は、ゴンドラに揺られながら読者に語りかけているのだ。

「ヴェニスの北方に十キロあまり進んでいくと、ヴェニス周辺では干潮時の水位とほぼ同じ高さの砂の堤も少しずつ高くなり、やがて寄せ集まって塩の平原になっている。あちこちにははっきりしない形の小高い塚があったり、細い入江に遮られたりしている平原だ」

レナードはラスキンを手本に自分の文体を考えようとしていた。英語の散文の書き手としては最も偉大な人物だと思っていたからだ。着実に読み進め、時々ちょっとしたメモを取る。

「これらの特徴を少しずつ順に見ていくことにしよう。初めに(柱列についてはすで

4 この場面でレナードが読んでいるのは、ヴィクトリア朝期を代表する美術評論家ジョン・ラスキン(一八一九—一九〇〇)の著作『ヴェニスの石』より、第二巻第二章「トルチェッロ」である。トルチェッロはヴェニス東部に位置する島で、十四世紀頃までの聖堂や宮殿などが残る。この章では特に七世紀に建てられたサンタ・マリア・アッスンタ聖堂が、イタリアにおける初期の教会建築の傑作として詳細に取り上げられる。

に十分述べたので）、この教会の独特な点はその明るさにある」

この素晴らしい一文から何か学べることはあるだろうか？　日常を送る上で必要なことに、何か応用できる点はあるだろうか？　少し変更を加えて、教会で平読師をしている兄に次回手紙を書く際に使ってみたらどうだろうか？　例えばこんな風に……。

「これらの特徴を少しずつ順に見ていくことにします。初めに（風通しが良くないことについてはすでに十分に述べたので）、この部屋の独特な点はその薄暗さにあります」

これではいけないということが、レナードには何となく分かった。この「何となく」というのが英語散文の真髄に関わるのだが、そこまで理解していたわけではなかった。自分の場合は「この部屋は薄暗くて息が詰まります」と書けば十分なのである。

ゴンドラから聞こえてくる声は続き、美しい調べに乗って「努力」や「自己犠牲」を謳い、高雅なる目的と、美や共感、人類愛に満ちているのだが、なぜかレナードの人生で現実的に彼を悩ませていることには掠《かす》りもしなかった。それというのも、この声の主は身体が汚れたり飢えたり、という経験を未だかつてしたことがなく、汚れや飢えをうまく想像することすらできないからだ。

しかしレナードは畏敬の念を持ってその声を聞いていた。いま彼は良い経験をしていて、もしこれからもラスキンや、クィーンズ・ホールでのコンサートや、ワッツ[6]の絵に触れ続けていれば、ある時突然灰色の水面から顔を出して全世界を見渡すことができる、と信じているのだ。レナードは「突然の啓示的変化」を信じていて、この考えはひょっとすると正しいのかもしれないが、未熟な考えの持ち主にとっては特に魅力的なものなのだ。世俗的な宗教団体の多くがこうした信条をベースにしているし、ビジネスの世界では証券取引所において顕著な考え方で、成功するも失敗するも「ちょっとした運」次第、ということになっている。「もうちょっと運があれば万事うまくいくんですけれど。誰それはストリーサムに立派な屋敷と高性能のフィアット車まで持っているが、あれは運が良かっただけですよ。……家内が遅れてすみませんね、いつも運悪く汽車に乗り遅れてしまいまして」こんな風に言って何でも運のせいにする人たちよりはレナードの方がよほどましで、努力や、自分が望む変化に向けて準備を怠らないことに価値があると信じていた。しかしレナードは、徐々に培われていく

5 聖職者ではないが、説教を読む権限を与えられた平信徒のこと。
6 ジョージ・フレデリック・ワッツ（一八一七―一九〇四）はイギリスの画家、彫刻家。象徴的、寓意的な作風で知られる。

文化的伝統というものを理解していなかった。彼は教養が突然手に入ると思っていて、それは信仰復活運動家《リバイバリスト》が突然イエス・キリストの姿が見えるようになると信じているのと似ていた。あのシュレーゲルさんたちが教養を手にしているのは、何かうまい手を使ったからだろう。あの人たちはどこかで自分たちを引っ張り上げてくれるロープを手にしたんだな。自分がいるこのアパートはこんなにも薄暗くて息が詰まるというのに。

その時、階段の方で物音が聞こえた。レナードはマーガレットからもらった名刺をラスキンの本に挟むと、ドアを開けた。女が入ってきたが、彼女については単に淑女《レディ》ではない、と言えば十分だろう。その出で立ちはまったくご大層なものだった。紐状のものがあちこちからぶら下がっている。リボンやチェーンやビーズのネックレスがジャラジャラ鳴ったり引っかかったりし、首周りには青い羽根の襟巻きが巻かれているが、両端の長さがちぐはぐだった。露出した喉元にはパールが二重に巻かれており、腕はひじから先がむき出しで、肩の辺りは安っぽいレースが透けて肌が見えている。花飾りの付いた帽子は、子どもたちがカゴに柔らかい布を被せてカラシ菜やコショウ草の種を蒔《ま》き、あちこちで芽が出かけたものに似ていた。この帽子が彼女の後頭部にちょこんとのっている。髪の毛は(いやむしろ髪の毛たちは、と言うべきかもしれない）複雑すぎて、とても描写できない。一つのかたまりは厚ぼったい房となって背中に垂れ下がり、別の一房にはもう少し軽い役割が与えられ額の周りで波打っている、という具合だ。そして顔だが、彼女の顔から読み取れることは何もなかった。写真に写っているのと同じ顔だがその時より歳を取っていて、歯も本数が減り、もうそれほど白くなかった。そう、ジャッキーは盛りを過ぎていた。彼女の盛りがどんなものだったにせよ。大概の女性より急速に老け込んできていて、その事実は彼女の目にも表れていた。

「やあ！」レナードはこの亡霊のような姿にできるだけ陽気に声を掛け、襟巻きを外すのを手伝った。ジャッキーもハスキーな声で「あら！」と返す。「出かけていたんだね？」というレナードの質問は形式的なものだったが、ジャッキーは「違うわ」と答えて、「ああ、すっごく疲れた」と付け加えた。

「疲れたって？」

「なに？」

「僕も疲れているんだ」レナードは外した襟巻きを壁にかけながら言った。

「レン、あたしすっごく疲れた」

「前に話したクラシックのコンサートに行ってきたよ」とレナード。

「なあにそれ？」

「終わってまっすぐ帰ってきた」

「誰かここに来たかしら？」

「僕の知る限りいないね。表でカニンガムさんに会ったよ。ちょっとだけ話した」

「カニンガムさん？」

「そうさ」

「ああ、カニンガムさんね」

「そうさ、カニンガムさんだよ」

「女友達のところでお茶してきたのよ」

こうして秘密が暴かれ、女友達の名前がほのめかされたところで、ジャッキーは難しくて疲れる会話というものを、それ以上試みようとするのはやめた。元々おしゃべりではないのだ。写真写りが良かった若い頃でさえ、主に笑顔とスタイルの良さに頼って相手を惹きつけていたので、
棚の上、
棚の上、

　ねえねえ男の子たち、あたし棚の上に片付けられちゃったわ[7]

と口にする年齢になった今となっては、もう話すことなどないのだ。だから時々突然このような歌を口ずさむ以外は、黙っていることが多かった。

　ジャッキーはレナードの膝に座ると、彼を撫で回し始めた。三十三歳の太った女性を支えるのは辛いが、そんなことは口にできない。ジャッキーが言った。「これ、いま読んでる本?」「そうだよ、本さ」と答え、レナードはジャッキーがわしづかみにした本を取り返そうとした。マーガレットの名刺が落ちる。それは裏返しになっていたので、レナードはもごもごと「しおりだよ」と口にする。

「レン……」

「何?」レナードはややうんざりした調子で答えた。ジャッキーが自分の膝の上に座ってする話といえば一つしかないのだ。

「あたしのこと、愛してる?」

7　このような歌詞の曲は現在では知られていないため、おそらくはジャッキーが思いつきで歌っている。

「ジャッキー、そんなの分かるだろう。どうしてそんなことを聞くんだい？」

「でも、愛してるのよね？」

「もちろんさ」

ここで間があった。言いたいことがもう一つあるのだ。

「レン……」

「何だい？」

「ちゃんとしてくれるのよね」

「何度も聞かないでくれよ」突然激情に駆られてレナードは言った。「成人したら君と結婚するって約束しただろう、それで十分じゃないか。男に二言はない。二十一になったら結婚すると約束したんだから、これ以上聞かないでくれよ。心配事はもうたくさんだ。君を捨てるなんてありえないよ、ましてやこれだけの金を使った後で。それに僕はイギリス人だ、約束を破るなんてことはしない。ジャッキー、分かってくれよ。もちろん君と結婚するさ。だから僕をこれ以上いじめないでくれ」

「誕生日はいつなの、レン？」

「何度も言っただろ、次の十一月十一日だって。ちょっと膝から降りてくれよ。誰かが夕食を作らないと」

そこでジャッキーは寝室に行き、帽子の手入れを始めた。手入れといってもフッフッと息を吹きかけるだけなのだが。レナードは居間を片付けると夕食の支度を始めた。ガスメーターに一ペニー硬貨を入れると、すぐに金属臭のする煙が部屋に立ち込めた。レナードは機嫌を損ねたままで、料理をする間もずっとぶつくさ言っていた。

「男にとって信頼されていないっていうのはひどい話だ。このアパートの人たちにはずっと君が僕の妻だというふりをしてきたのに、本当に腹が立つ。分かった分かった、君は僕の妻になるさ。指輪を買ってあげて、この家具付きの部屋も借りて、かなり無理な出費をしているのにまだ満足しないんだからな。実家に手紙を書く時だって、このことは秘密にしなきゃならないんだ」ここでレナードは小声になった。「やめさせられるからね」そして怯えたように、しかしどこか得意げな調子で続けた。「兄さんに結婚をやめさせられるから。僕は全世界を敵に回しているんだよ、ジャッキー」

「それが僕という男なんだ。誰が何と言おうと構うもんか。そう、突き進むのみ。いつもそうしてきた。僕はね、そこらの膝が震えちまうような臆病者じゃないんだ。女が困っているのを放っておくなんてことはしない。そんなこと僕にはできないね、ノーサンキューさ」

「それだけじゃなくて、僕は文学と芸術を通じて自分を向上させて、視野を広げることにもすごく関心がある。たとえば、君が帰ってきた時にはラスキンの『ヴェニスの石』を読んでいたんだ。自慢しているわけじゃなくて、僕がどういう男か分かってほしいんだよ。今日の午後にはクラシック・コンサートだって楽しんできたんだから」レナードのこうした気分に対して、ジャッキーは全くの無関心だった。そして夕食ができた頃になってようやく寝室から出てくると言った。「でも、あたしを愛してるのよね？」

二人の夕食は、レナードがお湯の中に投入したばかりの固形スープから始まった。その後に牛のタンが続いたが、これはまだら模様をした円筒形の肉で、上には煮凝《にこご》りがちょこんとのり、下の方に黄色い脂肪分が固まっていた。最後はまた水に溶かした固形物で（これはパイナップル・ゼリーになった）、これはレナードが前もって用意しておいたものだ。ジャッキーはこの食事を満足げに口にしたが、恋人の方を時々不安げな目で見ていた。彼女の外見には全くそぐわないまなざしなのだが、それこそが彼女の魂を映し出しているようだった。一方のレナードはというと、これで栄養たっぷりの食事を摂ったのだ、と自分の胃袋に言い聞かせていた。

夕食の後、二人はタバコを吸い、少し言葉を交わした。ジャッキーは自分の「お写真」が入っていた写真立てが割れていると言った。レナードはもう一度、クィーンズ・ホールでのコンサートの後はまっすぐ家に帰って来たと繰り返し、ジャッキーはまたレナードの膝の上に乗ってきた。ちょうど二人の頭の高さくらいのところにある窓の外をカメリア・ロードの住人が行ったり来たりし、一階に住む人たちが「聴け我が魂よ、主の足音を」を歌い始めるのが聞こえた。

「この歌、本当にいらいらするな」とレナードは言った。

これを聞いたジャッキーは、あたしは素敵な曲だと思う、と言った。

「いいや、僕がもっといいのを弾いてあげるよ。ねえ、ちょっと立ってごらん」

レナードはピアノに向かうとグリーグを少し弾いた。技術も品もない演奏だったが、何の効用もないわけではなかった。ジャッキーはもう寝ると言い出したのだ。ジャッキーがいなくなるとレナードは新たな関心に駆られ、あの風変わりなミス・シュレーゲル（二人のうち顔をしかめて話す方）が、音楽について言っていたことを考え始めた。次第にレナードは物悲しく、妬《ねた》ましい気持ちになってきた。自分の傘を持って行ったあのヘレンという女性、感じの良い笑顔を向けてきたドイツ人女性、その連れの何とか氏、何とか叔母様、そしてあの姉妹の弟……彼らは皆ロープをつかんでいる人たちなのだ。あの人たちは皆、ウィカム・プレイスの細い贅沢な階段を通って二階の広々とした部屋へ行くが、自分は一日十時間読書をしたところで一緒にそこへ行くことはできないのだ。ああ、向上心なんて持つだけ無駄なんだ。生まれながらにして教養ある人間がいて、そうでない者たちは簡単に手に入るもので満足するしかない。人生をしっかり見つつ、その全体を眺め渡す[8]なんてことは、僕のような人間にはできっこないんだ。

台所の向こうの暗がりから声がする。

「レン？」

「もう寝るの？」レナードは額をピクピクさせて言った。

「そうねえ」

「分かった」

ジャッキーがレナードをもう一度呼ぶ。

「明日のためにブーツを磨かないと」とレナード。

ジャッキーがまた呼ぶ。

「この章を読み終わりたいんだよ」

「なあに？」

レナードはジャッキーを無視しようとした。

「いったい何なの？」

「何でもないよ、ジャッキー。本を読んでいるんだ」

「なあに？」

「なあに？」悲しいかな都合の悪いことには耳を借さないジャッキーの態度が、レナードにもうつったようだ。

ジャッキーがレナードをもう一度呼ぶ。

この頃にはラスキンはトルチェッロ島訪問を終え、ゴンドラ漕ぎに次はムラーノに行くように告げていた。ラスキンは波音がさざめく干潟に漕ぎ出して行き、自然の力が人間の愚かしさによって損なわれることはなく、その美がレナードのような人間の不幸によって悲しみの色を纏《まと》うこともない、と考えるのだった。

8　イギリスの詩人で批評家のマシュー・アーノルド（一八二二—一八八八）が、古代ギリシアの悲劇詩人ソフォクレスに捧げた詩『友よ』の一節を少し変えたもの。

第7章

「ねえマーガレット」翌朝マント夫人が声を上げた。「ひどいことになったわ。あなたたちを放ってはおけないわ」

その「ひどいこと」というのはさほど深刻なことではなかった。ウィカム・プレイスの向かいに立ち並ぶ高級家具付きマンションの一室を、ウィルコックス一家が借りたというのだ。「きっとロンドンの社交界に入ろうと思って出て来たんだわ」と、マント夫人。この不幸な事態に最初に気づいたのが夫人だというのは、別に不思議でも何でもない。夫人は向かいのマンションに並々ならぬ関心を抱き、飽くことなく人の出入りをチェックしていたのだ。建前上、マント夫人はそのマンションを軽蔑していた。マンションのせいで周囲の古風な感じは損なわれていたし、日当たりも悪くなったし、住人たちもどうも派手な感じがする。しかし本当のことを言うと、ウィカム・マンションが建って以来、マント夫人にはウィカム・プレイス滞在がそれまでの倍も楽しく感じられるようになり、姪っ子たちが数か月、甥っ子であれば数年かけてようやく知る以上の情報を、わずか数日で仕入れてしまった。夫人はマンションの前をぶらぶら歩いて門番たちと顔見知りになり、賃料を聞いてこんな風に叫んだりした。「何ですって、地下の部屋でも月百二十ポンド？　とても手が届かないわ！」するとポーターたちは「それは分かりませんよ、奥様」などと言うのだった。住人用エレベーター、物資搬入用エレベーター、石炭の備蓄（不誠実な門番には誘惑の種になる）などの話題は夫人にとってすっかりお馴染みだったし、もしかするとシュレーゲル家の政治・経済・審美的な雰囲気から逃れて一息つける場になっていたのかもしれない。

マーガレットは叔母のもたらした情報を落ち着いて受け止め、それがかわいそうなヘレンの人生の先行きを曇らせる、という意見には同調しなかった。

「ヘレンは他のことに興味がないような女の子ではないんですよ」マーガレットは言った。「他にも色々考えることや興味を持っている人たちがいるんですから。ウィルコックスさんたちとの関係では最初に躓《つまず》いてしまったから、本人だってわたしたちと同じで、もう関わり合いたくないだろうと思いますよ」

「あなたって人は、頭がいいのに変なことを言うのね。皆お向かいにいるんだからへレンだって関わりを持たないといけなくなるわ。道でポールに会うかもしれないし、そうしたらお辞儀の一つもしないわけにはいかないでしょ」

「もちろんそうですけれど。いいですか、さあ話しながら花を活けてしまいましょう。わたしが言おうとしたのは、ヘレンはもうポールに関心を抱く気を失《な》くしているんですから、それでお終いじゃないですか。あのひどい一件は、(叔母様はあの時本当に良くして下さいました)、ヘレンが持っていたある種の神経を死なせるようなものだったと思います。死んでしまったから、それに煩わされることもないんです。興味のないことは問題にもなりませんからね。お辞儀をしたり、訪問して名刺を置いてきたり、ディナー・パーティーを開くのだって、先方が良いと思われるならやってもいいでしょう。でもあのこと……あの大事なこと……あれはもう起こらないんですよ。分かります?」

マント夫人には分からなかったし、マーガレットの言っていることは全く疑わしいものだった。一度生き生きと湧きおこった感情や興味が、そんな風に全く死に絶えてしまうことがあるのだろうか?

「それから謹《つっし》んでご報告しますとね、ウィルコックスさんたちもこちらにはもう飽き飽きしていらっしゃるみたいです。あの時は叔母様がお怒りになると思ったし、心配事がたくさんおありでしたからお話ししませんでしたが、ヘレンがご迷惑をお掛けしましたという手紙をわたしからW夫人にお出ししたんです。でもお返事はありませんでした」

「まあ、なんて失礼な！」

「どうでしょう、返事をしない方が賢明だと思われたのかも」

「いいえマーガレット、それは失礼というものです」

「いずれにしても、わたしは返事が来なくてホッとしました」

マント夫人はため息をついた。明日にはスワネージの自宅に戻ることになっているのだ。姪っ子たちが自分を一番必要としている時なのに。他にも悔やまれることは色々とあった。例えばチャールズと顔を合わせたら思いっきり無視してあげるのに。すでに門番に指図しているところを見かけたけれど、ありふれた山高帽姿だった。残念ながらこちらに背を向けていたので、無視してやったけれど、あちらにとっては大した痛手にならなかっただろう。

「でも気をつけてくれるわよね」マント夫人は熱心に言った。

「それはもう。必死で気をつけますとも」

「ヘレンだって気をつければ」

「何に気をつけるんですって？」その時ヘレン本人がいとこのフリーダ・モーゼバッハと一緒に部屋に入ってきて、声を上げた。

「何でもないわ」マーガレットは急に気後《きおく》れがして言った。

「叔母様、何に気をつけるんですか？」

マント夫人は秘密めかした感じで言った。「昨日の夜、コンサートの後で自分でも言っていたでしょ、わたしたちが名前を知っていて口に出さないあのご一家。その人たちがね、向かいのマンションの一室をマセソンさんたちから借りたんですって。バルコニーに植物がある部屋よ」

ヘレンは冗談めいたことを口にしかけたが、すぐに頬を赤らめ皆を慌てさせた。動転したマント夫人が「まあヘレン、あの方たちが来ても気にしたりしないわよね」と大きな声で言うものだから、頬はさらに真っ赤になってしまった。

「もちろん、気にしませんとも」ヘレンはちょっと気を悪くして言った。「メッグも叔母様もこのことに関しては馬鹿に深刻になるんだから。そんな必要はないのに」

「深刻になんてなっていないわ」今度はマーガレットが少しムッとして反論した。

「深刻に見えるわよね、フリーダ？」

「そんなことない、としか言えないわ。ヘレン、本当に違うのよ」

「そうよ」マント夫人もマーガレットの肩を持った。「わたしも証言できますよ。現にマーガレットは今だって……」

「ねえ！」ここでモーゼバッハ嬢が割って入った。「ブルーノが来たわ」

婚約者のブルーノ・リーゼッケ氏は、マーガレットとヘレンを訪ねにウィカム・プレイスに来ることになっていたのだ。実はまだ来ていなくて、この後五分ほどして来るのだが、フリーダは何か微妙な問題があるらしいのを察して、自分とヘレンは一階でブルーノを待ち、マーガレットとマント夫人が花を活けるのを邪魔しないようにする、と言った。ヘレンもこれに同意したが、微妙な問題などないと言わんばかりに、戸口のところで立ち止まってこう言った。

「ジュリー叔母様、マセソンさんのお部屋っておっしゃいましたね？　叔母様はすごいわ！　わたしだってあのレースふりふりの女性の名前がマセソンさんだと知らなかったんですから」

「ヘレン、行きましょう」フリーダが言った。

「行きなさい、ヘレン」とマント夫人も言い、続けてマーガレットに向かってこう言った。「わたしの目を誤魔化せるものですか。ヘレンは気にしているわ」

「しっ」マーガレットは素早く返した。「フリーダに聞こえますよ。分かったら何かとうるさいんですから」

「ヘレンは気にしている」マント夫人はやめなかった。考え込みながら部屋を歩き回り、あちこちの花瓶からしおれた菊を引っぱり出していく。「こうなることは分かっていたのよ。気にしない女の子がいるものですか！　あんな経験をしたんだもの！　ひどくがさつな人たちだったわ！　あの家族のことはわたしの方がよく知っているのよ、忘れないでちょうだいね。あの時チャールズと一緒に車に乗っていたのがあなただったら……あの家に着くまでに完全に打ちのめされていたでしょうよ。ああマーガレット、分からないかしら。居間の窓から見えるところにあの人たちが全員いるのよ。奥さんが見えたわ。ポールも見えたし、イーヴィーは感じの悪い子ね。チャールズも……最初に見かけたのは彼なの。あとはヒゲ面で赤ら顔をした年配の男性がいたけれど、あれは誰かしら？」

「ウィルコックスさんじゃないかしら」

「そうね、ウィルコックスさん。彼もいたわ」

「赤ら顔っていうのは言いすぎよ」マーガレットは言った。「歳の割にすごく血色が良いのよ」

マント夫人は、ヘレンの反応に関して自分の予測が当たったと思っているので、ウィルコックス氏の顔色については譲歩した。そして姪っ子たちがこれから取り組むべき「対ウィルコックス・キャンペーン」へと話を持っていった。マーガレットは叔母を止めようとした。

「たしかにヘレンの反応は予想外でしたけれど、ウィルコックスさんたちのことを気にかける神経はもう死んでいるから、そんな計画を立てる必要は本当にないんです」

「でも、備えておかなければ」

「いいえ、そんなことしない方がいいわ」

「どうして？」

「だって……」

マーガレットの考えは何とも曖昧なところから生まれてくるものだった。うまく説明はできないのだが、人生で起こり得る全てのハプニングに前もって備えておこうとする人たちは、その分楽しみを犠牲にしているのではないだろうか。試験や、ディナー・パーティーや、株価の下落に備えておくことは必要だが、人間関係においては別の方法を取る必要があるし、そうでなければうまくいかない。結局マーガレットは、「だってリスクを取る方が良いと思うからです」と弱々しく答えた。

「でもね、夜になったら一体どうするの」マント夫人はじょうろの口でマンションの方を指し示しながら言った。「あちらかこちらで電気を点《つ》けたら、まるで同じ部屋にいるようなものよ。もし向こうが日除けを下ろし忘れたら、あの人たちが見える。逆の場合は、あちらからあなた方が見える。バルコニーに出て座ることもできないし、植物に水もやれないし、話だってできないわ。玄関を出た時にちょうどあちらも出てくるところだったらどうするの。それなのにあなた、計画を立てるのは無駄で、むしろリスクを取りたいなんて言うのね」

「わたしはいつだってリスクを取りたいと思っているんです」

「まあマーガレット、危なすぎますよ」

「でも結局のところ」マーガレットは微笑んで続けた。「お金があればそんなに大変なリスクなんてないんです」

「まあ、なんてショッキングなことを！」

「お金は物事の角を取って丸くしてくれます」マーガレットは言った。「お金のない人たちには神のご加護を」

「全く新しい考えだわね！」マント夫人はリスが木の実を集めるように新しい考えを集めるのが好きで、中でも持ち運びしやすいものに特に惹きつけられるのだ。

「そうですね、分別のある人ならずっと前から気付いているんでしょうけれど、わたしにとっては新しい発見なんです。叔母様も、わたしも、ウィルコックスさんたちも、お金でできた島の上にいるようなものなんです。足下にしっかりとあるから、普段はその存在を忘れていますけれどね。近くに誰かフラフラしている人がいて初めて、独立した収入があるというのはどういうことか分かるの。昨日の夜、ここで皆で暖炉を囲みながら話している時に、この世界の真髄は経済的なものじゃないか、最悪の事態っていうのは愛の欠如じゃなく、お金の欠如じゃないかと思い始めたんです」

「とてもシニカルな考え方ね」

「わたしもそう思います。でも他人を批判したくなったら思い出さないといけないと思うの。わたしたちはお金でできた島の上にいて、他の人たちの多くは海面下に沈んでいることを。貧しいと愛する相手となかなか会えないだけでなく、もう愛していない相手から離れることも容易ではないんです。わたしたちにはお金があるからそれができる。今年六月のあの悲劇だって、もしヘレンもポールも貧しかったら、鉄道や自動車を使って二人を引き離すこともできなかったわ」

「あなたの考えは社会主義みたいに聞こえるわ」マント夫人がまだ納得できない感じで言う。

「呼び方は何でもいいんです。わたしは手の内を正直に見せて生きていくことにしたの。お金があるのにないふりをして、海面の上に出ていられるのは札束のお陰だってことには目をつむるのが良い、と思っている人たちにはもううんざり。わたしは年六百ポンドの収入の上に暮らしていて、ヘレンも同じで、ティビーには成人したら年八百ポンド入ることになっています。ポンドが海に消えていくと、すぐに新しいポンドが現れる。経済という海、その海から現れるんです。わたしたちの考えることは全部この六百ポンドの収入がある人が考えることだし、口にする言葉だってそうです。そして自分たちが傘を盗もうとは思わないから、海面の下には傘を盗みたくて、時には実際に盗んでしまう人がいるのを忘れているし、島の上では冗談になることも、貧しい人たちにとっては現実なんです」

「ヘレンたちが表に出てきたわ……モーゼバッハさんはドイツの人にしては着こなしがうまいわね。あら……！」

「どうしたんですか？」

「ヘレンがウィルコックスさんの部屋を見上げているわ」

「見たらいけないんですか」

「話の途中だったわね。現実についての、何だったかしら？」

「例によって、しゃべりながら自分が本当に言いたいことを探していただけです」

マーガレットは急に別なことに気を取られた様子で言った。

「とにかくこれだけは教えて。あなたはお金持ちの味方なの、それとも貧しい人たちの味方？」

「難しい質問ですね。別の質問がいいわ。でもお金持ちと貧しい人のどちらに味方するかといえば、それはお金持ちですね。お金持ち万歳ですよ！」

「お金持ちの味方なのね！」と、ようやく木の実を手に入れたリスのような様子で、マント夫人も繰り返した。

「そう、お金持ちの味方です。お金よ永遠なれ！」

「わたしもそう思うし、スワネージの知人たちもほとんど同じだと思うのよ。でもあなたまで同意見なのには驚いたわ」

「叔母様ありがとうございます、わたしがペラペラ言っている間に花を活けて下さって」

「あらいいのよ。もっと大事なことでも役に立ちたいものだわ」

「まあ、じゃあお願いしてもよろしいですか？　職業紹介所まで一緒に来て下さいます？　うちで働くとも働かないとも言わないメイドが一人いるんです」

　そこに行く道すがら、二人もウィルコックス一家が借りた部屋を見上げた。イーヴィーがバルコニーにいて、マント夫人によれば「すごく感じ悪くにらみつけてきた」。たしかに面倒なことになった、それは間違いない。ヘレンも通りでちょっとすれ違うくらいなら大丈夫かもしれないが……マーガレットは自分の考えに自信が持てなくなってきた。あの一家が目の前に住んでいたら、妹の死にかけた神経が呼び覚まされてしまうだろうか？　フリーダ・モーゼバッハはあと二週間滞在することになっていて、妙に勘が鋭いので、「あなた、お向かいの誰かさんのことが好きなんでしょ」などと言い出しかねない。それが事実でなかったとしても、この種のことは繰り返し言われるうちに事実になることがある。それは「イギリスとドイツは戦争になる」と言われる度に実際そうなる可能性が高まるのと同じで、だからこそ両国の大衆紙は盛んにこれを書き立てるわけだ。個人の感情にも、大衆紙のような影響を及ぼすものがあるだろうか？　マーガレットはある、残念ながら親切なジュリー叔母様もフリーダもその典型のような人たちだと思った。始終その話題を持ち出して、ヘレンを六月と同じ気持ちにさせるかもしれない。そう、同じ気持ちにさせる……だがそれ以上ではないだろう。ヘレンの心に長続きする愛情を育むことは、二人にはできないに違いない。マーガレットにははっきりと分かっていた、叔母様やフリーダの影響力はマスコミのようなものだ。お父様には欠点も間違いもあったけれど、文学のような揺るぎない影響力を持っていたから、お元気だったらヘレンを正しく導いて下さったでしょうに。

職業紹介所では朝の受付を行っていて、通りに馬車が列を作っていた。マーガレットは自分の番を待ったが、ウィカム・プレイスには階段が多すぎるという理由で専業の住み込みメイドたちには断られ、結局はどうも信用できない感じの「臨時メイド」で済ませる他なかった。マーガレットはこの失敗で気落ちし、失敗そのものはすぐに忘れたが、落ち込んだ気持ちは引きずった。帰りにもう一度ウィルコックス家の部屋を見上げ、この件については保護者のような気持ちになってヘレンに話してみることにした。

「ヘレン、ちょっと聞きたいんだけど、あのことが気になる?」

「何のこと?」ちょうど昼食の前に手を洗っていたヘレンが答えた。

「Wさんたちがやって来たことよ」

「もちろん気にしていないわ」

1　仕事を探している者が登録をする場所。当時、新たに使用人を探す場合にはここへ足を運ぶことが多かった。

「本当に？」

「本当よ」それからヘレンは、ウィルコックスの奥様のことを考えると確かにちょっと心配だ、と言った。奥様ならあの時に揺さぶられた深い感情をもう一度手繰《たぐ》り寄せて、他の家族なら全く気にしないことにも心を痛めるだろう、と言うのだ。「ポールがうちを指さして〝あそこに僕を捕まえようとした女の子が住んでいる〟と言ってもわたしは気にしないけれど、ウィルコックスの奥様は気にすると思うの」

「そういう小さなことでも気になるなら、何か手を打ってもいいわね。お互いに不快な思いをする相手の近くにわざわざいることはないわ、お金があるんだし。しばらく留守にしてもいいわね」

「そうね、実は留守にしようと思うの。ちょうどフリーダがシュテティーンに招待してくれたから、年明けまで帰ってこないと思うわ。それでいいかしら？　それともわたし、いっそのこともう戻ってこない方がいい？　メッグ、どうしてこのことでそんなに大騒ぎするのよ？」

「きっと何でも心配するお年寄りになってきたのよ。わたしは全然気にしていなかったんだけど……あなたが同じ相手と二度も恋に落ちたらたまらないわ。それに……」マーガレットはここで咳払《せきばら》いをして続けた。「今朝叔母様がこの話題を出した時、あなた赤くなったでしょ。そうじゃなかったらこんな話していないわ」

しかしヘレンは全く屈託なく笑って、石鹸のついた手を天に向かって差し上げると、今後ウィルコックス家の人間とは、たとえそれが一番遠い縁戚でも、金輪際、何があっても決して恋に落ちたりはしません、と誓った。

第8章

マーガレットとウィルコックス夫人の友情は、このあと急速に発展して何とも思いがけない結果を生むことになるが、その年の春にシュパイアーで出会った時に実はもう始まっていたのかもしれない。おそらくこの年配の女性は、俗っぽく嫌らしい大聖堂を見て回り、自分の夫とヘレンのおしゃべりを聴きながら、姉妹のうち魅力に欠けるマーガレットの方に、より深く相手に共感する力と、より健全な判断力が備わっていると感じたのだろう。夫人にはこうした性質が分かるのだ。シュレーゲル姉妹をハワーズ・エンドに招こうと思ったのは夫人だったのかもしれないし、特にマーガレットに来てもらいたいと思っていたのかもしれない。こうしたことは全て憶測で、本人ははっきりしたことは何も言い残していない。しかし二週間後、ちょうどヘレンがフリーダと共にシュテティーンへ発《た》つ日、夫人はウィカム・プレイスを訪ね自分の名刺を置いて行った。

「ヘレン！」モーゼバッハ嬢は驚いた様子で声を上げた（いまやヘレンから事の次第を聞いているのだ）。「あの人のお母様、あなたを許したみたいよ！」だが、イギリスでは新参者はまず相手の訪問を待たなければいけないということを思い出すと、最初の驚きは批判に転じ、ウィルコックス夫人は「レディじゃない」と言った。

「あの一家ったら、まったく！」とマーガレット。「ヘレン、ヘラヘラしたりくるくる回ったりしないで、あっちへ行って荷造りをなさいよ。あの人、どうしてそっとしておいてくれないのかしら」

「メッグったらどうしようもないわ」階段のところで笑い転げながら、ヘレンが言った。「ウィルコックスと旅行鞄《ボックス》[1]のことで頭がいっぱいみたい。メッグ、メッグ、わたしはもうあの人を愛してはいないの。愛していないと言ったら愛していないのよ、メッグ。ねえこれ以上はっきりした言い方ってあるかしら？」

「本当にもう愛していないみたいね」とモーゼバッハ嬢。

「もちろんそうだと思うけれどね、フリーダ。訪問を返したら嫌な思いをすることに

1　『コックスとボックス』という当時人気を博していた喜歌劇にも掛けられている。この後ヘレンがおどけて芝居調の台詞を口にしているのはそのため。

変わりはないのよ」

ここでヘレンは泣き真似を始め、それが大変気に入ったフリーダも同じことを始めた。「えーん、えーん！　ひっく、ひっく！　メッグはウィルコックスさんたちを訪ねるのに、わたしは行けないの。なぜかといったら、どいつぅ～に行くからよ」

「ドイツに行くならあっちで荷造りなさいよ。行かないなら、代わりにウィルコックスさんたちを訪問してもらうわよ」

「でもメッグ、メッグ、わたしはもうあのお方を愛してはいないの。愛していない……あら、階段を下りてくるのは誰かしら？　これはこれは、なんとワタクシの弟ではありませんか！」

男性の登場は、たとえそれがティビーのような青年でも、この馬鹿騒ぎをやめさせるには十分だった。男女の壁は、教養ある人たちの間ではかなりなくなっているとはいえ、女性の方がより強く意識していた。ポールとのことを、ヘレンは姉には全部話したし、いとこのフリーダにもかなり話したが、弟にはまるで話していなかった。これはヘレンの慎み深さからではない。今や「ウィルコックス的な理想」をますます激しく笑いの種にしているくらいなのだから。ティビーは自分に関係のない話題を蒸し返すことはほとんどないため、それを警戒しているわけでもない。むしろ、何か秘密にしておきたいことを男性陣に話してしまうと、性別の壁のこちら側では取るに足りないことでも、あちら側では大事《おおごと》になってしまうのではないか、と感じていたのだ。そこでこの時もヘレンは話題を変えて他のことで悪ふざけを始めたが、やがてほとほと手を焼いたマーガレットたちによって二階へ追いやられた。モーゼバッハ嬢も後を追ったが、わざわざ階段の途中で立ち止まり、手すり越しにマーガレットに向かって重々しく言った。「大丈夫よ、ヘレンはあの男性を愛していないわ。ヘレンに相応《ふさわ》しい相手じゃなかったのよ」

「ええそうね。ありがとう」

「これは言っておかなきゃと思ったの」

「ええ、本当にありがとう」

「何のこと?」とティビーが尋ねたが、誰も答えないので食堂に入ってスモモを食べようとした。

その晩、マーガレットは決然と行動に出た。とても静かで、十一月の濃い霧が家の外に追い出された幽霊のように窓辺に押し寄せていた。フリーダもヘレンも荷物も、全部行ってしまった。ティビーは具合が悪く、暖炉のそばのソファに横たわっている。マーガレットはその脇に座って考えていた。ひとつの考えから別の考えへと目まぐるしく思考を巡らせ、最後にそれらを全て並べて眺めてみた。自分がどうしたいのか迷わず即決できる実際家なら、このやり方を優柔不断だと言うだろう。しかしこれがマーガレットの考え方なのだ。そして、マーガレットがいよいよ行動に出る際には、もう誰も彼女を優柔不断だと責めることはできない。事前に色々と考えていたのが嘘のように、思い切りよく打って出るのだ。マーガレットがウィルコックス夫人に書いた手紙には、決意本来の色がにじみ出ていた。彼女の場合、青ざめた思考の色は染みになるというより息を吹きかけるようなもので、拭き取った後には決意の色が一層鮮明になるのだ。[2]

親愛なるウィルコックスの奥様

失礼なお手紙を書かなければなりません。わたしたちはお会いしなかった方が良かったのです。妹も叔母もお宅にご迷惑をお掛けしましたし、妹の場合はそれを繰り返す危険があります。わたしの知る限りでは、妹はもうお宅の息子さんのことで頭がいっぱいではありません。とはいえ、妹にとってもお宅にとっても、二人がまた顔を合わせるのは望ましくないと思います。ですから、とても気持ちよく始まったお付き合いではありますが、終わりにすべきだと思います。

おそらく賛成しては下さらないでしょう。そうですとも、ご親切にもこちらを訪ねて下さったのですから。わたしの直感でこんなことを申し上げているだけですし、その直感も間違っているかもしれません。妹ならきっとそう言うでしょう。妹はこのお手紙を差し上げることは知りませんので、こんな不躾《ぶしつけ》なことをお願いするのはひとえにわたしの判断です。

心をこめて
あなたのM・J・シュレーゲルより

マーガレットはこの手紙を郵便で出した。しかし返事は翌朝、使いの者の手で直接届けられた。

親愛なるミス・シュレーゲル

2 ウィリアム・シェイクスピア（一五六四―一六一六）の悲劇『ハムレット』第三幕第一場にある有名な台詞「生きるべきか死ぬべきか」に続く部分で、ハムレットが死について思いを巡らせ、決意本来の色合いが青ざめた思考の色に染まってしまう、と嘆くのを踏まえた表現。

あのような手紙をお書きになることはありませんでした。お宅を訪問したのは、ポールが外国へ行ったことをお伝えしたかったからです。

ルース・ウィルコックス

マーガレットの頬にカッと血が上った。朝食を終わらせることができなかった。恥ずかしくて死にそうだ。ポールが外国へ行くことはヘレンからも聞いていたが、他の色々なことに気を取られて忘れていた。これまでの馬鹿げた心配は消えて、後に残ったのはウィルコックス夫人に対して大変失礼なことをしてしまった、という思いだった。礼を失するというのはマーガレットにとって、口の中に何か苦いものがある感じだった。人生を台無しにするものなのだ。時には非礼が必要になることもあるが、必要もないのに無礼な態度を取るのは嘆かわしいことだ。マーガレットは下層の女のように帽子とショールに飛びつくと、昨晩から続いている霧の中に飛び出していった。唇をぎゅっと嚙み、手にはウィルコックス夫人からの手紙を握りしめたまま通りを渡る。向かいのマンションの大理石の玄関ホールに足を踏み入れると、ポーターたちをかわして三階まで階段を駆け上がった。

名前を告げると、驚いたことに真っ直ぐウィルコックス夫人の寝室に通された。

「奥様、大変な失礼をしてしまいました。本当にどうやってお詫びをしたらよいか……」

ウィルコックス夫人は重々しく頭を下げた。気分を害しており、それを取り繕うようなことはしなかった。ベッドの上に起き上がり、膝の辺りに広げた病人用テーブルの上で手紙を書いているところだった。ベッドの脇にあるもう一つのテーブルには、朝食の盆が載っていた。暖炉の火と窓からの光、そしてろうそくの輝きが合わさって夫人の手元はちらちら瞬く光に包まれ、スッと消えてしまいそうな不思議な気配が漂っていた。

「息子さんは十一月にインドにいらっしゃると聞いていたはずですのに、忘れていたんです」

「十七日にナイジェリアに向かって発ちました。インドではなくアフリカです」

「ああ、そうでしたね。わたし本当に愚かでしたわ。自分が恥ずかしくて」

ウィルコックス夫人は黙っていた。

「本当になんとお詫びしたら良いのか……許していただけるといいんですけれど」

「いいんですよ、ミス・シュレーゲル。すぐに来て下さってありがとう」

「良くないんです」マーガレットは声を上げた。「失礼なことをしてしまったんですから。それに今は妹も不在ですから、妹のためを思ってしたことだ、という言い訳も立たないんです」

「そうなんですか？」

「ドイツに発ったばかりです」

「ヘレンもいないのね」夫人は呟《つぶや》いた。「じゃあ大丈夫ね、安心したわ。もう絶対に大丈夫」

「やっぱり心配していらしたんですね！」マーガレットはどんどん興奮してきて、勧められてもいないのに手近なイスに腰を下ろした。「まあ驚きました！　分かります、同じように考えていらしたんですね。二人はもう会わない方がいいと」

「それが一番良いと思いました」

「でもなぜですか？」

「そうね、難しい質問だけれど……」ここでウィルコックス夫人は微笑み、硬かった表情が少し和らいだ。「あなたのお手紙にも書いてありましたよね。直感です。だから間違っているかもしれない」

「ポールさんはまだヘレンのことを……というわけではないですよね」

「ええ違います。ポールはよく……まあ、何といっても若いですから」

「ではどうして？」

夫人は繰り返した。「間違っているかもしれないけれど、直感が働いて」

「別の言い方をすれば、あの二人は恋に落ちることはできても一緒には暮らせないタイプだと思うんです。きっとそうです。本能的に惹かれ合う相手とは性格が合わない、というケースがほとんどですから」

「それは本当に〝別の言い方〟ね」ウィルコックス夫人は言った。「わたしはそんなにはっきりと考えていたわけじゃないの。ただ、うちの子がヘレンを好きだと分かった時、これはちょっと注意しなければいけないと思ったのです」

「ずっとお聞きしたかったんですが、二人のことがどうやってお分かりになったんでしょう？　叔母がハワーズ・エンドに着いた時ヘレンは動転してしまって、そこに奥様が出てきて応対して下さった……ポールさんからお聞きになっていたのでしょうか？」

「こういうことを話し合っても仕方がないと思うんですよ」一瞬押し黙った後でウィルコックス夫人は言った。

「六月には大変腹を立てていらしたんですね？　お手紙を差し上げましたがお返事はいただけませんでした」

「確かにマセソンさんのお部屋を借りることには反対しました。あなた方のお向かいだと知っていましたから」

「でも今はもう大丈夫だと？」

「そう思います」

「思うだけで、確かではないんですか？　こういう小さなゴタゴタはきれいに片付けてしまいたいんです」

「いえ確かに大丈夫だと思いますよ」ウィルコックス夫人は毛布の下できまり悪そうに身じろぎした。「いつもそうなんです、曖昧に聞こえるようで。わたしの話し方のせいなのでしょうね」

「いえ、わたしももう確実に大丈夫だと思いますから」

ここでメイドが朝食の盆を下げにやってきた。会話は中断し、再開した時にはもっとありきたりの内容になっていた。

「そろそろ失礼しなくては……これから起床されるところだと思いますし」

「いえ、もう少しいて下さっていいんですよ。今日は一日ベッドの中で過ごすつもりです。時々そうするんですよ」

「いつも早起きなさっていると思っていました」

「ハワーズ・エンドでは早起きしますけれどね。でも……ロンドンでは早く起きてもすることがないんですよ」

「することがない？」マーガレットはびっくりして声を上げた。「あちこちで秋の展覧会をやっていますし、今日の午後にはイザイ[3]の演奏会がありますよ。ロンドンにはお知り合いもたくさんいらっしゃるでしょうし」

「実を言うと少し疲れてしまって。結婚式があって、ポールが出発して、そして昨日もゆっくりせずにあちこちを訪問しましたから」

「結婚式？」

「ええ、長男のチャールズが結婚しました」

「まあそうですか！」

「ロンドンに部屋を借りたのも主にそのためなんです。ポールがアフリカに持っていく衣服をあつらえることもできますし。この部屋は夫のいとこのもので、その方のご厚意で使わせてもらっているんです。ドリーの家族とは面識がなかったので、挙式前

3　ウジェーヌ・イザイ（一八五八－一九三一）はベルギー出身のヴァイオリニスト。十九世紀後半から欧米の音楽界をリードした。

にお近づきになりたいとも思いましたし」

マーガレットは、ドリーの家族はどんな人たちなのか聞いた。

「ファッスルさんと言います。お父様はインドの陸軍にいましたが退役されています。お兄様も陸軍にいて、お母様はもう亡くなっています」

それなら、この間の午後にヘレンが窓の外で見たという「あごの細い、日焼けした男の人たち」というのが、ドリーの父親と兄だったのだろう。マーガレットはウィルコックス家の命運にまだそこそこ関心を持っていた。元々はヘレンのことを思って興味を抱くようになり、それは今も続いていたのだ。そこでドリー・ファッスル嬢についてもう少し尋ね、ウィルコックス夫人は抑揚のない、感情のこもらない声でそれに答えた。夫人は優しく、思わず聞き入ってしまうような声をしているのだが、その声は抑揚に乏しかった。まるで絵も、コンサートも、人々も、全てそれほど重要ではないというかのようなのだ。早口になったのは一度だけで、それはハワーズ・エンドについて話す時だった。

「チャールズとお兄様のアルバート・ファッスルさんはしばらく前から知り合いだったんですよ。同じクラブに所属していて、二人ともゴルフ好きなんです。それほどうまくはないと思いますが、ドリーもゴルフをします。だからペアになってプレーしたのが二人の馴れ初めなんです。わたしたちは皆ドリーのことが好きですから、こうなって本当に良かったと思います。結婚したのは今月十一日で、ポールの出発まで幾日もなかったんです。チャールズはどうしても弟に付き添い人《ベストマン》を頼みたくて、出発前の十一日にすると言い張ったの。ファッスルさんたちは、本当はクリスマスの後がいいと思っていらしたみたいなのに、快く譲歩して下さって。ドリーの写真がありますよ。あそこの二枚組みの写真立てです」

「わたし、本当にお邪魔になっていないでしょうか？」

「もちろんですよ」

「じゃあもう少しいさせていただきます。ご一緒させていただくのは楽しいですから」

マーガレットはドリーの写真を見た。「親愛なるミムスへ」と書いてあり、夫人によれば、ミムスというのは「ドリーとチャールズが決めたわたしの呼び名」だそうだ。ドリーは頭が悪そうに見えた。そして、たくましい男性がよく惹かれる、あごの細い逆三角形の顔をしている。かなりの美人だ。マーガレットは、ドリーから隣のチャールズに視線を移した。神が死によって分かつまでこの二人を結び付けることになった力とは、一体何だったのだろう、とマーガレットは考えた。もちろん二人の幸せを祈ることも忘れなかった。

「新婚旅行はナポリに行っているんです」

「まあ素敵！」

「わたしはチャールズがイタリアにいるのを想像できないんですよ」

「チャールズさんは旅行がお好きではないんですか？」

「旅は好きですが、あの子外国人には我慢がならないの。息子が一番好きなのは自動車での国内旅行で、こんなにひどいお天気でなければそれができたんでしょうけれど。夫が結婚のお祝いにチャールズ専用の新しい車を贈って、今はハワーズ・エンドに置いてあるんです」

「あちらに車庫をお持ちなんですね」

「ええ。夫が先月建てたばかりで、家の西側、楡の木の近くにあります。昔は小さな囲いがあってポニーがいた所です」

この最後の言葉には何ともいえない響きがあった。

「ポニーはどうしたんです？」一瞬の沈黙の後、マーガレットが聞いた。

「ポニー？　ああ、とっくの昔に死にましたよ」

「楡の木のことは覚えています。ヘレンがとても素晴らしい木だと言っていましたから」

「ハートフォードシャー[4]で一番の楡の木です。ヘレンは歯のこともお話ししたかしら」

「いいえ」

「あら、ちょっと面白い話なんですよ。木の幹に豚の歯が刺さっているんです。地面から一メートル少しの辺りに。田舎の人たちが昔そこに刺したのね。その木の皮をはがして嚙むと、歯が痛いのが治ると信じていたそうよ。今ではほとんど樹皮に覆われてしまって、誰も来ませんけれど」

「わたし、見てみたいです。そういう昔話やくだらない迷信は大好きなんです」

「楡の木が本当に歯の痛みを治してくれたと思います？　その話を信じていればですが」

「もちろんです。昔は何だって治せたと思いますわ」

「確かにわたしもそういうケースを知っているわ……ハワーズ・エンドには夫と知り合う前から住んでいましたからね。あそこで生まれたんです」

4　以下、末尾に「シャー」の付く地名は州名を表す。他にヨークシャーやシュロップシャーなども登場する。

話題はまた別のことに移っていったが、その時には単なる雑談以上のものとは思えなかった。マーガレットは、夫人がハワーズ・エンドは自分の所有になっている、と言った時には興味を引かれた。しかしファッスル家のことや、ナポリにいるチャールズの心配、ヨークシャーを自動車旅行中のウィルコックス氏とイーヴィーの旅程等について、あまりに細かいことを聞かされた時には退屈を覚えた。マーガレットは退屈させられることに耐えられないタイプだった。だからつい注意散漫になって、写真立てをいじり始め、床に落としてドリーの写真が入った方のガラスを割ってしまい、謝って許された。その時に指を切って気の毒がられ、やがてもうおいとましなければと言った。家のことをまだ何もしていないし、今日はティビーの乗馬の先生にも会うことになっているのだ。

別れ際に、二人の会話はまたも不思議な調子を帯びることになった。

「ではまた、ミス・シュレーゲル。来て下さってありがとう。お陰で元気が出ましたよ」

「それなら嬉しいです」

「わたしね、思うんです……あなた、ご自分のことを考えることはあるのかしらって」

「あら、わたしは自分のことばかり考えています」そう言って、マーガレットは夫人と握手したまま赤面した。

「そうかしら。わたしはハイデルベルクでもそう思ったんです」

「ちゃんと考えていますよ！」

「おそらくは……」

「何でしょう？」マーガレットは続きを促した。というのはここで夫人が黙り込んでしまったからだ。夫人の沈黙は、暖炉の火の瞬きや、二人の手にチラチラ光を投げかける読書用ランプ、窓から入ってくる白んだ光にどこか似ていた。何か永遠にうごめく翳《かげ》りのようなものを感じさせるのだ。

「おそらく、ご自身が若い女性だってことを忘れていらっしゃると思うんですよ」

マーガレットはこれを聞いてハッとし、少し気を悪くした。「わたしは二十九歳です。もうそんなに若いとは言えませんわ」

これを聞いてウィルコックス夫人は微笑んだ。

「奥様はどうしてそう思われたんでしょう？　わたし、不躾だったでしょうか」

夫人は首を横に振った。「ただね、わたしは五十一歳で、あなたもヘレンも……ええと、何かの本で読んだのだけれど。うまく言えないわ」

ないのに、妹にアドバイスしようとしているんですから」

「ああ、分かりました。経験が浅いとおっしゃるんでしょう。ヘレンとあまり変わらないのに、妹にアドバイスしようとしているんですから」

「そうね、そうだわ。経験が浅いと言いたかったんですよ」

「経験が浅い」マーガレットは真面目だが快活な調子で言った。「もちろん、わたしだってまだこれから学ばなければいけないことばかりです。本当に全てを……ヘレンと同じくらい未熟なんですから。人生は本当に難しいし、驚きでいっぱいですもの。とにかくそれはもう分かっているんです。いつも謙虚で親切でいて、真っ直ぐ前に進んで、周りの人を憐《あわ》れむのではなく愛し、恵まれない人のことも気にかける……残念ながらこういうことはお互いに矛盾しているので、全部同時にはできないんです。だからバランスが大事になってくると思います……バランスを保ちながら生きる。でも初めからそうしてはいけないんです。それは頭が固い人のすることですからね。バランスはあくまで最後の頼みの綱で、もっと良い方法が失敗して行き詰まった時に……まあわたしったら、お説教を始めてしまいました！」

「あなたは人生の難しさを本当にうまく言い表しましたよ」ウィルコックス夫人はそう言いながら、翳りの濃くなっているところに手を引っ込めた。「わたしもまさに同じことを言いたかったんですから」

第9章

ウィルコックス夫人は、マーガレットに人生について多くを語ってくれたわけではなかった。そしてマーガレットの方ではきちんと謙虚なところを見せて、本当はそう思っていないのに自分は未熟なふりをしたのだった。もう十年も家を切り盛りしてきて、お客も立派にもてなしたし、妹を魅力的な女性に育てたのもマーガレットで、今は弟を育て上げているところだ。経験が手に入るものだとすれば、マーガレットは確かにもうそれを得ていた。

しかし、ウィルコックス夫人を主賓に招いた昼食会はうまくいかなかった。この新しい友人は、マーガレットが招いた他の「何人かの素晴らしい人たち」と近づきになろうとしなかったので、会の雰囲気は誰もが表面上は礼儀正しく振舞いつつ、内心では当惑している感じになってしまった。ウィルコックス夫人の趣味は素朴なもので、高い教養があるとも言えず、会話の糸口として持ち出された新イギリス芸術クラブ[1]や、ジャーナリズムと文学の違い、といった話題にも関心がなかった。マーガレットの「素晴らしい」友人たちは大喜びでその話題に飛びついて、マーガレットが会話をリードし、食事が半分終わる頃まで主賓が話に加わっていないことに気づきもしない有様だった。夫人との間に共通の話題は見つからなかった。ウィルコックス夫人は夫や子どもたちの世話に明け暮れてきたので、初対面で、しかもそうした経験のない自分の半分くらいの歳の相手とは話すことがほとんどなかった。夫人は知的な会話を警戒し、持ち前の繊細な想像力は萎《しぼ》んでしまった。知的な会話は社交の場における自動車のようなもので、急な動きばかりする。だが彼女は一束の牧草か、花のような人なのだ。夫人は二度天気のことを嘆き、グレート・ノーザン鉄道の運行についても二度批判した。他の出席者たちは熱心に同意したが、すぐまた自分たちの議論に戻っていった。夫人がヘレンの近況を尋ねた時も、マーガレットはローゼンスタイン[2]をどう評価するか、という話に夢中でろくに返事をしなかった。そこで夫人はもう一度言ってみた。「妹さんは無事ドイツに到着されましたか」マーガレットは一瞬これに耳を傾けて言った。「ええ、ありがとうございます。火曜日に手紙が来ました」しかし今のマーガレットはしゃべり倒したいという悪魔に囚《とら》われていて、次の瞬間にはまた元の話題に戻ってしまった。

「手紙が来るのは火曜日だけです。今滞在しているところはシュテティーンの街からは少し離れていますから。シュテティーンにどなたかお知り合いはいらっしゃいますか?」

「いいえ、一人も」夫人は重々しく答えた。すると夫人の隣に座っていた、教育省の下級職員だという青年がシュテティーンの人たちはどんな風なのだろう、という話題を始めた。そこには何か「シュテティーン性」のようなものがあるのだろうか?

マーガレットはこの話題に乗ってきた。

「あそこの人たちは、ボートに荷物を積み込む時には、川の上にせり出した倉庫から投げ落とすんですよ。少なくともうちのいとこたちはそうしているわ。倉庫を持っているからといって特に裕福なわけではないんですけれどね。街自体は特に面白くないんです、例外は顔になっていて目のところが動く仕掛け時計くらいで。でもオドラ川の眺めは本当に素晴らしいわ。ウィルコックスの奥様、きっとオドラ川がお気に召す

1　伝統的なロイヤル・アカデミー(王立芸術院)に対抗して一八八六年に立ち上げられた画家たちの協会。

2　ウィリアム・ローゼンスタイン(一八七二―一九四五)はイギリスの画家で、新イギリス芸術クラブの一員だった。

と思いますわ！　その川は……というか、川があちこちにあるので川々ってことになるかしら……深い青の水を湛《たた》えて、濃い緑の平野を流れているんです」

「まあ、そうなの！　すごくきれいな場所みたいですね、ミス・シュレーゲル」

「わたしもそう思います。でもヘレンはなんでもごた混ぜにしてしまうので、オドラ川は音楽みたいだって言うんです。オドラ川の流れは音楽で、和声的な詩を思わせるものじゃないといけないんですって。確か桟橋のある辺りはロ短調で、下流に行くにつれ色々と混ざってくるんです。いくつかの調が同時にもったり出てくるのは泥でできた土手を表していて、別のテーマは航行用の運河で、バルト海に流れ込んでいるところは嬰《えい》ハ長調でピアニッシモ、という具合なんです」

「その調子でいくと、川の上にせり出している倉庫っていうのは何になるんだろう？」先ほどの青年が笑いながら言った。

「倉庫も大切なのよ」マーガレットは答えて、話題を思いがけない方へ転じた。「オドラ川を音楽に喩えるのはただの気取りだと思いますけれど、川にせり出した倉庫の持ち主たちは美を真剣に捉えているの。わたしたちや、平均的なイギリス人はそういうことをしないから、美を真剣に考える人を軽蔑してしまうんだわ。〝ドイツ人は趣味が悪い〟なんて言わないで下さいよ、わたしわめき出しますから。確かに趣味は良くないんですけれど、でも……この〝でも〟がとても大事！　ドイツ人は詩を愛しているの。そう、詩がとても重要だと考えているんですよ」

「それで何かいいことがあるのかな？」

「もちろんよ。ドイツ人はいつだって美しいものを探している。愚かにも見過ごしたり、誤解したりすることはありますけれど、いつも人生に美を見つけたいと願っているの。ハイデルベルクで太った獣医さんに会いましたけれど、甘ったるい詩を口にして感動で声を震わせていたわ。彼を笑い者にすることは簡単ですけれど……自分のことを考えると、良い詩も悪い詩も口ずさむなんてことはしないし、心を震わせるような詩の一片も思い出すことができないんですから。わたしは半分ドイツ人だから愛国心のせいだと思いますが、ベクリン[3]のことや、その獣医さんのことで、そこらのイギリス人が気の利いた調子でドイツ人を小馬鹿にするようなことを言うと、どうもはらわたが煮えくり返る気がします。そういう人たちは〝ベクリンは美を求めて頑張りすぎている、自然界に神々を描きこむ手法がわざとらしい〟、なんて言うんです。ベク

3　アーノルド・ベクリン（一八二七—一九〇一）はスイス出身の画家。作風は象徴主義的で、しばしば古代建築を背景に神話的・幻想的な人物を描く。

リンが頑張るのは当然よ、だって何かを追い求めているんですから……美や、それ以外にもこの世界に漂う、手で触れられない素晴らしいものたちを。それなのにベクリンの風景画は良くないがリーダーのは良い、なんて言うんだわ」

「賛成していいものやら、よく分からないな……どうですか、奥様」青年は言って、ウィルコックス夫人の方を向いた。

「ミス・シュレーゲルはとても上手に説明されたと思います」と夫人が答えたので、場の雰囲気は興ざめになってしまった。

「あら奥様、もう少しましなことをおっしゃって下さい！　説明が上手なんて言われるのは辛いですわ」

「そんなつもりではないんですよ。今おっしゃったことはとても興味深いわ。ドイツのことがあまり好きではない人が多いですからね。反対の立場からも意見を聞きたいとかねてから思っていたんですよ」

「反対の立場！　じゃあわたしの言ったことに反対なさるのね。いいわ、奥様のご意見をおっしゃって下さい」

「わたしはどちらの味方でもないんですよ。でも主人は……」ここで夫人の声が柔らかくなり、聞き手の方はさらに白けてしまった。「主人は大陸の国々のことはどうも信用していません。だから子どもたちもその考えを引き継いでしまって」

「あら、どんな根拠でそうお考えでしょう？　大陸の人たちは無作法だとお考えですか？」

夫人には分からなかった。根拠にはあまり関心がないのだ。夫人はいわゆるインテリではないし頭の回転も速くはないが、不思議とこの人は偉大だ、という印象を与えた。マーガレットは思想や芸術について友人とあれこれ話しながらも、自分たちの人格を超越し、その活動を卑小なものに思わせる夫人の人間性を意識していた。ウィルコックス夫人に辛辣なところはないし、何か批判を口にしたわけでもない。愛すべき人で、優雅さや優しさを欠く言葉を口にすることもなかった。しかし言うなれば、夫人と日常生活とはどちらかにピントが合うともう一方がぼやける感じなのだ。この昼食会の時の夫人はいつも以上にピントが外れていて、日常生活と、おそらくより重要な精神生活を隔てる境界の近くにいるようだった。

「でもこれは認めて下さるんじゃないかしら。大陸には……わざわざ〝大陸〟なんて

4　ベンジャミン・ウィリアムズ・リーダー（一八三一―一九二三）は当時人気のあったイギリスの風景画家。その作風にはベクリンのような象徴主義的傾向は見られない。

いうのは馬鹿げているかもしれませんけれど、イギリスに似ているところがあるとしても、やはり大陸らしさがある。イギリスは独特ですからね。ゼリーをもう少しいかがですか？　ええと、大陸は良い悪いは別として、観念の方に関心があると思うんです。大陸の文学や芸術には、何か風変わりな、目に見えないものを想起させるところがあって、世紀末の退廃《デカダンス》や気取りの時期にもそれは変わらなかった。行動の自由という点ではイギリスに軍配が上がりますが、思想的な自由を見つけたければ、官僚的なプロイセン[5]に行かなければいけないと思います。プロイセンの人々は、ここにいるわたしたちが良心が痛むのであえて取り上げないような究極の問題を、謙虚な気持ちで議論していますから」

「プロイセンには行きたくありません」ウィルコックス夫人は言った。「その面白いお考えが本当かどうか確かめるためだとしてもね。謙虚な気持ちで議論するには、わたしは歳を取りすぎてしまいました。ハワーズ・エンドでは誰も議論なんてしないんですよ」

「でも、議論なさらないと！」マーガレットは言った。「議論は家を活性化させますわ。家はレンガと漆喰だけで立っているわけではありませんから」

「でも、レンガと漆喰がなければ倒れてしまうでしょう」ウィルコックス夫人が意外にもこの考えに飛びついてきたので、マーガレットが招いた「素晴らしい人たち」の胸にはこの時、最初で最後のかすかな希望が生まれた。「倒れてしまう……それで時々思うんですけれど……でもあなたたちの世代に賛成してもらうのは難しいでしょうね、うちの娘だってこれには反対するんですから」

「あら、気になさらずにおっしゃって下さい！」

「時々思うんですけれどね、行動とか議論は、男性に任せておいた方が賢明なんじゃないかしら」

短い沈黙があった。

「確かに、女性参政権に反対する議論の中には、ひどく強硬なものもあると聞きますね」夫人の向かい側に座っていた若い女性が身を乗り出して、パンをちぎりながら言った。

「そうなんですか？　そういう議論にはついていけなくて。ただわたしは、自分には投票する権利がなくて良かったと思っているんですよ」

「このお話は選挙権のことに限らないんじゃないかしら？」マーガレットが言葉を継

5　英名ではプロシア。第4章注2（59ページ）も参照のこと。

いだ。「それよりもっと大きな問題について、奥様とわたしたちとでは意見が違うのではないかと思います。女性は、有史以来ずっとそうだった状態に留《とど》まるべきか。それとも、男性がこんなにも進歩を遂げてきたのだから、この辺りで女性も少し前に進むべきなのか。わたしは前に進むべきだと思うんです。生物学上の変化だってあってもいいんじゃないかしら」

「あらあら、わたしには分からないわ」

「僕はそろそろ職場に戻らないと」と青年が言った。「最近はやたらと時間に厳しくなってね」

これを聞いてウィルコックス夫人も立ち上がった。

「まあ、これから二階にご一緒して下さいませんか。ミス・クエステッドがピアノを弾いて下さるんですよ。マクドウェル[6]の曲はお好きですか。なんだか地味な感じなんですけれど。本当にお帰りになるならお見送りしますわ。コーヒーも召し上がらないんですか?」

マーガレットとウィルコックス夫人は食堂を出て、背後でドアを閉めた。夫人は上着のボタンを留めながら言った。「あなた方のロンドン生活はなんて面白いんでしょう!」

「いいえそんなことないんです」マーガレットは突然嫌気が差してきてこう言った。「ペチャクチャしゃべり散らす猿みたいな生活ですわ。奥様、本当はわたしたち皆、心の底には静かな揺るぎないものを持っているんです。ええそうです。わたしの友達は皆そうです。この集まりが楽しかったふりなんてなさらないで下さい。お嫌だったでしょう。でも、どうかまたお一人でいらっしゃるか、お宅にお招き下さればと思います」

「若い方たちには慣れていますよ」と夫人は言った。夫人が口を利くたびに、日常で見知っているものの輪郭がぼやけていく感じがした。「うちでもおしゃべりはたくさん聞いています。うちもお客様をお招きすることが多いですからね。わたしたちの場合はスポーツや政治の話題が主ですけれど。ねえミス・シュレーゲル、とても楽しいお昼のひと時でしたよ。ふりをしているわけではありません。もう少しあなたたちの会話についていけたら良かったのですけれど。今日はあまり体調が良くないのと、若い方たちの話ってあちこちに飛ぶでしょう。なんだか目が回ってしまって。チャールズもドリーもそうですよ。でも老いも若きも、わたしたちは皆同じ、ということはい

6　エドワード・マクドウェル（一八六一―一九〇八）はアメリカの作曲家。

つも忘れないようにしていますよ」

一瞬の静寂の後、新たに生まれた感情を胸に、二人は握手を交わした。その後マーガレットが食堂に戻ってみると、その場の会話はピタリと止んだ。友人たちはマーガレットの新しい友達について話していて、退屈な人だと結論していたのだった。

第10章

それから特に何も起こらないままに数日が経った。

ウィルコックス夫人は、親しそうな素振りを見せたかと思うと引っ込める、よくいる不愉快な人たちの一人なのだろうか。そういう人間はこちらの関心や愛情をかき立て、その感情が相手の周りをぐるぐる回っている状態にしておきながら、さっと身を引いてしまうのだ。ここに肉体的な情熱が含まれる場合には、このような振舞いには「いちゃつき」というはっきりとした呼び名があるし、行きすぎた場合には法で罰せられることもある。友情の場合にはこうした手管《てくだ》を弄する者を罰する法どころか、共通の見解すらないのだが、このような振舞いがもたらす鈍い心の痛みや、空しい努力に疲れ果てる感じは、恋の場合と同じくらい耐え難いものではないだろうか。ウィルコックス夫人もそういう人なのだろうか？

マーガレットは最初そう思っていた。ロンドンっ子らしく気が短いので、全てをたちどころにはっきりさせたいと思ったのだ。静かな時間が本物の友情を育むということが、彼女には信じられなかった。ウィルコックス夫人との友情を確実なものにしたくて、マーガレットは鉛筆を握りしめるようにしてこの儀式を推し進めた。お互いの家族が留守でまたとない機会だと思ったので、余計に熱心に進めようとしたのである。しかし年上の夫人は、急《せ》き立てられることはなかった。ウィカム・プレイスに集う人々の仲間入りをしようとはしなかったし、マーガレットが友情を地ならしする近道として再び持ち出した、ヘレンとポールの話題に乗ってくることもなかった。夫人は時間をかけた、というよりむしろ、おそらく時間の効能が作用することを許し、ある危機が訪れた時に友情が一気に深まる手はずを整えていたのだ。

その危機というのは、一通の伝言と共に訪れた。ミス・シュレーゲル、お買い物にご一緒しませんか？　クリスマスが近くなったのに、まだプレゼントの準備ができていないんです。あれからまた数日間ベッドで過ごしていたので、遅れを取り戻さなければ。マーガレットはこれを承諾し、陰鬱な天気のある朝、十一時にブルーム型馬車[1]を呼んで二人は出発した。

「まずはですね」とマーガレットが口火を切った。「リストを作って、プレゼントをあげる相手を確認しましょう。叔母はいつもそうしていますし、霧が深くなりそうですから急がなければ。どうするか決めていらっしゃいますか？」

「そうですね、とにかくハロッズかヘイマーケット百貨店に行って[2]……」と、ウィルコックス夫人は心許《こころもと》ない調子で言った。「ああいう場所なら何でもあるはずですからね。買い物は苦手なんですよ。賑やかな所に行くと頭がぼうっとしてしまって。叔母様は正しいわ……リストを作らなければ。わたしの手帳を出して、一番上にあなたの名前を書いて下さいな」

「まあ！」マーガレットは自分の名前を書きながら言った。「ご親切にわたしから始めて下さるなんて！」とはいえ、マーガレットは何か高価な物をもらいたいとは思っていなかった。夫人との間柄は親しいというよりむしろ特別なものだし、ウィルコックス家の人たちは夫人がよそ者にお金を使うのを良く思わないだろう、とマーガレットは考えた。まとまりの良い家族ではそういうことがあるものだ。若い男性を射止め

1　一頭立て四輪馬車。シュレーゲル家もウィルコックス家も馬車を所有している記述はなく、ここでは貸し馬車を呼んだと考えられる。
2　ハロッズはロンドン中心部にある高級百貨店。ヘイマーケットは劇場や様々な店が立ち並ぶエリアだが、この百貨店は架空のもの。いずれもマーガレットたちが住むウエスト・エンドから程遠からぬところにある。

ることができない代わりにプレゼントをくすねようとする第二のヘレンだと思われたくなかったし、第二のジュリー叔母様になってチャールズに罵られるのも御免だった。ここははっきり言っておこう、と思ったマーガレットは続けた。「でも、プレゼントをいただきたいわけではないんです。実は、いただかない方が良いと思うんです」

「どうしてかしら?」

「クリスマスに関してはわたし、変な考えを持っているんです。お金で買える物はもう何でも持っていますし、もっと色々な方と知り合いたいとは思いますが、これ以上物はいらないんです」

「一人で過ごしていたこの二週間、あなたが親切にして下さったことの思い出に、何か相応しいものを差し上げたいんですよ、ミス・シュレーゲル。たまたま家族が皆いなくなって一人になってしまったけれど、あなたのお陰で塞ぎこまずにすみましたから。わたしはよく塞ぎこんでしまうんです」

「もしも」マーガレットは言った。「知らぬ間にお役に立てていたのであれば、物で返していただく必要はありませんわ」

「そうね、でも何か差し上げたいんですよ。ウロウロしているうちにきっと何か思いつくわ」

そういうわけでマーガレットの名前はリストのてっぺんに残ったが、その横に何かが書き込まれることはなかった。二人は店から店へ梯子《はしご》した。辺りは霧で真っ白で、馬車から降りて吸い込む空気は冷たい銅貨の味がした。霧はところどころで灰色をしている。その日ウィルコックス夫人はあまり元気とはいえなかったので、代わりにマーガレットが、この小さな女の子には馬の置物、あの子にはゴリウォーグ人形[3]、牧師の奥さんには銅製のあんか、という具合に次々とプレゼントを決めていった。「使用人には毎年お金を渡すことにしています」と言う夫人に、「そうですか、その方が楽ですね」と答えながらも、マーガレットは目に見えない精神世界に対する、目に見える世界の醜悪な影響を思わずにいられなかった。ベツレヘムの忘れ去られた飼葉桶《かいばおけ》から、このすさまじい金貨とおもちゃの奔流が発生したのだ。どこを見ても俗悪さばかりが目に入る。居酒屋はいつもの禁酒運動反対に加え、「クリスマス鵞鳥《ガチョウ》クラブ」への参加を勧めている。寄付の額に応じてジン一、二瓶などがもらえるのだ。タイツ姿の女性がクリスマスのパントマイムを告知するポスターもある。小さな赤い悪魔たちが今年も流行《はや》っているようで、クリスマスカードにはこの柄があふれている。マー

3　ゴリウォーグは顔が真っ黒く縮れ毛のキャラクターで、十九世紀末にイギリスの児童文学者で挿絵画家でもあったフローレンス・ケイト・アプトン（一八七三―一九二二）が考案した。

ガレットは病的な理想主義者ではなかったから、こうして乱立する商いや宣伝を取り締まるべきだと思っているわけではない。ただ毎年、これがクリスマスに行われていることに驚くのだ。右往左往する買い物客や、疲れた売り子たちのうち一体どれくらいの人が、ここに自分たちが集っているのは宗教的な行事のためだと分かっているのだろう？　傍観者としてではあるが、マーガレットには分かっていた。一般的に言われる意味でのクリスチャンではなく、かつて神が若い大工の姿をしてこの俗世にいたと信じてはいなかったが。ここにいる他の人たちは、ほとんどがそう信じており、促されればはっきりと信仰を口にするだろう。ところがその信仰の目に見える徴《しるし》といったら、リージェント・ストリートにならぶ高級店やドゥルリー・レーンの劇場で泥が少し移動し、少しの金が使われ、ちょっとした料理が作られ、食べた途端に忘れられていくことなのだ。これはクリスマスのあるべき姿とは全くかけ離れているのではないだろうか。とはいえ、目に見えない精神生活を公衆の面前でうまく表現するのは難しいのも確かだ。永遠を映し出す鏡になるのは私的な生活の方なのだから。個人と個人の交流、これだけが日常を超えた人間性を指し示してくれる。

「なんだかんだ言って、クリスマスは好きですわ」とマーガレットは言った。「慌ただしいですけれど、平和と善意に近づこうとする機会ですからね。まあ、年々いっそう慌ただしくなるみたいですが」

「そうなのかしら？　わたしは田舎のクリスマスしか知らないので」

「うちは大抵ロンドンにいて、精力的に祝いますよ。ウエストミンスター寺院で祝歌《キャロル》を聴いて、バタバタとクリスマスの正餐を取り、メイドたちのために急いでディナー、そして貧しい子どもたちを家に招いてツリーのそばで踊ってもらって、ヘレンが歌うんです。うちの客間はそういうことをするのにちょうど良いんですよ。ツリーを化粧用スペースに置いて、ロウソクを灯してカーテンを引くんです。そうすると、ツリーの後ろに鏡があるからとてもきれいに見えます。次の家にもそういう化粧スペースがあるといいんですけれど。もちろんすごく小さいツリーなので、プレゼントをぶら下げることはできないんです。だからプレゼントは、茶色い紙をくしゃくしゃに丸めて岩みたいにしているところに置くことにしています」

「ミス・シュレーゲル、〝次の家〟とおっしゃいましたけれど、ウィカム・プレイスからお引っ越しされるんですか？」

「ええ、数年後には賃貸契約が切れてしまうから、引っ越さなければいけないんです」

「長く住んでいらっしゃるの？」

「生まれてからずっとです」

「じゃあとても残念でしょう」

「そうですね。まだ引っ越す実感はないですけれど。父は……」ここでマーガレットは話をやめた。ヘイマーケット百貨店の文具売り場に着いたからだ。ウィルコックス夫人はここでクリスマスカードを注文したいと言っていた。

「できればありきたりじゃないのがいいわ」夫人はため息交じりに言った。そしてカウンターのところで同じ用事で来ていた友人に会い、だらだら話して随分時間を無駄にしてしまった。「夫と娘は車で旅行中なんです」「まあ、お宅のバーサも？　偶然ね！」という具合に。マーガレット自身も実際的なタイプではなかったが、夫人のような連れがいる時には役に立つことができた。二人が話している間にカードの見本帳に目を通して、ウィルコックス夫人にこれはどうでしょうかと見せた。夫人は大変喜んだ――オリジナリティがあるし、入っている言葉もとても素敵。これを百枚注文するわ。本当になんとお礼を言ったら良いのか、云々《うんぬん》。ところが店員が注文を取る段になって夫人は言った。「やっぱり今はやめておくわ。考えてみたらその方が良いと思うの。まだ時間はあるでしょう、だからイーヴィーが帰って来たら娘の意見も聞こうと思います」

そして二人はずいぶん回り道をして馬車に戻った。乗り込んでから夫人は言った。

「でも、更新することはできないのかしら？」

「はい？」

「お宅の賃貸契約ですよ」

「ああ、そのことですか！　ずっと考えていて下さったんですね。ご親切に」

「何か手の打ちようがあるはずだわ」

「いいえ、土地がものすごく高くなっているんです。だからウィカム・プレイスを取り壊して、奥様のところみたいなマンションを建てようとしているんですよ」

「まあ、なんてこと！」

「地主ってひどい人たちですね」

夫人は激昂《げきこう》して言った。「恐ろしいわ、ミス・シュレーゲル。そんなことがあってはなりません。お宅がそんなことになっているとは思いもしませんでした。心の底から同情します。家から引き離される……お父様の家から……そんなこと許されないわ。死ぬよりも嫌なことです。わたしならいっそ死んで……ああ、かわいそうに！　ある人が生まれたのと同じ部屋で死ぬことができない文明なんて、正しいと言えるのかしら？　ああ、お気の毒……」

マーガレットはどう答えたらよいか分からなかった。ウィルコックス夫人は買い物で疲れてヒステリーを起こしかけているのかもしれない。

「以前ハワーズ・エンドも取り壊されかけたことがあります。もしそうなっていたらわたしは死んでいたと思うわ」

「ハワーズ・エンドはうちなんかよりずっと特別な家だと思いますわ。もちろん自分の家だから思い入れはありますけれど、とりわけどうというところのない家です。ご存じの通り、普通のロンドンの家ですから。またすぐに別の家が見つかると思います」

「そうでしょうか」

「これもわたしの未熟さなのかもしれませんけれど！」マーガレットはそう言って、話題を変えようとした。「そんな風におっしゃられると何と言ったらよいのか分かりませんわ。奥様のような視点から自分を見られるとよいのですけれど。奥様からしたらわたしはまだほんの小娘ですものね。世間知らずの少女。いい子だし歳の割には色々なものを読んでいる、だけど……」

こんな風に言ってもウィルコックス夫人の気を逸らすことはできなかった。「一緒にハワーズ・エンドに行きましょう。今すぐに」夫人はこれまでにない決然とした調子で言った。「あの家を見ていただきたいわ。ご覧になったことがないでしょう。あなたがどうおっしゃるか知りたいの。何でも上手に説明なさるから」

マーガレットは霧深い窓の外と、夫人の疲れた顔とを見比べて言った。「後日喜んで伺います。でも今日は遠出に向いた天気とはとても言えませんわ。その時はもっと元気のある早いうちから出かけましょう。それに今、あちらのお宅は閉めていらっしゃるんじゃありませんか？」

これに対して返事はなかった。夫人は気分を害したようだった。

「また別の日に伺ってもよろしいですか？」

ウィルコックス夫人は身を乗り出して、ガラスをコツコツと叩いて馭者《ぎょしゃ》に告げた。

「ウィカム・プレイスに戻ってちょうだい！」夫人はマーガレットの言ったことを無視したのだ。

「ミス・シュレーゲル、一緒に来て下さって本当にありがとう」

「どういたしまして」

「プレゼントや、特にクリスマスカードのことをもう考えなくていいと思ったら本当に気が楽になりました。素晴らしい趣味をお持ちだわ」

マーガレットは返事をしなかった。今度は彼女の方が気を悪くしていたのだ。

「夫とイーヴィーは明後日に戻ってきます。だから今日あなたを引っ張りまわすことになってしまって。ロンドンに出てきた主な目的は買い物だったのに、何も終えられていなかったんです。そうしたら夫からの手紙で、旅行は早目に切り上げて帰って来るというんですよ。ひどい天気だし、警察の取り締まりが厳しいというので。サリー州と同じくらい厳しいそうです。うちの運転手はすごく慎重なのに、危険運転をしていると思われるのには耐えられない、って」

「あら、なぜでしょう」

「もちろん、うちの運転手は危険運転なんてしないからですよ」

「でもきっとスピード違反をしたんですわ。それなら仕方ないじゃないですか」

ウィルコックス夫人は黙ってしまった。家に向かう道すがら、二人はますます居心地が悪くなってきた。ロンドンという都市がどこか悪魔的に見えてきて、細い道が両側から迫ってきてまるで炭坑の中を走っているようだった。商売に支障が出るほどの霧だったわけではない。霧は高いところに出ていて、店の明るい窓からは大勢の客が見えた。だから外の世界がそんな風に見えたのは、気持ちが落ち込んで心の中に慰めを求めた結果、そこにもっと恐ろしい闇を見出してしまったせいだった。マーガレットは何度も何か言おうとしたが、なぜか言葉が出ない。自分が小心でつまらない人間に思えてきて、クリスマスに対する考え方は先程よりもっと冷ややかなものになってきた。魂の平安ですって？　贈り物が増えるだけで、平穏にクリスマスを過ごすロンドンっ子なんて一人もいないんじゃないかしら。刺激を追い求めて手の込んだ準備をして……これでは神の恩寵も台無し。善意ですって？　あの買い物客の群れの中に、善意が垣間見られたためしがあった？　自分だって善意があるか分かったものではない。ウィルコックスの奥様からのご招待が、少し風変わりで想像力に富むものだったせいでお断りしてしまったのだから……。想像力を養うことこそ、自分が父から教わったことであったはずなのに！　ええ行きましょう、と言って遠出でくたびれる方が、素っ気なく「また今度伺いたいと思います」なんて答えるより良かった。ここまで考えたところで冷ややかな気持ちも消え失せた。「また今度」はないのだ。このどこか儚《はかな》げな女性は、二度と再び自分を誘ってはくれないだろう。

二人はウィルコックス夫人のマンションのところで別れた。夫人は礼儀正しく挨拶をして中へ入っていき、マーガレットは夫人の長身で孤独な後ろ姿が玄関ホールを通りエレベーターまで歩いて行くのを見ていた。そしてガラスの扉が閉まると、夫人は閉じ込められてしまった。襟巻きを着けた美しい頭部が最初に見えなくなり、長いドレスの裾がそれに続いた。言い知れぬ貴重な何かを持った女性が、ガラス瓶に入った標本のように天へと昇っていく。その天というのは一体なんというところだろう！

煤《すす》が降る、炭のように真っ黒な地獄の天蓋のような場所ではないか。

昼食時、ティビーはマーガレットが黙りがちなのを見て、やたらと会話に引き入れようとしてきた。意地悪ではないが、赤ん坊の頃からどうも周囲の期待や予想に反することをしがちなのだ。そこで今日は、自分が時々援助している学校の話を長々とやってみせた。普段であれば面白いし、マーガレットの方からもよく弟に尋ねる話題だが、今は彼女の関心を引かなかった。目に見えないもののことを考えていたからだ。マーガレットには分かった。ウィルコックス夫人は愛すべき妻であり母であるけれども、人生において真に情熱を感じることはたった一つしかなくて、それは彼女の家なのだ。だから、その情熱を分け合おうと友人を招待する時、その瞬間は神聖なものなのである。「また今度」と答えるなんて、まったく愚かだった。レンガと漆喰の家に対しては「また今度」と言っても構わないが、至聖所としてのハワーズ・エンドに対しては、口にしてはいけない言葉だった。マーガレット自身はその家に対してそれほど興味があるわけではない。夏にヘレンが滞在していた時に色々と聞いて、もう十分だった。九つある窓や、ブドウの蔓や楡の木に特別な思い入れがあるわけではないし、今日の午後はむしろコンサートに行って過ごしたい。しかし結局、想像力の働きが勝利を収めた。ティビーが長々と話している間に、マーガレットは何があってもハワーズ・エンドに行こう、そして夫人にも一緒に行ってもらおうと心に決めた。昼食後、マーガレットは夫人のマンションを訪れた。

すると、夫人はちょうどハワーズ・エンドで一泊するために出かけたところだという。

マーガレットは分かりましたと言って急いで一階に降り、一頭立て馬車を拾ってキングス・クロス駅に向かった。なぜか分からないが、夫人の唐突な行動には大切なことが潜んでいると感じた。夫人は囚われの身から脱出しようとしているのだ。汽車の時間は分からなかったが、マーガレットは視界に入ってきたセント・パンクラス駅の時計をじっと見た。

やがてその先に見えてきたキングス・クロス駅の時計は、ひどい空模様の中に浮かび上がる第二の月のようだった。馬車が駅前に滑り込む。五分後にヒルトン行きの汽車がある。マーガレットは慌てていたので片道切符を買ってしまった。その時夫人の声がして、丁重だが嬉しそうに礼を述べるのが聞こえてきた。

「まだ間に合うようでしたらご一緒させていただきたいと思いまして」マーガレットは少しわざとらしく笑いながら言った。

「あなたも泊まって下さいね。うちが一番きれいなのは朝ですから。ぜひ泊まっていらしてね、牧場をご案内するには日の出の時刻が一番なんです。この霧は……」夫人は駅の屋根を指さして言った。「遠くまで広がってはいません。ハートフォードシャーでは家も牧場も日を浴びているでしょうから、来ていただいて後悔はないと思いますよ」

「奥様とご一緒させていただければ後悔はありませんわ」

「同じことですよ」

二人は一緒に長いプラットホームを歩いて行った。汽車はホームの先に停まり、外の暗がりの方を向いていた。しかし汽車のところまで行き着くことはできなかった。想像力が勝利を収める前に、「お母様！　お母様！」という声がして、手荷物預かり所から飛び出してきた眉の太い女の子が、夫人の腕をぐいとつかんだ。

「イーヴィー！」夫人は驚いて叫んだ。「まあ、イーヴィーじゃないの」

イーヴィーが声を上げる。「お父様！　ここに誰がいるかご覧になって！」

「まあまあ、イーヴィー、あなたまだヨークシャーにいたんじゃなかったの」

「違うのよ、車が壊れて……計画を変えたの……お父様が来るわ」

「ルースじゃないか！」やってきたウィルコックス氏も大声だ。「一体全体ここで何をしているんだ？」

ウィルコックス夫人はハッとして、いつもの自分に戻った。

「ヘンリー！　本当に驚いたわ。ご紹介させてちょうだい……でもミス・シュレーゲルのことは知っているわよね」

ウィルコックス氏はあまり関心のない調子で「ああ」とだけ答えて、「でも君は変わりないかい」と続けた。

「それはもう元気元気」と夫人は陽気に答えた。

「我々もだ。それにうちの車もリポンまでは快調にA1道路を走っていたんだが、あの忌々《いまいま》しい荷馬車の、馬鹿な馭者が……」

「ミス・シュレーゲル、わたしたちのささやかな旅はまた別の機会にしなければ」

「だからその馭者が馬鹿な奴で、警官も言っていたが……」

「もちろん別の機会にしましょう、奥様」

「第三者からの被害に対しても保険を掛けてあったから、大したことにはならないが……」

「荷馬車がほとんど真横からうちの車に……」

幸せそうな家族の声が響き渡る。マーガレットは一人後に残された。誰も彼女に用はなかった。ウィルコックス夫人は夫と娘に挟まれ、二人の話を同時に聞きながらキングス・クロス駅から出ていった。

第11章

　葬儀は終わった。裕福な会葬者を乗せた馬車はぬかるみの中を去っていき、後に残ったのは貧しい者だけだった。彼らは新しく掘られた墓穴に近づき、土を掛けられてほとんど見えなくなった棺《ひつぎ》を最後にもう一度見た。これは貧しい者たちの時間だった。そこにいるのはほとんどが亡くなったウィルコックス夫人の地元の女たちで、ウィルコックス氏の命で配られた喪服を身に着けていた。中には単なる好奇心からやってきた者も交じっていた。女たちは死、それも急速に訪れた死が引き起こす一種の興奮状態にあり、何人かで固まって立ったり墓の間を歩き回ったりして、その様子はあちこちにこぼれた黒いインクのようだった。女の一人は、頭上で教会の楡の木を剪定している木こりの母親だった。木の上からは北街道に沿って延びるヒルトンの村と、その周囲に広がる郊外を見渡すことができる。真紅とオレンジの夕日が沈んでいき、灰色の空の下から木こりに目配せしているようだった。教会があり、木立がある。

彼の背後には、まだ開発によって損なわれていない牧草地と農地が豊かに広がっていた。木こりもまた、今しがた終わったばかりの葬儀の贅沢な余韻に浸っていて、木の下にいる母親に、棺が近づいてきた時に自分がどう感じたか伝えようとしていた。仕事の手を休めるわけにはいかなかったが、本当は続けたくなかったこと。木から滑り落ちそうになって慌てたこと。辺りではミヤマガラスたちが鳴き声を上げていた……死が訪れたことを知っているかのように。木こりの母親は、かねてから自分には予知能力があると言っていて、このところウィルコックス夫人は様子がおかしかったと言っていた。他の者たちは、ロンドンが良くなかったのだろう、と言った。優しい方だったね。あの方のおばあさまもご親切だったよ。もっと地味な感じだったけれど、とても優しかった。ああ、古いタイプの方たちがどんどんいなくなっちまう！　ウィルコックスさんも、ご親切な紳士だね。村人たちは緩慢だがどこか興奮を引きずった様子で、こうした話を何度も繰り返していた。貧しい者にとって裕福な人間の死は、教養ある人々にとってのアルケースティスやオフィーリア[1]の死と同じなのだ。それは芸術であり、自分たちの生活から隔たってはいるが、生きることの価値を改めて感じさせるものなので熱心に味わおうとしていた。

墓掘り人たちは、密かに不満を抱えていた。彼らはウィルコックス家の長男であるチャールズが好きではなかった。こういう話をする場ではないのだが、チャールズの横柄さには我慢がならないのだ。しかしともかく彼らは仕事を終え、棺を埋めて、その上に花輪《リース》や花でできた十字架を積み上げた。夕日がヒルトンの村を染めていく。灰色の夕暮れに深紅の光が一条差し、眉間に寄せたシワのようだった。村人たちは悲しげなつぶやきを交わしながら墓地の入口を出て、栗の木が並ぶ道を村の方へ歩いて行った。若い木こりだけが後に残され、静寂の中で規則正しくのこぎりを引く。ようやく枝が落ち、木こりは何かぶつぶつ言いながら木から降りてきた。もはや死のことではなく、愛について考えていた。彼にはいま逢引きをしている相手がいるのだ。彼はウィルコックス夫人の真新しい墓のそばで立ち止まり、黄色い菊の束に目を留めた。「埋葬の時に色のある花はいけないいな」と思ったのだ。数歩進んでまた立ち止まると、夕闇に包まれた辺りをこっそり見まわし、引き返すと菊の花を一輪抜き取ってポケットに隠した。

木こりが立ち去ると全くの静寂が訪れた。墓地に隣接する小屋は空き家で、辺りに

1　アルケースティスはギリシア神話に登場する女性で、夫の命を救うために自らの命を差し出した。オフィーリアはシェイクスピアの悲劇『ハムレット』に登場するハムレットの恋人で、狂気を装ったハムレットに父を殺害され、入水自殺する。

他の家はない。刻々と時が移ろい、新しい墓は誰も見る人なくそこにあった。西から流れてくる雲の中で、教会は舳先《へさき》を高く掲げ、人々を乗せ永遠に向けて出航する船のようだった。明け方になると大気は一層冷え、空は澄み渡って、死者を覆う大地は固くなり霜が降りてキラキラと光った。歓びの一夜を過ごした若い木こりが戻ってきた。

「百合も菊も、霜にやられてしまった。こんなことなら全部持って行けば良かった」

その頃ハワーズ・エンドでは、ウィルコックス家の人々が朝食を取ろうとしていた。チャールズとイーヴィーは、チャールズ夫人と一緒に食堂に座っていた。父親のウィルコックス氏は誰にも会いたくない気分だったので、二階で朝食を取ることになった。彼は今ひどい苦しみを味わっていた。断続的に悲しみの発作に襲われ、まるで肉体的な苦痛のように感じられた。食べようとすると涙が出てきて、口に運びかけた食べ物も手つかずのまま、という状態だった。

ウィルコックス氏は、共に過ごした三十年にわたり、いつも夫人が示してきた変わらぬ善良さを思い出していた。求婚時代のことや新婚の頃の歓喜などを、具体的に思い返していたわけではない。思い出されるのは夫人の変わらぬ優しさで、ウィルコックス氏にとってはそれこそが女性の最も高貴な性質に思えた。世の女性の多くは気まぐれで、やたらと腹を立ててみたり、軽薄な振舞いをしたりする。しかしこれはルースには当てはまらなかった。来る年も来る年も、夏であれ冬であれ、花嫁としても母親になってからも、彼女は変わらずそこにいて常に信頼のおける存在だった。ルースのあの優しさ、そしてあの無邪気さ！　あの素晴らしく無垢《むく》なところは、まさに天が与えたものだった。まるで庭の花か野にそよぐ草のように、世俗的な塵芥《ちりあくた》とは無縁なのだ。ルースの仕事に対する考えは「ヘンリー、十分なお金を持っている人たちがもっとお金を稼ごうとするのはどうしてかしら？」というものだったし、政治に関しては「色々な国の母親たちが会って話すことができれば、きっと戦争なんて起こらないわ」と言っていた。信仰については……こちらはちょっとした問題があったが、それも何とかやり過ごすことができた。ルースの家は元々クエーカー教徒[2]で、ヘンリーの家系は非国教徒[3]だったが今では国教会に改宗していた。最初ルースは国教会の牧師の説教が気に入らない様子で、「もっと内なる光」がほしい、「わたしのためというよりも、赤ちゃん（つまりチャールズ）のために」と言っていた。しかしこの内なる光

2　プロテスタントの一派で一六五〇年頃にイギリスで創始された。人間の内なる神の光を信じ、個人を尊重する。洗礼や聖餐を否定しており礼拝は無形式である。
3　イギリスはヘンリー八世（一四九一―一五四七）の時代にローマ・カトリック教会と絶縁してイギリス国教会を創始したが、この時改宗を拒んだプロテスタント教徒のこと。

もおそらく与えられたのだろう、やがてそうした不満も聞かなくなった。二人は言い争うこともなく三人の子どもたちを育て上げた。本当に夫婦喧嘩の一つもしなかったのだ。

いまやルースは地面の下に横たわっている。いなくなってしまった、そしてその死をより耐えがたくしているのは、彼女らしからぬ謎を残して去ったことである。「具合が悪いのにどうして言わなかった?」と嘆くと、ルースは弱々しい声で言った。「言いたくなかったのよ、ヘンリー。だって間違っているかもしれないでしょう。誰だって病気は嫌なものだし」恐ろしい事実を告げたのは、自分がロンドンを不在にしている間に妻が診察を受けた、奇妙な医者だった。こんなことがあっていいのだろうか? 全てを説明することなく、ルースは死んだ。これは彼女の落ち度だ。そして……ここでウィルコックス氏の目に新たな涙があふれてきた……なんと小さな落ち度だろう! 妻が夫を欺いたのは、三十年間でこの一度きりだった。

ここでウィルコックス氏は立ち上がって窓の外に視線をやった。イーヴィーが手紙を持って部屋に入ってきたが、誰とも顔を合わせたくなかった。そうだ、ルースは善良な女だった、いつだって変わらず信頼のおける相手だった。ウィルコックス氏はこの言葉を慎重に選んだ。「変わらず、信頼のおける」ことは彼にとっては最大の褒め言葉だった。

冬枯れの庭を眺めているウィルコックス氏自身も、一見したところそうしたタイプに見えた。顔は息子のチャールズほど四角くはなく、立派なあごは少し引っ込んでいて、どこか曖昧な印象の口元はヒゲで隠されている。しかし見た目の上で、特に気弱な印象を与えるものは何もなかった。目には親切心や気立ての良さが表れていて、今は泣いているため赤くなっているが、人からあれこれ指図されない人間の目だった。額もチャールズに似ていた。秀でたまっすぐな額は日焼けして血色がよく、そのままこめかみと頭頂部に続いている。この額は、彼の頭部を世間から守る砦のようなものだった。時にそれはのっぺりとした壁の役割も果たした。ウィルコックス氏はこの額の陰に隠れ、これまでの五十年間、特に傷つくこともなく幸せに暮らしてきたのである。

「お父様、郵便が来たわ」イーヴィーがためらいがちに言った。

「ありがとう、そこに置いてくれ」

「朝食はそれでよかったかしら」

「ああ、ありがとう」

イーヴィーは父親と、テーブルに載った手つかずの朝食をちらりと見た。こんな時どうしたら良いか分からないのだ。

「チャールズが、『タイムズ』をお持ちしましょうかって」

「いや、後でいい」

「必要なものがあったら呼んで下さいね」

「今はない」

広告から手紙を選り分けると、イーヴィーは階下の食堂に戻った。

「お父様は何も召し上がっていないわ」と言って、眉根を寄せるとティーポットの前に腰掛ける。

チャールズは答えなかったが、一呼吸おいて二階に駆け上がると、ドアを開けて「父さん、ちゃんと食べないといけないよ」と声をかけた。そして返事を待ったが、うんともすんとも言わないのでまた階段を下りてきた。「多分先に手紙を読んでしまうんだろう」チャールズはもごもごと言った。「朝食は後じゃないかな」そして『タイムズ』紙を取り上げ、その後しばらくの間、聞こえるのはティーカップが受け皿、ナイフが皿に当たりカタカタいう音だけになった。

この沈黙の中で、チャールズ夫人になったドリーはかわいそうに今回の出来事にショックを受け、また少々退屈もしていた。ドリーはつまらない女で、自分でもそれが分かっていた。電報が来て、新婚旅行先のナポリから、まだほとんど知らない義理の母親の死の床に呼び戻されたのだ。そして夫に言われて自分も喪に服すことになった。心から喪に服したかったが、どうせなら結婚前に亡くなっていれば自分の負担も軽くなったのに、と思わずにはいられなかった。トーストを小さく小さくちぎりながら、バターを取ってくれとも言い出せず、ドリーはほとんど動かずに座っていた。義理の父が二階で朝食を取っていることが、せめてもの救いだった。

ようやくチャールズが口を開き、イーヴィーに言った。「昨日、墓地で楡の木を刈り込んでいた奴がいたが、あれはいけないな」

「本当ね」

チャールズは続けた。「注意しないといかん、よく牧師が許したもんだ」

「牧師さんは関係ないんじゃない」

「じゃあ誰がやらせたっていうんだ？」

「あの辺りの地主じゃないかしら」

「まさか」

「ドリー、バターをどうぞ」

「ありがとう、イーヴィー。ねえチャールズ……」

「楡の木も刈り込むことってあるのね。柳だけかと思っていたわ」

「なんだい？」

「いや、楡だって刈り込むさ」

「じゃあどうして墓地の楡を刈り込んではいけないの？」チャールズはちょっと顔をしかめて妹に向き直った。

「それか、チョークリーに言ってみるか」

「そうね、その方がいいわ。チョークリーに言ってごらんなさいよ」

「チョークリーがあいつらに対して責任がないと言うのはけしからん。あいつにだって責任があるさ」

「そうね」

この兄妹は心が冷たいわけではない。こんな会話をしているのは、もちろんチョークリーにしっかり働いてもらいたい、と思っているからだ。それ自体は至極真っ当な願いだが、これまで個人的な感情を避けて生きてきたから、という別の理由もあった。ウィルコックス家の人たちは皆そうだった。彼らにとって、個人的な感情は極めて重要なものとは思えなかったのだ。あるいはヘレンに言わせれば、重要だと分かっていながら恐れているのかもしれなかった。振り返ってもそこにあるのは、パニックと空虚さなのだから。しかしチャールズもイーヴィーも本当に心の冷たい人間ではないので、胸の痛みを抱えつつ朝食の席を離れた。母親が一緒に朝食を取ることはもうないのだ。他の部屋や、特に庭では、母がいなくなったことがもっと痛切に感じられた。チャールズは車庫に向かいながら、一足ごとに自分を愛してくれた母、他の何者にも代え難い女性のことを思った。あの優しい保守性とどれだけ闘ったことか！　母は進歩というものを忌み嫌っていたが、一度受け入れたら恭《うやうや》しく従ったものだった！　この車庫を建てるために自分と父はどれほど苦労しただろう！　そのために昔ポニーがいた囲い地をつぶしても良い、と言わせるまでが本当に大変だった。なにせ母はあの囲い地を庭そのものより大切にしていたから。ブドウの蔓を巡っては、結局母の意見が通った。実をつけたこともないのに今でも南側の壁を覆っている。同じ頃、イーヴィーも料理人と話しながら母親のことを思い出していた。家の中のあれこれは、今まで母親がしていたことを自分が引き継ぐことができるし、家の外の用事は父や兄がやってくれる。しかしイーヴィーもまた、かけがえのないものが自分の人生から失われたと感じていた。兄妹の悲しみは、ウィルコックス氏ほど激しいものではなかったが、もっと深いところから生じていた。妻はまた新しく見つかるかもしれないが、母親はそういうわけにはいかないのだ。

チャールズは仕事に戻ることにした。ハワーズ・エンドにいてもすることがないのだ。母親の遺言の内容はずっと前から知っていた。時に死者が生者を騒がせる遺産や年金の類は何もなかった。母は父を信用して全てを託した。母は裕福ではなかったから結婚した時は持参金の代わりにハワーズ・エンドがあるだけだったし、この家もゆくゆくは自分のものになるだろう。水彩画はポールに、宝石やレース類はイーヴィーに行くことになっていた。いとも簡単に、母はこの世から消えてしまった！チャールズは自分ではそういう生き方をしようとは思わないが、母親の生き方は見上げたものだと思った。しかしマーガレットであれば、夫人が現世的なものに対しておよそ無関心だったことを見て取るだろう。ウィルコックス夫人の遺言には、どこか皮肉な態度が感じられた。声を荒らげたり嘲笑《あざわら》ったりするわけではないが、上品で奥ゆかしい中にどこか皮肉が感じられるのだ。夫人は周囲を煩わせることを良しとしなかった。この願いが叶えば、その亡骸《なきがら》は凍てついた大地に永遠に閉ざされてしまってよいのだ。そう、チャールズがここに留まる理由は何もなかった。新婚旅行を再開するわけにはいかないので、ロンドンに出て仕事に戻るしかない。何もせずウロウロしているのはどうにも耐えられない。父親がここでイーヴィーと静かに過ごしている間、自分とドリーはロンドンのあの家具付きマンションに滞在すればいい。そうすれば郊外のサリー州にある自分たちの小さな家の化粧直しを監督しに行けるし、クリスマスの後でそちらに移ればいい。よし、昼食が済んだら新しい車でロンドンに向かおう。葬儀のためにこちらに来ている使用人たちは汽車で移動すればいいだろう。

チャールズは車庫で父親の運転手に会うと、ろくに顔を見もせず「おはよう」と言い、車を覗きこむと続けた。「おい、誰かこの車に乗ったな！」

「さようですか？」

「そうだとも」チャールズは怒りで顔を赤くして言った。「誰が乗ったか知らんが、ちゃんときれいにしろ！　ほら車軸に泥が付いているじゃないか、拭き取れ」

運転手は何も言わず布を取りに行った。えらく不細工な運転手だったが、これはチャールズにとっては特に問題ではなかった。魅力的な男なんて下らんと思っていたので、初めに雇ったイタリア人の小男はすぐにクビにしてしまったのだ。

「チャールズ……」霜で白くなった地面の上をそろそろと、ドリーが後から付いてきた。その姿は喪服をまとった華奢《きゃしゃ》な柱のようで、てっぺんには小さな顔と凝った飾りの付いた帽子がのっていた。

「ちょっと待ってくれ、取り込み中だ。おいクレイン、誰が乗ったんだ？」

「それは分かりかねます。わたしが戻ってからは誰も乗っておりませんが、前の車で二週間ばかりヨークシャーに行って留守にしていましたから」

泥は簡単に落とすことができた。

「チャールズ、お父様が一階に降りていらしたわ。大変なの。すぐに戻って来なさいって。ねえ、チャールズ！」

「ちょっと待って、いいね。クレイン、お前が留守の間に車庫の鍵を持ってたのは誰だ？」

「庭師です」

「ペニー爺さんが車を運転したっていうのか？」

「いいえ、誰も乗っておりません」

「じゃあどうして車軸に泥が付いたんだ」

「ヨークシャーに行っていた間のことは分かりません。さあ、もう泥は取れました」

チャールズはイライラしてきた。この運転手はこちらを馬鹿にしている。こんな状況でなければ父に言いつけてやる。だが今朝はこんなことで文句を言ってはいられない。昼食の後で家の前に車を回すように命じておいて、チャールズはドリーに注意を向けた。ドリーはさっきからずっと手紙やらミス・シュレーゲルやらについて、わけの分からないことをまくし立てていたのだ。

「さあドリー、言ってごらん。ミス・シュレーゲルが何だ？　何が欲しいって？」

手紙が来ると、チャールズはいつも相手が何を欲しがっているか聞いた。「何かが欲しい」というのが、行動の唯一の動機だと思っているのだ。しかし今の場合、この質問は的を射ていた。というのも、妻は「ハワーズ・エンド」と答えたのだ。

「ハワーズ・エンド？　おいクレイン、予備のタイヤを忘れるな」

「分かりました」

「絶対に忘れるなよ、僕は……さあおいで、ドリー」

運転手から見えないところまで来るとチャールズはドリーの腰に手を回して引き寄せた。二人の幸せな結婚生活を通じて、チャールズは一〇〇パーセントの愛情と五〇パーセントの関心を妻に向けることになるのだった。

「ちゃんと聞いていなかったでしょう、チャールズ」

「何がどうしたって言うんだ」

「さっきから言っているじゃない、ハワーズ・エンドよ。ミス・シュレーゲルのものになるっていうの」

「何だって？」チャールズはドリーを引き寄せていた手を緩めた。「一体何を言っていやがる？」

「チャールズ、そういう言葉遣いはしないって約束を……」

「おい、馬鹿も休み休み言え。今はそんな場合じゃないだろう」

「だから、言っているじゃないの。ハワーズ・エンドはミス・シュレーゲルのものになるんですって。お母様が遺贈されたの。わたしたち皆、出ていかなきゃならないのよ！」

「ハワーズ・エンドだって⁉」

「そうよ、ハワーズ・エンドよ！」ドリーもチャールズにつられて大声を出した。イーヴィーが植え込みの方から慌ててやってきた。

「ドリー、戻ってちょうだい。お父様が怒っていらっしゃるわ。チャールズ――」イーヴィーは興奮のあまり自分の手で自分を打った。「早くお父様のところへ。ひどい手紙が来たんだから」

チャールズは駆け出そうとしてやめ、砂利道を大股で歩いていった。ハワーズ・エンドはそこにある。いつも通りの九つの窓と実らないブドウの蔓が目に入る。チャールズは言った。「またシュレーゲルの奴らか！」そして混乱を完全なものにするかのようにドリーが言い添えた。「病院の看護師長が代わりに書いた手紙なのよ」

「三人とも入りなさい！」ウィルコックス氏の声が聞こえた。もはや悲しみに沈んではいないようだ。

「ドリー、なぜわたしの言うことを聞かなかった？」

「でも、お父様……」

「車庫に行ってはいけないと言っただろう。庭で大声を出しているのが聞こえたぞ。けしからん、入りなさい」

ウィルコックス氏は玄関口に立っていた。さっきまでとは打って変わった様子で、手紙を手にしている。

「みんな食堂に来なさい。使用人たちがいるところで内々の話はできない。さあチャールズ、これを読んでみなさい。お前は一体どう思うかね」

チャールズは皆と一緒に食堂へ移動しながら、手渡された二通の手紙に目を走らせた。最初の一通は看護師長からの添え状で「奥様から、葬儀が終わったら同封のものをお渡しするように言いつかっております」とあった。同封のもの、というのは本人からの手紙で、そこにはこうあった。「わたしの夫へ。ハワーズ・エンドをミス・シュレーゲル（マーガレット）に遺《のこ》します」

「これについて話し合った方がいいと思ってな」ウィルコックス氏は、気味悪いほど落ち着き払って言った。

「もちろんです。ドリーが来た時ちょうど僕は……」

「では座るとしよう」

「イーヴィー、こっちだ。時間を無駄にしないで、座りなさい」

誰もが押し黙ったまま、食堂のテーブルの周りに腰を下ろした。昨日の出来事も今朝のことも、突然ずっと昔のことのように思えてきて、本当にあったのか疑わしくなってきた。誰もが気持ちを落ち着かせようとして荒い息遣いをしている。チャールズが皆をさらに宥《なだ》めようと封筒の中身を読み上げた。「父さん宛ての封をした封筒の中に、母さんが書いた走り書きがあって、そこにはこう書いてある、〝ハワーズ・エンドをミス・シュレーゲル（マーガレット）に遺します〟。日付もサインもない。病院の看護師長から送られてきた手紙だ。さて、問題は……」

ドリーが口を挟んだ。「でも正式なものじゃないわよね。家のことなら弁護士に任せないといけないでしょう、チャールズ」

これを聞いてチャールズはギリギリと歯を食いしばった。こめかみの辺りが膨らんだが、ドリーにはこれが何の兆候かまだ分からなかったので、自分も走り書きを見ても良いかと尋ねた。チャールズが父親の方を見ると、ウィルコックス氏は抑揚のない声で言った。「見せてやりなさい」ドリーは見るなり口にした。「まあ、鉛筆で書いてあるわ！　やっぱりこれは正式なものではないわ」

「ドリー、これが法的拘束力のあるものでないことは我々にも分かっている」ウィルコックス氏は、自分の砦の中からしゃべっていた。「それは間違いない。法的には、わたしはこれを破り捨てて暖炉にくべてしまってもいいわけだ。あなたのことは家族の一員と思っているが、よく分からないことには口出ししないでもらいたい」

父親と妻のこうした様子にイライラしたチャールズは、もう一度「問題は……」と繰り返した。皿やナイフを脇へやり、朝食のテーブル上に図が描けるようスペースを作る。「問題は、我々が母さんを一人にしていたあの二週間の間に、ミス・シュレーゲルが何か良からぬことを……」そこで言葉を切った。

「わたしはそうは思わない」と、息子よりもましな人間である父親は言った。

「どう思わないんです？」

「ミス・シュレーゲルが……不当な介入をしたとは思わない。そうではなく、これを書いた時、ルースが病人だったことを考えなければ」

「父さん、専門家に鑑定してもらったらいいと思いますが、これは母さんの筆跡ではありませんよ」

「あら、たった今お母様が書いたものだって言っていたのに」とドリー。

「それが何だっていうんだ」チャールズは声を荒らげた。「黙ってろ」

かわいそうな新妻はこれを聞くとさっと顔を赤らめ、ポケットからハンカチを取り出し涙を一粒二粒こぼしたが、誰もこれに気づく者はなかった。イーヴィーは腹を立てた少年のように、眉根をぎゅっと寄せて座っていた。父と息子は次第に何かの会議に出席しているような感じになってきた。二人とも会議の時に一番有能さを発揮するタイプなのだ。人間のしたことを全体として考えるという過ちは犯さず、きっちり個々の要素に分けて分析していった。まず問題となったのは筆跡で、二人の男たちは訓練の行き届いた頭脳でこれについて考えてみた。チャールズは少しためらった後、それが母親のものであると認め、二人は次の点に移った。こうしたやり方は感情の入り込む余地をなくすために最善かつ唯一の方法だっただろう。二人とも平均的な人間だったから、この走り書きについて全体として考えていたら、悲惨な気持ちになるか怒り狂うかのどちらかしかなかった。一つ一つ順を追って考えていくことで、感情的な要素はごく小さくなり、全てが滞りなく進んでいった。時計の針がコチコチ進み、暖炉の火はますます燃え盛って、窓から入ってくる白っぽい冷気を打ち負かそうとしていた。ウィルコックス家の人々が気づかぬうちに日は高く昇り、木の幹のくっきりした影が、霜が降りた芝生の上に紫色の縞模様を作っていた。素晴らしい冬の朝だった。イーヴィーの白いフォックス・テリアが薄汚れた灰色の犬にしか見えないほど、周囲の景色は浄化されて見えた。犬だけではなく、犬が追いかけているクロウタドリも漆黒に輝き、実際すべての色という色が一変したかのようだった。室内では時計が深みのある音で堂々と十時を告げる。他の時計もこれに続き、議論は終局へと向かっていった。

その内容をここに記す必要はないだろう。むしろここでは作者が出てきて解説するのをお許しいただきたい。ウィルコックス家の人たちは、ハワーズ・エンドをマーガレットに譲るべきだったのだろうか？　わたしはそうは思わない。ウィルコックス夫人の願いはあまりにもはっきりしないものだった。法的な力はなかったし、病に臥せっている時に突如生まれた友情に心動かされて書いたものだ。故人が過去に望んでいたことに反するだけでなく、家族が理解している限りでの故人の気質にも反している。実のところ、残された家族にとってハワーズ・エンドは単なる家に過ぎなかった。夫人にとってはそれが一つの精神を表すもので、その精神を継承してくれる人を求めていたのだとは、家族の誰にも分からなかった。そして、この霧のように漠然とした問題を一歩進めて考えるならば、彼らは存外にうまい決断を下したのではないだろうか？　そもそも精神が所有する物というのは、後に遺すことができるのだろうか？

魂に子孫はいるのか？　楡の木や、ブドウの蔓や、朝露をまとった牧草の束……こうしたものへの情熱を、血の繋がらない人間が受け継ぐことは果たして可能だろうか？　このように考えてみると、ウィルコックス家の人々が責められるべきだとは思えない。これはあまりに大いなる問題で、残された家族はこうした問題があることにさえ気づいていなかった。だから、しかるべき議論を経た後、彼らが問題の走り書きを破って食堂の暖炉で燃やしたのは自然だし、適切でもあった。実際的な道徳家ならば、ウィルコックス家の人々は完全に無罪と言うだろう。しかし、さらに深く物事を見透かそうとする者であれば、ほとんど無罪と言うだろう。というのも、一つの動かし難い事実が残るからだ。彼らは一人の人間の、個人的な願いを無視した。夫人が「こうして」と言い遺したことを、「いやダメだ」と却下したのである。

この出来事は、残された家族に悲痛な思いを強いた。もはやただ悲しみに暮れるだけではなく、彼らの頭脳はせわしなく働いた。彼らは昨日こう嘆いていた。「愛すべき母親だった、誠実な妻だった。我々がいない間に健康を損ねて死んでしまった」それが今日になって、こう考えなければならなくなったのだ。「もしかすると、思っていたほど愛すべき、誠実な人間ではなかったのかもしれない」この一件は、新婚の頃に夫人が求めていた「内なる光」がついに表現を与えられ、目に見えないものが目に見えるものに作用した結果なのだが、残された者たちには「裏切りだ」としか思えなかった。ウィルコックス夫人は、家族を、不動産関連の法律を、自分がかつて書いた遺言の内容さえも裏切ったのだ。夫人は、一体どのようにしてハワーズ・エンドがマーガレットの手に渡ると思ったのだろう？　法律上の所有者になる夫に、無料のギフトとしてミス・シュレーゲルに家を贈れというのだろうか？　ミス・シュレーゲルは受け取った家に生涯関心を抱き、所有し続けなくてはいけないのだろうか？　ウィルコックス家の人々が、この家は先々自分たちのものになると思って加えた、車庫をはじめとする様々な改良に対しての補償はなくていいのだろうか？　これは裏切りとしか言えない！　と彼らは思った。それに、どうにも馬鹿げている。故人に対してこのような思いが湧いてきた場合、我々はすでにその死を受け入れ始めたことになる。病院の看護師長から送られてきた鉛筆書きのメモは、実際的でない上に内容も残酷で、それを書いた夫人の価値を急落させてしまった。

「うーむ」ウィルコックス氏は立ち上がった。「こんなことが起ころうとは」

「お母様が本気で書いたとは思えないわ」まだしかめっ面のままのイーヴィーが言った。

「もちろんだよ、イーヴィー」

「お母様は先祖というものをすごく信じていたし……譲られて感謝もしないよそ者に

何かを遺すなんて、お母様らしくないわ」

「この一件はまったくルースらしくない」と、ウィルコックス氏は断言した。「もしミス・シュレーゲルが貧しい人で住む家がないというなら、少しは分かるんだが。自分の家があるんだから、もう一軒入り用になるなんてことがあるものか。ハワーズ・エンドには何の用もないだろう」

「時間が経てば分かりますよ」チャールズがボソッと言った。

「どういうこと？」とイーヴィー。

「たぶんミス・シュレーゲルは何か知っている……母さんが何か言ったんじゃないかな。病院にも何度かやって来ただろう。どうなるか様子を見ていたんじゃないか」

「まあ、なんてひどい女でしょう！」気を取り直していたドリーが言った。「ねえ、今にもわたしたちを追い出しにやって来るかもしれないわ！」

今度はチャールズもドリーに賛成し、「むしろそうしてもらいたいもんだな」と不敵に言った。「そうしたら僕がお相手してやろう」

「いやそれはわたしがする」と、どこか自分が除け者になっている気がしたウィルコックス氏が言った。チャールズは葬儀の手配を引き受けたり、朝食を食べるようにと声を掛けてくれたり、確かに親切だった。しかしこの子はどうも横柄な子に育ってしまって、もう自分が家長であるかのように振舞っている。「もしミス・シュレーゲルがやって来たらわたしが自分で相手をするさ。しかしあの人はそんなことはしないよ。みんな彼女のことを悪く考えすぎている」

「でも、ポールの一件はひどかったじゃないですか」

「チャールズ、あの時も言ったがね、わたしだってもうあんなことは真っ平だ。この件とあの件は全く別だよ。このひどい一週間というもの、マーガレット・シュレーゲルがお節介で面倒だったことは認めよう。みんな迷惑していたが、わたしは彼女が誠実な人だということは疑っていない。看護師長と共謀しているなんてことは絶対にあり得ない。医者と通じていたということもないだろう。何かを隠していたとは思えない。あの日の午後まで、我々と同じようにルースの病気については何も知らなかったんだ。ルースは彼女の目も欺いていたのだから」ここでウィルコックス氏は言葉を切った。「チャールズ、お前の母さんはかわいそうに、病気に苦しむあまり我々皆を困らせたわけだ。もし病気のことを知っていたら、ポールは出国しなかっただろうし、お前もイタリアに行かなかっただろう。わたしとイーヴィーだってヨークシャーには行かなかった。ミス・シュレーゲルだって困ったはずだよ。そういったことを考えると、あちらに落ち度はないと思うがね」

イーヴィーが言った。「でもあの色の付いた菊の花なんて……」

ドリーも言った。「わざわざお葬式にまでやって来て……」

「来ちゃいけなかったのかね？　ルースの友達なんだからその権利はあっただろう。それに村の女たちの後ろの方に立っていたじゃないか。確かに我々だったらあんな花は供えないだろうが、ミス・シュレーゲルにとってはそれが正しい形だったのかもしれないよ、イーヴィー。ドイツではそうするのかもしれない」

「あら、忘れていたけれどあの方は純粋なイギリス人じゃないのよね。それで色々説明がつくわ」

「いわゆるコスモポリタンってやつだな」チャールズが言って、腕時計を見た。「こう言っちゃなんだが国際派の人間ってのはどうも好きになれない。特にドイツ人の国際派は最悪だ、我慢ならん。さてと、この件はこれで片付いたということでいいですかね。ちょっとチョークリーの奴に会ってこなければ。自転車で行ってきます。ところで父さん、クレインに注意してくれませんか。僕の新しい車を使ったみたいです」

「傷かなにか付けたのかね」

「いいえ」

「それならいいじゃないか。言い合いをするほどのことじゃない」

息子と父親は時に意見が食い違うことがあった。しかし終いにはいつも、お互いにより尊敬の念を感じることになるのだった。そして感情的な問題に対処する際には、これほど心強い味方はいないと思っていた。その姿はまるで、お互いの耳に羊毛を詰めてセイレーンの歌う海を渡っていく、ユリシーズの船乗りたちのようだった。

第12章

チャールズは何も心配する必要はなかった。というのも、マーガレットはこの時ウィルコックス夫人の希望について何も知らなかったのだ。数年後に知ることになるが、その時には彼女の人生は別の形になっていて、夫人の望んだことはそこに要石《かなめいし》のようにピタリと嵌《はま》ることになる。しかし今のところ、マーガレットは別の問題に思いを巡らせていて、たとえ夫人の希望を知ったとしても病人が抱いた幻想として一蹴してしまっただろう。

マーガレットがウィルコックス家の人々と別れたのはこれで二度目だった。ポールとその母親のウィルコックス夫人――この二人にはさざ波と大波くらいの違いがあったが、二人が自分の人生に打ち寄せて来て、そして永遠に去って行ったのである。さざ波の方は何の痕跡も残さなかったが、今度の大波は足元に何か未知なるものの断片を残していった。人生の探究者であるマーガレットは、多くを語りはしないが、少しは語ってくれるこの海を望んでしばし佇《たたず》み、最後の大波が引いていくのを眺めていた。夫人は苦痛のうちに世を去ったが、そこに彼女の品位を貶《おとし》めるようなものはなかった、とマーガレットは思った。その死は病と苦しみ以外のものも指し示していた。人生最後の日々に悲嘆に暮れる者もいれば、信じられないほどの無関心さを見せる者もいる。ウィルコックス夫人はそのちょうど真ん中を行き、それは誰にでもできることではなかった。夫人は去り際にあってなお均整を保っていた。死の恐ろしい秘密を友人たちに少し語ったが、語りすぎることはなかった。ほとんど心を閉ざしてしまったが、完全にというわけではなかった。人生の終末に何かルールがあるとすれば、我々はこのように死ぬべきだというお手本のようだった。犠牲者としてでも狂信者としてでもなく、これから自分が漕ぎ出していく大海と、去っていく岸辺に同じだけの目配りができる船乗りのようだったのだ。

最後の言葉は（それがどんなものであったにせよ）、ヒルトン村の墓地で口にされたものではない。夫人が死んだのはそこではないのだから。洗礼を受けることと産み落とされることが同じではなく、結婚することと夫婦が結ばれることとが同じではないように、葬儀も死そのものではない。こうしたものは皆、人間のあくせくした営みを記録しようと社会が作り出した下手な装置で、遅れてやって来るか早すぎるかのどちらかなのだ。マーガレットにとって、ウィルコックス夫人はこうしたものによって記録されることを免れた人だった。自分のやり方で鮮やかに人生の幕を引いたのだ。夫人の葬儀で土くれの上に降ろされた、あの重い棺の中身ほどに全《まった》き塵になったものは他になかったし、朝が来るまでに霜が降りて萎れてしまったに違いない、あの菊の花ほど完全に無駄になったものもなかった。マーガレットは以前「わたしは迷信が大好きです」と言ったが、それは本当ではなかった。肉体と精神とを包んでいるものをこれほど熱心に透かし見ようとする女性は滅多にいなかった。ウィルコックス夫人の死はマーガレットを助けてくれた。人間とは何なのか、何を目指していくべきなのかが、これまでより幾分はっきりとしてきたのである。そこには本物の人間関係というものが輝いていた。おそらく最後の言葉は希望——現世における希望——ということになるのではないだろうか。

こうしたことを考えつつ、マーガレットは残されたウィルコックス家の面々にも関心を寄せ続けていた。クリスマス関連の用事があり、ティビーの世話もしなければならなかったが、その間も彼らのことをよく考えた。夫人が亡くなるまでの最後の一週間には常に顔を合わせていたので、これはある意味自然なことだった。彼らは自分と「同類」ではなかったし、しばしば疑い深く愚かに思え、自分であればうまくやれることが苦手なようだった。しかし彼らとの交際は良い刺激になったし、初めの関心は好意に変わっていった。チャールズに対してさえもそう感じたのである。彼らを守ってあげたいと思ったし、自分が不得手なことに秀でている彼らが、反対に自分を守ってくれるだろうとも感じた。ウィルコックス家の人々は、感情の波がいったん収まると次にどうしたらいいか、誰に何を頼んだらいいかを非常によく心得ていた。あらゆる手段に通じていて、気骨がありそうに見えるだけでなく、実際にあった。マーガレットはこの気骨というものをとても重視していた。ウィルコックス家の人々は、自分には手の届かない「電報と怒り」からなる「外側の生活」を送っているのだ。これは六月にヘレンとポールの一件があった際にはっきりしたし、ウィルコックス夫人の最期の一週間においてもそうだった。マーガレットにとって、こうした在り方は本当に心強く感じられ、ヘレンやティビーのように軽蔑する振りはできなかった。手際の良さ、決断力、忍従などの美徳がそこから生まれ、確かに最上の美徳ではないかもしれないが、こうしたものが文明を作り出してきたのだ。それに性格形成の助けにもなる、とマーガレットは思った。こうした美質があれば精神が甘ったれてしまうこともない。世の中には色々な人がいて然《しか》るべきで、シュレーゲル家がウィルコックス家を軽蔑するようなことがあってはならないのだ。

マーガレットはドイツにいるヘレンに書き送った。「目に見えないものが目に見えるものよりも優れている、ということにあまりこだわってはいけないと思うの。もちろんその通りだと思うけれど、そういう見方に縛られるのは時代遅れだと思う。二つを対比させるのではなくて融合させることこそ、わたしたちがしなければいけないことじゃないかしら」

ヘレンはそんなことにこだわっている暇はないと返事を寄こした。一体どうしてそんな話をするの？　こちらではお天気が素晴らしくて、モーゼバッハ家の人たちとポメラニア州で唯一の丘に行って、そり遊びをしたの。楽しかったけれど混んでいたわ。ポメラニア中の人がそこに押し寄せていたから。ヘレンはドイツが好きで、手紙には身体を動かす遊びや、詩のことがたくさん書いてあった。景色については、静かな佇まいながら堂々たるものだ、と書いてきた。雪原に鹿が跳ね回っているわ。河がバルト海に流れ込むところには古風な水門がある。オーデル山脈は、ポメラニア平原がそこだけ少し盛り上がっていて高さはたった九十メートルくらいだけど、本物の山みたいに松の林や小川があって、景色は完璧。「大きさじゃなくて、そういうものの配置が素晴らしいの」別の箇所ではヘレンはウィルコックス夫人が亡くなったことに関して思いやりある調子で書いていたが、その知らせにさほどショックを受けてはいなかった。誰かが亡くなった時、往々にして死そのものよりもそこに至るまでの様々なことが心に残るものだが、ヘレンはそれを体験していないので無理もないことだった。他の者が病状を気遣ったり、お互いの不在をなじったりしているその中心に、苦痛を感じていることで存在感を増した一つの肉体があった。その肉体がヒルトンの墓地で終焉を迎えたこと、何か希望を指し示すものが後に残され、バタバタとした日常の中で今度はそれが存在感を放っていること……こうしたことをヘレンと共有することはできず、彼女にとっては感じの良い女性が亡くなった、というだけなのだ。やがてヘレンは自分のことで頭を一杯にしてウィカム・プレイスに帰ってきた。ドイツでまたプロポーズされたのだ。マーガレットは妹のこんな様子に一瞬戸惑ったが、すぐにこれで良いのだ、と考えた。

そのプロポーズというのは、いとこのフリーダ・モーゼバッハ嬢が仕組んだことで、それほど真剣な話ではなかった。モーゼバッハ嬢は、ヘレンをドイツ人と結婚させて祖国に取り戻そうという、愛国的かつ壮大な計画を思いついたのだ。イギリス側からはポール・ウィルコックスが参戦したが、うまくいかなかった。そこでドイツは森林官の某氏（ヘレンは名前を忘れてしまったのだ）を出してきた。この森林官氏は森に住んでいて、オーデル山脈の頂に立ち、自分の家、というより家のある松の木が立ち並ぶ一角を指差してみせた。ヘレンが「まあ、なんて素敵！　あんな所に住んでみたいわ！」と言ったところ、その夜フリーダが寝室にやってきて、「ねえヘレン、話があるのよ」とか何とか言い始めた。ヘレンが思わず笑ってしまうと、フリーダは気を悪くするでもなく、分かるわと言った。森の中に住むのってすごく孤独でジメジメしているでしょうね。しかし当の森林官氏はうまくいくはずだと思っていたのだ。こうしてドイツ側も失敗に終わったが、気持ちよく負けを認めた。というのは、ドイツこそが世界一男らしい国だと思っているので、最後には勝つと自負しているのだ。「それにティビーにもお相手がいるのよ」最後にヘレンは言った。「ねえティビー、ちょっと考えてごらんなさいよ。フリーダがあなたにどうかしら、って言っている女の子がいるの。ポニーテールで、白いウールの靴下をはいているんだけど、爪先が苺でも踏んだみたいなピンク色をしているの。ああ、しゃべりすぎたわ。頭が痛いから、今度はティビー、あなたが話してちょうだい」

そこでティビーが話し始めた。奨学生になるための試験でオックスフォードに行ったばかりで、そのことで頭が一杯だったのだ。休暇中で学生は不在だったので、候補者たちは色々なコレッジに振り分けられダイニング・ホールで食事を取った。ティビーは美しいものに敏感だし、オックスフォードは初めてだったから、彼の体験談は輝かしいものに聞こえた。千年もの長きにわたりこの地が貢献してきた、西洋諸国の豊かさに満ちた謹厳にて美麗なオックスフォードは、たちまちティビーの感性に訴えかけた。ティビーはこうしたことならよく理解できる性質《たち》だったし、学生たちがいない時期に訪れたので、余計その美しさが身に染みたのである。オックスフォードは、オックスフォードであるとしか言えない。ケンブリッジのように若者の居場所というだけではない。もしかするとオックスフォードは、そこに住む者たちが互いに愛し合うよりも、オックスフォードを愛するように仕向けるのかもしれない。とにかく、これがティビーの受けた影響だった。姉たちはティビーの受けた教育がどうも不十分で、弟が周囲の同性から孤立しているのを見て、友達ができるように大学に送り込んだ。ところがティビーが本当の友人を作ることはなかった。ティビーのオックスフォードは無人のオックスフォードのままで、輝ける青春の記憶に彩られるのではなく、授業で習った配色の理論と共に思い起こされることになるのだった。

マーガレットは、弟と妹が話しているのを見て満足していた。普段はいまいち気が合わない二人なのだ。しばらくは姉らしい温かな気持ちで二人の会話を聞いていたが、ふと思い出して口を挟んだ。

「ヘレン、ウィルコックス夫人のことは伝えたわよね。お気の毒に」

「ええ」

「息子さんから手紙をもらったの。ハワーズ・エンドは閉めることにしましたが、母はあなたに何か譲りたいと言っていませんでしたか、って。短いお付き合いだったのに、そんな風に聞いてくれるなんて親切よね。だから、前にクリスマスプレゼントを下さるとおっしゃっていたけれど、結局二人共そのことは忘れていました、って返事をしたわ」

「チャールズは分かってくれたかしら」

「ええ。というのは、後からお父様のウィルコックスさんが手紙をくれて、妻と親しくしていただいた御礼に、って銀製の気付け薬入れ[1]を形見に下さったの。とてもご親切じゃない？ すっかりウィルコックスさんが好きになったわ。それに、お付き合いはこれで終わり、というわけじゃなくて、そのうち遊びに来てイーヴィーの相手でもしてやって下さい、なんて書いてあって。ウィルコックスさんって良い方ね。もうお仕事に戻られたそうで、ゴム関係の何か大きな事業らしいわ。どんどん拡大しているところみたい。チャールズもそこで働いているそうよ。チャールズは結婚して、お相手の方は小柄で可愛らしいけれど、あまり賢そうではないわ。しばらく向かいのマンションにいたけれど、自分たちの新居に越していったわ」

これを聞いたヘレンは適当な間をおいてから、またシュテティーンの話を始めた。状況が変わるのは何と早いのだろう！　ポールとのことがあったのは六月だ。十一月になってもヘレンはまだ頬を赤らめたり、ぎこちない振舞いをしたりしていたのが、こうして翌年の一月になったら全てがもう忘れられているのだ。この半年間を振り返って、マーガレットには日常生活の混沌とした性質がよく分かった。それは歴史家が作り出すような物事の整然とした連なりではないのだ。実生活は偽りのヒントや標識でいっぱいで、我々は途方もない努力をして起こりもしない事態に備え自分を奮い立たせている。どんなに素晴らしい経歴の陰にも無駄な努力というものがあって、それは山をも動かす程のものかもしれない。人生に失敗した人というのは備えなかった人ではなく、備えていたことが結局起こらなかった人ではないだろうか。こうした類の悲劇に関して、我が国の道徳規範は何も言っていない。国は危機に備えることは良いことであり、人間も国家と同じでしっかり武装して人生をよろよろ進むべきだ、としている。備えがもたらす悲劇について触れているのはギリシア人くらいのものだ。

1　当時の人々は、気分が悪くなった際に嗅ぐ気付け薬として、芳香のある塩を持ち歩いた。それを入れるための小さな携帯容器のこと。

人生には危険が付き物だが、それは実際のところ我々が道徳的な観点から考えるようなものではなさそうだ。人生がコントロール不能なのは確かだが、その本質は闘いではない。コントロールできないのは人生がロマンスだからで、その本質はロマンティックな美しさにあるのではないだろうか。

マーガレットは、これからはもっと用心するのではなく、今までよりも用心しないで生きていこう、と思った。

第13章

　それから二年が過ぎ、シュレーゲル一家は相変わらず洗練された卑しからぬ生活を送り、灰色をしたロンドンの流れの中を優雅に泳ぎ回っていた。数々のコンサートや劇が刺激をもたらし、金は使うとまた入ってきて、評判も良くなったり悪くなったりした。そしてロンドン自体も、こうした生活を象徴するように絶え間なく潮の満ち引きを繰り返すうち、その浅瀬はサリー州の丘や、ハートフォードシャーの田園にまで広がっていったのである。ある建物ができて有名になったかと思うと、別の建物は取り壊された。今日ホワイトホールの官庁街が様変わりしたかと思うと、明日にはリージェント・ストリートが一変するかもしれない。通りにはますます石油のにおいが充満し、渡るのはいよいよ難しくなった。空気が悪くなり、空も見えなくなってきて、人間同士が会話をすることさえ以前より難しくなったようだった。自然が遠のいていく――街路樹の葉は真夏のうちから散るし、埃っぽい大気のせいで日光もうっすらとしか差さない。

ロンドンを悪く言うのはもう時代遅れだ。芸術が大地を褒め称える時代は終わり、もう少ししたら文学は田園を無視して、都会からインスピレーションを得るようになるだろう。この変化を理解するのはそれほど難しいことではない。牧神パンや自然の力については皆少々聞き飽きている。そうしたものはヴィクトリア朝的で古くさい感じがする一方、ロンドンはジョージ王朝的で今風なのだ[1]。大地を心から愛する人々は、振り子がまた逆に振れるまで長い間待たなければいけないかもしれない。確かにロンドンは魅力的だ。ロンドンをイメージしてみると、それはわななく灰色の塊のようで、知的だがそこに目的はなく、激しやすいが愛情には欠ける。記録に残す前に変化してしまう一個の精神のようなもので、心臓は確かに動いているが、その脈拍は人間的なものではない。ロンドンは全てを超越していると言ってもよい。自然には残酷なところがあるが、この街に溢れる群衆よりは人間に近しい存在だろう。友人であれば自分のことを話してくれるし、自然についても説明することはできる。何しろ我々は皆そこから来て、最後にはそこに還《かえ》っていくのだから。しかし一体誰が、朝ロンドンが息を吸い込むとウエストミンスター・ブリッジ・ロードやリバプール・ストリートのような通りを大勢の人々が通勤してくる様子や、夕方になって疲れた様子で息を吐き出すと人々が同じ道を通って帰宅する様子を説明できるだろう？　我々はこの怪物を正しく説明しようと、必死に霧の向こう、星の向こうにまで手を伸ばし、何もない宇宙の果てを必死に探って、そこに人間の似姿を見出そうとする。ロンドンは新しい宗教を生み出すかもしれない。それは神学者が扱うような上品な宗教ではなく、神が擬人化された粗削りなものになるだろう。そう、ロンドンのこの絶え間ない潮の流れも、わたしたちに似た誰か、やたらと高慢でも同情的でもない誰かが、空の彼方で人類を気遣ってくれている、と思えば何とか辛抱できるではないか。

ロンドンっ子は、自分がそこからつまみ出されることにでもならない限り、自分の住んでいる場所について本当に理解することはまずない。マーガレットもウィカム・プレイスの契約が切れるまで、ロンドンについて改めて考えたことはなかった。もちろん契約が切れることはこれまでも分かっていたが、契約終了まであと九か月になって、急にそれを実感し始めたのだ。その頃になると、突然この家に対して感傷的な気持ちが湧いてきた。ウィカム・プレイスにはこんなに思い出が詰まっているのに、ど

1　この作品が書かれたのはジョージ五世の時代（一九一〇―一九三六）で、直前まではエドワード朝（一九〇一―一九一〇）、その前が長く続いたヴィクトリア朝（一八三七―一九〇一）である。

うして取り壊されなければならないのか？　こう思うようになって初めて、マーガレットはあちこちの通りでひっきりなしに建物を建てたり壊したりしていることや、人々がせわしない調子で口にする短い言葉や文にもならない文、承諾や拒絶を表す決まり文句などに注意を向けるようになった。毎月毎月辺りはどんどん活気づいてくるが、それは一体何を目指してのことなのだろう？　人口はまだまだ増加しているが、生まれてくる人間の質という点ではどうか？　ウィカム・プレイスの所有者で、ここに贅を凝らしたマンションを建てようとしている億万長者に、この震えわななくゼリーのような都市の、大きな一区画を引っかき回すどんな権利があるのか？　その大金持ちの男は馬鹿ではないし、彼が社会主義的な考えを披露しているのも聞いたことがある。しかし真の英知というものはその男の知力の及ばぬところにあり、これは大金持ちの大半について言えることだった。一体何の権利があってこんな男が……ここまで考えたところで、マーガレットはやめにした。こうしたことをあまり突き詰めて考えると頭がおかしくなってしまう。有り難いことに自分にも少しは財産があって、新しい家を買うことができるのだし。

ティビーはその頃オックスフォード大学の二年生になっていたが、イースター休暇で家に帰ってきていた。そこでマーガレットはこの機会を生かし、弟に真剣に尋ねてみた。どこか住みたいところはある？　ティビーはあるとはいえない、と言った。それから、何か将来やりたいことはあるかしら？　こちらの質問にもはっきりとした答えはなかったが、マーガレットがさらに促すと、ティビーは仕事には就きたくないと言った。マーガレットはこれにショックを受けたわけではないが、しばし無言で縫いものを続けてから言ってみた。

「ヴァイズさんのことを考えていたんだけど……何も仕事をしていなくて、それで特に幸せそうにも見えないけれど」

「まあ、ね……」と言ってティビーは奇妙な具合に口元を震わせた。それはまるで、ヴァイズさんのことを考え、ヴァイズさんの周りをぐるりと一周してその重さを量り、分類して、この話題に適切な対象ではないと却下するような具合だった。ティビーのこの情けない声はいつもヘレンの気に障るのだが、今ヘレンは一階の食堂にいて、政治経済についてスピーチをする準備をしていた。ドアを閉めていても時々熱のこもった声が聞こえてくる。

「ヴァイズさんって、軟弱でちょっとかわいそうな感じがしない？　それにガイさんの話もあるわね。残念なことになったじゃない。それに」ここでマーガレットは一般論を持ち出してきた。「誰だって、何か決まった仕事がある方がいいんじゃないかしら」

ティビーはうめき声を上げた。

「これについては譲れないわ。お説教しているわけじゃなくて、わたし自身が本当にそう思っているの。人類は十九世紀になって、仕事への欲求を覚えるようになったんじゃないかしら。この欲求は満たしてあげなければ、と思うの。これは新しい欲求ね。それに伴って悪いこともたくさんあるけれど、それ自体としては良いことだと思うの。もう少ししたら、女性にとっても〝働いていない〟ことが、百年前に〝結婚していない〟ことがショッキングだったのと同じになればいいと思うわ」

「でも僕は、姉さんの言う〝仕事への欲求〟ってものを感じたことがないんだ」ここでティビーがはっきりと言った。

「それじゃあ、その気になるまでこの話はしないでおきましょう。急かすつもりはないのよ。時間をかけて考えればいいの。ただ、自分の好きな人たちがどういう生活を送っているか、よく考えてみてね」

「僕はガイさんとヴァイズさんが一番好きだけど……」ティビーは弱々しく言って、イスの上で大きくのけ反ったので、肩から喉元にかけてがほとんど水平になった。

「それと、自活しなさいとか天職を見つけなさいとか、よくある言い方をしないからって、真剣じゃないと思わないでね。そういうことを言うのは馬鹿げていると思うの、まあ理由は色々だけど」マーガレットは刺繍を続けながら言った。「わたしは姉に過ぎないから何の権限もないし、そんなもの要らないと思ってる。ただ自分がこうだと思っていることを話しているだけよ。ねえ……」ここでマーガレットは最近掛けるようになった鼻眼鏡を外した。「あと数年もしたら、わたしたちの間に歳の差なんて実質なくなると思うから、わたしの手伝いをしてほしいのよ。女性より男性の方がよほどいいわ」

「そんなに色々悩んでいるなら、なぜ結婚しないの？」

「時々、チャンスさえあればしてもいいと思うこともあるわ」

「プロポーズしてきた人はいないの？」

「お馬鹿さんばかりよ」

「ヘレンには？」

「たくさんいるわ」

「その話を聞かせてよ」

「イヤよ」

「じゃあ姉さんに言い寄ってきた奴らの話でもいいからさ」

「他にすることがないような人ばかりなのよ」マーガレットはこの点は言っておかなければと思った。「だから気をつけてよ。何か仕事をするか、そうでなければわたしみたいに仕事をしているふりをしなければいけないの。心身を良い状態に保ちたいと思ったら、仕事、仕事、仕事よ。本当にそうなの。ウィルコックスさんやペンブルックさんをご覧なさい。あの人たち、性格や理解力には問題があるかもしれないけれど、もっと洗練された人たちよりずっと感じがいいわ。それは規則正しく、真面目に働いているからだと思うの」

「ウィルコックスさんたちはやめてよ」ティビーが不平をこぼした。

「いいえ、やめないわ。ちゃんとした人たちよ」

「いい加減にしてよ、メッグ！」急に怒りを覚えたティビーは、飛び起きて抗議した。様々な欠点はあるものの、彼にもしっかりとした人間性が備わっているのだ。

「あんなにちゃんとした人たちってなかなかいないと思うわ」

「そんなことあるもんか」

「若い方の息子さんのポールのことだけど……前はダメな人だと思っていたけど、ひどい病気になってナイジェリアから帰ってきて、でもまたそこに戻って行ったんですって。イーヴィーから聞いたんだけど……義務を果たすためにね」

「義務」という言葉に、ティビーはまたうめき声を上げた。

「それも収入のためじゃなくて、働きたいからやっているの。ひどい仕事なんだけど……退屈な国で、現地の人たちはいい加減だし、新鮮な水や食べ物を手に入れるために四六時中あくせくしなくちゃいけないんだから。ああいうタイプの人間を生み出す国は、それを誇っていいと思うわ。だからイギリスは帝国になったのね」

「帝国！」

「その結果については何も言わないわ」マーガレットは少し悲しそうに言った。「難しすぎるから。わたしには人間を見ることしかできないの。今のところ帝国なんてつまらないと思うけれど、それを支える人たちの英雄的な行為には感嘆するわ。ロンドンも退屈だけど、どれだけ多くの素晴らしい人たちがロンドンを作り上げていることか……」

「なんなのそれ」ティビーが呆れたように笑った。

「困ったわね、わたしは文明じゃなくて、それを支える仕事の方を好もしいと思っているみたい。ヘリクツもいいところよね！　でも、天国ってそういうところじゃないかと思うの」

ティビーは言った。「僕は仕事を伴わない文明が好きだな。地獄ってそういうところじゃないかな」

「ティビーったら、地獄まで行かなくてもいいじゃないの。仕事を伴わない文明ならオックスフォードにもあるでしょう」

「馬鹿だなあ……」

「わたしが馬鹿だって言うなら、今度は家探しの話をしましょうよ。お望みならオックスフォードにだって住むわよ、北オックスフォードに。ボーンマス、トーキー、チェルトナム、この三つ以外ならどこに住んでもいいわ。あ、それとイルフラクーム、スワネージ、タンブリッジ・ウェルズ、それからサービトンとベッドフォードも外してね。あの辺りは絶対嫌よ」

「じゃあロンドンにしようよ」

「そうね、でもヘレンがロンドンを離れたがっているのよ。田舎に家があって、ロンドンに部屋を持つのもいいわね。三人一緒に住んで、お金を出し合えばできるわ。でももちろん……あら、わたしったらまたしゃべり散らしているわ……本当に貧しい人たちはどうしているのかしら？　どうやって暮らしているのかしらね。一か所に落ち着くっていうのはわたしには耐えられないわ」

こんな調子でマーガレットが話していると、ドアが開いてヘレンが興奮の極みといった様子で飛び込んできた。

「ねえちょっと、いま何があったと思う？　絶対当たりっこないわ。女の人が来て、夫はここにいませんかって言うのよ。誰を捜しているかって？（驚きを伝える際、こんな風に自問自答してみせるのがヘレンの癖なのだ）彼女、ご主人を捜しにきたんですって！　本当よ！」

「ブラックネルのことじゃないの？」マーガレットが声を上げた。職探しをしていたブラックネルという男を最近雇い入れて、銀器やブーツを磨かせているのだ。

「わたしもそう言ったけれど違って、ティビーのことでもないのね（残念だったわね、ティビー！）知っている人じゃないのよ。だからこう言ったわ、〝どうぞお捜しください。ご主人がいないかどうか、テーブルの下も、煙突の中も、イスの背カバーも、よくよく確認して下さい〟。まあえらくめかしこんだ人で、シャンデリアみたいにジャラジャラしていたわ」

「ヘレン、一体どういうことなの？」

「だから言った通りよ。わたしはスピーチの練習をしていた。そうしたらアニーがドアを開けて、あの女《ひと》を真っ直ぐわたしのところに通しちゃったの。開いた口がふさがらなかったわ。それでわたしたち、とっても礼儀正しく会話を始めたの。あの方、

〝夫を捜してます。ここにあるはずです〟と言ったわ。いえ違う、〝ここにあるはず〟じゃなくて〝ここにおるはず〟だったわね。なんにせよ彼女、完璧だったわ。だから言ったの、〝ご主人のお名前は？〟そうしたら、〝ランです、奥様〟って言うのよ。」

「ラン？」

「ランかレンだったわ。母音がよく聞こえなくて。ラノラインだったかしら」

「一体どうなってるの……」

「そこで言ったの、〝ラノラインの奥様、何か大きな誤解をなさっているようです。わたしは見た目の美しさ以上に貞淑なんですの。ですから、ラノラインさんの瞳がわたしを見つめたなんてことは、決して決してありませんのよ〟」

「さぞ愉快だったろうね」

「もちろんよ」ヘレンは声高に言った。「それはもう素晴らしい経験だったわ。ラノライン夫人ってかわいらしい方……傘か何かを探しているみたいな調子で、ご主人のことを聞くのよ。土曜の午後から姿が見えなくて、しばらくは気に留めていなかったけれど、昨夜から朝にかけて心配でたまらなかったそうなの。朝食もいつもと違う気がして、昼食もそうだった。そこで彼女、一番夫がいそうだと思ったウィカム・プレイス二番地まで来てみたってわけ」

「でも一体全体どうして……」

「まあそう言わないでよ。あの人、〝わたしには分かるんです〟って繰り返すばかりなのね。失礼な感じじゃないけれど、ひどく暗い感じなの。何をご存じなんですかって聞いても答えないのよ。他人が知っていることを知っている人もいれば、知らない人もいる、知らなければ気をつけた方がいい、なんて言うのよ。とにかく話が通じないの！　顔は何だか蚕《かいこ》みたいで、食堂はあの人がつけていた香水がまだプンプンしているわ。それでわたしたち、世間一般の夫というものについて楽しくおしゃべりして、一体ご主人は今どちらなんでしょう、警察に行かれてはどうでしょうかと言ったらお礼を言われたわ。こんなことになるなんて、ラノラインさんったらいけない人ですねぇなんて話をしてね。でも本当は最後までこちらを疑っていたと思うわ。このことはわたしがジュリー叔母様への手紙に書くわよ。メッグ、いいこと、わたしが知らせますからね……」

「それはもちろん構わないけれど……」マーガレットはもごもごと言って、手にしていた刺繍を膝の上に置いた。「でもヘレン、これってただの笑い話なのかしら。何かの爆発の前触れなんてことはない？」

「そんなことないと思う。あの人は本当に気に病んでいるわけじゃないと思うの。悲劇に巻き込まれそうなタイプには見えなかったわ」

「ご主人の方は分からないでしょう」マーガレットは言って、窓辺に移動した。

「ううん、それもないと思う。悲劇的な体験をするような人は、ラノライン夫人とは結婚しないと思うわ」

「きれいな人だったの？」

「昔はきれいだったかも」

今や窓から見えるのは向かいのマンションだけなのだが、それはまるで自分と渦巻くロンドンの間にぶら下がる豪奢なカーテンのようだ、とマーガレットは思った。家探しのことを考えると気が滅入る。ここはとても安心できる場所なのに。なんとなく、自分たち一族も薄汚れた喧噪の中に投げ出され、今回のような話が身近になるのではないかという気がしてきた。

「ティビーと一緒に、九月からどこに住めばいいかって話をしていたのよ」しばらくしてマーガレットはようやく口を開いた。

これに対してヘレンは、「そんなことより、まずティビーがやりたいことを考えなくちゃ」と返した。そこでまたティビーの将来の話が始まり、今度はもっと激した調子になった。やがてお茶の時間が来て、その後ヘレンはスピーチの練習を再開し、マーガレットも自分のスピーチを準備した。明日は討論会に出席するのだ。しかしマーガレットは暗い気持ちをどうしても拭えなかった。ラノライン夫人はまるで奈落の底から立ち上る幽《かす》かな香り、悪鬼《ゴブリン》の足音のように、この世には愛も憎しみも朽ち果てた生活があることを告げていた。

第14章

多くの謎がそうであるように、その謎も結局は解明された。次の日、姉妹がちょうど着替えてディナー付きの討論会に出かけようとしているところに、バスト氏という人物がやってきた。ポーフィリオン火災保険会社の事務員、ということは名刺から分かった。彼を食堂に通したメイドのアニーによれば、「昨日の女性」のことで訪ねて来たのだという。「みんな、やったわ！」ヘレンが声を上げた。「ラノラインさんの登場よ！」

これにはティビーさえも興味を引かれた。三人は階下へ急いだが、そこで見つけたのは想像していたような色男ではなく、ロンドンでよく見かける精彩も覇気もなく、垂れた口ヒゲに悲しげな目をした若い男だった。ロンドンの通りには、こんな風采の男たちが恨めしげに右往左往しているのである。おそらく文明の発達に伴って都市部へ吸い寄せられてきた、羊飼いか農民の孫に当たる世代だろう。肉体の生活を失って精神の生活には手が届かない数多《あまた》の人々の一人なのである。かつて祖先が持っていた頑健な身体つきや、素朴な見目の良さの名残はあった。マーガレットは、青年のもっとしゃっきり伸びていたかもしれない背筋や、もっと幅広かったかもしれない胸を見て、こうした人たちが燕尾服を着ていくつかの思想を獲得するために自然に近い生活を捨てたのは、本当にそれだけの価値があることだったのかと訝《いぶか》しんだ。自分の場合はうまく教養を身につけられたが、ここ数週間というもの、教養が大衆の人間性を高めてくれるのか疑わしく思っていた。自然な生活をする人間と哲学的な思考をする人間の間にある溝は深まるばかりで、どれだけ多くの優れた人たちが、この溝を埋めようとして失敗しただろう。マーガレットには、この青年のようなタイプの人間が持つ曖昧な願望や精神的欺瞞《ぎまん》、本に関する表面的な知識などが分かっていた。どんな調子で自分に話しかけてくるかということも予測できた。ただ、相手が自分の名刺を持っていたことだけが意外だった。

「ミス・シュレーゲル、これをわたしに下さったことを覚えていますか？」男は不安げな、しかしわざと馴れ馴れしい調子で言った。

「いいえ、覚えていませんわ」

「昨日のことはこの名刺のせいで起こったのです」

「バストさん、どちらでお会いしたのでしょうか。ちょっとすぐには思い出せないのですけれど」

「クィーンズ・ホールのコンサートです。こう言ったら思い出していただけるのではないかと思うのですが……」男はもったいぶった調子で続けた。「ベートーベンの交響曲第五番をやっていた時です」

「第五をやる時にはいつも行っていますから……ヘレン、あなた分かるかしら？」

「ホールの欄干のところを茶色い猫がうろうろしていた時かしら？」

それは違うと思う、と男は言った。

「じゃあ分からないわ。ベートーベンといえば、わたしにはあの時なの」

「実は、あなたがわたしの傘を持って行かれたんです。もちろんわざとではありませんが」

「ありそうなことだわ」ヘレンは笑った。「わたしったら、ベートーベンを聴くより傘を盗むことの方が多いんですもの。お返ししたかしら？」

「返していただきましたよ、ミス・シュレーゲル」

ここでマーガレットが口を挟んだ。「間違いが起こったのは、わたしの名刺のせいなんですね」

「そうです、間違い、勘違いだったんです」

「昨日お見えになったご婦人は、あなたがここにいらしていると思ったらしいのです。だからここに来たらあなたに会えると……」マーガレットは続け、男に先を促した。説明に来たはずなのに、相手はどうもうまく説明できないようだったからだ。

「そうです、わたしがこちらにお邪魔していると……勘違いしたんです」

「一体なぜ……」と言いかけたヘレンの腕に、マーガレットがそっと触れた。

「妻には伝えてあったんです」男は早口になって言った。「ミセス・バストには言ってあったんですよ、友達のところに行くと。彼女は〝いってらっしゃい〟と言いました。ただ留守の間に急用でわたしの手が必要になりまして、ここにお邪魔していると思ったんですね。それでこちらに来てしまった。わたしも妻も、期せずしてご迷惑をお掛けすることになってしまって、本当に申し訳なく思います」

「ご迷惑なんてことはありませんよ」ヘレンは言った。「ただ、まだどうもよく分からないのですが……」

　バスト氏はそれ以上話したくなさそうな様子だった。同じ説明をもう一度繰り返したが、本当のことを言っていないのは明らかだったので、ヘレンはこれで済ませてなるものかと思った。若さゆえの残酷さがあったのだ。止めようとするマーガレットを無視してヘレンは言った。「まだよく分かりませんわ。お友達を訪問されたのはいつのことですか？」

「訪問？　何のことです？」男はまるでそれが的外れな問いだというかのように、目を見開いた。困った状況にある人がよくやる方法である。

「午後になさったというその訪問ですよ」

「それはもちろん、午後です！」と男は言って、うまい返事だろうという具合に、ティビーの方をちらりと見た。しかしティビーは自分もそういう返事をすることが多いので、これには動じず言った。「土曜日の午後ですか、日曜ですか」

「ど、土曜日です」

「まあ！」とヘレン。「それで日曜日にもまだお留守でいらしたんですね。だから奥様がこちらにいらっしゃった。お友達のところに随分長く滞在されていたんですねえ！」

「それはあんまりです」バスト氏は真っ赤になり、ハンサムに見えた。目には闘志が見える。「おっしゃることは分かりますが、それは違います」

「もういいんです」とマーガレットは言った。また奈落の底のような生活の気配がするのに気が滅入ったのだ。

「そういうことではないんです」とバスト氏は言い張った。これまでのもったいぶった調子は消えていた。「本当に、考えていらっしゃるようなことではありませんから！」

マーガレットは言った。「ご親切にもこちらに来て、経緯を説明して下さった。それだけでもう十分ですから、どこで何をなさっていたかまでお話しになる必要はありません」

「ええ、でもわたしがしたいのは……いえ、したかったのは……『リチャード・フェヴェレルの試練』[1]をお読みになったことはありますか？」

マーガレットは頷いた。

「素晴らしい作品です。わたしは、主人公リチャードが最後にするように、大地に還りたかったんです。それから、スティーブンスン[2]の『オットー王子』をお読みになっ

1 イギリスの小説家ジョージ・メレディス（一八二八―一九〇九）による一八五九年の作品。主人公が一晩中森の中を歩く場面があり、この後の会話でレナード・バストはこれを実行に移したことが分かる。
2 ロバート・ルイス・スティーブンスン（一八五〇―一八九四）を指す。ヴィクトリア朝期の小説家で、『宝島』や『ジキル博士とハイド氏』で知られる。

たでしょうか？」

これにはヘレンとティビーが低くうめき声を上げた。

「あれも素晴らしい作品です。あの中でも主人公は大地に還ります。だからわたしも……」彼は気取った調子で続けた。しかしその時、教養という靄《もや》を透かして、小さな石のようにしっかりとした事実が現れた。

「土曜日の晩はずっと歩いていました」レナード・バスト氏は言った。「わたしは歩いていたのです」これには姉妹共に心を動かされた。しかしすぐに教養が邪魔してきて、彼はE・V・ルーカスの『オープン・ロード』[3]は読んだかと聞いてきた。

ヘレンは言った。「それも素晴らしい作品には違いないですけれど、あなたのお話をもっと伺いたいですわ」

「そうですか、ええ歩いていたんです」

「どのくらいの距離を？」

「それは分かりません、どのくらいの時間だったかも定かではありません。暗くて時計を見ることもできませんでしたから」

「お一人で歩いていらしたのかしら？」

「そうです」そう言って、レナードは背筋を伸ばした。「ただ、最近事務所でよく話していました。こういう話題がたびたび出るんですよ。同僚が北極星を見ながら歩けばいいというので、天体図で調べて行きましたが、外に出たらよく分からなくなってしまって……」

「あらそれは知っているわ」相手の話に興味を持ち始めたヘレンが言った。「北極星って回っているんですよね、だからそれに付いていったら同じところをぐるぐる回っていることになってしまう」

「ええ、それにすっかり見失ってしまって。街灯がありますからね。木に隠れたり、明け方にかけて曇ってきたりもしましたから」

喜劇が喜劇のままであってほしいと思ったティビーは、ここでそっと部屋を出て行った。この男が詩的なものに辿り着くことはないと分かっていたので、辿り着こうとした話を聞きたくはなかったのだ。姉妹が後に残った。弟の存在は思いのほか二人の言動に影響を及ぼしていたので、ティビーがいなくなったことで興奮は加速していった。

3　E・V・ルーカス（一八六八―一九三八）はイギリスの作家。長年『パンチ』誌のライターを務めた。『オープン・ロード』（一八九九）は都会に住む人が旅行中に楽しむための詩やエッセイを集めたアンソロジー。

「どこから歩き始めたのですか？」マーガレットの声が大きくなった。「もっと聞かせて下さいな」

「ウィンブルドン[4]までは地下鉄に乗りました。その日事務所を出た時に思ったのです、〝いつかは歩いてみなければ。今日やらなければもう機会はないだろう〟。ウィンブルドンで少し食事をして、それから……」

「あの辺りも自然が多いとは言えないですよね」

「最初の数時間はガス灯の明かりが見えるばかりでした。でも夜は長いですし、外にいるのは気分が良かった……そのうち森にやってきました」

「ええ、それで？」とヘレン。

「暗がりの中で、森の中のでこぼこした地面を歩くのはとても難しいんです」

「じゃあ、道を外れて歩いていらしたの？」

「ええ、できるだけ道になっていないところを歩いて行きました。でもそうすると、どちらに行ったらいいかがますます分からなくなるんです」

「バストさん、生来の冒険家でいらっしゃるのね」マーガレットは笑った。「プロの運動選手だって、あなたがなさったようなことはしないと思いますよ。終いに首の骨を折るなんてことがなくて良かった。お話を聞いて奥様はなんとおっしゃったかしら？」

「プロの運動選手ならランタンと方位磁針を持って行くでしょうね」とヘレン。「それに疲れるから歩いたりしないでしょう。さあ続けて下さい」

「スティーブンスンみたいな気分になりました。『若き人々のために』[5]では……」

「ええ、でもその森の話ですが、どうやって出られたんです？」

「そのうち森が途切れて、反対側のかなり傾斜のある道に出ました。ノース・ダウンズだったんじゃないかと思います。道は草地に続いていて、わたしは次の森に足を踏み入れました。ハリエニシダの茂みがあって、歩くのが本当に大変でした。こんなこと始めなければよかったと思ったんですが、ある木の下を通っていたら急に楽になって……駅に続いている道に出たんです。そこから始発でロンドンに戻ってきました」

「でも、夜明けは素晴らしかったでしょう？」ヘレンが尋ねた。

レナードは驚くべき率直さで答えた。「いいえ」またしても教養という厄介な靄の向こうから、投石器で小石を飛ばしたようにこの言葉が飛んできた。レナードの話の

4　ロンドン南西部の地域。
5　一八八一年発表のこの作品にも、徒歩旅行の描写がある。

俗っぽさや、やたらと出てくる文学作品のタイトル、厄介なスティーブンスンや「大地への愛」、彼がここに来るのにかぶって来たシルクハットなどはすべて帳消しになった。この女性たちの前で、レナードは滅多にないほど高揚した気持ちで、淀みなく話し続けた。

「夜明けはただ灰色で、別にどうということもなかったです」

「ええ、灰色の夕暮れが逆さになったようなものですよね」

「それに、空を見上げることもできないくらい疲れていて、身体も冷え切っていました。挑戦して良かったとは思いますが、それはもう退屈な体験でした。それに、信じていただけないかもしれませんが、すごく空腹でした。ウィンブルドンではいつも通り、朝まで持つ量を食べたんですが、歩き続けるとあんなにお腹が減るとは思いもよりませんでした。一晩歩き通そうと思ったら、途中で朝食と昼食とお茶がほしいくらいなのに、ポケットにはタバコ一箱しか入っていなかったんですから。もうフラフラでした！　今考えると、楽しい体験というより、とにかく最後までやるんだ、という感じでしたね。最後までやり遂げましたとも、ええ……わたしの決意は固かったんですから。ああ、そうですよまったく！　ずっと同じ一つの部屋にいて、一体何になるんでしょう？　毎日毎日、決まりきったことを繰り返し、出勤して退勤して……そのうち、別の暮らし方もあるってことをすっかり忘れてしまう。時々は自分の生活の外に何があるか、確かめなければいけないんです。そこにも結局は取り立てて言うほどのものがなかったとしても」

「その通りですわ」テーブルの縁に腰掛けていたヘレンが言った。

その声にハッとして、レナードの率直な語りは中断した。「リチャード・ジェフェリーズ[6]の本を読んだのがすべての始まりだと思うと面白いんですが」

「バストさん、すみませんがそれは違うんじゃないかしら。そうではなくて、もっと大きな何かが関係しているのではないでしょうか」

しかしレナードは止まらなかった。ジェフェリーズの後にはボローが出てきた。ボロー、そしてソローと悲しみ《ソロー》について[7]。最後にまたスティーブンスンが出てきて、レナードの話は本のタイトルの羅列で終わった。もちろん、これらの偉大な作家たちを

6　ジェフェリーズ（一八四八―一八八七）はイギリスの小説家、随筆家。農家に生まれ、自然の観察とその詩的、哲学的な描写に優れている。

7　ジョージ・ヘンリー・ボロー（一八〇三―一八八一）はイギリスの紀行作家。ヘンリー・ディヴィッド・ソロー（一八一七―一八六二）はアメリカの随筆家、詩人。いずれも自然描写に富んだ作品を残している。

貶《おとし》めるつもりはない。悪いのは我々の側なのだから。作家たちは自分の作品を道《みち》標《しるべ》に使ってほしいと思っているはずだが、それを目的地と間違えてしまうのは読者側の弱さのせいなので、作者を責めるべきではないだろう。そしてレナードは、このほど目的地に達したと言っていい。彼はサリー州に足を運び、この快適な土地が闇に包まれ、感じの良い村が太古の夜に再び抱かれるのを見たのだから。この奇跡は実は半日に一度起こっているのだが、レナードはそれを実際に見てきたのだ。彼のちっぽけな頭の中にも、ジェフェリーズの本よりも偉大なものが潜んでいる——それは、ジェフェリーズにこうした作品を書かせた精神だ。そしてレナードが目にしたのがただの灰色で単調な夜明けだったとしても、それはジョージ・ボローがストーンヘンジで見た、あの永遠の日の出の仲間なのだ。[8]

「じゃあ、わたしが馬鹿なことをしたとはお思いにならないのですね？」レナードは、生来のナイーブで気立ての良い若者に戻って言った。

「もちろんです！」マーガレットは言った。

「そんなことあり得ません！」ヘレンも続けた。

「それをお聞きして嬉しいですよ。妻にはたとえ何日かかって説明したとしても理解してもらえないでしょうからね」

「馬鹿なことだなんて！」ヘレンが目をキラキラさせながら言った。「ご自分の境界を押し広げるようなことをなさったんですから……素晴らしいことですわ！」

「わたしたちみたいに、ただ想像して満足しているのとはわけが違います……」

「実はわたしたちも歩いてみたことがあるのですが……」

「二階にある絵をご覧に入れたいわ……」

ここで玄関の呼び鈴が鳴った。姉妹が夕食会に参加するための一頭立て馬車が来たのだ。

「あら嫌だわ……出かけるところだったのをすっかり忘れていました。でも是非ぜひ、またいらしてお話し下さいな」とヘレン。

「そうですよ、是非」とマーガレットも言い添えた。

レナードは感極まった様子で言った。「いえ、もうお邪魔はいたしません。その方がいいんです」

「まあ、どうして？」とマーガレット。

「もうお目に掛からない方が良いのです。今日のことは人生最良の出来事の一つとし

8　イギリスの田舎を放浪した経験を記した小説『ラベングロー』第六十章への言及。

てずっと忘れないでしょう。本当にそう思います。もう一度繰り返すことはできません。わたしにとって大変幸せなひと時でしたから、そのままにしておく方がいいんです」

「それはちょっと悲しい考え方ではないでしょうか」

「またお会いしたせいで、物事が台無しになってしまうのはよくあることですから」

「それは分かります」間髪を容れずにヘレンが答えた。「でも、人は台無しになりませんよ」

ヘレンの意味するところはレナードに伝わらず、彼は真の想像力と偽物の想像力が入り混じった感じで言葉を続けた。レナードの言い分は間違ってはいないが正しくもなく、どうも嘘っぽい感じがした。レナードを見ていて姉妹は思った。この楽器はちょいとひとひねりしたら調子が合いそうだ。だがちょっと引っ張ると壊れて鳴らなくなりそうだ。お二人にはとても感謝していますが、もうお邪魔いたしません。一瞬気まずい沈黙があってから、ヘレンは言った。「そうおっしゃるのなら。わたしたちよりもよくお分かりかもしれないですからね。でも、ご自分がジェフェリーズよりも素晴らしいってことは、お忘れなく」そしてレナードは去っていった。姉妹の乗った一頭立て馬車は角のところで徒歩の彼に追いつき、二人が窓から手を振るのが見え、きれいに舗装された道を走って夕暮れ時の街に消えていった。

ロンドンが夜に向けてライトアップされる時間帯だった。目抜き通りではシューッと音がして電灯が灯り、脇道ではガス灯が明るい黄色や緑に輝いていた。夕暮れ時の春の空はまるで戦場のような真紅に染まっていたが、ロンドンはこれに恐れをなしていなかった。見事な夕日はこの都市から立ち昇る煙にかすみ、オックスフォード・ストリートの上に浮かぶ雲は入念に描かれた天井のようで、装飾にはなっていたが、人々がそちらに気を取られることはなかった。ロンドンが澄み切った大気にハッとさせられることはないのだ。レナードがこの都市の様々な色に塗られた回廊をせかせかと歩いていく様子は、よくある光景だった。レナードは灰色の生活を送っていたので、それを明るいものにするため、人生のいくつかの片隅をロマンティックな思い出のために取ってあった。シュレーゲル姉妹、もっと正確に言えば姉妹と話したことは、その一隅を占めるものになるはずだったし、見知らぬ相手とあのように親しく言葉を交わすのも、実は初めてではなかった。この習性は、レナードの内側にある無視できない自然な衝動が、はけ口を求めて時々暴れ回った結果だった（対象として見知らぬ相手を選ぶのは、はけ口としては一番良くない部類なのだが）。この衝動がレナードを脅かし、疑いや分別をかなぐり捨てさせ、ろくに知りもしない相手に自分の秘密を明かすという行為を招くのだ。そのために心労が絶えなかったが、快い思い出もあった。中でも最良のものは、汽車でケンブリッジに行く道中、品の良い学部生が話しかけてきた一件だろう。話し始めて、レナードはだんだん饒舌《じょうぜつ》になって家庭のいざこざを明かし、それ以外のトラブルも匂わせた。その学生はレナードと友達になれそうだと思って「食後のコーヒー」に誘い、レナードも招待を受けたのだが後から気後れして、結局その晩泊まった安宿から動かなかったのだ。こうしたロマンティックな逸話と、勤務先のポーフィリオン火災保険会社や、ジャッキーを一緒にすることがレナードにとって好ましくないということは、もっと恵まれた生活を送っている者にはなかなか分からない。シュレーゲル姉妹は、件《くだん》の学生と同じようにレナードに関心を持ちもっと会いたい、と思った。しかしレナードにとって、こういう人たちはロマンスの世界の住人なので、自分が決めた片隅にいてもらわなければならなかった。絵画の中の人物が額縁から出てきてはいけないのである。

マーガレットがコンサートの時に渡した名刺を巡るレナードの振舞いは、全く彼らしいものだった。彼のケースは、悲惨な結婚生活と呼ぶことさえできないものだった。金がなく、暴力を振るう気もない場合には、悲劇にすらならない。ジャッキーを捨てることもできず、殴ろうとも思わなかった。毎日イライラして惨めなだけでもうたくさんだ。そこに「あの名刺」が登場したのである。レナードは秘密主義のところがあるくせにだらしがなく、名刺を出しっ放しにしていた。それをジャッキーが見つけて言った。「ねえ、誰の名刺なの？」「やあ、誰のか知りたいだろうね」「レン、ミス・シュレーゲルって誰？」などなど。こんな調子で何か月も過ぎ、名刺はある時は冗談の、ある時は不平の種になって、だんだんと薄汚れてきた。カメリア・ロードからタルス・ヒルに引っ越した際にも付いてきたし、友人知人に見せたこともある。この数センチ四方の小さなカードが、レナードとジャッキーの魂がしのぎを削る戦場になったのだ。彼はどうして、「あるご婦人が僕の傘を持って行ってしまって、僕がお宅まで取りに行けるように名刺をくれたんだよ」と説明しなかったのだろうか？　ジャッキーが信じないだろうから？　それもあるが、レナードは感傷的になっていたのだ。名刺の周りに渦巻いていたのは愛情ではないが、それは教養ある生活の象徴で、妻によって損なわれてはならないのだ。夜になるとレナードは独り言を言った。「なんだかんだ言っても、名刺のことはジャッキーにばれていない。やったぞ！」

気の毒なジャッキー。彼女は悪い人間ではなかったし、様々なことを辛抱してきた。ついにジャッキーはある結論を導き出した。彼女にとって、考えられる結論は一つしかないのだ。そして時機が来て、それに基づいて行動したのだ。その週の金曜日、レナードは終日妻と口を利こうとせず、夜は星を見て過ごしていた。土曜日にはいつも通り出勤したが、夜になっても帰宅せず、日曜の朝も、午後になってもまだ帰ってこなかった。ジャッキーは夫の不在に耐えられなくなってきた。そこで近頃あまり出歩かなくなっていたし、元々引っ込み思案な方なのだが、ウィカム・プレイスまで出かけて行った。その間にレナードが帰ってきて、運命の名刺がラスキンの本のページから抜き取られているのに気づき、何が起こったのか悟ったのだ。「さあて」レナードは、帰宅した妻に笑いながら言った。「君がどこに行っていたかは分かるけれど、僕がどこにいたかは分からないだろうね」

ジャッキーはため息をついて、「説明してちょうだいよ」と言うと、また大人しくなった。

しかし、いまさら説明するのは難しかった。それは彼の能力を超えていたし、そんなことをするほど愚かな男ではない、と言ってみたい気もする。彼は結局ジャッキーに何も語らなかったが、これはビジネスの場で必要とされるごまかしや、何事もまともに取り合わず『デイリー・テレグラフ』紙の後ろに隠れてしまう類の沈黙と同じではない。冒険家とは寡黙なもので、事務員にとっては暗闇の中を何時間も歩くことは冒険に違いない。例えば草原で拳銃を傍《かたわ》らに置いて、いかにも冒険、という雰囲気の中で幾夜も明かしたことのある者なら、レナードの話を聞いて笑うだろう。冒険なんて馬鹿げていると思う者も、やはりレナードを笑いものにするだろう。だからレナードがそういう相手には話をせず、結局はジャッキーではなくシュレーゲル姉妹のような人たちが彼の見た夜明けの話を聞くことになっても、驚くには当たらない。

マーガレットとヘレンが自分の行動を馬鹿にしなかったことは、レナードにとってその後もずっと喜びの源となった。二人のことを考えると、とても幸福な気持ちになれたし、日暮れ時に帰宅する道すがら気持ちを明るくしてくれた。経済事情という障壁が取り払われ、彼らは共にこの世界の驚異を認めたのだ（レナード自身はこんな風にうまく言葉にできなかったが）。ある神秘家が、「わたしの確信したことは、他の人間がそれを信じた瞬間に無限のものになる」[9]と言っているが、彼らは灰色をした日常の向こうに何かがあることを一緒に認めたのだ。レナードはシルクハットを脱いで考え深げな様子でそれを撫でた。これまで彼にとって未知のものといえば、本や文学、気の利いた会話や教養だった。勉学で身を立てれば世間をうまく渡っていけると思っ

9　元はドイツの詩人ノヴァーリス（一七七二—一八〇一）からの引用であるが、イギリスの小説家ジョゼフ・コンラッド（一八五七—一九二四）の代表作『ロード・ジム』のエピグラフとして使われているのをフォースターが目にしたものと考えられる。

ていた。しかし姉妹との短いやり取りの中で、新たな光が見えてきた。その「何か」とは、暗闇の中、郊外の丘陵地帯を歩き回ることなのだろうか？

ここで我に返ったレナードは、自分が帽子もかぶらずリージェント・ストリートを歩いていることに気づいた。急にロンドンが押し寄せてきた。この時間になると人影はまばらだったが、すれ違う人は皆レナードに敵意を含む眼差しを投げかけた。これは人々が無意識にやっていることなので余計に堪《こた》える。レナードは帽子をかぶり直した。ぶかぶかだったので、彼の頭は盥《たらい》に空けたプディングのように帽子の中へ消え、波打った縁から耳だけがちょこんと突き出ていた。やや後ろ下がりにかぶったため面《おも》長《なが》に見え、目とヒゲの間が間延びして見える。周囲と同じ出で立ちになってしまえば、批判の目を免れることができる。レナードが歩道の敷石の辺りをひょこひょこと歩き、胸を高鳴らせていても、不審に思う者は一人もいなかった。

第15章

シュレーゲル姉妹は、レナードのことで頭がいっぱいのまま夕食会へ出かけた。そしてこの姉妹が二人して同じことに夢中になっている時、それに太刀打ちできる集まりはまずない。この日の集まりは女性だけのもので、大抵の場合よりも活気があったが、それでもちょっとしたせめぎ合いの後で姉妹が提供する話題に屈することになった。テーブルのこちら側ではヘレン、あちら側ではマーガレットが、もっぱらバスト氏のことを話題にしていて、メインの魚料理と肉料理の間に一品が出される頃には二人の話が混じり合って他の話題を圧倒し、テーブル全体がその話をすることになった。それだけでは済まなかった。この夕食会は非公式の討論会でもあって、食事に続いて居間でコーヒーを飲み談笑しながら、その日の話題が発表されることになっていた。そこではある程度慎重に、皆の関心を引くようなトピックが選ばれる。それから皆で議論をするのだが、その時には発言者の気質次第でバスト氏が文明の光明として、あるいは汚点として登場することになった。この日のトピックは「自分の資産をどのように処分すべきか？」というもので、読み上げるのは死に瀕した富豪で、地元に美術館を作るために財産を遺贈しようと思いつつも色々な意見を聞きたいと思っている、という設定だった。参加者には前もって様々な役割が割り当てられていて、何人かのスピーチは面白いものだった。夕食会の女主人《ホステス》には「富豪の長男」というあまり好ましくない役が与えられ、死期の迫った親に向け、巨額の富を親族が継がないことで社会を混乱させるのはよろしくありません、と嘆願した。金というのは何らかの形で自己を犠牲にすることでもたらされるものだから、二代目は初代の自己犠牲の恩恵に浴すべきです。「バストさん」のような人たちに恩恵に浴すべきどんな権利があるというのですか？ すでにナショナル・ギャラリーがあるのだから、彼らのような人々にはそれで十分ではないでしょうか。このようにして、資産家側の意見が表明され（それは必然的に耳障りなものになってしまうが）、次に様々な慈善家たちが意見を述べた。「バストさん」には何かしてあげないといけません。自立した生活を損ねない範囲で、状況を改善する方法を考えなければ。無料で使える図書館やテニスコートがあるといいでしょう。家の賃料を本人には分からないように肩代わりしてあげるのはどうでしょうか。国防義勇軍[1]に入れるのもいいかもしれません。つまらない奥方と強制的に別れさせ、慰謝料を出してあげる手もあります。有閑階級のお目付け役から常に気にかけてもらうのはどうでしょうか（これはひどいと思ったヘレンはうめき声を漏らした）。衣料ではなく食料を与えましょう、いや食料よりも衣料です、いやいや衣料も食料もいらないからヴェニス行きの往復切符（三等席）をあげては、などど……。つまり、バスト氏には金銭そのものを与えるのでない限り、何を与えても良いのだった。

ここでマーガレットが口を挟んだ。

「ミス・シュレーゲル、いけませんよ」初めにトピックを発表した、富豪役の女性が言った。「あなたは〝史跡・景勝地保全協会〟の立場から意見をおっしゃることになっているんですから、他の役をなさってはいけないのよ。ああ、頭がクラクラするわ。お忘れかしら、わたしは重病ということになっているんですからね」

「わたしの言うことに耳を傾けて下されば、頭の調子も治りますよ」マーガレットは言った。「バストさんにお金をそのままあげるのはどうでしょう。年収三万ポンドもおありなんですから」

1　一九〇八年から一九六七年まで存在した、地方別の志願制予備軍のこと。

「あら、百万ポンドじゃなかったかしら」

「それは総資産の額じゃありません？　あらいやだ、そこを決めておかなければいけなかったのに！　でも大きな問題じゃないわ。どれだけお持ちにせよ、できるだけ多くの貧しい人に三百ポンドずつあげるのがいいと思います」

「でも、それじゃその人たちを物乞い扱いにしていることになりませんか」と、熱意ある若い女性が言った。彼女はシュレーゲル姉妹のことが好きなのだが、時々この二人はちょっと即物的すぎないかしら、と思っていた。

「それくらいの額をあげれば、そんなことはありませんよ。まとまった額をあげるのは物乞い扱いしていることにはなりません。多くの人にちょっとずつ配るのは良くないと思いますけれど。教養を身につけるのに必要なのは結局お金ですからね。お金で買えるものより、お金そのものの方がずっと役に立ちます」これには反対の声が上がった。「ある意味こうも言えると思うんです」とマーガレットが続ける間にも反対の声が響く。「自分の収入を適切に使う術《すべ》を学ぶということが、一番文明化されたことじゃないでしょうか」

「それができないのがバストさんのような人たちなんですよ」

「でも、チャンスをあげても良いと思います。そのためにはお金をあげることです。

子ども扱いして詩の本とか鉄道の切符をあげるのではなくて。そういうものを手に入れるための資金そのものをあげなくちゃいけません。おっしゃるような社会主義が実現したら、重要なのはお金ではなく物になるのかもしれませんが、そういう世の中になるまでは現金をあげるのがいいと思います。だって、お金こそが文明の縦糸なんですから。横糸が何なのかは分かりませんけれど。想像力というものは、お金を有効に使うために用いるべきだと思います。お金はこの世で二番目に大切なものです。お金の問題はとてもぞんざいに扱われていて、人々が話そうとしないものだから、きちんと考えている人が少ないと思います。……ええ、もちろん政治経済学はありますけれど、自分の収入についてしっかり考えて、自立した思想というのは実は十中八九、経済的自立の上に成り立つと理解している人は、本当に少ないと思うんです。だから、お金ですよ。バストさんみたいな人たちにはお金をあげて、そういう人たちの抱く理想について考えるのはやめたらいいと思うんです。きっと自分たちで見つけるでしょうからね」

マーガレットは、クラブの中でも特に熱心なメンバーたちが自分の言ったことを曲解している間、イスの背にもたれていた。女性の頭というのは、日常生活においては非情なほど実際的なくせに、会話の中で自分たちの理想が矮小《わいしょう》化されるのには耐えられない。だから、ミス・シュレーゲルは一体どうしてそんなひどいことをおっしゃるの、バストさんがこの世の全てを手に入れても、自分の魂を失ってしまったらどうするんですか、などと言われた。対してマーガレットは、「そんなこと何でもありません。だって世の中を少し手に入れるまで、魂も手に入らないんですから」と答えた。すると相手は到底信じられないと言う。マーガレットはくたびれた事務員も、あの世に行けば存命中に努力したことが実際に成し遂げたことと同列に認められ、魂が救われるかもしれないことは認めた。しかしその代わり、彼は現世での精神的な糧を得たり、もっと稀な肉体的歓びを感じたり、同胞たちと知的で情熱的な交流をすることは決してできないだろう、と述べた。他に社会の仕組みそのもの（資産や利子等々）を批判する参加者もいたが、マーガレットは特定の人間だけを見ていて、今の状況でどうやったら彼らがより幸福になれるかを考えていた。人類全体に貢献しようというのは無理な話である。工夫を凝らした試みも、あまねく行き渡らせようとすると薄い膜のようになり、結局はどこもかしこも同じ灰色になってしまう。マーガレットは一人に対して善を施すか、今の場合のようにせいぜい数人にとって良いことをすることこそ、望みうる中で最善の策だと思った。

理想主義的な参加者と政治経済学的な物の見方をする参加者の間で、マーガレットは居心地の悪い思いをすることになった。他の点では意見の相違があったが、誰もがマーガレットの意見を認めず、富豪が遺そうとしている金を自分たちの手で管理しようとする点では一致していた。先ほどの熱意ある若い女性は、「個人的な監護と相互扶助」という計画を提案し、それがうまくいけば貧しい人々はそうではない人々のようになるまで矯正されることになるのだった。[2] 富豪の長男役になっているこの集まりの女主人は、自分が遺産受取人に名を連ねるのは当然だ、と主張した。マーガレットが弱々しくこれを認めると、今度はヘレンが別の申し立てをした。自分は富豪の家で四十年間もメイドをしてきて、良いものを食べさせてもらったが賃金はひどく安かった。自分は何もしてもらえないのか？　こんなに太ってしまって、しかも貧しいのに？　ここで富豪本人が遺言状を読み上げ、結局遺産は全て財務大臣に委ねられることになった。そして彼女は死んだ。この夜の議論では、遊び半分の発言よりも真剣な発言の方に価値があったのだが（男性の議論では通常その逆かもしれない）、集まり

2　貧しさは個人の責任であり、貧困層の怠惰な性格は矯正しなければならないというのは、ヴィクトリア朝期に支配的だった見方。徐々に貧困問題に対し、個人のレベルではなく国家が対策を講じる必要性が議論されるようになるが、この夕食会の参加者の大半はまだ前時代的な価値観を持っているようである。

は陽気な調子のまま解散し、十数人の女性たちは機嫌よく家路についた。

ヘレンとマーガレットは例の若い熱心な女性と一緒にバタシー・ブリッジ駅まで歩き、その間も熱い議論を続けた。そして彼女と別れた後で気が緩み、急にその宵の美しさに気がついた。二人は少し戻ってオークリー・ストリートの方へ向かった。そこはテムズ川の堤防沿いに街灯とプラタナスの木が並び、イギリスの都市には珍しい風格のある一角だ。ベンチには人影もまばらだったが、ところどころに後方の家々から出てきたフォーマルな装いの紳士淑女がいて、新鮮な空気を吸い、川に満ちてくる潮のさざめきを聴いていた。ここチェルシー地区の川岸にはどこか大陸を思わせるところがある。それは開けた場所が正しく使われている、という感じで、これはイギリスよりもドイツでよく見られる光景だった。姉妹がいったんベンチに腰を下ろすと、背後にあるロンドンという都市は巨大な劇場で、オペラハウスでは延々と三部作を上演中だが、自分たちは満ち足りた気持ちで外に出てきて、第二幕を少しくらい見逃しても構わない、というような気分になった。

「寒い？」

「いいえ」

「疲れたかしら？」

「大丈夫よ」

ここで、先ほど別れた若い女性が乗った列車がゴトゴト音を立て、橋を渡っていった。

「ねえ、ヘレン……」

「なあに？」

「あなた本当に、バストさんと交流を続けようと思っているの？」

「さあ」

「やめた方がいいんじゃないかと思うの」

「そう思うんならやめましょう」

「本当に相手のことを知りたいと思っているのでない限り、良いことではないわ。今日の議論でそれがよく分かった。さっきはわたしたち皆、興奮していたからうまくいったけれど、冷静に交際するとなったらどうかしら。友情を弄《もてあそ》んではいけない。やっぱり、やめておいた方がいいわ」

「ラノライン夫人もいることだしね」ヘレンはあくびをした。「本当に退屈な人だから」

「そうね、それにただ退屈というだけじゃなくて、もっと悪いところがあるかもしれないわ」

「どうしてお姉さんの名刺を持っていたのかしら」

「コンサートとか、傘の話をしていたわね……」

「じゃあ名刺の方が奥さんを見つけて……」

「ヘレン、もう帰って休みましょう」

「もうちょっとだけ。素敵な晩ですもの。ねえそうだわ、さっき世界の縦糸はお金だって言っていた？」

「ええ」

「じゃ、横糸は一体何なのかしら」

「それは人によるわよ」とマーガレットは言った。「お金ではない何か……それ以上は言えないわ」

「夜に外を歩くこととか？」

「そうかもしれないわね」

「ティビーにとってはオックスフォードかしら？」

「そうみたいね」

「お姉さんにとっては？」

「ウィカム・プレイスの家を離れることになったら、あの家が横糸なんじゃないかって気がしてきたわ。ウィルコックス夫人にとっては、間違いなくハワーズ・エンドだった」

自分の名前というのは、遠くからでも耳に入るものである。この時、だいぶ離れたベンチに友人と座っていたウィルコックス氏は、自分の名前が聞こえたので立ち上がり、二人の方へ向かってきた。

「人間より場所の方が大事になることがあるなんて、考えてみたら悲しいわね」とマーガレットは続けた。

「メッグ、そんなことないわ。たいていは場所の方がずっと素敵だもの。わたしもあのでっぷりした森林官さんより、あの人が住んでいたポメラニアの家の方がいいわ」

「ヘレン、わたしたちどんどん人に興味を失っていくんじゃないかしら。たくさんの人を知れば知るほど、代わりは簡単に見つかるようになる。これがロンドンの悪いところね。最後には一番大切なのは場所、ってことになりそうな気がする」

ここでウィルコックス氏が二人のところまでやってきた。最後に会ってから数週間は経っていた。

「こんばんは」と彼は呼びかけた。「お二人がお話しされている声が聞こえてきたものですからね。こんなところで何をなさっているんですか？」チェルシーの川岸に女性その声の調子には、どこか保護者のような感じがあった。ヘレンはカチンときたが、だけで座っているのは良くない、という含みがあったのだ。

マーガレットはこれを善意の表れと受け取った。

「あらお久しぶりです、ウィルコックスさん。イーヴィーには最近地下鉄で会いました。息子さんはお元気ですか？」

「ああ、ポールですか」ウィルコックス氏はタバコの火を消すと、二人の間に腰を下ろした。「大丈夫ですよ。マデイラから一報がありまして、今頃はもう仕事に戻っているはずです」

「あらやだ……」ヘレンは様々な理由から身震いした。

「はい？」

「ナイジェリアの気候はひどいものですってね？」

「誰かがやらなきゃならんのですよ」ウィルコックス氏は簡潔に答えた。「何かを犠牲にする覚悟がない限り、我が国は海外での貿易を続けることはできませんからね。西アフリカをしっかり押さえておかないと、ドイツは……いや、色々と厄介なことになりますからね。ところで、最近どうされていましたか？」

「素晴らしい晩を過ごしてきたんですよ」よその人がいると元気になるタイプのヘレンは声を上げた。「わたしたち、論題を読みあうクラブのようなものに入っていて、メンバーは女性だけなんですが、後で討論があるんです。今日は遺産をどうすべきか……家族に残すべきか、それとも貧しい人たちのために使うべきか、もしそうならどのようにして、という話があって……とにかく面白かったですよ」

これを聞き、ビジネスマンであるウィルコックス氏は微笑んだ。夫人が亡くなってから、彼の収入はほとんど倍になっていた。会社設立の趣意書に名前が入っていると安心感をもたらすひとかどの人物となり、人生は順風満帆だった。世界を手中に収めたような気分で、海の潮がテムズ川に上ってくる音を聞いていた。姉妹にとっては素晴らしいこの川も、彼にとっては何の神秘も湛えていなかった。上流まで潮が上らないようにテディントンに作った堰《せき》に投資していたし、もし自分や他の投資家たちがそうしようと思えば、いつかもっと下流に堰を作ることもあるだろう。ディナーの後で腹は満ち足り、教養ある愛すべき女性二人の間に座って、ウィルコックス氏は自分の手はこの世のあらゆるものに届いていて、自分の知らないことはすなわち知る価値もないのだ、という気になっていた。

「それはユニークな集まりですね！」彼は言って、感じよく笑った。「イーヴィーもそういうものに参加すればいいのですが。でも時間がないんですよ。アバディーン・テリアの繁殖をしていましてね……まあ賑やかな奴らですよ」

「わたしたちもそういうことをした方がいいと思いますわ、本当に」

「わたしたち、自分たちを向上させているふりをしているんです」ヘレンがやや冷ややかな調子で言った。もはやウィルコックス家の人々に魅力を感じることはできず、今のような発言に感心していた過去を思い出すと、苦々しい気持ちになるのだ。「二週間に一度は議論をして晩を過ごすのが良いと思っていますが、姉が言う通り、犬の繁殖をする方がいいかもしれませんわ」

「そんなことはないですよ。お姉さんの意見には同意しかねますね。素早さを身につけるのに、ディベートほど役に立つものはないですからね。わたしも若い頃にそういう場に出ていたら良かったとよく思います。どれだけ役に立ったことか」

「素早さ、ですか?」

「そう、議論における素早さです。わたしは他の連中みたいに弁が立たないので失敗してばかりでしてね。だから議論の訓練というものは有用だと信じます」

こちらを庇《かば》うような調子も、自分の父親くらいの年齢のこの人から聞くと嫌な感じではない、とマーガレットは思った。ウィルコックス氏には魅力がある、とかねがね思っていたのだ。悲しみや感情が関わる場面では欠点が気になったが、今こうして彼の言葉に耳を傾け、星空の下でその茶色い口ヒゲや秀でた額を眺めるのは心地よかった。しかしヘレンの方はいら立ち、自分たちのディベートの目的は素早さの獲得ではなく「真実」に到達することだ、と仄めかした。

「もちろん、議論の内容は何でも良いのです」とウィルコックス氏。

マーガレットは笑って言った。「これはどうも大変なことになりそうね」するとヘレンも気を取り直して笑い、「そうね、やめておくわ」と請け合った。「ウィルコックスさんには具体的な問題を聞いていただくわ」

「バストさんのことね、そうなさいな。個別の事例に関してなら、きっともっと寛大でいらっしゃるわ」

「まずはウィルコックスさん、もう一本タバコをどうぞ。こういうことなんです。わたしたち、若い男性に出会ったばかりで、かなり貧しいようですが面白い方で……」

「仕事は？」

「事務員です」

「どこの会社です？」

「マーガレット、覚えている？」

「ポーフィリオン火災保険会社よ」

「そうだったわ、ジュリー叔母様に暖炉の前に置く敷物をくれた、あの親切な会社ね。そのバストさんがなかなかに面白い方なので、助けてあげたいと思うんです。結婚しているんですが、奥さんのことはあまり気にかけていないみたいです。本や、冒険的なものが好きで、もし機会さえあれば……でもなにせ貧しくて、服やその他のどうでもいいことにお金が消えていく生活をしているんです。そんな環境にいてはダメになってしまいそうで心配です。今日の討論でもバストさんのことが話題になりました。元々のテーマではないのですが、彼のような人に関係がある話題だったので。もしある富豪が死んで、バストさんのような人のために自分のお金を使ってほしいと思ったとします。その場合、どうやってバストさんを助けるべきか？　年に三百ポンドをそのままあげたらいい、というのがマーガレットの案だったんです。でもその場にいたほとんどの人が、それではバストさんを物乞い扱いすることになる、と言うんですね。じゃあ彼らのような人たちには、無料で使える図書館を作ってあげたらいいのかしら？　その案には反対しました。だってバストさんに必要なのは本の数じゃなく、正しい読み方を身につけることだと思うんです。そして、バストさんには毎年夏の休暇に入る前に何かあげたらよいと提案したんです。あとは奥さんの問題もあって、今日の集まりではその奥さんとは別れなければいけない、ということになりました。でも、どの案もどうもしっくりこないんです！　ウィルコックスさんの意見を聞かせていただきたいわ。ご自分が百万長者で、貧しい人たちを助けたいと思っていらっしゃると想像して下さい。さあ、どうされますか？」

いま言及された額に近い資産を持っているウィルコックス氏は、快活に笑った。

「ミス・シュレーゲル、わたしはご婦人方に解決できなかった問題に踏み込もうとは思いませんよ。すでに出ている色々な素晴らしい案に何か付け加えようとも思いません。わたしが言えるのはこれだけです。そのご友人は、できるだけ早くポーフィリオンを辞めた方がいいですよ」

「あら、なぜでしょう？」とマーガレット。

ウィルコックス氏は声を落として言った。「ここだけの話ですけれどね、あの会社はクリスマス前には管財人の手に渡りますよ」これではマーガレットには分からないと思って、彼は付け加えた。「破産するということです」

「まあへレン、どうしましょう。じゃあ別の仕事を探さなければいけなくなるのね！」

「探さなければいけなくなる？　いいえ、船が沈む前に辞めさせた方がいいですよ。今すぐ職探しをしなければ」

「どうなるか様子を見るよりも？」

「その通りです」

「どうしてですか？」

ウィルコックス氏は超然と笑って、低い声で続けた。「なぜって、職探しにおいては現職のある人の方が、失業中の人よりも有利だからですよ。それだけの価値がある人間という風に見えるでしょう。わたし自身も感じるんですが（これは絶対に他言無用ですよ）、そういうことが雇用主を大きく左右するものです。人間の性《さが》ってやつでしょうね」

「それは考えてもみませんでしたわ」マーガレットはつぶやいた。しかしヘレンはこう言った。「わたしたちは逆の方針でやってきましたわ。仕事にあぶれているからという理由で、その人を雇うんです。うちに来ている靴磨きの人もそうですわ」

「それで、靴磨きの腕はどうです？」

「良くないですね」マーガレットは正直に言った。

「そらごらんなさい！」

「じゃあバストさんにこのことを伝えた方がいい、と忠告なさるんですね」

「わたしは何も忠告はしませんよ」と言って、ウィルコックス氏は辺りを見回し、自分の軽はずみな発言が誰にも聞かれていないことを確かめた。「これは言うべきじゃなかったんですがね。ちょっと裏で関わっているので、たまたま知ることになったんです。ポーフィリオンの状態はひどいものです。でも、わたしが言ったとは言わないで下さいよ。あの会社は料金協定に入っていないんです」

「もちろん言いません。それにどういうことかよく分かりませんわ」

「保険会社は潰れないと思っていました」ここでヘレンが言った。「結局は他から助けがあって何とかなるんじゃないかしら？」

「それは再保険のことですね」ウィルコックス氏は穏やかに返した。「それがポーフィリオンの弱いところなんです。保険料を下げたが、運悪く小規模な火災の事例が続きましてね。再保険も掛けられていないんです。公的な会社は愛の精神から相互扶助をするなんてことはないですからね」

「それも〝人間の性〟なんでしょうね」ヘレンが言って、ウィルコックス氏もそれに同意して笑った。ここでマーガレットが、他の人たちも同じでしょうけれど、事務員が別の仕事を見つけるのは厳しい時代でしょうね、と言うとウィルコックス氏は、

「そうですね、大変厳しいです」と言って、友人のところに戻るために立ち上がった。うちの事務所でもめったに空きはないし、あると何百もの応募がありましてね。ちな

みに今、空きはありません。

「ハワーズ・エンドはどうなっていますか？」ウィルコックス氏と別れる前に話題を変えたくなり、マーガレットは聞いた。この人は、相手がいつも自分から何か有益な情報を引き出そうとしている、と思っているのではないかと感じたのだ。

「人に貸しました」

「まあそうですか。そしてこの芸術的なチェルシー界隈でホームレスをしていらっしゃるのね！　何ておかしな運命でしょう！」

「いいえ、家具付きで貸しているというわけではないんですよ[3]。我々は引っ越したんです」

「まあ、ずっとあそこにいらっしゃると思っていました。イーヴィーは何も言っていませんでしたけれど」

「お会いになった時にはまだ決まっていなかったんです。先週引っ越したばかりですよ。ポールがハワーズ・エンドに愛着を持っているので、息子が帰国している間はあそこにいたんです。でも実際、狭すぎるんですよ。気になることばかりでしてね。いらしたことはありましたかね？」

「わたしはお家までお邪魔したことはないです」

「そうでしたか。ハワーズ・エンドは元々農家でしてね。いくら手を掛けても無駄なんですよ。車庫を建てようとしたら、そこら中に楡の木の根が張っていて邪魔になるし、去年はイーヴィーが高山植物に凝っていたものですから、牧場をちょっと囲ってロックガーデンを作ってみたんですがね。これもうまくいかなかったですね。ご存じと思いますが、いやヘレンさんはご存じでしょうが、あの辺りの農家には忌々《いまいま》しい輩《やから》がいましてね。あの婆さんときたら垣根をちゃんと刈り込まないから下の方がスカスカですよ。家の中も梁《はり》だとか、ドアの向こうの階段だとか……見ている分にはいいんですが、実際に住むところではないのです」ウィルコックス氏は陽気な調子のまま、欄干の向こうの水面に目をやった。「満潮になりましたね。それに、場所も良くないですよ。あの家の周囲も郊外になってきています。ロンドンの内とも外とも言えない感じでしてね。そこで我々はデューシー・ストリートに家を借りたんです。スローン・ストリートの近くですよ。あとはシュロップシャーにもう一軒。オニトン・グランジという屋敷でしてね。オニトンの町はご存じですか？　ぜひ一度いらして下

3　イギリスでは家具などをそのままにして「家具付き」で家や部屋を貸すことが多い。しかしこの場合、ウィルコックス家の家具は主に新しく引っ越したデューシー・ストリートの家に運ばれ、ハワーズ・エンドには置いていないことになる。

さい。ウェールズに近いんですが、便の良いところですよ」

「それじゃ、何もかも変わってしまったんですね！」とマーガレットは言ったが、声の調子はひどく悲しげなものに変わっていた。「あなた方のいないハワーズ・エンドやヒルトンの村は想像できませんわ」

「ヒルトンに誰もいないわけではありません」ウィルコックス氏は答えた。「チャールズたちがまだいます」

「まだ？」マーガレットが聞き返した。チャールズ夫妻とは連絡を取り合っていなかった。「まだエプソンにいらっしゃるのではなくて？　あのクリスマスの頃には家具を入れて、お引っ越しの準備をなさっていましたよね。全部変わってしまったのね！　こちらの窓からきれいな奥様がよく見えましたよ。あれはエプソンじゃなかったのかしら？」

「その通りです。でも一年半ほど前にヒルトンに移ったんです。チャールズはいい奴でしてね……」ここでウィルコックス氏は再び声のトーンを落とした。「息子夫婦と離れていてはわたしが寂しいのではないかと思ったのです。また引っ越しをさせたくはなかったんですが、息子はやって来ましてヒルトン村の反対側の端の、六つの丘のすぐそばの家に入りました。自動車も持っていましてね。皆そこにいて、まあ賑やかな一家ですよ。チャールズ、ドリーと、孫が二人います」

ウィルコックス氏と別れの握手を交わしながら、マーガレットは言った。「わたしにはいつもよその人がどうすればいいのか、ご本人たちよりもよく分かるんです。ハワーズ・エンドを出られたなら、チャールズさんたちがそちらに移られたら良かったんです。素晴らしい場所ですから、わたしだったら家族のものにしておきたいと思いますわ」

これに対してウィルコックス氏はこう答えた。「ええ、だから売ってしまったわけではありませんよ。売るつもりもありませんし」

「でも、今はどなたも住んでいらっしゃらないんでしょう」

「今は素晴らしい借り手がついています。ハーマー・ブライスっていう病人ですよ。もしチャールズがあそこに住みたいと言えば……でも息子は住みたがりませんでね。ドリーには今風の設備ってものがなくちゃなりませんし。ハワーズ・エンドには住まないことになったんです。もちろんある種の愛着はありますけれど、あの家ときたらどうもどっちつかずでしてね。あれじゃいかん」

「どちらも手に入れる幸運な方もいらっしゃいますけれど。今や家を二軒お持ちだそうで、お祝いを申し上げますわ、ウィルコックスさん」

「わたしからも」とヘレンも言った。「イーヴィーに遊びに来るよう伝えて下さいな。ウィカム・プレイス二番地です。わたしたちももうあそこには長くいられませんから」

「あなたがたもお引っ越しを？」

「ええ、今度の九月には」マーガレットがため息交じりに答えた。

「変わっていくことばかりですな！　じゃ、失礼しますよ」

テムズ川に満ちてきた水は引き始めていた。マーガレットは欄干にもたれ、どこか悲しげに水面を見つめた。ウィルコックスさんはもう亡くなった奥様のことを忘れていて、ヘレンはポールを忘れている、そして自分だってきっと色々なことを忘れていっている。変わっていくことばかり。絶え間ない潮の満ち引きが人の心の中にまで入り込んでいるのに、過去を留めようとすることに何の意味があるのかしら？

マーガレットは、ヘレンの声で我に返った。「ウィルコックスさんは成功したせいでなんていう俗物になっちゃったのかしら！　もうあの人には用はないわ。でもポーフィリオンのことは聞けて良かったわね。帰ったらすぐにバストさんに手紙を書いて、会社を辞めた方がいいと伝えなくては」

「ええ、それがいいわ。そうしましょう」

「お茶にお招きしたらどうかしら」

第16章

レナードは次の土曜日にお茶にやってきた。だが彼の予想通り、二度目の訪問は明らかに失敗だった。

「お砂糖は？」とマーガレットは尋ねた。

「お菓子をいかがです？」とヘレン。「大きなのがいいかしら、それともこの小さくて変なのにします？　こちらからの手紙を妙に思われたでしょうけれど、今からその理由をお話ししますね。わたしたち、変わっているわけでも気取っているわけでもなく、単に大げさなんです」

ご婦人が膝の上に載せる愛玩犬としては、レナードはいまひとつだった。イタリア人やフランス人のように軽口や当意即妙の才の持ち合わせもなく、その機知はロンドンっ子的で想像力に欠けるものだった。レナードが「ご婦人はお話しされることが多ければ多いほど良いんです」とおどけたふりをすると、ヘレンは固まってしまった。

「ええそうですね」とヘレン。

「ご婦人方は気持ちを明るくしてくれますから……」

「そうですね……まあお日様の光みたいなものかしら。さあお皿をどうぞ」

「お仕事はいかがですか」ここでマーガレットが尋ねた。

これにはレナードの方が固まってしまった。この女たちから自分の仕事のことで詮索を受けたくはなかった。彼女たちはロマンスの世界の住人で、今回ついに目にすることになった二階のこの部屋（壁には人々が水浴びをしている奇妙なスケッチが掛かっていた）も、野イチゴの模様で繊細に縁取りされたティーカップも、彼にとってはその別世界に属するものだった。ロマンスと自分の住む世界が混じり合ってはいけない。そうなったら何か悪いことが起こる気がする。

「ええ、まあ順調です」とレナードは答えた。

「ポーフィリオンにお勤めでしたよね」

「そうです」レナードは気を悪くした。「どうやってお耳に入ったんでしょうね」

レナードの気持ちが分からないヘレンが言った。「あら、なんの不思議もありませんわ。いただいた名刺に大きく書いてあったからそちらにご連絡したのですし、お返事の便箋にも会社名が印字してありましたよね……」

「ポーフィリオンは大きな会社でしょうか」マーガレットがさらに尋ねる。

「大きな会社といいますと？」

「そうですね、安定して揺るぎないというか、雇われている人たちにちゃんとした経歴を約束してくれる会社、ということになるかしら」

「わたしには何とも言えません……色々なことを言う人がいますから」レナードは不安げに言って首を振ると、「わたし自身は、聞いたことの半分、いや半分以下しか信じないようにしています。その方が安全ですから。賢い奴らが一番ひどい目に遭うなんてことがありますからね。用心するに越したことはありません」

そう言ってレナードは紅茶に口をつけると、口ヒゲを拭った。決まってティーカップの中に垂れてきて、せっかく蓄えても邪魔なばかりで伊達《だて》に見えない口ヒゲがよくあるが、レナードのヒゲもじきにそうなる運命にあった。

「その通りですね、だからこそ知りたいんです。ポーフィリオンはしっかりとした会社ですか？」

これはレナードには答えられない質問だった。分かるのは自分が働いている周囲のことだけで、全体のことは分からない。知っているとも分からないとも言いたくなかったので、この状況ではもう一度首を振っておくのが一番良いと判断した。レナードにとってのポーフィリオンは、一般の人が考えるのと同じように、広告で見るポーフィリオンだった。[1] 襞《ひだ》の多い古風な服を着た巨人で、片手に燃え盛る松明《たいまつ》を持ち、もう一方の手はセント・ポール大聖堂やウィンザー城の方角を指している。その下には大きな金額が書いてあり、そこから自然と大きな会社という印象を与えるのだ。この巨人がレナードに計算をさせ、手紙を書かせ、新しい加入者に規約を説明させ、すでに加入している人にはもう一度説明させるのだ。この巨人の道徳観念にはむらがあるらしい、ということも分かっている。マント夫人の暖炉の前の敷物にはひどく乗り気で出資するのに、大きな額の請求は静かにはねつけて裁判で争い続けるのだ。だがこの巨人の実力や来歴がどのようなもので、商業の神殿に並び立つ他の同類といかなる関係にあるのかということ――こうしたことは大神ゼウスのご乱行と同じで、普通の人間にはうかがい知れない。神々が力を持っている時には我々に分かることはほとんどない。落ち目になってきて初めて、天にも光が差して色々なことが知れるのだ。

「実は、ポーフィリオンが危ないと聞いたんです」ここでヘレンが告げた。「それを

1　ポーフィリオン火災保険会社は架空の会社だが、ポーフィリオンはギリシア神話に登場する巨人であり、この後の描写はそれを踏まえている。

お伝えしたくてご連絡を差し上げました」

「友人が言うには、再保険が十分に掛けられていないそうで」とマーガレット。

これでレナードには自分が言うべきことが分かった。ポーフィリオンを称えなければいけないのだ。そこで言った。「ご友人にそれは違います、とお伝え下さい」

「まあ、良かった！」

これを聞いてレナードは少し赤くなった。彼の生きる世界では、間違っているというのは致命的なのだ。しかしこのシュレーゲル姉妹は間違いを気にしていない。それどころか、自分たちが聞いた話が間違っていたのを心底喜んでいる。この人たちにとって致命的なことなど何もなく、あるとしたらそれは悪いことだけなのだ。

「ある意味、間違っているんです」

「ある意味？」

「つまり、完全にその通りとは言えないということです」

しかしこれは失敗だった。「じゃあ部分的には正しいんですね」と、マーガレットが即座に言った。

レナードはそれを言ったら誰でも部分的には正しいことになります、と答えた。

「バストさん、わたしにはビジネスのことは分からないので馬鹿なことを聞きますが、ある会社の経営がうまくいっていないと聞いて、それが正しいとか間違っている、というのは、どうやったら分かるんでしょう?」

レナードはため息をついてイスにもたれた。

「その友人がビジネスに携わっているのですが、その人が断言するんです。クリスマス前にバストさんの会社は……」

続きをヘレンが引き取った。「だから今すぐお辞めになった方がいいそうです。その方があなたよりもポーフィリオンの事情に詳しいというのは妙ですけれど」

レナードは手を擦り合わせた。その手の話は何も知らない、と言いたい衝動に駆られたが、仕事で受けた訓練がそれを許さなかった。とはいえ経営状態が悪いと言っても良いと言っても、それは内情を漏らすことになってしまう。今は何とも言えない状況で、どちらに転んでもおかしくないと仄めかそうとしたが、二人が真剣にこちらを見ているのでそれもできなくなった。レナードには姉妹の区別がほとんどつかなかった。一方はもう片方よりも美しく快活だったが、彼にとっての「シュレーゲル姉妹」は複雑に込み入った姿をしたインドの神のようなもので、腕を振り回したり、矛盾したことを言ったりするが、それらは全て同じ一つの精神から生まれ出るもののようだった。

「様子を見るより他にありません」レナードは言うと、付け加えた。「イプセンも言う通り、〝物事は起こる〟ものですから」本当は本の話をして、このロマンチックな時間を最大限に楽しみたくてたまらないのだ。ご婦人方が不慣れな調子で再保険の話をしたり、その匿名の友人とやらに感心したりしている間に、貴重な時間は刻一刻と過ぎてしまう。レナードがイライラしてきたのは、おそらく当然だろう。彼はもごもごと、わたしは自分が話題になって喜ぶような輩ではありません、と口にしたが伝わらなかった。レナードを招いたのが男性ならばもっとうまい具合に仕事の話ができただろう。女性は他の話題であればうまくやれるが、こうした話になるとさっぱりだった。収入や将来の展望なんてものは曖昧にしておいた方が良いということが分からないから、「今の収入はどのくらいで、次の六月にはどのくらい入ってくるのですか？」などと聞いてしまうのだ。とりわけここにいるご婦人方にはある持論がある。金銭について口を噤《つぐ》んでいるのは愚かで、各自が拠って立つ金の島の大きさ、つまりどのくらいの縦糸の上に金銭以外の横糸を張ろうとしているかをはっきりさせれば、人生はより良いものになる、と思っているのだ。

こうして貴重な時間は過ぎ、ジャッキーとの惨めな生活に戻らなければいけない時間が近づいてきた。我慢の限界に達したレナードは、ついに口を挟んで怒濤《どとう》のように本の名前を挙げた。マーガレットが「それではカーライルがお好きなんですね」と言った時には喜びで全身が震えたが、その時部屋の扉が開き二匹の子犬が飛び込んできて、「ウィルコックス氏とミス・ウィルコックス」の来訪が告げられた。

「あらあら！　イーヴィー、なんてかわいい子たちなんでしょう！」ヘレンは思わず叫ぶと床に膝をついた。

「おチビちゃんたちを連れてきましたよ」とウィルコックス氏。

「わたしが育てたのよ」

「まあ！　バストさんも子犬に触ってみませんか」

「そろそろ失礼しなければいけません」レナードは苦虫を嚙み潰したような調子で言った。

「その前に少し犬と遊んで行って下さいな」

「エイハブとイゼベルっていうんです」とイーヴィー。旧約聖書のあまりイメージの良くない登場人物の名前を動物に付ける人がいるものだが、彼女もそうなのだ。

「いえ、もうおいとまします」

ヘレンは子犬に夢中になるあまり、レナードには大した注意を向けなかった。

「ウィルコックスさん、こちらはバストさんといって……あら、本当にお帰りになるんですか？　それじゃさよなら！」とマーガレット。

「またいらして下さいね」ヘレンも床に膝をついたままで言った。

これにレナードはカッとなった。なぜまた来る必要がある？　一体何のために？　そこで、今度ははっきりと口にした。「いいえ、もうお邪魔しません。うまくいくはずがなかったんです」

大抵の人ならば、「おやこれは失敗。別の階級の人間と知り合うのは不可能だ」と考えて、彼を放っておくだろう。しかしシュレーゲル姉妹はいつでも真摯だった。二人は友情を育もうとしたのだから、その結果も引き受ける覚悟があった。ヘレンが言い返した。「まあ、失礼じゃないですか。なぜ急に怒ったりなさるの？」こうして客間は急に、無作法な口論の場になった。

「なぜ、ですか？」

「そうよ」

「じゃあ聞きますが、一体何のためにわたしをここに呼んだんです？」

「それは、あなたを助けるためじゃないですか！」ヘレンは声を上げた。「大きな声を出さないで」

「わたしはあなた方に庇護していただく必要はありません。お茶も欲しくない。うまいことやっていたんです。どうしてむやみに不安にさせるようなことを言うんですか?」レナードはウィルコックス氏の方を向いて言った。「こちらの紳士にもお尋ねしたいですよ。わたしが何か情報を握っているとでも思われているんでしょうか?」ウィルコックス氏はマーガレットに向かって、ユーモアと威厳が同居する独特の感じで言った。「ミス・シュレーゲル、お邪魔でしたでしょうか。何かお役に立てることでも? それともおいとました方がいいでしょうか」

マーガレットはこれには答えなかった。

レナードは続けた。「わたしは大きな保険会社に勤めています。そしてこちらの……ご婦人方からお茶に呼ばれました」(彼は「ご婦人方」というところを不自然に引き延ばして言った)。「それでやってきたら、わたしから情報を引き出すためだったんです。そんなことが正しいと思われますか?」

「それはけしからんですな」とウィルコックス氏が返した様子から危険を察知したイーヴィーは思わず息を呑んだ。

「ほらごらんなさい、こちらの紳士もけしからん、とおっしゃるじゃないですか。そうですよ、あなたは……」マーガレットを指さすと言った。「どうです、否定できないでしょう」レナードの声はますます大きくなり、ジャッキーと口論している時のような感じになってきた。「わたしが役に立つとなったら、〝そうしましょう、あの人を呼びましょう、尋問して、何か聞き出してやりましょう〟ときたもんだ。わたしはね、もともと無口な方なんですよ。法も守っていますしね。嫌な思いはしたくありません。わたし、わたしは……」

「あなた、あなたは……」とマーガレット。

何か面白いことを聞いたとでもいうように、イーヴィーが笑った。

「でもあなたは北極星に導かれて歩いたじゃありませんか」

これにはさらに笑いが起こった。

「そして日の出を見ましたよね」

ここでも笑い。

「我々皆を苦しめている霧から逃れて……本や家から離れて、真実に辿り着こうとしましたよね。自分にとっての本当の家を探していたんじゃないですか」

「それとこれと何の関係があるんです」レナードはカンカンになっていた。

「それはこちらのセリフです」一瞬の間があった。「先週の日曜日にはあんなに楽しくお話しできたのに、今日はこんなことになるなんて。バストさん、わたしと妹はこのことではしっかり話し合ったんです。お役に立ちたいですし、あなたにもわたしたちを助けていただきたいの。チャリティでお呼びしているわけではありません、チャリティは嫌いですから。わたしたちは、この前の日曜を他の日にも繋げていきたいと思ったんです。あなたがご覧になった星や木々、日の出や風の様子も、それが日常生活と結びつかなければ意味がないと思います。ここでの生活では無縁なものに、あなたは触れていらしたと思います。わたしたち誰もが、単調で取るに足りない日々の生活や、何も考えずに機械的に明るく振舞ったり、疑い深くなったりすることと日々闘っているんじゃないでしょうか。わたしは大切な友人たちについて考えることでこうしたものに抵抗しているし、場所を……好きな場所や木を心に留めることで抵抗する人もいるんです。あなたもそんな方じゃないかと思ったんですが」

レナードは口ごもりながら答えた。「何か誤解があったなら、もう失礼する他ありません。でもやっぱり……」ここでいったん言葉を切った。エイハブとイゼベルが彼のブーツにじゃれついてきて、自分が滑稽に思えたのだ。「あなた方はわたしから何かの情報を引き出そうとしたんだ。ええ、そうに決まってる。わたしは……」そう言って洟《はな》をかむと、彼は出て行った。

「さて何かお役に立てますかな」ウィルコックス氏がマーガレットに声をかけた。「玄関のところであの男とちょっと話しましょうか」

「ヘレン、バストさんを追いかけて。どうしても……どうしても分かっていただかなければ」

ヘレンは一瞬ためらった。

「ヘレンさんにそんなことをさせなくても……」とウィルコックス氏。

するとヘレンはすぐに出て行った。

ウィルコックス氏は続けた。「お邪魔する時に呼び鈴を鳴らせば良かったですね。でもああいう男との交際はやめた方がいいんじゃないでしょうか、口出しする気はありませんがね。あなたの振舞いはとても立派でした。それは信じてくださいよ、でもああいった輩は女性の手には負えませんよ」

「ええ、そうね」マーガレットは上の空で返した。

「名調子であの人を圧倒なさって……すごかったわ」とイーヴィー。

ウィルコックス氏もクッと笑った。「本当にね。〝何も考えずに機械的に明るく振舞う〟のところなんて素晴らしかったですよ」

マーガレットは気を取り直して言った。「本当にごめんなさいね。あの人は良い方なんです。だからどうしてああなったのか……本当にご不快な思いをさせてしまいました」

「いやいや、こちらのことはいいんです」ここでウィルコックス氏は調子を変え、昔からの友人として忠告させてほしいと言い、マーガレットが同意するとこう続けた。「もっと慎重になさった方が良くはないですかね」

マーガレットは笑い、内心ヘレンはうまくやっているかしら、と考えていたが、こう言った。「でも、ウィルコックスさんがいけないんですよ。あなたのせいなんです」

「わたし？」

「ポーフィリオンのことを教えてあげなくてはいけないのが、あの人なんです。それで話をしたら……結果はどうなりました？」

これにはウィルコックス氏がムッとした。「そういう言い方は良くありませんな」

「もちろん、良くありませんわ」マーガレットは言った。「ただ、物事って本当に入り組んでいるのですね。まあ、悪いのはあなたでもあの人でもなく、主にわたしたちですけれど」

「彼は悪くない？」

「ええ」

「ミス・シュレーゲル、それは甘すぎませんかね」

「そうですよ」イーヴィーもどこか見下したような様子で頷いた。

「丁重に接しすぎるから、奴らは図に乗るんです。わたしは世間を知っているから、ああいうタイプもよく知っています。部屋に入ってきた時に、あなたがあの男に対して間違った態度を取っているのが分かりました。あの種の人間とは距離を置かなきゃなりません。そうしないと立場というものをわきまえないんです。悲しいかな事実ですよ。ああいう人間は我々と違う、という事実を受け入れなければ」

「そうですね……」

「紳士であればあんな風にぶちまけたりはしないでしょう」

「それはそうですね」マーガレットは部屋の中を行ったり来たりしながら言った。

「紳士であれば、疑いの心が起こったとしても口にはしませんよね」

これを聞いたウィルコックス氏はかすかな不安を覚えた。

「どんな疑いです？」

「あの人を利用してこちらが儲けようとしている、という」

「それはひどい！　どうしたら儲けるなんてことになるんです」

「その通り。そんなことは不可能ですよね。まったく胸がむかつくような疑いです。少しでも善意を持って考えれば、そんなことはあり得ないと分かりますよね。ただむやみに何かを恐れる気持ちが、人をあんな風にさせるんですわ」

「さっきの話に戻りますがね、ミス・シュレーゲル、もっと用心なさった方がいいです。ああいう人間を家に入れないように、使用人たちに言いつけておかなければ」

マーガレットは率直に言った。「でもわたしたちあの人のことが好きで、またお会いしたいと思っているんですよ」

「あなたはそうおっしゃいますがね。本気で好いていらっしゃるとは思えませんな」

「いえ本当です。まず、あの方はあなたと同じで、身体を使って何か冒険的なことをするのが好きなんです。ウィルコックスさんは自動車に乗ったり、狩りをなさったりしますよね。それと同じでバストさんは野宿が好きなんです。それから、そうした試みがもたらしてくれる何かを気に掛けているんです。その何かというのは、詩とでも言ったらいいのかしら……」

「じゃあ作家の類ってわけですか」

「いえ、違いますよ！　まあ何か書いているかもしれませんが、ろくなものじゃないと思います。あの人の頭の中ときたら、本や教養の滓《かす》でいっぱいで、ひどいものです。そういうものを洗い流して、リアルなものを見てほしいと願っているんです。どうやったらこれまでの人生を挽回できるか気づいてほしくて。さっきも言いましたけれど、友人だったり田舎だったりが……」ここでマーガレットは少しためらってから続けた。「つまり大切な人だったり場所だったりがなければ、人生の単調さは和らげられないし、そもそも人生が単調で灰色だということにも気づけないのです。できれば人と場所の両方が必要だと思います」

これを聞いたウィルコックス氏にはよく分からない箇所もあったが、別に気にしなかった。そして自分に理解できる部分に関しては、うまく批判した。

「それは間違ってませんかね、よくある間違いですが。あの不届きな若者にだって自分の人生があります。何の権利があって、それがうまくいっていないだとか、〝灰色だ〟とかおっしゃるんです？」

「それは……」

「いいですか、あなたは彼について何も知らないでしょう。あの男にだって喜びや楽しみがあるんです。妻がいて、子どもがいて、小さいけれど居心地のいい家がある。こういうことに関しては我々実業家の方が……」と言って、ウィルコックス氏は笑みを浮かべた。「あなた方みたいなインテリよりも物分かりがいいと思いますね。自分は自分、他人は他人です。世の中大抵はうまくいっているし、平々凡々とした人間だって、自分のことは自分で何とかしますよ。例えばうちの事務所の事務員たちの顔を見ますと、表向きは精彩のない顔をしていますが、胸の内はどうか分からないと思いますね。それから、ロンドンについてもそうです。ミス・シュレーゲル、あなたはロンドンを悪く言っているでしょう。おかしいかもしれませんが、わたしはそれも腹立たしく思っていますよ。ロンドンの一体何をご存じですか？　文明を外側から眺めているだけじゃありませんか。あなたの場合はそうではないが、それが病的な態度とか、不満とか、社会主義なんかに結びつくことが多いんです」

マーガレットはウィルコックス氏の優位を認めざるを得なかったが、その視点は想像力を欠くと思った。詩や共感について話そうという気が失せてきたので、マーガレットはいわゆる「第二の線」、つまりこのケースに固有の問題を取り上げることにした。

「それにバストさんの奥さんというのがまた退屈な人で」マーガレットは率直に述べた。「バストさんは先週の土曜日に家に帰りませんでした。それは単に一人でいたかったからなのですが、奥さんはご主人がわたしたちのところに来ていたと思ったんですね」

「あなたたちのところ？」

「そうです」ここでイーヴィーが苦笑いする。「おっしゃったようなささやかで居心地のいい家庭も、あの人にはないんです。だから外に楽しみを求めたんです」

「まあ、ふしだらな！」とイーヴィー。

「ふしだら？」とマーガレットは言った。彼女にとって「ふしだらである」というのは罪を犯すよりも悪いことだった。「ミス・ウィルコックス、いずれ結婚されたらあなたも家庭の外で楽しみたい気持ちになるかもしれませんよ」

「あの男にはさぞかし外の楽しみがあるんだろう」ウィルコックス氏がちょっと狡《ずる》そうな感じで言った。

「そうね、お父様」

「本当のところは、あの人はサリー州をほっつき歩いていただけなんです」マーガレットは難しい顔で歩き回りながら言った。

「まあ！」

「そうなんですよ、ミス・ウィルコックス！」

「うーむそうか」とウィルコックス氏。この話題には少し際どいところがあるが面白いと思った。普段ならご婦人とこんな話はしないのだが、マーガレットは進歩的な女性という評判なので良いと思ったのだ。

「本人がそう言いましたから。こういうことに関して嘘はつかない方だと思います」

これを聞いて、ウィルコックス氏もイーヴィーも信じられないというように笑ったが、マーガレットは続けた。

「そこは考え方の違いですね。わたしは男性っていうのは自分の地位や将来の見通しについては嘘をついても、こういうことで嘘はつかないと思います」

ウィルコックス氏は首を振って言った。「ミス・シュレーゲル、申し訳ないがわたしはああいうタイプをよく知っている」

「ですから、あの人は〝タイプ〟などではないんです。あの人は冒険を欲していて、それは正しいことです。わたしたちの気取った在り方が全てではないと分かっている。確かにバストさんには俗っぽいところがあるし、ヒステリックな本の虫です、でもそれだけじゃない。あの人にだって男らしい面があります。そう、それが言いたかったんです。バストさんは本物の男なんです」

こんな具合に話している途中で目が合うと、ウィルコックス氏の堅い守りが揺らぎ、彼の中の男が目覚めたようだった。期せずしてマーガレットは相手の気持ちを動かしたのだ。女が一人いて、男が二人いる。こうした性のトライアングルの構図では、もし女が一方の男に惹かれると、もう一人の男は嫉妬を掻き立てられるようにできている。禁欲主義者によれば愛は我々の中にある獣性を暴くという。それは仕方のないことだし、まだ我慢できる。手に負えないのは、愛ではなく嫉妬の方だ。嫉妬に駆られた人間は、猛り狂う雄鶏二羽を尻目に一羽の雌鶏が満足そうにしている、という、農家にお馴染みの光景を生み出してしまうのだ。マーガレットは洗練されているので満足げな様子はおくびにも出さなかったが、ウィルコックス氏の方は洗練されていないので、再び守りを固め世間に対して築いている砦の陰に身を潜めた後も、雄鶏のような怒りは消えなかった。

「ミス・シュレーゲル、あなたも妹さんも愛すべきお二人です。ですが本当に、この無慈悲な世の中ではもっと用心しなきゃなりませんな。弟さんは何とおっしゃっていますか？」

「さあ何だったかしら」

「弟さんにだってご意見があるでしょう」

「確か笑っていたと思います」

「弟さんはとても優秀でいらっしゃるんでしょう」とイーヴィー。ティビーにはオックスフォードで会ったことがあるが、内心では嫌っていた。

「ええ、よくやっています……それにしても、ヘレンは何をしているのかしら」

「ヘレンさんは、こういう件を任せるには若すぎますよ」

マーガレットは階段の踊り場に出てみたが、一階からは何も聞こえず、バスト氏のシルクハットは玄関から消えていた。

「ヘレン！」とマーガレットは呼んでみた。

「ここよ」と書斎から声がした。

「そこにいるのね？」

「そうよ。あの人、行っちゃったわ」

マーガレットは書斎へ降りて行った。「一人なのね」

「ええ……大丈夫よ、メッグ。かわいそうなことをしたわ……」

「二階に戻っていらっしゃいよ。話は後で聞くわ。ウィルコックスさんが心配していらっしゃるし、ちょっと気が立っているみたい」

「ああいやだ。ウィルコックスさんは嫌いよ。かわいそうなバストさん！　文学の話をしたくて来たのに、わたしたちが仕事の話なんかしてしまったから。頭の中はゴチャゴチャの人だけど、何とかしてあげなくちゃ。わたし、本当にあの人が好きよ」

「よくやったわ」と言って、マーガレットは妹にキスした。「でももう戻りましょう。ウィルコックスさんたちにはこの話はもうしないで。軽く流しましょう」

そこでヘレンは客間に戻って陽気に振舞い、客たちもこの件はもう大丈夫なのだと思った。ヘレンはいつまでも一つのことを引きずるタイプではないのである。

「あの人には何とか機嫌を直していただいたわ。さてワンちゃんたちと遊びましょう」

帰りの車の中で、ウィルコックス氏はイーヴィーに言った。

「あの二人ときたら、本当に心配になるよ。賢いことは賢いが、全く現実的じゃないときてる。そのうちに大変なことになるぞ。ああいう若い子たちが、ロンドンで自分たちだけで生活しているっていうのは良くない。結婚するまでは誰かが気にかけてあげなければ……もっと頻繁に訪ねないといけないな。誰もいないよりはいいだろう。イーヴィー、お前だってあの二人は好きだろう」

イーヴィーは答えた。「ヘレンはいいけれど、あの歯の目立つ方は嫌いよ。それに二人とも、もう若い子っていう歳ではないと思うわ」

イーヴィーは美しく成長していた。瞳は黒く、日焼けして若さが輝いていた。しっかりとした体形で唇もキュッとしており、ウィルコックス家からはこれ以上の美人は望めなかった。今のところ彼女の愛情を独占しているのは子犬と父親のウィルコックス氏だったが、婚姻の包囲網は着々と準備され、数日後イーヴィーは、兄嫁ドリーの叔父であるパーシー・カヒル氏に心を奪われ、カヒル氏の方でもイーヴィーに心惹かれることになるのだった。

第17章

私有財産の時代は、財産を持っている者にも苦労を強いることがある。いよいよ引っ越さなければならなくなると家具は悩みの種になり、今度の九月になったら自分たちの持ち物全てをどこに収めたらよいのかと思うと、マーガレットは夜も眠れないほどだった。イスやテーブル、絵画や本などが自分たちの代まで受け継がれてきて、それを次世代にも残さねばならないが、マーガレットは最後の一押しでそれらが海に崩れ落ちてしまえばいい、とさえ思った。お父様の本がある……わたしたちは読まないけれど、お父様のものだから形見として残しておかなければ。上部が大理石になっている飾り棚は、理由は分からないけれどお母様が大事にしていらしたものだし。この家のドアノブやクッションの一つ一つにも感傷が渦巻いていて、それは個人的な思い入れの場合もあるが、むしろこうしたものを遺してくれた死者に対する敬虔《けいけん》な気持ちや、墓地で終わりを迎えたはずの儀式が続いている感じだった。

考えてみればこんな悩みは馬鹿げているし、ヘレンやティビーは実際そう思っていたが、マーガレットは不動産屋と会うのに忙しすぎたのだ。昔の封建的な土地所有制度は人間にそれなりの尊厳をもたらしたが、この動産の時代において、人間はまた遊牧民に戻ってしまったようだ。我々は荷物の文明に逆戻りし、未来の歴史家たちは、中産階級が地に根を下ろすことなく所有物を増やすばかりだったことに目をつけ、それが想像力の欠如に繋がったと指摘するかもしれない。シュレーゲル家がウィカム・プレイスを失うことで貧しくなるのは間違いない。この家は一家の生活のバランスを保っていたし、相談に乗ってくれていたと言っても過言ではない。かといって、シュレーゲル家の人々を追い出しても、その分ここの地主が精神的に豊かになるということもない。彼は跡地にまた新しいマンションを建て、乗る自動車はより性能の良いものになり、ますます社会主義を振りかざすようになるだろう。しかし地主はウィカム・プレイスで流れた歳月から生まれた希少な蒸留物を地にぶちまけてしまい、どんな化学反応をもってしても、もうそれを社会に取り戻すことはできないのだ。

マーガレットは気が滅入ってきた。例年通りマント夫人を訪ねるまでに引っ越し先を見つけなければ、と躍起になった。叔母の家が好きなので、そこに出かけるまでには心配事を片付けておきたかったのだ。スワネージはこれといって何もないところだが落ち着いていて、今年はとりわけあの新鮮な空気と、北側に広がる素晴らしい丘陵地帯が恋しいと思った。しかしロンドンが目の前に立ちはだかっていた。ここにいるとどうも集中できない。ロンドンは刺激的だが何かを持続させるということができないのだ。マーガレットは自分がどんな家を求めているのかも分からないまま、この街の表面をせかせか動き回り、今まで数々の刺激的な体験をしてきたことの罰を受けた。つまり、この期に及んでも文化的な催しから遠ざかることができなかったのである。絶対に逃せないコンサートのために貴重な時間は削られ、断ることのできない招待が次々に舞い込んできた。とうとうお手上げになり、引っ越し先が見つかるまではどこにも行かないし、訪ねてくる人たちにも会わない、と決意しても、半時間後にはもうそれを反故《ほご》にする、という有様だった。

　マーガレットは、ストランド街にあるシンプソンというレストランにまだ行ったことがない、と面白おかしく嘆いたことがあったが、ある日イーヴィーからそこでお昼をご一緒しませんか、との誘いがあった。婚約者のカヒル氏も来るそうで、三人で楽しくお話ししてから、演芸場[1]にでも行きませんか、とのことだった。マーガレットはイーヴィーのことは特に好きではなく、婚約者にも会いたくはなかったし、シンプソンの話題が出た時にもっと面白いことを言っていたヘレンではなく、自分が誘われたことにも驚いていた。しかしその誘いの親しげな調子には心を動かされ、イーヴィー・ウィルコックスをもっとよく知らなければと思って招待を受けた。

しかしレストランの入口で、活動的な女性によくある何かを睨《にら》みつける感じで立っているイーヴィーを見つけると、マーガレットの気持ちは萎《な》えてしまった。イーヴィーは婚約して明らかに変わった。声の調子はつっけんどんで態度は雑になり、愚かな未婚女性を自分が庇護してやらなければ、という様子が見え隠れしていた。マーガレットはくだらないと思いつつも、相手のこうした態度に傷つかずにはいられなかった。自分にはお相手がいないことに気が滅入って、家や家具が目まぐるしく通り過ぎていくだけでなく、人生の船そのものも、イーヴィーとカヒル氏のような人たちを乗せて自分の目の前を素通りしていくのだと思った。

人生にはどんなに美徳や知恵があっても役に立たない時があるもので、今ストランド街のシンプソンにいるマーガレットもそういう状況に陥っていた。ふかふかの絨《じゅう》毯《たん》が敷きつめられた狭い階段を上って食事をする場に通されると、羊のサドル肉がお腹を空かせた牧師たちのところに運ばれていくところだった。そこでマーガレットは突然、自分の存在など取るに足りないのだという、見当違いかもしれないが強い感覚に襲われた。こんなところまでのこのこ出てくるんじゃなかった。自分たちの家庭にとって大事なのは芸術と文学だけで、誰も結婚しないし婚約さえも続かないのだから……。ところがその時、ちょっとした驚きがあった。お父様も来るかもしれないんです、とイーヴィーが言ったのだ。……ああ、もう来ています。そこでマーガレットは喜びの笑みをたたえてウィルコックス氏に挨拶し、孤独な気持ちが急に和らいだ。

「できれば顔を出そうと思いましてね」とウィルコックス氏。「イーヴィーが今日のプランを話してくれまして、それでちょっとここに来て予約を入れておいたんです。まずは席を確保しなければいけませんからね。イーヴィー、わたしの隣に座りたいふりはやめなさい、どうせ嘘なんだから。ミス・シュレーゲル、お情けでわたしの隣に来てくれませんかね。おや、お疲れのご様子ですね。あの若い事務員のことをまだ心配なさっているんですか？」

「いいえ、家探しが大変で」ウィルコックス氏の前を通って自分の席に向かいながら、マーガレットは答えた。「お腹が空いているだけで、疲れてはいません。今日はたっぷりいただきますわ」

「いいですね、何になさいます？」

1 軽演劇や音楽的な余興を見せる劇場の一種。

「フィッシュ・パイにします」ざっとメニューを見たマーガレットが言った。

「フィッシュ・パイ！　シンプソンに来てフィッシュ・パイですか！　ここでそんなものを食べなくても」

「じゃあお任せしますわ」マーガレットは言って手袋を外した。気分が明るくなり、ウィルコックス氏がレナード・バストの話を覚えていたことも嬉しかった。

「羊のサドル肉と……」ウィルコックス氏はじっくりと考えた上で言った。「それからりんご酒。ここではそういうものを頼まなくては。結構な場所ですな、ここは。まったくもって古き良きイギリス風だと思いませんか？」

「ええ」と言ってみたものの、マーガレットは内心そうは思っていなかった。注文を済ませるとワゴンに載った肉のかたまりが運ばれてきて、ウィルコックス氏の指示で肉汁の多い部位が切り分けられ、たっぷり皿の上に載せられた。カヒル氏はサーロインにこだわっていたが、後からこれは失敗だったと認めた。カヒル氏とイーヴィーはすぐに、「僕はそんなことは言っていない」「あら確かに言ったわ」式の、当人たちは楽しくても周りの者には面白くもなんともない会話を始めた。

「肉を切り分ける給仕にチップをやる、これがコツなんです。どこでもチップを、というのがわたしのモットーでしてね」

「そうすると物事に人間味が出ますね」

「チップをやれば相手はこちらを覚える。特に東の方ではそうです。チップをもらうと奴らはずっと忘れません」

「東の方にいらしたんですか？」

「まあ、ギリシアとレバント[2]の辺りですがね。仕事とスポーツのためにちょっとキプロス[3]に行くことがありまして。そこに軍人の社交場みたいなものがあったんです。うまく小銭をばらまけば、現地の奴らはこちらをしっかり覚えてくれる。ずいぶん皮肉めいた言い方に聞こえるでしょうがね。ところで例の討論会はいかがです？ 近頃また何か、新しい社会改革の話は出ましたかな？」

「いいえ、前にもお話しした通り、家探しが忙しくて最近は集まりに行っていないんです。どこかに良い家をご存じではないかしら？」

「あいにく知りませんね」

2 地中海東部沿岸地方の歴史的な名称。厳密な定義はないが、広義にはトルコ、シリア、レバノン、イスラエル、エジプトを含む。
3 キプロス共和国は地中海東部の島国。一八七八年にイギリスの植民地となり、一九六〇年に独立している。

「まあ、困り果てた二人の女に家の一軒も見つけられないなんて、実業家でいらっしゃる意味があります？　わたしたちはただ、広い部屋がたくさんある小さな家が欲しいだけですのに」

「イーヴィー、聞いたかい？　ミス・シュレーゲルはわたしに不動産屋になれとおっしゃる」

「何にですって、お父様？」

「九月までには新しい家を見つけないといけないんです。誰か代わりに探して下さいません？　わたしにはとても無理で」

「パーシー、心当たりはある？」

「あるとは言えないね」とカヒル氏。

「またそれね！　あなたって何の役にも立たない人！」

「何の役にも立たない！　聞きましたか、人を何の役にも立たないとは！」

「だってそうじゃないの。ね、ミス・シュレーゲルもそうお思いになりますよね」

相思相愛の二人はこんな風に愛の飛沫《しぶき》をマーガレットにも振りかけ、また二人だけの世界に戻って行った。今ではマーガレットも二人の様子に共感することができた。ウィルコックス氏の登場によって気持ちが和らぎ、いつもの親切な心持ちを取り戻すことができたのだ。話していても黙っていても心地よく、ウィルコックス氏がチーズのことを給仕にあれこれ聞いている間、マーガレットは店を見回し、過去の大英帝国の雰囲気がうまく再現されていることに感心した。古き良きイギリス風といっても、それはキプリング[4]の作品のようなものだったが、過ぎし時代を思い起こさせるものが巧みに配置されているので、批判する気も起らないのだった。帝国の繁栄のために店がたらふく食べさせている客たちも、見たところパーソン・アダムスかトム・ジョーンズ[5]か、といった感じだった。あちこちから会話の切れ端が耳に飛び込んでくる。後ろのテーブルでは誰かが「よし！　今晩ウガンダに電報を打つぞ」と言っていた。「奴らの皇帝が戦争したいって言うなら、受けて立とうではありませんか」と言っているのはあちらの牧師。こうしたちぐはぐな会話にマーガレットは微笑み、「今度ユースタス・マイルズさん[6]のお店でお昼をご一緒したいですわ」とウィルコックス氏に言った。

4　ラドヤード・キプリング（一八六五—一九三六）はイギリスの小説家、詩人。インドに生まれイギリス本土で教育を受けた。植民地を舞台にした作品で有名。

5　いずれも十八世紀イギリスの小説家ヘンリー・フィールディング（一七〇七—一七五四）の作品の登場人物の名前。

「喜んで」

「ああいう場所はお嫌いだと思いますけれどね」と言って、もっとりんご酒を注いでもらうため、ウィルコックス氏の方にグラスを押しやった。「あそこはタンパク質だとかボディービルだとかの話をしている人ばっかりですから。それで誰かが急に話しかけてきて、失礼ですが、あなたは素晴らしいオーラをお持ちですね、なんて言うんですよ」

「何をですって？」

「オーラをご存じない？ まあ幸せな方！ わたしなんて自分のオーラを何時間も磨いていますよ。アストラル体[7]はいかがです？」

ウィルコックス氏は、アストラル体は知っているがどうも感心しないと答えた。

「そうですね。とにかく、その話しかけてきた人はわたしじゃなくて、ヘレンのオーラのことを言っていたんです。ヘレンは自分のオーラの面倒をよく見て、礼儀正しくしなきゃいけない、なんてことを言われて。わたし、その人がいなくなるまでハンカチを嚙みしめて笑いをこらえるのに必死でした」

「お二人は面白い経験をたくさんなさってますな。誰からも聞かれたことがありませんよ、わたしの……なんでしたっけ？ たぶんわたしにはないんじゃないかな」

「オーラは誰にでもありますよ。でもウィルコックスさんのはあまりにひどい色だから、誰も話題にできないのかもしれませんわ」

「ミス・シュレーゲル、そういう超自然的なことを本当に信じていらっしゃいます?」

「難しい質問ですね」

「そうですかね? チーズはグリュイエールとスティルトン、どちらになさいますか?」

「グリュイエールにします」

「スティルトンの方がいいですよ」

「じゃあスティルトン。わたしはオーラの存在は信じていませんし、神智学[8]は中途半端なものだと思いますが……」

6 テニス選手でもあったユースタス・マイルズは当時健康や食生活について多くの本を出版していた。一時チャリング・クロスに彼の店があったことが分かっている。
7 神智学の用語で、精神活動における感情を主に司る部分のこと。情緒体、感情体などと呼ばれることもある。神智学については後の注8も参照。
8 通常の信仰では知り得ない神の本質や行為について説明しようとする哲学的、宗教的思想の総称。十九世紀後半以降にキリスト教信仰が衰退したのに伴い、盛んに見られるようになった。

「……でも全くの嘘ではないかもしれない、というわけですね」しかめ面をしたウィルコックス氏が言葉を継いだ。

「そうでもなくて、わたし自身も中途半端なんです。うまく説明できないのですが、こういう流行りものを信じているわけではないけれど、わたしは信じません、と言ってしまうのも嫌なんです」

ウィルコックス氏は納得できない様子でさらに尋ねた。「ではアストラル体やら何やらを信じていない、と断言はできないのですね?」

「それは断言できます」ウィルコックス氏がこの点にこだわっていることに驚いて、マーガレットは答えた。「むしろ進んで信じていないと言いますわ。オーラを磨き立てる話は面白おかしく言っただけなんです。でもどうして決着をつけようとなさるの?」

「さあどうしてですかな」

「まあウィルコックスさん、お分かりのくせに」

ちょうどこの時、目の前に座るカップルからも同じような「そうだよ」「いいえ違うわ」一式の会話が聞こえてきたので、マーガレットは押し黙り、話題を変えた。

「お宅はいかがですか」

「先週お話しした時と変わりませんよ」

「デューシー・ストリートのお家ではなくて、ハワーズ・エンドのことですよ、もちろん」

「なぜ〝もちろん〟なんですか？」

「今の借り手を追い出して、わたしたちに貸していただけません？　引っ越し先が見つからなくて、もうおかしくなりそうなんです」

「そうですね、お役に立てればとは思いますが……。ロンドンで探していらっしゃると思っていました。わたしからのアドバイスは、まず地域を決める、次に予算を決める、そしてそれを変えないことです。わたしはそうやってデューシー・ストリートとオニトンの両方に家を見つけました。〝絶対にここに家を見つけるぞ〟と自分に言い聞かせてね。オニトンはまたとないほど素晴らしいところですよ」

「でもわたしはつい気の迷いを起こしてしまって。男性は家に催眠術を掛けるみたい……ジロリと睨んで脅してやると、家が震えあがって出てくるんです。あれは女にはできませんわ。まるで家の方がこちらに催眠術を掛けるみたいなんです。こういうことはお手上げよ、家ってまるで生きているみたいなんですから。そうじゃありません？」

「いや全く分かりませんな」ウィルコックス氏は言った。「あなた、あの事務員にもこの調子で話したんじゃないですか」

「そうかしら？　まあ多分そうでしょうね。誰にでも同じように話しますから……少なくともそうしようと思っています」

「ええ、それは分かりますよ。でも、相手の方ではあなたが言うことをどのくらい理解できると思いますかね？」

「それはあちらの問題よ。相手によって話すことを変えるのは好きじゃありません。相手が分かるように話すこともできますけれど、お金と食べ物は同じではありませんから、それでは本当に伝えたいことは伝わらないと思うんです。養分が抜けてしまうというか。自分より階級が下の人たちに何かを分かりやすく伝えて、向こうからも反応がある。これを〝階級間の交流〟とか〝相互努力〟とか言いますけれど、お互いにかしこまっているだけだと思いますね。そう言ってもチェルシーに集まっている友人たちには理解できないみたいですけれど。どうしても分かりやすく話さなければと言うんです、そしてその犠牲に……」

「階級が下の人たちですか」ここでウィルコックス氏が、マーガレットの発言に手を突っ込むような調子でさえぎった。「じゃあ世の中には金持ちと貧乏人がいるってことは認めてらっしゃるんですね。それは大したものだ」

マーガレットは何も言えなかった。この人はひどいお馬鹿さんなのか、それともわたし以上にわたしのことを分かっているのかしら？

「もし富が均等に分配されたとしても、数年もすればまた金持ちと貧乏人が出てくることがお分かりなんですね。一生懸命に働く者が一番上に来て、怠け者は底の方へ沈んでいく」

「誰にでも分かることですわ」

「でも社会主義者たちにはそれが理解できないんです」

「わたしの知っている社会主義者たちは理解していますよ、ウィルコックスさんのお知り合いはどうか分かりませんけれど。それにその方たち、本当の社会主義者ではなくて、あなたがやっつけて楽しむために作り出したボウリングのピンみたいなものではないですか。生身の人間がそんなに簡単に転がされるなんて考えられません」

相手が女性でなければ、ウィルコックス氏はこんなことを言われたら憤慨しただろう。しかし女性は何を言ってもいい、というのが彼の大事な信条だった。そこで彼はにっこり笑ってこう言った。「そういうことにしても構いませんよ。あなたはご自分がお気に召さない点を二つ認めましたね。わたしはそのどちらにも大賛成です」

やがて昼食は終わり、マーガレットは演芸場には行かず失礼することにした。イーヴィーは結局ほとんど話しかけてこなかったので、マーガレットは今回のお誘いはウィルコックス氏のアイデアではないかと思った。二人はそれぞれの家族から歩み出て、より親しい関係を結ぼうとしていた。それはかなり前に始まっていた。マーガレットは亡き夫人の友人で、だからこそウィルコックス氏は銀の気付け薬入れを形見として贈ったのだ。それは粋な計らいだったし、大抵の男とは違ってウィルコックス氏はヘレンよりもマーガレットの方に好意を持っていた。とはいえ、最近二人は急接近していた。この一週間で過去二年分よりもずっと親しくなり、本当にお互いのことを知り始めていた。

マーガレットは、ウィルコックス氏がユースタス・マイルズの店を試してみると言ったのを忘れず、同性の話し相手としてティビーを確保するとすぐに声をかけてみた。ウィルコックス氏は招待に応じ、身体作りに良いという料理を謹んでたしなんだ。

翌朝、シュレーゲル家はスワネージのマント夫人のところへ出発した。新しい家は、まだ見つかっていない。

第18章

マーガレットたちがマント夫人の住む「ザ・ベイズ」と呼ばれる家で朝食の席に着き、夫人の大げさなもてなしをやり過ごしながら海辺の眺めを楽しんでいると、一通の手紙が届いてマーガレットを慌てさせた。それはウィルコックス氏からで、自分の予定に「重大な変化」が生じた、と書かれていた。イーヴィーが結婚するのでデューシー・ストリートの家を手放し、一年契約で貸し出す、とのことだった。手紙の調子は事務的なもので、条件が率直に記してあった。借りる気があるなら今すぐロンドンに戻って来て（〝今すぐ〟の部分には下線が引かれていた。相手が女性の場合これが必要なのだ）、一緒に家を見に行ってほしい。借りる気がない場合は電報を打って下されば、すぐに不動産業者の手に委ねます。

この手紙はマーガレットの心を乱した。本当のところが分からないからだ。もしウィルコックス氏が自分を好いていて、シンプソンでの昼食も彼の差し金だったとしたら、これは自分をロンドンに呼び戻すための策略で、自分はプロポーズされることになるのだろうか？　マーガレットはできるだけあけすけな言葉で考えてみた。そうすれば「馬鹿ね、自意識過剰になっちゃって！」という理性の声が聞こえてくると思ったのだ。しかし理性は小さな音を立てたきり黙ってしまった。マーガレットはしばらく遠くのさざ波を見つめ、この知らせは他の人たちには妙に聞こえるかしら、と考えた。

しかし話し始めるとすぐに自分の声の調子に安心した。この話には裏はないだろう。周りの反応もごく自然なもので、会話をしているうちにマーガレットの不安は消えていった。

「行かなくてもいいんじゃないの……」まずマント夫人がこう言った。

「そうね、でも行った方が良くないかしら？　家探しの件はどんどん深刻になってきているもの。次々チャンスを逃しているし、このままだとわたしたち、最後には荷物みたいに路頭に放り出されることになってしまうわ。困るのは自分たちがどんな家を探しているか分からない、ってことで……」

「これだけは譲れない条件ってものがないのよね」トーストを手に取りながらヘレンも言った。

「今日ロンドンに戻って、その家がちょっとでも気に入れば借りることに決めて、明日午後の汽車で帰って来るのはどうかしら。そうすればわたしも気が楽になるわ。家探しが片付くまでは自分も周りも心から楽しめないもの」

「でも早まっちゃダメよ、マーガレット」

「早まるようなことなんて何もないわ」

「そのウィルコックスって一体誰なんだい」とティビーが言った。馬鹿げた質問のように聞こえるが実は絶妙な問いかけだということは、マント夫人の返答から明らかだった。「わたしの手には負えない人たち。関わり合いになりたくないわ」

「わたしもよ」とヘレンが同調した。「それなのにご縁が切れないのはおかしな話ね。旅先のホテルで知り合った人たちの中で、今でも繋がっているのはウィルコックスさんたちだけよ。知り合ってもう三年以上だし、その間には遥かに面白い人たちとだって疎遠になっているのに」

「でもその面白い人たちは、家を見つけてくれたりはしないわ」

「メッグ、そうやって真面目なイギリス人を気取るなら、糖蜜をかけてあげる」

「国際人を気取るよりはいいでしょう」と言って、マーガレットは立ち上がった。

「さてみんな、どうしたらいいかしら。デューシー・ストリートのお宅は知っているわよね。借りるべきか、借りぬべきか。ねえティビー、どうかしら。特にあなたたち二人の意見が大事なのよ」

「それは、何をもってその家を〝気に入る〟というか、によるんじゃないかな」

「いいえ違うわ。ね、借りた方がいいわよね」

「借りない方がいいって言ってちょうだい」とヘレン。

ここでマーガレットは真剣に話し始めた。「思うんだけど、わたしたち一族って退化しているんじゃないかしら。こういう小さなことも決められなくて、もっと大きな決断を迫られるようなことがあったらどうするの？」

「そんなの食べることと同じくらい簡単よ」とヘレン。

「お父様のことを考えたの。どうやってドイツを去る決心ができたのかしら、って。若い頃に国のために戦って、考え方もプロシア風だし友達もみんなプロシア人だったのに。愛国心と決別して、他のものを追い求めようと思えたのはどうしてかしら。わたしだったら耐えられないわ。お父様は四十近くになって国も理想も変えることができたのに、まだ二十代のわたしたちが引っ越しさえろくにできないなんて、恥ずかしいことじゃない」

「あなた方のお父様は国を変えることはできたかもしれませんけれどね」ここでマン

ト夫人が辛辣な調子で口を挟んだ。「引っ越しに関してはあなたたちと同じ……いえ、もっとひどかったわ。マンチェスターから引っ越す時にあなたたちのお母様がどれだけ苦労したか、絶対に忘れられませんよ」

「やっぱりね」ヘレンが声を上げた。「わたしの言った通りじゃない。小さなことではヘマをしても、実際大きな問題が起こると何とか切り抜けられるものなのよ」

「まあ、あれがヘマですって？　小さかったから覚えていないでしょうけれど。いえヘレンが生まれる前のことだったわね。とにかく、ウィカム・プレイスの契約書にまだサインしていないのに、家具はもうトラックに積まれて動き出して、エミリーは赤ん坊だったマーガレットと、他のもっと小さい荷物と一緒に汽車でロンドンまで移動したのよ。どこに住むことになるのかもよく知らずにね。あの家から引っ越すのは辛いでしょうけれど、あの家に引っ越した時の悲惨さに比べたらそんなものは何でもないわ」

ヘレンはトーストを頬張ったまま声を上げた。

「オーストリア人、デーン人、フランス人を打ち負かし、自分の内なるドイツ人も打ち負かしたお父様でさえそうだったのね。やっぱりわたしたちと似ているじゃないの」

「ヘレンは似ているかもしれないけれどね」とティビー。「僕は国際人だってことをお忘れなく」

「ヘレンの言う通りかもしれないわね」

「もちろんわたしの言う通りですとも」とヘレン。

ヘレンは正しいかもしれないが、ともかくマーガレットはロンドンに戻った。休暇を中断されるのは小さなトラブルとしては最悪の部類で、事務的な手紙のせいで海辺で親しい人たちと過ごすのを中断されたら、鬱々とした気持ちになるのも無理はないだろう。お父様だってこんな経験はなさらなかったでしょうに、とマーガレットは思った。最近は目の調子が良くないので汽車の中で読書もできず、かといって昨日見たばかりの景色を眺めるのも気が進まなかった。サウサンプトンの駅ではいとこのフリーダ・モーゼバッハ嬢に手を振った。フリーダもスワネージの皆と合流するところで、マント夫人は時刻表を見て、二人の乗る汽車がすれ違うように計画したのだ。ところがフリーダは反対側を向いていたのでこちらに気づかず、マーガレットは孤独な独身女の心境のままロンドンへ向かうことになった。ウィルコックスさんが言い寄って来るだろうなんて、行き遅れた女の考えそうなことだわ！　昔会った独身女性のことが頭に浮かんだ。貧しく、頭も悪く、魅力もないのに、自分に近づく男は誰もが自分に夢中になると信じているのだ。あの人をどんなに憐れんだことか！　こちらが説教しても理屈を説いても無駄で、結局は諦めた。「そうね、牧師様の件は間違いかもしれないけれど、昼間郵便を持ってくる男の人がわたしを好きなのは間違いないわ。実はね……」という具合なのだ。あんな風に歳を重ねるなんてやりきれない。しかし未婚のままでいる重圧のせいで、自分もそうなってきているかもしれないのだ。

ウォータールー駅ではウィルコックス氏本人が出迎えてくれた。確かにいつもとはどこか違っていて、例えばマーガレットが何を言っても気に食わない様子だった。

「ご親切にお知らせ下さってありがとうございました」マーガレットは話し始めた。「でもお借りするのは難しいかと思います。わたしたち向きの家ではないかと」

「何ですって！　借りる気がないのにこちらに出て来たんですか？」

「まだ決めていないんです」

「決めていない？　それならまあ行ってみましょう」

ウィルコックス氏の車に乗り込む前に、マーガレットは感心して全体を眺めた。それは新しい車で、三年前にマント夫人をハワーズ・エンドに運んで行き、ひどい目に遭わせたあの大きな赤い車よりも、なお立派だった。

「素晴らしい車ですね。あなたもそう思わない、クレイン？」

「クレイン、出発だ」とウィルコックス氏は言った。「うちの運転手の名前をどうしてご存じで？」

「クレインとは知り合いよ。前にイーヴィーとドライブに行きましたから。あとミルトンという名のメイドがいるのも知っています。何でも知っているんですよ」

「イーヴィーか！」と言ったウィルコックス氏の声は傷ついた調子だった。「今日は会えませんよ、カヒルと出かけていますから。これだけ放っておかれるとさすがに面白くないですね。日中はずっと仕事がありますが（ありすぎるくらいです）、夜になって誰もいない家に帰るのはやりきれない」

「わたしも、わたしなりに寂しい思いをしていますわ」とマーガレットは答えた。「長く住んだ家を離れるのは本当に辛いですね。ウィカム・プレイスの前の家のことはほとんど覚えていませんし、ヘレンもティビーも今の家で生まれましたから。ヘレンが言っていました……」

「あなたも寂しいのですね？」

「ええ、ものすごく。あら国会議事堂だわ！」

ウィルコックス氏は国会議事堂を軽蔑したようにちらりと見た。今の関心事は別のところにあったのだ。「ええ、また会期が始まりましたよ。でも今おっしゃっていたのは……」

「家具についてのたわごとです。ヘレンは人間も家も滅びた後には家具だけが残ると言います。しまいにはこの世はイスやソファの散らばる砂漠になる……想像できます？　座る人もいないまま永遠を漂っているなんて」

「妹さんはそういう冗談をよくおっしゃいますね」

「それでデューシー・ストリートのお宅についてですが、妹は借りたらいい、弟は借りない方がいいって言うんです。ウィルコックスさん、わたしたちに力を貸してもいい思いはなさらないわ」

「あなた方はご自分でそういうふりをなさっているほど、実際的なことに疎いわけではないと思いますね。ええ、そんなことはないでしょう」

これを聞いてマーガレットは笑った。実際的なことが苦手なのは本当なのだから。自分は細かなディテールに集中することができないのだ。家探しの合間にも、窓の外に見える国会議事堂やテムズ川、そしてウィルコックス氏の無口な運転手、こうしたものに気を取られて、何かコメントしたり反応したりせずにはいられない。現代の生活をしっかり見ることと、その全体を把握することは両立せず、マーガレットは全体を見る方を選んだ。ウィルコックス氏はしっかり見ようとするタイプで、神秘的なことや私的なことに気を取られたりしない。テムズ川が海の方から逆流してきたり、血色の悪いお抱え運転手が実は情熱と哲学を内に秘めたりしていても、自分には関係ないという考え方だった。

しかしマーガレットはウィルコックス氏と一緒にいるのが好きだった。こちらをなじるようなところはないのに良い刺激を与えてくれ、憂鬱な気持ちを吹き飛ばしてくれる。自分より二十歳も年上なのに、自分がすでに失ったものをまだ持っていると思った。それは若さゆえの創造力というよりも、若さから来る自信や楽観だった。ウィルコックス氏は自分の生きる世界が良いものだと思っている。顔つきはしっかりしていて、髪は少々後退しているが薄くなってはおらず、豊かな口ヒゲとヘレンが「ボンボン菓子のよう」と言った目は、スラム街を見ていようと星を見ていようと、いい意味で迫力があった。いつの日か、あと千年もすればウィルコックス氏のような人間は不要になるかもしれない。しかし今のところは、自分たちの方が優れていると思っている（そしておそらく実際に優れている）人間も、彼のようなタイプを賞賛せざるを得ないのだ。

「少なくとも、わたしが打った電報にはすぐに返事を下さいましたよね」とウィルコックス氏は続けた。

「わたしだって何かあった時、それが良いことかどうかくらいは分かりますわ」

「あなたが実際的なことを軽んじていないのは嬉しいですね」

「もちろん軽んじてなんていません！　そんなことをするのは愚か者か堅物だけです」

「嬉しいですよ、本当に」ウィルコックス氏は繰り返すと、自分が言ったことに満足したのか急に優しい雰囲気になって、マーガレットの方を向いた。「知識人を気取る連中は中身のない話をしていることが多いですからね。あなたがそうではなくて良かった。自分たちのことを否定的に話すっていうのは、自分を鍛える手段としてはいいでしょう。でも楽しみを台無しにしてしまうような輩には我慢なりませんよ。斧を持ってみんなぶち壊してしまうんだから。そう思いませんか？」

「楽しみには二種類あると思います」マーガレットは自分を抑えながら言った。「火やお天気や音楽のように、他人と分かち合えるもの。それから、例えば食べ物みたいに分かち合えないものもありますね。だから場合によりけりですわ」

「わたしが言っているのはもちろん、理にかなった楽しみのことですよ。わたしは思いたくないんです、あなたが……」ウィルコックス氏はさらにこちらに近づいてきて、語尾がかすれた。マーガレットはすっかり動転して、頭の中が灯台の光のようにぐるぐるしている感じだった。ウィルコックス氏はキスをしようとしたわけではなかった。何といっても白昼だし、車はちょうどバッキンガム宮殿の厩舎のところを通っていたのだから。とはいえその場は一触即発の雰囲気で、他の人たちは自分のためだけに存在しているような感じがした。だからマーガレットは運転手のクレインが何も気づかず、後部座席を振り返ろうともしないのにむしろ驚いた。自分がおかしいのかもしれないけれど、今日のウィルコックスさんは間違いなくいつもよりも……どう言ったらいいのか……「心理的」になっているようだった。もともと仕事柄、相手の個性を見抜くことには長《た》けているけれど、今日の午後は守備範囲を広げて、几帳面さ、従順さ、決断力以外の資質も心に留めようとしているようだった。

目的地に着くとマーガレットは言った。「家全体を見せていただきたいですわ。明日の午後スワネージに戻ったらすぐにもう一度ヘレンとティビーと話し合って、結果を電報でお知らせします」

「分かりました。さあこちらが食堂になります」こうして内見が始まった。

食堂は広かったが、家具がありすぎた。チェルシー辺りに住む洗練された趣味を持つ人ならば、困ってうーんと唸っていたかもしれない。ウィルコックス氏はそういう人たちが好むような、快適さや思い切りのよさを犠牲にして、慎重に控えめに美を主張するような室内装飾はしていなかった。そうした自然な色味の控えめな装飾に慣れているマーガレットは、豪華な腰羽目[1]や装飾、金をあしらい木の葉の間でオウムが歌う壁紙を眺めていると何だかホッとする思いだった。自分たちの持っている家具とは合わないだろうけれど、ここにあるどっしりとしたイスや、飾り皿が並んだ大きなサイドボードには、男らしく重圧に耐えて立っている風情があった。そう、この部屋は男性的だ。現代の資本家も元をたどれば昔は戦士や狩人だったと考えるマーガレットは、ここを古代の王が諸侯をもてなし、肉にありついた饗宴の間だと想像してみた。この部屋に置かれた聖書（チャールズがボーア戦争[2]から持ち帰ったオランダの聖書）さえも、このイメージに一役買っていた。こういう部屋には略奪品がふさわしいのだ。

「さて、次は玄関に行きましょう」

玄関ホールは石畳のようになっていた。

「そしてこちらが喫煙室です」

男たちはこの栗色の革張りイスに腰かけ、タバコを吸うのだ。この部屋には何とな

1　腰のあたりの高さまで張った板のこと。
2　南アフリカ戦争とも呼ばれる。一八九九―一九〇二年にイギリスと、ボーア人（十七世紀に南アフリカに移住したオランダ人の子孫）との間で行われた戦争。

く、自動車と同類という感じがあった。マーガレットはそのイスの一つに腰を下ろすと、「まあフカフカね！」と口にした。

「良いでしょう？」ウィルコックス氏は上向いたマーガレットを見つめ、ずいぶんと親しげな調子で「かしこまっていてはダメですよ」と言った。

「ええ……まあそうですね。あれはクルークシャンクでしょうか？」

「ギルレー[3]です。二階に行きますか？」

「この家具は皆ハワーズ・エンドにあったものですか？」

「あそこのものは、今は全部オニトンの屋敷に行っています」

「じゃあ……あら、家具ではなく家を見に来たんでした。この喫煙室はどれくらいの広さですか？」

「おおよそ縦九メートル、横四・五メートルくらいです。いや待てよ、横は五メートル近くあります」

「なるほど。わたしたち中産階級の人間って、家の話をする時には随分と厳粛な感じになるから面白いと思いません？」

次に二人は客間に向かった。ここの方がまだ何とかチェルシー風と言えるかもしれないが、全体に黄色っぽくてあまりぱっとしない部屋だった。ディナーの後、ご婦人方はここに引き取り、男性陣は喫煙室でタバコを手に現実の諸問題について話し合う。ハワーズ・エンドにある、ウィルコックスの奥様の客間もこんな感じだったのかしら？　マーガレットがこう考えたその時、ウィルコックス氏がプロポーズを始め、やはり予想は正しかったと、マーガレットは気が遠くなった。

しかしそのプロポーズは、歴史に残るような情熱的なラブシーンにはならなかった。「ミス・シュレーゲル」ウィルコックス氏はしっかりとした口調で言った。「あなたに嘘をついていました。本当は家のことではなくて、もっと真剣な話をしたいと思っているのです」

マーガレットはつい「ええ分かっています……」と言いかけた。

「あなたと分かち合うことができるでしょうか……その、もしかしたら……」

「ウィルコックスさん！」マーガレットはピアノにつかまって目を背けた。「もう分かりましたから。お受けすることができそうでしたら後でお便りします」

ウィルコックス氏はどもりながら続けた。「ミス・シュレーゲル……マーガレッ

3　ジョージ・クルークシャンク（一七九二—一八七八）とジェームズ・ギルレー（一七五六—一八一五）はいずれもイギリスでよく知られる風刺画家。

ト……あなたは分かっていない」

「分かっています！　本当ですから」

「妻になってほしいということなんですよ」

マーガレットの心はすっかりウィルコックス氏に寄り添っていたので、相手がとうとうこの言葉を口にした時にうまくハッとすることができた。相手が驚いてほしいと思っているなら、そうしなければ。そして深い喜びが湧いてきたが、これを言葉で説明するのは難しかった。人間的なこととは何の関係もなく、晴れの日に誰もが感じる幸せな気持ちに似ている、と言ったらいいだろうか。晴れの日はもちろん太陽のお陰なのだが、今のマーガレットにはこの幸せの中心にあるものが分からず、ただただ幸福な気持ちで客間に立ち、相手のことも幸せにしてあげたい、と思った。そしてウィルコックス氏と別れる時になって初めて、中心にあるのは愛なのだと気づいた。

「気を悪くされていませんよね、ミス・シュレーゲル」

「まあとんでもない！」

一瞬の間があった。相手が一人になりたがっているのが分かった。彼が金銭では買えないものを手に入れようともがく一方で、マーガレットには優れた直観が備わっており色々なことが分かっていた。ウィルコックス氏は僚友関係と愛情を求めているが、同時にこうしたものを恐れてもいる。マーガレットの方は何かを求めることにためらいがなく、そのための努力も美しく見せることができるのだが、今は自分を抑えて相手と一緒に戸惑うふりをした。

「ではおいとまします。手紙を書きますから……明日にはスワネージに戻ります」

「ありがとうございます」

「失礼します。お礼を申し上げるのはこちらですわ」

「ここまで車を回しましょうか？」

「ご親切にどうも」

「手紙でお伝えすればよかったのかもしれません」

「とんでもないことですわ」

「もう一つだけお聞きしても……」

マーガレットは首を振った。ウィルコックス氏はどこか途方に暮れたような様子で、二人はそのまま別れた。

去り際に握手はしなかった。マーガレットは相手のことを考え、この逢瀬《おうせ》を白黒つけることなく落ち着いたグレーのような色合いにしておいた。しかしウィカム・プレイスの自分の家に着く前には、もう喜びが弾《はじ》けそうな気持ちだった。過去に自分を愛してくれた男性がいなかったわけではない。彼らの一時の欲求を「愛」と呼べるならば、だが。しかしその男たちは皆、暇を持て余した若者だったり、ましな相手を見つけることができない年寄りだったりで、マーガレットには「バカね」としか思えなかった。そしてマーガレット自身もよく「愛した」。けれどもそれは単に女性として男性的なものを求めていたに過ぎず、ちょっと笑って手放してしまえる関係でしかなかった。自分の人格にまで影響を及ぼすような恋愛の経験はなかった。もう若くはなく大金持ちでもない自分を、立派な地位にある男が真剣に気にかけてくれるのは驚きだった。美しい絵画や本に囲まれて一人ウィカム・プレイスで家計簿をつけていると、情熱の渦潮が夜の大気の中を流れ、感情の波が砕けるようだった。頭を振り振り、目の前のことに集中しようとしたがとても無理だった。「こういうこと、前にもあったじゃないの」と自分に言い聞かせようとするのだが、こんな経験は初めてだったのだ。今度ばかりは小さなものではなく、大きな歯車が動き出した。相手を愛するようになるよりも先に、ウィルコックスさんは自分を愛しているのだ、という思いがマーガレットの頭から離れなかった。

今はまだどうするか決める必要はない。小説などではよく「まあ、あなた、あまりに突然のことで……」などという淑女ぶった反応が描かれるが、自分にもこれがぴったり当てはまることが分かった。プロポーズされるかもしれない、という予感はあったが、心の準備ができていたかといえばそうではなかった。自分と相手の性格についてもっとよく考えてみなければ。ヘレンとも徹底的に話し合う必要がある。それにしても、奇妙なラブシーンだった。最初から最後まで、その中心で輝きを放っていたものが愛だとは気づかなかったのだから。自分が相手の立場なら、もっと率直に「あなたを愛しています」と言っただろうけれど、ウィルコックスさんはそんな風に胸の内を明かすのに慣れていないのだろう。自分がそう仕向ければ、義務として口にしたかもしれない。イギリスでも男なら一度はそういうことを口にすべきだ、ということになっているのだから。でもそうしたらウィルコックスさんは狼狽《うろた》えただろうし、あの人が世の中に対して築いてきた砦が崩れ落ちるようなことはできる限りさせないでおこう。感情的な会話をしたり、共感してみせたりして煩わせてはいけない。もう年配の男性なのだから、相手を変えようとするのは無駄だし失礼というものだ。

マーガレットがこんな風に考えている間、ウィルコックス夫人の優しい霊が辺りを漂っていた。その幽霊は負の感情を少しも抱かずに、マーガレットを見守っているようだった。

第19章

外国から来た人にイギリスを見せたければ、パーベック丘陵地帯[1]の端に連れて行き、コーフから東に数キロのところにある丘の頂《いただき》に立たせるのが一番ではないだろうか。すると眼下に見渡す限り、この島の眺めが広がっている。フルーム渓谷がすぐ足下に見え、ドーチェスターからは黒と金色の荒野がずっと続き、ハリエニシダの茂みがプール湾に映っている。その向こうにはストゥール渓谷が見える。ストゥールは不思議な川で、ブランドフォードでは濁っているのに、ウィンボーンの辺りでは澄んだ流れになる。そして肥沃な土地を流れていき、クライストチャーチの塔のところでエイヴォン川と合流するのだ。エイヴォン川の谷はここからは見えないが、目の良い人であればずっと北の方にあってこの川を守るクリアベリー・リング[2]が見えるかもしれない。そしてその先にあるソールズベリーの平原や、さらにその向こうに広がるイングランド中部の素晴らしい丘陵地帯まで想像できるだろう。さらに、ここからは郊外と呼ばれるエリアを見ることもできる。右手にはボーンマスのあまり上品とはいえない海岸地帯が見える。松の木がきれいだが、実はその辺りには赤レンガの新興住宅があり、証券取引所が見え、結局はロンドンの入口へと続いている。ロンドンはなんと広範囲にわたっているのだろう！　しかしこの都市もフレッシュウォーターの崖まで広がっていくことはなく、そうした場所はこれからもずっと守られていくのだ。そして西の方から見ると、ワイト島が喩えようもなく美しく見える。まるでイギリスの一かけらが外国からの客人に挨拶するために進み出てきたような様子で、そこには国内でも最上の白亜の石や芝生があり、背後に続くものの縮図となっている。ワイト島の向こうにはイギリスの玄関であるサウサンプトン港があり、ポーツマスの軍港は隠れた炎としてその傍らに控え、その周りには二重三重に潮が渦巻く海が広がっている。この眺めの中には一体いくつの村や城があるのだろう。教会も、荒れ果てたものから立派で堂々としたものまで、どれだけの数があることか！　船や鉄道、道に至ってはどうだろう。そしてこの澄んだ空の下で、信じられないほど様々な種類の人間が何らか

1　イギリス南部の沿岸部に広がる丘陵地帯で、大部分はドーセットシャーにある。マント夫人が住んでいるスワネージもこの近くの沿岸部に実在する街。
2　古代の遺跡で、円形になった土手のようなもの。

の目的に向かい立ち働いているのだ！　こんな景色を目の前にすると、理性はスワネージの海辺に寄せる波のように打ち砕かれてしまう。代わりに想像力がどこまでも翼を広げ、イギリス全体の地形を思い描くのだった。

　そこで、いまや建築家のリーゼッケ氏夫人となり、一児の母でもあるかつてのフリーダ・モーゼバッハ嬢は、イギリスの景色に感嘆するように、この場所へと連れてこられた。フリーダはじっくりと景色を眺めた後で、ポメラニアよりも起伏が激しいわ、と言った。確かにその通りだが、これはマント夫人が期待していた感想ではなかった。プール[3]の海岸沿いは浅瀬になっているので、フリーダはリューゲンのフリードリッヒ・ヴィルヘルムス・バートのビーチはあんなに泥だらけじゃなくて、静かなバルト海沿いにブナの木が枝垂れて、牛が塩水を静かに眺めているのよ、と言った。これを聞いたマント夫人はあんまり健康に良さそうじゃないですね、と言った。水は動いている方がきれいで安全じゃないかしら。

「じゃあウィンダミア[4]やグラスミアのようなイギリスの湖は健康に良くないのでしょうか？」

「そうじゃありませんよ、リーゼッケさん。湖は淡水ですから違います。海水の場合は潮の流れがあってどんどん動かないと、匂ってくるんです。たとえばほら、水槽の水は入れ替えなくても淡水だから匂わないでしょう」

「水槽ですって！　ミシス・マント、淡水の水槽なら海水みたいに臭くならないって本当に思います？　義理の弟のヴィクターがおたまじゃくしをいっぱい取ってきた時なんて……」

ここでヘレンが口を挟んだ。「〝臭い〟って言葉は使っちゃダメよ。面白おかしく言うならいいけれど」

「じゃあ〝匂う〟ね。あそこに見えているプールの辺りの泥は……匂わないんですね。それともこう言えばいいのかしら、〝臭くないんですね、あはは〟」

マント夫人はわずかに眉をひそめて答えた。「あの辺りにはいつだって泥があるのよ。川の流れが運んでくるんです。そのお陰で最高級の牡蠣《かき》が採れるの」

「まあ、そうですか」とフリーダが折れて、このドイツ対イギリスの戦いも幕を下ろした。

そこでマント夫人は、お気に入りのスワネージのキャッチフレーズを口ずさんだ。

3　こちらもドーセットシャーにある港湾都市。
4　いずれもイギリス北西部に広がる湖水地方にある湖の名。

「〝ボーンマスは今栄えている。プールは過去に栄えていた。スワネージはこれから栄え、三つのうち最重要で最大の街になる〟って言うんですよ。さてと、リーゼッケさん。ボーンマスもプールもここから見えましたから、ちょっと戻ってもう一度スワネージを見てみましょう」

「ジュリー叔母様、あれはメッグの乗っている汽車じゃないかしら」

汽車の細い煙が港を回ってきて、今度は南向きになり黒と金色の大地を越えてこちらに近づいてくる。

「ああ、メッグがくたびれていないといいけれど」

「ああ早く知りたい……あの家を借りたのかしら」

「早まっていないといいけれど」

「本当にそうね」

「ウィカム・プレイスみたいにきれいなお家なんですか？」とフリーダが聞いた。

「そうだと思うわ。ウィルコックスさんご自慢の家なんだから。デューシー・ストリートの辺りの家はモダンで素敵なのよ。だからウィルコックスさんが貸してしまうつもりなのが理解できないわ。まあでも、あそこに引っ越したのはイーヴィーのためで、そのイーヴィーが結婚してしまうから……」

「まあ！」

「イーヴィーには会ったことがないでしょう、フリーダ。こういう話が本当に好きなんだから！」

「でもあのポールの妹でしょう？」

「そうよ」

「それにあのチャールズのね」やりきれない、といった調子でマント夫人も言った。

「ああ、ヘレン、あの時は本当にひどかったわね！」

ヘレンは笑って言った。「メッグもわたしも叔母様みたいに繊細じゃないですから、安く借りられるならウィルコックスさんからでもいいんです」

「ねえリーゼッケさん、見て下さい。メッグの乗った汽車がどんどんこちらに向かってきますよね。それがコーフまで来ると、この丘の下を通り抜けるんです。だからさっき言ったようにあちら側に行ってスワネージを見下ろすと、汽車が出てくるのが見えるのよ。行ってみましょう」

フリーダは賛成し、一行は数分後には丘の一番小高い部分を越えていき、今までの雄大な眺めはもっと小規模なものに変わった。足下には何の変哲もない谷間が見え、その向こうは海岸に向かって傾斜している。手前にパーベックの小島が、向こうにはスワネージが見える。これから最重要になるはずの街だが、ボーンマスやプールに比べ見た目は良くなかった。やがてマント夫人が言った通りマーガレットが乗った汽車が現れ、夫人は喜んだ。汽車は視界の真ん中あたりで停止し、そこでティビーが姉を出迎えて軽馬車で家に戻り、お茶一式の入ったバスケットを持ってこちらに合流することになっているのだ。

ヘレンはフリーダに話し続けた。「ねえ、ウィルコックスさんたちはね、あなたの義理の弟さんのヴィクターがおたまじゃくしを集めるみたいに家を集めているの。デューシー・ストリートに一軒、わたしが大騒ぎを起こしたハワーズ・エンドでしょ、シュロップシャーには田舎の家、チャールズのヒルトンの家もあるし、エプソンにもう一軒。それにイーヴィーだって結婚したら家を持つでしょうからこれで六軒ね。それに一時は田舎に仮住まいするかもしれないからそうしたら七軒。ああそれに、ポールがアフリカで住んでいる小屋も入れたら八軒ね。わたしたち、ハワーズ・エンドに住めたらいいのに！　小ぢんまりとして素敵な家なの。そうでしょう、ジュリー叔母様」

「家なんか見ている暇はありませんでしたよ」マント夫人は勿体をつけて言った。「説明したり、決着をつけたりで必死だったんだから。それにチャールズ・ウィルコックスを黙らせなきゃならなかったし。だからあなたの寝室でランチを取ったこと以外、ほとんど何も覚えていなくても不思議はありませんよ」

「わたしもほとんど覚えていないわ。それにしても全部すごく昔のことに思えるわ！　その年の秋には〝反ポール運動〟が始まって……叔母様もフリーダも、メッグとウィルコックスの奥様まで、わたしがまたポールと結婚したいって言い出すかもしれないという考えに取り憑《つ》かれちゃったのよね」

「今からだってするかもよ」フリーダが考え深げに言った。

これにヘレンは首を振った。「あの大いなるウィルコックス危機はもう二度とやってこない。これだけは確かよ」

「確かだって言えるのは、自分の真の感情だけじゃないかしら」

これは重い発言だったが、ヘレンはその分フリーダがもっと好きになり、いとこの身体に腕を回した。これは彼女独自の意見ではないし、フリーダは哲学的というよりは愛国的な考えの持ち主だから、いま言ったことを熱心に信じているわけでもなかった。けれどもこの発言は平均的なドイツ人が持っていて、平均的なイギリス人が持っていない、普遍的なものに対する関心を示している。イギリス人は立派で、小ぎれいで、程良いものに関心を持つが、ドイツ人はたとえ理屈が通らないとしても、真なるもの、善なるもの、美なるものを気にかけるのだ。それはリーダーの絵と比べた時のベクリンのようなもので、どこかわざとらしいと評判こそ良くないが、目に見えない世界に通じているように思えるのだ。観念主義を際立たせ、魂を揺さぶるようなもの。だからこの会話は、この後に起こった現実的な出来事への地ならしとしては、あまり良いものとは言えなかった。

「見て！」とマント夫人が声を上げ、よもやま話をやめて丘の小高い部分へと急いだ。

「ここから見てごらんなさい、マーガレットたちが来ますよ。ほら、軽馬車が見える」

そこで皆はそちらに行き、近づいてくる軽馬車を眺めた。マーガレットとティビーが乗っている。スワネージの街を離れ、しばらく小道を走った後、こちらに上ってきた。

「家は借りたの？」マーガレットにはまだまだ聞こえない距離だったが、三人は声を揃えて叫んだ。

そしてヘレンは軽馬車を迎えるために駆け下りて行った。道は峰と峰の間の鞍部《あんぶ》を通り、そこから直角に曲がって尾根に沿って上って来る小道があった。

「家は借りた？」

マーガレットは首を横に振った。

「まあがっかり！　じゃあ何も変わってないのね？」

「そういうわけでもないのよ」

軽馬車から降りてきたマーガレットは、疲れて見えた。

「何か秘密があるみたいなんだ」とティビー。「これから分かるよ」

マーガレットはヘレンのそばまで行って、小声でウィルコックスさんからプロポーズされた、と告げた。

ヘレンは面白がり、草地の門を開けてティビーがポニーを連れて通れるようにした。そして「男やもめのやりそうなことね」と言った。「決まって亡くなった奥さんの友達を選ぶんだから、恥ずかしくないのかしら」

マーガレットの顔色がさっと暗くなった。

「ああいうタイプは……」と言いかけたヘレンも姉の変化に気づいた。「メッグ、まあ大丈夫？」

「ちょっと待って」相変わらず小声でマーガレットが言った。

「でもまさか……だって今までちっとも……」ヘレンは何とか落ち着こうとして言った。「ティビー急いでよ。この門、ずっと支えていられないわ。ねえジュリー叔母様！　お茶を用意して下さる？　フリーダ、わたしたち家のことを話さなきゃいけないから後から行くわね」そして姉の方を向くと、わっと泣き出した。

マーガレットは仰天してしまった。「ねえ、本当に……」と言うと、ヘレンは震える手でこちらに触れてきた。

「ダメ」ヘレンは泣きじゃくりながら繰り返した。「ダメ、ダメよメッグ、それだけはやめて！」まるで他に何も言えなくなってしまったかのようだ。マーガレットは自分も震えながらヘレンと一緒に進んでいき、もう一つの門を通り抜けた。

「そんなのやめて！　絶対にダメよ。だってわたし知っているもの」

「何を知っているっていうの？」

「パニックと空虚さがあるだけなのよ」ヘレンはすすり泣いた。「だからやめて！」

マーガレットは内心「ヘレンはちょっと自分勝手ね。わたしはヘレンが結婚しそうになってもこんな風にはならなかったのに」と思いつつ、こう言った。「結婚したって頻繁に会えるわよ。それにあなただって……」

「そういう問題じゃないわ」ヘレンはすすり上げた。そしてマーガレットから離れ、手を前に差し伸べ泣きながらフラフラと傾斜を上っていった。

「一体どうしたのよ？」日没が近づき北の斜面に吹く風の中、マーガレットは妹の背中を追いかけた。「こんなの馬鹿みたい！」そして急に自分も馬鹿になって、広大な景色が涙で霞んできた。ヘレンが振り向いた。

「メッグ……」

「わたしたち二人ともどうしちゃったのかしら」マーガレットは目をこすりながら言った。「二人ともおかしくなっちゃったみたい」ヘレンも目元を拭って、少し笑った。

「ねえちょっと座りましょう」

「いいわよ、あなたが座るなら」

「さてと（ここで二人はキスを交わした）。ねえ、一体全体何がそんなに問題なの」

「言った通りよ。ウィルコックスさんと結婚してはダメ。うまくいきっこないわ」

「まあヘレン、もうこれ以上〝ダメ〟って言わないで。頭がぐちゃぐちゃになっているんじゃないかしら。バストさんが奥さんに一日中言っていそうなことよ」

これを聞いてヘレンは静かになった。

「そう思わない？」

「じゃあまず何があったか話してちょうだい。その間に頭がしゃんとしてくるかもしれないから」

「それがいいわね。そうね、どこから始めたらいいかしら？　わたしがウォータールー駅に着いたら……いいえ、そのもっと前ね。全部知ってほしいから。始まりは十日前ね。バストさんが家に来てご機嫌を損ねちゃった日よ。あの時わたしがバストさんの肩を持ったものだから、ウィルコックスさんはちょっと嫉妬を感じたのね。それは男も女と同じで仕方のないことだと思ったわ。ほら、まあこれはわたしの場合だけど、男の人が〝あの女《ひと》はきれいだ〟って言うと何だかムシャクシャして、その女性の耳を引っ張ってやりたくなるでしょう。そういうのって面倒くさい、どうでもいい感情で、普通はやり過ごすものよね。だけどウィルコックスさんの場合はそれで済まなかったらしいの」

「でも彼のこと好きなの？」

マーガレットは考えてみた。「ちゃんとした男の人が自分を好いてくれるって素晴らしいことね。その事実だけでも大したことよ。それに、ウィルコックスさんのことはもう三年も知っていて、ずっといい人だと思っていたし」

「でも、好きなの？」

マーガレットは過去を振りかえってさらに考えてみた。まだ社会の仕組みに取り込まれていない感情を、純粋に感情として考えてみるのは心地よかった。ヘレンに腕を回したまま、マーガレットは目の前に広がる景色が心の秘密を解き明かしてくれるとでもいうように、あちこちに視線を移し、自分の心を率直に見つめてからこう言った。

「いいえ」

「でも愛するようになると思う？」

「ええ」マーガレットは言った。「それは確かね。実はあちらの気持ちが分かった瞬間から愛し始めたと思う」

「それで結婚するって決めたのね」

「そうよ、でもあなたとはしっかり話し合わないとね。ヘレン、彼のどこがいけないのかしら？　ちゃんと説明してくれなければ」

今度はヘレンの方が景色を眺めて考える番で、しばらく経って「ポールとの一件以来そう思うのよ」と言った。

「でもウィルコックスさんとポールは関係あるかしら？」

「だって、ウィルコックスさんもその場にいたんだもの。あの日、わたしが朝食に降りて行ってポールがビクビクしているのを見た時に、皆あそこにいたんだから。前の晩にわたしを好きだと言ってくれた人が及び腰でおどおどしていて、もうダメなんだって分かったのよ。いつだって大切なのは人と人との結びつきで、電報と怒りのある外の世界じゃないんだから」

ヘレンは一気に言ったが、これはいつも二人で話していることだったのでマーガレットには理解できた。

「それは違うわ。第一に、その外の生活についての考え方には賛成できないわ。これは何度も話したわよね。本当の問題は、わたしたち恋愛の仕方が全然違うってことじゃないかしら。あなたのがロマンスだとしたら、わたしのはあまりロマンティックではない散文なの。自分を卑下しているわけじゃないわよ。よく考え抜かれた、質のいい散文ですもの。例えばね、ウィルコックスさんの欠点なら全部分かっているつもり。感情を恐れている、世俗的な成功を気にしすぎて過去を顧みない、人に共感している時もそこに詩的なものが欠けていて本当の共感とは言えない……それにね」マーガレットは夕日にきらめく干潟を眺めた。「精神面であの人はわたしほど正直であるとは言えない。さあこれでいいかしら?」

ヘレンは言った。「いいどころかますます悪いわよ。それだけ分かっていて彼と結婚しようだなんて、頭がおかしいんじゃない?」

マーガレットはイライラと身体を揺すった。

「わたしは自分の夫になる人に、それどころかどんな男や女にだって、わたしの人生の全てになってもらおうとは思っていないの。そんなのとんでもない! 今の彼には理解できないし、これからもずっと理解できっこないことがわたしの中にはたくさんあるのよ」

結婚式がとり行われ、夫婦が肉体的に結ばれる前のマーガレットはこのように話していた。一度結婚してしまうと、その夫婦と世間との間には、驚くべきガラスの仕切りが降りてくる。しかしマーガレットの場合は、大半の既婚女性よりも夫からの独立を保つことになった。結婚はこの先彼女の性格よりも命運を変えることになるので、この時マーガレットが未来の夫のことを分かっている、と自負していたのは、あながち間違いではなかった。しかしウィルコックス氏は、やはりマーガレットの性格を多少は変えることになる。人生の風当たりが和らいだり、夫婦単位で考えるという社会的な重圧があったり、この時点では分からなかった驚きがマーガレットを待ち受けているのだった。

「それはあちらについても同じよ。あの人のこと、特にあの人がすることでわたしに分からないこともたくさんあるの。あなたは軽蔑しているけれど、あの人は社会生活を送る上での色々な能力を持ち合わせていて、これを全部作ったのよ……」と言って、マーガレットは目の前に広がる景色が何でも証明してくれるとでもいうように、そちらに向けて腕を振った。「もしウィルコックスさんのような人たちが何千年もの間、このイギリスで働いて死んでいかなかったら、あなたもわたしもとっくに喉を掻き切られて、こんなところに座っていられなかったはずよ。わたしたちみたいな文芸愛好家を運ぶ汽車や船もなくて、畑すらなくて、あるのは野蛮な状態だけ。いいえ、それすらなかったかもしれない。あの人たちの精神がなければ、生命は原形質のままに留まっていたかもしれないわ。働きもせずに利子収入を得る一方で、それを保証してくれる人たちを見下すことが、わたしはだんだん嫌になってきたの。だから時々思うのよ……」

「わたしもそんな風に思ったわ。女なら皆そう思うんでしょうね。だからポールにキスしたりするんだわ」

「それはひどいわね」とマーガレットは言った。「わたしの場合は全然違うわよ。よくよく考えた結果なんだから」

「よく考えても何も変わらないわ。結局同じことだもの」

「まあ呆れた!」

その後は沈黙が続き、プール湾にはまた潮が満ちてきた。「でもきっと何かを失うわ」とヘレンは言ったが、それは自分に向けて言っているようだった。潮はまず泥質の部分を浸し、ハリエニシダや黒々としたヒースの茂みの方まで上がってきた。ブランシー島の広大な海岸線は見えなくなり、今や黒ずんだ木々のかたまりでしかなかった。フルーム川はドーチェスターの内陸へ、ストゥール川はウィンボーン、エイヴォン川はソールズベリーの内陸へと逆流していく。夕日がこの大いなる水の移動の上に君臨し、沈みゆく前に勝利を宣言しようとしている。イギリスは生命に満ち、全ての河口がどくどくと脈打って、カモメたちの声を借りて喜びの叫びをあげていた。北風はカモメたちとは反対に、潮が満ちゆく海に向かって吹きつける。これは何を意味するのだろう？　美しくも入り組んだイギリス、その様々な土壌や曲がりくねった海岸線は、いったい何の目的に向かっているのだろうか？　イギリスはこの国を作り上げ他国から恐れられる存在にした人々のものか、それとも国力には寄与しないが、この島を銀の海に浮かぶ宝石、世界中の勇猛な艦隊を引き連れ永遠へと進む魂の船と見なし、その全体を見守ってきた人々のものなのだろうか？

第20章

マーガレットは、愛という小石が世間に投げ入れられた時に、周囲に広がる波紋の大きさに驚くことがよくあった。愛は恋人たちだけのものであるはずなのに、この波紋は百の浜辺に打ち寄せるのだ。きっとこの騒ぎは、人類のある世代が次の世代を生み出すことで、誰もがやがて行き着く死という究極の運命に抗《あらが》おうとして生じるものなのだろう。しかし愛にはこのことが分からない。他にも永遠のものがあるということが理解できず、自分だけが永遠だと思っているのだ。空を翔《か》ける日の光、こぼれ落ちるバラの花、空間と時間が入り乱れる中を静かに沈んでいく小石——こういった愛の諸相しか知らないのだから。愛は全てが滅びた後に自分だけが生き残り、泥の中の宝石として運命の手で掬《すく》い上げられ、神々の集まる席で賞賛され、手から手へと受け渡されると思っている。神々は「人間はこのようなものを生み出した」と言い、愛によって人間は不滅の存在となるだろう。しかしその前に一体どれだけの騒動があることか！　まずは両家の所有財産や家柄が明らかになって、それぞれの家のプライドが表に出てきてやり合い、なかなか収まることがない。さらに、どことなく禁欲的な匂いのする神学が進み出てきて厄介にも事を荒立てる。そこで冷血漢の弁護士たちに声が掛かり、彼らが穴から這い出してくることになるのだ。彼らは腕を振るって財産やら家柄やらの問題を片付け、宗教や家のプライドの問題を収める。乱れた水面に半ギニー硬貨がばらまかれて弁護士たちは穴に這い戻り、全てがうまく片付くとようやく愛は婚姻の形を取り、一対の男と女を結び合わせるのだ。

マーガレットはこうした騒ぎが起こることを予想していたので、いら立つことはなかった。繊細だが落ち着いた性格なので、つじつまの合わないことや妙なことにも我慢ができた。それにマーガレットの恋愛には行きすぎたところは何もなかった。彼女とウィルコックス氏……いやここから先は我々もヘンリーと呼ぶことにしよう……との関係において基調となったのはユーモアだった。ヘンリーはロマンティックな関係を求めてはいなかったし、マーガレットもそれをせがむほど子どもではなかった。知人が恋人になり、そして夫になっても、単なる知り合いだった頃の関係を崩さずにいることはできるだろう。この愛は新しい関係を築くというより、前からの結びつきを確かめるものなのだ。

このような気持ちで、マーガレットはプロポーズを承諾する返事を書き送った。ヘンリーはすぐに婚約指輪を持ってスワネージまで訪ねてきた。二人が温かな調子で挨拶を交わす様子にはマント夫人でさえ心を打たれた。ヘンリーは夫人の自宅のザ・ベイズで一緒に夕食を取ったが、街で一番良いホテルに泊まっていた。街で一番のホテルが直感で分かるタイプなのだ。夕食が済むとヘンリーはマーガレットに、ちょっと海沿いを散歩しませんか、と声を掛けた。マーガレットは了承したが、少し気後れしていた。何といってもこれが二人にとって初めての本格的なラブシーンになるのだ。しかし出かけるために帽子をかぶりながら思わず笑い出してしまった。現実の愛というのは本に出てくるものとは全然違う。その喜びは本物だが本に書かれているようなものではないし、その謎も思いがけないものなのだ。それに、ヘンリーがまだよく知らない相手のように思える。

しばらくの間は婚約指輪の話をして、それからマーガレットは尋ねた。

「チェルシーの川岸でお会いしましたね？　あれから十日も経っていないんじゃないかしら」

「そうだね」ヘンリーも笑って言った。「あの時は君も妹さんも、変わった計画に夢中でした」

「あの時はこんな風になるなんて全然思わなかった……あなたは？」

「分からないな。それに分かっていたとしても言いませんよ」

「まあ、それより前だったの？」マーガレットは声を上げた。「もっと前からわたしのことをそういう風に見ていた？　なんて面白いの！　話して下さいな、ヘンリー」

だがヘンリーには話す気がなかった。多分話そうと思っても話せなかっただろう。いったん感情の波が去ってしまうと、それをもう思い出せないタイプなのだ。それに「面白い」という表現は、無駄なエネルギーや病的なものを感じさせるので好きではない。ヘンリーにとって大事なのは事実だけだった。

しかしマーガレットはさらに続けた。「わたしはそういう風に思ったことはなかったわ。だからうちの客間でお話ししていた時が初めてだったの。思っていたのとは全然違うのね。ほらお芝居や小説なんかだと、プロポーズって……なんというか、大層な見せ場というか花束のような感じじゃない？　結婚の提案という本来の意味から外れて。でも現実にはプロポーズは提案以上のものではないのね……」

「ところで……」

「そう提案。種のようなものね」とマーガレットは締めくくり、この考えは夜の闇に紛れていった。

「よかったら、今のうちに実際的なことを話しておきたい。決めなければならないことがたくさんあるからね」

「わたしもそう思っていたわ。そうね、まずティビーとは話が合った？」

「弟さんと？」

「タバコの時間に話は弾んだかしら？」

「それはもう」

「良かったわ」マーガレットは少し驚いて言った。「何の話をしたの？　たぶんわたしのことね」

「それとギリシアの話も」

「ギリシアはいいわ、ヘンリー。ティビーはまだお子さまだから、こっちが話題に気をつけないといけないのよ。よかったわ」

「それで、カラマタ[1]の近くにある干しブドウ用農地の株を持っている話をした」

「まあ素敵！　新婚旅行はそこに行けないかしら？」

「何のために？」

「干しブドウを食べによ。景色も素晴らしいんじゃないかしら」

「まああだね。ただ、ご婦人と行くような場所ではない」

「どうして？」

「ホテルがないんだ」

「ホテルがなくても平気な女だっていますよ。ヘレンとわたしが自分の荷物を背負って、二人だけでアペニン山脈[2]を歩いて越えたのは知っているかしら？」

「いや知らなかったね。それに今後はそんなことはしないでもらいたい」

ここでマーガレットは少し真面目な調子になって言った。「まだヘレンと話していないでしょう？」

「そうだね」

「ここにいる間に話して下さいね。二人には仲良くなってもらいたいんだから」

「妹さんとはいつだって気が合ったよ」と、ヘンリーはあまり気乗りしない様子で言った。「しかし話が逸れてしまったね。最初に戻ると、イーヴィーがパーシー・カヒルと結婚するのは知っているね」

「ドリーの叔父様ね」

1　ギリシアのペロポネソス半島南部の都市。オリーブや干しブドウの取引が盛ん。
2　イタリア半島を縦断する山脈のこと。

「その通り。イーヴィーはカヒルに夢中だ。いい男だが……いや当然のことながら、持参金をしっかり要求してきてね。それに分かるだろうけれど、チャールズがいるからね。こちらに来る前に慎重な手紙を書いて出しておいた。あそこでは子どもが増えて出ていくものも増えているからね。うちの会社も今のところはまだまだで、無論これから成長するだろうが」

「まあ、お気の毒！」マーガレットは海を見ながらつぶやいたが、相手の言いたいことが分かっているわけではなかった。

「チャールズは長男だからいつかはハワーズ・エンドを継ぐことになる。しかしね、君と結婚して幸せになることで周りに不当な仕打ちをしたくないんだよ」

「それはもちろん」と言いかけてマーガレットは小さな叫び声を上げた。「お金の話をしているのね！ わたしったらなんて物分かりの悪い！ もちろん、あなたの言う通りよ」

だがヘンリーは「金」という言葉が出ると怯《ひる》んでしまった。「その通り、率直に言えば金の話だ。わたしはみんなに公平にしたいと思っている……君にも、三人の子どもたちにも。わたしは反感を持たれるようなことはしたくない」

「公平じゃなくて、寛大になさいな！」マーガレットは強く言った。

「そう決めているからもうチャールズには手紙を書いて……」

「でも、いくらあるのかしら?」

「何だって?」

「年収はいくらおありなの? わたしは六百ポンドよ」

「わたしの年収?」

「そうよ、まずどれだけあるか分からなければ、チャールズにいくらあげられるかも決められないわ。公平さも寛大さもそれ次第よ」

「若い女性にしてはまったくざっくばらんだな」ヘンリーはマーガレットの腕をポンとたたいて笑った。「男に年収を聞くとは!」

「でも分かるでしょう。言いたくないの?」

「わたしは……」

「まあいいわ」今度はマーガレットが相手の腕をポンとする番だった。「言わなくていいわ、知らなくていい。じゃあ割合の話をしましょう。年収を十で割ってみて。そのうちのどれだけをイーヴィーにあげる? チャールズとポールには?」

「あのね、実は君に詳しいことを話そうと思っていたわけではないんだ。ただ知っておいてほしかった……つまり、周りのために何かしなければいけないということを。

君はすっかり分かってくれたから、次の点に移ろう」

「ええ、それは分かったわ」マーガレットはヘンリーのわざとまごついた様子を気にも留めずに言った。「どうぞあげられるだけあげて。わたしはきっかり六百ポンドありますからね。なんてありがたいことかしら！」

「わたしだってそれほどあるわけじゃない。君は貧しい男と結婚するわけだ」

「この点、ヘレンは考えが違うんです」マーガレットは自分の話を続けた。

「ヘレンは自分がたくさん持っているからお金持ちの悪口を言おうとしないけれど、本当は言いたいの。わたしにはわけが分からないけれど、貧乏なほうが〝本物《リアル》〟だ、っていう妙な考えがあるみたい。あらゆる組織を毛嫌いしていて、これはきっと裕福であることそのものと、裕福さが生み出すもっと技術的なものを一緒にしているんじゃないかと思うの。靴下に入れた金貨は気にならないのに、小切手は嫌がるなんて。ヘレンは容赦なさすぎるわ。あの世間に対する高慢な態度は良くないと思うわ」

「……もう一点だけ。そうしたらわたしはホテルに戻って手紙を書く。デューシー・ストリートの家はどうしようか？」

「そのまま持っていて下さいな……まあ状況によりけりですけれど。それで、結婚はいつにしましょう？」

マーガレットの声はたびたび大きくなったので、夕方の空気を吸いに外を歩いていた若者たちの耳に届き、その一人が「お熱いことで」と言った。ヘンリーが振り向いてきつい調子で「おい！」と言うと、相手は静かになった。「気をつけないと通報するぞ」若者たちは急いで立ち去ったが、少し離れたところまで行くとゲラゲラ笑うのが聞こえてきた。

ヘンリーは暗にマーガレットを責めるように声を落として言った。「イーヴィーの結婚が九月だから、その前というのは無理だね」

「早いほどいいわ、ヘンリー。こんなこと女性が言ってはいけないかもしれないけれど、早くしましょう」

「じゃあ我々も九月に、というのはどうだい？」ヘンリーはあっさりと言った。

「いいわ。じゃあ九月からデューシー・ストリートに住めばいいかしら。それかヘレンとティビーをあそこに押し込む？　それもいいかもしれないわね。あの二人ときたら全く実際的じゃないから、こちらがうまく仕向ければ何だってできるわ。そう、それがいいわ。それでわたしたちはハワーズ・エンドかオニトンの家に住めばいい」

ヘンリーはふーっと息を吐いた。「なんてことだ！　女性の話はあちこちに飛ぶんだから、頭がクラクラしてくる。マーガレット、一つ一つ話そう。まずハワーズ・エンドはありえない。話したはずだよ、去年の三月から三年契約でハーマー・ブライスに貸している。次にオニトンの家はあんまり遠すぎる。時々気晴らしに行くのはいいが、普段住むのはロンドンのそばにしなければ。それにデューシー・ストリートの家には大きな欠点がある。家の裏に厩《うまや》があってね」

マーガレットは思わず笑い出してしまった。裏手に厩があるなんて今初めて聞いたのだ。マーガレットが家を借りるかもしれない、という時には、わざとではないにせよ当然この事実は伏せられていた。ウィルコックス流のきびきびした態度は本物なのだが、どうも物事をはっきりさせる力に欠けている。ヘンリーは自分がデューシー・ストリートに住んでいる時は厩のことが気になっていた。しかし家を貸す段になったらそのことは忘れた。そして誰かが厩は結局あるのかないのか、と言えばヘンリーは気を悪くして、後から機会を見つけてあいつは衒学《げんがく》的だなどと悪口を言うのだろう。いつも行く店の主人も自分のことをそう言っていた。その店で売っている干しブドウの質に文句を言ったら、うちのは最高級の干しブドウです、なんてまくし立てて。でもあの値段で最高級なんてことがあるのかしら？　きっとビジネスをしていく上ではそういう嘘が必要になるのだろう。だから大目に見てあげなければいけない。そういう人たちがイギリスを作り上げてきたんだから。

「そう、厩のせいで夏は特に匂いが気になる。喫煙室も小さな穴倉みたいだし、向かいの家からは歌声が聞こえてうるさい。わたしの意見ではね、デューシー・ストリートは廃れてきているよ」

「まあ残念なこと！　あそこに素敵な家が立ち並んでまだ数年なのに」

「物事は刻々変化するってことだ。ビジネスには必要なものだ」

「わたしはロンドンが絶えず移り変わるのが嫌いよ。いつまでも形がなくて、わたしたちの時代の一番良くない縮図だわ。良いものも悪いものも、どちらでもないものも、皆流れて行ってしまう……いつもいつも流れていて。だから嫌いなの。川って嫌いよ、景色の中の川であってもね。あら、海が……」

「高潮《たかしお》だね」

「最高潮ですなあ」先ほどの若者たちがまたからかってきた。

「ああいう奴らにも選挙権があるとはね」とヘンリーが言った。しかし実のところ、彼が事務職として採用しているのはこうした若者たちで、仕事内容は彼らに人間的な成長の機会をほとんど与えないものなのだ。「しかしああいう若者にも自分の生活や関心ってものがあるんだからな。そろそろ帰ろう」

そう言いながら踵《きびす》を返すと、マーガレットをザ・ベイズまで送っていこうとした。

用件は済んだのだ。ヘンリーの泊まっているホテルは反対方向で、もし自分を送っていけば手紙を出す時間に間に合わなくなるので、マーガレットはどうか来ないで、と言った。しかしヘンリーは言い張った。

「最初から君が一人で帰って来たら、叔母様は何と思うだろうね？」

「でもわたし、いつも一人で出歩いているわ。なにせアペニンの山越えまでしたんだから当然よ。本当に怒りますからね。送ってもらって気を良くしたりなんてしないわ」

ヘンリーは笑ってタバコに火をつけた。「ご機嫌取りのつもりではないよ。暗いのに一人で帰らせるのは嫌なんだ。ああいう若者もうろついているから、危ない」

「でも自分で自分の面倒は見られるわ。本当に……」

「おいで、マーガレット。そんなこと言っても無駄だよ」

若い女性なら、こんな風に相手が主導権を握るのを嫌がったかもしれない。しかしマーガレットはそれで騒ぎ立てるには経験を積みすぎていた。それに、彼女も自分なりに主導権を握っていた。もしヘンリーが砦なら、マーガレットは山の頂に喩えられるだろう。多くの人に踏み荒らされても、夜の間に雪が積もればその清らかさは保たれる。大げさなことを嫌い、すぐ興奮し、おしゃべりな上に気まぐれで騒がしいので、ヘンリーもマント夫人と同様にマーガレットのことを誤解していた。彼女の豊かな資質を、弱さと勘違いしていたのである。「女にしては賢い」がそれ以上ではない、と思っていたが、実際にはマーガレットは彼の魂の底まで見抜いた上で、そこに見つけたものに満足していたのだ。

そしてこうした直観があれば十分で、内面の生活が人生のすべてであるならば、二人の幸せはすでに保証されたと言っていいだろう。

二人は足早に歩いて行った。遊歩道も普通の道も明るかったが、マント夫人の家の庭は暗かった。脇道から入ってツツジのそばを通っている時に、前を行くヘンリーが急に「マーガレット」と呼び、振り返るとタバコを手から落として、マーガレットを抱きしめた。

マーガレットは驚いて声を上げそうになったがすぐに落ち着いて、深い愛情を持ってヘンリーのキスに応えた。これが二人にとって初めてのキスで、それが終わるとヘンリーはマーガレットを戸口まで送って行き呼び鈴を鳴らしたが、メイドが出てくる前に暗がりに消えていった。後になって思い返してみて、マーガレットはこの出来事に不満を感じた。抱擁とキスだけが他の出来事から全く孤立している感じなのだ。その前の会話には何の予兆もなかったし、さらに悪いことに、終わった後の甘い場面もなかった。自然にそういう情熱的な場面に繋げられなかったとしても、せめて後から何かあって然るべきではないだろうか。自分は黙ってキスされていたのだから、その後で甘い睦言《むつごと》くらいあっても良かったのに。しかしヘンリーは恥じ入ったように消えてしまい、一瞬マーガレットの頭には、ヘレンとポールのことが過《よぎ》った。

第21章

チャールズはかわいいドリーを叱っていた。ドリーは叱られても仕方がないのでうなだれていて、だんだん頭に血が集まってきた。それでも負けを認めたわけではなく、チャールズの怒りが収まってくるとペチャクチャ反撃し始めた。

「あなたやっぱり赤ちゃんを起こしちゃったわよ（おおよしよし、いい子いい子）。パーシー叔父様が何をなさろうとわたしの責任じゃないし、わたしは何の関係もないですからね、分かった？」

「僕が留守の間にあの人を招いたのは誰だ？　イーヴィーも呼んで、毎日二人を自動車で出かけさせたのは誰だ？」

「チャールズ、それって韻を踏んだ詩みたいに聞こえるわ」

「そうかい、今に全く別の音楽に乗って踊らされることになるぞ。ミス・シュレーゲルの意のままに操られてな」

「あの女の目をほじくり出してやりたいわ。でもわたしのせいにするのはあんまりじゃないの」

「五分前には自分のせいだって認めたくせに」

「そんなこと言っていないわ」

「いや言った」

「いい子いい子、いないいないいないばあーっ」ドリーはまた急に子どもをあやし始めた。

「話を変えようとしたってそうはいかないぞ。イーヴィーがそばにいてちゃんと世話をしていれば、父さんは再婚なんて考えなかったさ。それなのにお前が縁結びなんかするから。そもそもパーシー・カヒルは年上すぎる」

「もしパーシー叔父様の悪口を言うんならわたしだって……」

「あのミス・シュレーゲルは前からハワーズ・エンドを狙っていた。お前のせいで相手の思うツボじゃないか」

「そんな風に物事をねじ曲げて考えるなんて、まったくやり切れないわ。わたしが浮気の虫を起こしたってそんな風には言わないでしょうに。ね、いい子ちゃんもそう思うでしょ？」

「まずいことになったが何とかするしかない。父さんからの手紙には丁重に返信しておく。父さんが我々のことを気にかけているのは間違いないからな。だがシュレーゲルの奴らのことは忘れるものか。向こうが礼儀正しく接してくる限り、こっちだってそうしてやるが……ドリー、ちゃんと聞いているか？　だが奴らが威張り始めたり、父さんを独占したり、粗末にするとかあの芸術家気取りで困らせる、なんてことになってみろ、ただじゃおくもんか。あの女が母さんの後釜に収まるとは！　この知らせが届いたらかわいそうな弟はどう思うだろう」

この幕間劇《まくあいげき》はここで終わりだ。場所はヒルトンにあるチャールズの家の庭。チャールズとドリーはデッキチェアに腰掛けていて、芝生の向こうにある車庫から自動車が二人を静かに見守っていた。丈の短い服を着た長男坊も、両親のいざこざをじっと見ていた。乳母車の中の子は金切り声を上げ、もうじき三人目も生まれる。この平和な家庭で、自然は次々と新しいウィルコックスたちを世に送り、大地を受け継がせようとしているのだ。

第22章

マーガレットは翌朝、未来の主人をとりわけ優しく出迎えた。ヘンリーはもう年配だが、散文的なものと情熱的なものの間に彼が虹色の橋を架ける手伝いが、自分にできるかもしれない。心の中でこうしたものを結び合わせることができなければ、我々はバラバラで意味のない、半分は修道士で半分は獣のような存在に過ぎず、十全な人間にはなれないのだ。こうしたものを結び合わせてこそ愛が生まれ、それが虹の頂で明るく輝き、灰色の生を照らし、燃え盛る炎を鎮めてくれる。二つの翼を持つこの愛という栄光を、虹のどちら側からも見ることのできる人は幸福だ。そうすれば魂が進むべき道ははっきり示され、本人も周りの友人たちも安心して歩むことができるだろう。

ウィルコックス氏の魂の道は険しいものだった。「わたしは自分の内面に惑わされるような人間ではない」と考え、幼少期からこうしたものを軽んじてきたのだ。外向きには快活で信頼が置け、勇気ある人間に見えたが、内面は実に混沌としていて、もし何かによって支配されているとすれば、それは不完全な禁欲主義だった。少年の時も、結婚後も、妻と死別した後も、彼は密かに肉体的な情熱を悪だと考えていたが、この信条は熱烈に掲げるのでなければ好もしいとはいえない。キリスト教もこの考えを後押しした。毎週日曜ごとに彼や他の立派な男たちに向けて教会で読み上げられる言葉は、かつて聖カタリナや聖フランシスコ[1]の魂を燃え立たせ、肉体を熱烈に否定するように導いた言葉だった。ヘンリーはこの聖人たちのように人間離れした熱情で神を愛することはできなかったが、妻を愛することに何となく罪の意識を覚えるようになった。「彼は愛したが、愛することを恐れていた」という状態だったのである。

マーガレットはこの点で、ヘンリーを助けることができればと思っていた。

これはさほど難しいことではなさそうだった。自分の才覚で何とかしようと思わなくても、ヘンリーの魂の内にある救いをそっと指し示してやれば良い。この救済は誰の魂の内にもあるのだから。ああ、結び合わせることさえできれば！　これがマーガ

1　カタリナは十四世紀のイタリアはシエナ出身の聖人。子ども時代にイエス・キリストを幻視し、生涯を処女として過ごす誓いを立てた。フランシスコは同じくイタリアのアッシジに生まれた十三世紀の聖人。清貧、改悛の思想で知られる。

レットの言いたいことのすべてだった。散文的なものと情熱的なものを結び合わせられれば、どちらも高められて人類の生み出す愛は至高のものになるだろう。バラバラのまま生きるのではなく、結び合わせる。そうすれば獣も修道僧も、彼らの生きる糧である孤独を奪われ消え去るだろう。

このメッセージを伝えることは難しくなさそうだった。「じっくり話す」必要はなく、黙って道を示せば橋は架けられ、二人の生活を美しく結びつけてくれるだろう。

しかし実際にはうまくいかなかった。なぜならマーガレットも気づいてはいたが、ヘンリーには想像以上に鈍感な面があったからだ。彼は単に物事に気づかず、それはどうすることもできないのだ。ヘンリーは自分がヘレンとフリーダから良く思われていないことに気づかず、ティビーが干しブドウ用農地の話に興味がないことにも気づかず、どんな退屈な話であってもその中には陰影があり、道標や一里塚、衝突や広々とした眺めに当たるものがあることにも気づかない。別の時にマーガレットがそのことで腹を立てると、ヘンリーは一瞬困った様子になったが、笑って言った。「わたしのモットーは〝集中〟だから。ささいなことに気を取られて力が削がれるのはごめんだよ」「力が削がれるわけじゃないのよ、力を発揮する範囲を広げるの」とマーガレットは言い返した。しかしヘンリーは「君は賢い女性だよ、だが誰が何と言おうと、

〝集中〟がわたしのモットーだ」と言ったのである。そして、今朝のヘンリーは頑《かたく》なに集中しにかかっていた。

二人は昨晩のツツジのところで顔を合わせた。明るいところで見るとその茂みはどうということもなく、小道は朝の光に照らされていた。姉の結婚が決まって以来、不気味なほどの沈黙を守っているヘレンもその場にいた。「さてと、揃ったわね！」マーガレットは言って、ヘンリーの手を取り、反対の手で妹の手を取った。

「さてと。おはよう、ヘレン」

ヘレンも挨拶を返した。「おはようございます、ウィルコックスさん」

「ヘンリー、ヘレンはあの変わったヘソ曲がりのバストさんから良い知らせを受け取ったのよ。覚えているかしら？　悲しげな口ヒゲを生やしているんだけど、髪はふさふさの」

「わたしも手紙を受け取ったが、こっちは良い知らせではなくてね。ちょっと君と話し合いたい」今やマーガレットは自分と結婚することになったのだから、ヘンリーにとってレナード・バストはどうでもいい存在だった。三角関係は過去のものになったのだ。

「あの人、あなたのアドバイスのお陰でポーフィリオンを辞めたんですって」

「ポーフィリオンも悪くはないんだが」ヘンリーは上の空で言いながら、ポケットの手紙を取り出した。

「悪くないですって?」マーガレットの声が大きくなり、ヘンリーの手を離した。

「でもチェルシーの川岸でお会いした時に確かに言っていたでしょう……」

「ああ、こちらの女主人《ホステス》がお見えだ。おはようございます、マントさん。ツツジが見事ですね。リーゼッケさん、おはよう。イギリスにも見事な花が咲きますでしょう?」

「悪くないですって?」

「その通り。わたしに来た手紙はハワーズ・エンドについてなんだ。ブライスが海外赴任になって、あの家を誰か別の人間に又貸ししようとしている。これを許してはいけないと思う。契約にそんな条項はないからね。又貸しは良くない。もしもブライスが適当な借り手を見つけたら、いったん契約は解除してしまおうと思う。ああおはよう、シュレーゲル君。又貸しするよりその方がいいと思わないか?」

ヘレンはもうマーガレットの手を離していたので、ヘンリーは皆のいる前を通り過ぎ、マーガレットだけを海の見える方へ連れて行った。眼下にはスワネージのような海辺の街ができるのを昔から待っていたような、小洒落《こじゃれ》た浜辺が見えた。そこに立つ波はどこか退屈で、ボーンマスから来た蒸気船が艀《はしけ》に近づき大きな汽笛を鳴らしてみせる様子にも、特に面白味はなかった。

「又貸ししてしまうとまずいのは……」

「ごめんなさい、でもまずポーフィリオンについて聞きたいの。すごく心配で……ちょっといいかしら、ヘンリー」

マーガレットがひどく真剣な様子なのでヘンリーは自分の話をやめ、少しいら立った調子で一体どうしたんだ、と聞いた。

「チェルシーの川岸で、ポーフィリオンの経営状態が悪いと確かに言っていたわよね。だからわたしたち、バストさんにあそこは辞めるようにと伝えたの。今朝手紙が来て、あの人はその通りにしたらしいわ。それなのに今頃になってあそこは悪くない、って言うの？」

「良きにつけ悪しきにつけ、事務員が何か理由があって辞めるなら、別の職を見つけてから辞めるのでなければただの馬鹿者だ。同情できないね」

「もちろんそうしたのよ、カムデン・タウンにある銀行に転職ですって。デムスター銀行の支店よ。お給料はずっと少ないけれど何とかやっていきます、って書いてきたそうよ。大丈夫かしら？」

「デムスターか！　もちろんだよ」

「ポーフィリオンよりいいかしら？」

「もちろん安全だとも。ポーフィリオンよりね」

「それを聞いて本当にホッとしたわ。お話の途中でごめんなさい……もしあなたがハワーズ・エンドを又貸しすると……？」

「いやブライスが又貸しするとだ、わたしはこれまでのように目を光らせておけなくなる。理屈の上ではハワーズ・エンドは今以上にひどくなることはないだろう、だが現実には何が起こるか分からない。金を出して修理すればいい、というわけにはいかないこともあるからね。例えばあの立派な楡の木に何かがあると困る。家のすぐそばにあって……マーガレット、いつかあそこに行ってみなければ。それなりにきれいな場所だよ。ロンドンから自動車で行ってチャールズたちと昼を食べればいい」

「まあ楽しそう」マーガレットは明るく言った。

「次の水曜はどうだろう？」

「水曜日？　それは無理よ。ジュリー叔母様はわたしたちが少なくともあと一週間は滞在すると思っていらっしゃるわ」

「しかし、こうなったからには計画を変更しても……」

「いいえ……それはできないわ」少し考えてマーガレットは言った。

「分かった、じゃあわたしから話してみよう」

「この滞在はとても大事なものなの。叔母様は毎年楽しみにしていらっしゃるのよ。準備のために家中をひっくり返したような騒ぎになって。わたしたちの親しい友達も招いて下さるの。フリーダと叔母様はお互いのことをそれほどよく知らないから、わたしとヘレンが帰ってしまうわけにはいかないわ。ロンドンに出向くために一日留守にしたし、十日間丸々滞在しなかったら叔母様は傷つくと思うわ」

「だからわたしから話すから心配しなくていい」

「ヘンリー、わたしは帰らないわよ。意地悪を言わないで」

「でもハワーズ・エンドを見たいだろう？」

「それはすごく見たいわ。あれこれたくさん話を聞いているもの。その楡の木には豚の歯が刺さっているんじゃなかったかしら？」

「豚の歯だって？」

「それでその木の皮を嚙むと、歯が痛いのが治るって聞いたわ」

「妙な話だ、聞いたこともない」

「じゃあ別の木と勘違いしているのかもしれないわ。そういう不思議な木が今もあちこちにあるんじゃないかしら」

ヘンリーはこれには答えず、マーガレットがマント夫人に話をしに行くのを待ち、夫人の声が離れたところから聞こえてきた。そこにヘレンが話しかけてきた。

「ウィルコックスさん、ポーフィリオンのことですけれど……」と言って顔を真っ赤にしている。

「それはもういいのよ」戻って来たマーガレットが言った。「デムスター銀行の方が良い勤め先なんですって」

「でも、ポーフィリオンは経営状態が悪くてクリスマス前には破綻するっておっしゃっていましたよね」

「そうでしたかね？　その時はまだ料金協定に入っていなかったから、妙な方針を取らなきゃならなかったんですよ。いまは入りましたから安泰です」

「それじゃあ、バストさんは辞める必要はなかったんですね」

「まあそうです」

「そして別の場所に引っ越して、今までよりもずっと少ない給料で暮らす必要もなかった」

「バストさんは給料が減ったと書いていたけれど、〝ずっと〟かどうかは分からないわ」トラブルを予見したマーガレットが口を挟んだ。

「もともと貧しいのだから、少し減るだけでも大変なことに違いないわ。ええ、きっと悲惨よ」

ヘンリーはマント夫人と熱心に話していたので、ここまでは穏やかに聞いていたのだが、ヘレンのこの発言にハッとして言った。「何ですって？　わたしのせいだとおっしゃるんですか？」

「ヘレン、馬鹿なことを」

「あなたはまるで……」ここでヘンリーはちらりと腕時計を見た。「いいですか、わたしが言いたいのはですね。ある会社が、何かデリケートな交渉を進めているとします。あなたはその会社はそのプロセスを開示すべきだと考えていらっしゃる。ポーフィリオンは〝我が社は料金協定に参加するために全力を尽くしています。うまくいくか分かりませんが、それが債務超過を免れる唯一の手段なのです〟という具合にね。ヘレンさん、一体そんなことが可能だと思いますか……」

「それがおっしゃりたいこと？　わたしが言いたいのは貧しい人がもっと貧しくなった、ということです」

「もちろんその方には気の毒ですが、よくあることです。人生の戦いの一部なんですよ」

「貧しい人が」とヘレンは繰り返した。「わたしたちのせいでもっと貧しくなったんです。この場合〝人生の戦い〟というのは当てはまらないんじゃないかしら」

ヘンリーは穏やかに抗議した。「まあまあ、あなたのせいではないですよ。誰のせいでもない」

「どんなことにも個人の責任はないっていうお考えなんですか？」

「そうは言いませんが、あなたはこの出来事を大げさに考えすぎていらっしゃる。その男っていうのは誰なんです？」

「もう二度もお話ししましたわ」とヘレン。「それにお会いになったことだってあります。とても貧しくて、頭の悪い奥さんがいるんです。もうちょっとましな暮らしができるのに。わたしたちは……その、上の階層の者として多くの知識があるわけですから、何かしてあげられることがあると考えたんです。その結果がこれだわ！」

ヘンリーは指を一本立てた。「じゃあ忠告しましょう」

「忠告なんていりません」

「いえ、聞いて下さい。貧乏人に対して感傷的になるのはおやめなさい。マーガレット、君も妹さんをもっと気に掛けてあげなければ。貧しい者は貧しい者で、それは気の毒だがどうしようもない。文明が前に進んで行く時、そのしわ寄せがあちこちに及ぶことに対して、誰かしらに個人的な責任があると考えるのは馬鹿げていますよ。あなたもわたしも、ポーフィリオンのことをわたしに教えた人間も、その情報源になった人間も、ポーフィリオンの重役たちも、誰にもその事務員の給料が減ったことへの責任はない。単なるしわ寄せなんです……どうしようもない。それにもっと悪い事態だって起こりえたわけです」

ヘンリーが話を続ける間、ヘレンは怒りで震えていた。

「寄付するのはいいですよ、たんとなさい。でも社会改革なんていう愚かな計画に呑まれてはいけない。わたしは随分と裏側を見てきましたがね、社会問題なんてものは断じてない。ジャーナリストたちが食い扶持《ぶち》を稼ぐために書き立てているだけです。金持ちと貧乏人がいる、これまでもこれからもずっとそうだ。人間が平等だった時代を挙げることができます？」

「わたしはそんなことを言ったわけじゃ……」

「平等を目指すことで人類がより幸福になった時代がありましたか？ そんなものはないでしょう。いつだって富める者と貧しい者とがいた。わたしは運命論者ではないですよ、とんでもない！ だがこの文明を作り上げるために非人間的な力が働いているんです」ここでヘンリーの声は満足げな調子になった（個人的なものを排除しようとする時、いつもそうなるのだ)。「これはこの先も変わらないでしょうし、なんだかんだ言っても文明は全体として発展している、そうじゃありませんか？」と、最後はどこか恭しい調子で言った。

「それも神の御業《みわざ》によるものなんでしょうね」とヘレンが言い返した。

ヘンリーはヘレンをじっと見た。

「お金持ちはお金をかき集めるだけで、後のことは神様がやって下さるってわけですね」

この子がこんな当世風の、病的な形で神の話題を持ち出してくるなら諭しても無駄だ。最後まで父親のような態度を崩さずに、ヘンリーはその場を離れマント夫人と話をしに行ったが、内心「ヘレンは何だかドリーに似ているな」と思っていた。

ヘレンは海の方を見つめた。

「政治経済についてヘンリーと話しちゃダメよ」とマーガレットが言った。「最後には泣かされるんだから」

「あの人も、科学と宗教を一緒くたにしている人たちのお仲間みたい」ヘレンはゆっくりと言った。「ああいう人たちって嫌いよ。科学的な考え方をして、弱肉強食だなんて言って自分のところの事務員の給料を下げて、それで自分たちの快適な暮らしを脅かす人間の自立を阻むの。それでいて何とかして……いつもはっきりとしない〝何とかして〟なの……良い結果に終わると思っている。どうしたらそんな風に思えるのか分からないけれど、今バストさんみたいな人たちが苦しんでいる分、未来のバストさんたちは幸せになると信じているの」

「理屈の上ではそうなるわね。でもヘレン、それはあくまで理屈よ」

「でもメッグ、なんてひどい理屈なの！」

「ヘレン、あなたってどうしてそう手厳しいのかしら？」

「きっとわたしが哀れな独身女だからね」と言い、ヘレンは唇を噛んだ。「自分でもどうしてこうなるのか分からないわ」そう言うと、ヘレンはマーガレットの腕を振り切って家の中に入っていった。マーガレットはこういう一日の始まり方に心を乱され、ボーンマス汽船が海上を進んで行くのを眺めた。バストさんの不幸な出来事のためにヘレンの神経は逆撫でされ、ヘンリーに対する礼儀を忘れかけている。そのうち妹は爆発するかもしれず、そうしたらヘンリーだってさすがに気づくだろう。ヘンリーをここにいさせてはいけない。

「マーガレット！」マント夫人が呼んだ。「ウィルコックスさんがおっしゃるんだけど、週明けにはここを発ちたいって本当かしら？」

「発ちたいわけではないわ」マーガレットはすぐに言った。「でも決めなくちゃならないことが本当にたくさんあって、チャールズたちにも会いたいの」

「でも、ウェイマスにも行かずに？　まだラルワースにも行ってないじゃないの」と言いながら、マント夫人はこちらにやってきた。「もう一度ナイン・バロウズの丘にも行ってみたいし」

「ごめんなさい、難しいと思うわ」

ヘンリーもそこへやって来た。「良かった、うまくいったようだね」

マーガレットは優しい気持ちになり、二人の肩に手を回すと、ヘンリーの黒く光る瞳の奥を覗き込んだ。この自信にあふれたまなざしの奥には何が潜んでいるのだろう？　マーガレットには分かっていたが、不安になることはなかった。

第23章

大切なことを先延ばしするのは嫌なので、マーガレットはスワネージを離れる前の晩にヘレンをしっかり叱っておいた。そして、婚約に反対していることではなく、なぜ反対かをはっきりさせないことで妹を責めた。ヘレンもまた率直に応じた。「そうね」自分の内面を探るような様子でヘレンは言った。「はっきりさせていないわね。でも自分でもどうしようもないの。人生ってそういうものなのかもしれない」ヘレンはこのごろ無意識の自己というものに過剰な関心を抱いていた。人生はパンチとジュディの人形劇[1]のようなもので、人間は目に見えない誰かに操られて恋をしたり戦争をしたりする操り人形だと言っていた。マーガレットは、その見方にこだわると、それ

1　イギリスの盛り場などで昔から人気を集める滑稽な操り人形劇。パンチとジュディは夫婦で、皮肉で残酷な内容も多い。

もまた個人的なものを排除することに繋がってしまうと言った。ヘレンはしばらく黙っていたが、やがて堰を切ったように妙なことを言い出し、話向きは一変した。

「あの人と結婚すればいいわ。お姉さんは素晴らしいもの。誰かにできるとすればそれはお姉さんよ」マーガレットはそんなに大げさなものではないと言ったが、ヘレンは続けた、「いいえそうじゃないわ。わたしはそれがポールとできなかったのよ。わたしにできるのは易しいことだけ。相手を魅了して、魅了される。わたしには難しい関係を結ぶことはできないし、したくもないの。もしいつか結婚するとしたら、相手はわたしをコントロールできる強い男か、わたしがコントロールできるくらい弱い男でしょうね。そんな男の人がいるわけがないから、わたしはずっと結婚できないんだわ。それに結婚したとしても相手が気の毒よ、だってわたしすぐに逃げ出してしまうと思うから。そうよ！　わたしには教養が足りないから……でもお姉さんは違うわ。お姉さんはヒロインなのよ」

「まあヘレン、そんなことってある？　それじゃ気の毒なヘンリーはどうなってしまうのかしら？」

「お姉さんはバランスを取ろうとしていて、それって英雄的で、ギリシア的よ。お姉さんならうまくやれると思う。結婚して、あの人とやり合ったり、あの人を助けたりしたらいいわ。でもわたしからの助けも共感も当てにしないでちょうだい。これからは徹底して我が道を行くことにするわ。だって徹底的にやる方が簡単だから。あの人のことはこれからも嫌いだし、そう言ってやるわ。ティビーにも手加減はしないから。もし一緒に住むんなら、ティビーもわたしに我慢しなきゃいけないわね。でもお姉さんのことは今まで通り大切にするわ。わたしたちは真実の、本当の絆を築き上げてきたと思うの。純粋に精神的なもので、そこに疑いを差し挟む余地はないわ。偽りや疑いって、肉体や物質から始まるんだと思う。世間で言われているのは逆だけれど、それはやっぱり間違っているわ。わたしたちを悩ませているのは、目に見えるものよ。お金もそうだし、夫だとか家探しだとか。でもきっと何とかなるでしょう」

マーガレットはヘレンの愛情を有り難く思ってこう答えた。「そうかもしれないわね」全ての眺めは目に見えないものに通じる。これは間違いないが、ヘレンのやり方はあまりにそそくさと目に見えるものを締め出してしまう。それに会話の端々で現実とか、絶対的なものだとかが顔を出し、それと向き合わなければいけなくなる。自分は抽象的な話をするには年を取りすぎたのかもしれないし、ヘンリーの存在が自分をそうしたものから遠ざけているのかもしれないが、目に見える世界をこんなにも進んで遮断しようとする精神の在り方は、どこかバランスを欠いている気がする。目の前にある世界が全てだと思っているビジネスマンも、全く無意味だと考える神秘主義者も、こちら側とあちら側にいて、結局真実には到達できないのではないだろうか。「そうね、真実は中間のところにあるのよね」と以前マント夫人が分かったようなことを言っていた。でもそうではない。真実とは生きているものなので、何かと何かの中間地点にあるのではなくて、この両方の領域を常に探索することでしか見つからないし、最終的にはバランスを取ることが大事だとしても、初めからバランスを取ろうとするのは不毛だ。

マーガレットがこう話すと、ヘレンは時々賛成したり反対したりして、そのまま夜中まで話し続けたい様子だったが、マーガレットは荷造りをする必要があるので、話題をヘンリーのことに持っていった。ヘンリーを陰で悪く言うのはまだ許せるけれど、お願いだから人前では丁重に振舞ってちょうだい。これを聞いてヘレンは約束した。

「あの人のことは嫌いだけど、できるだけのことはするわ。だからわたしのお友達にも我慢してちょうだいね」

こうして話しているうちにマーガレットの心は軽くなった。二人が築き上げてきた内面の生活は強固なものだったので、こうした上辺のことであれば簡単に譲歩することができたのだ。だがそれはマント夫人にとっては信じられないことだし、ティビーやチャールズにはできないことだった。内面の生活も実際に「利益を生む」ことがある。長年にわたって、特に密かな目的があるわけでもなく自己を見つめてきたことが、突然実際に役立つ時が来たのだ。こういうことは西洋ではまだ稀だが、そんな瞬間があるということが、より良い未来を約束しているのではないだろうか。マーガレットにはヘレンの考えを理解することはできなかったが、妹と仲違《なかたが》いすることはないだろうと思って、少し気持ちを落ち着けてロンドンに戻ることができた。

翌朝十一時、マーガレットは「帝国西アフリカゴム会社」の事務所を訪れた。ヘンリーはこれまで自分の仕事内容を仄めかしはしたが、具体的に説明してくれたことはない。そのため富の出処《でどころ》についても、アフリカそのものと同様にどうもつかみどころのない曖昧さが漂っていたので、マーガレットはここへ来ることができて嬉しかった。しかし事務所を訪ねてみても、結局はっきりしたことは分からなかった。目に入るのは台帳やよく磨かれたカウンター、特に理由もなくあちこちに付いた真鍮《しんちゅう》の手すり、三連になった電球、ガラスや金網で仕切られたウサギ穴のようなところで働いている人々など、単に上辺に過ぎなかった。そして事務所の奥を覗いても、目に入るのは何の変哲もないテーブルとトルコ製の絨毯で、暖炉の上には西アフリカの地図が掛かっていたが、それもごくありふれたものだった。部屋の反対側にはアフリカ大陸全体の地図があり、それは脂身の部位を示すために印を付けた鯨のようだった。その隣にあるドアは閉まっていたが、ヘンリーが「強い調子の」手紙を口述している声が漏れてきた。ここがポーフィリオン火災保険会社かデムスター銀行、あるいはマーガレットがいつも世話になっているワイン業者の事務所であってもおかしくない。最近ではどこもまったく同じように見える。しかしマーガレットが見ていたのはヘンリーの会社の西アフリカ的なところではなく、おそらく帝国主義的な面で、これは彼女にとっていつも捉えどころのないものだった。

「ちょっと待って！」マーガレットの到着を聞いたヘンリーは声を上げた。そして呼び鈴を鳴らすと、チャールズが出てきた。

チャールズはその後、婚約を告げる父親からの手紙に礼儀正しい返事を書き、それは子どもっぽい怒りを表したイーヴィーの手紙より礼に適ったものだったし、未来の義母にも慇懃《いんぎん》に接した。

「どうもこんにちは。今日は家内がちゃんとしたお昼をご用意できるといいのですが」と、チャールズは始めた。「指示は出しておきましたが、いつもバタバタと暮らしているものですから。ハワーズ・エンドをご覧になったらまたお茶に寄って下さい。あの家をどう思われますかね。わたしはあそこは真っ平ごめんです。さあお掛けになって下さい……まあ狭苦しい、つまらない家ですよ」

「いえ、見せていただくのを楽しみにしています」マーガレットは、ヘンリーの婚約者という形でチャールズと再会したことに気恥ずかしさを覚えながら答えた。

「特に今は最悪の状態です。家を借りていたブライスの奴ときたら片付けも手配しないで、先週の月曜に海外に高飛びしてしまいましてね。あんなひどい状態は見たことがない。信じられませんね。一か月もいなかったのに」

「ブライスの奴め、ただじゃおかん」奥の部屋からヘンリーの声が聞こえてきた。

「一体どうしてそんなに急にいなくなってしまったんです？」

「病人で、あの家ではよく眠れないんだとか」

「まあお気の毒に！」

「気の毒なんてことがあるものか」と言いながら、ヘンリーがやってきた。「こっちの許可もなく勝手に〝空き家〟の立て札まで立てていったんだ。チャールズが引っこ抜いてやったがね」

「引っこ抜きましたとも」とチャールズ。

「追っかけ電報を打ってやったぞ、目の覚めるようなきついやつだ。あの男には今後三年はあの家を維持する義務があるからな」

「鍵は農家の方に預けてあります。うちでは受け取りたくなかったものですから」

「それはそうだ」

「ドリーが受け取りかけたけれど、ちょうど僕が居合わせたから良かった」

「そのブライスさんって、どんな方ですか？」

そんなことは父子にとってはどうでもよかった。ブライスは借家人だから、家を又貸しする権利はない。それ以外のことを考えて時間を費やすのは無駄だった。二人は彼の悪行についてしきりに文句を言い、それは例のきつい調子の手紙をタイプした若い女が部屋から出てくるまで続いた。ヘンリーは末尾に署名すると、「では出発しよう」と言った。

そして楽しい車の旅が始まったが、マーガレットにはどうも好きになれなかった。チャールズは最後まで礼儀正しく二人を見送り、帝国西アフリカゴム会社は一瞬で見えなくなった。あまり記憶に残るような道中ではなかった。おそらくは雲が厚く垂れこめた、灰色の空のせいだったかもしれない。あるいはハートフォードシャーが自動車旅行にはあまり向いていないからかもしれない。自動車を飛ばすあまり、ウエストモーランド[2]に気づかず通り過ぎてしまった紳士の話がなかっただろうか？　もし湖の多いウエストモーランドでさえ見落としてしまうようなら、じっくり見なければ良さが分からない土地はなおさらだ。ハートフォードシャーはイギリスらしさをごく控えめに湛えた土地で、川や丘による変化に乏しい。瞑想的なイギリス、と言ったら良いだろうか。もしドレイトン[3]がまだ生きていて彼の素晴らしい詩の続きを書くとしたら、ハートフォードシャーのニンフたちは朧《おぼろ》な姿で、髪もロンドンの煙で霞んだものとして描かれるだろう。自分たちの運命から悲しげに目を逸らして北の平原を見やり、その中心的存在はエジプトの豊穣の女神イシスでも、彼の詩に登場するニンフのサブリナでもなく、ゆったり流れていくリー川なのである。衣装にきらびやかなところはなく、踊り回ることもない。しかし彼女たちもまた、本当のニンフなのだ。

北街道はイースターで混み合っており、運転手は思ったほど飛ばすことができなかった。とはいえマーガレットにとっては速すぎるほどで、かわいそうにだんだん頭がクラクラしてきた。

「大丈夫さ」とヘンリーが言った。「そのうち自動車だって走り方を覚えるだろう。今やツバメが電線にだってとまるようにね」

2 イングランド北西部の旧州名。今日のカンブリア州南東部に当たる。湖水地方の一部。

3 マイケル・ドレイトン（一五六三―一六三一）はイギリスの詩人。イングランドとウェールズの地勢を謳った長詩『ポリ＝オルビオン』（一六一二、一六二二）で知られる。

「でも覚えるまでが大変よ……」

ヘンリーは答えた。「自動車がなくなることはないだろう。色々な場所に行けるんだから。ほらあそこにきれいな教会が……ああ、気分が悪いんだったね。道路を見ていると良くないから遠くの景色を見なさい」

そこでマーガレットは景色に目をやったが、窓の外ではまるで粥《かゆ》が煮立っているように景色が流れていき、やがてそれが冷えて固まった。目的地に着いたのだ。

左手にチャールズの家があり、右手に六つの丘が隆起していた。こんなにすぐそばにあることにマーガレットは驚いた。この六つの丘がヒルトンに近づくにつれ多くなる住宅の流れをせき止めていて、向こう側には牧場と森が見える。丘の下には勇敢な兵士たちが眠っている、とマーガレットは想像してみた。戦《いくさ》は嫌いなのに兵士たちは好き、というのが彼女の愛すべき矛盾の一つだった。

えらくめかしこんだドリーが戸口に立って挨拶し、そこで雨粒がパラパラと落ちてきた。ヘンリーとマーガレットはふざけて家の中に駆け込み、客間で長く待たされてから、やたらとクリームを使った間に合わせの昼食にようやくありついた。話題の中心はブライス氏だった。ドリーは彼がハワーズ・エンドの鍵を持って来た時のことを話し、ヘンリーはドリーをからかったり、わざと反対のことを言ったりして面白がっていた。どうもここではドリーを笑い者にするのが習わしらしかった。ヘンリーはマーガレットのこともからかい始め、物思いに沈んでいたマーガレットは気分が良くなり自分もヘンリーをからかった。ドリーはこれに驚いたようで、物珍しそうにマーガレットを見ていた。食事の後に二人の男の子たちが連れてこられた。マーガレットは小さい子どもは好きではなかったが、二歳の子とは割と気が合い、この子に向かって大人に対するように話しかけたので、ドリーはケラケラ笑った。「さあ、この子たちにキスして出かけるとしよう」とヘンリーが言ったのでマーガレットは席を立ったが、キスはしなかった。ドリーがそれでは子どもたちがかわいそうですから、代わりに「いないいないばあ」とか、「おおよしよし」とか言って下さいな、とせがんだが、マーガレットは応じなかった。

この頃になると雨はしとしと降り続いていた。迎えの車が雨除けのフードをつけて現れ、マーガレットはまた空間の感覚を失った。数分後、車が止まってクレインがドアを開けた。

「どうしたの？」とマーガレット。

「さあどうしたのかな」とヘンリーが言った。

すぐ目の前に小さな玄関先が見えた。

「もう着いたの？」

「まあ、長い間ここはとても遠いところのように思っていたのに！」

「その通り」

微笑みつつも、どこかがっかりした気持ちで車から飛び降りると、目の前がもう玄関の扉だった。マーガレットが開けようとすると後ろからヘンリーが言った。「いや鍵が掛かっている。鍵は誰が持っているんだ？」

農家に寄って鍵をもらってくるのを忘れたのはヘンリー自身だったので、答えはなかった。それに表の門を開けたままにしたのは誰だ、道路の方から牛が迷い込んでクロッケーの芝生を傷めているじゃないか。ヘンリーは不機嫌になってきた。「マーガレット、そこなら濡れないから待っていなさい。鍵を取って来る、すぐそこだから」

「一緒に行きましょうか」

「いや、すぐ戻って来る」

自動車が来た道を引き返していくと、それはまるで舞台の幕が上がったようだった。マーガレットはこの日再び、大地が現れるのを目にしたのである。

かつてヘレンが手紙に書いていたセイヨウスモモの木があり、テニスのできる芝生があり、六月には野バラが咲き乱れる垣根もあったが、今はまだ黒々した枝にうっすらと芽をつけているだけだ。その向こうの窪地の辺りでは、より鮮やかな色合いが目に入る。黄水仙が端の方に点々と咲いていて、草地の上では群生している。チューリップはまるで宝石箱をひっくり返したようだった。楡の木はここからは見えないが、ヘレンが褒めていたブドウの蔓はもう柔らかな芽をつけて玄関先のポーチに絡みついていた。マーガレットはこの土地の肥沃さに心を打たれた。これほど美しく花が咲く場所があろうとは。玄関周りの雑草を何気なく引き抜くと、それさえも深い緑色だった。ブライスさんはどうしてこんなに美しい場所から逃げ出したのだろう？　マーガレットはすでに、ここを美しいと思っていた。

「悪い牛ね、あっちへ行って」マーガレットは近づいてくる牛に言ったが、本当に腹を立てているわけではなかった。

風はないが雨が激しくなってきて、チャールズが引き抜いて芝生の上に並べた不動産屋の立て看板に打ちつけ、飛沫を上げていた。さっきチャールズに会ったのは全く別の、そういうことが起こり得る世界だったに違いない。これはヘレンの好きそうな考え方だ。チャールズがいなくなり、全ての人が死に絶え、生きているのは家と庭だけ。目に見えるものには生命がなく、目に見えないものが生きている……そして二つの間には何の関わりもない！　マーガレットは微笑んだ。もし自分もヘレンくらい鮮やかな空想をする性質《たち》だったら！　あんな風に横柄に世の中を眺めることができたら！　微笑みながらもため息を漏らし、マーガレットは玄関の扉に手を掛けた。すると扉は開いた。はじめから鍵など掛かっていなかったのだ。

マーガレットは躊躇した。ヘンリーを待った方がいいだろうか？　資産に思い入れのあるタイプだから、自分で中を見せたいと思うかもしれない。でも濡れないところで待つように言われたし、玄関先のポーチにも雨が吹き込んできている。そこでマーガレットが家の中に入ると、風圧で扉が勝手に閉まった。

家の中は荒れていた。玄関ホールの窓ガラスには指紋が付き、汚れた床の上に配管やゴミが残されていた。人々が荷物を抱えてあちこちに移動する文明がここに一か月滞在し、そして去って行ったのだ。右手の食堂と左手の客間は壁紙で区別がつくだけで、今はどちらも雨宿りのできる部屋にすぎなかった。どの部屋も天井に梁があって、食堂と玄関ホールのものはむき出しになっていたが、客間のでは板で目隠しがしてあった。人生の真実はご婦人たちからは見えないようにしておかなければ、というわけだろうか？　客間、食堂、玄関ホール……こうした名前には何の意味もない！　あるのは子どもが遊んだり、友人が雨宿りしたりできる三つの部屋だけ。家の中も美しい、とマーガレットは思った。

向かい側にある二つのドアのうちの一つを開けると、壁紙が白い漆喰に変わった。ここから先は使用人たちのスペースだったが、マーガレットはほとんど気に留めなかった。そこにあるのも、友人たちを雨から守ってくれる部屋なのだった。裏庭が見え、サクランボやスモモの花が咲き乱れていた。その先には牧場と、黒々した松の木立が少しだけ見えた。牧場も美しい、とマーガレットは思った。

雨に降りこめられたこの家で、マーガレットは自動車によって奪われた空間の感覚を取り戻した。百平方マイルの土地は十平方マイルの十倍素晴らしく、千平方マイルの広さがあればもう天国だ、というわけではないことを思い出したのだ。ロンドンが生み出す大きなものを良しとする考え方の亡霊は、ハワーズ・エンドの玄関から台所まで歩を進め、雨樋《あまどい》を伝う雨水があちらこちらへ流れ落ちる音を聞くうちに、永久に消え去った。

そしてマーガレットはヘレンのことを思った。パーベックの丘の小高い所に立ち、「でもきっと何かを失うわ」と言っていた。本当にそうだろうか？　例えば、このドアを開けて二階へ続く階段を上がれば、自分の王国は倍に広がるのではないだろうか。

マーガレットはヘンリーの事務所で目にしたアフリカの地図を思った。帝国主義の国々や、自分の父親のことも。この身体には二つの優れた国の血が流れているが、混ざり合うことで冷静に考える力を与えてくれている。マーガレットが玄関まで引き返そうとした時、誰かの足音が家中に響いた。

「ヘンリー？」

答えはなかったが、また足音が響いた。

「ヘンリー、戻って来たの？」

その音はまるで家の中心部が脈打っているようで、最初はかすかだったが次第に大きく勇ましくなり、雨の音をかき消した。

マーガレットのしっかり養分を与えられた想像力は、飢えた想像力のように恐れを抱くことはなかった。階段に続くドアをさっと開けると、まるで太鼓のように大きな音を立てて老女が階段を下りてきて、背筋をすっと伸ばし平然とした顔でこう言った。

「まあ、ルース・ウィルコックスかと思いました」

マーガレットはしどろもどろになった。「わたし？　わたしが……ウィルコックスの奥様だと？」

「もちろん想像しただけですよ。歩き方が似ていますから。では失礼」そう言って老女は雨の中を出て行った。

第24章

「マーガレットが仰天してしまってね」お茶の時間にドリーにこの出来事を話して聞かせていたヘンリーが言った。「まったく君たち女っていうのは意気地なしだね。もちろん、ひとこと言ってやったよ。エイベリー婆さんときたら……マーガレットは怖い思いをしただろう。わたしが行ったら雑草を握ったまま立ち尽くしていたじゃないか。エイベリー婆さんだって、あの妙ちくりんな帽子をかぶって急に階段を下りて来たりせずに、まず声を掛ければ良かったんだ。わたしは玄関先ですれ違ったよ。あの出で立ちには自動車でも驚くさ。自分を個性的に見せたいんだろうが。歳を取って独り身の女にはよくあることさ」ここでヘンリーはタバコに火をつけた。「それが最後の拠り所なんだろう。一体あそこで何をしていたんだか……まあそれもブライスの問題で、わたしは知らんがね」

マーガレットは言った。「わたし、怖がるほど馬鹿じゃないわ。家の中はずっと静かだったから驚いただけよ」

「幽霊が出たと思いました？」とドリーが聞いた。ドリーにとって目に見えない世界に関係ありそうなのは、幽霊と教会へ行くことくらいなのだ。

「そんなことはないわ」

「だが怖がっていたのは確かだ」女性が怖がりなのは良いことだと思っているヘンリーが言った。「かわいそうに！ それに怖がって当たり前だ。教育を受けていない人間っていうのはどうしようもないな」

「ミス・エイベリーは教育を受けていないんですか？」と聞きながら、マーガレットはドリーが下手くそに飾りつけた客間を眺めた。

「農家の出身でね。ああいう女は何でも当然だと考えるんだから……君が自分のことを知っているのも当然。玄関のところにハワーズ・エンドの鍵を全部置いておけば、君が家に入った時に気づき、最後に戸締りをして自分のところに返しに来るのも当然、と思っていたんだよ。その頃農家では婆さんの姪っ子が必死に鍵を探していたんだ。教育のない人間は全く行き当たりばったりでかなわん。昔のヒルトンはあの婆さんみたいな人間ばっかりだったんだ」

「わたしはそういうの、嫌いじゃないわ」

「ミス・エイベリーはわたしに結婚祝いまでくれたんですよ」とドリーが言った。

これは今回の件とは直接関係ないが面白い話で、マーガレットはこんな風にドリーを通じ色々知ることになるのだった。

「チャールズは別に気にするなと言うんですけれど。ミス・エイベリーはチャールズのおばあさまを知っていたんだから、って」

「また思い違いをしているみたいだね、ドリーさん」

「ああ、ひいおばあさまでしたわね。お母様にあの家を遺した方。ひいおばあさまも、おばあさまも、ハワーズ・エンドがまだ農家だった頃にミス・エイベリーと親しくされていたのですよね」

ヘンリーは一筋の煙を吐き出した。亡き妻に対する彼の態度は一風変わっていて、話題にしたり、周囲が話すのを聞いたりはするのだが、決してその名を口に出すことはしなかった。そして彼は、おぼろな古き良き時代にも関心を抱いていない。しかしドリーは昔の話に興味があったし、それは次のような理由からだった。

「お母様にはお兄様がいらして……伯父様だったかしら？　とにかく、その方がミス・エイベリーに結婚を申し込んだけれど、あの人は断ったそうなんです。ちょっと想像して下さいな、もし承諾していたらミス・エイベリーはチャールズの叔母様になっていたんですよ！（まあ、これは面白いわ。〝チャーリーの叔母様〟[1] なんて！　今夜夫が帰ったらそのことでからかってやりますわ。）それでその男の方は外地に行って亡くなったんですって。名前を思い出したわ、トム・ハワードよ。その方が一族で最後の嫡男だったの」

「確かそうだったね」ヘンリーがさほど関心もなさそうに言った。

「そうだわ、ハワーズ・エンドでハワード家が終《エンド》わり。今日のわたし、何だか冴えていると思いません？」

「それよりクレインが終わったか聞いてくれないかね」

「まあお父様ったら」

「あいつの休憩が済んだら出発しないといけないからね」そしてマーガレットだけに言った。「ドリーはいい子だが、たまに会うくらいがちょうどいい。金をもらっても近くに住むのはごめんだよ」

これを聞いてマーガレットは笑ってしまった。ウィルコックス家の人たちはよそ者に対しては結束するくせに、お互いやその所有物の近くに住むことはできないのだ。彼らは植民者の精神を持ち、一人気ままに白人の責務[2]を果たせる場所を常に求めているのだ。だからこの若夫婦がヒルトンにいる限り、ハワーズ・エンドに住むことはできないだろう。マーガレットには、なぜヘンリーがその案に反対しているのかがはっきり分かった。

クレインはお茶を終えていたので、車庫へ車を取りに行かされた。ヘンリーの車から泥水が流れ落ち、チャールズの車を汚していた。土砂降りの雨は六つの丘にもしっかりとしみ込んで、我々の忙しない文明の様子を伝えただろう。「この丘は面白いんだがね、今は車に乗ろう。またの機会に見たらいい」ヘンリーは午後七時か、できれば六時半までにはロンドンに戻らなければならなかった。車に乗るとマーガレットはまた空間の感覚を失い、木々や家や人や動物や丘が全部混ざり合い、一つの汚らしい塊になって、気がつくとウィカム・プレイスに着いていた。

その晩は心地よく過ぎていった。この年マーガレットにずっと付きまとっていた絶え間なく動く潮のような感覚はしばし消え去り、荷物や自動車、そして多くを知っているのに何も結び合わせようとしない、忙しない現代人のことを忘れることができた。地上の美の 礎《いしずえ》となる空間の感覚を取り戻し、マーガレットはハワーズ・エンドから

1 当時人気のあった喜劇のタイトル。一八九二年初演。
2 白人は他の人種を文明化する責務を果たすべきだという、西洋人の世界進出や支配を正当化する理念。キプリングが一八九九年作の詩の一節に用いたのが起源。

イギリス全体を想像しようとした。しかしこれはうまくいかなかった。深い洞察《ヴィジョン》は努力によって訪れることがあるが、努力したからといって必ず得られるものではないのだ。だが思いがけず自分が住んでいるこの島への愛が生まれ、こちら側では感覚的な喜び、あちらでは目に見えない何かと結びついた。それはヘレンや自分の父親は前から知っていて、レナード・バストが気の毒にも探し求めているものだったが、マーガレットは今日の午後まで気づかなかった。この島への愛は間違いなく、ハワーズ・エンドを訪ね年配のミス・エイベリーと会ったことを通じて生まれたのだ。その体験を〝通じて〟というところにマーガレットは心を打たれた。彼女の精神は愚かな人間だけが言葉にしようとする結論へと向かい、それからまた温かなところへ戻ってきてハワーズ・エンドの赤レンガを思い、セイヨウスモモの木に花が咲いていたことや、あの場所に満ちていた春の歓びのことを考えた。

ミス・エイベリーが立ち去った後、ヘンリーはマーガレットが落ち着くのを待って家全体を案内し、各部屋の用途や広さ、この小さな地所の歴史を説明した。「半世紀くらい前に資本が投下されていれば良かったんだが。そうすれば土地は今の四倍から五倍、十二万平米はあっただろう。そうすればどうにかなったんだが……小ぢんまりとした庭園を造るか、少なくとも生垣を作って、もっと道路から離れたところに家を建て直すこともできた。だが今となっては何ができる？　残っているのは牧場だけ、それも最初はえらい額の抵当に入っていたんだ。家だって抵当に入っていたんだよ。まったく冗談じゃない」ヘンリーの長広舌を聞きつつ、マーガレットは若き日のルース・ウィルコックスとその母親が、自分たちが受け継いだものが崩壊していくのをなす術《すべ》もなく見ているところを想像した。二人にとってヘンリーの登場は救いの手のように感じられただろう。「管理が悪かったせいだ。それに小さな農園の時代は終わったんだよ。集中的な栽培を行わない限り利益が出ないからね。小区分農地だとか土地へ還れ、なんていうのは博愛主義者のたわごとだよ。大体ね、チマチマやっても利益は上がらない。ここから見える土地のほとんどは（この時二人は二階にいて、一つだけある西向きの窓から外を眺めていた）私有でね。銅で大儲けした一族のものなんだが、これが良い人たちでね。そしてあの枯れたオークの木が見える辺りが共有地で、かつてはエイベリー農園やシシー農園があったんだが、そういう小規模なものはどんどん廃れていった。ここもそうだったよ、少なくとも駄目になりかけていた」そこにヘンリーが現れてハワーズ・エンドを救ったのだ。優れた感情や深い洞察があってのことではないにせよ、救ったには違いない。マーガレットはそういう行いをしたヘンリーに愛情を感じた。「色々させてもらえるようになってからは、できるだけのことはした。家畜二頭とその子ども、皮膚病にかかったポニーと時代遅れの道具類は売り払った。離れ家は取り壊し、排水を整備して、数えきれないほどのテマリカンボクやらニワトコやらを剪定した。家の中では台所だったところを玄関ホールにして、搾乳場だった裏手に台所を作ってね。車庫やなんかを作ったのはその後だ。今でも農家だったことは分かるだろうさ。芸術家気取りの連中がやってきて住むような家でもないがね」ヘンリーの言う通りだった。この場所の良さがヘンリーに理解できないとすれば、芸術家気取りの人たちにはもっと分からないだろう。ハワーズ・エンドはイギリス的で、窓から見える楡はイギリスの木なのだ。その素晴らしさは、マーガレットが思っていた以上のものだった。この木は戦士でも恋人でも神でもなかった。イギリス人はこうした役割に秀でているとは言えない。そうではなくて、この楡の木は僚友なのだ。隣に立つ家の方に傾《かし》いで包み込み、根の部分には力と冒険心を湛えつつ、枝先には優しさを宿している。幹回りは十数人の男が手を繋いでも届かないほど太いが、枝先はごく細く、かすかな色合いの芽が集まって空中に浮かんでいるように見える。そう、この木は僚友だ。家も木も共に、いかなる性別の比喩も超越していた。マーガレットは今こうして家と木のことを考えていて、その後も風の強い夜や、ロンドンで過ごす日中によく思い出すことになる。どちらかを男、もう一方を女に喩えると、どうしてもそのイメージは損なわれてしまった。とはいえ、家や木が伝えるメッセージは人間的なものだった。それは永遠の世界から来るものではなく、墓のこちら側にある希望を指し示していた。家の中から楡の木を見ていると、より良い人間関係の在り方がほのかに光るようだった。

この日の出来事はもう一つあった。少し庭に出てみたところ、ヘンリーが驚いたことに、マーガレットの話は本当だったのだ。楡の木の皮には豚の歯が刺さっていて、先端が白く覗いていた。「驚いたな！　いったい誰から聞いたんだ？」「ある冬、ロンドンで」というのがマーガレットの答えだった。彼女もまた、ウィルコックス夫人の名を口にすることを避けていた。

第25章

イーヴィー・ウィルコックスはテニスのトーナメントに出る直前に父親の婚約を知らされ、そのせいでプレーが滅茶苦茶になってしまった。自分が結婚して父親を後に残していくのは当たり前のように思っていても、一人になった父親が同じことをするのはどこか裏切りだと感じられた。そしてチャールズとドリーはそれを自分のせいにするのだ。「こんなことになるなんて夢にも思わなかったのよ」と、イーヴィーはこぼした。「お父様はあの人たちを時々訪ねる場合はわたしも連れて行ったし、シンプソンでの食事に招待するようにも頼まれたけれど……本当にもう、お父様なんて知らないわ」これは母の思い出に対する冒瀆《ぼうとく》だ、ということで皆の意見は一致し、イーヴィーは「抗議のために」母親の形見のレースと宝石類を返す、と言った。何に対する抗議なのか明らかではなかったが、まだ十八歳のイーヴィーには、何かを放棄するというのは良い案に思えたし、実のところ宝石もレースもそれほど好きではなかったのだ。ドリーは、イーヴィーとパーシー叔父様が破談になったふりをしたら、お父様もミス・シュレーゲルと喧嘩をして婚約を破棄するかもしれないわ、と言った。それかポールに電報を打ったらどうかしら。しかし、ここでチャールズが馬鹿な話はやめろと言った。そしてイーヴィーはできる限り早く嫁入りすることに決まった。あの詮索がましいシュレーゲルの奴らとはなるべく付き合わない方がいい。そういうわけで結婚の日取りは九月から八月に早められ、お祝いの品をもらう喜びでイーヴィーはかなり機嫌を直した。

マーガレットはこの結婚式に出席し、しかもヘンリーの婚約者として大事な役どころを務めることになった。自分の周りの人たちを知ってもらうのにまたとない機会だ、とヘンリーが言うのだ。サー・ジェイムズ・ビッダーが来るし、カヒル家とファッスル家も勢ぞろいする。義理の妹、ウォリントン・ウィルコックス夫人も、ちょうど世界一周旅行から戻ってきたところだ。マーガレットはヘンリーのことは好きだったが、その周りの人間となると話は別だった。ヘンリーは自分の周囲に感じの良い人たちを集めることは苦手なようだった。実際、有能で徳のある男としては、彼の人を見る目は全く当てにならないと言わざるを得ない。ごく平凡な人間が好きだという以外に、方針もなにもなかったのである。友人選びは人生の大切な要素なのに、まったく行き当たりばったりなので、投資においては成功しても友人選びの方は概してまずいことになった。「誰々はいい奴だ。ものすごくいい奴だ」と聞かされていたのに、実際に会ってみると単に粗野な人間だったり、退屈な相手だったりすることばかりだった。こうした人たちにヘンリーが本当に愛情を示しているならば、マーガレットにもまだ理解ができた。人間関係においては愛情が全てだからである。ところがヘンリーにはこうした感情もないようだった。「ものすごくいい奴」のことを急に「あいつは大して役に立たなかったし、今となってはもっと役立たずだ」などと言って、あっさり忘れてしまうのだ。マーガレットも女学生の頃には同じことをしていたが、今では一度関心を抱いた相手のことは決して忘れることがなかった。関係を保つよう心がけ、それによって傷つくこともあったが、ヘンリーにもいつかは同じようにしてほしい、と思った。

イーヴィーが嫁いだのはデューシー・ストリートの家からではなかった。田舎風が好きだったし、そもそも八月には誰も彼もがロンドンを留守にしている。そこでイーヴィーの荷物は数週間オニトンの屋敷に置かれ、結婚予告もそこの地元の教会に掲示された。赤茶けた丘の間で夢見ているようなこの小さな町も、数日の間は文明が立てる騒音で目を覚まし、自動車が通れるように道端に身を寄せることになった。オニトンはヘンリーが見つけた場所だったが、実のところあまり満足していなかった。ウェールズとの境に近くかなり行きづらいため、特別なところのある土地だと思ったのだ。屋敷の敷地内には廃墟になった城もある。しかしオニトンに行ったところで特にすることがないのだ。狩りに向いている場所ではないし、釣りをするにも良くない。女たちは景色も別にどうということはないと言う。まったく忌々しい、シュロップシャーの中ではあまりいい場所ではなかったということになり、自分の屋敷についてさすがに表立って批判することはなかったものの、内心では早く誰かに貸してその後で思い切り悪口を言ってやろうと思っていた。だからイーヴィーの結婚式は、オニトンが世間にお目見えする最後の機会になった。借り手が見つかるとすぐに「大して役にも立たなかったし、今となってはもっと役立たず」な家になり、ハワーズ・エンドのように忘れ去られる運命にあった。

しかしマーガレットにとって、オニトンはその後もずっと心に残る場所になった。結婚したらここに住むと思っていたので、最初が肝心だと思って地元の牧師たちとの関係にも気を遣い、できれば地元の人々の生活ぶりも見たいと願った。オニトンはイングランドでは最小規模の市場町で、人家もまばらな谷あいに住む人たちに昔から利用され、ケルト人からイングランドを守る役割も果たした。今回は結婚式という心浮き立つイベントなので、ロンドン市内のパディントン駅から貸切車両に乗り込むと、陽気に騒ぐ一行に少し気が遠くなったが、マーガレットの感覚はしっかり目覚めて周囲を観察していた。そしてオニトンは、何かの始まりだと思っていたが結局そうではなかったことの一つになるのだが、マーガレットはこの町と、そこで起こった出来事をその後も忘れることはなかった。

ロンドンから乗り込んだのは八人だけだった。ファッスル家の父親と息子、プリンリモン夫人とエドサー夫人というインド帰りのご婦人たち、ウォリントン・ウィルコックス夫人と娘、そしてもう一人、どの結婚式にも一人はいるような物静かで賢そうな少女がいて、次に花嫁になるというマーガレットのことをじっと観察していた。ドリーはいなかった。出産が近いのでヒルトンに残ることになったのだ。ポールからはユーモアのある祝電が届いた。チャールズは先に行っていて、シュルーズベリーの駅で車三台を用意して一行を迎えることになっていた。ヘレンは招待を断り、ティビーは返事を寄こさなかった。ヘンリーが手掛けたことらしく全てが行き届いていて、その陰には彼の思慮と寛大さがあることが感じられた。列車に乗り込んだ時から、この面々はヘンリーの招待客ということになったのだ。荷物には特別なラベルが貼られ、案内人がいて、特製のランチが振舞われる。一行はただただ満足して、きれいな人なら小ぎれいな顔をしていればいいのだ。マーガレットは自分の結婚式のことを考えて暗い気持ちになってきた。おそらくはティビーが取り仕切ることになるのだろう。「シオバルド・シュレーゲル氏[1]とヘレン・シュレーゲル嬢は、姉マーガレットの結婚に際してプリンリモン夫人にご列席を賜りたくお願い申し上げます」などという決まり文句がこれから書かれるとは信じ難いが、もうすぐこの文章を印刷し、発送しなければならないのだ。そして、オニトンと張り合う必要はないものの、ウィカム・プレイスでも招待客にはきちんとした食べ物を出さなければいけないし、イスも揃えなければならない。自分の結婚式はいい加減なものになるか、ブルジョワ風のものになるかのどちらかで、それならばまだ後者の方がいい、とマーガレットは思った。今ここで自分が経験している、ほとんど美しさすら感じさせる手際の良さで繰り出されるもてなしは、自分や友人たちにはとてもできそうにない。

グレート・ウエスタン急行が立てる低い振動音は会話を妨げることなく、旅は快適に進んでいった。男性二人は大変に親切で、ご婦人方のために窓を上げ下げし、使用人用の呼び鈴を鳴らし、オックスフォードを通過する時にはコレッジの名前を教え、

1　シオバルドはティビーの本名。ティビーは家族が彼を呼ぶ愛称である。

本や小銭入れが床に落ちそうになるのを防いだ。しかしこうした礼儀正しさに気取ったところはなく、パブリック・スクール風で、[2]行き届いてはいたが男気を感じさせるものだった。ウォータールーの戦い以上のものがパブリック・スクールのグラウンドで勝ち取られた、[3]ということになり、マーガレット自身はこうしたものにあまり魅力を感じなかったが敬意は払い、コレッジの名前が間違っていても何も言わなかった。

「神は人類を男と女とに創造された」――シュルーズベリーまでの鉄道の旅は、このいささか疑わしい聖書の言葉が正しいことを示し、至極快適な旅を保証するこの窓付きの長い車両は、男と女について考えるのに格好の温室のようなものだった。

シュルーズベリーに着くと、空気が新鮮だった。マーガレットは観光がしたかったので、他の人たちがホテル・レイヴンでのお茶を終える前に車を借り、この驚くべき場所を急いで回ってみた。運転手はいつもの忠実なクレインではなくイタリア人で、わざとマーガレットに遅刻をさせようとしているようだった。戻ってみると、時計を手にしているが表情は平静なままのチャールズがホテルの前に立っていた。全く問題ありませんよ、あなたが最後ではありませんから。それから喫茶室に飛び込むとこう言うのが聞こえた。「頼むからご婦人方を急がせてくれ。いつになっても出発できないぞ」するとアルバート・ファッスルが返した。「僕には無理だね。もうできるだけのことはした」と言い、父親のファッスル大佐は、ご婦人たちはおめかしをしている、と言った。そこにマイラ（ウォリントン夫人の娘）が来て、チャールズにとってはいとこに当たるので彼女に小言を言った。マイラは洒落た旅行用の帽子を、これまた洒落た自動車用の帽子に替えてきたのだ。そしてウォリントン夫人が例のおとなしい女の子を連れて現れ、いつも最後になるのはインド帰りの二人のご婦人だった。使用人と案内人、そして重い荷物は支線を使って先にオニトンに近い駅に運ばれていた。しかし車にはまだ帽子の箱五つ、衣装用バッグ四つを積み込まなくてはならず、五人のご婦人方は塵除けの上着も着なければならなかったが、出発直前にチャールズがそん

2 私立の名門男子校のこと。当時はほぼ全寮制だった。オックスフォード大学やケンブリッジ大学への進学者が多く、エリート教育の代名詞でもある。

3 ウォータールーの戦いは一八一五年にイギリスやプロイセンなどの連合軍がナポレオンを破った戦い。連合軍を指揮したウェリントン卿は「ウォータールーの戦いはイートン校のグラウンドで勝ち取られた」と言ったとされる。イートン校はパブリック・スクールの代表格であり、パブリック・スクールで心身を鍛えたイギリス人が勝利を収めたことを称える言葉。作者フォースター自身もパブリック・スクール出身者であるが、規律や鍛錬を重視する教育方針には疑問も抱いていた。

なものはいらないと言い結局は脱ぐことになった。男性三人は常に機嫌よく全てを取り仕切った。夕方の五時半になってようやく出発の準備が整い、一行はウェルシュ橋を通ってシュルーズベリーを後にした。

　シュロップシャーの地形は、ハワーズ・エンドのあるハートフォードシャーほど平坦ではなかった。速度を上げて進んでいくとその魅力は半減してしまうが、車に乗っていても丘がずっと続いていることは分かった。やがて一行は行く手に見えていた山々に近づき、この山がセバーン川の流れを東向きに変え、イングランドの川にしていた。太陽がウェールズの前哨地の向こうに沈んでいき、夕日が正面に眩《まぶ》しくきらめいている。途中で招待客をもう一人乗せて一行は西へ向かい、起伏の激しいところは避けつつ、ところどころで小高い場所を通った。そうした丘の頂は丸く穏やかな形をしていて、低地とは植物の色合いが違い、輪郭もゆっくり変化していく。見え隠れする地平線の向こうで、日没という神秘が静かに進行していた。西の国ウェールズが何か秘密を抱えて退いていく。その秘密は知る価値のないものかもしれないが、実際的な人間には決して分からないものなのだ。

　一行は関税改革[4]について話をした。

　ウォリントン夫人は植民地の国々を訪ねて戻ってきたところだった。大英帝国を批判する者の多くがそうだが、夫人も結局は現地のご馳走で口封じされてしまったので、訪問先で受けた歓待に感激したことや、本国イギリスは植民地の英雄たちを粗末に扱ってはいけない、ということしか言えなかった。「彼らは本国との関係を絶つと言っていますよ」夫人は叫んだ。「そうしたらどうなります？　ミス・シュレーゲル、関税改革についてヘンリーの考えが妙な方に行かないように気をつけて下さいね。あなたが頼みの綱ですよ」

マーガレットは茶目っ気たっぷりに、実はわたしの意見は奥様とは反対なんですと言い、その間にも自動車は丘陵地帯に深く分け入って、めいめいが自分の持ってきたガイドブックの一節を披露し始めた。丘の輪郭は美しいとは言えず、印象的というよりは面白いと感じるようなものだった。てっぺんの辺りは薄ピンクで、まるで巨人が

4　二十世紀初頭のイギリスにおいて、関税改革は政策上の主要な論点の一つであった。与党である保守党内部では自由貿易を推し進める一派と、関税改革により植民地との貿易を保護しようとする一派が分裂し、一九〇五年末には自由党に政権が移っている。フォースターがこの作品の執筆に着手した一九〇八年頃にかけては、経済状況の悪化に伴い再び関税改革を支持する動きが活発化していた。この場面では、ウォリントン夫人は関税改革による保護貿易を支持し、マーガレットは自由貿易に賛成している。

ハンカチを広げて干しているように見えた。ところどころに岩や木立、「森」と呼ばれるが木はなく茶色い地帯もあり、その先には荒地が続いていたが、全体としては農地の緑色が目立った。気温が下がってきた。最後の傾斜を越えると眼下にオニトンの町が開け、教会や明かりがついてきらめく家々や城、そして川の流れる半島部分が目に入った。城のそばに灰色がかった大きな屋敷があり、知的な印象ではないが快適そうな建物で、敷地は半島の方まで延びていた。この屋敷は十九世紀初頭、まだイギリス人の国民性を表すような建物が作られていた時分、この国のあちこちに建てられたものの一つだった。アルバート・ファッスルが肩越しにあれがオニトン・グランジです、と言ったと思ったら急にブレーキを踏み、車は減速して止まった。「すみません」アルバートは振り向いて言った。「いったん降りていただけますかね……右側のドアから。落ち着いて」

「一体どうしたの?」ウォリントン夫人が尋ねた。

後ろの車が追い付き、チャールズの声が聞こえてきた。「すぐに女性たちを降ろすんだ」男二人は協議し、マーガレットと同乗の女性たちは急き立てられ、二台目の車に移された。一行が再び出発した時、道端にある小屋のドアが開き、少女がこちらに向かって何かをわめき散らした。

「どうしたのかしら？」女たちは声を上げた。

しかしチャールズは何も言わずに運転を続け、百メートルくらい離れたところまで来てようやく口を利いた。「大丈夫ですよ。前の車がちょっと犬と接触しましてね」

「まあ、車を止めて！」仰天したマーガレットが叫んだ。

「怪我はしていませんよ」

「本当に？」とマイラが聞いた。

「ええ」

「お願い、車を止めて！」前のめりになりながらマーガレットが言った。車の中で立ち上がり、他の乗客が彼女の膝のところを支えている状態だった。「お願い、戻りたいの」

チャールズは無視して走り続けた。

「ファッスルさんが残っていますから」他の人たちも言った。「運転手のアンジェロとクレインもいますし」

「でも女がいないわ」

「きっと少し渡さないと……」と言ってウォリントン夫人は自分の手のひらを引っかいてみせた。「その方が、わたしたちが戻るよりもいいと思いますよ」

「保険会社がきちんとしてくれます」チャールズも言った。「アルバートが連絡しますよ」

「でも、わたしは戻りたいの！」マーガレットは頭に来て、もう一度繰り返した。チャールズはこれもやはり無視した。逃亡者たちを乗せた車はとてもゆっくりと丘を下っていく。「男の人たちがいますよ」他の者は声を揃えて言った。「男の人たちがちゃんとしてくれます」

「男の人ではダメなんです。こんなことってないわ！　チャールズ、止めてと言っているのよ」

「止まっても仕方がありませんよ」チャールズがのろのろと言った。

「そうかしら？」マーガレットは言うなり、自動車から飛び降りてしまった。

そして地面に膝をついて、手袋は破れ、帽子は脱げて片耳から垂れ下がる羽目になった。危ない、と叫ぶ声が続く。「怪我をなさいましたね」チャールズが自分も飛び降りながら叫んだ。

「もちろん怪我をしましたよ」マーガレットはやり返した。

「一体どうして……」

「どうもしないわ」とマーガレット。

「手から血が出ているじゃないですか」

「そうよ」

「僕は親父にこっぴどく叱られてしまいますよ」

「もっと早くそのことに気づくべきでしたわ」

チャールズは今までこんな状況に陥ったことはなかった。反逆心に駆られた女が足を引き引き自分から遠ざかっていく光景はあまりに異様で、怒る気にもなれなかった。他の同乗者たちも車を降りてこちらに来たので、チャールズは我に返った。この人たちは彼の手に負えた。そこで、車に戻るようにと命じた。

アルバート・ファッスルがこちらに向かって歩いてくるのが見えた。

「何の問題もない！」彼は声を張り上げた。「犬じゃない、猫だった」

「そうか！」チャールズは勝ち誇った声を上げた。「ただの猫だったか」

「君の車に乗せてくれるかい？　犬じゃないって分かったから僕は抜けてきた。運転手たちがあの女の子を何とかしようとしているよ」しかしマーガレットは歩き続けた。あの少女と向き合っているのが運転手なのはなぜだろう？　女は男の陰に隠れ、男は使用人の陰に隠れる――このシステム全体がどうかしている。自分が何とかしなければ。

「ミス・シュレーゲル！　お願いです、手を怪我していらっしゃるんですよ」

「ちょっと様子を見てきます」マーガレットは言った。「お待ちにならないで下さい、ファッスルさん」

その時、二台目の車が角のところに現れた。「奥様、心配はいりません」今度はクレインが言った。マーガレットのことを奥様と呼ぶようになっているのだ。

「何が心配ないっていうの？　猫のこと？」

「そうです、奥様。あの子は見舞い金を受け取ることになりますから」

「えらくぶれえなむすめえだった」三台目の車から、アンジェロが感慨深げに言った。

「あなたたちだって、もし自分の猫が車に轢《ひ》かれたら無礼になるんじゃないかしら？」

イタリア人のアンジェロは、それは考えてもみなかったがお望みとあらば無礼にもなりましょう、という風に両手を広げてみせた。どうも茶番めいた感じになってきた。男性陣がまたマーガレットを取り囲み、何かお手伝いできることはないかと言ってきて、エドサー夫人は手の怪我に包帯を巻いてくれた。マーガレットはとうとう諦め、小声で詫びながら車に連れ戻され、周囲の風景はすぐまた動き始めた。ぽつんと立っている例の小屋は視界から消え、芝生に囲まれた城が近づいてきて、一行は到着した。自分が恥をかいたのは間違いない。だがロンドンからここまでの旅路は全て、どこか非現実的な感じがした。この連れの一行は大地や、大地に根差した感情とは縁がないのだ。自分たちは大地の上を舞う塵《ちり》か悪臭のようなもので、猫を殺されたあの少女の方がより深く生きているのではないだろうか。

「ああ、ヘンリー」マーガレットは声を上げた。「わたし、とっても悪い子だったのよ」ヘンリーに話す際にはこの線で行こうと決めていたのである。「車が猫を轢いてしまったの。それでチャールズが飛び降りるなって言うのに聞かなかったものだから、見て！」ここで包帯を巻いた手を差し上げた。「あなたのメッグはかわいそうにドスンと落ちてしまったの」

ヘンリーは困惑していた。晩餐のために盛装し、一行を出迎えるために玄関ホールで待っていたのだ。

「犬だと思ったそうですよ」とウォリントン夫人が付け加えた。

「ああ、犬は人間の友達ですからね！」とファッスル大佐。「犬はこちらのことを覚えてくれますから」

「怪我をしたんだね、マーガレット」

「大したことはないわ、それに左手よ」

「そうか、急いで着替えてきなさい」

そこでマーガレットも他の皆もこれに従った。二人だけになるとヘンリーは息子の方に向き直った。

「さて、チャールズ。何があった?」

チャールズは至極正直に、自分が起こったと思っていることを話した。アルバートが猫を轢いてしまって、女なら誰でもそうなると思いますが、マーガレットさんはヒステリーを起こしまして。別の車に乗せるところまではうまくいったんですが、動き出した途端、周りが止めたにもかかわらず飛び降りてしまって。少し道路を歩いたら気持ちが落ち着いたようで謝っていました。ヘンリーはこの説明を信じ、父子は共に、これはマーガレットがそうなるようにと仕向けたことだとは気づかなかった。この説明は彼らの考える女性的な気質にぴったり当てはまったからである。晩餐の後、喫煙室で男たちが話している時、ファッスル大佐はマーガレットさんが飛び降りたのは悪魔の仕業ではないか、と言い始めた。若い頃ジブラルタルの港で、若い美女が賭けをして甲板から海の中に飛び込んだのを見ましたよ。あの光景は今でも覚えています。男たちも一斉にその後から飛び込みましてね。しかしヘンリーとチャールズはミス・シュレーゲルの場合はおそらく神経のせいだろう、と言った。チャールズは暗い気持ちになった。あの女は弁が立つ。自分たち一家が用済みになる前に、父さんにもっとひどい恥をかかせるかもしれない。チャールズはこの問題についてよく考えようと、外に出て城がある小山のところまでぶらぶら歩いて行った。素晴らしい晩だった。三方には小川が流れ、そのせせらぎがウェールズからのメッセージを伝えていた。行く手には廃墟になった城が、空を背に浮かび上がる。チャールズは注意深くこれまでの交際を振り返ってみて、ヘレン、マーガレット、マント夫人の三者は共謀していると結論付けた。父親になったことで彼は疑い深くなった。二人の子の面倒を見なければならず、もうすぐ三人目が生まれ、さらに増えるかもしれないのに、彼らが大人になって裕福になれる見込みは日に日に薄くなっていく。チャールズは考えた。「父さんが全員に分け隔てなくする、と言うのはいいが、それだって際限なくできるわけじゃない。金は伸びたり縮んだりするものじゃないんだから。イーヴィーに子どもができたらどうする？　それを言ったら父さんだって再婚して子どもができるかもしれない。そうしたら足りなくなるじゃないか。ドリーからもパーシー・カヒルからも何も入って来やしないんだからな。畜生！」チャールズは、窓から明かりと笑い声が漏れてくる屋敷を妬まし気に見やった。今回の結婚式には総じて金がかかりすぎている。庭園に面したテラスを二人の婦人がそぞろ歩いていて、「帝国主義」という言葉が耳に届いたので、一人は叔母のウォリントン夫人だろうとチャールズは思った。夫人に自分の家庭がなければ経済的に支援してもらえたかもしれないのだが。「自分のことは自分で」と口にしてみたが、過去には彼を勇気づけてくれた格言も、ここオニトンの廃墟では不気味に響いた。チャールズには父親のようなビジネスの才覚がなく、だからこそ余計に金銭に執着していた。十分な相続ができない限り、子どもたちが貧しくなることが不安だった。

座ったまま考えていると、二人の女のうちの一人がテラスを離れて牧場の方へ歩いて行く。腕に巻いた包帯がほの白く見えるのでマーガレットだと分かり、見つからないようにタバコの火を消すことにした。小山をジグザグに上ってきて、時々かがみこんで芝生を撫でているようだ。信じられないことだが、チャールズは一瞬、マーガレットは自分に恋していて誘惑しに来たのだ、と思った。強い男の近くには必ず誘惑的な女がいるものだと信じていて、ユーモアのセンスがないためにこの考えを笑って頭から追い払うこともできなかった。だが、父の婚約者で妹の結婚式の招待客でもあるマーガレットは彼に気づかずに通り過ぎ、チャールズも今回ばかりは自分の考えが誤っていたと認めた。しかしあの女は何をしているんだ？　どうして石が転がっている中をうろついたり、いばらの茂みにドレスを引っかけたりしている？　そして本丸の方を回って来る時に風下になりタバコのにおいに気づいたらしく、「こんばんは！

どなたですか？」と声を掛けてきた。

チャールズは返事をしなかった。

「サクソン人かしら、それともケルト人？」マーガレットは暗闇の中で笑いながら続けた。「どちらでもいいわ。どちらだとしても聞いてちょうだいね。わたし、この場所が好きだわ。シュロップシャーが好き。ロンドンは嫌いなの。ここに住めるなんて嬉しいわ。ああ、本当に……」言いながら家の方に戻って行く。「辿り着いたのがここで良かった！」

「あの女、ふざけやがって」とチャールズは思い、唇を噛みしめた。そして地面が湿ってきたので、数分後には彼も屋敷に戻った。川の方から霧が立ち上ってきて、川面は見えなくなったが流れの音はさっきまでより大きくなっていた。上流にあるウェールズの丘陵地帯で大雨が降ったのだ。

第26章

翌朝は細かな霧が半島を覆っていた。しかしこれから晴れてきそうで、マーガレットが窓の外を見ている間にも、城の廃墟が立っている小高い部分の輪郭が刻々と浮かび上がってきた。だんだん本丸が見えてきて、太陽の光が城の石を金色に染め、白んだ空を青で満たしていく。庭園に落ちる屋敷の影が徐々に濃くなっていった。一匹の猫がこちらを見上げて鳴いた。最後に川が現れたが、川面に揺れる榛《はん》の木と土手の間にはまだ霧が漂い、丘の先に続いている上流はまだ見えなかった。

マーガレットはオニトンに魅了された。昨夜は急にロマンティックな気分になり、この場所が好きだと口にした。昨日車でここへ来る途中に見たふくよかな丘、ここからイングランドを目指して流れていく川、そしてもっと低い丘が続いていく気取りのない風景が、マーガレットの詩的な感性に訴えた。屋敷そのものは特にどうということはないが、ここからの眺めは今後ずっと目を喜ばせてくれるだろう。マーガレットはここに泊まりに来てもらいたい友人の顔や、ヘンリー自身も田舎の生活を好きになる様子を思い浮かべた。ここでの社交生活もうまくいきそうだった。教区牧師とは昨日夕食を共にしたのだが、マーガレットの父親と友人だったことが分かり、そのためこちらがどんな人間なのか心得ているようだった。良い人だし、彼が町の人たちに自分を紹介してくれるだろう。そして反対側の隣にはサー[1]・ジェイムズ・ビッダーが座り、ひとこと言って下さればここから三十キロくらいのところに住むどんな名家でも呼び寄せてご紹介しますよ、と言った。サー・ジェイムズは庭園用の種子で財を成した人で、本当にそんなことができるのか疑わしいとマーガレットは思ったが、ヘンリーが地元の名家の人間だと思うならばそれで良いだろう。

チャールズと、ドリーの兄アルバート・ファッスルが芝生を横切っていく。朝の水浴びをしようとしているらしく、水着類を抱えた使用人が後について行く。マーガレットも朝食前に散歩をしようと思っていたのだが、まだ男性だけが動き回っている時間帯のようなので、部屋の窓から彼らの不幸を見て楽しむことになった。手始めに、

1 「サー（Sir）」はイギリスの叙勲制度における栄誉称号の一つ。貴族のすぐ下に位置づけられるナイトあるいは準男爵の称号を持つ男性の尊称として用いられる。

水浴び小屋の鍵が見つからなかった。チャールズは腕を組み、悲壮な顔をして川辺に立っている。使用人は声を張り上げたが、庭にいた別の使用人がそれを聞き間違えた。次に飛び込み板に不具合が見つかり、すぐに三人の使用人が牧場を走って行き来しながらあれこれ指図し合い、相手をなじったり謝ったりしている。マーガレットは自動車から飛び降りたいと思ったから飛び降りた。ティビーでも、ちょっと水の中を歩いてみたら気持ち良さそうだと思えばそうするだろう。ある事務員は冒険心を起こして、暗闇の中を歩いてみた。それにひきかえ、このスポーツマンたちはどうにも無力に思えた。朝の陽ざしが降り注ぎ、霧がすっかり消えてさざ波の立つ川面が見えてきたのに、彼らは装具一式が揃っていなければ水浴びもできないのだ。この人たちは本当に肉体の生活を見出したと言えるのか？　彼らが腰抜けだと見下している人たちの方が、実はこういう点においても勝っているのではないだろうか？

マーガレットは自分たちがここに住むようになったら、使用人たちを困らせたりせず、常識の範囲内の装具だけで水浴びができるようにしようと思った。しかしここで、例の物静かな少女が猫に話しかけるために外に出てきてこちらを見上げたので、マーガレットの考え事は中断された。「おはよう」とやや唐突に声を上げると、辺りに激しい動揺が走った。チャールズは周囲を見回し、濃い青の水着を着ているにもかかわらず水浴び小屋に飛び込むと、それきり姿が見えなくなった。

「ミス・ウィルコックスがお目覚め……」と少女が小声で言ったが、その後はよく聞こえなかった。

「なあに?」

「……ヨークのカット……サック・バック……[2]」

「よく聞こえないわ」

「ベッドの上……薄紙が……」

どうやらウェディング・ドレスがお披露目され、それを見に行った方がいらしいということが分かったので、マーガレットはイーヴィーの部屋へ行ってみた。そこでは歓喜のどんちゃん騒ぎが起こっていた。イーヴィーは下着のままインド帰りのご婦人の一人と踊っていて、もう一人のご婦人は何メートルもある白いサテン生地をほれぼれと眺めている。女たちはキャーキャー言い、笑い合い、歌い、犬が吠えていた。

マーガレットも少しだけ歓声を上げてみた。しかし結婚式がそれほど面白いものとも思えなかった。もしかしたら自分には何かが欠けているのかもしれない。

2 上着の背中部分のこと。

イーヴィーが息を切らして言った。「ドリーが来ないなんて、ダメな人ねえ！　そうしたらもっと大騒ぎできたのに！」マーガレットは朝食を取るために一階へ降りて行った。

食堂にはすでにヘンリーがいた。彼はゆっくりと食事をしていて、あまり口を利かず、この一団の中でただ一人感情的にならずに済んでいる人物に思えた。娘が嫁ぐことや、この場に自分の未来の妻がいることに無関心であるとは思えない。しかし彼は落ち着き払って、ゲストがより快適に過ごせるように時々指示を出すだけだった。マーガレットに手の具合はどうかと尋ね、ゲストにコーヒーを注ぐ役を頼み、義妹のウォリントン夫人には紅茶の係を頼んだ。イーヴィーが降りてきた時には一瞬気まずい感じが漂い、二人の女性は席を空けようと同時に立ち上がったが、ヘンリーは「バートン」と執事を呼び、「紅茶とコーヒーをサイドボードに移しなさい」と命じた。これは本物の機転ではないかもしれないが一種の機転ではあったし、本物と同じくらい役に立つ。重役会議の際にはこうした機転が様々な難局を打開するのだ。ヘンリーは結婚式でも葬儀の時と同じように、一つ一つの事柄を順に取り上げ、目を上げて全体を見ようとはしないのだった。そして最後には「愛よ、汝の勝利はどこにある？[3]死よ、汝の棘《とげ》はどこにある？」と叫ぶことになるのだった。

朝食が終わると、マーガレットはヘンリーに少し話がしたいと持ちかけた。彼に対してはこうしてややフォーマルな形で近づくのが一番なのだ。翌日にはヘンリーは鳥撃ちに行くことになっていたし、マーガレットはロンドンにいるヘレンのところに戻るので、今のうちに話をしておきたかったのだ。

「もちろん、構わないよ」とヘンリーは言った。「まだ時間はある。何か必要なものでも？」

「いいえ」

「何かうまくいかないことでもあるのかな」

「いいえ、そういうわけではないのよ。あなたが何か話してちょうだい」

そこでヘンリーは腕時計にチラッと目をやってから、教会の門のところで道が急にカーブしているのは具合が悪いと言い出した。マーガレットは関心を持って聞いた。心の奥底では相手を手助けしたいと思っていたが、いつもその気持ちを表に出さずヘンリーに接することができた。何か行動を起こすことはやめにした。ただ愛するのが

3　葬儀で読み上げられることの多いパウロの言葉「死よ、汝の勝利はどこにある？　死よ、汝の棘はどこにある？」（新約聖書「コリント人《びと》への第一の手紙」第十五章五十五節）をもじったもの。

一番良いだろう。自分が愛すれば愛するほど、ヘンリーの内面を整える手助けになるはずだ。こんな天気の良い日に、これから自分たちの住処《すみか》となる場所で二人一緒に座っている。こんな瞬間は素晴らしく幸せで、マーガレットはそれを相手も感じているに違いないと思った。ヘンリーが目を上げるたび、口ヒゲを蓄えた上唇ときれいに剃り上げた下唇が離れて言葉を発するたびに、それが彼の中に棲《す》む僧侶と野獣とを一撃で葬り去る前触れになるのではないかと思った。すでに幾度となく失望させられていたが、それでもまだマーガレットは希望を抱いていた。はっきりとしたヴィジョンを持って愛していたので、ヘンリーの中にある混乱を恐れてはいなかったのだ。今日のようにヘンリーが些末《さまつ》な話をしても、夕闇の中で突然キスしてきても、彼を許し、それに応えることができた。

「そのカーブが問題なら」とマーガレットは提案した。「教会まで歩いて行ったらどうかしら？　もちろんあなたとイーヴィーは別よ。でもわたしたちが歩いて先に行けば、車の数を減らせるわ」

「ご婦人方に市の立つ広場を歩かせるわけにはいかないよ。ファッスル家の人たちが嫌がるだろう。チャールズの結婚式の時もそうだったからな。妻……いや彼女が……とにかく、こちらの一人が歩きたがって、確かに教会は目と鼻の先だったからわたしも構わないと思った。ところが大佐が譲らなくてね」

「男の人たちは、女性に対してそんなに丁重に振舞わなくてもいいんじゃないかしら」マーガレットは考え深げに口にした。

「それは一体なぜかな？」

マーガレットにはなぜか分かっていたが、分からないと言っておいた。するとヘンリーは他に話がないなら酒蔵に行かなければ、と言い出したので、一緒にここの執事バートンを捜すことにした。あまり見栄えはしないし不便な点もあるが、オニトンは本格的な田舎の邸宅だった。二人はペチャクチャしゃべりながら使用人用の通路を歩いて行き、あちこちの部屋を覗いて、何かの仕事をしているメイドを驚かせたりした。一行が教会から戻ってくるまでに婚礼用の食事の準備を整えなければならず、お茶は庭園で振舞われるのだ。たくさんの人間がせかせかと真剣に立ち働いている様子にマーガレットは微笑んだが、考えてみれば彼らは真剣にやるためにお給金をもらっているのだし、慌ただしくすることを楽しんでいるのだ。これがイーヴィーを結婚という栄光の座へと押し上げる仕組みの下部で動く歯車なのだ。すると、豚に餌をやるための手桶を持った小さな男の子が行く手を塞ぎ、まだ身分の違いが分からない歳なので、「すみませんが通して下さい」と言ってきた。ヘンリーはこの子にバートンはどこかと尋ねたが、使用人たちはここに来たばかりなのでまだ互いの名前も知らなかった。食料貯蔵庫にはバンドの一団がいて、この日の代金の一部としてシャンパンを要求していたのだが、すでにビールを飲み始めていた。台所から叫び声に混じってアラビアの香料の匂いが漂ってきた。ウィカム・プレイスでも同じことがあったので、マーガレットには何が起こったのか分かった。婚礼メニューの一つが吹きこぼれ、料理人が匂いを紛らわせるために杉の削りくずを撒《ま》いたのだ。そしてついに二人はバートンを見つけた。ヘンリーは鍵束を彼に持たせ、マーガレットの手を取って地下室への階段を下りて行った。すると、酒蔵の二つの扉には鍵が掛かっていなかった。ウィカム・プレイスではワインは全部リネン類の棚の一番下にしまっているので、この光景にはすっかり驚いてしまった。「まあこんなに、飲み切れないわ！」と叫ぶと、二人の男は急に連帯感を感じて笑みを交わした。これを見てマーガレットは動いている車からもう一度飛び降りたような気がした。

確かにオニトンに慣れるには時間がかかりそうだ。こういう場所に順応しながら自分を保つのは簡単ではないだろう。ヘンリーのためにも自分のためにも、自分らしくいなければ。影の薄い妻というのは、一緒にいる夫の品位も損ねてしまうのだから。礼節の観点から言っても、きちんと順応する必要がある。結婚したからにはその相手に不快な思いをさせることがあってはならないのだ。自分の味方になってくれるのは「家庭」が持つ力だけなのではないだろうか。ウィカム・プレイスを失うことになってそのことが分かったたし、ハワーズ・エンドを訪れてその思いは深まった。このオニトンの丘の間に、これから自分たちの新たな聖域を作っていこう、とマーガレットは決心した。

酒蔵に行った後、マーガレットは着替えをして結婚式に参列したが、準備の慌ただしさに比べると式そのものはささいな出来事に思えた。全てがあっという間に終わった。カヒル氏はどこからともなく現れて教会の扉のところで花嫁を待っていた。指輪を落としたり宣誓の言葉を間違えたり、イーヴィーのドレスの長い裾を踏んだりする者もおらず、牧師たちの仕事はものの数分で終わり、結婚証明書に署名がされ、一行は車に戻って教会の門のそばの危険なカーブを通過した。マーガレットは、イーヴィーたちは実は結婚などしておらず、ノルマン様式の教会はずっと他のことに意識を向けていたのではないかとさえ思った。

家に戻ると他の書類にも署名がなされ、朝食が振舞われ、ガーデンパーティーに参加するためにさらにいくらかの客人がやってきた。招待を断った者も多かったので、結局はそれほど盛大な集まりにはならず、マーガレットの婚礼の方が大きなものになるだろう。マーガレットはヘンリーに恥をかかせないよう、表向きは出される食事や赤い絨毯などに気を配ったが、内心では毎週日曜日に行く教会とキツネ狩りを混ぜ合わせたような今回のイベントには、何かが欠けていると思った。もっと感情的になる人がいてもいいのに！　この婚礼はあまりにもスムーズに進行してしまった。エドサー夫人が「まるでインドの王様の謁見式みたい」と言っていたが、マーガレットも全く同感だった。

こうして何ということのない一日がのろのろと過ぎ、花嫁と花婿は笑ったり叫んだりしながら車で出発した。太陽は再びウェールズの丘の方へ傾いていた。マーガレットが城の立つ芝生のところにいると、自分で思っている以上に疲れているヘンリーがやってきて、いつになく優しい調子で本当に良かった、と言った。全てがとてもうまくいったね。マーガレットは自分も褒められていると感じ頬を赤らめた。確かにヘンリーの気難しい友人に対してできるだけのことはしたし、男性に対しては恭しく振舞うように気をつけた。ここへ一緒にやってきた一団はこれで解散することになる。ウォリントン夫人と娘、そして例のもの静かな少女だけが今晩も泊まることになっていて、他の者たちは荷造りのために屋敷の方へ移動していた。「そうね、とてもうまくいったわ」マーガレットは相槌を打った。「車から飛び降りた時に地面に突いたのが左手で良かった。ヘンリー、本当に嬉しいわ。わたしたちの結婚式でも招待した方たちに今日の半分でも快適に過ごしていただけたら良いのだけど。うちにはジュリー叔母様以外に実際的な人間がいないし、叔母様だってたくさんのお客様をお迎えしたことはないのよ」

「そうだね」とヘンリーは重々しい口調で言った。「状況を考えると、ハロッズかホワイトリー[4]に全部任せるか、ホテルでやった方がいいかもしれないな」

「ホテルで?」

「そうだね、それならば……いや、でもわたしが干渉しない方がいい。住み慣れた家から嫁ぎたいだろうからね」

「わたしの住み慣れた家は取り壊されてしまうのよ、ヘンリー。新しい住処を見つけたいだけなの。ああなんて素敵な晩なのかしら……」

「アレキサンドリーナ・ホテルも悪くない……」

「アレキサンドリーナ」とマーガレットも繰り返したが、煙の細い筋が屋敷の煙突か

4　ホワイトリーもハロッズ同様、ロンドンにある大きなデパートの名前。二〇一八年に営業を終了しており現存しない。

ら立ち上り、夕日を浴びた城の斜面に灰色の縞模様を作る様子に気を取られていた。

「カーゾン・ストリートの近くにあるんだが」

「そう？　じゃあカーゾン・ストリートの近くから結婚式を出しましょう」

ここでマーガレットは西を向き、金色に輝く景色を眺めた。ちょうど丘の麓で川が蛇行するところが夕日に照らされている。川の先は妖精の国で、黄金に輝く魔法の液体がチャールズの水浴び小屋の前を過ぎてこちらに流れてきているようだ。マーガレットはあまり長い間見つめていたので目がチカチカしてしまい、屋敷の方に戻る時、そこから出てきた客人の顔を見分けることができなかった。メイドが先に立って歩いてくる。

「あら、誰かしら」とマーガレットは言った。

「客だ！」とヘンリー。「今頃来るなんて遅すぎる」

「結婚の贈り物を見に来た町の人じゃないかしら」

「町の連中にはまだ会いたくないな」

「じゃあお城の廃墟のところに隠れていてちょうだい。止められるかどうかやってみるわ」

ヘンリーは礼を言った。

マーガレットは社交的な笑みを浮かべながら近づいて行った。おそらく遅れてきた招待客だろうけれど、イーヴィーやチャールズたちはすでにいなくなってしまった。ヘンリーは疲れており他の人たちも自室に引き取ったから、間に合わせのもてなしで満足してもらわなければ、と思いながら。しかし女主人気取りも長くは続かなかった。客の一人はヘレンだったのだ。古ぼけた服を着て、子どもの頃にマーガレットを怖がらせた、ピリピリしてわざとこちらを傷つけようとする興奮状態にあるようだった。

「どうしたの?」マーガレットは声を掛けた。「ねえ一体どうしたっていうの? ティビーが病気なの?」

ヘレンは背後にいる二人に話しかけ、それから猛烈に怒り狂った調子で言った。「この人たちは飢えているのよ!」ヘレンは叫んだ。「飢え死にしそうになっているところを見つけたの!」

「誰のこと? どうしてここまで来たの?」

「バストさん夫妻よ」

「ああヘレン」マーガレットは思わずうめいた。「なんてことを」

「バストさんは失業したの。銀行を追い出されたのよ。もうお終いだわ。わたしたち上の階級の人間が破滅に陥れたんだわ。でもお姉さんはこれも人生の戦いだ、なんて言うんでしょうね。飢えているのよ。奥さんは身体の調子が悪いの。飢え死にしそうなのよ。汽車の中で気を失ったんだから」

「ヘレン、頭がおかしくなったの？」

「そうかもしれない。そうね、そう思いたいなら思っていいわ。でも二人を連れて来たわよ。こんな不正にはもう耐えられない。こんな贅沢だとか、人間ならざる力だとか、我々が怠けていいてできないことを神がやってくれるだとかいう妄言《もうげん》の裏にある嘘を暴いてみせるわ」

「あなたは飢え死にしそうな人たちを、ロンドンからシュロップシャーまで引っ張って来たの、ヘレン？」

ヘレンはハッとした。これは考えていなかったので、ヒステリーは少し収まった。

「汽車の中には食堂車があったわ」とヘレンは言った。

「馬鹿言わないで。本当に飢え死にしそうなわけじゃないでしょう。さあ、最初から話して。こんな芝居がかった真似はごめんよ。よくもまあ！　本当によくもまあこんなことを！」怒りがこみ上げてきて、マーガレットは繰り返した。「こんな形でイーヴィーの結婚式に乗り込んで来たりして。呆れるわ！　あなたの博愛主義は異常よ。

見てちょうだい」ここでマーガレットは屋敷の方を指差した。「使用人もお客様もみんな窓から見ているじゃないの。何か低俗なスキャンダルだと思っているでしょうから、わたしが説明しないといけない。〝あら、ちょっと妹がわめき散らしまして、あの二人はうちでお世話をしている人たちなんですけれど、ここに連れてきたのは別に何でもないんですの〟とでも言えばいいのかしら？」

「お世話している人たちっていうのはやめてもらえないかしら」不気味なほど落ち着いてヘレンが言った。

「いいわ」とマーガレットは譲った。カンカンに怒ってはいたものの、本当の喧嘩にはならないようにするつもりだった。「わたしだってお二人のことは気の毒に思うけれど、なぜここに連れてきたのか、そしてヘレン、なぜあなたがここにいるのか理解に苦しむわ」

「そうでもしないとウィルコックスさんには会えないでしょう」

これを聞いてマーガレットは屋敷の方を向いた。

「あの人はスコットランドに行くんでしょう。知っているのよ。彼に会わせてちょうだい」

「そうよ、明日発つわ」

「バストさん、こんにちは」マーガレットはなるべく平静な調子で話しかけた。「妙なことになりましたね。そうお思いになりません？」

「奥様もいらっしゃるのよ」とヘレンが促した。

そこでジャッキーもマーガレットと握手をした。彼女も夫と同じように恥ずかしがっていて、その上具合が悪かったし、ひどく頭が悪いので自分の身に何が起こっているのか分かっていなかった。分かっているのは、このご婦人が昨夜一陣の風のようにいきなり現れて自分たちの家賃を払い、差し押さえられた家具を取り戻し、夕食と朝食を差し入れてくれ、翌朝パディントン駅で自分を待つよう命じたということだけだった。レナードは弱々しく反対して、朝になると行かないでおこうと言ったが、ジャッキーは半分催眠術にでもかかったようにヘレンの言い付けに従った。あのご婦人がそう言うのだから行かないと、というわけで、二人のいた一間《ひとま》の部屋がパディントン駅に変わり、パディントン駅が汽車の車両になり、揺さぶられ、暑くなったり寒くなったりしたかと思うと突然消え、高価な香水が降り注いで再び現れた。「気を失ったんですよ」とご婦人が重々しい調子で告げた。「外に出て新鮮な空気を吸えば良くなります」多分その通りだったのだろう、今はここにいて、花がたくさん咲いているところでだいぶ気分が良くなった。

「お邪魔したくはなかったのですが」レナードがマーガレットの質問に答えて言った。「以前にポーフィリオンのことで親切にしていただいたので考えたのですが……つまりその……」

「バストさんをまたポーフィリオンに戻せないかしら」とヘレンが代わりに言った。「メッグ、わたしたち素晴らしいことをしちゃったのよ。チェルシーの川岸でのあの気持ちのいい晩のお陰でね」

マーガレットは首を振るとレナードに答えた。

「よく分からないのですが、わたしたちがポーフィリオンは危ないとお知らせしたからお辞めになったんですよね」

「その通りです」

「そして銀行にお勤めになった」

「それも話した通りよ」とヘレンが言った。「そうしたら一か月もしないうちに人員削減があって、バストさんは一文無しになっちゃったの。直接の責任はわたしたちと、あの時の情報提供者が負うべきだと思うわ」

「こんなことはしたくないんですが」レナードはつぶやいた。

「そうですね、バストさん。でも細かな話をしても仕方がないですよ。ここにいらしても良いことなんてありません。ウィルコックスさんと対峙して、過去にちょっと口にしたことを説明しろなんて言ったら大変なことになります」

「でも、せっかくここまで連れて来たのよ。全部このためだったんだから」とヘレンが叫んだ。

「残念ですが、どうぞお引き取り下さい。妹のせいで妙なお立場にさせてしまったことは間違いありません。今からではロンドンには戻れませんが、オニトンにもホテルがありますから、そこで奥様もお休みになれます。わたしのお客として泊まって下さい」

「ミス・シュレーゲル、そんなことをお願いしているわけではないんです」とレナード。「大変なご親切ですし、それに妙な立場になったというのも本当です。でもそんなことをおっしゃってもわたしは惨めな気持ちになるだけです。何も良くなりません」

「バストさんが欲しいのは仕事なのよ」とヘレンが解説した。「それが分からないの?」

ここでレナードが言った。「ジャッキー、もう行こう。これ以上ご迷惑は掛けられないよ。このご婦人たちは僕らのために仕事を見つけようとすでにかなりの額を使っている、でも見つからない。結局は無駄なんだよ」

「もちろんお仕事は見つけて差し上げたいと思います」マーガレットは礼儀として一応言い添えた。「わたしたち……いえ、わたしも妹と同じくそう思っています。今は運が向いていないだけですよ。さあ、ホテルに行ってゆっくりお休み下さい。そしてその方がいいと思われるなら、いつかお代を返して下さればいいんです」

　しかしレナードは奈落の縁にいて、そういう時、物事ははっきり見えるのだ。「あなたには分かっていないんです」と彼は言った。「僕にはもう職は見つかりません。金持ちなら一つの仕事がうまくいかなければ他を当たればいい。でも僕の場合はそうじゃないんです。僕には僕の適所というものがあって、そこからはみ出してしまった。ある特定の事務所で保険のある特定の部分を扱うには十分で、それで給料をもらっていましたが、それが僕の能力の全てなんです。詩を愛好していても何の役にも立ちません、ミス・シュレーゲル。あれこれ考えても無駄で、こういう時はあなたのお金だって役に立たないんです。二十歳を過ぎた男が自分の仕事を失ったら、もうお終いです。そういうケースを見てきましたから。しばらくの間は友人たちが援助してくれても、終いには奈落の底に落ちてしまう。そうです、それが世の中というものです。

いつだって金持ちと貧乏人がいる」

レナードはここで言葉を切った。「何か召し上がりませんか？」とマーガレットは言った。「一体どうすればいいかしら。ここはわたしの家ではありませんし、他の時ならウィルコックスさんだって喜んでお目にかかるでしょうけれど……どうしたらいいの、でもできることは喜んでしますわ。ヘレン、お二人に何か食べていただかないと。さあ奥様、サンドイッチを召し上がりませんか」

そこで四人はまだ使用人が立っている長いテーブルのところへ向かった。砂糖衣をかけたケーキやたくさんのサンドイッチ、コーヒー、クラレット・カップ、シャンパンといったものが、ほとんど手つかずで残っていた。裕福な招待客たちは日頃からたらふく食べているので、あまり食べなかったのだ。レナードは何も食べようとしなかった。ジャッキーは少しいただこうと思った。マーガレットは二人がひそひそ声で話しているのをそのままにして、ヘレンともう少し話そうとした。

「ヘレン、わたしはバストさんのことが好きよ。助けてあげるべき方だし、自分たちに直接責任があるってことも認める」

「違うわ、間接的によ。始まりはウィルコックスさんからの情報だもの」

「もう一度だけ言わせてもらうけれど、その線で来るならわたしは何もしないわ。確かにあなたの言うことは論理的には正しいし、ヘンリーについて色々言いたくもなるでしょうよ。でもわたしが我慢ならないの。だからどうするか選んでちょうだい」

ヘレンは夕日が沈むのを見ていた。

「あの二人を静かにジョージ亭というホテルに連れて行くって約束するなら、ヘンリーに話してみる。もちろん、わたしなりのやり方でよ。正義についてわめき散らすなんてことはしないわ。お金の問題だけならわたしたちで対処できるけれど、バストさんは仕事を探しているのよね。それはわたしたちには見つけられないけれど、ヘンリーならできるかもしれないわ」

「見つけてあげるのがウィルコックスさんの義務ってものよ」ヘレンが低い声で言った。「わたしは義務にも興味がないの。わたしが気に掛けるのは、直接知っている色々な人たちの人柄とか、今の状況がどうやったら少しでもましになるかってことなのよ。ヘンリーは頼み事をされるのが嫌いよ。ビジネスマンってそういうものなんでしょうね。でも頼んでみるわ。断られるかもしれないけれど、少しでも事態がましになればと思うから」

5　赤ワインにレモン汁、ブランデー、ソーダなどを入れた飲料。

「いいわ、じゃあ約束する。ずいぶん落ち着いているのね」

「じゃあ二人をジョージ亭に連れて行ってちょうだい。そうしたらやってみるから。お気の毒に！　だいぶ疲れているみたいだわ」ヘレンが立ち去ろうとすると、マーガレットは付け加えた。「ヘレン、あなたにはまだ言いたいことがあるわ。今回のことでは本当に自分勝手だったわね。それは許せないわ。歳を重ねて自分を抑えられるようになるどころか、ますます抑えられなくなってきているみたい。よく考えてそういうところを直しなさいね。そうでなければ、わたしたちうまくやっていけないわ」

マーガレットはヘンリーのところへ行った。幸い彼はずっと座っていたので、その位置からでは今のやり取りはよく見えなかっただろう。こうした物理的なことは案外大事である。「町の連中だったかな？」感じよく微笑みながら、ヘンリーは尋ねた。

「信じられないでしょうけれど」マーガレットは隣に腰を下ろしながら言った。「もう大丈夫、でも妹だったの」

「ヘレンがここに？」ヘンリーは驚いて立ち上がろうとした。「招待を断ったじゃないか。結婚式なんて軽蔑していると思っていたよ」

「立たなくていいわ。結婚式に来たわけじゃないから、ジョージ亭に行ってもらったわ」

元来がもてなし好きのヘンリーはこれに抗議した。

「ダメなのよ。うちで面倒を見ている人たち二人を連れて来ていて、三人一緒じゃないといけないの」

「じゃあ皆さんに来てもらったらいい」

「ヘンリー、あの人たちを見た？」

「茶色い服を着た女の人は確かに見えたよ」

「茶色いのはヘレンだけど、深緑とピンクの人たちも見えたかしら？」

「何と、お祝いに来てくれたんだろうか？」

「いいえ、仕事のことでわたしに会いに来たの。後で話すわ」

マーガレットは自分の作戦を恥ずかしく思った。ウィルコックス家の人たちに対する時は、どうしても対等な関係の僚友であることから離れて相手が望むような女を演じたくなってしまう！ ヘンリーはすぐこれに飛びついて言った。「なぜ後にするんだ？ 今話したらいい。話すなら今だ」

「そうかしら？」

「長くなるのでなければ」

「あら、五分もかからないわ。でもちょっと難しい話なの、あなたの事務所でその人を雇ってもらえないかっていう話だから」

「どういう資格があるのかな？」

「分からないわ、事務員なの」

「歳は？」

「多分二十五歳くらいよ」

「名前は？」

「バストよ」そして以前にウィカム・プレイスで会ったことがあるでしょうと言いかけてやめた。良い出会いではなかったからだ。

「以前の勤め先は？」

「デムスター銀行よ」

「どうして辞めたんだ？」とヘンリーは尋ねた。ここまで聞いても何も思い出さないのだ。

「人員削減があったのよ」

「分かった、会ってみよう」

これが今日一日気配りをし、尽くしてきたことへの見返りなのだ。そう考えると、なぜ権利を手に入れるより影響力を持つことを好む女性がいるのか分かった気がした。プリンリモン夫人は過激な女性参政権運動家を批判して、「夫に影響を与えて自分の思い通りに投票させられないような女は自分を恥ずべきです」と言っていた。マーガレットはこれを聞いて怯んでしまったものの、自分も今ヘンリーに影響力を振るい、小さな勝利に満足していた。しかしそれが、基本的には男性にかしずくことで勝ち取ったものだということも分かっていた。

「雇ってもらえたら嬉しいのだけど」マーガレットは続けた。「資格を持っているかどうかは分からないわ」

「できるだけのことはしてみる。しかしマーガレット、これが前例になっては困る」

「ええ、もちろん……それはもちろんよ」

「あなた方が世話している人間をしょっちゅう雇うなんてことはできないよ。ビジネスが立ち行かなくなってしまう」

「これが最後だって約束するわ。特別なケースなのよ」

「世話している相手は、いつだって特別に思えるものなんだよ」

マーガレットはそういうことにしておいた。ヘンリーは満足して立ち上がり、マーガレットにも手を貸した。ヘンリーの今の様子と、ヘレンがこうあるべきだと考えている姿との間には何と大きな隔たりがあるのだろう！　そして自分は例によって、男性をあるがままに受け入れようとしつつ、ヘレンと一緒に真実を追求したいとも思っていて、その二つの間を漂っている感じなのだ。愛と真実の戦いは永遠に続くかに思えた。きっとこの目に見える世界はそうした戦いの上に成り立っていて、愛と真実が一つになったならば、プロスペローが弟と和解した時の妖精のように、人生そのものが大気の中にすっと消えてしまうのかもしれない。[6]

「話をしていて遅くなってしまったが」とヘンリーが言った。「ファッスル家の面々が出発する頃だろう」

　全体としては、マーガレットは男性たちの味方だった。ヘレンが友人たちと救済の倫理についてしゃべっている間に、ヘンリーはかつてハワーズ・エンドを救ったように今回もバスト夫妻を救うだろう。ヘンリーのやり方には杜撰《ずさん》なところもあるが、そもそもこの世界はそういう風にできていて、今目にしているこの山並みや川や日没の美しさも、下手な職人が継ぎ目を隠そうと塗りたくったニスのようなものかもしれないのだ。オニトンも、そして自分も、完璧ではあり得ない。ここのリンゴの木は生育不良だし、城も廃墟になっている。この土地もまた、アングロサクソン人とケルト人との領土争いに苦しんだのだ。それは物事の実態と、こうあるべきだという理想とのせめぎ合いでもあった。今再び西の国ウェールズは遠ざかり、東の空には星が瞬いている。地上にいる者に真の安らぎはないのだ。それでも幸せは存在するし、いとしいヘンリーの腕につかまって小高い廃墟から降りながら、マーガレットは自分もその分け前にあずかっていると感じた。

ところがバスト夫人がまだ庭にいたので、マーガレットはいら立ちを覚えた。まだ食べている彼女を残し、レナードとヘレンはホテルの部屋を予約しに行ったのだ。マーガレットはこの女性に嫌悪感を覚えていた。握手をした時には強烈な恥辱を感じた。以前ウィカム・プレイスへ訪ねてきた理由を思い出し、また奈落から立ち上る匂いを嗅いだ気がしたし、それが故意ではないから余計に厄介なのだ。ジャッキー自身には悪意も何もない。片手にケーキの切れ端、もう一方の手には空いたシャンパングラスを持ち、そこに座っているだけで誰の害にもならない。

「あの人、疲れているんだわ」マーガレットがひそひそ声で言った。

「そうじゃない」ヘンリーが言った。「これはけしからん。ああいう女があんな状態

6　シェイクスピアの戯曲『テンペスト』終盤において、主人公プロスペローは弟との和解を果たし、魔法の力を捨てる。これによって妖精エアリエルは自由の身になり空へと帰っていく。

でうちの庭にいるというのは」

「あの方……」マーガレットは〝酔っている〟と続けるのをためらった。結婚することになって以来ヘンリーは態度を変え、マーガレットがそうした言葉を口にするのを嫌がるようになっていた。

ヘンリーがジャッキーに近づいて行った。ジャッキーは顔を上げ、それは夕闇の中でキノコか何かのように見えた。

「奥様、ホテルの方が快適にお過ごしになれます」鋭い調子でヘンリーが言った。するとジャッキーは答えた。「まあ、ヘンじゃないの！」

「ご主人の方はこんな風じゃないのよ」マーガレットはジャッキーに分からないようにフランス語を使って弁明した[7]。「全然違うわ」

「ヘンリー！」ジャッキーははっきりと繰り返した。

ヘンリーは気分を害して言った。「君たちが面倒を見ている人間は何ともけしからんな」

「ヘン、行かないで。あたしを愛しているんでしょ？」

「まあなんて人！」マーガレットはため息をついてスカートをたくし上げた。

ジャッキーは手に持ったケーキでヘンリーを指した。「あなたっていい子ね」そしてあくびをした。「ねえ、あたしあなたが好き」

「ヘンリー、本当にごめんなさい」

「どうして謝るんだ？」と聞いて、ヘンリーがあまりに険しい視線をこちらに向けるので、マーガレットは具合でも悪いのかと思った。なぜかひどい辱《はずかし》めを受けたような様子なのだ。

「だってこんな目に遭わせてしまって」

「謝らなくていい」

ジャッキーの呼びかける声は続いている。

「なぜあなたのこと〝ヘン〟なんて言うのかしら」何も知らないマーガレットは続けた。「前に会ったことがあるの？」

「ヘンに会ったことがあるかですって！」ジャッキーが言った。「会ったことないわけないでしょ！　今にあなたも同じことになるよ。男ってものは！　それでも女は男を愛するのよね」

7　当時の中・上流階級の人々は、使用人など目下の者に知られたくない事柄についてはしばしばフランス語を用いた。

「それだけ言えばもう十分だろう」ヘンリーが言った。

マーガレットは恐ろしくなってきて言った。「何のことだか分からないわ。家に戻りましょう」

しかしヘンリーはマーガレットが芝居をしているのだと思った。自分は罠にはまったのだ。人生の破滅だ。「分からないはずがない」と嚙みつくように言った。「わたしには分かった。君たちの計画の成功にお祝いを言わせてもらいたいね」

「ヘレンの計画なのよ。わたしじゃないわ」

「どうして君たちがバスト夫妻に関心を持っていたか今なら分かるさ。全くよく練られた計画だ。君の用心深さには感心するよ、マーガレット。その必要があったってわけだ……。わたしも男だし、男としての過去がある。婚約はつつしんで解消しよう」

そう言われてもまだマーガレットにはピンと来なかった。理屈の上では人生に裏の顔があると知っていたが、事実として目の前にあってもうまく理解できなかった。ジャッキーからもっとよく聞いてみなければ……。はっきりとした、打ち消しようのない言葉を聞くまでは信じられない。

思わず「じゃああの人は……」と口にしながら家の中に入り、それ以上言うのやめにした。

「じゃあ何ですかな」玄関ホールにファッスル大佐がいて出発の準備をしていたからである。

「いえ、ちょっと……今ヘンリーとすごい言い合いをしていまして、わたしが言いかけたのは……」マーガレットは従僕から毛皮のコートを受け取り、大佐が着るのを手伝おうとした。大佐は自分でやると言い、ここでちょっとした茶番があった。

「いや、わたしがやろう」後から入って来たヘンリーが言った。

「まあ有り難い！　わたしのこと、許してくれたみたいですわ」

大佐は陽気に言った。「元々大したことではなかったんでしょう」

ファッスル大佐は車に乗り込み、しばらくしてご婦人方も続いた。メイドと案内人、そして重い荷物はすでに支線を使って出発していた。招待客たちは最後までペチャクチャしゃべり、ヘンリーに感謝の意を伝え、未来の女主人であるマーガレットを褒め讃えながら、車で運ばれていった。

皆がいなくなるとマーガレットは先ほどの話に戻った。「じゃああの人はあなたの愛人ということかしら？」

「相変わらずデリカシーのない言い方だ」

「それは一体いつのこと？」

「なぜそれを知りたい？」

「いいから、いつのことなのかしら？」

「十年前だ」

マーガレットは黙ってその場を離れた。ということは、自分ではなく、ウィルコックスの奥様にとっての悲劇だったのだ。

第27章

ヘレンは自分が合計八ポンドも使った挙句、具合の悪い人が出たり、周囲を怒らせてしまったりしたのは何だったのかと思い始めていた。興奮が収まり、バスト夫妻と三人で近隣のホテルに落ち着いてみると、なぜあんなに激してしまったのだろうと思うのだった。しかしとにかく、事態が悪い方向に進んだわけではない。マーガレットがうまくやってくれるだろうし、自分には姉のやり方が良いとは思えなかったけれど、長い目で見ればそれがバストさんたちのためになるのだ。

「ウィルコックスさんには理屈が通じないんです」ヘレンはレナードに説明していた。レナードがジャッキーを寝かしつけた後、二人は他に誰もいないホテルの喫茶室に座っていた。「もしあなたを雇い入れるのが義務ですと言ったら、あの人ははねつけるかもしれない。実のところ、きちんとした教育を受けていないからそうなるんです。彼に反感を持ってほしくないのですが、なかなか厄介な人ですよ」

「ミス・シュレーゲル、本当にどうお礼を申し上げたらいいのか」レナードにはこれしか言えなかった。

「わたしは個人の責任というものを信じます。あなたもそうじゃありません？　それに個人的なことならなんでも信じます。わたしは嫌いなんです……これは言わない方がいいと思いますが、ウィルコックス家の人たちは絶対に間違っていると思います。あの人たちの落ち度じゃないかもしれないですけれどね。多分あの人たちの頭の芯からは、〝わたし〟が抜け落ちているんじゃないかしら。だから当人たちを責めても時間の無駄ね。〝わたし〟を持たない特別な人種が生まれてきていて、この先他の人間を支配するようになるっていう悪夢みたいな説もあるんですよ。お聞きになったことがあるかしら？」

「最近は読書の時間がないので」

「じゃあ、そういうことをお考えになったことはある？　人間には二種類あって、一方は頭の芯の部分に正直に生きているけれど、もう一方は芯がないからそういう生き方ができないんです。そういう人たちは〝わたし〟と言うこともできない。実際〝わたし〟ってものがないんだから、彼らは超人《スーパーマン》[1]なんですよ。ピアポント・モルガン[2]は生涯を通じて一度も〝わたし〟と言わなかったそうです」

レナードは自分を奮い立たせた。自分たちのために色々してくれたこの女性が知的な会話をしたいのなら、相手をしなければ。自分に起こった破滅より、目の前のご婦人の方が大切だ。「ニーチェを読んだことはないのですが」レナードは始めた。「その超人というのは、自分勝手な人間のことだと思っていました」

「まあ、それは違いますよ」とヘレンは言った。「超人は〝わたしが欲しいのは……〟とは言わないんです。だってそうすると〝わたしとは誰か？〟という問題に繫がるし、慈悲や正義の問題にも通じますから。超人はただ〝欲しい〟と言うんです。ナポレオンの場合は〝ヨーロッパが欲しい〟、青ヒゲなら〝妻が何人も欲しい〟、ピアポント・モルガンなら〝ボッティチェリが欲しい〟という具合にね。そこには〝わたし〟が不在なんです。だからそういう人たちって、皮を剝いでみたら中にあるのはパニックと空虚さだけなんじゃないかしら」

1 ドイツの哲学者フリードリヒ・ニーチェ（一八四四―一九〇〇）が『ツァラトゥストラ』で唱えた概念。キリスト教の神に代わる人類の支配者であり、民衆を服従させる存在として、自らの確立した意思で行動する「超人」の出現を説いた。

2 ジョン・ピアポント・モルガン（一八三七―一九一三）はアメリカの大富豪でモルガン財閥の創始者。芸術作品のコレクターとしても知られる。

レナードはしばらく押し黙った後で言った。「ミス・シュレーゲル、それではあなたもわたしも、その〝わたし〟を持っている人間だと考えて良いのでしょうか」

「もちろんですよ」

「そしてあなたのお姉様も?」

「もちろん」ここでヘレンの声の調子が少し鋭くなった。マーガレットに腹を立ててはいたが、姉を話の種にしたくはなかった。「ちゃんとした人間ならみんな〝わたし〟があります」

「でもウィルコックスさんは……おそらくそうではなくて……」

「ウィルコックスさんについて議論するのも良くないと思いますわ」

「ええ、そうですね」レナードも同意した。自分はなぜレナードの話の腰を折ってばかりいるのだろう、とヘレンは自問した。日中にも一、二度、レナードが何かを批判するように仕向けておきながら、いざ彼が批判を始めると途中でやっつけてしまう。レナードが付け上がっている、と思うのだろうか。もしそうであれば自分はひどい。しかしレナードはこれをごく当然と思っていた。ヘレンのすることは何でも当然で、それに腹を立てるなんてあり得ない。ミス・シュレーゲルが二人一緒の時はぐるぐる回って色々な注意をしてくるどこか人間離れした存在だと思っていたが、一人ずつであれば別だった。例えばヘレンは未婚だがマーガレットはもうすぐ結婚する、という違いがある。この裕福な上流の世界にもとうとう光が差し、たくさんの男女がいてその中には友好的な人もいればそうでない人もいる、ということがレナードには分かった。ヘレンは「彼の」ミス・シュレーゲルになっていた。自分を叱ったり、自分と文通してくれたりして、昨日は有り難いことに激昂して自宅までやって来てくれたのだ。姉の方は不親切ではないものの、どこか厳しく距離がある感じがした。たとえば、自分はマーガレットを助けたいとは思わない。マーガレットに好意を感じたことはないし、初めの頃に思ったように、ヘレンも姉を好いてはいないのではないか。ヘレンはきっと寂しいのだろう。こんなにも周囲に色々なものを与えようとする人なのに、彼女自身はわずかしか受け取っていないのだ。自分が口をつぐみ、ウィルコックス氏について判明した新事実を伏せておくことでヘレンを煩わせずに済むなら、その方が良いだろう。あの屋敷の庭に迎えに行くと、ジャッキーはウィルコックスさんに再会したという話をした。最初の衝撃が去ってみると、レナード自身はそれほど気にならなかった。もはや妻には何の幻想も抱いていなかったし、初めから純粋ではなかった愛に新たに加わった汚点に過ぎなかった。完璧なものは完璧なままに保つ、というのがレナードの理想だった。もしもこの先、理想を抱く余裕があるならばだが。だからへレンと、ヘレンのためには姉の方も、ジャッキーがあの人と昔馴染《むかしなじみ》であることを知ってはならなかった。

ここでヘレンがジャッキーのことを話題にし始め、レナードはまごついた。「奥様は……〝わたしは〟とおっしゃることはあるかしら?」ヘレンは半分からかい気味に言った。「お疲れなんでしょうね」

「部屋にいた方がいいんです」とレナードは答えた。

「わたしが付き添いましょうか?」

「いえ、ありがとうございます。一人で大丈夫だと思います」

「バストさん、奥様はどういう女性ですか?」

レナードは真っ赤になった。

「わたしのやり方に慣れていただかなくてはね。この質問には気を悪くなさるかしら?」

「いえそんなことは、ミス・シュレーゲル。そんなことはありません」

「わたしは正直なのが好きなんです。幸せな結婚生活を送っていらっしゃるふりをしても無駄ですわ。あなたとあの方、共通点は何もないんじゃないですか」

レナードはこれを否定せず、控えめにこう続けた。「それはすぐに分かるでしょう。

でもジャッキーに悪気はないんです。うまくいかないことがあったり、そういう話を聞いたりすると、以前はジャッキーが悪いと思っていましたが、今思うとわたしの落ち度だったんです。結婚する必要はなかったのですが、結婚したからには一緒にいて面倒を見てあげなければ」

「ご結婚されてどのくらいですか？」

「もうすぐ三年です」

「ご家族は何と？」

「もう関係ありません。結婚したと知らせたら家族会議みたいなものを開いて、縁を切ってきましたから」

ヘレンは立ち上がって部屋を歩きはじめ、「まあ、何てことでしょう！」と柔らかい調子で言った。「ご家族はどういう方たちですか？」

この質問には答えることができた。両親はもう亡くなったが、商売をしていました。姉が二人いて行商人と結婚しています。兄は平読師です。

「おじいさま、おばあさまは？」

レナードはこれまで恥ずかしくて言えなかった秘密を告げた。「祖父母は何者でもありません……農業従事者とか、そんなところです」

「そうですか！　どの辺りでなさっていたんですか？」

「主にリンカーンシャーですが、母方の祖父は……偶然ですがこの辺りの出身でした」

「ここシュロップシャーというわけね。それは偶然ですね。うちの母方の家系はランカシャーの出身でした。それにしても、なぜご兄弟は結婚に反対なさったのかしら」

「それは分かりません」

「すみませんが、お分かりですよね。子ども扱いしないでいただきたいわ。どんな話でも平気です。色々分かればそれだけ助けて差し上げられることも増えますから。奥様について何か悪い噂でも聞いたのでしょうか？」

　レナードは黙っていた。

「それで想像がつきますわ」ヘレンがとても重々しく言った。

「いえ、お分かりにならないと思います、ミス・シュレーゲル。お分かりにならない方がいい」

「こういうことに関してはオープンになった方がいいんです。大体想像がつきました。本当に心からお気の毒に思いますけれど、わたしにとっては何の違いもありませんわ。お二人への気持ちは変わりません。そういうことに関しては、悪いのは奥様ではなく男の方なんですから」

レナードはそういうことにしておいた。その男というのが誰なのか分からなければいい。ヘレンは窓辺に立ち、ゆっくりと日除けを上げた。ホテルは闇に沈む広場に面していた。霧が出始めている。振り返ったヘレンの目は光っていた。

「どうかご心配なさらず」とレナードは懇願した。「ご心配をお掛けするのは辛いです。仕事が見つかれば大丈夫ですから。仕事さえ、何か常勤のものさえ見つかれば、こんなひどい状況に陥ることはもうないと思います。以前のように本を気に掛けることもなくなりましたから。常勤の仕事さえあればまた落ち着くことができる。考える時間がなくなりますからね」

「落ち着いてどうするんです？」

「ただ落ち着くんです」

「そしてそれが人生ってことになるのね！」ヘレンが喉を鳴らした。「世の中にはこんなに美しいものがあって、音楽や夜の散歩があるのに、それで満足なさろうっていうのね！」

「夜歩くのだって、仕事がある時なら結構ですよ」とレナードは答えた。「以前は馬鹿げたことをたくさんお話ししましたが、役人が来て家から追い出された経験は強烈でした。あの男がわたしのラスキンやスティーブンスンを手にしているのを見て、人生の真実を目の当たりにしました。気持ちの良い光景ではなかったですが。あなたのお陰で本は取り戻しましたが、もう前のような気持ちになることはないですし、森の中で過ごす夜を素晴らしいとも思わないでしょう」

「なぜです？」ヘレンは窓を開け放ちながら言った。

「人生には金が必要だからです」

「それは間違っています」

「間違いであればいいと思いますけれどね。牧師様だって自分の金を持っているか、賃金をもらっているんです。詩人だって、音楽家だって同じです。物乞いもそうですよ。終いには救貧院に行くかもしれませんが、そこでの生活だって他人の金で賄われます。ミス・シュレーゲル、金こそが真実で、他のものは皆ただの夢に過ぎません」

「でもやっぱり間違っているわ。死を忘れていらっしゃるもの」

これはレナードの理解を超えていた。

「もしも永遠の生があるならば、おっしゃる通りかもしれません。でもわたしたちは死にます。遅かれ早かれこの世を去るんです。永遠に生きるのであれば、不正も強欲も本物なのかもしれませんけれど。わたしたちはいつか死ぬ運命にあるからこそ、他のものに縋《すが》ろうとするんじゃないかしら。わたしは死を愛します……病的な意味ではなく、死は色々なことを説明してくれるから。死があるからこそ、金銭が空しいものだということが分かるの。生と死ではなく、金銭と死こそが永遠の敵《かたき》同士なんです。バストさん、死の先に何があるかは分かりませんが、そこでは詩人や音楽家や物乞いの方が、〝わたしはわたしです〟と言ったことのない人間より幸福に違いないと思いますわ」

「そうでしょうか」

「わたしたちは誰もが霧の中にいるようなものですよね。でもこれだけは教えて差し上げます。ウィルコックスさんのような人は誰よりも濃い霧の中にいます。〝健全で分別あるイギリス人〟が聞いて呆れるわ！　帝国を築き上げ、世界中に自分たちの常識を広めるなんて言っていますけれどね。そういう人たちに死の話をしてごらんなさい、気分を害しますよ。それは本当の帝国というのは死で、永遠に彼らを糾弾しているからです」

「わたしだって死は恐ろしいと思います」

「でも死について考えることは恐ろしくありませんよ」

「違いがあるでしょうか？」

「大違いです」と、ヘレンは前よりも重々しい口調で言った。

レナードは、よく分からないと思いながらヘレンを見た。夜の帷《とばり》の中から何か偉大なものが現れ出るのを感じたが、相変わらず些細なことに気を取られているレナードの心には届かなかった。傘を失くしたせいでクィーンズ・ホールのコンサートを楽しめなかったように、今は失業していることが気になって神々しい調べを味わうことはできなかった。生と死、そして物質主義などという言葉は立派には違いない。でも、ウィルコックスさんは自分を事務員として雇ってくれるだろうか？　誰が何と言っても、ウィルコックスさんこそがこの世の王、自分なりの道徳観を持ち頭部は雲に隠れて見えない超人《スーパーマン》なのだ。

「わたしはどうも頭が足りないもので」レナードは申し訳なさそうに言った。

しかしヘレンにはこの逆説がいよいよ確かなものに思えてきた。「死は人間を滅ぼすが、死について考えることで人間は救われる」。棺桶と、俗っぽい精神を支える骨組みの向こうには深遠な何かが存在し、人間の内にある優れた部分がそれに反応するのだ。世俗的な人間はいつか自分たちが収まる納骨堂について考えはしないだろうが、愛にはよく分かっている。死は愛の敵だが同時に味方でもあり、両者の長きにわたる戦いの中で愛の力は強まり、より遠くを見通せるようになって、誰も太刀打ちできなくなるのだ。

「だから諦めないで下さい」とヘレンは続け、目に見えないものは目に見えるものに対峙している、という曖昧だが心に響く訴えを繰り返し口にした。レナードをこの地上に縛りつけるロープを断ち切ろうとして、ヘレンの気持ちは高ぶった。しかし苦い経験によってできているそのロープを断ち切ることは難しく、やがてウエイトレスが入ってきてヘレンにマーガレットからの手紙を渡した。中にはもう一通レナードに宛てた走り書きも入っている。川のせせらぎを聞きながら、二人はそれを読んだ。

第28章

マーガレットは何時間も何もできずにいたが、やがて自分に言い聞かせて手紙を書き始めた。ひどく気が滅入っていて、ヘンリーと直接話すことはできなかった。ヘンリーを憐れむことはできたし、こうした事態になっても結婚の意思は揺るがなかったが、この出来事全体があまりに深く心に刺さり、顔を見て話すことはできそうになかった。まず何よりもヘンリーは堕落している、ということが強く胸に迫った。こんな状態で直接話すことはできないし、今ペンを手にして何とか書き連ねている優しい言葉も、誰か全く別の人間から出てきている感じだった。

「愛するあなた」とマーガレットは書き始めた。「今回のことでわたしたちが離れることはありません。大騒ぎをするか何事もなかったことにするか、そのどちらかですが、わたしは何事もなかったことにしようと思います。わたしたちが出会うずっと前に起こったことですし、たとえその後に起こったことだとしても、多分同じことを書いているでしょう。あなたの行動は理解できます」

マーガレットは最後の「あなたの行動は理解できます」に線を引いて消した。どうも嘘っぽく聞こえる。ヘンリーは「理解できます」などと言われるのは我慢ならないだろう。それから、「大騒ぎをするか何事もなかったことにするか、そのどちらかですが」も消した。こんなにもしっかりと状況を把握していることにきっといら立つだろうから。今回のことにコメントすべきではないのだ。コメントするのは女らしくないのだから。

「これでまあいいでしょう」とマーガレットは思った。

書き終えるとヘンリーの堕落ということが一層強く胸に迫ってきた。あの人はこんな手間をかける価値がある人なの？　ああいう類の女に屈してしまった、ということが全てを物語っていないだろうか？　そう、だからそんな人の妻になることはできない。彼が感じた誘惑を自分の言葉に置き換えようとしてみると、頭がクラクラしてきた。ああいう誘惑に屈してしまいたくなるという点だけ取っても、男というのは女とは別の生き物に違いない。マーガレットが「僚友関係」に対して抱いていた信念はひねり潰され、男も女も新鮮な空気を吸うことのできない、あのグレート・ウエスタン鉄道のガラス張りの客車の中から人生を眺めている気がしてきた。性別というのは本当に生物学上の種のようなもので、それぞれが別個の道徳規範を持ち、その間に愛が生まれるのは単に自然界が存続していくための仕組みに過ぎないのだろうか？　人間関係から行儀作法というものを取り払ったら、最後に残るのはこの事実なのか？　マーガレットは、それは違うと思った。この自然界の仕組みから人類は永遠の命を持つ「愛」という魔法を作り出した。男と女が動物的に惹かれ合うことよりも、その時に生まれる優しさの方が遥かに謎めいているし、農場でつがう動物たちと人間の間には、農場とそこに撒かれた堆肥よりもずっと大きな差がある。人間は今でもある種の進化を遂げていて、それは科学の力では測れず、神学もあえて取り上げようとしないものだ。「人間は愛というひとつの宝石を生み出した」と神々は言い、人間に不滅の生を与えるだろう。マーガレットにはこうしたことが分かっていたが、今はそう感じることができなかった。イーヴィーとカヒル氏の結婚式はまるで愚か者たちのカーニバルみたいだと思ったし、自分の結婚については到底考えられないくらい惨めな気持ちで、今書いたばかりの手紙を破り捨て、別の一通をしたためた。

バストさんへ

お約束した通りあなたのことをウィルコックスさんに話しましたが、あいにく今は空きがないそうです。

M・J・シュレーゲル

そしてこれをヘレンへの走り書きの中に入れた。そちらを書くのは思ったほど難しくなかったが、頭がズキズキと痛み、慎重に言葉を選ぶことはできなかった。

ヘレンへ

バストさんにこれを渡して下さい。あの方たちは良くないわ。芝生のところで奥さんが酔っ払っているのをヘンリーが見つけたの。あなたのための部屋は用意したから、これを受け取ったらすぐこちらに来てちょうだい。あのご夫婦はわたしたちが関わり合いになっていいような人たちではありません。朝になったらわたしがホテルに出向いて、すべきことはしますから。

Mより

マーガレットはこれを書きながら、自分は実際的に物事に対処しているのだと感じた。バスト夫妻にはいずれ何かしてやらなくてはいけないだろうが、今は大人しくしていてもらわなければ。ジャッキーとヘレンが話をするのは良くない。手紙を持って行かせようとベルを鳴らし使用人を呼んだが、誰も来なかった。ヘンリーもウォリントン夫人たちもすでに就寝していたし、使用人たちは台所でどんちゃん騒ぎをしていたのだ。そこでマーガレットは自分でジョージ亭に行くことにした。ヘレンたちと言葉を交わすのは避けたいのでホテルの中には入らず、重要な手紙だと言ってウエイトレスに手渡した。しかし帰りに広場を歩いていると、喫茶室の窓辺でヘレンとレナードが話しているのが見え、すでに手遅れかもしれないと思った。それにまだやるべきことがある。自分が今したことをヘンリーに話さなければいけない。

これは難しくなかった。というのも、屋敷に戻るとヘンリーが玄関ホールにいたのだ。壁の絵を夜風がカタカタいわせる音で目が覚めたのだ。

「誰だ？」ヘンリーは一家の主らしく鋭い調子で尋ねた。

マーガレットはそのまま彼の前を通り過ぎた。

「ヘレンにこっちへ来るように伝えたわ。こちらの方が快適に過ごせるでしょう。だから表のドアに鍵をかけないでほしいの」

「泥棒が入ったかと思ったよ」

「それから、あの人には力になれないと伝えたわ。これからのことは分からないけれど、今はバストさんたちには帰ってもらうより他ないわね」

「結局、ヘレンはここに泊まることになったんだね？」

「おそらく」

「君の部屋に通すということで良いかな」

「ヘレンとは話したくないわ。それにもう休みますから、使用人たちにヘレンのことを伝えて下さる？　誰かに荷物を運んでもらえないかしら、って」

ヘンリーは使用人たちを呼ぶために買った小さな銅鑼《どら》を叩いた。

「もっと大きな音を出さないと聞こえないわ」

ヘンリーが使用人たちのいる空間に通じるドアを開けると、廊下の向こうからどっと笑い声が聞こえてきた。「ひどい騒ぎだ」と言うと、ヘンリーはそちらに歩いて行った。マーガレットはそのまま階段を上がっていったが、ここでヘンリーに会ったことを喜ぶべきか悲しむべきか分からなかった。二人とも何事もなかったかのように振舞っていたが、心の底ではそれは間違っていると感じた。ヘンリーは彼自身のためにも過去の行動を説明しなくてはならないのではないか。

でも、そうした説明から何が分かるだろう？　時と場所、そしていくらかの詳細。マーガレットはそれらをありありと思い浮かべることができた。最初の衝撃が去ってみると、ヘンリーの過去にジャッキーのような女がいたというのは不思議でも何でもなく思えた。ヘンリーの内面生活については前から分かっていた。知的な面で混乱しており、自分が個人的に与えようとしている影響に対しても鈍感で、欲望は強いくせにコソコソしている。こうした内面の状態が実生活に反映されているという理由で、ヘンリーを突き放すべきだろうか。自分自身が裏切られたのであれば、おそらくそうすべきなのだろう。でもずっと前の出来事なのだ。そう思ってやり過ごそうとする気持ちとマーガレットは闘った。ウィルコックスの奥様の不幸は我が身の不幸でもある、と自分に言い聞かせてもみた。しかしマーガレットは理屈を振りかざすような人間ではなかった。服を脱ぎながら、怒りも、故人への気遣いも、口論したいという気持ちも全て薄れていった。ヘンリーは好きなようにしたらいい。自分は彼を愛しているし、いつかその愛で彼をより良い人間にすることができるだろう。

この危機において、マーガレットの全ての行動の根底にあったのは憐憫《れんびん》の情だった。一般的に、女には憐れみの心が宿っているとされる。男が女に好意を寄せるのは、女の側に何か美点があるからで、どれだけ好意を寄せたとしても、何かそれに背くことがあれば男の気持ちは離れていくだろう。ところが男の方に良からぬ点があると、反対に女は何とかしてやりたいと思うのだ。

一番肝心なことはこれだ。ヘンリーを許し、愛の力でより良い人間にしてやらなければ。他のことはさほど重要ではない。ウィルコックスの奥様の落ち着かない、しかし心優しい幽霊はそのままにしておこう。亡くなった夫人にとっては、今や全て調和の取れた状態なのだから、二人の女の生活をかき乱した男を夫人だって憐れむだろう。奥様は夫の裏切りを知っていたのかしら？　これは興味深い問いだったが、マーガレットは自分の胸の内に深い愛情を感じ、夜のしじまを縫ってウェールズから流れて来る川のせせらぎを聞きながら、眠りに落ちていった。この未来の住処と一体になり、家を彩り、自分も家に彩られるような気持ちだった。そして翌朝目覚め、前日と同じようにオニトン城が朝靄の中から現れるのを目にした。

第29章

「ねえヘンリー」というのが、マーガレットの朝の挨拶だった。

食堂に入っていくと、ヘンリーは朝食を終え『タイムズ』紙を読み始めたところだった。ウォリントン夫人は、荷造りをしていてその場にはいなかった。マーガレットはヘンリーの傍らに膝をついて読んでいたものを取り上げたが、その新聞はいつになく重く分厚いように感じられた。そしてヘンリーの膝に頭をもたせかけると、視線を上げて彼を見つめた。

「ねえヘンリー、わたしを見てちょうだい。逃げようとしても無駄よ。こっちを見て。そうよ、それでいいの」

「昨晩のことを話そうとしているね」ヘンリーは少しかすれた声で言った。「婚約は解消すると言っただろう。言い訳もできるがわたしはしない。そう、しないとも。絶対にね。わたしは悪い男、ただそれだけだ」

自分が築いた砦から追い立てられ、ヘンリーは新たな砦を作っていた。もう品位ある男としてマーガレットに接することができないので、自分の行動を、過去のひどい生活のせいにしようとしていた。これは本当に後悔しているとはいえない態度だ。

「どうぞお好きなように。このことに煩わされる必要はないわ。わたしには分かるの、何も変わらないって」

「変わらないだって?」ヘンリーは尋ねた。「君の思っていたような男じゃないと分かって何も変わらないと?」ヘンリーはいら立ちを覚えた。マーガレットが打ちのめされるか、激怒してくれた方がまだ良かった。罪の意識は感じていたが、相手がどうも女らしくないぞ、という気がしてきた。この女の目はこちらを真っ直ぐに見すぎるし、男の読むような本を読んでいる。ヘンリーは言い合いはしたくなかったし、マーガレットにもそのつもりはなかったが、それでもやはり衝突は避けられなかった。

「わたしは君にふさわしい男ではない」とヘンリーは始めた。「君に釣り合う男であれば、婚約を解消したりはしなかった。わたしだって自分の言っていることは分かっている。こういうことについて話し合うのは耐えられない。やめておこう」

マーガレットは彼の手に口づけた。ヘンリーはビクッとして手を引っ込め、イスから立ち上がると続けた。「箱入り娘で、洗練された趣味や友達や本に囲まれて……そないだろう」

「たしかに難しいわ」とマーガレットは言った。「でもそれを想像できないようであれば、結婚相手としての価値もないってことになるでしょう」

「立派な社会や家族との絆を絶たれ、異国にいる何千もの若い男たちはどうなると思う？　孤独で、そばには誰もいないんだ。わたしは自分自身の苦い経験から言っている。それでもまだ君は〝何も変わらない〟と？」

「わたしにとってはそうよ」

ヘンリーは苦笑した。マーガレットはサイドボードのところへ行き、朝食の皿を取った。最後の一人だったので、保温のためのアルコールランプを消した。彼女の物腰は優しかったが真剣だった。マーガレットには、ヘンリーが自分の内面を告白しているのではなく、男の精神生活と女のそれは違うと言っているのが分かったし、そんなことを聞きたいのではなかった。

「ヘレンは来たのかしら？」

ヘンリーは首を横に振った。

「まあ、考えたくもないわ！　ヘレンとバストさんの奥さんが噂話をしているなんて！」

「それはいかん！」ヘンリーもそれまでの調子をかなぐり捨てて叫んだ。だがすぐに取り繕ってこう続けた。「いや、好きなようにさせておけばいい。わたしはもう終わりだ。君の気遣いには感謝するが……わたしの感謝などどうでもいいだろうがね」

「ヘレンから何か伝言がないかしら？」

「何も聞いていないね」

「呼び鈴を鳴らして下さる？」

「何のために？」

「聞きたいのよ」

ヘンリーは悲壮な様子で呼び鈴のところへ行き、チーンと鳴らした。マーガレットはその間にコーヒーを注いだ。執事がやって来て、ミス・シュレーゲルはジョージ亭でお休みになったと聞いております、と述べた。あちらに行ってまいりましょうか？

「ありがとう、でも自分で行くわ」とマーガレットは言い、執事を下がらせた。

「これはいかんな」とヘンリー。「こういうことはすぐに広まる。一度噂になると止められない。他の連中のケースを知っているが……かつてはそういう連中を見下していた。自分は違う、自分はそんな誘惑には屈しないと思っていた。ああマーガレット……」ヘンリーはこちらに来てマーガレットのそばに座り、感傷に駆られるふりをした。マーガレットにはとても聞いていられなかった。「人間は誰でも一度は不幸な目に遭うことがある。信じられないかもしれないが、並外れて強い男にも、〝立っていると思う者は、倒れぬように気をつけよ〟[1]というのが当てはまる。全てを知れば君も許そうという気になるだろう。あの時はイギリスを遠く離れ、わたしの周りには良い影響力を持つものがなかった。ひどく孤独で、女の声が聞きたくてたまらなかった。もういいだろう。これでも話しすぎたくらいだから、許してはくれないだろうね」

「そうね、もういいわ」

「わたしは……」ヘンリーは一段と低い声になって言った。「地獄を見てきた」

マーガレットはこの訴えを真剣に考えてみた。本当にそうだろうか？　ヘンリーは良心の呵責《かしゃく》に苦しんだのか、それとも「さて！　これでお終いだ。また品のいい生活に戻るぞ」という風だったのか。自分の理解が正しければ、きっと後者だろう。本当に地獄を見てきた男なら、自分の強さを鼻に掛けたりはしない。その強さをまだ持っているとしても、謙虚に隠そうとするだろう。罪を犯した男がそれを悔いつつも恐ろしい力を持ち、抗いがたい魅力で純粋無垢な女性を征服する、などというのは伝説の中だけの出来事だ。ヘンリーはひどい男に見られたがっているが、実際はそうではない。善良で平凡なイギリス人がちょっと道を踏み外した、それだけだ。それに本当に咎《とが》められるべきは妻を裏切ったことなのだが、その点は分かっていないようだった。マーガレットはウィルコックスの奥様の名を出してやりたいと思った。

そしてヘンリーは事の次第を少しずつ語った。それは全く単純な話だった。時は十年前、場所はキプロスのイギリス軍が駐屯する町だった。話の合間にヘンリーは何度もマーガレットに許してくれるかと聞き、そのたびにマーガレットは「もう許しているわ、ヘンリー」と答えた。慎重に言葉を選んで返し、ヘンリーがパニックにならないようにした。ヘンリーがもう一度自分の砦を築いて世間から身を隠すことができるように、何も知らない少女を演じたのだ。執事が来て朝食の後片付けを始める頃には、ヘンリーは大分いつもの調子に戻って、執事に何をそんなに慌てているんだと言い、昨夜は使用人たちが騒いでうるさかった、と文句を言った。マーガレットは改めてこの執事を観察してみた。ハンサムな若い男で、女性としての自分は彼にどことなく魅力を感じる。自分でもほとんど気づかないくらいの気持ちだが、もしそれをヘンリーに言ったら天地がひっくり返るような騒ぎになるだろうに。

1 新約聖書「コリント人への第一の手紙」第十章十二節からの引用。

マーガレットがジョージ亭から戻って来ると砦の再建はすっかり終わっており、そこにいたのは元通りの、有能で皮肉屋で親切なヘンリーだった。洗いざらい話して許され、いま彼にとって重要なのは、過去にうまくいかなかった投資のようにその失敗を忘れてしまうことだった。ジャッキーは改めて、ハワーズ・エンドやデューシー・ストリートの家、かつて所持していた赤い自動車やアルゼンチンの紙幣同様に、「大して役に立たなかったし今となってはもっと役立たず」なものの仲間入りをした。ジャッキーとの思い出はヘンリーにとっては邪魔なものでしかなかった。そしてジョージ亭から不吉なニュースを持ち帰ったマーガレットの話を、ヘンリーはほとんど聞いていなかった。ヘレンとその連れはすでに立ち去っていたのだ。

「なに、いなくなっても構わないじゃないか。もちろんその夫婦のことだ。ヘレンにはたくさん会いたいからね」

「でも別々に出発したそうなのよ。ヘレンは朝とても早く、バストさんたちはわたしが行く少し前に。何の伝言もなかったわ。わたしの走り書きへの返事もなかった。これがどういうことなのか……考えたくないわ」

「その走り書きには何て書いたんだ？」

「昨日の夜に話したわ」

「え、ああ……いやそうだったね。庭を歩きながら話そうじゃないか」

マーガレットはヘンリーの腕を取った。天気が良く気持ちが和らいだが、イーヴィーの結婚式の歯車はまだ回っていて、器用に招待客を内側に取り込んでは外に放り出していくので、ヘンリーともゆっくり一緒にはいられない。この後はシュルーズベリーまで車で行き、ヘンリーは狩猟のために北へ向かい、マーガレットはウォリントン夫人たちと一緒にロンドンに戻ることになっているのだ。束の間幸せな気持ちになったが、マーガレットはすぐに頭を働かせ始めた。

「ジョージ亭で何か話をしたんじゃないかしら。何かを知ったのでなければヘレンは急に発ったりはしないと思うのよ。まずかった、失敗したわ。ヘレンをあの女《ひと》からすぐに引き離すべきだったわ」

「マーガレット！」ヘンリーは声を上げ、重々しい動作でマーガレットの腕を離した。

「何なの、ヘンリー？」

「わたしは聖人君子じゃない……それどころかその反対だ。だが幸か不幸か、君はわたしを選んでくれた。過ぎたことは過ぎたことだ。わたしを許すと約束してくれたね。マーガレット、約束は約束だ。あの女のことは二度と口にしないでもらいたい」

「ええ、実際的な理由がない限り……二度としないわ」

「実際的！　君がそんなことを言うとはね！」

「わたしだって実際的になれるのよ」とマーガレットはつぶやき、芝刈り機の方へかがんで芝草を手に取ると、それは砂のように指の間からこぼれ落ちていった。

こうして相手を黙らせはしたが、マーガレットの懸念はヘンリーを不安にした。これは脅しに使われる可能性があるし、そういうことは実は初めてではなかった。自分は金持ちだから道徳的な振舞いをしなければならないが、あのバストとかいう夫妻は自分が道から外れたことをしたのを知っていて、それを仄めかすことで得をしようと思うかもしれない。

「ともかく君は心配しなくていい」とヘンリーは言った。「これは男の問題だ」そして懸命に考えた。「このことは決して口外しないでもらいたい」

当たり前のことを言われたマーガレットは顔を赤らめた。ヘンリーは嘘をつく準備をしているのだ。必要とあらばバスト夫人には会ったこともないと言い、名誉毀損で訴えることすら辞さないだろう。おそらく本当に会ったことがないのかもしれない。ここにマーガレットがいて、何もなかったかのように振舞っている。ここにオニトンの屋敷があって、そこの角を曲がれば半ダースの庭師たちがイーヴィーの結婚式の片付けをしている。目の前にこんなにも確かで小ぎれいな世界があるのだから、過去はバネ仕掛けの日除けカーテンのようにくるりと跳ね上がって見えなくなり、手元に残るのは今過ぎ去ったばかりの五分間なのだ。

目の前の光景を眺めていたヘンリーは、あと五分もすれば車が回されてくることに気づき、ただちに行動に出た。銅鑼が鳴らされ、命令が下され、マーガレットは着替えてくるように言われ、メイドはマーガレットが玄関ホールに点々と落としていった芝草を掃除するように言われた。人類の考えることが世界を動かすように、ここではヘンリーの考えることが周りの人間を動かしているのだ。ヘンリーの考えること、それは小さな点に凝縮した光、彼の人生の時間の中でそこだけ独立して流れる十分間だった。ヘンリーは異教徒ではないが、いつも現在のために生きていて、この点ではどんな哲学者よりも賢いといえるかもしれない。ヘンリーは過ぎ去った五分間と、来《きた》るべき五分間のために生きている。つまりその思考はビジネスマンのそれなのだ。

自動車がオニトンを抜け、丘をぐんぐん上っていく間、ヘンリーは何を考えていただろう? ちょっとしたスキャンダルがマーガレットの耳に入ったが、もう大丈夫だ。有り難いことに許してもらえたし、そのために男ぶりが上がった気さえする。チャールズもイーヴィーも何も知らないし、知ってはならない。ポールだってそうだ。ヘンリーは子どもたちに対しては大層優しい気持ちを持っていたが、その理由を探ろうとはしなかった。妻のことはもう遠い昔の話だった。イーヴィーに対して急に感じた胸が締めつけられるような愛情を、亡くなった妻と結びつけて考えることはなかった。かわいいイーヴィー！　カヒルはきっと良い連れ合いになるだろう。

マーガレットの方は何を考えていただろうか？

マーガレットには小さな心配事がいくつもあった。ヘレンは何かを知ったに違いない。ロンドンに戻って顔を合わせるのが恐ろしい。それにレナードのことも心配だった。自分たちに責任があるのは間違いないのだから。彼の奥さんが飢えるようなことがあってはならない。しかし根本にある大切なことは変わっていなかった。自分は今もヘンリーを愛している。がっかりしたのは彼の性格ではなく行動に対してだったので、これはまだ我慢できる。それにこの未来の家も気に入った。二日前に車から飛び降りた辺りで立ち上がり、マーガレットは万感の思いでオニトンを振り返った。屋敷と城の本丸以外に、今では教会や、ジョージ亭の白黒の切妻屋根も見分けることができるようになっていた。そして橋があり、川は緑の半島を縁取るように流れている。水浴び小屋も見えたのでチャールズの新しい飛び込み板を探している間に、オニトンは丘の陰になり見えなくなった。

マーガレットがこの町を目にすることは二度となかった。来る日も来る日も川の水はイングランドに流れ込み、太陽はウェールズの山々の向こうに沈み、塔からはお決まりの「見よ、勇者は帰る」[2]が流れた。しかしウィルコックス家の人々がこの土地の一部になることはなく、他の土地に落ち着くこともなかった。教区の記録に繰り返し出てくるのは彼らの名前ではなく、夕暮れ時に榛の木に隠れてため息をつくのは彼らの亡霊ではなかった。ウィルコックス家の人々はこの谷に慌ただしくやって来て、慌ただしく去っていった。いくらかの塵と金を後に残して。

2 ゲオルク・フリードリヒ・ヘンデル（一六八五―一七五九）のオラトリオ「ユダス・マカベウス」に登場するコーラス。日本では表彰式で流れる音楽としてよく知られる。

第30章

ティビーはもうすぐオックスフォード大学で最終学年を迎えるところだった。コレッジを出て、ロング・ウォールにある快適な下宿でこの世界、少なくとも自分に関係のある世界について思いを巡らせていた。彼にはそれほど気掛かりなことはなかった。若者が情熱に悩まされることなく、世間からの評価にも全く無頓着である場合、その視野は自然と狭くなるものだ。ティビーは金持ちの地位を強化しようとも、貧しい人々の地位を向上させようとも思っていなかったので、満ち足りた気持ちでてっぺんの所々に凹凸《おうとつ》のある、モードリン・コレッジの塀の外に揺れる楡を眺めていた。これはそれほどひどい生活とは言えないだろう。ティビーは自分勝手ではあったが非情ではなかったし、態度は気取っていたが勿体ぶっているわけでもなかった。姉のマーガレットと同じで英雄ぶることを良しとせず、周囲の人々は何度もティビーに会ってからようやく、このシュレーゲルという男、個性があり頭も良さそうだと認めるのだった。ティビーは卒業試験で良い成績を収め、真面目に授業に出たり運動したりしていた学友たちを驚かせ、いまに学生通訳にでもなろうかと思って、何となく中国語の本を眺めているところだった。そこにヘレンがやって来たのだ。事前に電報を受け取っていた。

ティビーは姉がどことなく変わったのに気づいた。普段は態度がはっきりしすぎているくらいなので、今のようにどこか悲愴で重々しい、こちらに訴えかけるような様子は見たことがなかった。まるで海難で全てを失った船乗りのようなのだ。

「オニトンから来たの」とヘレンは口を開いた。「そこでひどいトラブルがあったのよ」

「昼食はどう?」とティビーは聞き、暖炉の上で温めていた赤ワインに手を伸ばした。ヘレンは大人しくテーブルの前に座った。「どうしてそんなに朝早く発ったの?」ティビーは尋ねた。

「日が出たから……出発できると思ったのよ」

「そうみたいだね。でもなぜ?」

「どうしたらいいかしら、ティビー。メッグに関係のあるひどいことを聞いて気が動転してしまって。顔を合わせたくないからウィカム・プレイスには戻れない。それを伝えに来たのよ」

下宿のおかみがカツレツを手に入ってきた。ティビーは読みかけの中国語文法の本にしおりを挟み、カツレツを受け取った。窓の外では休暇中で夢見心地のオックスフォードがサラサラと木々の葉を揺らす音がし、室内では暖炉の小さな火が日光を浴びて灰色がかって見えた。ヘレンは不思議な話を続けた。

「メッグによろしくね。わたしが一人になりたがっていると伝えて。ミュンヘンかボンに行くつもりなの」

「それはお安いご用だけど」とティビーは言った。

「ウィカム・プレイスにあるわたしの家具をどうするかは、あなたとメッグで決めていいわ。わたしとしては、全部適当に売り払ってしまっていいと思うの。埃まみれの経済の本とか、お母さまのあの悪趣味な飾り棚なんて実際誰もいらないわよね。それともう一つあるわ。手紙を出してほしいの」ここでヘレンは立ち上がった。「まだ書いていないんだけど。でも自分で出せばいいのよね」と言うと、また座った。「頭が働かないわ。誰かお友達が入ってきたりしないといいけれど」

ティビーはドアに鍵を掛けた。これは普段からよくあることだったので友人たちも別に怪しまないだろう。そして、イーヴィーの結婚式で何かまずいことがあったのか、と聞いてみた。

「結婚式で、じゃないの」と言って、ヘレンはワッと泣き出した。

ティビーは姉が時々ヒステリックになるのは知っていたが、特に気にしていなかった。だがこんな風に泣き出すのは尋常ではない。この涙は自分にも関心のあること、例えば音楽とどこか似ている気がした。ティビーはいったんナイフを置くと姉をしげしげと見つめた。そしてまた食べ始め、その間もヘレンは泣きじゃくっていた。

二皿目が運ばれる頃になってもまだヘレンは泣いていた。次はリンゴのプディングが出されることになっていたが、これは冷めるとまずくなる。「マートレットさんに入ってもらっていいかな?」ティビーは尋ねた。「それか僕がドアのところで受け取ろうか?」

「目を洗ってくるわ、ティビー」

そこでティビーは姉を寝室に連れて行き、その間にプディングが運ばれた。ティビーは自分の分は平らげ、もう一つを暖炉のそばに置いて冷めないようにしておいた。そして中国語文法の本に手を伸ばしてパラパラとページをめくりながら、何かを軽蔑するように眉をヒョイと上げた。それは中国語に対してかもしれないし、人間の性《さが》というものに対してかもしれなかった。そこにヘレンが戻ってきた。落ち着きを取り戻してはいたが、必死に何かを訴えようとするまなざしは変わっていなかった。

「説明しないとね」とヘレンは言った。「どうして初めにしなかったのかしら。ウィルコックスさんについて、あることが分かったの。本当にひどいことをして、そのせいで二人分の人生を台無しにしたのよ。それが昨日の晩、突然分かったの。わたしすっかり動転してしまって、どうしたらいいのか。バストさんの奥さんが……」

「またその人たちの話か」

ヘレンは一瞬押し黙った。

「またドアに鍵を掛けておく？」

「いいえ、ティビーちゃん。優しいのね。国を出てしまう前に話しておきたいのよ。その後は家具と同じように、あなたの好きにしていいから。メッグはまだ知らないと思うわ。でも直接会って、あなたがこれから結婚しようとしている相手は過ちを犯した、とはとても言えないわ。お姉さんが知るべきなのかどうかも分からない。わたしがウィルコックスさんを嫌っているのは知っているから、結婚を阻止するために嘘をついていると思うかもしれないわ。こういう時って一体どうしたらいいのかしら。あなたの判断を尊重するわ。あなたならどうする？」

「つまり愛人がいたということだね」とティビーは言った。

ヘレンは恥辱と怒りのあまり顔を真っ赤にした。「そして二人の人間を破滅させたのよ。それでいてああいう人は個人の行動に意味はない、いつの世にも金持ちと貧乏人がいる、なんて言って回るのよ。その女の人にはキプロスでひと稼ぎしようとしていた時に会ったの。実際以上にひどく言うつもりはないわ、女の方にもその気があったんでしょうし。でもとにかく、二人は出会ったのよ。そしてお互い好きなようにした。そういう女たちの末路はどうなると思う?」

それはひどい話だ、とティビーは言っておいた。

「二通りあるわ。どんどん堕ちていって精神科の病院や救貧院がそういう女たちでいっぱいになる。それでウィルコックスさんみたいな人が我が国は退化している、なんて新聞に投書するのよ。そうじゃなければ、手遅れになる前に若い男の子を捕まえるの。あの女《ひと》もそう……でもそれを責めることはできないわ」

ヘレンは長いこと黙っていたが再び口を開いて、「まだあるの」と言った。その間に下宿のおかみがコーヒーを持ってきていた。「オニトンに行くことになった話をするわ。わたしたち三人で行ったの。バストさんはウィルコックスさんのアドバイスを信じて、安定した職を捨てて不安定な仕事を始めた結果クビになってしまったの。それは色々な事情があるんでしょうけれど、主にウィルコックスさんの責任だし、それはメッグも認めたわ。だから当然、ウィルコックスさんがバストさんを雇うべきだって話になるわよね。でもバストさんの奥さんが誰だか知ったウィルコックスさんは、卑怯者だから尻込みして二人を厄介払いしようとしたのよ。メッグにそう書かせたの。夜遅くに二通の走り書きが届いて、一通はわたし、もう一通はレナード宛てで、力にはなれないと。理由もろくに書いていなかった。わけが分からなかったわ。でも、わたしとレナードがホテルの部屋を予約しに行っている間に、屋敷の芝生のところでバストさんの奥さんとウィルコックスさんが顔を合わせたことが分かったの。レナードが戻った時にも奥さんはまだそのことを話していたそうよ。レナードにはその時に二人の関係が分かったのね。自分は二度破滅して当然だ、なんて言って。当然ですって！　これを聞いて落ち着いていられる？」

「確かにえらくひどい話だね」とティビーは言った。

これを聞いてヘレンは少しホッとしたようだった。「わたしの見方がおかしいのかもしれない、って思っていたの。でもあなたは第三者だから冷静に判断できるわよね。今日か明日にでも……いいえ、一週間くらい経ってからでもいいから、あなたが良いと思うようにしてね。どうするかは任せるから」

これでヘレンの告発は終わりだった。

「メッグに関係あることは全部話したわ」とヘレンは言い、ティビーはため息をついて、どちらにも肩入れしていないからといって自分が陪審員役をしなくてはならないのは困る、と思った。ティビーは残念ながら人間には興味がないのだが、ウィカム・プレイスではあまりに多くの人間に会った。本の話になると聞いていない人がいるように、「個人的な関係」の話になるとティビーは関心を失くす。バスト夫妻についてヘレンが新たに知ったことを、マーガレットも知るべきなのか？　子どもの頃からこの種の問いはティビーを悩ませてきて、オックスフォードに来てようやく、専門家たちは人間の重要性をだいぶ過大評価している、などと口にできるようになったのだ。このかすかに一八八〇年代風の警句に特に意味はないのだが、もし目の前にいる姉がこの日は終始美しく見えなければ、ティビーはそれを口にしたかもしれなかった。

「ねえヘレン……タバコを吸う？　僕にはどうしたらいいか分からないな」

「じゃあ何もしなくてもいいわ。きっとそれが正しいのね。あの二人は結婚すればいいわ。残るはバストさんたちへの損害賠償ね」

「それも僕が決めるの？　誰か詳しい人に相談した方がいいと思うけど」

「ここだけの話だけど」とヘレンは言った。「これはメッグとも関係のない話だから言わないでちょうだいね。レナードへの賠償金だけど……わたしが払わなければ誰も払おうとしないと思うの。だからもう金額も決めてある。できるだけ早くあなたの口座に入れるから、わたしがドイツに行ったら代わりに支払ってほしいの。そうしてくれたら本当に恩に着るわ、ティビーちゃん」

「その金額は?」

「五千ポンドよ」

「なんてこった!」ティビーは言って顔を赤くした。

「小さな額をあげたって何にもならないわ。一生のうちに少なくとも一つのことはした、一人の人間を奈落の底から掬い上げた、ってことになるわね。小銭や毛布をあげたって陰気な生活がもっと陰気になるだけよ。わたし、皆からひどい変わり者だと思われるでしょうけれど」

「そんなこと気にしちゃいないさ!」ティビーは興奮して、珍しく男っぽい口調で叫んだ。「でもそれは姉さんの財産の半分をあげるってことじゃないか」

「半分にはならないわ」ヘレンは涙で汚れたスカートの上で両手を広げた。「わたしは余計なお金を持ちすぎているし、去年の春チェルシーで話していた時、一人の人間がちゃんと暮らしていくのに必要な額は年間三百ポンドだってことになったのよ。わたしが五千ポンドあげたって、利子として入ってくるのは一年に百五十ポンドで、それを二人で分けるんだから十分とは言えないわ」

ティビーは気を取り直すことができなかった。怒りを覚えたり、ショックを受けたりしたわけではなく、ヘレンの手元に十分な金額が残ることも分かる。しかし姉が自分の生活をそんなに滅茶苦茶にしてしまえることが信じられなかった。いつものティビーらしい繊細な口調で話すことも難しく、五千ポンドという金額には心穏やかではいられないね、と言ってしまった。

「分かってもらおうとは思わないわ」

「僕は誰のことも分からないんだよ」

「でもやってくれるわね?」

「まあそうだね」

「じゃあ、お願いしたいことは二つよ。一つ目はウィルコックスさんの過去についてだけど、これは好きなようにしていいわ。二つ目はお金に関わることで、誰にも言わないでわたしの言う通りにすること。前金として百ポンドを明日バストさんに送ってちょうだい」

ティビーは姉を駅まで送って行った。オックスフォードの通りは正に美の殿堂で、ティビーがそれに困惑したり、うんざりしたりすることは決してなかった。雲ひとつない空を背景に円屋根《ドーム》や尖塔がそびえていたが、カーファックス交差点の辺りまで来ると俗っぽい感じになり、この美も束の間のものであること、この街がイギリスを象徴する、という主張がだいぶ疑わしいことが分かってくる。ヘレンは歩きながら頼み事の内容を念押ししていて、何も見ていなかった。バストさんたちのことで頭がいっぱいで、瞑想的な調子で今回の事件の話を繰り返し、他の男であればこれを変に思うかもしれなかった。自分の話におかしなところがないか確かめているのだ。一度ティビーが、なぜイーヴィーの結婚式の只中にバストさんたちを連れて乗り込んだのかと聞くと、ヘレンは怯えた動物のように立ち止まり、「そんなにおかしかったかしら？」と言った。その時のヘレンのまなざしや口に手を当てた様子はティビーの目に焼き付き、帰りに立ち止まって聖メアリ教会のマリア像を見ていると、ようやく薄れていった。

その後ティビーがどのように任務を遂行したかを述べておいた方がいいだろう。翌日マーガレットから呼び出された。急にヘレンがいなくなったことをとても心配していたので、ティビーはヘレンがオックスフォードに来たことを言わざるを得なかった。するとマーガレットは「ヘンリーに関する噂を気にしているみたいだった？」と尋ね、ティビーは「うん」と答えた。「やっぱり！」とマーガレットは叫んで、「手紙を書くわ」と言った。ティビーはこれを聞いて安堵《あんど》した。

次に、ヘレンから聞いたバスト夫妻の住所に百ポンドの小切手を送り、後から五千ポンド送金するように言われている、とメモを添えた。すると大変丁寧でもの静かな調子の返信が来て、それはティビー自身が書いたと言ってもいいような手紙だった。小切手は返送されてきて、ヘレンが残そうとした財産も拒絶された。金には困っていないからというのである。ティビーはこの返信をヘレンに転送し、思い入れたっぷりにレナード・バストはどこか記念碑的なところがある人物だ、と書き添えた。ヘレンからは取り乱した調子の返事が来た。気にしちゃダメよ。すぐに直接訪ねて受け取るように言ってちょうだい。そこでティビーはその住所に行ってみたが、待っていたのはわずかな本と陶器の飾りだけだった。バスト夫妻は家賃未払いで立ち退《の》かされたばかりで、どこに行ったか誰にも分からないとのことだった。また、この頃までにヘレンは自分の資産運用がうまくいかなくなり、ノッティンガム・ダービー鉄道の株まで売る羽目になった。数週間は何もしないでいたが、投資を再開すると、仲買人の有益なアドバイスのお陰で前よりさらに裕福になってしまった。

第31章

人間の死に方と同じように、家にもそれぞれの終わり方がある。悲劇的な叫び声を上げる家もあれば、廃屋となり亡霊の都に静かに佇むものもあるし、ウィカム・プレイスのように肉体が滅びる前に魂が抜けてしまう家もあった。ウィカム・プレイスは春には朽ちはじめ、知らず知らずのうちにマーガレットとヘレンの精神状態にも影響し、二人共これまでにはないような経験をした。九月には家は亡骸となり、全ての感情を失って、三十年間の幸福な思い出もどこかに行ってしまったようだった。そして上部がアーチ形になっている戸口から家具や絵や本が運び出され、最後の部屋が空っぽになり、最後の荷馬車が走り去っていった。ウィカム・プレイスはその後も一、二週間は、急に中身がなくなったことに驚いたように目を見開いて立っていた。そして倒れた。解体業者がやって来て、取り壊されたのだ。常に人間的で、誤って文化そのものが目的であると考えたことのないこの家にとって、たくましく気立てのいい男たちはそう悪い葬儀屋ではなかった。

ハワーズ・エンドを倉庫として使ってよい、というヘンリーの親切な申し出があったので、家具のほとんどはハートフォードシャーに運ばれた。家を借りていたブライス氏はあいにく外国で亡くなり、賃料がきちんと支払われる見込みが薄くなったので、ヘンリーは契約を破棄して自分の所有に戻したのだ。また借り手が見つかるまで、車庫や一階の部屋にシュレーゲル家の家具を置いて良いことになった。マーガレットはこの案に反対したが、ティビーは喜んだ。これで先々のことを考えなくて済むからだ。食器や、絵の中でも価値があるものはロンドンに置いておいたが、ほとんどのものは田舎に行き、ミス・エイベリーが管理してくれることになった。

そしてこの引っ越しの少し前に、この物語の主人公であるマーガレットとヘンリーは結婚した。二人は嵐を経験したのだから、今度は平穏な時を期待していいはずだった。相手に幻想を抱くことなく愛している——女性にとって、これ以上に幸せを保証してくれることがあるだろうか？　マーガレットにはヘンリーの過去だけではなく、内面の状態も分かっている。そして自分の心についても、普通の人ならとても無理だと思うほどよく知っていた。分からないのは故ウィルコックス夫人の気持ちだけだったが、亡くなった人の気持ちを想像するのはどこか迷信的なことかもしれない。二人の結婚式は、大変静かなものになった。その日が近づくにつれて、マーガレットはまたオニトンのような騒ぎを繰り返すのが嫌になったのだ。ティビーが花嫁を新郎に受け渡す役を果たし、マント夫人は体調があまり良くなかったので、パッとしない軽食を少ししか用意できなかった。ウィルコックス家からはチャールズが夫婦財産契約書の保証人となり、他に出席したのはカヒル氏だけだった。ポールからは祝電が届いた。音楽もなしにものの数分で二人は牧師の手によって夫婦になり、結婚した二人を世間から隔てるガラスの笠《シェード》がたちまち降りてきた。もともと一夫一妻主義のマーガレットは、独身時代の無邪気な人生の楽しみから切り離されてしまったことを残念がった。ヘンリーの方は本能のレベルでは一夫多妻制主義者だったので、結婚したことで道徳的に縛られ、過去に感じた誘惑を感じにくくなった。

新婚旅行ではオーストリアへ行き、インスブルックの近くに滞在した。ヘンリーが良いホテルを知っていて、マーガレットは滞在中にヘレンと会えるかもしれないと期待した。しかしこの期待は裏切られた。二人が南下すると、ヘレンもブレンナー峠を越えてさらに南へ逃げ、ガルダ湖畔からポストカードを送ってきたが、その内容はどうもよく分からなかった。自分の予定ははっきりしないから気にしないで、というのだ。ヘレンがヘンリーに会いたがっていないのは明らかだった。自分はこの状況に二日で慣れたのに、当事者でもないヘレンが二か月経っても受け入れられないのはおかしい。マーガレットは妹が未だに自分の気持ちをコントロールできずにいることを残念に思った。そして長い手紙を書き、性的なことに関しては寛大な精神が必要よ、と綴《つづ》った。分かっていることがあまりに少ないし、個人的に関係のある人間でも判断を下すのは難しいのだから、社会の評決はもっと不毛なものになるでしょう。「基準がない、とは言わないわ。そうしたらモラルもなくなってしまうから。でも人間の衝動というものがきちんと整理されて、もっとよく分かるようになるまで適切な基準を作ることはできないと思うの」と、マーガレットは書いた。これに対して、ヘレンはご親切な手紙をありがとう、という奇妙な返事を寄こした。そしてさらに南下し冬はナポリで過ごすと言ってきた。

ヘンリーはヘレンに会えなかったことを残念がってはいなかった。ヘレンがジャッキーを連れてきたことによる傷は時間と共に塞がってきたが、今でも時おり痛むことがあった。もしマーガレットに出会うことが分かっていたら——生き生きとして頭がよく、それでいて従順なマーガレット——もっと彼女にふさわしい男になるように努めたのだが。ヘンリーは過去を整理することができない性質《たち》なので、ジャッキーとの一件を独身時代のエピソードと同列に考えていた。どちらも若気の至りであり、大変申し訳なく思っていたが、ジャッキーとの一件は前妻の不名誉でもあるからより罪深い、ということは理解できなかった。ヘンリーにとって唯一の道徳規範である中世の人々と同じように、彼も単に身持ちが悪いのと夫婦間の不貞を混同していた。かわいそうなルースはあの一件のことは何も知らないのだから、この場合全く考える必要がないとヘンリーは思っていた。

ヘンリーの現在の妻への愛情は順調に育っていった。マーガレットが賢いことは気にならなかったし、実のところ妻が詩や社会問題について何か読んでいるのを見るのは快いことだった。自分の妻は他の男どもの伴侶とは違うのだ、という気持ちになるからだ。しかも声を掛ければすぐに本を閉じ、自分の望むことをしてくれる。そして二人はいつも陽気に議論を交わしていた。一度か二度、妻が自分を窮地に追い込んだことがあったが、自分が真剣になったら向こうはすぐに折れてきた。男は戦い、女は外で戦う男の慰めになるべきだが、ヘンリーは自分の妻が戦う姿勢を見せるのは嫌ではなかった。女には筋肉がなく、あるのは神経ばかりだから本当の戦いで勝つことはできないだろうが。走っている自動車から飛び降りるのも、当世風の結婚式を挙げたがらないのも、皆この神経のせいだ。戦う男としては、こうしたことに関しては妻の勝利ということにしてやってもよい。自分の平穏を脅かす、物事の本質を揺るがすようなことではないのだから。

新婚旅行の間にも、マーガレットは一度ひどい神経の発作を起こした。ヘンリーがいつも通り、何気ない感じでオニトン・グランジを人に貸した、と言ったのだ。マーガレットはいら立ち、なぜ相談してもらえなかったのかと不機嫌そうに言った。

「君を煩わせたくなかったからね」とヘンリーは答えた。「それに正式に決まったのは今朝だ」

「じゃあわたしたちはどこに住めばいいの」マーガレットは、何とか笑おうとしながら言った。「わたし、あの場所がとても気に入っていたのよ。あなたには終《つい》の棲家《すみか》を見つけようって気持ちはないの、ヘンリー？」

ヘンリーはそういう気がないわけではない、と請け合った。家庭生活を大切にするのが我々イギリス人と外国人の違いだ。ただ、ジメジメした家はいただけないじゃないか。

「まあ！ オニトンがジメジメしているなんて初耳だわ」

「これは驚いた！」ヘンリーは手を差し伸べて訴えた。「君には目も皮膚もあるだろう？ ああいう場所にあったら湿気が多いのは当たり前だ。まずあそこは泥質の土地で、屋敷はおそらく元々城の堀があったところに建てられている。それにあのいまいましい小川が一晩中やかんみたいな音を立てるだろう。地下室の壁を触ったり、ひさしの裏側を見たりすれば、明らかに湿っている。サー・ジェイムズか誰かに聞いてみたらいい。シュロップシャー渓谷は湿気が籠《こも》ることで悪名高いんだよ。あの辺りの家で何とか住めるのは丘の上にあるものだけだ。わたしとしては、あそこはロンドンから遠すぎるし、景色もどうということはないと思うがね」

マーガレットはこう言わずにはいられなかった。「じゃあどうしてあの場所を選んだの？」

「いや……それは……」ヘンリーはたじろいで腹を立て始めた。「それを言うなら我々だって今どうしてチロルに来ているんだ、ということになる。そんなことを考え始めたらきりがないだろう」

確かにそうかもしれない。だがヘンリーはもっともらしい理由を考える時間を稼いでいるだけだった。そしていったん思いつくと、自分でもそうだったのだと信じ込んだ。

「実はオニトンを購入したのはイーヴィーのためだ。ここだけの話だがね」

「ええ」

「わたしが大損をしかけたと、イーヴィーに思ってほしくないからね。あそこを契約した途端に婚約してしまったんだよ。まったく！　イーヴィーはあの場所が本当に気に入って、狩りに向いているかをちゃんと聞いてもいないのに、すぐに契約してと急かしてきた。他の誰かに取られちまうんじゃないかと思ったんだね……女の考えることだ。まあ、何も損はしていない。イーヴィーは念願の田舎での結婚式ができたんだから。借りる連中はあの場所を予備学校[1]にするそうだ。

「じゃあわたしたちはどこに住むの、ヘンリー？　どこかに落ち着きたいわ」

「それはまだ決めていない。ノーフォークはどうかな」

マーガレットは黙っていた。結婚しても潮の流れに絶えず揺り動かされているような感覚は消えなかった。ロンドンは人間性を根底から変えてしまう流浪の文明の前触れに過ぎず、個人の関係にはこれまでにないほどの負荷がかかる。コスモポリタニズムというものが実現したら、人間はもはや大地から助けを得ることはできない。樹々や牧場や山々は単なる景色となり、かつてそれらが人間に与えていた力は愛のみに託されるのだ。どうか愛がその重荷に耐えられますように！

1　十歳前後の子どもが通う私立学校で、しばしばパブリック・スクールや他の私立学校に入学するための準備的な教育を行う。

「ええと今は……」ヘンリーは続けた。「もうすぐ十月だ。この冬はデューシー・ストリートで我慢して、春になったら何か探してみよう」

「できれば今度は落ち着きたいわ。わたしだって歳を取るし、変化が激しい生活は合わないの」

「湿気の多い場所でリウマチになるよりは良いだろう」

「分かったわ」マーガレットはそう言うと立ち上がった。「オニトンが本当にそういう場所なら、わたしたちじゃなくて小さな男の子たちに住んでもらいましょう。ただ、春になったら休暇で留守にする前に、ちゃんと家を探しましょうね。イーヴィーみたいにあなたを急かすことはしないから、自由に選んで下さいね。あっちへ行きこっちへ行きを繰り返していたら、家具は傷むし費用もかさみますから」

「これはこれは、何と実際的な奥様だろう！　奥様は何を読んでいるのかな？　神……しん……これは一体なんだね？」

「神智学よ」

こういうわけでマーガレットが結婚後、最初に住む家はデューシー・ストリートになった。これはそう悪くない成り行きだった。この家はウィカム・プレイスより少し大きいだけだったから、春になったら探すことになる広壮な屋敷の切り盛りに向けた練習だと思えば良かった。二人はよく旅行をしたが、家にいる時は至って規則正しく生活した。ヘンリーは朝仕事に行き、持って行くサンドイッチ（太古からの人間の欲求の名残である）はいつもマーガレットが自分で切り分けた。これが昼食になるわけではないが、十一時頃に空腹を覚えた場合に備えてヘンリーが持って行きたがったのだ。ヘンリーが出発するとマーガレットは家の中のことをし、使用人たちを教育し、ヘレンが置いていったいくつものやかんを火にかけた。バスト夫妻については少し良心が痛んだ。関わりがなくなって内心ホッとしていたのだ。レナードには助ける価値があったが、ヘンリーの妻という立場を考えると誰か他の人を手助けする方が良かった。そして演劇や討論会には以前ほど興味が持てなくなってきた。新しい動向を見逃すようになり、自由になる時間はすでに読んだ本をもう一度読んだり、考えたりすることに充てていたので、チェルシー界隈《かいわい》の友達は心配した。きっと結婚して変わってしまったのだろうということになったが、おそらく何か本能のようなものが働いて、必要以上に夫から離れることをしなくなったのだろう。しかし本当の原因はもっと深いところにあった。マーガレットは刺激を欲しないようになり、関心の対象が言葉から物へと移っていたのだ。ヴェーデキントやジョン[2]の話題についていけないのは確かに残念なことだが、三十歳を過ぎて精神そのものが創造的な力を発揮しようとするならば、門を閉ざすことが必要になってくるのだ。

2　フランク・ヴェーデキント（一八六四―一九一八）はドイツの劇作家。オーガスタス・ジョン（一八七八―一九六一）はイギリスの画家。いずれも当時前衛的と考えられていた。

第32章

翌年の春のある日、マーガレットは設計図を見ているところだった。夫妻はついにサセックス州に家を建てることにしたのだ。そこへチャールズ・ウィルコックス夫人の来訪が告げられた。「ねえ、お聞きになった?」ドリーは部屋に入ってくるなり声を上げげた。「チャールズはとても怒って……あなたが知っている、いいえ、何も知らないはずだって言うの」

「まあドリー!」マーガレットは落ち着いてドリーの頬にキスし、言った。「驚いたわ! お子さんたちも赤ちゃんも変わりないかしら?」

子どもたちにも赤ちゃんにも変わりはなかった。そしてヒルトンのテニスクラブでの騒動について話しているうちに、ドリーは本題を忘れてしまった。クラブにふさわしくない人たちが入会しようとしたのよ。昔からの住民を代表して牧師様がおっしゃるには……チャールズの意見は……収税吏がこう言って……チャールズはこうも言えば良かったと……そしてドリーは、「でも羨ましいわ、ミッドハーストの新しいお家にはテニスコートを四面も作るんですものね」と言ってこの話題を終えた。

「楽しいでしょうね」とマーガレット。

「それは設計図？　見ても構わない？」

「もちろんよ」

「チャールズはまだ見ていないわ」

「届いたばかりなのよ。これが一階で……あら違うわ。難しいのよね。この正面図を見て。破風がたくさんあって、屋根の輪郭が面白いの」

「なんだか変な匂いがするわ」ドリーは図面をチラッと見て言った。実は設計図や地図の類は全然分からないのだ。

「紙の匂いじゃないかしら」

「それで、どちら向きに見たらいいの？」

「普通の向きでいいのよ。これが屋根で、一番匂う辺りが空よ」

「まあ、そうなの。マーガレット……ええと何を言おうとしていたのかしら。そうだわ、ヘレンはお元気？」

「ええ」

「そろそろ帰ってこないのかしら？　ずっと国外に行ったきりなんてとても変よね」

「そうね」マーガレットは内心焦りを感じながら答えた。この点には触れられたくなかったのだ。「おかしいわよね。もう八か月にもなるもの」

「住所は分からないの？」

「今はバイエルン[1]の郵便局留めになっているわ。いま確認するから、何か一言書いてもらえるかしら」

「いえそれには及ばないわ。じゃあもう八か月も留守なのね」

「そうよ。イーヴィーの結婚式のすぐ後に発ったから、そのはずよ」

「じゃあうちの赤ちゃんが生まれた時から、ってことね」

「その通りよ」

ドリーはため息をつき、客間のあちこちを妬まし気に眺めた。ドリーは持ち前の明るさと美しさを失い始めていた。チャールズ一家は生活に余裕があるとは言えなかったのだ。子どもたちが成長する過程では贅沢をさせ、成人したら自分でやりくりするように、というのがヘンリーのやり方だったからだ。結局のところ、彼は子どもたち皆に気前よく弾んだとは言えなかった。うちはこれからもう一人子どもが生まれるから、いよいよ自動車を手放さなくちゃ、とドリーは言った。マーガレットはこれに同情してみせたが形式上そうしている感じだったので、実は裏でヘンリーに対しチャールズ一家をもっと支援するよう助言しているとは、ドリーには想像もつかなかった。ドリーはもう一度ため息をつき、ここでようやく本来の用件を思い出し「そうだったわ」と声を上げた。「思い出したわ、ミス・エイベリーがハワーズ・エンドに置いてあるあなた方の荷物の荷解きを始めたの」

「一体どうしてかしら？　そんな必要はないのに」

「知らないわ。あなたが頼んだのかと」

「そんなことを頼んだ覚えはないわ。たぶん虫干ししているんじゃないかしら。時々暖炉に火も入れてくれるそうだから」

「そんなものじゃないみたいよ」ドリーは重々しい口調で言った。「床中が本だらけなんですって。それでチャールズがどうしたらいいか聞いて来いって言うの。あなたは知らないでしょうから、って」

「本ですって！」マーガレットは声を上げた。マーガレットにとって本は神聖なもの

1　バイエルンは一九一八年のドイツ革命までは独立した王国だった。以降はドイツ南東部の州となりババリア（英名）とも呼ばれる。

なのだ。

「ドリー、本当なの？　ミス・エイベリーがわたしたちの本まで出しているって？」

「そうよ、玄関ホールだったところは本でいっぱいよ。チャールズはあなたが知っているはずだって」

「知らせてくれてお礼を言うわ、ドリー。ミス・エイベリーは一体どうしてしまったのかしら。すぐに行かなければ。弟の本も交じっていて、すごく価値のあるものなのよ。ミス・エイベリーには荷物を開ける権利なんてないのに」

「あの人、変わっているのよ。ずっと独り者でしょ。ああ、ひょっとしてあなたたちの本が自分への結婚祝いだと思っているのかもしれない。独身で年を取ると時々そんな風になるから。ミス・エイベリーはイーヴィーとひと悶着あって以来、わたしたちのことが嫌でたまらないのよ」

「あらそれは初耳だわ」ドリーの訪問は、代償としてこうした情報をもたらすのだ。

「まあ知らないのね。去年の八月にイーヴィーが結婚の贈り物をいただいたんだけど、それをお返ししたの。そうしたらまあ何てこと！　ミス・エイベリーから来た手紙のひどいのなんのって」

「イーヴィーはそんなことすべきじゃなかったわね。そんな心無いこと、イーヴィーらしくないわ」

「とても高価な贈り物だったから」

「だからどうだっていうのかしら」

「でも五ポンド以上はする品で……わたしは実物を見たわけじゃないけれど、ボンド・ストリートの一流店で買ったきれいなエナメルのペンダントだったそうよ。農家の女からそんなものは受け取れないわ。ね、そうじゃない？」

「でもあなたが結婚した時はミス・エイベリーからの贈り物を受け取っていたわ」

「あら、わたしのは半ペンスもしないような古い陶器か何かだったわ。イーヴィーのは全然違ったの。あんなペンダントをもらったら結婚式に招待しないといけなくなるわ。パーシー叔父様もアルバートもお父さまもチャールズも、皆そんなことは絶対無理だって言ったの。男性四人の意見が一致していたら、言うことを聞くしかないわよね。イーヴィーはお年寄りを刺激したくなかったから、ミス・エイベリーに冗談交じりの手紙を書いて、彼女の手間を省くためにペンダントは自分でお店に返しに行ったの」

「そうしたらミス・エイベリーは……」

ドリーはここで目をまるくして見せた。「それはもうひどい手紙を寄越したの。

チャールズは頭がおかしいんだろうって。あの人、終いにはお店からペンダントを取り返してアヒルのいる池に投げ込んだのよ」

「理由は何か言っていた?」

「わたしたち、あの女《ひと》はオニトンに招待してもらって社交界にお目見えする魂胆だったのかと思ったんだけど」

「それには歳を取りすぎているわ」マーガレットは考え込んだ。「イーヴィーにそういう贈り物をしたのは、お母様との友情の思い出があるからじゃないかしら」

「そうかもしれないわ。誰に対してでも公平に考えなければね。さてと、そろそろおいとましないといけないわ。さあ襟巻きさん、こっちにいらっしゃい。あなたには新しいコートがいるけれど、誰が買ってくれるのかしらね」と自分の装いに物悲しい冗談を言いながら、ドリーは部屋を出て行った。

マーガレットは後について行き、その手紙の一件をヘンリーは知っているのかと尋ねた。

「ええ」

「じゃあどうしてミス・エイベリーに家の管理を頼んだらいいなんて言ったのかしら」

「でもただの農家の女でしょ」とドリーは答え、これは正しかった。ヘンリーが労働者階級の人間に文句を言うのは、気が向いた時だけだった。ヘンリーはクレインに対して辛抱強いのと同じように、ミス・エイベリーにも辛抱していた。というのは、彼らが何かの役に立つからである。「自分の仕事が分かっている人間には辛抱できる」とヘンリーは言うだろうが、これは実のところ相手ではなく、相手がしてくれる仕事のために我慢しているのだ。妙に聞こえるかもしれないが、ヘンリーには芸術家風のところがあって、妻のために色々してくれる有能な雑用係を失うより、自分の娘が侮辱された方がまだましだと思ったのだ。

マーガレットは、荷解きの件は自分だけで何とかした方がいいと思った。今やミス・エイベリーとウィルコックス家ははっきりと敵対しているのだから。ヘンリーの許可を得て、まずはミス・エイベリーに宛て、自分たちの荷物はそのままにしておいてほしいという、感じの良い一筆をしたためた。そして最初の機会を捉えてハワーズ・エンドに出かけ、荷物を詰め直して地元の倉庫に預けようとした。この計画は素人考えで、結局は不首尾に終わった。ティビーは一緒に行くと言っていたが、土壇場になってやはり行かないと言い出した。そこでマーガレットは二度目の今回もまた、一人でハワーズ・エンドに足を踏み入れることになった。

第33章

マーガレットがハワーズ・エンドを訪問した日は素晴らしい天気で、その後何か月も訪れることのない曇りなき幸せを感じられた最後の日になった。この時はまだ、ヘレンの長期にわたる不在に対する不安もそれほど募っておらず、ミス・エイベリーとちょっとしたいざこざがあるかもしれないことも、かえって訪問への関心をかき立てた。それに、ドリーから昼食に招待されたのをうまく断ることもできた。マーガレットは駅からの道を真っ直ぐ歩いて村の芝生を横切り、教会へと続く栗の木が立ち並ぶ通りへと歩を進めた。なんでもかつては教会も村の中にあったのだが、そこへ通う信者があまりに多いので、へそを曲げた悪魔が建物ごと地面からもぎ取って、一キロちょっと離れた便の悪い小山の上に載せてしまったそうだ。もしこの話が本当だとすると、教会へ続く道の両側に栗の木が並んでいるのは天使の御業《みわざ》に違いない。あまり熱心ではない信者にとって、これほど魅力的な道はまず考えられないからである。それに、もしもこの道が長すぎると思う者がいても、やはり悪魔の負けだった。科学の力はチャールズの家のそばに支聖堂としてホーリー・トリニティ教会を建て、その屋根を錫《すず》で葺いたからだ。

マーガレットはこの道をゆっくり歩いて行き、時々立ち止まっては頭上の枝の隙間から空を眺めたり、低い枝からぶら下がる蹄鉄《ていてつ》[1]に触れてみたりした。なぜイギリスには偉大な神話がないのだろう？　イギリスの伝説は優美だが壮大とは言えず、田園を謳った最良のものはどれもギリシア人が作ったものだ。昔の人々の想像力はまことに深いものであったはずなのに、偉大な伝説ではなく魔女や妖精の物語を生んだだけで、夏の野原の一隅を生き生きと描き出すことも、半ダースほどの星に名を与えることもできなかった。イギリス文学は今もまだ、至高の瞬間が訪れるのを待っている。偉大な詩人がこの国の魅力を謳い上げるか、あるいはその方がもっと良いのだが、数多《あまた》の小さな詩人たちがめいめい表現したものが、日常の言葉遣いに入ってくるのを待っているのだ。

1　馬の蹄《ひづめ》に打ち付ける蹄鉄は幸運のモチーフであり、地元の人々が願い事と共に木からぶら下げていると考えられる。

教会の辺りからは景色が変わった。栗の木が並ぶ道はよく踏み固められた細い道に変わり、手つかずの田園地帯へと続いていた。マーガレットはこの道を一キロ半ほど歩いて行った。この道には迷いが感じられないのが良かった。のんびりと自由自在に上ったり下ったりして、地面の傾斜にも辺りの眺めにも大して気を留める様子はないのに、視界はどんどん開けてきた。同じハートフォードシャーでも南の方に行くと増える大きな地所はこの辺りにはあまりなく、土地の様子は貴族的ではないが郊外という感じでもなかった。ピタリとくる表現を見つけるのは難しいが、マーガレットにはこの場所が俗っぽくない、ということだけはよく分かった。土地の起伏に特に目立ったところはないが、その広がりにはサリー州にはとても望めないような自由な精神が感じられ、遠くにチルターン丘陵の端が山のようにそびえていた。「もしも好きなようにさせたら」とマーガレットは考えた。「この土地はきっと自由党に投票するんじゃないかしら」この国が持てる最良のものである、情熱に駆られることのない僚友関係をこの地は約束しているように思えた。この印象はハワーズ・エンドの鍵を受け取るために、低いレンガ造りの農家を訪ねた時にも変わらなかった。

ところが農家の中は想像と違っていた。マーガレットを迎えたのはえらく都会風の若い女だった。「ええ、ウィルコックスの奥様。いいえ、ウィルコックスの奥様。ええ、叔母はちゃんとお手紙を受け取っております、奥様。叔母はいまお宅に伺っています。使用人に案内させましょうか?」そして、「もちろん、普段はお世話することはないんですが、ご近所なので特別にしていまして。そうすれば叔母にも何かやることができますし。随分長い時間あそこにいるんですよ。時々夫に〝叔母さんはどこに行ったんだ?〟と聞かれたら、〝聞かなくても分かるでしょ? ハワーズ・エンドよ〟と答えています。そうなんですよ、奥様。奥様、お菓子を召し上がっていきませんこと? 今お切りいたしますわ」

マーガレットはこれを断ったが、あいにくミス・エイベリーの姪っ子にはこれが上流の証と映ったようだった。

「お一人で行かれるなんておよしになって。とんでもないことですわ。それならわたしが一緒に参ります。帽子を取ってきますわ」ここで姪っ子はいたずらっぽく言った。「奥様、わたしがいない間に勝手に動いてはダメですよ」

この言葉に驚いたマーガレットは一番良い客間から動かないでいたが、この部屋以外は特にアール・ヌーボー風[2]ではなかった。別段農家に不釣り合いなところはなく、田舎家の内部に特有の物悲しさを漂わせていた。わたしたちの祖先はこういう所で暮らしていたのかと思うと、何か心が騒ぐ。田園は我々にとっては週末に訪れる場所だが、祖先にとっては棲家だったのであり、死や別離や愛への憧れといった人生の厳粛な面は、こうした田園地帯の中心でもっとも深い表現を与えられている。もちろん、全てが悲しみに包まれているわけではない。外では太陽が輝き、芽吹き始めたテマリカンボクの上でツグミがさえずっている。金色の干し草の山のところで子どもたちが大騒ぎして遊んでいる。マーガレットはここに悲しみがあることに驚き、それは満ち足りた思いに繋がった。人生の全体像をじっくり眺め、その儚さと永遠の若さの両方を目にしながら、苦々しい思いなしに全ての人類が同胞となるまで結び合わせることができる場所があるとすれば、それはこうしたイギリスの農家ではないだろうか。ここでミス・エイベリーの姪が戻って来たので物思いは中断したが、気持ちはすっかり落ち着き、邪魔が入ったことも気にならなかった。

裏口から出た方が早かったので、姪っ子があれこれ言い訳した後で二人はそこから外に出た。すると餌を求めた鶏がどっと押し寄せて来るわ、雌豚はえらくふてぶてしいわで、姪っ子はひどく恥じ入ってしまった。動物とは本来こういうものなのだが。しかし外の良い空気に当たって、この姪っ子の上流気取りも失せていくようだった。風が立って干し草を散らし、イーヴィーのペンダントが沈む池を漂うアヒルたちの尻尾を揺らした。心地よい春風が木の芽をそよがせ、大地を渡り、そして静まる。

「ジョージー」とツグミがさえずる。すると松の木が並ぶ崖の方から、くぐもった「カッコー」が聞こえてきた。「ジョージー、ジョージー」と他の鳥たちも加わった。生垣はまだ葉に覆われておらず、あと数日で完成する絵のようだった。足元の盛り土をした部分にはクサノオウが、少し奥の窪地のところにはテンナンショウやサクラソウが見える。野バラの茂みには萎れた実がまだ残っていたが、もうすぐ花が咲きそうだった。春が来たのだ。古典的な衣装を纏ってはいないが、どんな春よりも美しい春が。この春は、前に三美神を、後ろに西風ゼフュロスを引き連れてトスカーナのキンバイカの上を渡っていく、あの春の女神[3]よりももっと美しかった。

二人の女は、表面上は礼儀正しく会話しながら小道を歩いて行った。しかしマーガレットは内心こんな素晴らしい春の日に家具や荷物の話をするのは難しいわ、と思っていたし、姪っ子は帽子のことばかり考えていた。それぞれの物思いにふけりつつ、二人はハワーズ・エンドに到着した。姪っ子の何の遠慮もない「おばちゃん！」とい

2　十九世紀末から二十世紀初めにかけてフランスで流行した美術上の様式で、現実の動植物を装飾化したデザインが特徴。

3　イタリアの画家サンドロ・ボッティチェリ（一四四五―一五一〇）の有名な絵画『プリマヴェーラ（春）』への言及。

う声が響き渡る。しかし返事はなく、正面玄関には鍵が掛かっていた。

「ミス・エイベリーは本当にこちらにいらっしゃるのかしら」マーガレットが言った。

「もちろんです、ウィルコックスの奥様。毎日来ていますから」

マーガレットは食堂の窓から中を覗こうとしたが、カーテンがぴたりと閉じられていた。居間と玄関ホールも同じだった。見覚えのあるカーテンだが、前に来た時はなかったはずだ。あの時はブライスさんが立ち去ったばかりで、何もないという印象だった。裏口に回ってもう一度姪っ子がミス・エイベリーを呼んだが、やはり返事はなく、家の中は見えなかった。台所の窓には日除けが取り付けられ、食料貯蔵庫と流し場の窓は板で塞いであったが、どうも自分たちの荷物が入っていた木箱の蓋のように見える。蔵書のことを思い出し、マーガレットも声を上げてみた。するとすぐに返事があった。

「やれやれ！」と家の中から声がした。「やっとウィルコックスの奥様がお見えになった！」

「おばちゃん、鍵は持っている？」

「マッジ、あっちへ行きなさい」まだ姿の見えないミス・エイベリーが言った。

「おばちゃん、ウィルコックスの奥様が……」

「マッジ、帰ってちょうだい。あんたの帽子の話なんて聞きたくもない」

かわいそうに、姪っ子は真っ赤になって「おばちゃんは最近ますます変わり者になって……」と口ごもった。

「ミス・エイベリー！」マーガレットは呼びかけた。「家具の件で伺いました。中に入れて下さいます？」

「ええ、ウィルコックスの奥様」と声が聞こえた。「もちろんですとも」しかしその後には静寂があった。二人はもう一度呼んでみたが返事がなかったので、仕方なく家の周りを歩き回った。

「お加減が悪いわけじゃないといいんですが」とマーガレットは言ってみた。

「ええと、すみませんが」とマッジは言った。「わたしはそろそろ行かなければ。農園の使用人たちを監督しなければなりませんので。叔母は時々本当に変わっているものですから」かろうじて優雅な振舞いを取り戻すと、敗北したマッジは去っていった。するとまるでマッジがいなくなって蝶番《ちょうつがい》が外れたかのように、すぐ正面の扉が開いた。

「さあお入り下さい、ウィルコックスの奥様！」感じ良く、落ち着いたミス・エイベリーの声がした。

「ありがとうございます……」言いかけてマーガレットは口ごもってしまった。傘立てが目に入ったのだ。それは自分たちの物だった。

「まずは玄関ホールにお入りになって」とミス・エイベリー。カーテンが開けられ、マーガレットは絶望の声を上げた。これは困ったことになってしまった。ウィカム・プレイスの図書室にあったものが全部そこに並べてあったのだ。絨毯が敷かれ、窓際には大きな仕事机が置かれていた。本棚は暖炉の向かい側の壁沿いに並べられている。父親の形見の剣が鞘《さや》から抜かれ、重厚な本の間で刀身を光らせているのは、とりわけどう受け止めたら良いか分からなかった。これだけのことをするにはきっと何日もかかったに違いない。

「申し訳ないのですが、このようなことをお願いした覚えはありません」とマーガレットは口火を切った。「夫もわたしも、荷解きをしていただきたいとは思っていませんでした。例えばこの本ですけれど、これは弟のものです。弟と、国外にいる妹の本は預かっているだけなんです。ご親切に荷物の番をしていただいていましたけれど、ここまでお願いするつもりはありませんでした」

「この家はもうずっと空き家でしたから」とミス・エイベリーは言った。

マーガレットは口論する気はなかったので、「この点に関してこちらからきちんとご説明していませんでしたね」と礼儀正しく言った。「何かの行き違いだと思いますし、こちらの落ち度ですわ」

「ウィルコックスの奥様、この五十年というもの間違い続きでしたよ。この家はウィルコックスの奥様のもので、これ以上空き家になっているのは望まないでしょう」

この人は少々呆《ぼ》けているのかもしれないと思い、マーガレットは言ってみた。

「そうですね、チャールズのお母様のミセス・ウィルコックスのものでした」

「間違い続きでした」とミス・エイベリー。「そう、間違い続き」

「どうでしょうね」マーガレットはイスの一つに腰を下ろしながら言った。そのイスだって自分の家具なのだ。「どうしたらいいのか、わたしには分かりません」あまりのことに、そう言って笑い出してしまった。

ミス・エイベリーは言った。「この家を賑やかにしなくては」

「そうですか……。でもありがとうございます、ミス・エイベリー。とても素敵にしていただいて。素晴らしいわ」

「客間もご覧下さい」と言うと、ミス・エイベリーは向かいにあるドアから客間に入りカーテンを開け放した。急に光が満ち、ウィカム・プレイスの客間から運ばれてきた家具の上に降り注ぐ。「こちらが食堂です」さらにカーテンも窓も開け放たれ、外には春の景色が見えた。ミス・エイベリーは玄関ホールをあちこち動き回った。「そしてここからは……」ここで彼女の声は途切れたが、台所の日除けを上げる音が聞こえてきた。「ここはまだ途中なんです」と言ってミス・エイベリーは戻ってきた。「まだまだやるべきことがたくさん残っています。素晴らしいお召し物は農場の者たちに二階へ運ばせますね。ヒルトンではあまり出番がないでしょうから」

「これは間違いなんです」マーガレットははっきり言っておかなければ、と思ってもう一度繰り返した。「何かの行き違いがあったんですわ。夫もわたしもここに住むつもりはないんです」

「まあそうですか。ご主人が干し草アレルギーだからですか?」

「サセックスに新しい家を建てることになって、ここにある家具の一部、つまりわたしの物はすぐにそちらに行くことになるんです」そう言ってマーガレットはミス・エイベリーをじっと見つめて、どこかおかしいところがあるか見極めようとした。しかしミス・エイベリーには、呆けてしまってあることないこと話す老女、という感じはなかった。皺の寄った顔は賢そうでユーモアを感じさせたし、ちくりとしたウィットや、慎ましやかな高貴さも持ち合わせているようだった。

「奥様、今はここに戻ってくることはないとお考えでも、いずれそうなりますよ」

「それは分かりませんね」と言ってマーガレットは微笑んだ。「でも今は考えていないんです。ここよりずっと大きい家が必要なんです。大規模なパーティーをすることもありますからね。それはもちろん、いつかここに戻る可能性がないとは言えないですけれど」

「いつかですって！　まあまあ、そんなことおっしゃらないで下さい。今こうして住んでいらっしゃるじゃないですか」

「えっ」

「住んでいらっしゃいますとも、この十分間は」

これは意味のない言葉だが、マーガレットは何となく裏切りの匂いを感じてイスから腰を上げた。ヘンリーが遠回しに非難されているような気がしたのだ。二人が食堂に移動すると母の形見の飾り棚に日の光が降り注ぎ、二階へ行くと新しく作られた壁《へき》龕《がん》[4]に古代の神々の置物が並べられていた。どの家具も見事なくらいしっくりくるところに配置されている。真ん中の部屋は玄関ホールの真上に当たり、四年前にヘレンが泊まった場所だが、そこにミス・エイベリーはティビーが昔使っていた揺りかごを置

4　像や花瓶を置くための壁のくぼみ。

いていた。

「ここが子ども部屋です」とミス・エイベリーは言った。

マーガレットは何も言わずに顔を背けた。

こうしてマーガレットは家中を見て回ることになった。台所と控えの間にはまだ家具やその他の雑多なものが積まれていたが、見たところ壊れたり傷ついたりしたものはなさそうだった。ミス・エイベリーのこの意外な才能の発露にはどこか悲しいところがある。その後で二人は仲良く庭を歩いた。庭は前回の訪問時に比べると荒れていた。砂利道には雑草が生え、車庫の入口にも草が生い茂っていた。イーヴィーが岩を置いて高山植物を育てていたところは、今やただのでこぼこした地面になっていた。ミス・エイベリーの奇妙な振舞いの直接的な原因は、おそらくイーヴィーとの一件だろう。しかしマーガレットは、本当の原因はもっと深いところにあるのではないかと思った。イーヴィーの愚かな手紙は、歳月と共に降り積もった鬱憤《うっぷん》を解き放っただけではないだろうか。

「この牧場は素晴らしいですね」とマーガレットは言った。庭に隣接した牧場は、何百年も前に小さな農地を整理してできた、戸外の客間のような場所だった。境の垣根は直角に曲がったジグザグになって丘を走り、一番低いところまで行くと緑の別館があって牛たちの化粧室になっている、という具合だ。

「そうですね」とミス・エイベリーは答えた。「もちろん干し草でくしゃみが出なければ、ですけれど」そして少し人の悪い感じで笑いながら言った。「チャールズ・ウィルコックスが刈り入れ期にうちの若い者たちのところにやって来たんですよ。これをやれ……あれはやるな……僕が教えてやる、なんて言ってね。ちょうどその時、ムズムズが始まりましたよ。あのアレルギーも父親譲りでね。ウィルコックス家には六月に農園に出て平気な人は誰もいないんです。あの人がルースに言い寄っていた時なんて、わたしはもう笑いが止まらなかったですよ」

「弟も干し草アレルギーがあります」

「この家はあの人たちにとっては自然に近すぎるのでしょう。もちろん、最初の頃は喜んで入り込んできましたけれど。でもああいう人たちだって誰もいないよりましです。あなたもそうお思いになるでしょう」

マーガレットは笑った。

「この場所も、ああいう人たちがいるから続いているのですから。ええ、そうですとも」

「ああいう人たちこそがイギリスを支えている、というのがわたしの意見なんです」

とマーガレットは言ってみた。

これに対してミス・エイベリーが次のように返したのでマーガレットは驚いた。

「ウサギみたいにどんどん増えますからね。まあおかしな世の中だこと。この世界をお造りになった神様にはご自身の望むところが分かっておいでなんでしょう。ミセス・チャールズが四度目のご懐妊と聞いて、文句を言う筋合いはありませんからね」

「増えるだけじゃなく働いてもいますわ」また裏切りの気配を感じ、そよ風や鳥の歌声にもそれが感じられるので、マーガレットは言ってみた。「確かにおかしな世の中ですけれど、うちの夫やその息子たちみたいな男性が治めている限り、そう悪いことにはならないと思います……本当にひどいことにはならない、って」

「ええ、何もないよりはましですよ」と言って、ミス・エイベリーは楡の木の方を向いた。

農園に戻る道すがら、ミス・エイベリーは昔からの友人のルース・ウィルコックスについて、今までよりもかなりはっきりと話した。ハワーズ・エンドにいた時は、ミス・エイベリーが自分と故ウィルコックス夫人を混同している可能性を考えていたが、そうではないようだった。ミス・エイベリーはこう言った。「おばあさまが亡くなられてからルースにはあまり会わなくなりましたが、関係は友好的でした。とても人当たりの良い一族なんです。お母様のミセス・ハワードは誰のことも決して悪く言わない方で、家へやって来た人には必ず食べ物をあげていました。今みたいに〝不法侵入者は通報されます〟なんていう立て札が地所に立っていることはなくて、どうぞご遠慮下さい、というくらいでしたよ。ミセス・ハワードは農場の経営に向いた方じゃなかったですね」

「誰か助けてくれる男の人はいなかったんですか？」とマーガレットは聞いた。

ミス・エイベリーは言った。「その調子が続くうちに、男たちは誰もいなくなったんです」

「そこへウィルコックスさんが出てきたわけですね」マーガレットは、夫にも相応の言及があっていいはずだと思い、こう訂正した。

「そうです。でもルースが結婚すべきだったのは……こう言ってもお気を悪くなさらないで下さい、ルースが最初に結婚してもしなくても、あなたはウィルコックスさんと結婚なさっていたでしょうから」

「誰と結婚すべきだったとおっしゃるんですか？」

「軍人ですよ！」とミス・エイベリーは声を張り上げた。「本物の軍人とです」

マーガレットは黙り込んだ。これは自分よりもよほど手厳しいヘンリーの人間性への批判だった。マーガレットは不満を感じた。

「でもう過ぎたことです」とミス・エイベリーは続けた。「これからはいい時代になりますよ、まあ随分と待たされましたけれど。もう二、三週間もすれば、夕方になると垣根の向こうにお宅の明かりが見えるようになるでしょう。石炭は注文されましたか？」

「ここに越して来るわけではないんです」マーガレットはきっぱりと言った。今やミス・エイベリーへの尊敬の念が勝り、うまくあしらうようなことは口にできなかった。

「ええ、違います。決して来ません。全て間違いだったんです。家具はすぐにまた梱包しなければなりません。本当に申し訳ありませんが、他の手はずを整えていますので、家の鍵を渡していただかなくては」

「分かりました、ウィルコックスの奥様」と言って、ミス・エイベリーは笑顔で自分の仕事を放棄した。

この結末にホッとして、マッジによろしくと言ってから、マーガレットは駅まで歩いて戻った。元々はその足で倉庫に行き、家具を運び込む手はずを整えるはずだったが、ハワーズ・エンドの状態が予想以上に混沌としていたので、いったんヘンリーに相談しようと思ったのだ。結局はそうして良かった、ということになった。ヘンリーは自分が前に薦めたはずの地元の男を雇うことに強く反対し、結局荷物はロンドンに持っていくことになったのだ。

ところがこれが実現する前に、思いがけない災難がマーガレットに降りかかった。

第34章

その災難というのは、全く予期できなかったことではなかった。マント夫人は、その冬の間中あまり体調が良くなかった。常に風邪をひいたり咳をしたりしていたのだが、忙しくてしっかりと治す暇がなかった。姪っ子に「今度こそ、この煩わしい胸の調子を何とかするわ」と約束するかしないかの時にまた風邪をひき、ひどい肺炎になってしまった。そこでマーガレットとティビーはスワネージに向かった。ヘレンにも電報が打たれ、いつも皆を温かく迎えてくれたマント夫人の家にこの春集まった面々は、そうした思い出のために悲しみでいっぱいだった。その日は素晴らしい天気で、空は青い磁器のように澄み渡り、小ぎれいな浜には優しく波が打ち寄せていたが、マーガレットはまたも死の無意味さに直面しながらツツジの茂みの間を急いでいた。一人の人間の死を説明できたとしても、それが他の人間の死の説明になるわけではない。その意味をまた一から手探りで探さなくてはならなくなるのだ。牧師や科学者は死について一般化して話すが、実際に愛する相手に対して一般化して考えることはできない。彼らを待っている天国は一つではないだろうし、徐々にその人のことを忘れていく過程も同じではないだろう。マント夫人の場合、悲劇を演出できる柄ではないのでおかしなクスクス笑いと共に、この世に随分と長居してしまったことを詫びながら消えて行こうとしていた。夫人はとても弱っていた。この期に及んで自分を奮い立たせたり、この先に待ち構えている大いなる謎を感じたりすることはできなかった。分かるのは自分がすっかりやられてしまい、今までになく弱っているということ、見たり聞いたり感じたりすることが刻々と難しくなり、このままだともうすぐ何も感じなくなるだろうということだけだった。残された力を振り絞って、マント夫人は色々なことを考えた。マーガレットは蒸気船に乗ってみたらどうかしらとか、鯖《さば》はティビー好みに料理されていたかしら、という具合に。ヘレンの不在と、自分のせいで帰国しなければならなくなったことも気に病んでいた。看護師たちは患者がこうしたことに関心を持つのをまったく自然と考えているようなので、これが死に近づいていく人間の標準的な態度なのだろう。しかしマーガレットには、死とロマンスを結び付けて考えることはできなかった。観念としての死が何かを指し示しているとしても、実際に一人の人間が死に向かっていく過程は取るに足りない、醜いものだった。

「これは大切よ……マーガレット、ヘレンが戻って来たらラルワース[1]に行ってみたらどうかしら？」

「ヘレンは長くいられないのよ。叔母様に会うためだけに帰ってきて、良くなったらすぐドイツに戻らなければならない、と電報を打ってきたわ」

「まあ、おかしなこと！　ところでウィルコックスさんは……」

「何ですか、叔母様？」

「あなたがここに来てもいいって？」

ヘンリーは気にしていないし、とても好意的だったとマーガレットはもう一度請け合った。

しかし結局のところ、マント夫人は死ななかった。自分の意志とは関係ないところでもっと大きな力が働き、坂道を転がり落ちていく夫人を生に繋ぎとめることになった。夫人は特別な感慨もなく、相変わらずせかせかと、こちら側の世界に戻ってきた。四日目には危ない状態を脱したのである。

「マーガレット、これは大切」といつもの調子で言った。「お散歩の時には誰か話し相手がいた方がいいわ。ミス・コンダーはどうかしら」

「もうご一緒したわ」

「あの方そんなに面白くないわよね。ああヘレンがいればいいのに」

「ティビーがいますよ、叔母様」

「ティビーは中国語の勉強をしないといけないでしょ。あなたに必要なのは本当の意味での話し相手よ。ヘレンは本当に変ね」

「変ですよね、とても」とマーガレットも同意した。

「国外にいるだけじゃなくて、どうしてまたすぐに戻りたがっているのかしら?」

「わたしたちに会ったら考えも変わるでしょう。どうもバランスを欠いているわ」

これはヘレンに関するお馴染みの批評だったが、これを口にしながらマーガレットの声は思わず震えた。この時までに妹の振舞いは大きな心労の種になっていた。イギリスからの逃亡自体は極端な行動ということで片付けられるかもしれないが、そのまま八か月も外国にいるというのは、頭だけではなく心もおかしくなってしまったのではないだろうか。こうして叔母様が病気になれば戻って来るが、それ以外の人間的な訴えには耳を貸さないのだ。叔母様の顔を見たら、またどこかの郵便局留めの生活に

1 イギリス南西部のドーセットシャー沿岸にある、城や入江がよく知られている地域の通称。実際の地名ではない。

雲隠れしようとしている。今やヘレンは存在しないも同然で、手紙の内容も単調だし間隔も空いていた。まるで何も求めず、何も関心がないようなのだ。こうなったのが全てヘンリーのせいだとは！ 妻である自分がとっくに彼の行いを許したのに、義理の妹にとってはいまだに顔も見たくないほどの悪漢なのだ。ヘレンの物の見方にはどこか病的なところがあって、恐ろしいことだがその種子は四年前のポールとの一件ですでに蒔かれていたのではないかとマーガレットは思った。オニトンからの逃避行、バスト夫妻に対する極端な肩入れ、パーベックの丘で突然悲しみを爆発させたこと――こうしたものは全て、束の間ヘレンに口づけたポールという青年に端を発しているのだ。マーガレットと亡きウィルコックス夫人は、二人が再び惹かれ合うようになるのを恐れていた。しかし今にして思えばこれは愚かな考えで、本当に警戒すべきはあの一件がもたらす影響の方だったのだ。ウィルコックス家に対する反発が内部に巣くって、ヘレンはほとんど正気を失ってしまった。二十五歳で考え方が凝り固まってしまったら、年老いた時には一体どうなってしまうのだろう？

考えれば考えるほど、マーガレットは心配になってきた。これまで何か月もヘレンのことはあまり考えないようにしてきたが、いまや問題は無視できないくらい大きくなっている。そこには何か狂気じみたものが感じられるのだ。若い男女なら誰でも体験するようなちょっとした災難によって、ヘレンの行動の全てが決められてしまって良いのだろうか？　ささいな事柄の上に人間性が構築されるなどということが本当にあるのか？　不首尾に終わったハワーズ・エンドでのあのささやかな出会いが、実は要《かなめ》となるものだったのだ。その影響は後々まで残り、ヘレンの人生における他のもっと重要な関係を台無しにしてしまった。姉妹の絆や、理性や本のもたらす力をも超えるものだったのだ。ヘレンは、今でも気が向くとあの出会いを思い出して「楽しむ」ことがあると言っていた。ポールは消えてもその愛撫の魔法は消えなかった。そして過去の思い出を楽しんでいる限り、現在における反動もあるという意味で、あの一件は過去と現在の両方に作用しているのだ。

我々の精神がこのように苗床となり、しかもそこに蒔かれる種子を選ぶ力もないというのは奇妙で悲しいことだ。しかし今のところ人間とは奇妙で悲しい生き物なのであり、大地を我が物にしようとする一方で、自身の内なる成長には無頓着なのだ。そういう人間は自分の心理に悩まされることもなく専門家に委ねる。これは自分の夕食を蒸気機関車に食べさせるようなものだが、自分の魂を咀嚼《そしゃく》するのが面倒なのだ。マーガレットとヘレンはこうした人間よりはよほど辛抱強く自己と向き合い、マーガレットの場合はどうやら成功したようだ（こういうことに関して成功するということがあればの話だが)。マーガレットは自分というものを理解し、成長の方向性をおおむね自分で決めることができた。ヘレンの場合がどうなったかということは、まだ分からない。

マント夫人が快方に向かい始めたその日、ヘレンからの手紙が届いた。ミュンヘンから出したもので、翌日には本人もロンドンに到着することになっていた。手紙は出だしこそ愛情にあふれてまともだったが、読み進めていくうちにやはりどうも胸騒ぎがしてくるのだった。

最愛のメッグ

ジュリー叔母様にわたしの愛を伝えて。思い出せる限りずっと叔母様を慕っていました、とね。木曜日にはロンドンに着きます。

連絡は銀行宛てでお願いします。まだホテルを決めていないので、手紙や電報はそちらに宛てて、叔母様の容態を詳しく教えてちょうだいね。もしも叔母様が今よりずっと良くなられたり、逆に考えたくない理由でわたしがスワネージに行っても意味がないということになったりしたら、わたしが現れなくても変に思わないで。色々な計画があって、今は外国に住んでいるからできるだけ早くそこに戻りたいの。わたしたちの荷物がどこにあるのか教えて下さい。本を一、二冊持ち帰りたいの。あとはお姉さんに任せます。

最愛のメッグ、わたしを許して。面倒な手紙だと思うけれど、わたしからの手紙は皆そうよね。愛をこめて。

ヘレンより

これは実際に面倒な手紙だった。というのも、マーガレットはこれを読んで嘘をつく誘惑に駆られたからだ。もしジュリー叔母様はまだ危篤だと返事をすれば、ヘレンはスワネージまで来るだろう。相手の精神が不健全だと、それはこちらにも伝播《でんぱ》する。病的な人間を相手にした場合、こちらの状態も悪くなってしまうのだ。「良かれと思って行動する」ことはヘレンにとっては吉と出るかもしれないが、嘘をつくことは自分自身を傷つけることになる。そこで、今以上にまずいことになるリスクを覚悟して、マーガレットはもう少し頑張ってみることにした。叔母様は危機を脱したと正直に書き、ヘレンの反応を待つことにしたのだ。

こういう返事をすることにはティビーも賛成した。ティビーは急に大人びてきて、前よりも気持ちよく一緒に過ごせる相手になっていた。オックスフォードはかなり役立ったと言わなければならない。気難しいところがなくなり、人間より食べ物の方に関心があることもうまく隠せるようになっていた。しかし人間味が増したとは言えない。十八歳から二十二歳といえば大抵の人にとって魔法がかかったような時期だが、この数年でティビーは少年から中年の男になっただけだった。人の心を死ぬまで温めてくれる若者らしさ、ヘンリーに今でも魅力を与えているものを、ティビーは決して知ることがなかった。これは本人のせいではないし、残酷なところがあるわけでもないのだが、ティビーはいつも冷淡で心が熱くなるということがないのだ。ヘレンが間違っていてマーガレットが正しいと思っていたが、自分の家族の問題を、まるで舞台を観に行った時に観客席で起こった小競り合い程度にしか思っていなかった。そして一つ提案をしたが、それは非常にティビーらしいものだった。

「ウィルコックスさんに相談してみたら？」

「ヘレンのことで？」

「こういうことも経験があるかもしれないよ」

「できる限りのことはしてくれるでしょうけれど……」

「僕にはよく分からないけれど。でも実際的な人だからね」

それは学生が専門家の意見を頼りにするようなものだった。マーガレットはあれこれ理由を挙げて、この提案に反対した。そうしているうちに、ヘレンからの返事が届いた。ヘレンは電報を打ってきて、すぐに出国するので荷物の所在を教えてほしいということだった。マーガレットは「それはダメ。四時に銀行で待つ」と返信を打ち、ティビーを伴ってスワネージからロンドンへ出た。しかしヘレンは銀行にはおらず、居場所も教えてもらえなかった。ヘレンは混沌の中に消えてしまった。

マーガレットは思わず弟の身体に腕を回した。残されたのはティビーだけなのに、弟がこの時ほど頼りなく見えたことはなかった。

「ティビー、これからどうなるのかしら?」

ティビーは言った。「大変なことになったね」

「ねえ、あなたの判断力はわたしより優れていることが多いわ。一体どうしてこんなことになっていると思う?」

「分からないね、何か精神の病気みたいなものでない限り」

「ああ、それは……」とマーガレットは言った。「ないと思うけれど」しかしこうして一つの見方が出され、すぐにマーガレットもそうではないかと思い始めた。ヘレンの奇妙な行動は他に説明しようがないのだ。今やロンドンもティビーに賛成しているようだった。ロンドンは仮面を脱ぎ、マーガレットにはその正体が分かった――この都市は果てしなく、捉えどころのない世界の戯画《カリカチュア》なのだ。見慣れた家々の柵も、自分が今こうして歩を進める通りも、長年そのそばを歩いてきた家々も、突然取るに足りないものに思えてくる。ヘレンが煤けた街路樹や、車の往来や、足元にゆっくり広がる泥と一体であるかのような気がする。恐るべき自己放棄を成し遂げ、ヘレンは人ならざる存在になってしまったのだ。マーガレット自身の信念は変わらなかった。人間の魂が何かと混じり合うことがあるとしたら、その対象は星や海であるはずだ。しかしヘレンは、もう何年も前から間違った方向に進んでいたのだろう。この悲劇的な結末が、しとしとと雨が降るロンドンの午後に訪れたことには、何か象徴的なものが感じられた。

こうなったら残された希望はヘンリーだけだ。ヘンリーなら確実に頼れる。この混迷の中で自分たちには見えない道筋が、彼には見出せるかもしれない。マーガレットはティビーのアドバイスに従い、ヘンリーに頼ろうという気持ちを固めた。そのためには事務所を訪ねなければ。夫に頼んで事態が今より悪くなることはないだろう。マーガレットは束の間、セント・ポール大聖堂に立ち寄った。その円屋根《ドーム》はロンドンの混沌の中に、様式美を説くようにそびえている。しかし中に入ると、セント・ポールも周囲の街並みと同じで、残響やささやき声、かすかに聞こえる歌、はっきりしないモザイク模様、床を行き交う濡れた足跡などで混沌としていた。「もし記念碑を求めるならば、周囲を見まわせ」[2]とラテン語で書かれており、結局この大聖堂もロンドンを見るようにと言っているのだ。ヘレンを救う手立てとなるものは、ここにもなかった。

ヘンリーの反応は、最初はいまひとつだった。これはマーガレットが予期していたことだ。妻がスワネージから戻って来たのを喜ぶあまり、別の問題が発生していることをなかなか認めたがらなかった。ヘレンを捜してロンドンまで出て来たことを話しても、ティビーやシュレーゲル家の面々をからかって、家族をそんな風に振り回すなんて「まったくヘレンらしい」と言った。

「みんないつもそう言うけれど」とマーガレットは返した。「本当にそれでいいのかしら。ヘレンが妙な振舞いをして、それがひどくなっていくのを許していていいのかしら」

「わたしに聞かれてもね。ただのビジネスマンに過ぎないんだから。他人には干渉し

2 大聖堂地下にある、建築家クリストファー・レン(一六三二―一七二三)の墓に書かれた言葉。レンがセント・ポールを始め、市中の数々の重要な建築物を設計したことを指している。

ないよ。君たち二人へのアドバイスは、心配ご無用ということだ。マーガレット、また目の下に隈《くま》ができているじゃないか。それはいけないと言ったはずだ。叔母さんの病気の次はヘレンがおかしいだなんて、やり切れないよ。そうじゃないかい、シオバルド君?」と言って、ヘンリーは呼び鈴を鳴らした。「ここでお茶を飲んでから、デューシー・ストリートの家に真っ直ぐに帰りなさい。わたしのマーガレットがわたしと同い年くらいに見えるなんて困るからね」

「しかし、まだ話を分かっていただけていないと思います」とティビーが言った。

ヘンリーは上機嫌で言い返した。「いつまで経っても分からないんじゃないかな」

ヘンリーはイスの背にもたれると、目の前の頭はいいがどこかおかしな一家を見て笑った。背後に貼られたアフリカの地図に暖炉の炎が映り込んで瞬いている。マーガレットは先を続けるよう身振りでティビーを促した。ティビーは気後れした様子ながらも従った。

「姉が言っているのはこういうことです。ヘレンは頭がおかしくなってしまったのではないかと」

奥の部屋で仕事をしていたチャールズが顔を上げた。

「チャールズ、あなたも来てちょうだい」とマーガレットは優しく声を掛けた。「助けてもらえるかしら？　また問題が起こってしまって」

「さあ、分かりません。実際に起こったことを教えてもらえますか？　今では我々は皆、多かれ少なかれ狂っていますからね」

「実際に起こったことはこうです」時々学者のような明晰さを発揮するティビーが言った。「イギリスに戻ってきてもう三日にもなるのに、ヘレンは我々に会おうとしないんです。銀行にも居場所を言わないように口止めしています。こちらからの質問には答えません。姉はヘレンからの手紙が無味乾燥だと思っています。他にもありますが、一番気掛かりなのはこれらの点です」

「そういう振舞いをしたことはこれまでになかったんだね？」とヘンリーが聞いた。

「そんなの当たり前よ！」マーガレットは顔をしかめて言った。

「マーガレット、当たり前かどうか、どうしてわたしに分かる？」

マーガレットは急にわけもなくイライラして、「ヘレンは自分を愛してくれる人たちの気持ちに背くような子じゃないでしょう」と言った。「それくらいは分かっているはずよ」

「もちろんだよ。ヘレンとはいつだって気が合ったからね」

「いいえ、ヘンリー……分からないかしら……そうじゃないのよ」

　ここでマーガレットは気を取り直したが、その前にチャールズが彼女を観察していた。愚かではあるが注意深く、目の前で繰り広げられる光景を見ていたのである。

「今までヘレンが奇妙な言動をした時は、結局いつも気持ちの問題だったの。そういう振舞いをするのは誰かを気に掛けたり、助けたかったりしたからだった。でも今回は理由が何も見当たらない。わたしたちをひどく悲しませて……だからどこか悪いのかもしれないと思うの。〝頭がおかしくなった〟は言いすぎだけど、きっと具合が悪いの。そうに違いないわ。でなければ妹のことであなたと話し合ったり、いえ、妹のことで迷惑を掛けたりしないわ」

　ヘンリーは真剣になり始めた。具合が悪いというのは、彼にとっては全く確かな現象だった。自分は大概いつも調子が良いので、病気というものは少しずつ進行するということが分からなかった。病人に権利はない、とヘンリーは考えていた。彼らについて考える時は常識を無視してもよく、容赦なく嘘をついても構わない。亡き妻が病気になった際も、ハワーズ・エンドに連れて行くからと言ってそのまま療養所に入れてしまった。今度はヘレンが病気なのだ。ヘレンの捕獲のためにヘンリーが考え出した計画は、巧妙で善意から出たものではあったが、基本的には狼の群れが獲物を追い込むのと同じ手法だった。

「ヘレンを捕まえたいんだね?」ヘンリーは言った。

「それが問題なんだね。そして医者に診せないといけない」

「もう掛かっているお医者様がいるみたいだけど」

「分かったから、邪魔しないで」ヘンリーは立ち上がると、一心に考え始めた。控えめで感じの良いもてなし役としての顔は消え、代わりに現れたのはギリシアやアフリカで一財産を築き、ジンの瓶何本かと引き換えに現地人から森を買い取った男の顔だった。「分かったぞ」しばらくするとヘンリーは言った。「簡単なことだ。任せなさい。ヘレンにはハワーズ・エンドに行ってもらったらいい」

「どうやって?」

「本を取りに行ってもらうことにする。荷物の中から自分で本を探すように言えばいい。君もそこに行って会えばいいじゃないか」

「でもヘンリー、それはダメなの。ヘレンはなにせ……なぜだか分からないけれど……わたしに会おうとしないんだから」

「もちろん、君が行くことは伏せておく。ハワーズ・エンドで本を探しているところに君が現れたらいい。ヘレンが元気そうならそれが一番だが、角のところに自動車を待たせておいて、すぐに医者に診せられるようにしておこう」

マーガレットは首を振った。「それは無理だわ」

「なぜだね」

「無理だとは思わないな」ティビーが言った。「リスクはあるけれど」

「無理なのよ、だって……」と言って、マーガレットは悲しそうに夫を見た。「ヘレンとわたしが話す言葉にそういうやり方はない、と言ったらいいかしら。他の人たちには良い方法だと思うし、その人たちを責める気もないけれど」

「でもヘレンは話さないんでしょう」とティビー。「それが問題なんじゃないか。その二人の間の言葉ってものをね。だからどこか具合が悪いのかと思っている」

「ダメよヘンリー。色々考えてくれて有り難いわ、でもわたしにはできない」

「分かった」とヘンリーは言った。「良心が咎めるということだね」

「ええ、そうね」

「自分の良心に背くことをするくらいなら妹が病気で苦しんでもいい、ということだね。ちょっと嘘をつけばヘレンはスワネージまで来たのに、良心が咎めるからそれをしなかった。わたしだって人並みの良心は持っているが、こういうケース、つまり狂気が疑われるような場合は……」

「狂気じゃないわ」

「でもさっき言ったじゃないか……」

「わたしが言うのはいいけれど、あなたが言うのはダメなの」

ヘンリーは肩をすくめて思わず唸った。「マーガレット、マーガレット！　女というのはいくら教養があっても論理的に話すことができないらしい。さあさあ、わたしだって仕事中なんだ。助けてほしいのか、ほしくないのか一体どっちなんだ？」

「そういう方法で助けてほしいわけじゃないの」

「質問に答えなさい。簡単な質問には簡潔に答える。君は……」

ここでチャールズが唐突に口を挟み、一同を驚かせた。「父さん、今回の件でハワーズ・エンドは使わないでもらえますか」

「なぜだね？」

チャールズは理由を言わなかったが、マーガレットにはどこか遠く離れたところから、チャールズの意図がこちらに伝わって来た気がした。

「あの家はいま滅茶苦茶になっています」チャールズは不機嫌そうに言った。「これ以上のゴタゴタは無用だと僕たちは思っているんです」

「その〝僕たち〟というのは誰なんだ？」とヘンリーは言った。「おいチャールズ、一体誰を指すんだね？」

いで」

「すみませんでした」とチャールズ。「僕はいつも父さんの邪魔ばかりしているみた

マーガレットはすでに、この件を夫に相談しなければ良かったと思い始めていた。だがもう撤回することはできない。ヘンリーはこの件を何とかうまい結論に持っていこうとし、夫がそうして話している間にヘレンの存在はかき消されていくようだった。ヘレンの美しくなびく髪や熱っぽいまなざしには何の意味もなく、病気なのだから権利もなく、ヘレンのためを思う者なら誰でも彼女を捕まえていいのだった。気乗りしないながらも、マーガレットはこの捕り物に参加することになった。ヘンリーの口述で、自分たちの家具や荷物は全てハワーズ・エンドにあって、次の月曜日の午後三時に家政婦がやって来た時に見ることができる、という嘘の手紙を書いた。冷淡な感じの手紙だったが、だからこそ本当らしく聞こえた。ヘレンはマーガレットが機嫌を損ねていると思うだろう。そしてその月曜日になったら、ヘンリーとマーガレットの二人はドリーのところで昼食を取ってから、庭でヘレンを待ち伏せしようというのだ。

マーガレットとティビーが帰った後で、ヘンリーは息子に言った。「ああいうのはやめてもらいたいね。マーガレットは優しいから気にしないだろうが、わたしは気にする」

チャールズは何も言わなかった。

「チャールズ、今日は一体どうしたんだ」

「特にどうもしませんよ、父さん。でもお考えになっているよりも大事《おおごと》になるかもしれません」

「どんな風に？」

「さあ、それは分かりませんが」

第35章

人々は春は気まぐれだなどと言うが、本当の春の日というのはみんな同じようなもので、風が吹いたりやんだり鳥がさえずったりしている。花が新たに咲き生垣の緑が濃くなってくるが、頭上を覆う空はいつも柔らかに青く霞み、同じ生き物たちが木立や牧草地をうろつき見え隠れしているのだ。マーガレットが先日ハワーズ・エンドでミス・エイベリーと過ごした朝と、ヘレンを陥れるためにやって来た今日の午後は、春という天秤の両側に付いた皿のようなものだった。あれから時は流れず、雨も降らなかったのかもしれない。様々な計画や悩みを持つ人間が一方的に自然を困らせ、しまいには涙に霞む目でその姿を眺めるのかもしれなかった。

マーガレットはもう抵抗するのをやめた。ヘンリーのやり方が正しいにせよ間違っているにせよ、善意からしていることには疑いないので、あれこれ言ういわれはなかった。夫を完全に信頼するより他にない。仕事に取りかかる際、ヘンリーの愚鈍な部分は鳴りを潜めた。どんな小さな兆候も味方につけることができ、ヘレンの捕獲もイーヴィーの結婚式と同じくらい滞りなく遂行されるはずだった。

ヘンリーとマーガレットは予定通り朝のうちにヒルトンに向かい、ヘンリーはヘレンが確かに村に来ていることを確認した。ヘンリーは到着してすぐに村中の貸馬車屋に顔を出し、そこの主人たちとしばらく真剣に話していた。何を話していたのかマーガレットには分からない。おそらく本当のところを告げてはいないだろう。しかしとにかく、ドリーのところで昼食を終えた時、ロンドンから汽車でやってきたご婦人が馬車でハワーズ・エンドに向かった、という一報がもたらされた。

「本を持ち帰るために馬車で行ったんだろう」とヘンリーは言った。

「どうもわたしには分からないわ」とマーガレットは言ったが、これはもう百遍も口にした言葉だった。

「さあコーヒーを飲み終えて。出発するよ」

「そうよ、マーガレット。しっかり飲まないと」とドリー。

マーガレットはそうしようとしたが、急に片手で目を覆ってしまった。ドリーはヘンリーに視線を送ったが、ヘンリーは目を合わせようとしない。皆が押し黙っている中、車が玄関前に回されてきた。

「具合が悪いなら」とヘンリーが気遣うように言った。「わたしが一人で行こう。やるべきことは心得ているからね」

「具合が悪いわけじゃないの」マーガレットは手を下ろして言った。「ただただ心配なのよ。ヘレンが本当に生きている感じがしないの。手紙も電報も誰か別の人から来たような感じで。ヘレンの声というものが聞こえないのよ。クレインが駅でヘレンを見たというのも嘘じゃないかしら。こんな話、しなければよかった。チャールズだって心配しているし。そうよ、心配しているわ……」ここでマーガレットはドリーの手を取ってキスした。「ドリーは許してくれるわよね、ほら。じゃあ行きましょう」

マーガレットのこのような様子を、ヘンリーはじっと見ていた。妻がこんな風に取り乱すのは嫌だった。

「ちょっと身支度をしてきたらどうかな」

「時間はあるかしら」

「十分ある」

マーガレットが正面の扉を出て化粧室に行き、掛け金が下りた途端にヘンリーは静かに言った。

「ドリー、わたしは一人で行く」

ドリーは下世話な興奮に目を輝かせ、抜き足差し足、車のところまでついてきた。

「これが最善だと思ったと伝えてくれ」

「はい、分かりました」

「あとは何と説明してもいいから。いいね」

自動車は難なく発進し、何もなければそのまま逃げ切れるはずだった。だがちょうどその時、庭で遊んでいたドリーの子どもがたまたま道の真ん中にしゃがみこんだ。彼を避けようとしたクレインは片方の車輪をニオイアオセイトウの花壇に突っ込んでしまった。ドリーが悲鳴を上げ、それを聞いたマーガレットは帽子もかぶらず飛び出してきて、何とか車の足台の部分に飛び乗った。マーガレットは何も言わなかった。ヘンリーは自分をヘレンと同じように騙そうとしたのだ。夫の不正にははらわたが煮えくり返る思いがして、ヘレンもきっと自分たちに対して同じように感じるだろう、と思った。「こんなことをされても当然なのよね。妥協してこの計画に乗ったバチが当たったのよ」そして至って冷静にヘンリーの謝罪を受け止め、夫を驚かせた。

「君の状態では無理だと思ったんだ」とヘンリーは繰り返した。

「お昼を食べていた時は確かにひどかったわ。でも今はやるべきことがはっきり分かっているの」

「一人で行くのが一番だと思ったんだよ」

「ちょっとスカーフを貸して。風で髪がめちゃめちゃよ」

「いいとも。もう大丈夫かい？」

「ほら、もう手も震えてないわ」

「わたしのしたことを許してもらえるかな？　じゃあ聞いてほしい。ヘレンの乗った貸馬車はもうハワーズ・エンドに着いているだろう（少し遅れてしまったが、気にしないでいい）。着いたらまず初めにその貸馬車を農家の方に回そう。できるだけ目下の者たちの前で醜態を演じたくないからね。そして、ある男には……」そう言ってヘンリーはクレインの背中を指した。「ハワーズ・エンドの敷地内には乗り入れず、門を入るちょっと手前にある月桂樹の茂みの辺りで待っていてもらう。家の鍵は持っているかな？」

「ええ」

「まあ必要ないだろうがね。家の様子を覚えているかい？」

「ええ」

「ヘレンが玄関ポーチのところにいなければ、庭の方に行けばいい。わたしたちの目的は……」

ここまで言った時、医者を乗せるために車が止まった。

「マンスブリッジ君、いま妻にも話していたんだが、一番の目的はミス・シュレーゲルを驚かせないことだ。知っての通りあの家はわたしの所有だから、我々が行くことに何の不思議もない。問題は神経性のものに違いないんだ……そうだろう、マーガレット?」

まだとても若い医師は、ヘレンについて質問を始めた。正常な方ですか? 先天性や遺伝性の病気はありますか? 家族から離れていく原因になるような出来事が何かありましたか?

「いいえ何も」とマーガレットは答えたが、内心では「うちの夫の不品行に腹を立てていましたけれど」と付け加えたらどうなるのだろう、と思っていた。

「彼女には熱しやすいところがあってね」座席にもたれてヘンリーが話を引き取った。車は教会のそばを通り過ぎて行く。「もともと精神論に傾きがちなところはあったが、深刻なものではなかった。音楽や文学や芸術一般が好きだが、至って正常……とても魅力的なお嬢さんだ」

マーガレットの怒りと恐怖は刻々と膨らんでいった。この男たちは自分の妹を分類しようとしている! この後一体どうなってしまうのだろう! 科学の名のもとに何と失礼な！　二人の男が徒党を組んでヘレンに襲い掛かり、人間としての権利を奪おうとしているのだ。マーガレットには、シュレーゲル家全体がヘレンと共に危機に瀕しているように思えた。正常な人たちですか？　ああ何てひどい質問かしら！　こういうことを聞く人に限って、人間性について何も知らず、心理学には退屈し、生理学には脅威を感じているのだ。ヘレンの状態がどれほど悪くても、自分だけは妹の味方でいなければ。もし世間が妹を狂っていると言うなら、二人で一緒におかしくなろう、とマーガレットは考えた。

時刻は午後三時五分だった。自動車は農家のところでスピードを落とし、そこの中庭にミス・エイベリーが立っているのが見えた。ヘンリーは貸馬車が通ったかと聞き、ミス・エイベリーが頷いたその時、道の先の方にその姿が見えた。獲物を狙う獣のように、自動車が音もなく近づいていく。ヘレンは全く気づいておらず、こちら側に背を向けて玄関ポーチのところに座っていた。本当に目の前にいるのだ。ここからでは頭と肩の辺りしか見えない。ヘレンの周りにはブドウの蔓が額縁のように枝垂《しだ》れ、片手で芽をいじっている。風に髪がなびき、太陽を浴びて輝いている。どこも変わったところはないようだ。

車のドア側に座っていたマーガレットは、ヘンリーが止める前に飛び降りた。庭の木戸を開けて中に入り、夫の目の前で閉めてしまう。その音にヘレンが気づいて立ち上がったが、どこか見慣れぬ動きだった。ポーチのところまで来て、マーガレットはこれまで心配してきたこと全ての答えとなる、ある事実を知った。ヘレンは身籠もっていたのだ。

「人騒がせなお嬢さんは無事かな？」とヘンリーが声を上げた。

マーガレットはかすかな声で「まあ、ヘレン……」と言った。家の鍵はここにある。

マーガレットはハワーズ・エンドの扉を開け、妹をそこに押し込んだ。「ええ、大丈夫よ」と夫に告げ、戸口を背に立ちはだかった。

第36章

「マーガレット、一体どうしたんだ！」とヘンリーが言った。

夫の後からマンスブリッジ医師が付いてくる。クレインは門のところで待っていて、貸馬車の駁者も立ち上がっている。マーガレットは男たちに向けて首を振った。もう言葉が出ない。まるで未来の全てがそこに懸かっているかのように、家の鍵を握りしめて立っていた。ヘンリーがさらに何か聞いてきて、マーガレットはまた首を振った。何を言っているのかよく分からない。なぜヘレンを家の中に入れたのか聞いているようだ。「もう少しで木戸にぶつかるところだったじゃないか」とも言っている。すると自分の声がこう返すのが聞こえた。まるで誰かが代わりに喋っているようだ。「あっちへ行って」ヘンリーがさらに近づいて来て繰り返す。「マーガレット、また取り乱して。さあ鍵を渡しなさい。ヘレンをどうしようというんだ？」

「ああ、お願いだからあっちへ行って。わたしが全部やるわ」

「何を全部やるって?」

そう言ってヘンリーは鍵を受け取ろうと手を伸ばしてきた。ヘレンを医者に引き渡そうというのでなければ、マーガレットも従ったかもしれない。

「それだけはやめて」とマーガレットは懇願した。医者はこちらに背を向けて、駁者に質問をしていた。マーガレットの胸に新たな感情が湧き起こってきた。自分は女のために、男たちと闘うのだ。女性の権利にはそれほど興味はないが、男たちよ、ハワーズ・エンドに入るならわたしの屍《しかばね》を越えていきなさい、という気持ちだった。

「さあ鍵をこちらに。妙な始まり方になったものだ」と夫が言う。

医師がやって来て、「妊娠」の二文字をヘンリーに囁いた。ついに事態は公になってしまった。ヘンリーは心底驚き地面を見つめて立ち尽くした。

「こうするしかないの」とマーガレットは言った。「お願いだから待って。わたしが悪いわけじゃないわ。お願いですから、全員お帰りになって下さい」

駁者がクレインに何か耳打ちした。

「ウィルコックスの奥様、お手伝いいただけるものと思っていたんですが……」と若い医師は言った。「中に入って、出てくるように妹さんを説得して下さいませんか」

「一体なぜですか?」マーガレットは急に真っ直ぐ医師の目を見つめて言った。

ここは仕事柄うまく切り抜けなければと思った医師は、神経衰弱だとか何だとか、ブツブツ言った。

「失礼ですが、そういうものは一切ありません。妹に必要なのは別のお医者様です、マンスブリッジさん。もしも診ていただく必要が出てきた時にはご連絡しますから」

「お望みならもっとはっきりとした診断を申し上げますが」とマンスブリッジは粘った。

「そうですね、でもそうなさらなかった。ですから必要なのはあなたではないんです」

「さあさあ、マーガレット!」ヘンリーはうつむいたままで言った。「えらいことになった。本当にひどい。医師の命令なんだよ。ドアを開けなさい」

「ごめんなさい、できないわ」

「それはいけないよ」

マーガレットは黙っていた。

「いずれにしても」と医師は言った。「皆で力を合わせなければ。奥様、あなたが我々を必要として下さるように、我々もあなたの協力を必要としているのです」

「その通り」

「あなた方の力は全く必要ありません」とマーガレットは言った。

ヘンリーと医師は不安そうに顔を見合わせた。

「妹だってそうです。お産まではまだ何週間もありますから」

「マーガレット、マーガレット！」

「ヘンリー、お医者様に帰っていただいて。いらしても何の意味もないわ」

ヘンリーはハワーズ・エンドに視線をやった。何となく、自分はしっかり医師の味方をしなければ、という思いがあった。自分にも助けが必要になるかもしれない。これから厄介なことになるのだから。

「これは愛情の問題です」とマーガレットは続けた。「そう、愛情。お分かりにならないかしら？」といつもの調子に戻って、ハワーズ・エンドの壁に愛情という言葉をなぞり書きした。「分かるはずよ。わたしはヘレンが大好きだけど、あなたはそうでもない。マンスブリッジさんは妹をご存じではない。それが全てよ。愛情というのはそれが報いられた時には、権利を生むの。マンスブリッジさん、これはノートに書いておいて下さいね。役に立つかもしれませんから」

ヘンリーが落ち着くようにと言った。

「何がしたいのか、ご自分でもお分かりになっていないでしょう」マーガレットは腕組みをしながら言った。「納得のいく説明があれば別ですが、それがないんですから。

わけもなく妹を煩わせることになるだけで、それはわたしが許しません。一日中でもここに立ちはだかりますよ」

「マンスブリッジ」ヘンリーが低い声で言った。「今はやめておこう」

男たちの徒党は散り散りになってきた。ヘンリーからの合図を受け、クレインも車に乗りこんだ。

「ねえ、ヘンリー」とマーガレットは優しく言った。これまでの厳しい態度は夫に向けられたものではなかった。「今は行ってちょうだい。後できっとあなたのアドバイスが必要になるわ。腹を立てたりしてごめんなさい。でも本当に、帰ってちょうだい」

ヘンリーは呆然として、なかなか立ち去ろうとしなかった。今度はマンスブリッジ医師の方が、低い声で彼を呼んだ。

「またすぐにドリーのところで」とマーガレットは声を掛け、ついに二人の間でガチャンと門が閉まった。貸馬車は去り、自動車も少しずつバックして向きを変えると細い道に出た。その時道の真ん中を、農家の荷車が何台か一緒にやって来たが、マーガレットはじっと待った。急ぐ必要はないのだ。全てが済んで車が発進してから、マーガレットは家の鍵を開けて中に入った。「ああ、大事なヘレン！　許してちょうだいね」ヘレンは玄関ホールに立っていた。

第37章

マーガレットは内側からドアの掛け金を下ろした。そして妹の頰にキスをするはずだったが、その時ヘレンが妙に厳かな声でこう言った。

「便利ね！　本がこうして並べてあるなんて聞いていなかったわ。必要なものはもうほとんど見つけたの」

「わたしが伝えたことは嘘ばかりだったわ」

「確かにここで会うなんて驚きよ。ジュリー叔母様は本当に病気だったの？」

「それもでっち上げだと思うの？」

「違うと思う」と言うと、ヘレンは顔を背けて少し泣いた。「でもね、こんなことがあると何も信じられなくなるのよ」

「わたしたち、あなたが病気だと思ったのよ。でも、だからといってあんな風に振舞うべきじゃなかったわ」

ここでヘレンは本棚からもう一冊選び出した。

「あなたのこと、誰かに相談なんてしなければよかった。お父様がいらしたらわたしがやったことをどう思われるかしら」

マーガレットは妹を問い詰めたり、責めたりすることは考えていなかった。この先そうしたことが必要になるかもしれないが、まずは妹が犯した罪よりもひどいかもしれない自分の行いを省みずにはいられなかった。父も言っていたではないか、相手を信頼しないことは悪魔の仕業《しわざ》なのだ。

「そうね、嫌な気持ちだったわ」とヘレンは答えた。「わたしの希望を尊重してほしかった。必要ならこうして会うこともしたでしょうけれど、ジュリー叔母様は良くなられたのだから、必要なかったわ。今はこの先の計画を立てないといけないのよ」

「本から離れて」マーガレットが声を掛けた。「わたしに向かって話してちょうだい」

「もう行き当たりばったりに生活するのはやめたのよ。そうでなければ立ち向かえないわ、この先の……」それが何かをヘレンは口にしなかった。「先にどうするか決めておかなければ。六月には子どもが生まれるわ。第一にね、会話したり議論したり、興奮することは良くないから避けなくてはいけないの。もし本当に必要であればするけれど、そうでなければしたくないわ。それにわたしには皆を煩わせる権利がないの。

もうこの国に住めないことは分かってる。イギリス人が絶対に許さないことをしてしまったから。道徳的に許されないわ。身元が割れていないところで生活しなければ」

「でもヘレン、どうしてわたしに話してくれなかったの？」

「そうね」ヘレンは厳かな調子のまま言った。「話しても良かったけど、もう少し待つことにしたの」

「いつまで経っても話してくれなかったんじゃないかしら」

「そんなことないわ。わたしたちミュンヘンでアパートを借りているの」

マーガレットは窓の外に視線をやった。

「わたしたちっていうのは、わたしとモニカのこと。モニカ以外とは会いたくないし、放っておいてほしいの」

「モニカのことは初めて聞いたわ」

「そうね。イタリア人なの、少なくとも生まれはね。ジャーナリストなのよ。ガルダ[1]で出会ったの。わたしの面倒を見るにはあの人が一番だわ」

「彼女のこと、とても好きなのね」

「わたしのことをとてもよく分かってくれたわ」

マーガレットにはモニカがどんなタイプか分かる気がした。「イギリス人になったイタリア人」と呼ばれる、南欧で見かける強硬な女権論者で、尊敬はされるが付き合いたくないと思われる類の女ではないだろうか。ヘレンはどうしようもなくなって、そういう人間に助けてもらっているのだ！

「もう会えないというわけではないのよ」多少の優しさを見せてヘレンは言った。「部屋を用意しておくから、ドイツに来られる時にはいつでも来てほしいし、長く一緒にいられるほどいいわ。でもメッグ、これがどういうことかまだ分かっていないわよね。もちろん難しいと思うわ。ショックでしょう。わたしはもう何か月も自分たちの今後について考えてきたから平気だし、この程度のことで計画は変えられないわ。もうイギリスに住むことはできないの」

「ヘレン、わたしの裏切りをまだ許してくれないのね。そうでなければわたしに対してそんな話し方をするはずがないわ」

「ああメッグ、そもそも何を話せばいいの」ヘレンは本を持っていた手を下ろすと深いため息をついた。そして気を取り直すと言った。「ねえ、どうしてわたしたちの本がみんなここにあるのかしら」

1　イタリア北部の地域。同国最大の湖であるガルダ湖があることで知られる。

「間違いが重なったのよ」

「家具もたくさん荷解きされているし」

「全部なのよ」

「じゃあ誰かが住んでいるの？」

「いいえ、誰も」

「でもあなたがこうしていいって言ったんでしょう」

「この家には今誰もいなくて死んでいるのよ」マーガレットは眉をひそめた。「なぜそんなことを気にするの？」

「興味があるから。わたしが人生に対する関心を全て失ってしまったと思っているかもしれないけれど、わたしは同じヘレンなんだから。この家は死んでいるという感じじゃないわ。この玄関ホールなんて、前にウィルコックスさんたちの持ち物が並んでいた時より生き生きしているみたい」

「いいわ、興味があるのなら話すわね。夫が条件付きでここを使わせてくれることになったの……でも行き違いがあってわたしたちの荷物が荷解きされてしまって、ミス・エイベリーが……」ここでマーガレットは言葉を切った。「ねえ、わたしもうこんな調子で話すのは嫌よ。もうやめるわ。ヘンリーのことが嫌いだからといって、わたしにまでどうしてこんなに辛く当たるのかしら？」

「もう嫌っていないわ」とヘレンは答えた。「女学生みたいな振舞いはやめたのよ。それにね、メッグ。辛く当たってなんかいないわ。でもお姉さんのここでの生活の中にわたしを組み込むっていうのは……無理よ、そんな考えは今すぐに捨てて。わたしがデューシー・ストリートの家を訪問するのを想像してご覧なさいよ。考えられないわ！」

マーガレットは言い返すことができなかった。ヘレンが辛辣になったり興奮したりすることなく淡々と自分の計画を進め、無実を主張することも罪を認めることもなく、ただ自由を求め自分のしたことを責めない人たちと一緒にいたがっているのを見るのは、身を切られる思いだった。どれだけ辛い思いをしてきたのだろう。マーガレットには知る由もないことだった。しかしそれは、昔からの習慣や友人たちからヘレンを引き離すには十分な経験だったのだ。

「メッグ、あなたのことを話して」本を選び終えたヘレンは何となく家具を見ながら言った。

「特に話すようなことはないのよ」

「でも結婚生活はうまくいっているんでしょう？」

「ええ、でも話したくないのよ」

「じゃあわたしと同じね」

「そうではないけれど、話せないの」

「わたしもそうなのよ。困ったものだけど、話そうと思ってもできないの」

二人の間を、何かが隔ててしまった。それは世間というものかもしれず、その世間はこれから先、ヘレンを爪弾きにしようとしているのだ。あるいは、二人を隔てるのはまだ見ぬ第三の命の存在かもしれなかった。いわば、二人が会える場所が存在しなくなってしまったのだ。二人ともひどく苦しんでいて、姉妹の愛情は損なわれていない、と分かっても救いにはならなかった。

「ねえメッグ、外にはもう誰もいないかしら」

「つまりもう行きたいってことなのね」

「そうね……ええ、だってどうしようもないもの。話すことなんてないわ。ジュリー叔母様とティビーによろしくね。それからお姉さんにもありったけの愛を。今度きっとミュンヘンまで会いに来てね」

「もちろんよ、ヘレン」

「それしかないのよ」

そうなのだ。一番恐ろしいのは、ヘレンがすっかり常識的になってしまったことだった。きっとモニカという女がとても良くしてくれたのでこうなったのだろう。

「お姉さんに会えて、懐かしい物も見ることができて良かった」ヘレンは愛情のこもったまなざしで本棚を眺めたが、それはまるで過去に別れを告げているかのようだった。

マーガレットはドアの掛け金を外して言った。「自動車はもういないわ。あなたの馬車が待っている」

先に立って戸口を出ながら、マーガレットは木の葉とその向こうの空を見上げた。こんなにも美しい春が今までにあっただろうか。外に出てみると、立ち去ったはずのクレインが門のところにもたれていて、声を掛けてきた。「奥様すみません、メッセージが届いています」と言い、格子の間からヘンリーの名刺を手渡してくる。

「これはどうしたの？」

クレインの説明によれば、これを持たされすぐに戻って来たそうだ。

マーガレットはカードに目を走らせていら立ちを覚えた。カードの表には、家庭用フランス語でびっしり指示が書かれていた。ヘレンとの話が済んだら、マーガレットは戻って来てドリーの家に泊まるように。「この件については一晩よく寝てから考えなさい」。そしてヘレンには「ホテルの快適な部屋に泊まってもらう」。この最後の指示は特にマーガレットの気に障ったが、考えてみたらチャールズの家には空き部屋が一つしかないので、ヘレンを泊めることはできないのだと気づいた。

「ヘンリーはできるだけのことはしてくれたんだわ」とマーガレットは思った。ヘレンはマーガレットの後について庭に出て来なかった。いざ扉が開いてみると、立ち去る気が失せてしまったのだ。まだ玄関ホールにいて、本棚を離れてテーブルの方に移動していた。奔放で魅力的な、元のヘレンが戻ってきたようだった。

「この家はウィルコックスさんのものよね？」とヘレンは聞いた。

「ハワーズ・エンドのこと、忘れていないわよね？」

「忘れていないかですって？　わたしはいつだって何もかも覚えているわよ！　わたしが言っているのは、この家がわたしたちのものみたいな気がする、ってことよ」

「ミス・エイベリーはすごいわよね」マーガレットは少しヘンリー自身も少し気持ちが明るくなって言った。また少しヘンリーを裏切っているような気がしてきたが、それが心地よかったので抵抗はしなかった。「あの人は亡くなったウィルコックスの奥様を慕っているから、この家を空っぽのままにしておくよりは、わたしたちの物を置いておきたいと思ったのね。その結果、本は全部ここに並べられているというわけ」

「全部じゃないわ。画集は出ていないけれど、それは正しい判断ね。それにわたしたち、お父様の剣を本の間に置くことはしていなかったわ」

「でもここに置くと映えるわね」

「ええ、素晴らしいわ」

「そうね」

「メッグ、ピアノはどこかしら？」

「ロンドンの倉庫に入れたわ。どうして？」

「何でもないわ」

「カーペットがぴったりなのも不思議ね」

「いいえ、このカーペットは失敗よ」とヘレンは断じた。「ロンドンでは書斎にあったものだけれど、ここの床はむき出しの方がいいわ。だってそのままで十分きれいだもの」

「あなたは相変わらず、家具や装飾は控え目なのが好きなのね。じゃあ出発する前に食堂も見てもらえないかしら？　あちらはカーペットがないの」

そこで二人は食堂へ行き、姉妹の会話は自然なものになっていった。

「まあ、お母さまの飾り棚をここに置くなんて！」とヘレンは声を上げた。

「でもイスを見てちょうだいよ」

「まあ！　ウィカム・プレイスは北向きだったわよね？」

「北西よ」

「とにかく、三十年ぶりに日の光を浴びたってわけね。ほら触ってみて。背中がポカポカしているじゃない」

「でもどうして左右対称に並べているのかしら。わたしなら……」

「こっちに来て、メッグ。ここにイスを置いて座れば芝生が見えるわ」

マーガレットがイスを移動させると、ヘレンはそこに座った。

「ええ……でも窓がちょっと高すぎる」

「じゃあ客間にあるイスに座ってみたら」

「わたし、この家の客間はそんなに好きじゃないの。梁が板張りで隠されているでしょう。そうじゃなければとっても素敵な部屋なんだけど」

「あなたって時々すごい記憶力を発揮するのね！　その通りよ。男の人たちが女にとって良かれと思ってしたことが、部屋を損なっている。男には女の求めるものが分からないのよね」

「これからも決して分からないでしょうね」

「そうは思わないわ。あと二千年くらいしたら分かるんじゃないかしら」

「それにしてもイスがすごく素敵に見えるわね。見て、ティビーがスープをこぼしたところよ」

「コーヒーじゃなかったかしら」

ヘレンは首を振った。「そんなはずないわ。あの頃ティビーはまだ小さくて、コーヒーなんて飲まなかったはずよ」

「お父様がまだお元気だった頃かしら？」

「そうよ」

「じゃあ正しいのはあなたで、スープだったんだわ。わたしが考えていたのはもっと後の話で、ジュリー叔母様がいらして、叔母様にはティビーが成長したことがうまく呑み込めなくて、ひどいことになった時のこと。その時はコーヒーで、ティビーがわざとこぼしたのよ。〝ティー、コーヒー、コーヒー、ティー〟とかいうわらべ歌があって、叔母様は毎日朝食の時にティビーに歌って聴かせていたの。待って、どんな歌だったかしら？」

「わたし分かる……いえ、やっぱり分からないわ。ティビーはなんて憎たらしい子だったんでしょう！」

「でも本当にひどい歌だった。まともな神経の人なら我慢できないはずよ」

「ああ、それにあのスモモの木」と、ヘレンがまるでこの家の庭も自分たちの子ども時代の一部であるかのように声を上げた。「なぜあれを見るとダンベルを思い出すのかしら？　あら鶏たちが来たわ。芝生は手入れが必要ね。わたしキアオジ[2]って好きよ……」

ここでマーガレットが口を挟んだ。「歌を思い出したわ。

ティー、ティー、コーヒー、ティー、
それともチョコレートティー

これを三週間、毎朝聴かされたのよ。ティビーが腹を立てたのも無理はないわ」

「いい子になったわよね、ティビーも」

「まあ、あなたもいつかはそう言うと思っていたわ。もちろんいい子ですとも」

その時、呼び鈴が鳴った。

「あら！　何かしら？」

ヘレンが言った。「きっとウィルコックスさんたちが包囲を始めたのよ」

「馬鹿なことを……ほらまた聞こえるわ」

ここで二人の顔から寛《くつろ》いだ表情は消えたが、後に何かが残った。それは姉妹の愛が共通の思い出に根差しているために、自分たちはこれからも別れることはないだろうという思いだった。説明も懇願もうまくいかず、二人が共にいられる場所を求めて、お互いが傷つくばかりだった。しかしその間もずっと、救いはすぐそばにあったのだ。過去の思い出によって現在は聖なるものとなり、確かな鼓動を刻んで、今がどうであろうと未来は子どもの笑い声に満ちている、と告げていた。ヘレンは微笑みを浮かべたままマーガレットに近づくと言った。「いつものメッグね」姉妹はお互いの瞳を覗きこんだ。二人が築き上げてきた内面の生活が、ここに報われたのだ。

呼び鈴が厳かに鳴る。しかし正面のドアを開けても誰もいなかった。マーガレットは台所へ行き、まだ開けていない荷物の間を縫って何とか窓辺にたどり着いた。するとそこにいたのはブリキ缶を持った小さな男の子だったので、二人はまた寛いだ気持ちに戻った。

「まあおチビさん、どうしてここへ?」

2　スズメに似た小さな鳥で、黄みがかった色をしている。

「あの、ぼく、牛乳です」

「ミス・エイベリーの言いつけで来たのね？」マーガレットは少しきつい口調で尋ねた。

「そうです」

「じゃあ戻って牛乳はいりませんと伝えてちょうだい」そしてヘレンに向けて言った。「まだ包囲されたわけじゃないけれど、それに備えた差し入れみたい」

「牛乳は好きよ」とヘレンが声を上げた。「追い返さないで」

「そう、じゃあ取っておきましょう。でも入れものがないし、この子は缶を持ち帰らないといけないでしょう」

「明日の朝、缶を取りに来ます」と男の子は言った。

「その時には誰もいないわ」

「明日の朝、卵も持ってきましょうか？」

「あなた、わたしが先週ここに来た時に干し草の山で遊んでいた子？」

子どもはうなずいた。

「そう、じゃあそこに行ってまた遊んで来なさいな」

「いい子ね」とヘレンが小声で言った。「お名前は？　わたしはヘレンよ」

「トム」

こうしたところがやはりヘレンだった。ウィルコックス家の人も子どもの名前を尋ねることはあるが、お返しに自分の名前を教えることはなかった。

「トム、この人はマーガレットっていうの。家にはもう一人、ティビーって子もいるのよ」

「ぼくのはね、お耳が垂れてるよ」ティビーがウサギの名前だと思ったトムが言った。

「まあ、いい子でしかもお利口さんね。また来てちょうだいね。……なんていい子なのかしら」

「本当にそうね」とマーガレットも言った。「多分マッジの息子ね。マッジにはうんざりだけど。この場所には不思議な力があるわ」

「どういうこと?」

「よく分からないけれど」

「だってわたしも何だかそう思うのよ」

「ここへ来ると、うんざりするようなものは消えて、美しいものだけが残る感じがするの」

「その通りね」と牛乳をすすりながらヘレンも言った。「でもついさっき、この家は死んでいるって言っていたじゃない」

「死んでいたのはわたしの方だったんだわ。さっきはそういう感じがしたのよ」

「そうね、たとえ空っぽでも、この家にはわたしたちより余程しっかりとした生命《いのち》が宿っていると思うわ。それにうちの家具には過去三十年、日の光が当たったことがなかったなんて。ウィカム・プレイスは結局墓場だったんじゃないかしら。ねえメッグ、わたしすごいことを思いついたの」

「何かしら?」

「まずは牛乳を飲んで気持ちを落ち着かせて」

マーガレットは言われた通りにした。

「ダメよ、まだ言わないわ」とヘレンは言った。「だって、お姉さんは笑うか怒るかするかもしれないから。まずは二階に行って、空気を入れ換えましょう」

そこで二人は二階に行って窓を開けて回ったので、家の中にも春の気配が満ちてきた。カーテンが風にはためき、壁に掛かった絵は陽気にカタカタ音を立てた。ヘレンは気持ちが高ぶった様子で、このベッドの位置はここでいい、あのベッドはあそこじゃダメ、と声を上げた。そしてミス・エイベリーが衣装箪笥をまだ二階に入れていないことに腹を立てた。「あれがあったら本当に良い配置かどうか分かるんだけど」

そして窓からの眺めに感嘆した。こうしていると、四年前にあの忘れ難い手紙を書いたヘレンに戻ったようだった。二人が窓から身を乗り出して西の方を眺めていると、ヘレンが言った。「さっきの思いつきだけどね。今晩わたしたち、この家に泊まれないかしら?」

「それは難しいかもしれないわ」とマーガレットは答えた。

「ここにはベッドがあって、テーブルもあるし、タオルだってあるわ」

「そうね。でも誰かが泊まることを想定しているわけではないわ。それにヘンリーの提案では……」

「提案なんていらないわ。わたしの計画はもう変更不能よ。お姉さんと二人、ここで一晩過ごせたら本当に嬉しいわ。心に残る思い出になるもの。ねえメッグってば、お願い!」

「でもね、ヘレン」マーガレットは言った。「それにはまずヘンリーの許可をもらわなければ。多分大丈夫でしょうけれど、あなたもさっき言っていたじゃない、デューシー・ストリートの家を訪問することはできないって。ここに一緒に泊まるのもそれと同じようなものじゃないかしら」

「でもデューシー・ストリートはあの人の家でしょう。ここはわたしたちの家よ。うちの家具があるし、訪ねて来るのもわたしたち好みの人たち。一晩だけでいいからここに仮住まいしましょうよ。トムが卵と牛乳を持ってきてくれるわ。どうしていけないの？　あら、月が出てきたわ」

マーガレットはためらった。そして結局、「それにチャールズが嫌がると思うわ」と口にした。「ここにわたしたちの家具があるだけでも気を悪くしていて、ジュリー叔母様の病気がなければ片付けるはずだったの。チャールズの気持ちも分かるわ。彼にとって、ここはお母様の家なんですもの。だからこの家にはちょっと妙な具合に愛情を持っているのよ。夫のことは何とかできると思うけれど、チャールズに対しては無理よ」

「チャールズが嫌がるのは分かっているわ」とヘレンは言った。「でもわたしはもうすぐあの人たちの人生からいなくなるのよ。もしあの人たちが、〝それにあの女、ハワーズ・エンドに一泊したんだ！〟と言ったところで、長い目で見て何か違いがあるかしら？」

「いなくなるって、どうして分かるの？　そう思うのはもう三度目じゃないかしら」

「だってわたしの計画では……」

「その計画だってこうして変更しているじゃない」

「じゃあ、わたしにとって人生は大いなるものだけれど、あの人たちのはちっぽけだ、と言えばいいかしら」ヘレンはだんだん激してきた。「わたしにはあの人たちに分からないことが分かるから。お姉さんだってそうでしょう。わたしたちは、この世には詩的なものがあることや、行く手に死が待っていることを知っている。あの人たちはそういうものがあるらしい、と思っているだけ。わたしたちにはこの家が自分たちの家だと分かる、だってそういう風に感じられるから。所有権や鍵はあの人たちのものかもしれないけれど、今夜わたしたちは自分の家にいるんだわ」

「もう一度二人きりで過ごせたら、本当に素敵だと思うわ」とマーガレットは言った。「こんなチャンス、もう巡って来ないかもしれないわね」

「そうね、そうしたら何があったか話せるわ」ヘレンは声を落とした。「そんなに素晴らしい話ではないけれど。あの楡の木の下でなら……。正直に言って、この先幸せになれる見込みは薄いと思うの。だからこの一晩だけでもお姉さんと過ごせないかしら」

「わたしにとってもすごく大切な夜になると思うわ」

「じゃあそうしましょうよ」

「躊躇していたらいけないわね。車でヒルトンまで行って、ヘンリーの許可をもらって来るわ」

「あら、あの人の許可なんてなくていいわよ」

だがマーガレットは忠実な妻だった。豊かな想像力に恵まれ詩情を解する割に（だからこそかもしれない）、マーガレットはヘンリーがこの場合取るだろう実際的な態度に共感できた。できれば自分もそのような態度で臨もう。ハワーズ・エンドに一晩泊まりたいというだけで、それ以上のことを望んでいるわけではないのだから、話を一般論にまで拡大させる必要はない。

「チャールズが反対するわ」とヘレンが不満げに言った。

「彼には相談しない」

「じゃあ行ったらいいわ。わたしは何も言わずに泊まってしまおうと思っていたけれど」

この少しわがままなところはヘレンの性格を損なうことなく、むしろ一層魅力的に見せていた。確かにヘレンは許可なくここに泊まり、翌朝ドイツに戻ることもできるのだ。マーガレットは妹の頰にキスをした。

「暗くなる前には戻るわ。すごく楽しみ。こんな素敵なことを思いつくなんて本当にあなたらしいわね」

「素敵なこと、じゃなくて、これは一つの終わりなのよ」とヘレンは悲しげに言った。そしてハワーズ・エンドを離れた途端に、マーガレットはまた悲愴な気持ちに襲われた。

ミス・エイベリーの力が何だか恐ろしくなってきた。一時的にではあるが、自分がハワーズ・エンドに住むことになる、という予言が当たったことに胸騒ぎを覚えたのだ。車で農園のそばを通り抜けた時、小さなトムが干し草の山でとんぼ返りをしているだけで、誰もこちらを見ていなかったのでホッとした。

第38章

ヘンリーがいつもながらに自分の優越性を主張したことで、悲劇は静かに始まった。彼は妻が運転手と言い合う声を聞きつけてドリーの家から出てくると、不躾になっていたクレインをなだめ、マーガレットを芝生に置かれたイスの方へと誘導した。ドリーは例の件をまだ知らされておらず、駆け出してきてお茶でもいかが、と声を掛けた。ヘンリーはそれを断り、妻と二人きりで話したいので乳母車をあっちにやるように命じた。

「でもいい子ちゃんには何も分かりませんわ。まだ九か月にもならないんですもの」とドリーは粘った。

「そんなことは関係ない」とヘンリー。

そこで赤ん坊は声の聞こえない場所に移動させられ、この騒動については大きくなって初めて知ることになった。次にヘンリーの矛先はマーガレットに向けられた。

「わたしたちが恐れていたことなんだね」と彼は尋ねた。

「ええ」

「よく聞いて」とヘンリーは始めた。「これから面倒なことになる。腹を割って本当に率直に話をしない限り、うまく乗り切れないだろう」マーガレットは頭を下げた。「できれば話したくないことについても君に聞く必要がある。わたしはあのバーナード・ショー[1]みたいに、この世に神聖なものなど何もない、と考えている人間ではないからね。こんなことを話さなければいけないのは辛いが、我々は夫婦だ。子どもではないからね。わたしは世間を知っている男だし、君はそこら辺にいるような女とは違うから」

マーガレットはぼうっとしてきた。顔を赤らめ、夫の向こうに広がっている、春めいて青々とした六つの丘に目をやった。妻の変化に気づいたヘンリーはさらに優しく言った。

「君も同じように感じているんだね。かわいそうに！　しっかりしなさい。これだけ

1　バーナード・ショー（一八五六―一九五〇）はイギリスの劇作家。社会主義に関心を持ち、従来の因習や道徳観を痛烈に批判したことで知られる。

聞いたら終わるから。妹さんは結婚指輪をしていたかね？」

マーガレットは口ごもった。「……いいえ」

恐ろしい沈黙があった。

「ヘンリー、わたしが戻ってきたのはハワーズ・エンドのことでお願いがあるからなの」

「話は一つずつだ。次に聞かなければいけないのは、妹さんを誘惑した男の名前だ」

マーガレットはさっと立ち上がると、二人の間にあるイスの背にしがみついた。顔から血の気が引き、蒼白に近くなっていた。妻が自分の質問をこのように受け取ったことが、ヘンリーは嫌ではなかった。

「落ち着いて」ヘンリーは妻を励ました。「こんなことを聞かなければいけないわたしの方が辛いんだ」

マーガレットはぐらりとよろめき、ヘンリーは妻が気を失うのではないかと思った。ようやく口を開くと、マーガレットはゆっくりと言った。「誘惑した男ですって？　いいえ、名前は聞いていないわ」

「ヘレンが言おうとしなかったのかね？」

「誘惑した男のことなんて聞きもしなかったわ」マーガレットはこの嫌な言葉を考え

深げに口にした。

「それは驚いた」だがヘンリーはすぐに考えを変えた。「聞くべきではない、と思うのが普通かもしれんな。だが相手が誰なのか分かるまで我々には何もできない。さあ座って。君がそんなに動転しているのを見るのは本当に辛いよ。君には無理だと思ったんだ。連れて行かなければ良かった」

マーガレットは答えた。「良かったら立ったままでいたいの。そうすれば素敵な六つの丘が見えるんだもの」

「そうか」

「他に聞きたいことはあるかしら、ヘンリー?」

「次に他に分かったことがないか教えてもらいたい。君には洞察力があるからね。わたしにも同じくらいあればと思うよ。妹さんが何も言わなくても、君が察したことはないかな。ほんのささいなことでも我々の役に立つんだ」

「その〝我々〟というのは誰なのかしら」

「チャールズには事務所に電話して知らせた」

「そんな必要はなかったわ」マーガレットはかっかしてきた。「チャールズにはひどい苦痛を与えるだけだわ」

「それで奴はすぐに君の弟さんに会いに行った」

「それも不要よ」

「どういうことか説明させてもらいたい。わたしも息子も紳士だということは分かるだろう。我々はヘレンのためを思って行動しているんだ。つまり、彼女の名誉を守るにはまだ遅くないということだ」

ここでマーガレットは初めて反撃に出た。「相手を見つけ出してヘレンと結婚させるってこと？」

「そう、できればね」

「でもヘンリー、その人が既婚者だったらどうするの？　そういうケースだってあるわよね」

「その場合には自分がやったことの代償として、滅多打ちにしてやる」

こうして最初の攻撃は逸れたが、マーガレットはそれで良かったと思った。どうして自分たち二人の生活を危険に曝《さら》そうと思ったのだろう？　ヘンリーの鈍さが二人を救ったのだ。怒りのために疲れを覚え、マーガレットはもう一度座り直し、夫がこのくらいまでなら妻に話してもいいと思ったことを口にしている間、黙って聞いていた。それが済むとマーガレットは言った。「じゃあこちらからも聞いていいかしら？」

「もちろんだよ、マーガレット」

「ヘレンは明日ミュンヘンに戻るの……」

「そうか、それがいいかもしれないね」

「ヘンリー、最後まで聞いて。妹は明日出発する。今夜、もしあなたがいいと言ってくれるなら、ハワーズ・エンドに泊まりたいと言っているの」

これはヘンリーにとって人生の危機だった。またしても、マーガレットは口にした言葉をすぐに引っ込めたくなった。もう少し慎重に尋ねるべきだった。これは夫が思うより遥かに重要なことなのだと、何とか分からせたかった。しかしヘンリーは自分の頼みを、仕事上の提案であるかのように検討している。

「なぜハワーズ・エンドなんだ?」終いにヘンリーは言った。「わたしが言ったように、ホテルで過ごす方が快適ではないかな」

マーガレットは急いで理由を付け加えた。「変なお願いよね。でもあなたにも分かるでしょう、ヘレンがどういう子で、女がああいう状態の時にどういう風になるかってこと」ヘンリーは眉をひそめ、いら立たしげに身じろぎした。「ヘレンはあの家で一晩過ごせればとても幸せで、自分にとって良いことだと思っているの。わたしもそう思うわ。ヘレンのように想像力豊かな子にとっては、あの家に自分たちの本や家具が並べられていることが慰めになるのよ。ええ、そうだわ。これはあの子にとって、少女時代の終わりなのよ。ここに来る前、最後に聞いたのも〝美しい終わり〟という言葉だったもの」

「じゃあヘレンが自分たちの古い家具を大事に思うのは、感傷的な理由からだというんだね」

「その通りよ。分かってくれたのね。その家具と一緒にいられるのも最後なのよ」

「それは違うだろう。ヘレンがどこに行くにしても、自分の物は持って行けるだろう。いや自分の物だけじゃない、君は妹さんが大好きだから、頼まれたらなんだってあげるだろう、そうじゃないかな。わたしもそれに反対するつもりはない。ヘレンが以前にハワーズ・エンドに住んでいたというなら分かるよ、住まい、いや家というのは……」ここでヘンリーは大事な点を思いつき、意図的に言葉を変えた。「一度住んだことのある家というのは、なぜかしらその人にとって聖なるものになる。どうしてかは分からんがね。思い出と結びついているからとか、おそらくそういったことだろう。だがヘレンはハワーズ・エンドに対してそういう思い出があるわけではない。わたしや、チャールズやイーヴィーにはあるがね。だからどうして今晩あそこに泊まりたいのかがどうも分からない。風邪をひくだけではないかな」

「分からないならそれでもいいわ」マーガレットは声を上げた。「でも空想にだって科学的事実と同じくらいの力があるのよ。ヘレンは空想好きで、あの家に泊まりたがっているの」

するとここでヘンリーは思いがけない矢を放ってマーガレットを驚かせた。これは珍しいことだった。「一晩泊まりたいというのが二晩になるかもしれない。そして住みついてしまうかもしれないよ」

「それで?」マーガレットは崖っぷちが近づいているのを感じた。「もし住みついたら何だっていうの? それが何か問題かしら? 誰にも害を及ぼしたりしないわ」

ヘンリーはまたイライラと身体を揺すった。

「ああ、ヘンリー」マーガレットは息が上がってきて、少し後ろに下がった。「そうじゃないの。わたしたちがハワーズ・エンドに泊まるのは今晩だけよ。明日にはロンドンに連れて行くから……」

「君まであの湿気の多い家に泊まろうと?」

「ヘレンを一人にはしておけないわ」

「それはいけない! 正気の沙汰とは思えん。君はここにいてチャールズに会うんだ」

「さっきも言ったけれど、チャールズに伝える必要なんてなかったのよ。わたしは会いたくない」

「マーガレット……ああマーガレット……」

「この一件とチャールズに何の関係があるの？　わたしには少しは関係があるけれどあなたにはほとんどないし、チャールズには全くないわ」

「ハワーズ・エンドの未来の持ち主として」ヘンリーは両手の指先を合わせながら言った。「チャールズにも関係ないとは言えない」

「あら、どのように？　ああいう状態のヘレンが泊まったら資産価値が落ちるとでも？」

「マーガレット、落ち着いて」

「率直な物言いを、と言ったのはあなたよ」

二人は顔を見合わせた。崖っぷちは今や足元まで来ているではないか。

「ヘレンには同情しているよ」ヘンリーは言った。「君の夫としてできることなら何でもしたいと思うし、ヘレンは罪を犯したというより、被害者だということがこれからはっきりすると思う。しかしだからといって、何事もなかったかのように振舞うことはできない。そうすれば自分の社会的地位に背くことになるからね」

マーガレットはもう一度だけ自分の感情を制御し、「ねえ、もう一度聞いてちょうだい」と口にした。「無茶な要求だけど、不幸な若い女性の願いなのよ。明日にはドイツに行って、もうこの社会を悩ませることはないの。そして今晩、誰も住んでいないあなたの家に泊まりたいと言っているの。その家のことをあなたはさほど気に掛けていないし、もう一年以上も空き家になっている。ねえ、いいでしょう？　許可を与えて下さる？　妹を許してもらえるかしら……あなた自身も許されたいと願い、事実許されたように。この一晩だけでいいから許してあげて。それで十分だから」

「わたし自身も許された……？」

「今そのことは気にしなくていいわ」マーガレットは言った。「さあ答えて」

おそらくマーガレットの意味するところがうっすらと分かったのだろう。しかしヘンリーはそれを打ち消し、自分の砦の向こうからきっぱりと次のような答えを寄越した。

「不親切に聞こえるだろうが、わたしには人生経験があるし、一つのことが容易に別のことに繋がっていくことも知っている。妹さんにはホテルに泊まってもらう方がいいだろう。子どもたちと、愛する妻の思い出があるからね。悪いが妹さんにはすぐにあの家から出て行ってもらいたい」

「前の奥様の話をしたわね」

「えっ？」

「珍しいわ。じゃあわたしもバストさんの奥さんのことを持ち出してもいいかしら？」

「今日の君は変だ」ヘンリーはそう言って、顔色を変えずイスから立ち上がった。マーガレットは彼に近づくとその両手を掴んだ。いつものマーガレットではなくなっている。

「もうたくさんよ！」マーガレットは叫んだ。「死んでもこの二つの件の繋がりを分かってもらうわ、ヘンリー！　あなたには愛人がいたけれどわたしは許した。妹に恋人がいたら……あなたは家から追い出そうとする。繋がりが見えた？　なんて愚かで、偽善的で、残酷な人なの！　ああ軽蔑するわ！　奥様が生きている時に侮辱したくせに、相手が死んだらその思い出が神聖なものであるかのように言って。あなたは自分の快楽のために一人の女を破滅させた男で、その女を捨てたことで別の男が破滅したのよ。あなたの金融上のアドバイスは間違っていたのに、自分には責任がないなんて言って。全部あなたがやったことよ。でもそれが分からないのよね、物事を結び合わせて考えることができないんだから。あなたの中途半端な親切はもうたくさん。今まで甘やかしすぎたわ。あなたはこれまでの人生でずっと甘やかされてきた。ウィルコックスの奥様もあなたを甘やかした。あなたの本性を面と向かって言った人は誰もいないのね……あなたの頭の中はゴチャゴチャよ、それはもう犯罪的なくらいに。あなたみたいな男は後悔しているふりをして人の目をくらまして、実際のところ反省なんてしてやしないのよ。自分で自分に言ってごらんなさい、〝ヘレンがしたことは、自分もやったことだ〟って」

「その二つのケースは違う」ヘンリーはしどろもどろになって言った。まだ反撃の準備ができていなかったのだ。頭がぐらぐらして、もう少し時間が必要だった。

「あらどんな風に違うの？　あなたは奥様を裏切った。ヘレンは自分を裏切っただけよ。あなたは世間に留まれるけれど、ヘレンは去らなければならない。あなたは楽しんだだけ、ヘレンは死ぬかもしれない。よくもこの二つは違うなんて言えたものね、ヘンリー」

しかしこう言っても無駄だった。ヘンリーからの反撃があった。

「君はわたしを脅迫しているようだね。それは妻が夫に対してしていいことではないと思う。脅しには決して屈しないのがわたしの人生のモットーだから、さっき言ったことを繰り返す他ない。君と妹さんがハワーズ・エンドに泊まることは許可できない」

マーガレットはヘンリーの手を放した。ヘンリーは家の中に入り、まず一方の手をハンカチで拭いてから、もう一方も拭いた。マーガレットは少しの間、戦士たちの墓であり春爛漫の六つの丘を眺めて立っていた。そして夕闇に消えていった。

第39章

チャールズとティビーは、ティビーがその時に滞在していたデューシー・ストリートの家で会った。その会見は短く、取るに足りないものだった。英語を話すという以外に全く共通点のない二人が、この共通語を使って意思の疎通を図ったのだが、うまくいくはずがなかった。チャールズはヘレンを一家の仇《かたき》と見なしていた。シュレーゲル家の中でも一番の危険人物と考え、今回の一件に腹を立てると同時に、自分がいかに正しかったか早くドリーに知らせたいと思っていた。やるべきことは分かっている。これ以上恥をかかされる前に、あの女を厄介払いしなくては。可能であればその悪い男だか、愚か者だかと結婚させてやる。しかし、これは単に道義上必要だからそうするまでで、チャールズの本当の目論見はそこにはなかった。チャールズは今回のことに本当に心底から嫌悪を感じ、これまでの経緯をありありと思い出していた。憎しみを抱えていると、過去のバラバラな出来事も一つの線で繋がって見えるものである。

まるで手帳に並ぶ項目のように、チャールズにはシュレーゲル家が張ったキャンペーンの全貌が見えてきた。まず妹へレンがポールを誘惑し、次に自分の母の妙な走り書きの遺言があった。それから姉のマーガレットが自分の父と結婚し、あちらの家の家具が運び込まれて荷解きされた。この時まだチャールズはヘレンがハワーズ・エンドに一泊したいと言っているのは知らなかった。もし知っていたら、これが先方からのとどめの一撃だと思い、彼の側も思い切った反撃に出ただろう。しかしチャールズはすでにシュレーゲル家の狙いはハワーズ・エンドだと感じており、自分はこの家に何の思い入れもなかったが、守らなければと決意を新たにした。

その一方で、ヘレンには自分が正しいと思うことをする権利があると考えていた。慣習ろにいて、ヘレンには自分が正しいと思うことをする権利があると考えていた。慣習に人質を取られていない場合、慣習を超越して考えることはそう難しくない。そもそも女性に比べると男性の方が自由に振舞うことができたし、独立して生計を立てる独り者にとって困難なことなど何もないのだ。チャールズと違いティビーには十分な金があった。それは彼の祖先が遺してくれたもので、もし今の下宿が気に入らなければ別のところに移れば良いだけだ。ティビーには余暇があり、しかし他人に共感する気持ちには欠けていた。こういう態度は、単に勤勉なのと同じくらい致命的だった。冷たく取り澄ました教養をちょっと培うことはできても、そこに芸術が花開くことはない。マーガレットとヘレンにはシュレーゲル家の危うい面が分かっていたし、自分たちを海から引き揚げてくれた金の島のことを決して忘れなかった。しかしティビーが賞賛するのは自分自身だけで、島に這い上がろうと奮闘したり、海面下にいたりする人間のことは軽蔑していた。

このようなわけだから、二人の会見がうまくいくはずもなかった。チャールズとティビーの間にある深い裂け目は経済的かつ精神的なものでもあった。しかしこの会見によって判明した事実もある。学生のティビーにはとても逆らえないような圧力をかけて、チャールズが聞き出したのだ。ヘレンが外国に行ったのは何月何日だったか？　誰のところに行ったのか？（チャールズはドイツで噂が広がるのを恐れていた）。それから作戦を変え、荒っぽくこんなことを口にした。「君が姉さんを守らなければいけないんだぞ、分かっているのか？」

「それはどういう意味です？」

「もしもよその男がうちの妹を弄んだりしたら、僕ならそいつを撃ち抜いてやる。でも君は気にしていないみたいだ」

「気にはしていますよ」とティビーは言い返した。

「じゃあ誰が怪しいか分かるな？　言ってみろ。誰かこいつじゃないかって奴がいるはずだ」

「いえ、そんな男はいません」と言いながら、図らずもティビーは顔を赤らめてしまった。オックスフォードの自室でのやり取りを思い出したからだ。

「何か隠しているな」とチャールズは言った。会見が進むにつれて、チャールズはこの点を執拗《しつよう》に追及した。「最後に会った時、姉さんは誰かの名前を口にしていなかったか？　イエスかノーで答えろ！」チャールズは大声を出し、ティビーは縮み上がった。

「僕の部屋に来た時、バスト夫妻とかいう友人の話をしていましたけれど……」

「誰だそのバスト夫妻というのは」

「ええと……イーヴィーの結婚式に来ていたヘレンの友達です」

「思い出せんな……いや、そうか！　分かったぞ。身なりの悪い奴らが現れた話を叔母がしていたな。君が会った時にはそいつらの話ばかりしていたんだな。男がいたんだな？　姉さんはそいつの話をしていたか？　それとも、おい、君も会ったことがある男か？」

ティビーは黙りこんだ。意図せずして誰にも言わないというヘレンとの約束を破ってしまったのだ。人間生活にあまり関心がないので、あることをしたら次はこうなる、ということが分からないのだ。ティビーは正直であることは大切だと思っていたし、今まで何か約束すればそれを守ってきた。したがってヘレンに不利なことをしてしまっただけでなく、自分の内なる欠陥を見つけて、非常に動揺していた。

「なるほど。君はその男と通じていたわけだ。奴らは君の部屋で密会していたんだな。ああ、なんという一家だ！　かわいそうなのは父さんだ……」

気づいた時には、ティビーは一人になっていた。

第40章

レナードは、のちに新聞で大きく取り上げられることになるが、その日の夕方には特にどうということのない存在だった。月はまだ家の背後に隠れていて、木々の根元は黒々としている。しかし見上げれば辺り一面、広々とした牧場のずっと先まで月明かりに包まれていた。この時のレナードは一人の人間というより、これから起こることの原因のように思えた。

おそらくそれは、ヘレンに特有な恋の仕方のせいだっただろう。マーガレットには奇妙に思えるやり方だった。今感じている苦痛も軽蔑の気持ちも、ヘンリー本人とは切り離せないからだ。しかしヘレンは生身の人間を忘れてしまう。彼女にとって他の人間というのは、自分自身の感情を宿すための殻のようなものだった。ヘレンは同情したり、自己を犠牲にしたり性の衝動を感じることはできても、男と女が一度は性に溺れ、しかしそれを乗り越えて僚友関係を結びたいと願う、最も気高い愛の形を知らないのではないだろうか？

マーガレットはこのように思ったが、妹の行いを咎めるような言葉は口にしなかった。何といってもこれはヘレンの晩なのだから。悩みの種は目の前にもう嫌というほどある。友人や社会的特権を失い、母になることの大いなる苦行についてはまだ分かっていることも少ないのだ。だから今は月が明るく輝き、日中の疾風が静まって春風が優しくそよぎ、恵みの大地が平和をもたらすのを静かに見守っていよう。マーガレットは心の内でもヘレンを責めようとは思わなかった。ヘレンが犯した罪は道徳的な物差しでは判断できないものだ。大騒ぎをするか何事もなかったことにするか、そのどちらかしかない。道徳は、人を殺すことは人の物を盗むことよりも悪い、という具合に大抵の犯罪を誰もが納得する順番に並べているが、ヘレンの罪はそのように分類できないものだった。道徳がこの点に関して断定的に言えば言うほど、それは不確かなものに聞こえてくるだろう。キリストも姦通罪に関してははっきりしたことを言っていない。ヘレンのような人間にさっさと石を投げようとする者は、物事を結び合わせて考えることのできない人たちなのだ。

そう、この晩はヘレンのものだった。何とも高い代償を払って手に入れた晩なのだから、他者の悲しみによって損なわれるべきではない。自分とヘンリーの間に起こったことについて、マーガレットは一言も妹に話さなかった。

「悪いことが起こると、一つの要素だけを切り離して考えがちになるわ」ヘレンはゆっくりと言った。「わたしはウィルコックスさんのことを、レナードに破滅をもたらしたその他のことから切り離して考えていたの。だから結果として、同情と復讐心でいっぱいになってしまった。ウィルコックスさんだけが悪いとその前から何週間も思っていたから、オニトンのホテルでお姉さんからの手紙が届いた時には……」

「あんな手紙、書かなければ良かった」マーガレットはため息交じりに言った。「結局ヘンリーを守ることはできなかったんですもの。過去を整理するのは、たとえそれが自分以外の人のためだとしても、なんて難しいのかしら！」

「バストさんたちを切り捨てるのが、お姉さん自身の考えだとは知らなかったのよ」

「いま思うと間違った考えね」

「いいえ、いま思えば正しい判断だったと思うわ。自分の愛する男性を救おうとするのは当然よ。わたしはもう正義にはそれほど興味はないわ。でもレナードもわたしも、ウィルコックスさんがそう書かせたと思ってしまった。彼の無神経さもここに極まれり、ってね。すっかり気が立っていて……バストさんの奥さんは二階にいたの。わたしは様子も見に行かず長いことレナードと話していたわ。わけもなく相手をやり込めたりして、その時にはもう危ういと気づかなければいけなかったのに。あの走り書きが届いた時、お姉さんのところに行って理由を説明してもらおうと思ったの。でもレナードは自分には何となく分かると言った……自分は知っているけれど、マーガレット、あなたが知ってはいけないことがあるってね。わたしはしつこく問い詰めたわ。そうしたら、自分の妻に関係のあることで、誰にも知られたくないと言うの。わたしたち、最後までバストさん、シュレーゲルさん、と呼び合っていたわ。わたしには全部話してほしいと言いかけてレナードの目を見たら、ウィルコックスさんに一度じゃなく二度破滅させられた、と分かったの。だから彼を引き寄せて、話をさせた。わたし自身もすごく寂しかったの。だからレナードが悪いんじゃない。こちらが何もしなければ、わたしのことを崇拝しているだけだったと思うわ。ひどいと思うでしょうけれど、彼には二度と会いたくないの。お金をあげて、終わったことにしようとしたわ。ああメッグ、こういうことについて分かっていることってなんて少ないんでしょう！」

そう言ってヘレンは近くにあった木の幹に顔を埋《うず》めた。

「そして、一つのことがどんな風に次に繋がるかについても分かることは少ないわ。二度ともそこにあったのは寂しさと、夜と、終わった後のパニックだった。レナードもポールとの一件の反動から生まれたのかしら？」

マーガレットはしばらく黙っていた。ひどく疲れていて話に集中できず、あの豚の歯、楡の木の樹皮に刺さった歯痛に効く歯の方に気を取られていた。マーガレットが座っているところから、それはほの白く光って見えた。その数を数えようとしていたのだ。「狂ってしまうよりは、レナードの方がいいと思うわ」とマーガレットは答えた。「わたしはポールとのことの反動で、あなたが正気を失うところまで行ってしまったのかと心配だったの」

「実際レナードを見つけるまではそんな感じだったわ。でも今は違う。ねえメッグ、わたしはヘンリーを好きにはなれないし、あの人のことを良く言うこともできないけれど、あのやみくもな嫌悪感はもうないの。ウィルコックスさんたちに対する猛烈な反発はもう感じないわ。なぜお姉さんがあの人と結婚したか今なら分かるし、とても幸せになれると思う」

マーガレットは答えなかった。

「そうよ」と繰り返すヘレンの声は柔らかくなった。「わたしにもついに分かったのよ」

「わたしたちの小さな動きを全て分かっているのは、ウィルコックスの奥様だけなんじゃないかしら」

「もう亡くなっているから……そうね」

「いいえ、そうじゃないわ。あなたもわたしもヘンリーも、あの人の大きな精神の一部に過ぎない、って気がするの。奥様には全てが分かっていた。あの人は全てなのよ。この家でもあり、その上に傾《かし》いでいる木でもある。人それぞれの生き方があるように、人それぞれの死に方があって、もしも死の向こう側には何もないとしても、その〝何もなさ〟にも違いがあると思うの。奥様が持っていた叡智《えいち》が、わたしみたいな人間の知恵と同じようにこの世から完全に消えてしまうとは思えないわ。あの人は本当に物事を理解していた。もしも二人の人間が恋していたら、たとえその場にいなくてもそれが分かったのよ。ヘンリーが裏切った時も、知っていたに違いないわ」

「おやすみなさい、ウィルコックスの奥様」

「まあ、おやすみなさい、ミス・エイベリー」

「どうしてあの人がわたしたちのために色々してくれるのかしら？」ヘレンが低い声でつぶやいた。

「本当にどうしてかしら？」

ミス・エイベリーは牧場を横切り、農家との境にある生垣のところに消えていった。一度はヘンリーが塞いだ生垣の切れ目がまたできていて、かつて運動ができるように庭を改造して芝生にしたところは今や小道になり、ミス・エイベリーが通った跡に夜露が光っている。

「ここはまだわたしたちの家とは言えないわね」とヘレンが言った。「ミス・エイベリーの声が聞こえた時、わたしたちは旅人に過ぎないんだって気がしたわ」

「どこに行ってもそうなんでしょうね。そしていつまで経っても」

「でも訪れる場所に愛着を持っている旅人よ」

「行く先々で泊まる所が自分の住まいだというふりをする旅人ね」

「いつまでもふりばかりしていられないわ」とヘレン。「この木の下に座っていると忘れていられるけれど、すぐにまたドイツの月を見ることになるんだわ。お姉さんが良くしてくれてもこの事実は変えられない。一緒に来てくれるのでなければね」

マーガレットは一瞬考えこんだ。これまでに自分のイギリス愛はすっかり深まっているから、この地を去るのは本当に辛い。しかし何が自分を引き留めるというのだろう？ ヘンリーは自分がカッとなったことを許してくれるに違いないし、相変わらず偉そうに振舞い続けて、自分をごまかしたまま豊かな老年期を迎えるだろう。それでいいのかしら？ 彼の記憶から消えてしまう方がいいのかもしれない。

「本気で言っているの？ わたし、モニカとうまくやっていけると思う？」

「それは難しいと思うわ。でも本気で頼んでいるの」

「今はもう、新しい計画の話はしないでおきましょう。これ以上過去を振り返るのも」

二人はしばらく押し黙っていた。この晩はヘレンのものなのだ。

現在という時が、小川の流れのように二人のそばを行き過ぎた。木がざわめく。この木は二人が生まれる前から音楽を奏で、いなくなった後もずっと奏でるだろう。しかし、その歌は今この瞬間《とき》の歌だった。今という瞬間《とき》が過ぎる。また梢《こずえ》が揺れる。姉妹の五感は研ぎ澄まされ、人生というものを理解したようだった。そして人生は過ぎゆく。また木がざわめく。

「もう寝ましょう」とマーガレットが口にした。

田舎の静寂が、身体に染み透ってくる。記憶とは何の関係もなく、希望ともほぼ関わりのない平安。それは特に、来るべき五分間の希望とは無関係だった。これは現在の平安で、人知を超えたものなのだ。静寂は「今」と囁き、二人が砂利道を歩いて家に戻る時にも「今」、父親の剣に月光が降り注ぐ中でも「今」と呟いた。姉妹は二階に上がってキスを交わし、いつまでも続く囁きの中で眠りについた。はじめ家の影が楡の木に落ちていたが、月が高く昇るにつれて二つは離れていき、真夜中には少しの間まったく離れていた。マーガレットはふと目覚めて庭を眺めた。この静寂の夜を自分にもたらしたのがレナード・バストだとは、なんて不思議なことだろう！　彼もまた、ウィルコックスの奥様の精神の一部なのだろうか？

第41章

レナードのその後は全く違うものだった。オニトンを訪れた後の数か月で小さなトラブルがたくさんあったが、自分がしてしまったことへの後悔の念が全てを圧倒していた。ヘレンが過去を振り返る時は哲学的な物の見方ができたし、将来を考えて子どものために色々計画することもできた。しかし父親になるレナードには、自分の犯した罪の他は何も見えなかった。何週間も経って他のことをしている最中に、彼は急に叫び出した。「ちくしょう、お前は人でなしだ……。僕は……」そしてこの時から二つの人格に分かれて会話するようになってしまった。雨が茶色に見え、人々の顔や空をかき消してしまうこともある。ジャッキーさえも夫の変化に気づいた。朝目覚めた時に襲ってくる苦しみが一番いけなかった。時には幸せな気持ちで目覚めることもあったが、すぐに自分の犯した罪の重さがのしかかり、思考の全てを押し潰すようだった。こてで身体を焼かれ、剣《つるぎ》に刺し貫かれるような感じがすることもあった。そんな時、レナードはベッドの端に腰掛け、心臓に手を当てて嘆いた。「ああ、どうすれば、一体どうすればいいだろう」何をしても気の休まる時がなかった。犯した罪から距離を置くことはできたが、罪の意識は彼の心の中でどんどん膨らんでいった。

悔恨というのは、永遠の真実のひとつではない。ギリシア人がこれを真実に含めなかったのは正しかった。復讐の女神エリニュスが特定の人間や罪だけを罰するのと同じで、その働きはあまりに気まぐれだった。人間が更生する方法としても、後悔の念は最も無駄が多い。毒された部分と一緒に、人間の健全な部分まで切り取ってしまうからだ。その意味では、悔恨というものは悪事そのものよりも、ずっと深いところまでナイフを突き立てると言える。レナードはこの苦しみを経て清められたが、弱くなってしまった。二度と自分を制御できなくなることがない、という点では以前より善い人間になったが、そもそも自制すべき情熱をあまり持たない、卑小な人間になってしまった。そして、清められたことが心の平安をもたらすわけでもなかった。悔恨という名のナイフを振りかざす癖は、情熱そのものと同じくらい抑え難いもので、悪夢にうなされては自分の叫び声で目覚めることが続いた。

そうしてレナードは実際の出来事とはかけ離れた状況を思い描くようになった。悪かったのはヘレンの方だということは、彼には全く思いも及ばないことだった。二人があの晩熱心に話し込んだことや、率直に話す自分が魅力的に見えたこと、闇に包まれ小川のせせらぎが聞こえるオニトンでのあの魔法のような時間は、レナードの記憶から抜け落ちていた。実のところ、ヘレンは絶対的なものを愛したのだった。レナードは絶対的に破滅した男であり、ヘレンの目には世界から切り離され孤立した男として映った。冒険と美しいものが好きな本物の男、他人に迷惑をかけず程々の暮らしをしたいと思っていたのに、途方もない運命に踏みにじられ、より良い生を奪われた男に見えたのだ。イーヴィーの結婚式はヘレンの考えを歪めてしまった。糊付けをしたお仕着せを着込んだ使用人たち、大量に残った手つかずの食べ物、着飾った女たちが立てる衣擦《きぬず》れの音、自動車から道路に滴る油、気取ったバンドが奏でる安っぽい音楽……。ヘレンはオニトンに着いた途端、こうしたものを寄せ集めた澱《おり》に触れた。そしてホテルに移動した後、闇に包まれ自分たちの失敗を噛みしめながら、ヘレンはこうしたイメージに酔いしれた。犠牲になった男と自分が、現実から切り離された世界で二人きり。そしてヘレンはおそらく半時間ほど、絶対的にレナードを愛した。

しかし朝になるとヘレンは立ち去っていた。彼女が残した走り書きは優しく、しかし取り乱した調子で、大変細やかな心配りがあるものだっただけに相手をひどく傷つけた。レナードはあたかも自分の手で芸術品を壊してしまった、ナショナル・ギャラリーにある絵画が額縁から外れてしまった、という感じを覚えた。ヘレンの能力や社会的立場を考えると、通りかかった最初の人が自分を打ち据えても文句は言えないと思った。ホテルのウエイトレスや駅の赤帽に対してさえビクビクした。そして最初はジャッキーのことも恐れていたが、しばらくすると妻に対して奇妙に優しい気持ちになり、こう考えた。「結局僕たちの間に違いはないんだ」と。

シュロップシャーにあるオニトンへの旅はバスト夫妻を完全な破滅に追い込んだ。慌てて逃げ出したヘレンはホテル代を払っていかず、二人がロンドンに戻るための切符も持ち去ってしまったので、帰宅するためにジャッキーの腕輪を質に入れなければならなかった。そして最大の衝撃はその数日後にやってきた。ヘレンは五千ポンドの譲渡を提案してきたが、レナードにとってそんな金額には何の意味もなかった。ヘレンが必死に自分の行為を正当化しようとしていること、悲惨な状況から何かを救おうとしていることが、彼には分からなかった。しかしレナードも何とかして生きていかなければならない。そこで自分の家族に頼ることにして、物乞いを生業《なりわい》とするところにまで身を落とした。他に方法はなかったのだ。

「レナードからの手紙だわ」と姉のブランシュは思った。「今頃になって手紙を書いてくるなんて」そして夫の目に触れないように隠し、夫が仕事に行ってから読んで心を痛め、自分の衣装代から少し捻出して、放蕩者の弟に送った。

「まあ、レナードから手紙が！」数日後、もう一人の姉ローラにも手紙が届いた。夫に見せると、その夫は横柄で素っ気ない返事を書いたが、ブランシュよりも多額を同封したので、レナードはしばらくするとまた手紙を書いた。

冬の間にこの仕組みが発達することになった。レナードには自分が野垂れ死にすることはない、そうなったら家族にとっては取り返しのつかない痛手だから、ということが分かった。社会は家族を基盤にしているので、ちょっと頭を使えばろくでなしでもこれを最大限に利用して生きていけるのだ。こうしてどちら側にも相手を思いやる気持ちのないまま、次々とポンドが送金された。施しをする側はレナードを嫌い、レナードも彼らに憎悪の念を持つようになっていった。ジャッキーとの結婚をローラが非難した時には、レナードは苦々しい気持ちでこう考えた。「姉さんはまだそんなことを気にしているのか！ 真相を知ったら何て言うだろう？」ブランシュの夫が仕事を見つけてきた時には、レナードはもっともらしい理由をつけて断った。オニトンではあんなに必死に仕事を探していたのに、その後の心労のせいですっかり働く意欲を失い、勤労不能な人間の一人になってしまったのだ。平読師をしている兄は返事を寄越さなかったので、ジャッキーと一緒に歩いて兄さんのいる村まで行く、ともう一度書き送った。これは別に脅迫のつもりではなかったが、兄は郵便為替を送ってきて、これもまたレナードの生きていく仕組みの一部になった。こうして冬が過ぎ、春もまた過ぎていった。

こうした恐ろしい状況の中で、良かった点が二つあった。一つはレナードが自分の過去を誤魔化さなかったことだ。レナードは生きており、もしそれが己の罪深さを感じるためだけだったとしても、生きていることは素晴らしい。それに多くの人間は自分の犯した罪を何とか誤魔化し、気を楽にして生きているが、レナードはそうした鎮痛薬を口にしようとはしなかった。

もし一日でも忘却を飲みこめば、
わたしの魂はそれだけ卑小になる[1]

これは厳しい言葉で、これを書いたのも厳しい人間だったが、人間の根底にあるものを言い当てているだろう。

もう一つの明るい点は、レナードがジャッキーに対して優しくなったことだった。軽蔑的な同情心から何があってもジャッキーを捨てなかった時とは違い、いまやもっと気高い慈悲の心を持って妻に接するようになった。なるべくイライラしないように努め、彼女の飢えたまなざしが何を欲しているのだろうと考えるようになった。それは当人も言葉にできないもの、自分も他の男も、誰にも与えてやることのできないものかもしれない。ジャッキーは正当な慈悲を受けることができるのだろうか――この忙しない世間がジャッキーのような女にはなかなか与えようとしない慈悲を？　ジャッキーは花が好きで、金のことにも大らかだし、執念深いところもない。もしも二人の間に子どもがいたら、レナードも彼女を本気で愛したかもしれなかった。もしレナードが独身なら、親戚に金をせびるようなこともせず、ただ世間から消えて死んだに違いない。だが人生とはそう容易いものではない。レナードは妻を養わねばならず、ジャッキーが着飾るための羽根や好みの食べ物を手に入れるために、家族にたかって生活するという穢《けが》れた道に足を踏み入れたのである。

そんなある日、レナードはマーガレットと弟の姿を目にした。場所はセント・ポール大聖堂だった。雨宿りと、以前に自分を導いてくれた絵をもう一度見るために足を踏み入れたのだ。しかし、中は薄暗かったせいで絵はよく見えず、さらには「時」も

1　ジョージ・メレディス（一八二八―一九〇九）の詩『現代の恋』の一節。

「審判」も今やレナードの内側にあった。彼を魅了するのはケシの花が咲き乱れ、人々が永遠に憩う「死」のみだった。絵を一目見てから、レナードは当てもなくイスが並んでいる方へ向かって行った。すると通路の向こうの方にマーガレットと弟がいることに気がついた。人々が行き交う中に佇み、ひどく思いつめた表情をしている。ヘレンのことで何か困ったことになっているに違いない。

レナードはすぐに逃げ出してしまったが、いったん建物の外に出ると、二人に声を掛ければ良かったと思った。自分の人生に一体どんな価値があるというのだろう？罵声を浴びせられることや、牢獄に入れられることすら、大したことではないのではないか？　自分は過ちを犯した——本当に恐ろしいのはその事実だ。マーガレットたちがどこまで知っているにせよ、自分の知っていることは全部話そう。そう思ってレナードはもう一度大聖堂に足を踏み入れたが、その間に二人は移動し、ヘンリーとチャールズに事の次第を打ち明けに行ってしまっていた。

マーガレットの姿を見たことで、レナードの悔恨は新たな方へ向かうようになった。犯した罪を告白したいと思うようになったのだ。この欲求を覚えるということは気弱になり、他人と関わる上での核を失いかけている証拠だが、無視できるものでもなかった。レナードは懺悔《ざんげ》をしても自分が幸せになれるとは思っていなかった。それよりむしろ、自分を苦しめる呪縛から解き放たれたいという思いがあった。自殺願望もこれと同じである。こうした衝動には似通ったところがあるが、自殺の罪深さは後に残される人々の気持ちを考えない点にある。他方、罪を告白したところで誰も傷つけることはない。懺悔はイギリス文化には馴染まず、イギリス国教会には無視されているが、[2]レナードには罪を告白したいと思う権利があった。

それに彼はマーガレットを信頼していた。いまやあの厳しさを欲していた。冷静で知的な人だから、優しさはないとしても公正に対処してくれるだろう。もしそうしろと言われればヘレンに会うことだってする。それが考えうる限り一番の罰だった。そしてマーガレットからヘレンがどうしているか聞くこともできるだろう。それが自分にとっては一番の報いになる。

レナードはマーガレットのことは何も知らず、もうヘンリーと結婚したかどうかも分からなかったので、再び彼女を見つけるまでに数日かかった。セント・ポールでの遭遇の後、同じ日の夕方に雨の中をウィカム・プレイスに行ってみたが、新しいマン

2　同じキリスト教でもカトリックの場合は聖職者に向かって犯した罪を告白する「告解」があるが、プロテスタントの流れを汲むイギリス国教会にこうした仕組みはない。

ションが立ち始めていて、姉妹は引っ越した後だった。自分のせいだろうか？　自分のせいであの人たちの属する社会から追われることになってしまったのか？　それから公共図書館に行き住所氏名録を調べたが、姉妹に該当しそうなシュレーゲルという名は見つからなかった。翌朝もレナードは捜索を続けた。昼時にはヘンリーの事務所の前でウロウロして、事務員たちが出てくると「すみませんが、あなたの上司は結婚されていますか？」と声を掛けた。ほとんどの事務員はこちらをじろりと見るだけで、「お前に何の関係があるんだ？」と言う者もいたが、口の軽い男が一人いてレナードの望む答えを返してきた。しかし、結婚した二人がどこに住んでいるのかは分からなかった。そこで再び住所氏名録を調べたり、地下鉄に乗ったりということが必要になった。こうしてデューシー・ストリートの家が見つかったのは月曜日で、その日マーガレットは夫と二人でヘレンを捕まえるためにハワーズ・エンドに出かけていたのである。

レナードがデューシー・ストリートを訪問したのは午後四時頃だった。天気は良く、白と黒の三角模様のついた大理石の階段に日光が躍っていた。呼び鈴を鳴らした後、レナードは視線を落としそれを見ていた。最近どうも身体の具合がおかしい。身体の内側で扉が開いたり閉じたりしているようで、夜も壁を背にして座った状態で寝ていた。メイドが出てきたが顔は見えなかった。あの奇妙な茶色い雨が突然降って来たからだ。

「こちらはウィルコックスの奥様のお宅ですか」

「いまはお留守です」という答えが返ってきた。

「いつお戻りでしょうか」

「聞いてきます」とメイドは家の中に戻って行った。

マーガレットが自分の名前を出して訪ねて来る人たちをすげなく追い返すことがあってはならない、と伝えていたのである。レナードの身なりを見て扉にチェーンを掛けてから、メイドは喫煙室にいるティビーのところへ行った。ティビーはそこで寝ていた。結構な昼食を取った後だったのだ。この時はまだヘレンの妊娠が分かっておらず、チャールズから会見を申し込む電話が掛かってくる前だった。ティビーは眠そうに言った。「どうだったかな。ヒルトン……ハワーズ・エンドに行くとか言ってい

た。誰だい?」

「聞いてまいります」

「いやそれには及ばないよ」

玄関先に戻ったメイドはレナードに告げた。「お車でハワーズ・エンドに行かれま

した」

レナードは礼を言い、ハワーズ・エンドというのはどこなのか聞いた。

「まあ質問の多い方ですね」とメイドは言った。しかしマーガレットから何でも正確に伝えるよう言われていたので、この人に言って大丈夫だろうかと思いながらもハワーズ・エンドはハートフォードシャーにあると伝えた。

「それは村の名前でしょうか?」

「村ですって! ウィルコックス様のお宅ですよ。いくつかあるうちの一つです。奥様の家具は今あちらにあるんです。村の名前はヒルトンです」

「なるほど。それでいつ戻られますか?」

「シュレーゲル様はご存じないそうです。そんなに何もかも分かるわけありませんでしょう」そう言ってメイドはバタンと扉を閉め、けたたましく鳴り響く電話の方へ向かって行った。

こうしてレナードはもう一晩、苦しい夜を過ごすことになった。罪を告白する機会は遠のいてしまった。帰宅するとすぐベッドに入り、月光が差し込んで床に映る部分が少しずつ移動していくのをじっと見ていた。そして、何かが心に重くのしかかっている時によくあるように、部屋の他のものに対しては眠っていて、その明るい部分に対してだけ目覚めているという状態に陥った。ああ恐ろしい！ そして自分の中で、あの支離滅裂な対話が始まった。「何が恐ろしいんだ？ 普通の月の光じゃないか」「でも動いているよ」「それは月が動いているからだろう」「でも握り拳みたいじゃないか」「それが何だっていうんだ？」「こちらに手を伸ばしてくる」「別にいいじゃないか」月光は動きを速めてレナードが掛けている毛布に這い上がってきた。そして今度は青い蛇が現れ、並んでもう一匹現れた。「月には何か住んでいるのかな？」「もちろん」「でも生物はいないと聞いたように思うけれど」「時間や死、裁き、小さな蛇などはいない」「小さな蛇だって！」レナードは憤慨して大きな声を上げた。「何てことを！」レナードは意志の力を振り絞って、部屋の他の部分に対しても覚醒した。すると徐々に、隣で眠っているジャッキー、ベッド、食べ物、イスに掛かっている自分たちの衣服などにも意識が向き、今まで感じていた恐怖は水の上に波紋が広がるように消えていった。

「ねえジャッキー、ちょっと出かけて来るよ」

ジャッキーは規則正しく寝息を立てていた。月の光は縞模様の毛布にくっきりと落ち、彼女の足元にあるショールを照らし始めていた。自分はどうして月が怖いなどと思ったのだろう？ レナードは起き上がって窓のところへ行き、澄み切った空を次第に低いところへ移動していく月を眺めた。その表面にある火山や、優雅な勘違いのために「海」と名付けられた明るい部分が見える。しかし今まで月に光を投げかけていた太陽が、今度は地上を照らし始めたので、そうした火山や海も白んできた。「晴れの海」も「静かの海」も、「嵐の大洋」も、透き通った一滴《ひとしずく》になって永遠の曙《あけぼの》の中へと消えていく。それなのに月を恐れていたとは！

レナードは月光と太陽の光が混ざったほのかな明かりの中で着替え、手元の金を勘定した。またかなり少なくなっていたが、ヒルトンまでの往復切符を買うことはできる。小銭が立てる音にジャッキーが目を開けた。

「まあ、レン。どうしたの」

「やあジャッキー。また後で」

ジャッキーは寝返りを打つとまた眠ってしまった。

家主はコヴェント・ガーデンで商売をしていて朝が早いので、表玄関の鍵はすでに開いていた。レナードはするりと外に出て駅までの道を歩いていった。始発までまだ一時間ほどあったが、列車はもうホームの端に停車していたので、乗り込むと横になり眠った。やがてガタンと身体に振動が伝わり、列車は朝日の中を走っていた。キングス・クロス駅構内から青空の下に出たのだ。トンネルがいくつかあり、一つ抜けるごとに空は一層青くなり、フィンズベリー・パークの川岸から日の出が見えた。太陽の姿はまだはっきりとせず、東の工場地帯に立ち上る煙の陰に見え隠れする様子は、車輪か沈みゆく月の仲間のようだった。太陽はまだ青空の主人とは言えず、僕《しもべ》に過ぎないのだ。レナードはまた少しウトウトした。テウィン川を越える頃には、日はだいぶ高くなっていた。汽車の左手には土手とそこに架かる橋の影が落ち、右手にはテウィンの森と、野性味のある不死の伝説を持つ教会が見えた。テウィン墓地の墓の一つから六本の木が生えているのは事実だ。伝説では、その墓に眠るのは無神論者で、もし神が実在するなら自分の墓から六本の木が生えるだろうと言い遺したらしい。ハートフォードシャーには他にもこうした言い伝えがある。教会のさらに向こうには隠者の家があり、ウィルコックス夫人はこの人を知っていた。独り引きこもって予言を書き連ね、何もかも貧者に施した人だった。そしてこれらの間にビジネスマンが住む村が散らばり、彼らはもっと実直に人生を見ているが、それは目を半分瞑《つむ》った実直さだった。これら全てに太陽は降り注ぎ、鳥はさえずり、黄色のサクラソウや青いイヌフグリがあちこちに見え、こうしたものたちがどう思おうと、この田園は「今」という声を上げていた。レナードはまだ解放されておらず、列車がヒルトンに近づくにつれ悔恨の念はより深く胸を刺し貫いた。だが、それは美しいものになっていた。

特別に朝が早い住人たちはすでに朝食の最中だったが、ヒルトンの村の大半はまだ眠っていた。しかしレナードが田園地帯に足を踏み入れると様子が違ってきた。その辺りの男たちは夜明けと共に起床する。彼らの生活時間を決めるのはロンドンの事務所ではなく、農作物と太陽の様子なのである。この男たちが人間として最良の部類である、というのは感傷的だろうが、少なくとも彼らは日光の下で生活している。彼らはイギリスの希望だ。不器用な手つきで太陽の松明を運ぶのはこの男たちの役目で、然るべき時が来たらイギリスはこれを受け取るだろう。国民の半分は無骨な田舎者で残り半分は寄宿学校出の堅物だが、まだ高貴な血統を取り戻し、自作農の人々を育む可能性は残されている。

採石場のところで、一台の自動車がレナードを追い越していった。自然が好むもう一つのタイプである帝国主義者だ。健康で常に活動的なこの種の男たちも大地を受け継ごうと、農業を営む人々と同じ速度で着実に地に満ちている。イギリスの美徳を国外に広める超《スーパー》自作農のような存在として彼らに喝采を送りたい気にもなるが、実は帝国主義者は本人たちが自負し、我々の目にもそう見えているような存在ではない。彼らは破壊者なのだ。コスモポリタニズムを推し進めている、ということで彼らの野心は満たされるかもしれないが、この男たちが受け継ぐ大地は単調な灰色だろう。

自分の犯した罪で頭がいっぱいのレナードは、内在的な善はこの世ならぬどこか別のところにあるのだろうと思った。これは学校で習った楽観主義とは違うものである。真の喜びが表面的なものを全て洗い清めるまで、何度でも太鼓は打ち鳴らされ、悪鬼《ゴブリン》たちは宇宙を端から端まで渡っていく。これは逆説的なところのある確信であり、レナードが抱える哀しみから出てきたものだった。死は人間を滅ぼすが、死について考えることは救いになる——というヘレンの考えがこの感覚を一番うまく説明しているかもしれない。薄汚れた悲劇も我々が内に抱える偉大な感情に訴えかけ、愛の翼を強くすることができる。そうなることがある、だが必ずそうなるとは限らない。悲劇は愛の僕《しもべ》ではないのだから。だがそうなることがある、というこの驚くべき真理がレナードの心を慰めた。

ハワーズ・エンドが近づくと、もう何も考えられなくなった。心の中には矛盾する感情が共存していた。恐れているが幸せで、恥じ入りつつも何の罪も犯していないような気持ちだった。口にすべき言葉はもう分かっていた。「ウィルコックスの奥様、わたしは過ちを犯しました」と言えばいいのだ。しかし夜明けと共にこの言葉も意味を成さなくなり、自分はいま素晴らしい冒険に出ている、という気分になっていた。

庭に足を踏み入れると、停めてある自動車にもたれて息を整え、開いていた玄関の扉から家の中に入った。これなら罪を告白するのは容易いことだ。左手の部屋から人々の話し声が聞こえ、マーガレットの声も交じっていた。そして誰かが大きな声で「バストさん」と口にし、見覚えのない男が言った。「何だと、ついにやって来たか。別に驚くものか。滅多打ちにしてやる」

男がレナードの襟首をつかみ、「何か棒を持ってこい」と叫んだ。女たちが金切り声を上げる。何かギラギラした棒が振り下ろされた。当たったところではなく心臓が痛い。そして本が雨のように降り注いできて……何も感じなくなった。

「ウィルコックスの奥様」とレナードは口にした。「わたしは過ちを犯しました」

「水を持ってこい」平然としたままチャールズが命じた。「気絶したふりをしているだけだ。もちろん刃先は使っていない。外の空気に当てろ」

こうしたことにはチャールズの方が詳しいだろうと思ったマーガレットは、言う通りにした。三人はレナードを玄関先の砂利道に横たえ、ヘレンが水を振りかけたが彼は死んでいた。

「もういい」とチャールズが言った。

「そうですよ。人殺しまでしたんですから、もう十分です」チャールズが振り下ろした剣を持って、家の中から出てきたミス・エイベリーが言った。

第42章

前の日チャールズはデューシー・ストリートの家でティビーと会い、そのまま帰宅したが、何が起こっているか知らされたのはその晩も遅くなってからだった。一人で夕食を済ませていた父親がチャールズを呼び、真剣な口調でマーガレットの居場所を尋ねた。

「僕には分かりませんよ、父さん」とチャールズは答えた。「ドリーは夕食の時間を一時間近く遅らせてお待ちしていたんですが」

「戻って来たら知らせてくれ」

そしてさらに一時間が経過した。使用人たちは就寝し、チャールズはどうすべきか聞きにもう一度父のところに行ってみた。マーガレットはまだ帰って来ていなかった。

「僕はいくらでも遅くまで起きて待っていますがね、今夜はもう戻って来ないんじゃないでしょうか。妹さんと一緒にホテルに泊まっているのでは？」

「そうかもしれんな」ヘンリーは考え深げに言った。「そうかもしれん」

「何か僕にできることはありますでしょうか？」

「いやチャールズ、今晩はもういい」

ヘンリーはこんな風に丁寧に呼び掛けられるのが好きだった。視線を上げ、いつもより優しいまなざしで息子を見つめた。チャールズは少年のようであり、強い大人の男のようでもあった。妻が当てにならないと分かっても、自分にはまだ子どもたちがいる。

真夜中を過ぎた頃、ヘンリーは息子の部屋のドアをノックした。「どうも眠れない。お前に話せば少しはましになるだろう」

父が蒸し暑いとこぼすのでチャールズは庭に連れ出し、二人の男は寝間着のまま歩き回った。父親が事の顛末を話している間、チャールズは黙って聞いていた。マーガレットが妹のヘレンと同じくらい悪い女だということは、自分にはとうに分かっていた。

「朝になれば気分も変わるだろう」とヘンリーは言ったが、もちろんバスト夫人と自分の過去の関係については一切触れなかった。「だが、こういうことが続くのを黙って見ているわけにはいかない。妻が妹と一緒にハワーズ・エンドにいるのは確かだ。

あの家はいまわたしのもので、将来はお前のものだ。あの家に滞在してはいけない、とわたしが言ったらそれは許されないんだ。こんなことを大目に見るわけにはいかない」そう言ってヘンリーは腹立たしげに月を見やった。「それにこの問題はもっと大きいことに繋がっているように思う。不動産の権利ということだ」

「その通りだと思います」とチャールズも答えた。

父は息子と腕を組んだが、なぜか話をすればするほど息子への好意が薄れていくのを感じた。「夫婦喧嘩をしたとは思わないでもらいたい。妻は単に気が立っているだけだ。この状況なら誰でもそうなるだろう。ヘレンにはできるだけのことをしてやりたいが、そのためにもあの家はすぐに明け渡してもらいたい。分かるな？　それが絶対条件だ」

「じゃあ明日の朝八時に、僕が車で行きましょう」

「八時かそれより前だ。わたしの使いとして来たと言って、それからもちろん乱暴はいけないよ」

翌朝チャールズがハワーズ・エンドに行って自宅に戻ってきた時、レナードは死んで砂利道に横たわっていたが、チャールズには自分が乱暴を働いたとは思えなかった。死んだのは心臓病のせいだ。マーガレット自身がそう言っていたし、ミス・エイベリーですらチャールズが刃先の平らな面しか使っていないと認めた。村を通り抜ける道すがら、チャールズは警察に知らせた。警察官は礼を言い、検分が必要とのことだった。自宅に戻ってみると父が目の上に手でひさしを作り、庭に立っていた。

「ひどいものです」チャールズは重々しく言った。「二人ともいましたよ。そしてあの男も」

「あの男とは……?」

「昨日話した男です。バストという」

「何てことだ! そんなことが!」ヘンリーは思わず声を上げた。「お前の母親の家で! チャールズ、あそこは母さんの家じゃないか!」

「ええ、僕もそう思いましたよ。でも実は奴についてはもう片付きました。末期の心臓病で、懲らしめてやる前に死んじまったんです。今ごろ警察が検分しているでしょう」

ヘンリーは息子の言葉を注意深く聞いていた。

「あの家に着いたのは……まあ七時半より遅いってことはなかったでしょう。エイベリー婆さんが暖炉に火を入れようとしていました。二人はまだ二階から降りてきていなかったので、僕は客間で待ちました。顔を合わせた時はお互いにそこそこ礼儀正しく、落ち着いていましたよ。何か匂うぞ、とは思いましたがね。父さんの伝言を伝えるとマーガレットさんは〝ええ、はい。分かったわ、はい〟と、あのいつもの調子でした」

「他には？」

「それで僕は約束しました。マーガレットさんが妹さんと一緒に今夜ドイツに発つという伝言を〝愛をこめて〟伝えると。でも話ができたのはそこまででした」

ヘンリーはやや安堵したようだった。

「というのも、あの男、隠れているのに嫌気が差したんじゃないですかね。マーガレットさんが突然あいつの名前を叫んだんです。それで奴を迎えてやろうと玄関ホールへ行きました。そうすべきでしたよね、父さん？ あまりにひどいと思ったんです」

「すべきだったかって？ それは分からんが、そうしなければわたしの息子とは呼べんな。そうしたら奴は、その……その場でへたり込んだってわけか？」ヘンリーは「死んだ」という簡単な言葉が口にできなかった。

「本棚に縋りつきましてね、奴の身体に本が落ちてきましたよ。だから剣は置いて奴を庭に運んでいきました。気絶したふりをしていると皆思っていたんです。でも死んじまってた。ひどい話だ！」

「剣だと？」とヘンリーは心配そうに声を上げた。「それは何だ？　一体誰の剣なんだ？」

「あの人たちのものです」

「剣で何をしようとしていた？」

「いいですか、何でもいいから手近にあるものを使わなければいけなかったんです。馬に当てる鞭もステッキもなかったので。あの人たちの古いドイツの剣の、平らな面で一、二度肩の辺りをしばいてやっただけですよ」

「それで？」

「言った通りです、奴は本棚に手を掛けて倒れた」とチャールズは言ってため息をついた。これだから父親のために何かをするのはやり切れない。満足するということを知らないのだから。

「だが本当の原因は心臓病だな？　それは間違いないな？」

「そうです、それか発作ですね。まあこの嫌な話題については審問の時にもっと聞けるでしょう」

そして二人は朝食を取るために家の中に入った。チャールズは車で出かける前に何も食べていなかったので、割れるような頭痛がした。それにこれからが心配だ。警察が審問のためにヘレンとマーガレットの身柄を拘束したら、全容が明るみに出るかもしれない。そうなったらもうヒルトンにはいられないだろう。醜聞があった家のそばに住み続けることはできない……ドリーがかわいそうだ。しかし、ようやく父さんにもあの二人が性悪女だと分かったのは慰めになる。ひと悶着あって、おそらくあの女とは別れることになるだろう。そうしたらもう一度やり直そう。母さんが元気だった頃みたいに。

「警察署に行ってくる」朝食が終わるとヘンリーが言った。

「まあどうしてですの？」と、まだ何も知らされていないドリーが声を上げた。

「分かりましたよ、父さん。どちらの車で行かれます？」とチャールズ。

「いや歩いて行く」

「一キロ近くありますよ」と言って、チャールズはもう庭に出ていた。「四月にしては日差しが強いですから、僕がお連れします。その後ちょっとテウィンの方まで行ってみませんか？」

「年寄り扱いしやがって」ヘンリーは不機嫌そうに言った。チャールズの口元がこわばる。「お前たち若者は車に乗ることばかり考えている。歩いて行きたいんだ。歩くのが好きだからな」

「ああ、分かりました。僕は家にいますから何かあれば呼んで下さい。今日は事務所には行きませんよ、その方が良ければ」

「その方がいいだろう」と言って、ヘンリーは息子の腕に触れた。

チャールズにはこれが気に食わなかった。今朝の父さんは何か変だ、と不安な気持ちになった。どこか気まぐれで、まるで女みたいなのだ。父さんも歳を取ってきたということだろうか？　ウィルコックス家の人たちは薄情だというわけではない。愛情はふんだんにあるが、使い方が分からないだけなのだ。それは紙ナプキンにくるまれた能力のようなもので、情に厚い男であるにもかかわらず、チャールズは滅多に相手を喜ばせることができなかった。父親がのろのろと足を引きずっていく後ろ姿を見ながら、彼は漠然と、どこかで何かが違っていれば、と惜しむような気持ちになった。その正体は（チャールズにはそのように表現することはできなかったが）、若い頃〝わたし〟について話すことを教わらなかったのを惜しむ気持ちだった。チャールズはマーガレットが父の気持ちに背いた埋め合わせをしたいと思ったが、父がつい昨日までとても幸せに過ごしていたことも知っていた。あの女はどんな手を使ったのだろう？　きっと何かインチキな手を使ったはずだが、それにしても一体どうやって？

ヘンリーは十一時になって、とても疲れた様子で戻ってきた。審問は明日行われ、警察はチャールズにも出頭を求めている。

「そりゃそうでしょうね」とチャールズは言った。「もちろん僕が一番重要な証人ですから」

第43章

マーガレットには、ジュリー叔母様の病気から始まって、レナードの死によってもまだ終わらないこの恐ろしい混乱から、健全な生活が再び姿を現すとはとても思えなかった。出来事が次から次へと起こり、それぞれの間に論理的な繋がりはあるものの、意味を見出すことができないのだ。人々は個性を剝ぎ取られ、トランプカードのように気まぐれな価値を与えられてしまった。ヘンリーがああして、それでヘレンがこうしたのをヘンリーが間違っていると思った、という流れ自体は自然だった。そして、夫のしたことは間違っている、と自分が思ったことも。レナードがヘレンのことを気にしてやって来て、チャールズがそれに腹を立てたのももっともだ。しかし全体として見ると、どうも非現実的な感じなのだ。こんな風に原因と結果がもつれ合う中で、一人一人の本当の人間性は一体どこに行ってしまったのだろう？　ここにレナードが身体の不調から亡くなり、庭に横たわっている。でも生きることが深い、深い河だとすれば、死は青空なのではないだろうか。あるいは生きることが家ならば、死は牧草の束や花、それか塔のようなものかもしれない。生と死はあらゆるものであり、全てのものでもあるけれど、トランプのキングがクィーンを取り、エースがキングを取るような、この整然とした狂気とは違う。そう、この世には、足元に横たわるレナードが追い求めた美や冒険があるのだ。墓場のこちら側にだって希望はある。いまわたしたちを苦しめている限界の向こうには、もっと真なる関係というものがあるはずだ。囚人が夜空を振り仰ぎ瞬く星々を眺めるように、マーガレットもこの恐るべき騒乱の日々の中にあって、より神聖な神の力と呼ぶべきものを垣間見た気がした。

そして恐怖のあまり口が利けなくなりながらも、お腹の子どものために落ち着こうとしているヘレンや、取り乱すことなく優しい口調で「誰もこの人に、自分が父親になることを教えてあげなかったんだね」と呟いているミス・エイベリーの姿も、この恐怖が結末ではないことを示していた。自分たちがどんな最終的な調和に向かっているのかは分からないが、もうすぐこの世界に一人の子どもが生まれてきて、世界が持つ美や冒険を味わう機会に与《あずか》ること、これは確かなようだった。マーガレットは朝日に照らされた庭を歩き回り、白地に真紅の斑《ふ》入りの水仙を集めてきた。他にすべきことはない。電報と怒りの時間は終わったのだから、レナードの手を胸の上で組み合わせ、花でいっぱいにしてやるのが最善に思えた。ここに子どもの父親がいる、それだけでいいのではないだろうか。卑しく薄汚いものは悲劇に変わればよい。その悲劇の目には星がきらめき、両手に日没と曙を携えている。

官憲の男たちが出入りし始め、低俗で辛辣なマンスブリッジ医師が戻ってきた時でさえ、マーガレットの永遠の美に対する信念は揺るがなかった。科学は人間を説明することはできても、理解はできない。科学は何世紀もの間、骨や筋肉を対象としてきて、今や神経というものについて知ろうとしているようだが、それで人間の理解が進むとはとても思えない。マンスブリッジのような相手に自分のことを話したとしても、人間の心の秘密については何も分からないだろう。彼らは何でも白黒つけたがるし、そこから先には進めないのだ。

マーガレットは、チャールズについて細々《こまごま》と聞かれたが、その時は何もおかしいとは思わなかった。死が訪れ、それは心臓病のせいだと医師も言っているのだ。男たちはお父様の剣を見せて下さい、と言った。マーガレットは、チャールズが腹を立てたのはもっともだが、誤解に基づくものだったと述べた。レナード本人についての質問はひどいものだったが、マーガレットはひるむことなく答えた。そして警官たちは再度チャールズについて尋ねた。「もちろん、ウィルコックスさんの行動が死を招いたのかもしれないけれど」とマーガレットは答えた。「でも遅かれ早かれ亡くなっていたはずです。皆さんお分かりのことと思いますが」そしてようやく男たちは礼を言い、剣とレナードの遺体を村の方へ運んで行った。マーガレットは床の上に散らばった本を拾い集めた。

ヘレンはミス・エイベリーの農園に連れて行かれた。ヘレンも取り調べを受ける必要があるが、身重なのでそちらで行う方がいいということになったのだ。しかしここでもひと悶着あった。ミス・エイベリーの姪マッジとその夫が、ハワーズ・エンドで起きたこととの巻き添えを食うのはご免だ、と言ったのだ。そして実際、彼らの言い分はもっともだった。世間というものはいつも正しくあろうとして、果敢にも慣習に逆らおうとする者にはたっぷり報復してくるのだ。シュレーゲル家の人々は、かつて「大切なのは自分と友人の自尊心だけよ。それ以外に大切なものなんてありはしないわ」などと話したものだったが、いざとなるとそれ以外のことも大いに大切だった。しかし結局マッジが折れ、ヘレンは明日まで農園に滞在させてもらい、心安らかに過ごせることになった。そして明後日にはドイツに戻るのだ。

マーガレットは自分も一緒にドイツへ行くつもりでいた。ヘンリーからは何の伝言も届いていない。こちらが折れて謝罪するのを待っているのかもしれなかった。自分の結婚生活の破綻を振り返ってみて、マーガレットに後悔の念はなかった。ヘンリーの行動を許すことはできないし、許したいとも思わなかった。あの時夫に対して言ったことは完璧で、一字一句たりとも改めたいとは思わなかった。この世の不正を正すため、生きている間に一度は言わなければならないことだった。自分は夫だけではなく、似たような他の多くの男たちに向けてあの言葉を発したのだ。この商業中心の時代を牛耳る男たちの内側に巣くう闇への抗議として。ヘンリーは自分抜きの生活を送るようになるだろうが、こちらから謝ることはできない。自分の不貞とヘレンがしたことはほぼ同じなのに、ヘンリーはその明らかな繋がりを認めることを拒んだ。従って自分たちの愛も、その結果を受け止めねばならない。

そう、もうすべきことは何もなかった。二人は共に崖には近づかないようにしたが、おそらくいつか転落することは避けられなかったのだろう。そして未来もまた避けがたくやって来る、と思うことでマーガレットは慰められた。無意味に見えるこの原因と結果の連鎖もきっとどこかに向かっているのだろうが、自分にはそれがどこなのか分からない。こんな時、精神は内向きになり、そこに流れる深い河の水面《みなも》に抱《いだ》かれて死者と対話し、以前に考えていたよりも卑小とは言わないが別の形で、この世の栄光というものを目にする。マーガレットは物の見方を変え、ささいなことに注意を払うのはやめにした。実は冬の間中この道を辿っていたのが、レナードの死によって決定的なものになった。ああ、目の前の現実に目を開かれると同時に、ヘンリーは自分の人生から消えゆく運命にあるのだ！　そして彼の面影と共に、彼に対する自分の愛だけが残るのだ。それはまるで、夢の中から掬《すく》い上げたカメオ細工のように儚いものだった。

マーガレットにはヘンリーの未来がはっきりと見えた。すぐにまた世間に向かって健全な精神を見せ、たとえ芯の部分が腐っていても、彼自身も世間も気にしないだろう。そして時に女のことで感傷的になることはあっても、誰とでも酒を酌み交わす金持ちで陽気な老人になる。権力に固執し、チャールズ以下の家族を自分に従属させ、かなり歳を取ってからしぶしぶ現役を退くだろう。そしてヘンリーだっていつかは落ち着かなければならないのだが、マーガレットにはそれが想像できなかった。ヘンリーはいつも自分が動いているか、周囲の人間を動かしているかで、それがずっと続くのではないかしら。でも彼だってそのうちに疲れて動けなくなり、落ち着く時が来る。それに続くのは避けがたいあの言葉――魂が天国に行く。

自分たちはそこで出会うだろうか？　マーガレットは永遠の生を信じていた。永遠に続く未来があることを、いつも自然に受け入れてきた。そしてヘンリーも永遠の生を信じていた。すると二人はまた出会うのだろうか？ 彼はそういった理論を嫌っていたが、人間は墓の向こうでも延々と階級分けされているのではないだろうか？　へンリーの位が高いにせよ低いにせよ、自分と同じということがあるだろうか？　こうした物思いにふけっていると、ヘンリーからの迎えがやって来た。クレインが自動車で来たのだ。他の使用人たちはどんどん入れ替わるのに、無作法だし忠実でもないこの男だけはなぜか変わらず運転手をしている。マーガレットはクレインが嫌いだし、相手もそれを知っていた。

「ウィルコックスさんはここの鍵が必要なの？」マーガレットは尋ねた。

「何もおっしゃっていませんでした、奥様」

「メモも何もないのね？」

「何もおっしゃいませんでした、奥様」

一瞬考え込んでから、マーガレットはハワーズ・エンドの戸締りをした。この家に束の間宿った温もりが、これを最後に消え去ってしまうのは不憫だった。マーガレットは台所の暖炉に入った火をかき消し、石炭を外の砂利道に撒《ま》いた。窓を閉め、カーテンを引く。あんなことがあったから、ヘンリーはこの家を売ってしまうだろう。マーガレットは夫を許さないと決めていた。二人に関する限り何も新しいことは起こっていないのだから。もし今朝の事件がなかったとしても、昨夜から気持ちは変わっていないだろう。ヘンリーはチャールズ宅の門の外に出ていて、車が近づくと止まるように合図した。マーガレットが車を降りると、ヘンリーは虚《うつ》ろな様子で「庭に入って話そう」と言った。

「ここで話した方がいいと思うわ、悪いけれど」とマーガレットは答えた。「わたしの伝言は聞いてくれたかしら？」

「何の伝言だね？」

「ヘレンと一緒にドイツに行くわ。もう戻ってこないつもりよ。昨日の夜話したことは、あなたが思うよりも大事なことだったの。あなたを許すことはできないし、もう一緒にいることはできない」

「今とても疲れているんだ」とヘンリーは傷ついた調子で言った。「今朝はずっと歩いていたし、どこかに座りたい」

「ええ、ここの草の上でも良ければ」

北街道の両側には本来であればずっと耕作地が続いているはずだった。しかしヘンリーのような人間がその大部分を自分のものにしてきた。マーガレットは向かいの六つの丘がある側に移動した。そして二人はチャールズやドリーから見えないように、端の方に腰を下ろした。

「鍵ならここにあるわ」とマーガレットは言い、ヘンリーの方にそれを放《ほう》った。鍵は日の当たる芝の土手に落ちたが、ヘンリーは拾おうとしない。

「話したいことがある」とヘンリーは優しい口調で言った。

この上辺の優しさや、いかにも急用だという様子はマーガレットにはお馴染みで、男をもっと敬うよう仕向けているだけだと分かっていた。

「聞きたくないわ」とマーガレットは返した。「妹は具合が悪くなりそうだし、わたしは一緒にいると決めたの。ヘレンとわたしと生まれてくる子どもとで、何とか生活していけるようにしなければ」

「どこに行くつもりだね」

「ミュンヘンよ。ヘレンの体調が許せば、審問が終わったら発つわ」

「終わったらと言ったね？」

「ええ」

「どういう結果になるか分かっているんだろうね」

「心臓病でしょう」

「そうじゃない。故殺罪[1]だ」

マーガレットは思わず足元の草の間に指を滑らせた。丘が生きているかのように動いた。

「故殺罪だ」ヘンリーは繰り返した。「チャールズは監獄に行くかもしれん。本人にはとても言えない。一体どうしたらいいのか……。わたしは壊れてしまった……。もうお終いだ」

これを聞いてもマーガレットの心に急に温かな気持ちが湧いてくることはなかった。ヘンリーが壊れてしまうことが唯一の希望だとその時は分からなかったし、苦しんでいる相手を腕にかき抱くこともしなかった。しかし、この日とその翌日、新しい生活が動き始めることになった。審問の結果がもたらされ、チャールズは裁判にかけられることになった。彼が罰せられるのは全く理不尽なことだったが、チャールズのような人間が作った法律が三年間の投獄を命じた。こうしてヘンリーが世間に対して築いてきた砦は崩壊した。ヘンリーは妻以外のどんな人間も受け付けず、判決の後マーガレットのところまで足を引きずって行き、何とかしてくれと頼んだ。そこでマーガ

1　予《あらかじ》め計画することなく不法に人間を殺害すること。いわゆる過失致死だけでなく、挑発され一時の激情に駆られて殺人を犯した場合も含める。

レットはその時に最適と思われる方法を取った――ヘンリーをハワーズ・エンドに連れて行き、そこで回復させることにしたのだ。

第44章

トムの父親が広い牧場の草を刈っている。芝刈り機の刃が唸りを上げ、草の甘い香りが立つ中を何度も通り過ぎて、徐々に小さな円を描きながら牧場の聖なる中心に近づいていく。トムはヘレンと交渉しているところだった。

「分からないわ」とヘレンは口にした。「ねえメッグ、赤ちゃんにそんなことをさせていいのかしら?」

マーガレットは仕事の手を休め、ぼんやりとした視線を二人に向けて尋ねた。「何ですって?」

「赤ちゃんはもう干し草の中で遊べるか、ってトムが聞くのよ」

「全然分からないわ」とマーガレットは答えて、また手仕事を始めた。

「トム、いいかしら。赤ちゃんを立たせてはダメ。うつぶせや、頭がぐらぐらする姿勢で寝かせるのもやめて。からかったり、くすぐったりもしないでね。もちろん芝刈り機で真っ二つになったりバラバラになったりするのもごめんよ。どう、全部守れるかしら？」

トムは両腕を差し出した。

「あの子は素晴らしい子守りね」とマーガレットが言った。

「赤ちゃんが好きなのよ。だからお世話してくれるの！」とヘレンが返した。「あの子たち、一生の友達になるわね」

「六歳と一歳の時に始まって？」

「そうよ。トムにとってすごく良いことじゃないかしら」

「赤ちゃんにとってはさらに良いことよ」

あれから一年と少しが経っていたが、マーガレットはまだハワーズ・エンドにいた。他にもっといい案が思い浮かばないのだ。今は六月で、牧草は再び刈り取られ、庭にはまた大きな赤いケシが咲き始めた。七月になれば麦の間にも小さな赤いケシが揺れ、八月にはその麦を収穫する。こうした小さなことが毎年繰り返され、自分の一部になっていくのだろう。夏になれば井戸が涸《か》れないかと心配し、冬には水道管が凍らないだろうかと気を揉《も》む。西から突風が吹けば楡の木が倒れて一切が終わるのではないかと思って、本を読んだり話したりもできなくなるかもしれない。でも今、大気は静かに澄み渡っている。マーガレットとヘレンは庭の芝生と牧場の境目の、イーヴィーのロックガーデンがあった辺りに座っていた。

「ずいぶん時間がかかるわね！」とヘレンが言った。「家の中で何をしているのかしら？」最近口数が減っているマーガレットは黙っていた。芝刈り機の音が、打ち寄せる波が砕けるように絶え間なく聞こえてくる。二人のそばには、窪地の草を刈り取るために鎌の準備をしている男がいる。

「ヘンリーも外に出てきて楽しんだらいいのに」とヘレン。「こんなに素晴らしいお天気の日に家の中に閉じこもっているなんて！　考えられないわ」

「仕方がないの」とマーガレットは答えた。「ここに住むことに反対する一番の理由は干し草アレルギーがあるからだけど、住む価値はあると思っているのよ」

「メッグ、ヘンリーは病気なのかしら、そうじゃないのかしら。それがどうも分からないのよ」

「病気ではないわ。永遠に疲れているの。これまでずっと仕事ばかりしてきて、何にも気づかないで過ごしてきたから。そういう人たちは、あることへの気づきがきっかけで壊れてしまうことがあるのよ」

「こうなったのは自分のせいじゃないかって、すごく気にしているのね」

「ええ、それはもう。だから今日はドリーが来ない方が良かったんだけど。でもヘンリーは全員に集合してもらいたがったのよ。その必要があったの」

「どうしてかしら？」

マーガレットは答えなかった。

「メッグ、聞いてちょうだい。わたしヘンリーが好きよ」

「好きじゃなかったらおかしいわ」とマーガレット。

「でも前は好きじゃなかったの」

「そう、前はね」と言って、マーガレットは目を伏せ一瞬だけ過去の暗い奈落に思いを馳せた。レナードとチャールズ以外は、皆そこを無事に渡って来たのだ。自分たちは新しい生活を築いていて、それは地味なものかもしれないが、平和に満ちている。レナードは死に、チャールズが出所するまでにはあと二年ある。以前は物事がこれほどはっきりと見えなかったが、今は違う。

「色々なことを気にしているヘンリーが好きなの」

「そして彼の方では、何も気にしないあなたが好きなのね」

ヘレンはため息をついた。恥じ入った様子で、両手で顔を覆ってしまう。しばらくするとヘレンは言った。「愛についてなんだけど……」これはさほど大きく話が飛んだわけではなかった。

　マーガレットは仕事の手を止めなかった。

「女が男に抱く愛のことよ。前はそれに一生を懸けないといけないように思って、何かに取り憑かれたみたいに必死だったの。でも今はすごく落ち着いた気分。治った、と言えばいいのかしら。フリーダがあの森林官のことをいまだに手紙に書いてきて、素敵な人なんでしょうけれど、わたしはもう彼だけじゃなく誰とも結婚しない、ってことが分からないのね。自分のことが恥ずかしいとか、信じられないからじゃないの。ただできないのよ。わたしはもうお終いなんだと思う。若い頃は男性の愛に対してすごく幻想があって、とにかくものすごく大きなものだと思っていたの。でもそうじゃなかった。愛そのものが幻想だったのよ。そう思わない？」

「いいえ。わたしはそうは思わないわ」

「わたしは恋人だったレナードのことを忘れてはいけないの」と言いながら、ヘレンは牧場の方へ歩いて行った。「わたしが誘惑して殺したようなものだから、それくらいしなければ。こんな午後には全身全霊で彼のことを想いたいのよ。でもできないの。ふりをしても無駄なの。わたしは彼を忘れ始めている」ヘレンの目に涙が浮かんだ。

「どうしてこう何もかもがちぐはぐで……ねえメッグ、わたしの大切なものはどうして……」ここまで言ってヘレンは急に言葉を切った。「ちょっと、トムったら！」

「はい、なんですか？」

「赤ちゃんを立たせようとしてはダメ。……それで、わたしには何かが欠けているんだと思うの。お姉さんがヘンリーを愛して日に日に理解を深めていくのを見ていると、死でさえも二人を分かつことはないと思えるわ。それに引き換えわたしは……何か恐ろしい、致命的な欠陥があるのかしら？」

マーガレットは妹を黙らせようとしてこう言った。「それは単に、人間って見かけよりずっと一人一人が違っている、ということじゃないかしら。世界のあちこちで男も女も、しかるべき方向に成長できなくて悩んでいる。でも時々うまくいく人たちもいて、そうするとホッとする。悩む必要なんてないわ、ヘレン。自分が持っているものを伸ばせばいいのよ。子どもを愛せばいいわ。わたしは子どもが好きじゃないの。だからいなくて良かったわ。子どもの可愛らしさや魅力と戯れることはできるけれど、ただそれだけ。そこには本当のもの、あるべきものが何もないの。それがさらに進んで、愛の対象が人間ではなくなる人たちもいるわ。人ではなく、場所が輝きを放つようになるの。でもそれが最終的には救いになるってことが分からないのかしら？　皆が同じ、ということに対する戦いの一部なのよ。違いがあるということ……決して同じものに均《なら》されない違いが、神様の手によって一つの家族の中にも植え付けられていて、それがいつだって彩《いろど》りをもたらすの。悲しみをもたらすこともあるけれど、灰色の日常に色を添えるのよ。だからレナードのことで気を揉んだりしてはいけないわ。個人的な感情を無理に引っ張り出そうとすることはないのよ。彼を忘れたっていいの」

「分かったわ、でもレナードは人生から何を得たのかしら？」

「冒険かもしれない」

「それで十分だったのかしらね？」

「わたしたちにとってはそうでなくても、彼にとっては十分だったのかもしれないわ」

　ヘレンは一つかみの牧草を手に取って、カタバミや赤、白、黄色のクローバー、コバンソウにひな菊、そしてコヌカグサを見た。それを顔の高さに持ち上げる。

「いい匂いがする？」

「いいえ、萎れているだけ」

「明日にはいい匂いがするかも」

　ヘレンは微笑み、「メッグ、あなたってすごいわ」と言った。「去年の今頃のあの騒動と苦しみといったら。でも今は不幸なままでいようとしてもいられないわ。何ていう違いかしら……。それも皆、お姉さんのお陰なのよ！」

「わたしたち皆、落ち着いただけじゃないかしら。去年の秋から冬の間ずっと、あなたとヘンリーはお互いを理解し合って、許すということを学んだんだわ」

「そうね、でもそれをできるようにしてくれたのは誰かしら？」

マーガレットはそれには答えず、鎌を使った刈り入れが始まるのを見ようと鼻眼鏡を外した。

「お姉さんよ！」とヘレンが声を上げた。「ねえ、全部お姉さんがやったことなのよ。お馬鹿さんだから分からないみたいだけど。ここに住むのはお姉さんの案だったんだから。わたしにはメッグが必要で、ヘンリーもお姉さんにそばにいてほしがっていた。三人一緒にここに住むなんて無理だと誰もが言ったけれど、ちゃんと分かっていたのね。メッグ、もしあなたがいなかったら……わたしと赤ちゃんはモニカと暮らして小難しい理屈にうんざりして、ヘンリーはドリーのところからイーヴィーのところへとたらい回しにされていたわ。でもお姉さんがバラバラの欠片《かけら》を拾い集めて、わたしたちに住む家を与えてくれたの。ほんのちょっとでも、自分の人生は英雄的だって思ったりしないかしら？　チャールズの逮捕から二か月の間、色々な行動を起こして全てをこなしていった時のことを思い出したりはしないの？」

「あの時はあなたたち二人とも具合が悪かったでしょう」とマーガレットは答えた。「だから当たり前のことをしたまでよ。病人二人の面倒を見なければいけなかったから。ここに家があって、家具は入っているけれど誰も住んでいない。そうしたらとりあえずはそこを使おうってなるのが自然じゃない。ずっと居つくことになるとは思わなかったわよ。わたしがゴタゴタの解決に一役買ったということはあると思うけれど、言葉にはできない何かが助けてくれたの」

「本当にずっとここに住めたらいいわね」と言って、ヘレンは何か他のことに思いを巡らせているようだった。

「そうね。時々ふと、ハワーズ・エンドは特にわたしたちにふさわしい家だ、って思うことがあるの」

「でもロンドンが忍び寄って来ている」

ヘレンはそう言って、牧場の向こうを指した。その先には牧場がまだ八つか九つ続いているが、それが途切れたところには都会の赤茶けた土地が迫っているのだ。

「サリー州もそうだし、最近はハンプシャーだってそうね」とヘレンは続けた。「パーベックの丘から見たら分かるわ。それにロンドンも別な何かの一部に過ぎないんじゃないかと思うの。世界中で、形のある生活というものが溶けてなくなろうとしているみたい」

マーガレットには、妹の言っていることが正しいと分かっていた。ハワーズ・エンド、オニトン、パーベック丘陵、ドイツのオーデル山脈のような場所は生き残りで、そういう場所を飲みこんでいくるつぼが着々と準備されているのだ。理屈の上では、これらの場所には生き残る権利がないことになる。でもその理屈の方が間違っていることを期待してはいけないだろうか。こうした場所では大地が時を刻んでいるのではないか？

「ある傾向が今強まっているからといって、それがずっと続くとは限らないわ」とヘレンが言った。「狂ったような移動の文化が生まれたのはせいぜいこの百年くらいでしょう。この後には動き回らず大地に根を下ろす文化が出てくるかもしれないわ。それに反する兆候ばかりが目に付くけれど、そう願わずにはいられないの。早朝にこの庭に出ていると、ハワーズ・エンドは過去であり、未来でもあるという気がしてくるのよ」

ここで二人は振り返って家に目をやった。この家は今や、自分たち自身の記憶で彩られている。ヘレンの子どもは九つあるうちの真ん中の部屋で産声を上げたのだ。その時マーガレットが言った。「あ、誰か来たわ……！」玄関ホールの窓の後ろで人影が動き、ドアが開いたのだ。

「秘密会議がようやく終わったのね。行かないと」

ドアを開けたのはポールだった。

ヘレンは子どもたちを連れて牧場の向こうの方へ行き、そこにいた人たちから親しげな声を掛けられた。マーガレットは立ち上がり、いまや黒い口ヒゲを厚くたくわえたポールを迎えた。

「父が呼んでおります」彼は敵意を含んだ声で言った。

「あることについて話し合っていましたが、すでによくご存じの内容だと思います」とポールは続けた。

「ええ、聞いています」

ポールは植民地で馬に乗っていた時間が長かったため動作がぎこちなく、正面扉のペンキを塗った部分に足をぶつけてしまった。ウィルコックスの奥様は思わず小さな叫び声を上げた。こんな風に何かが傷つけられるのが好きではないのだ。玄関ホールで立ち止まり、花瓶の中に押し込まれたドリーの襟巻きと手袋を取り出した。

夫のヘンリーは食堂の大きな革張りのイスにどっしり腰掛け、その隣には何となくこれ見よがしにその手を握ったイーヴィーが座っていた。紫色の服を着たドリーは窓のそばのイスに収まっている。部屋は薄暗く空気は淀んでいた。刈り取った牧草がよそに運ばれていくまでこうしていなければいけないのだ。マーガレットは何も言わず、この集まりに加わった。この四人とはお茶の時間にすでに顔を合わせていて、これから何が起こるかよく分かっていたのである。時間を無駄にしたくなかったので、マーガレットは縫物を続けた。時計が六時を打つ。

「誰も異存はないね」とヘンリーが疲れた声で言った。それはかつてのヘンリーと同じ言い回しだが、今やその効果ははっきりしないものになっていた。「後になってここに来て、わたしが不公平な取り決めをしたと文句を言われては困るからね」

「異議なしということにしなけりゃなりませんね」とポールが言った。

「ポール、それは違う。もしお前がそうしてほしいと言えば、この家をお前に遺す」

ポールはしかめ面をして腕をボリボリ搔きはじめた。そして「僕は自分に合っていた屋外での仕事を辞めて父さんの仕事を手伝うために戻って来たから、ここに落ち着きたいとは思いませんね」と口にした。「ここは田舎とも、都会とも言えない中途半端な場所ですし」

「分かった。イーヴィーはどうかな?」

「もちろん異議はありません、お父様」

「ドリー、あなたは?」

ドリーは悲しみにやつれてはいるものの、かといってしっかりする様子もない小さな顔を上げて言った。「ええそれで完璧、素晴らしいと思います。チャールズは子どもたちのためにこの家を欲しがっていると思っていましたけど、先日面会に行ったらいらないと言っていました。もうこの辺りには住めないからって。苗字も変えなくてはと言うのですけれど、どうしたらいいのかしら。だってウィルコックスっていう苗字はチャールズとわたしにぴったりですもの。他の名前なんて考えられないわ」

誰も口を利かなかった。ドリーは何かおかしなことを言ったのではないかと思って、心配そうに周りを見回した。ポールはまだ腕をボリボリしている。

「ではわたしはハワーズ・エンドを妻一人に遺すことにする」とヘンリーは言った。「皆これをよく了解して、わたしが死んだ後に妬んだり驚いたりすることがないようにしてもらいたい」

マーガレットは何も言わなかった。この勝利にはどこか不気味なところがあるのだ。誰かに打ち勝とうと思ったことなどないのに、ウィルコックス家の人々の間に討ち入りその生活を壊してしまったようだった。

「その代わり、妻に金を遺すことはしない」とヘンリーは続けた。「これは妻本人の希望だ。妻が受け取るはずだった分を、お前たちが分け合うことになる。それぞれが自活していけるよう、生前にも多額の贈与をするつもりだ。これも妻の意向による。妻も自分の財産をかなり手放すと言っている。これから十年間で収入を半分に減らすつもりだ。妻の死後この家は妻の……いま外の牧場にいる、妻の甥のものになる。これで全てはっきりしたね？　皆に分かってもらえただろうか？」

ポールが立ち上がった。植民地の先住民たちに親しんでいたので、ちょっとしたことでイギリス人らしさが消えてしまう。男っぽく皮肉な調子で、彼は口にした。「外の牧場にいるって？　それじゃあ全員ここに呼んだら良かったんだ、ガキも含めて」

カヒル夫人となったイーヴィーが小声で弟をたしなめた。「やめてちょうだいポール。気をつけるって約束したじゃない」世知に長けた女性を気取って、イーヴィーは立ち上がると帰り支度を始めた。

父親にキスをする。「さようなら、イーヴィー」とヘンリー。「わたしのことは心配しなくていい」

「さようなら、お父様」

次はドリーの番だった。自分も何か言わなければと思って、神経質な笑い声を立ててこう言った。「さようなら、お父様。亡くなったお母様がハワーズ・エンドをマーガレットに遺されて、それが結局その通りになるなんて何だか面白いですわね」

イーヴィーがハッと息を呑むのが聞こえた。「さよなら」とドリーはマーガレットにも言い、キスをした。

そして言葉は何度も繰り返される。それは引き潮のさざめきのようだった。

「さようなら」

「さよなら、ドリー」

「それじゃ、父さん」

「またな、ポール。気をつけるんだぞ」

「さようなら、ウィルコックスの奥様」

「さようなら」

マーガレットは皆を門のところまで送っていった。戻ってくると座っている夫の手の中に自分の頭をもたせ掛けた。ヘンリーは気の毒なくらい疲れているようだったが、ドリーの言葉が気になった。ついにマーガレットは言ってみた。「ねえヘンリー、ウィルコックスの奥様がハワーズ・エンドをわたしに遺したっていう話は何だったのかしら？」

ヘンリーは静かに答えた。「実はそうなんだ。ずいぶん昔の話だがね。身体の調子が悪くて君の世話になった時に、何かお返しをしたいと思ったんだろう。自分で自分が分からなくなって、紙切れに〝ハワーズ・エンド〟と書きつけたんだよ。わたしは慎重に考えてみたが、とても現実的ではないと思ったから何もしなかった。その時は先々マーガレットがわたしにとってどれだけ大切な人になるか、知る由もなかったから」

マーガレットは黙っていた。自分の一番奥深いところで、何かが人生を根幹から揺さぶるのを感じて身震いした。

「わたしは間違ったことはしなかったと思うがね」と言って、ヘンリーは妻の顔を覗きこんだ。

「もちろんよ。何も間違ったことなどなかったわ」

庭の方から笑い声がした。「やっと戻って来た！」と言い、ヘンリーはにっこりして顔を上げた。ヘレンが片手でトム、もう一方で自分の子の手を引いて、薄暗い部屋の中に飛び込んできた。こちらまで思わず嬉しくなるような、喜びの声が上がる。

「刈り入れが終わったわ！」ヘレンが声を弾ませて言う。「大きい牧場の方よ！　最後まで見ていたけれど、こんなにたくさん刈れたのは初めてなんですって！」

ウェイブリッジにて、一九〇八—一九一〇年執筆

解説

浦野　郁

『ハワーズ・エンド』は、二〇世紀前半のイギリスで活躍した小説家E・M・フォースター（一八七九〜一九七〇年）の代表作で、日本でも一九六五年に邦訳が刊行されて以来、長年読み継がれている作品である。一九九二年にはジェームズ・アイヴォリー監督による映画版が公開され、アンソニー・ホプキンスとエマ・トンプソンという二大俳優の共演や、トンプソンのアカデミー主演女優賞受賞が大きな話題を呼んだ。いまやイギリス文学の「古典」として知られる『ハワーズ・エンド』だが、この作品のテーマを端的に理解することは、なかなか難しく感じられるかもしれない。まず本作には「結び合わせることさえできれば……」という、謎めいた題辞がついている（原文では 'Only connect . . .' の二語）。物語を読んでいくと、ここで結び合わせられるのは、異なる家風と価値観を持つ二つの家族であることが分かってくる。両家の結びつきは男女の愛だけでなく、世代の異なる二人の女性が育む友情という形でも描かれ、そこにハワーズ・エンド邸の相続問題や、バスト夫妻の命運も絡み合ってストーリーは展開する。こうした多様な人々を結び合わせる試みは果たしてうまくいくのだろうか。「結び合わせることさえできれば……」の「……」部分には、強い決意というよりも、どこか躊躇《ためら》いや戸惑いの気持ちも見え隠れする。

作者のフォースター自身も、文学史上の位置づけや特性を見定めることが容易ならざる作家だと言われることが多い。イギリスにおける二〇世紀初頭は、芸術思潮の上では「モダニズムの時代」と呼ばれ、ヴァージニア・ウルフやジェイムズ・ジョイスらが従来の文学とは一線を画する新たな表現方法を追求したり、D・H・ロレンスが長らくタブー視されてきた性の問題に真っ向から挑む作品を執筆したりした時代である。フォースターの作品群は一見したところ伝統的なリアリズム小説の作法に則って書かれ、内容も自身が愛読したジェイン・オースティン風の、上流中産階級の人々を主人公とした社会喜劇《ソーシャルコメディ》で、そうした目新しさとは縁遠いように思える。しかしその一方で、二〇世紀という新しい時代の息吹を感じさせるだけでなく、実は現代にまで繋がるような問題意識も見られることを、この解説では明らかにしていきたい。

そのために、まずはフォースターの来歴を紹介した上で、作品と二〇世紀初頭のイギリス社会の関わりを考え、最後に百年以上前に書かれたこの作品を現代に生きる私たちが読む意義を考えていく。

フォースターの経歴

エドワード・モーガン・フォースターは、一八七九年一月一日に、建築家の父エドワード・モーガン・ルウェリン・フォースターと、母アリス・クレアラ（通称リリー）・ウィチェローの長男として、ロンドンに生まれた。父方はキリスト教の潮流の一つで福音主義を唱える「クラパム派」に属する、名家ソーントンの筋である。ソーントン家は代々銀行家や国会議員を輩出し、一八世紀末から一九世紀にかけては奴隷制廃止運動をはじめとするイギリスの社会改革運動を牽引してきた。対する母方はだいぶ様子を異にする。リリーはソーントン家の近隣に住む美術教師の娘で、父が早世した後は貧しい暮らしを強いられていた。たまたまソーントン家に出入りするようになり、当時家長的な存在だったマリアン・ソーントンの庇護の下で教育を受け、ひいてはマリアンお気に入りの甥と結婚することになった。

このように、フォースターはイギリスの中産階級に属しつつも、家風の点からも社会的ステイタスの点からもかなり隔たりのある二つの家が結びついたところに生まれている。本人は芸術家気質で想像力豊かな母方の家系に親しみを感じ、ソーントン家の因習的で格式ばった面をかなり批判的に見ていたようだ。しかしフォースターが長じてケンブリッジ大学に進学し、卒業後に就職の必要もなく作家としての経歴をスタートできたのは大伯母マリアンが遺した多額の遺産のお陰であり、後年には自分がソーントン家から受け継いだものを見つめ直して『マリアン・ソーントン伝』（一九五六年）を著している。『ハワーズ・エンド』に見られる価値観の違う家同士の結びつきや、文化活動と経済活動の関係といったテーマには、作者自身の出自が反映されていると言える。

こうして結ばれたフォースターの両親だが、父親はフォースターが二歳になる前に肺結核で他界してしまう。早々に寡婦となったリリーは、夫の親戚や友人の家を一年ほど転々とした後、息子と二人で落ち着ける場所として、ロンドンから五十キロほど北上したハートフォードシャーのスティーヴニジに「ルークス・ネスト」と呼ばれる家を見つけ、一八八三年に移り住んだ。フォースターはその後の約十年間をこの緑豊かな土地で過ごし愛着を深め、「ルークス・ネスト」をハワーズ・エンド邸のモデルとしている。フォースターが当時を振り返って綴ったエッセイ「ルークス・ネスト」には、周囲の見晴らしの良さ、家の内外の様子、近隣の人々や様々な動物たちとの交流等がユーモアを交えて細やかに描かれている。特に家の間取りや農家を改築したことによる不便さと魅力、庭の楡の木のくだりからは、ハワーズ・エンドという架空の家の描写の多くがルークス・ネストに負っていることが分かる。ごく一部だがここに訳出して紹介したい。

庭で一番目を引くのは楡の木だ。とても背が高く幹も太いが、ひとつ妙な点がある。地面から一メートル少しの辺りに、三、四本の尖った歯がでこぼこの樹皮に刺さっているのだ。聞くところによれば、この木の樹皮を噛んで歯痛が治った人々からの供え物だというが、歯はその人たちのものなのだろうか。歯痛を治すために健康な歯の一本を犠牲にするとは、どうも考えにくい。

庭の一方の側には、牧場が広がる。この牧場も我が家のものだが、不愉快な動物を入れないという条件でフランクリンさんに貸していた。「不愉快な」動物というのは、庭に入ってきて悪さをする動物という意味だったが、結局庭には馬以外のありとあらゆる動物が入ってきた。

このように自然豊かな土地で育ったフォースターだが、一八九三年にルークス・ネストの賃貸契約を更新できなくなり、母子はケント州トンブリッジに移り住むことになる。十四歳のフォースターはこの街でトンブリッジ・スクールというパブリック・スクールに入学し、自宅から通学した（パブリック・スクールに明確な定義はないが、長い歴史と伝統を持つ私立男子校を指し、当時はその多くが寄宿制だった）。質素な団体生活の中で規律心や愛国精神を養うパブリック・スクール式の教育は、運動が苦手で繊細な少年だったフォースターの肌にはどうも合わなかったようだ。このことはエッセイ「イギリス国民性覚書」や小説『果てしなき旅』（一九〇七年）において、パブリック・スクールが心や想像力の未発達な大人を生み出す場所として否定的に描かれていることからも分かる。

こうした日々を経て入学したケンブリッジ大学キングス・コレッジで、フォースターは水を得た魚のように生き生きと過ごし始める。当時、同コレッジは人間性に絶対的な価値を置く先進的な教育観で知られ、フォースターは古典学を専攻しながら教員とも友人とも対等な一個の人間として交流を深めていく。やがて周囲の影響からキリスト教の信仰を失い、「使徒会」と呼ばれる討論会の一員にも選ばれることになった。ケンブリッジでの日々は、幼い頃に父を亡くし大伯母や母といった女性に囲まれて育ったフォースターが、初めてその影響下を離れ心の向くままに自身の関心事を追求していった時期と言えるだろう。使徒会ではG・E・ムアやバートランド・ラッセルといった当代きっての哲学者たちや、政治学者で良き友人となるG・L・ディキンソン、後に「ブルームズベリー・グループ」を形成する若き日のJ・M・ケインズ、レナード・ウルフ、ロジャー・フライ、リットン・ストレイチーなど錚々たる学友らと出会う。フォースター自身は討論に熱心に参加するというより傍観者的存在だったようだが、『ハワーズ・エンド』でシュレーゲル姉妹が体現する「個人的な関係」を何より重視する姿勢は、ケンブリッジでの生活でフォースターが身につけたものと言える。

三年次終了時には古典学で卒業試験を受け、その後歴史学に専攻を変え、さらに一年間大学に留まったフォースターだが、研究員として残れるほどの成績を収めることはできなかった。一九〇一年、二十二歳で大学を卒業したフォースターに具体的な将来の展望はなく、母と共にイタリアへ長期の旅に出る。この旅行から「コロノスからの道」や「パニックの物語」等、異国の地で啓示的な経験をして変貌を遂げるイギリス人を描く短編が生まれる。帰国後はサリー州ウェイブリッジで母と二人暮らしをしながら、イタリアを訪れるイギリス人を主人公とした『天使も踏むを恐れるところ』(一九〇五年)、自伝的要素の強い『果てしなき旅』、再びイタリアが登場する『眺めのいい部屋』(一九〇八年)を続けざまに発表していく。一九一〇年には『ハワーズ・エンド』を発表し、転換期にあったイギリスの状況を克明に映し出す作品として高い評価を受けた。

これらの小説が表向きはいずれも異性愛を扱うのに対し、『ハワーズ・エンド』で成功を収めてから、次の(そして生前に公表された最後の)小説作品となる『インドへの道』(一九二四年)が出版されるまでに、フォースターが同性愛を主題とする『モーリス』を執筆していたことは重要である。イギリスでは男性間の同性愛行為は一九六七年まで刑法による処罰の対象であったため、一九一三年に書き始められたこの作品は、作者の死の翌年である一九七一年まで日の目を見ることはなかった。

フォースターはケンブリッジ大学在学中に友人のH・O・メレディス(主人公モーリ

スの恋の相手クライヴのモデルになったとされる）や、卒業後に勉強を教えたインド人留学生サイド・ロース・マスードに対し同性愛的な感情を抱いたことが知られるが、二人がフォースターの望む形で愛情を返してくれることはなかった。フォースターが四十代半ばで『インドへの道』を書いた後、九十一歳まで生きたにもかかわらず、新たな小説を発表しなかった理由として、本当に書きたい主題を扱えなかったから、ということがしばしば言われる。『ハワーズ・エンド』におけるシュレーゲル姉妹の恋愛が、ヘレンの場合は衝動的で観念的にすぎ、マーガレットの場合は理性的すぎるように感じられるのも、筆者自身のセクシュアリティと全く無関係ではないだろう。しかし『ハワーズ・エンド』における男女関係の描き方については、当時盛り上がりを見せていた女性参政権運動とも関連して考える必要があり、詳しくは次の項で取り上げたい。

一九一四年には第一次世界大戦が勃発したが、フォースターは健康上の理由から兵役に就くことはなく、代わりに国際赤十字の職員としてエジプトのアレクサンドリアに赴き、行方不明になった兵士の調査を行った。この時期に現地の男性を相手に初めて性的関係を持っている。終戦後、一九二一年から一年間は、インドで藩王国（イギリスに従属しつつ、ある程度まで自治・主権を認められた土着の封建王国）の私設秘書として勤務した。インドに滞在するのはマスードに会うために渡印した一九一二年以来二度目で、これらの経験が植民者であるイギリス人と被植民者であるインド人との間に真の理解と友情が成り立つかを問う、もう一つの代表作『インドへの道』に結実する。

『インドへの道』以降、再び小説を書くことはなかったフォースターだが、評論や短編、友人ディキンソンやマリアン・ソーントンの伝記などを手掛け、第二次世界大戦下ではBBCのラジオ放送で反戦、反ファシズムのメッセージを発し続け、作家、評論家、知識人としての存在感を示し続けた。私生活では五十代に入って出会った警察官ボブ・バッキンガムと、バッキンガムの結婚後も続く安定したパートナーシップを築く。母リリー逝去の翌年である一九四六年には母校ケンブリッジ大学から名誉特別研究員に選ばれ、キングス・コレッジ内に居住するようになる。一九七〇年に死去するまでここで過ごすこととなった。

二〇世紀初頭のイギリス社会と『ハワーズ・エンド』

『ハワーズ・エンド』の末尾には、「ウェイブリッジにて、一九〇八—一九一〇年執筆」という言葉が置かれている。わざわざ年代の記述があるということは、作品を読む上でこの特定の時期に書かれたことが意味を持つと考えられる（フォースターの他作品にはこのような記述は見られない）。事実、本作は当時の社会を如実に映し出した「イギリスの状況小説」として、出版当時から話題を呼んだ。そこで、まずはこの時期のイギリス社会の実情に照らし本作の内容を考えていくが、以下では小説の結末部にも触れているため、本編を未読の読者はご留意いただきたい。

二〇世紀を迎えて間もない一九〇一年一月、イギリスは大きな変化の時を迎える。ヴィクトリア女王が没し、一八三七年以来続いてきたヴィクトリア朝が終わってエドワード七世の時代に入るのだ。この後一九一〇年まで続くエドワード朝期は、現在では第一次世界大戦前の古き良き時代として回顧され、ドラマや映画等でもそのように演出されることが多いが、実際には新しい時代を迎え社会が加速度的に変化した時期だった（歴史上の区切りとして、第一次世界大戦開戦の一九一四年までをエドワード朝期と見なすこともある）。外交面ではボーア戦争が一九〇二年に終結したが、イギリスの領土を拡張する構想はボーア側の強い抵抗に遭い、国際社会の支持も得られなかった。加えてアメリカやドイツなど新興国の台頭が顕著になり、アイルランドでも自治を求める声が高まるなど、人々は前世紀に頂点を迎えた国力の弱体化を感じていた。国内では労働者の権利を求める動きがさらに強まり、一九〇一年に誕生した労働代表委員会が一九〇六年には労働党へと改称している。女性参政権運動も激化し、従来の穏便な活動では成果が出ないと見た活動家たちが過激な闘争に転じ、センセーショナルに報道された。イギリス社会は従来の階級構造や男性優位を前提とした在り方から大きく転換しようとしていたのである。同時に、国民の生活水準は向上を続けていた。ロンドンを中心に郊外にも新しい住宅が次々建設され、電話や電報といった通信手段や自動車による移動が人々の間に浸透していく様子は、『ハワーズ・エンド』にも描かれている。

『ハワーズ・エンド』における「イギリスは誰のものか」という問いは、このように旧来の価値観が大きく揺さぶられる中で生まれたもので、プロット上はハワーズ・エンドの相続問題に託される。この家は初め、伝統的な地主階級の末裔であるルース・ウィルコックス（ウィルコックス夫人）のものとして登場する。夫人は「過去を大切にしていて、過去だけが授けることのできる直観的な知恵を持っている」（46ページ）人物であり、家とその周囲に広がる美しい田園地帯と一体化しているかのように描かれる。その夫人が病没した後にハワーズ・エンドを受け継ぐべきは、植民地事業で成した財で実質的に家を守ってきた新興中産階級のウィルコックス氏とその息子たちなのか。それとも貯蓄の利子だけで生活できる不労所得者で（これは作者フォースターと同じ立場である）、教養と洞察力に富みハワーズ・エンドの精神的価値を理解するシュレーゲル家の人々なのか。最終的に相続人に指定されるのはマーガレットであり、次の相続人としては彼女の甥に当たる、ヘレンとレナード・バストの子が選ばれることになる。

レナードは「文明の発達に伴って都市部へ吸い寄せられてきた、羊飼いか農民の孫に当たる世代」の人物とされ（230ページ）、保険会社で事務員をして生計を立てており、かろうじて中産階級の一員ではあるがウィルコックス家やシュレーゲル家から見るとかなり貧しい暮らしをしている。レナードの教養への憧れと、ウィルコックス家的な物の見方を過剰に否定するヘレンの性格が結びついた結果、レナード自身は痛ましい死を遂げるが、二人の間に生まれた子どもには未来への希望が託される。ヘンリー、マーガレット、ヘレンとその子どもがハワーズ・エンドで共に暮らすエンディングには、従来の地主階級が体現するイギリスの伝統的価値が、ウィルコックス家の美点に支えられつつ、その精神的価値を正しく理解できるシュレーゲル家に受け継がれ、さらにはヘレンとレナードの息子へと受け渡されていくという、一種の理想像が描かれている。さらに、生まれた子どもが農家の息子トムと生涯の友人になる未来予想図には、従来の階級制度を超越した新しい人間関係や社会への期待も見られる。

主人公たちがこのように都会の生活を離れ田園へと回帰する様子には、単に「自然豊かな土地で傷ついた人間関係が癒される」という以上の、当時の文化的言説との繋がりがある。一八世紀後半から一九世紀前半にかけての産業革命は農村地から都会への人口の流入を加速させたが、先祖代々の土地を離れ都心の工場などで長時間にわたり単純労働に従事する労働者たちの、心身の虚弱化を問題視する声も上がり始めた（レナードの描写にもこのような懸念が反映されている）。こうした中、一九世紀末には「土地へ還れ」を合言葉に、過密な都会の人口の一部を田舎に移住させる計画が生まれてくる。この考えは一九〇八年に発足したアスキス首相率いる自由党政権に受け継がれ、移住しないまでも徒歩や自転車で田舎に出かけたり、関心を寄せたりすることが称揚されるようになっていた。レナードがマーガレットたちに打ち明ける夜の散歩や、姉妹がハワーズ・エンドで感じる心の平安、結末の大団円の裏側に、イギリスの本来あるべき姿を産業革命以前の美しい田園の中に求めよう、という当時の思想があったことは見逃せない。

次に、女性参政権運動と本作の関わりも見ていきたい。物語は冒頭から折に触れてこの話題に言及している。第1章のヘレンの手紙や第4章の姉妹の会話からは、ウィルコックス家の人々が女性への参政権付与に賛成していないらしいことが分かる。第9章の昼食会のシーンでは、行動や議論は男性に任せておく方が賢明ではないか、と口にするウィルコックス夫人に対して、女性参政権に反対する議論の中には強硬なものがある、と述べる若い女性が描かれる。こうしたシーンで主人公マーガレット自身の考えが直接的に述べられることはないが、イーヴィーの結婚式に参加するためにオニトンに向かう場面では、男性優位の社会に対し疑問を感じている描写が多い。列車の中ではやたらと女性たちの世話を焼きたがる男性陣にいら立ちを覚え、自動車のトラブルに際しては「女は男の陰に隠れ、男は使用人の陰に隠れる」(423ページ)社会の在り方が正しいのか自問し、その後ヘンリーにレナードの再就職を打診した際には、

「ウィルコックス家の人たちに対する時は、どうしても対等な関係の僚友であることから離れて相手が望むような女を演じたくなってしまう！」（453ページ）とジレンマを感じている。

ここで登場する「僚友」という言葉には少し注意が必要である。多くの読者にとっては馴染みが薄い言葉だと思われるが、原文でも“comrade”という、あまり見かけない表現が使われている。訳語としては他に「仲間」「親友」「同志」も可能で、要は対等で横並びの親しい人間関係を指すものだ。この表現は、第24章でマーガレットが初めてハワーズ・エンドを訪れた際、家とその隣に立つ楡の木を描写するために使われ、「家も木も共に、いかなる性別の比喩も超越していた。（中略）どちらかを男、もう一方を女に喩えると、どうしてもそのイメージは損なわれてしまった」（408―409ページ）と説明されている。これが伏線の働きをし、マーガレットが目指す夫ヘンリーとの関係も「僚友関係（comradeship）」と言い表され、男らしさや女らしさにこだわりすぎず、対等な個として向き合い築き上げていくパートナーシップへの願いが込められている。

さらに、この言葉には作者自身のセクシュアリティの問題も関わってくる。フォースターが一九一三年に詩人で社会主義者、同性愛活動家でもあったエドワード・カーペンターを訪ね、その同性パートナーに腰のあたりを軽く触れられたことが『モーリス』執筆のきっかけになったことはよく知られるが、「僚友」及び「僚友関係」という言葉は、カーペンターの著作において同性愛とほぼ同義に使われている（ただし、男女間の新しい関係に対して使われている箇所もある）。従って「僚友」という表現は、『ハワーズ・エンド』執筆時のフォースターが、高まる女性参政権運動を目の当たりにして男女のより良い関係について真剣に思いを巡らせつつ、異性愛を前提とする社会に対して抱いていた葛藤をも垣間見せる、重要なタームの一つと言えるだろう。

ここまでは『ハワーズ・エンド』が当時の社会と緊密に結びついたところに生まれた作品であることを確認してきた。では、この作品が百年以上の時を超え、いまだ各国で読まれ続けているのはなぜなのか。ここに述べたような当時のイギリスの状況を知らない読者をも惹きつける魅力はどこにあるのだろうか。次の項ではそれを考えていきたい。

『ハワーズ・エンド』と現代社会

『ハワーズ・エンド』の持つ魅力に普遍性があるとすれば、それは第一に「価値観やバックグラウンドの異なる人々とどのように接したら良いのか」という、私たちの誰もが日常的に向き合っている問題を真っ向から取り上げているからではないだろうか。マーガレットは、祖国ドイツを捨てイギリスに帰化した父の影響から、幼い頃から普通の人なら見過ごしてしまう世の中の矛盾や齟齬《そご》に気づくようになり、それらの中間地点を探っていく生き方を身につける。それこそが、ヘンリーとの結婚が決まった時に彼女が心の内で唱える「結び合わせることさえできれば！」という人生哲学であり、「外の世界と内面の生活」、「散文的なものと情熱的なもの」など様々な言い回しを伴って随所に現れる、ウィルコックス家的な特質とシュレーゲル家的なものの結びつきを求める生き方なのである。

ここで気をつけたいのは、この姿勢が、相反する二つのものを認識した上で、初めから二者の間でバランスを取ろうとするような堅苦しいものではないことである。マーガレットは「人生の道程の途中で出会った全てのものに対して常に誠実な反応を示そうとする、素晴らしく快活な精神」（22ページ）の持ち主であり、バランスから始めるのではなく、他のもっと良い方法がうまくいかなかった場合にこそ、バランスを取りながら生きることを目指している。ポールとの一件以来ウィルコックス家を毛嫌いし、ヘンリーと姉の結婚も頭ごなしに否定するヘレンに対し、マーガレットが次のように考える場面は重要だ。

真実とは生きているものなので、何かと何かの中間地点にあるのではなくて、この両方の領域を常に探索することでしか見つからないし、最終的にはバランスを取ることが大事だとしても、初めからバランスを取ろうとするのは不毛だ。

（388ページ）

我々が他者と出会い、付き合おうとする時、この姿勢は非常に大切になってくる。マーガレットがウィルコックス家的なものを頭ごなしに否定することなく、自分たちにはない長所を認め、想像力を駆使して相手の立場に立って物事を見、理解しようとする様子は時として愚直にも見えるが、我々の心に深く訴えかけるものがある。結婚前にマーガレットが掲げた「結び合わせることさえできれば！」という希望が実現したかどうかについては、様々な見方があるだろう。最終章での和解は二つの家の価値が対等な形で結びついたというより、チャールズの投獄によってヘンリーの自信と誇りが打ち砕かれた結果であるように見えるし、ヘレンの子に託される未来への希望の陰にはレナードの犠牲的な死があることも読者の脳裏に刻まれるだろう。しかしこの「すっきりしない」結末こそが、異なる価値観を持つ人間同士を結び合わせることの難しさを誠実に伝えているように思える。題辞「結び合わせることさえできれば……」に見られるためらいのニュアンスは、その難しさを知った上でなお、努力を怠ることなく「両方の領域を常に探索」し、真実を見極めようとすることの重要性を示唆している。

物事を結び合わせて考えよう、というのは一見してインパクトのある主張ではないかもしれない。同じことは、フォースターの思想を考える際にしばしば取り上げられる「寛容の精神」についても言える。第二次世界大戦中の一九四一年に発表された同名エッセイの中で、フォースターは戦後の再建計画において何よりも必要なものは健全な精神で、そのためにはよく言われる「愛」ではなく、「寛容の精神」が必要だ、と述べている。愛は私生活では大きな力だが、公生活において我々は実際に知りもしない人を愛することはできないし、そのような望みを抱くのは非現実的なので、感情とはあまり縁のない「消極的な美徳」である寛容の精神が必要になる、とフォースターは述べる。

世界には人間があふれています。怖いほどの混雑ぶりです。まさに歴史上はじめての混雑ぶりで、たがいにぶつかりあっています。その相手は大部分が知らない人間で、なかには嫌いな相手もいます。たとえば皮膚の色が気に入らないとか、鼻の形が、洟《はな》をかむのが、逆にかまないのが、あるいは話し方が、体臭が、衣装が、ジャズ好みが、といろいろなことが気に入らないというわけですが、では、どうすればいいか？　解決策はふたつあります。ひとつはナチス流のやりかたで、ある民族が嫌いなら、殺し、追放し、隔離し、その上でわれこそは地の塩なりと豪語しながら胸をはって闊歩する方法です。もうひとつはこれほど魅力的ではありませんが、それこそ大体において民主国家のとる方法でして、私が好きなのはそっちの方です。ある民族が嫌いでも、なるべくがまんするのです。愛そうとしてはいけない。そんなことはできませんから無理が生じます。ただ、寛容の精神でがまんするように努力するのです。こういう寛容の精神が土台になれば、文明の名に値する未来も築けるでしょう。それ以外に、私には戦後世界の基礎は考えられません。

このように、「寛容の精神」は次善の策として持ち出され、己の気に入らない者たちを排斥しようとする排他主義（ここではファシズム）と対比される。この精神は愛に比べると魅力的ではないが、たしかに直接会ったことも言葉を交わしたこともない相手に対し、心からの愛情を持てる人間がいるだろうか。フォースターの物の見方はしばしばこのように我々が日常生活レベルで知っている、常識に照らした感覚に訴えかけてくる。「寛容の精神」も「結び合わせて考える」ことも、強い感情の動きとは縁が薄いために、消極的で捉えどころのない主張に思えるかもしれない。しかし一時の情熱に突き動かされるのではない、理性と良識に根差した平静な信念こそが、フォースターの言葉を今も信じるに足るものにしているのではないだろうか。

フォースターの姿勢が現代において再び注目を集めていることは、二〇〇〇年代に入って『ハワーズ・エンド』にインスピレーションを得た小説が相次いで誕生していることに明らかである。よく知られるのは、イギリス人の父とジャマイカ出身の母を持つ人気作家ゼイディー・スミスによる二〇〇五年の作品『美について』（邦訳は二〇一五年）である。フォースターと同じケンブリッジ大学キングス・コレッジに学んだスミスは、かねてフォースターからの影響を公言し、『美について』をフォースターへの「オマージュ」として執筆している。その言葉通り、この作品は「まず、ジェロームがその父に宛てた何通かのEメールから始めたらどうだろうか」という、明らかに『ハワーズ・エンド』冒頭をもじった一文に始まり、リベラルなベルシー家と超保守的なキップス家の交流を描き、『ハワーズ・エンド』を意識した展開が随所に見られる。だがフォースターの作品と大きく異なるのは、家や階級といったイギリスの伝統に根差した問題に代わり、人種や移民の問題がクローズアップされていることだ。主人公ハワード・ベルシーはイギリス出身で今はアメリカの大学に勤めている白人男性、その妻はアフリカ系、ロンドン在住のキップス家は夫妻揃ってカリブ系移民、という具合で、この多様性が夫婦関係や子どもの成長に及ぼす影響が描かれる。スミスはデビュー時より多文化主義《マルチカルチュラリズム》時代の申し子としてもてはやされ、その作品はいずれもコミカルでスピーディーな展開を見せつつ、人種的・文化的な多様性がもたらす軋轢や哀しみをも巧みにあぶり出す。『美について』は、こうした時代において異なる考えや文化的背景を持つ相手を理解しようと努め、相手の心情を推し量ることの重要性を改めて訴えるという意味で、現代の『ハワーズ・エンド』と呼ぶにふさわしい作品になっている。

さらに近年の作品で、もう一つ明らかに『ハワーズ・エンド』の影響を感じさせるのが、南アフリカの小説家デイモン・ガルガットによる、二〇二一年にブッカー賞を受賞した『約束』（邦訳は二〇二四年）である。こちらは南アフリカの首都プレトリア周辺を舞台に、病死した白人女性が最後まで自分の世話をしてくれた使用人の黒人女性に家を遺そうとするが、アパルトヘイト下でこの「約束」はまともに取り合われず、人種隔離政策が撤廃された後も家族の中にしこりとして残っていく……という物語である。この作品を書くに当たり影響を受けた作家としてガルガットが挙げる中にフォースターの名前はなく（ウィリアム・フォークナーやヴァージニア・ウルフ、サミュエル・ベケットらの名が挙げられている）、多数の登場人物の内面を自在に描き出す語りの手法はジョイスの作品に比されることもある。しかしガルガットの前作『北極の夏』（*Arctic Summer*, 二〇一四年、未邦訳）がまさに若き日のフォースターその人を主人公に据え、同性愛者としてのアイデンティティに目覚めていく様子を描く伝記小説《バイオフィクション》であることを考えると、『約束』が描き出す世界の背後に『ハワーズ・エンド』があることは間違いないと思われる。人々の繋がりよりも分断と不和を描く印象が強いこの物語の中で、主人公アモールの性格付けや、彼女と黒人の使用人サロメを繋ぐ目に見えぬ糸のような絆は、ウィルコックス夫人のキャラクターや、彼女とマーガレットの関係の一つの変奏曲とみなして良いだろう。

これら『ハワーズ・エンド』の影響が明らかに見られる作品以外にも、現代の英語圏の作家たちの多くにフォースターの「遺産」が見られることは、二〇一〇年代以降に出版された研究書が指摘するところである。複雑化した現代の問題と向き合う作家たちが、フォースターの良識的で柔軟な物の考え方に今再び惹きつけられているというのだ。没後半世紀を迎えた二〇二〇年にはパンデミックの状況下でもオンラインで関連イベントが催され、フォースターという作家への関心は薄れるどころか次第に高まっている感さえある。

現代はしばしば「分断の時代」と呼ばれ、人種や出身階層、生活習慣や考え方の違いに目くじらを立て、人々の恐怖や憎悪をいたずらに煽る言説が横行している。そのただ中にあって、我々一人一人が「結び合わせること」や「寛容の精神」に改めて思いを巡らせること——地道で遠回りであるかに見えるこうした営為こそが、個人の内面に深く作用して次第に意識を変え、ひいては現実に変化を起こす手立てにもなり得るのではないだろうか。

参考文献

Carbajal, Alberto Fernández. *Compromise and Resistance in Postcolonial Writing: E. M. Forster's Legacy*. Palgrave Macmillan, 2014.

Cavalié, Elsa, and Laurent Mellet, eds. *Only Connect: E. M. Forster's Legacies in British Fiction*. Peter Lang, 2017.

Forster, E. M. "Rooksnest." *Howards End*, ed. by Oliver Stallybrass, The Abinger Edition of E. M. Forster, vol. 4, Edward Arnold, 1973, pp.341–351.

Furbank, P. N. *E. M. Forster: A Life*. 2 vols. Harcourt, 1977, 1978.

小野寺健『E・M・フォースターの姿勢』みすず書房、二〇〇一年。

ガルガット、デイモン『約束』宇佐川晶子訳、早川書房、二〇二四年。

スミス、ゼイディー『美について』堀江里美訳、河出書房新社、二〇一五年。

丹治愛「『ハワーズ・エンド』の文化研究的読解――都市退化論と「土地に還れ」運動――」『英米小説の読み方・楽しみ方』林文代編、岩波書店、二〇〇九年、一一五―一三四ページ。

――「『ハワーズ・エンド』の文化研究的読解への不満――貧困と帝国主義をめぐる人間主義的問い――」『英米小説の読み方・楽しみ方』一三五―一五五ページ。

フォースター、E・M「寛容の精神」『フォースター評論集』小野寺健編訳、岩波文庫、一九九六年、一三三―一四〇ページ。

E・M・フォースター年譜

一八七九年
一月一日、ロンドンのメルカム・プレイス六番地で、父エドワード・モーガン・ルウェリン・フォースターと母アリス・クレアラ（リリー）・ウィチェローの第一子として生まれる。父親と名前が同じなのは、洗礼式で赤ん坊の名前を尋ねられた際に、父親がうっかり自分の名前を答えてしまったからだと言われる。

一八八〇年　一歳
一〇月、父が肺結核で他界。妻子に七〇〇〇ポンドの遺産を遺す。

一八八三年　四歳
ハートフォードシャーのスティーヴニジの家「ルークス・ネスト」に母と一緒に引っ越す。この一軒家は『ハワーズ・エンド（*Howards End*）』のハワーズ・エンド邸のモデルで、フォースターは後に、この地で過ごした一〇年ほどの歳月は、地上の楽園的な日々であったと述べている。

一八八七年　八歳
大伯母マリアン・ソーントン死去。リ

リーに二〇〇〇ポンド、その他信託で八〇〇〇ポンドをフォースター母子に遺す。

一八九〇年　一一歳

サセックスの予備校ケント・ハウスに通い始める。

一八九三年　一四歳

ルークス・ネストから立ち退きを迫られる。母とともにトンブリッジへ引っ越し、トンブリッジ・スクールに通い始める。

一八九七年　一八歳

ケンブリッジ大学キングス・コレッジに入学。当初は古典学を専攻。

一九〇〇年　二一歳

歴史学専攻に転じる。

一九〇一年　二二歳

「使徒会」の一員に選任され、入会。大学卒業後、母と共にイタリア旅行に出かける。

イタリア滞在が長引くにつれ、友人の歴史家G・M・トレヴェリアンから「早く帰国して、研究生活に入るか就職するかの選択をするべきだ」との忠告の手紙を受け取る。

一九〇二年　二三歳

イタリア旅行から帰国。

ブルームズベリーに仮住まいの居を構え、ワーキング・メンズ・コレッジ（勤労者を対象にした学校）で週一回、ラテン語の授業を担当し始める。労働者階級の若者たちとの交流を楽しむ。

一九〇四年　二五歳
ウェイブリッジの一軒家に母と住み始める。

一九〇五年　二六歳
一〇月、第一作『天使も踏むを恐れるところ（*Where Angels Fear to Tread*）』刊行。

一九〇七年　二八歳
四月、『果てしなき旅（*The Longest Journey*）』刊行。

一九〇八年　二九歳
『眺めのいい部屋（*A Room with a View*）』刊行。

一九一〇年　三一歳
一〇月、『ハワーズ・エンド』刊行。高い評価を受け、年末までに四刷を数える。

一九一二年　三三歳
最初のインド旅行に出かける。

一九一三年　三四歳
ミルソープのエドワード・カーペンター宅を訪問。カーペンターの著作には以前から親しんでいた。この訪問の際に、カーペンターの同性のパートナーに腰のあたりを軽く触れられた衝撃と興奮から、『モーリス（*Maurice*）』の執筆を開始。

一九一四年　三五歳
第一次世界大戦勃発。『モーリス』脱稿。ただし、その後もたびたび草稿に手を入れている。

一九一五年　三六歳
国際赤十字の事務局職員として、エジ

プトのアレクサンドリアへ出発。戦闘中に行方不明になった兵士に関する情報を求めて、負傷した兵士に聞き取り調査を行う。

一九一六年　三七歳
アレクサンドリアで、初めて男性と性的交渉をもつ。

一九一七年　三八歳
アレクサンドリアの市街電車の車掌モハメッド＝エル＝アデルと出会い、情熱的な恋を経験する。

一九二一年　四二歳
一九一二年のインド旅行の際に知り合ったデーワース・シニア藩王国の藩王から、臨時の私設秘書として勤務してほしいとの依頼を受け、二度目のインド訪問。

一九二四年　四五歳
六月、『インドへの道（*A Passage to India*）』刊行。批評家から絶賛される。

一九三〇年　五一歳
作家J・R・アカリーのロンドンの自宅で、生涯交際を続けることになる警察官ボブ・バッキンガムと出会う。

一九三四年　五五歳
伝記『ゴールズワージー・ロウズ・ディキンソン（*Goldsworthy Lowes Dickinson*）』刊行。ケンブリッジ大学時代からの友人ディキンソンの人生を、書簡や回想をもとに愛情をこめて書きあらわした伝記。ディキンソンは同性愛者であったが、その点に関する言及はない。

一九三五年　五六歳
パリの国際作家会議でファシズムを批判するスピーチを行う。

一九三九年　六〇歳
第二次世界大戦勃発。戦争が終結するまでBBCラジオで定期的に政治や文学について語る。

一九四四年　六五歳
ロンドンで開催されたPEN（国際ペンクラブ。詩人、劇作家、小説家、エッセイスト、編集者で構成される国際組織）の国際大会で友人の代理として議長を務める。

一九四五年　六六歳
三月、母リリー死去。享年九〇。

一九四六年　六七歳
ケンブリッジ大学キングス・コレッジより名誉特別研究員《フェロー》に選任され、恩師ナサニエル・ウェッドが使用していたコレッジの部屋を提供される。ケンブリッジに引っ越す。

一九五一年　七二歳
評論集『民主主義に万歳二唱（*Two Cheers for Democracy*）』刊行。

一九七〇年　九一歳
五月末、数度目の心臓発作。六月七日、ボブ・バッキンガム夫妻に看取られ死去。

一九七一年
『モーリス』刊行。

一九七二年
短編集『永遠の命 その他（*The Life to*

Come and Other Stories)』刊行。同性愛を扱った作品を多数収録。

一九九二年

ジェームズ・アイヴォリー監督による映画『ハワーズ・エンド』公開。アカデミー賞九部門にノミネートされ、主演女優賞（エマ・トンプソン）、脚色賞、美術賞を受賞する（アイヴォリーはプロデューサーのイスマイル・マーチャントと組み、『眺めのいい部屋』〔一九八六年〕、『モーリス』〔一九八七年〕も映画化している）。

二〇二〇年

没後半世紀を迎える。世界的なコロナ禍の中でもいくつかの関連イベントが開かれる。一九〇九年の短編「機械が止まる（"The Machine Stops"）」で描かれた近未来の世界が、人々が隔離されオンラインのみで繋がるステイホームの状況に酷似していると大きな注目を集める。

訳者あとがき

『ハワーズ・エンド』との出会いは、大学三年生の時に遡る。当時通っていた女子大学に非常勤講師として教えにいらしていたT先生の授業で、半期をかけて読むことになったのだ。ユーモアと韜晦《とうかい》が入り混じるT先生特有の語り口と、要所を押さえた解説に次第に引き込まれ、作品を真剣に読むようになっていった。二十歳そこそこだった当時の自分に、この物語のどれほどが理解できたのか今となっては心もとない。だが、周囲の友人たちとの考え方やバックグラウンドの違いについて真剣に考える年頃だったこともあって、価値観の異なる人々と愚直なまでに真摯に向き合おうとする主人公マーガレットの姿勢に強く心惹かれたことを覚えている。その後、卒業論文の題材として本作品を取り上げ、T先生のおられる近隣の大学院に進学し、気がつけば研究者の道を歩んでいた。まさに『ハワーズ・エンド』との出会いが自分の人生の航路を決定した、と言って過言ではない。

今回その『ハワーズ・エンド』を翻訳する機会に恵まれたことは望外の喜びである。研究のために繰り返し読んできた本作の原文に、改めてじっくり向き合って感じたことを書いてみたい。まず、登場人物たちの会話の面白さである。冒頭でヘレンから手紙を受け取った姉マーガレットは、叔母のマント夫人にウィルコックス夫妻との出会いを説明する。しかし話はヘレンの一件からどんどん逸れ、マント夫人はハラハラしながら耳を傾けている。この場面には実際の会話のようなテンポの良さとリアリティがあるだけでなく、頭の回転が速いために話題があちこちに飛びがちなマーガレットの性格もよく表れている。第3章のハワーズ・エンド訪問でも、マント夫人が「お若い方のウィルコックスさん（the younger Mr. Wilcox）」の意味を取り違えたことに始まる、チャールズ・ウィルコックスとのドタバタ喜劇風の応酬が圧巻だ。

フォースター没後から半世紀を迎えた二〇二〇年の春、BBCのラジオ4で「E・M・フォースターの何がそんなに偉大なのか？（"What's so great about EM Forster"）」と題したトーク番組が放送されたが、そこでもフォースターの書く会話が非常に生き生きとしており、絶妙なユーモアを含むことが話題になっていた。ゲストの現代作家が、フォースター作品の大半が映画化されている理由として会話部分が巧みであるために脚本化しやすいことを挙げており、なるほどと感じた。『ハワーズ・エンド』は古典的名作のイメージが強く、内容も後半に進むにしたがってシリアスなものになるため、会話の面白さやイギリス人らしいユーモアは見逃されがちかもしれない。しかし、こうした部分もできる限り訳出したつもりなので、思わずクスリとしていただける箇所があれば幸いである。

ユーモアと言えば、この作品の語り手のスタンスも独特だ。「まず、ヘレンが姉に宛てた手紙から始めるのはどうだろうか」という、どこか冷めた傍観者的な立ち位置から語り始め、第2章ではキングス・クロス駅について意見を述べた後、「もしこれを聞いて馬鹿げていると思うなら、これを書いているのがマーガレット本人ではないことを思い出していただきたい」などという、不思議なメタ的コメントを発しもする。こうした場面では肩の力が抜けた剽軽《ひょうきん》さを漂わせる語り手だが、読み進めていくと表現力の巧みさに唸る箇所がいくつもある。第5章でベートーベンの交響曲を聴きながらヘレンが悪鬼《ゴブリン》や英雄たちの闘いを想像する場面のドラマチックさや、ハワーズ・エンドや周囲の田園地帯の描写の美しさはもちろんのこと、レナードがジャッキーと暮らすアパートの低俗さや、ヘレンと関係した後のレナードが精神的に追い詰められ死に向かう場面の緊迫感も並大抵のものではない。軽妙さと密度の濃い描写を使い分けるフォースターの筆致に、改めて作家としての凄みを感じさせられた。

なお、本作には故・吉田健一氏、故・小池滋氏による既訳が存在することを知る読者も少なくないだろう。両氏の優れた訳文に助けられつつ、今回は自分が日々接している大学生にとっても読みやすく、親しみやすい表現、ということを念頭に置いて訳出した。たとえば原文の"hay fever"を吉田氏は「枯草病」、小池氏が「干し草熱」としているが、「干し草アレルギー」とすることで現代の読者にも一読してイメージをつかみやすいようにした。また、第6章で出てくるジャッキーの"degraded deafness"についてはどう訳したものか迷った。吉田氏は「みじめな難聴」、小池氏は「哀れなつんぼ」と比較的直訳しているが、要は彼女とレナードの間に会話がほとんど成立しない状態を指すため、「都合の悪いことには耳を借さない態度」と意訳してみた。これらはほんの一例だが、こうした工夫の積み重ねと、気軽に手に取りやすい文庫版として世に出ることで、『ハワーズ・エンド』が新たな読者を獲得することを心から願っている。

最後に、二〇二二年夏に科学研究費の助成を受け、ハワーズ・エンドのモデルになった家「ルークス・ネスト」を訪れた時のことを紹介したい。ロンドンのキングス・クロス駅から最寄り駅のスティーヴニジまで、現代の鉄道では約半時間の旅だ。駅周辺には商業施設が立ち並び、どこにでもある郊外の街という印象だが、少し歩くとオールド・タウンと呼ばれる旧市街に出る。ここで以前より連絡を取り合っていた地元のJさんとお会いした。Jさんは、ルークス・ネスト周辺の田園地帯を「フォースター・カントリー」と名付け、保全活動を行うグループの一人だ。日本にも来たことがあるという気さくな方で、車と徒歩で「六つの丘」や、フォースターが暮らしていた頃に鉄道の駅があった場所、フォースターが通っていた学校などを次々と案内して下さった。この、かつて学校だった建物のそばから、栗の木が両側に植わる教会への道が始まっている。第33章でマーガレットもこの道を歩いているが、まさに「天使の御業」と呼びたくなるような、栗の木の大きな葉影が揺れる美しい道だ。その先にある教会の古い墓地ではウィルコックス夫人の葬儀の場面を思い、さらに現在は公営墓地になっている辺りを抜けて、ついにルークス・ネストにたどり着く。細い道の奥に静かな佇まいを見せる「ハワーズ・エンド」――。その向こうには作品で読んだ通りの豊かな牧草地と田園地帯が広がっている。一般の方が居住しているため外から見るだけだと思っていたが、Jさんが現在の居住者であるSさんに連絡を取って下さり、思いがけず内部を見せていただけることになった。古い農家を改築した建物ならではの温かみ、素朴さ、不思議な魅力については作中に描かれている通りで、足を踏み入れるとその懐に優しく抱かれるような、独特の気配がある家だった。玄関ホールから左手に折れたところにある居間には、おそらく公には出回っていない少年時代のフォースターの写真が掛かっていた。ルークス・ネストの前で撮った写真で、左手から家に覆いかぶさるように立つ楡の大木の枝にぶら下がってニコニコしている。これを目にした時、自分の中で何かが動くのを感じた。二〇世紀前半のイギリスを代表する作家で知識人、パブリック・スクールからケンブリッジ大学に進んだエリート、そして苦悩を世に隠しながら生きた同性愛者――そうしたこれまでに抱いてきたフォースター像がぼやけ、自宅の庭でのびのびと過ごす少年だったフォースター、一人の生きた人間としてのフォースターと、この地でようやく出会えた気がしたのである。

訪問の翌年、残念な知らせが届いた。「フォースター・カントリー」の大部分が地方自治体によって開発されることが決まったというのだ。実は私が訪問した際にも、この計画はかなり進んでいた。JさんやSさんをはじめとする地元の人々やフォースター研究者・愛好家、映画『ハワーズ・エンド』でマーガレットを演じたエマ・トンプソンなど、多くの人々が反対の声を上げ、新聞にも取り上げられたが、自治体はこうした声を無視する判断を下した。『ハワーズ・エンド』の登場人物たちを襲った開発の波は、今もとどまるところを知らない。少年時代のフォースターが愛し、小説にその姿を永遠にとどめる風景が、現実世界では失われていく無念さに言葉を失う。この一件の他にも、近年イギリスを訪れるたびに、EU離脱や社会格差、就職難に物価の上昇など、数々の問題に人々が頭を抱え希望を失いかけている様子を見聞きする。エリザベス女王の長い在位期間が終わり、新たな時代に突入していくイギリスに、明るい話題が増えてくることを切に願う。

最後に、『ハワーズ・エンド』を訳してみたい、という大それた夢を応援し、道を拓いて下さった諸先生や先輩方、温かく見守り、時に適切な励ましや助言をくれた同僚、友人、家族に心から感謝したい。編集の小都一郎さんには今後も役立つ翻訳の心得をいくつも教えていただき、訳出や校正が遅々として進まない時にも辛抱強く待っていただいた。初めてお目にかかった冬の午後、T先生との思い出話や英文学談議に花が咲いたことも良い思い出になっている。ここに至るまでの様々な出会いに改めて心からの感謝を捧げる。

留学から二十年を経た秋に

kobunsha classics
光文社古典新訳文庫

ハワーズ・エンド

著者　フォースター
訳者　浦《うら》野《の》 郁《かおる》

2025年1月20日　初版第1刷発行

発行者　三宅貴久
印刷　新藤慶昌堂
製本　ナショナル製本

発行所　株式会社光文社
〒112-8011東京都文京区音羽1-16-6
電話　03（5395）8162（編集部）
03（5395）8116（書籍販売部）
03（5395）8125（制作部）
www.kobunsha.com

ISBN978-4-334-10541-9 Printed in Japan

いま、息をしている言葉で、もういちど古典を

長い年月をかけて世界中で読み継がれてきたのが古典です。奥の深い味わいある作品ばかりがそろっており、この「古典の森」に分け入ることは人生のもっとも大きな喜びであることに異論のある人はいないはずです。しかしながら、こんなに豊饒で魅力に満ちた古典を、なぜわたしたちはこれほどまで疎んじてきたのでしょうか。

ひとつには古臭い教養主義からの逃走だったのかもしれません。真面目に文学や思想を論じることは、ある種の権威化であるという思いから、その呪縛から逃れるために、教養そのものを否定しすぎてしまったのではないでしょうか。

いま、時代は大きな転換期を迎えています。まれに見るスピードで歴史が動いていくのを多くの人々が実感していると思います。

こんな時わたしたちを支え、導いてくれるものが古典なのです。「いま、息をしている言葉で」——光文社の古典新訳文庫は、さまよえる現代人の心の奥底まで届くような言葉で、古典を現代に蘇らせることを意図して創刊されました。気取らず、自由に、心の赴くままに、気軽に手に取って楽しめる古典作品を、新訳という光のもとに読者に届けていくこと。それがこの文庫の使命だとわたしたちは考えています。

このシリーズについてのご意見、ご感想、ご要望をハガキ、手紙、メール等で翻訳編集部までお寄せください。今後の企画の参考にさせていただきます。
メール　info@kotensinyaku.jp